HEYNE BÜCHER

LINDA LAY SHULER

KWANI UND DAS KIND DES FREMDLINGS

Ein Roman aus der Vorzeit Amerikas

Deutsche Erstausgabe

WILHELM HEYNE VERLAG
MÜNCHEN

HEYNE ALLGEMEINE REIHE
Nr. 01/7782

Titel der amerikanischen Originalausgabe
SHE WHO REMEMBERS
Deutsche Übersetzung von Gertraud Perlinger

Printed in Germany 1989
Umschlagzeichnung: Hiroko, New York
Umschlaggestaltung: Atelier Ingrid Schütz, München
Satz: IBV Satz- und Datentechnik GmbH, Berlin
Druck und Bindung: Elsnerdruck, Berlin

ISBN 3-453-02920-8

Für meine Töchter

Zeit ist ein großer Kreis;
Ohne Anfang, ohne Ende.
Alles kehrt wieder, immer wieder,
Bis in alle Ewigkeit.

Prolog

Der Indianer kroch an den Rand des Felsabsturzes und spähte in die tiefe, sich nach unten verengende Schlucht, in die es rote und goldene Blätter von hohen Bäumen in einen Wildbach regnete. Vor Urzeiten war eine flache Gesteinsplatte vom Fels in die Tiefe gestürzt und hatte sich aufrecht stehend am Ufer in das Erdreich gebohrt. Die Gesteinstafel war höher als zwei übereinanderstehende Männer und beinahe ebenso breit, ihre Dicke maß von der Elle bis zu den Fingerspitzen. Die Jahrhunderte hatten sie mit Moosen und Flechten überwuchert. Ihr Anblick war dem Indianer vertraut; sie stand an einem von Geistern bewohnten Ort.

Jetzt hielten Götter sich hier auf!

Der Indianer beobachtete die drei fremden Wesen voll Angst und Bewunderung. Sie waren groß und breitschultrig mit heller Haut, die im Schatten schimmerte, und Haaren in der Farbe fallender Blätter. Wangen und Kinn waren mit Haaren bewachsen. Unter buschigen Brauen glänzten blaue Augen. Blau!

Die Gewänder der Götter glänzten in der Herbstsonne. Bei seinem Volk hieß es, daß Zaubergewänder Pfeile zerstören konnten. Diese Götter besaßen Pfeile, die von seltsamen Bogen weite Entfernungen geradeaus flogen; ihre Spitzen waren schwarz wie Flint, hart wie Stein und dennoch keines von beiden.

Einer der Götter schlug nun mit Werkzeugen aus eben diesem harten Material Einkerbungen in die Steintafel. Die anderen redeten in unverständlicher Zunge, polierten ihre Speere und Bogen oder machten Schießübungen.

Eine dieser Bogenwaffen war mit einem Längsschaft aus Holz versehen. Der Indianer beobachtete mit großem Staunen, wie ein Gott die Bogensehne um einen gegabelten Haken legte, der ihm an der Hüfte hing, seinen Fuß in den Bügel stellte und nach unten drückte, bis die Bogensehne an einer Kerbe des Längsschafts einrastete. Der Pfeil wurde in eine

Führungsrinne im Schaft eingelegt, wodurch dem Geschoß eine ungeahnte Zielgenauigkeit verliehen wurde.

Der Indianer staunte. Der in den Bogen gespannte Pfeil wurde durch eine kleine Daumenberührung an einem Abzugshebel abgeschossen!

Das Hämmern dauerte immer noch an. Sieben seltsame Zeichen waren bereits entstanden, ein weiteres nahezu fertig. Tief in einer geraden Reihe in das Gestein gehauene Runen. Es mußte ihre heilige Medizin sein, vermutete er.

Hoffentlich entdeckten sie ihn nicht! An den Fels gedrückt kroch er in den Schatten. Schließlich waren die Götter fertig und zogen ab, folgten dem Flußlauf und verschwanden unter Bäumen. Lange Zeit blieb der Indianer reglos liegen, horchte, wartete auf ein Zeichen des Unwillens über sein Eindringen an diesen heiligen Ort. Doch die Geister schwiegen.

Vorsichtig kletterte er nach unten und beobachtete den Stein vom anderen Bachufer. Die Medizin der Götter war mächtig. Konnte er es wagen, sie zu berühren, um ihre Zauberkräfte in sich aufzunehmen? Er tastete nach dem kleinen Beutel mit seinem Talisman, den er an einer Yukkaschnur um den Hals hängen hatte.

»Gib mir ein Zeichen«, betete er.

Lange Zeit geschah nichts. dann ließ ein Eichelhäher sich auf dem Stein nieder, beäugte ihn aus scharfen, schwarzen Augen, ohne einen Laut von sich zu geben, keinen Warnruf über sein Eindringen. Die Geister hießen ihn willkommen.

Der Indianer machte eine Geste der Ehrerbietung. »Ich danke dir, Vogelgeist«, sagte er. Der Eichelhäher flog auf.

Der Indianer watete durch den Bach und untersuchte den Stein. Langsam, ganz behutsam hob er beide Hände und legte sie auf die Medizinzeichen der Götter.

Jahrhunderte vergingen, bevor die große Steintafel mit den Schriftzeichen als der Heavener Runenstein berühmt und seine Inschrift entziffert wurde – ein Datum in Geheimschrift: 11. November 1012. Der Fundort liegt in Ost-Oklahoma in den Poteau Mountains über der Stadt Heavener.

Geschichtsforscher vermuten, daß die Wikinger mit ihren Segelschiffen dem Mississippi flußaufwärts folgten, dann dem Arkansas River und schließlich den Poteau River flußaufwärts segelten, der eine Meile vom Runenstein entfernt fließt.

Was geschah mit diesen Normannen, die sich in so weit entfernte Länder von den Fjorden ihrer Heimat wagten? Hinterließen sie weitere Zeugnisse ihrer Anwesenheit außer einem in Stein gemeißelten Datum?

Kwani wußte die Antwort.

WOLF CLAN
(MESA VERDE NATIONAL PARK)
ADLER CLAN
HAUS DER SONNE
COLORADO
CHACO CANYON
RABEN CLAN
(PECOS) CICUYE
GROSSE STEPPE
CANADIAN RIVER
PALO DURO CANYON
GROSSE STADT (PUEBLO BONITO)
DER PASS
PUNAME (ZIA)
DIE SCHLUCHT
DER GROSSE FLUSS
NEU-MEXIKO
MEXIKO
RIO GRANDE
DIE REISE
x Steve Dolezal

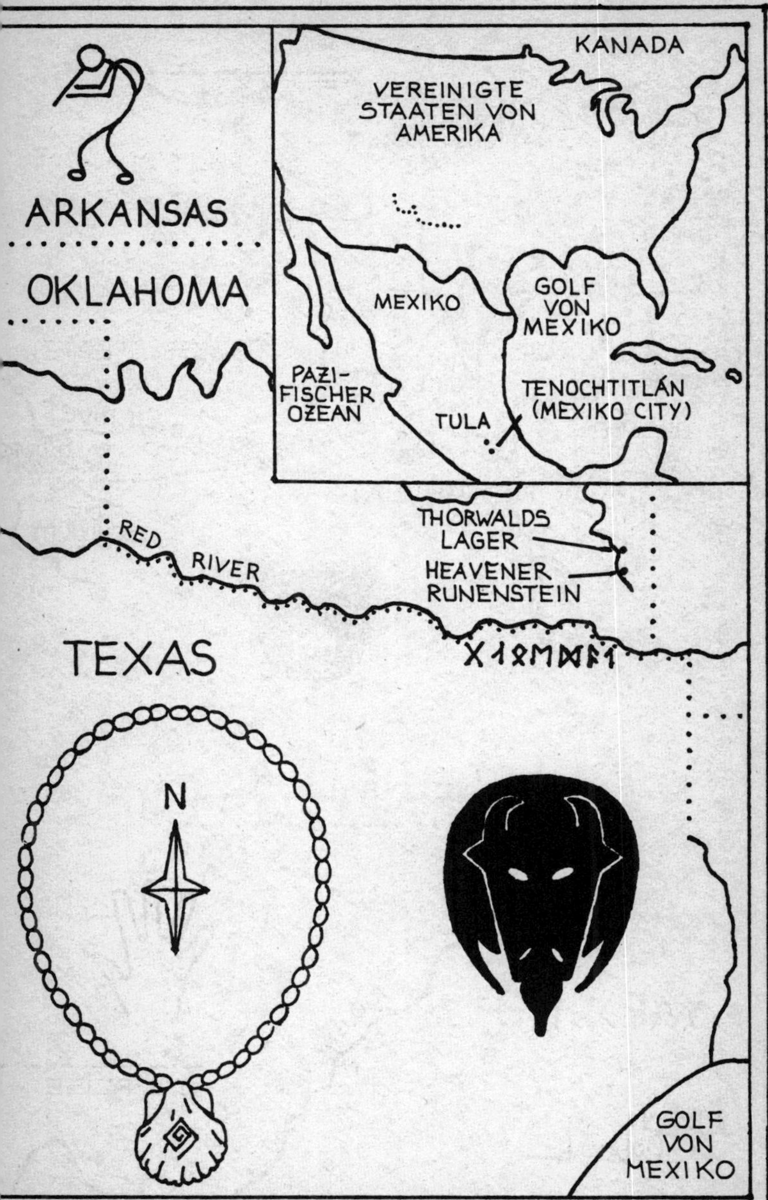

KANADA
VEREINIGTE STAATEN VON AMERIKA
ARKANSAS
OKLAHOMA
MEXIKO
GOLF VON MEXIKO
PAZIFISCHER OZEAN
TENOCHTITLÁN (MEXIKO CITY)
TULA
THORWALDS LAGER
HEAVENER RUNENSTEIN
RED RIVER
TEXAS
N
GOLF VON MEXIKO

Teil I

KWANI

1

Sie duckte sich abwartend. Ein Tier, ein Mensch, irgend etwas war da draußen. Durch die Höhlenöffnung sah sie Sonnenvaters letztes Licht hinter dem Berg verglühen. Der Modergeruch der Höhle vermischte sich mit den Gerüchen des Berges und dem Duft der hereinbrechenden Nacht – und mit etwas anderem.

Die Nüstern in Kwanis rundem, rotbraunem Gesicht blähten sich. Sie wiegte den Speer in ihrer Hand in die Balance, machte sich bereit, ihn zu werfen. Sie hatte nie zuvor einen Speer geworfen. Er lag ungewohnt schwer in ihrer Hand, doch er war ihr einziger Schutz.

Ihr Herz hämmerte hart, und sie bemühte sich, ihr Keuchen zu unterdrücken. Da draußen lauerte ein Mensch, ein Tier, irgend etwas.

Die Berglöwin lag auf dem Felsvorsprung über der Höhle und leckte ihren Schmerz in der Kühle des Sonnenuntergangs. Ihre klaffende Wunde, die nicht heilen wollte, näßte; das ständige Pochen ließ sie nicht zur Ruhe kommen. Sie hatte kein Jagdglück gehabt und war heißhungrig; ohne Nahrung würde sie bald verenden.

Der Wind drehte, und sie hob witternd den Kopf. Im Nu waren all ihre Sinne geschärft, die Wunde vergessen. Sie kannte den Geruch. Sie schob sich an den Rand des Felsvorsprungs und spähte nach unten. Eine Fährte verschwand in der Öffnung einer kleinen Höhle. In der zunehmenden Dämmerung vermochte das Pumaweibchen nicht ins Innere zu spähen, wußte aber, was darin auf sie wartete.

Sie legte sich geduldig auf die Lauer.

In der Höhle horchte Kwani angespannt. Die Nacht rollte

vom fernen Horizont über das Land wie ein dunkler Ozean. Der trillernde Ruf eines Nachtvogels ertönte und verhallte in der Stille. Der Vogelruf sagte, daß keine Gefahr drohte; doch Kwani traute dem Frieden nicht. Hastig wischte sie sich eine lange, schwarze Strähne aus dem Gesicht. Gewöhnlich trug sie das Haar zu Rollen über den Ohren gebunden wie Kürbisblüten. Doch die hatten sich vor Stunden gelöst in ihrer verzweifelten Flucht vor Maluku, dem Medizinmann, als sie den steilen Berg heraufgeklettert war.

Sie horchte angestrengt. Tiefe, vollkommene Stille. Unnatürliches Schweigen.

Sie wich tiefer in die Höhle zurück. Ihre Sandalen aus Yuccabast knisterten leise, als sie die kleine Steigung im hinteren Teil erklomm. Zitternd hüllte sie sich eng in das Kleid aus Hasenfellen und preßte ihren schmalen Körper gegen die Höhlenwand.

Ich brauche genügend Platz, um den Speer zu werfen.

Sie hob den Arm, holte mit dem Speer nach hinten aus. Er stieß gegen die Wand. Sie trat einige Schritte nach vorne und versuchte es erneut. Hätte sie bloß Holz gesammelt und Feuer gemacht, um Tiere zu verscheuchen.

In der Ferne heulte der langgezogene, klagende Schrei einer Eule.

Entsetzen brodelte in ihrem Magen. Der Ruf der Eule war ein Bote des Todes. *Was war da draußen?*

Der kalte Nachtwind brachte den Geruch von Regen mit. Das Pumaweibchen zitterte, als der Wind ihr in die Knochen fuhr, ohne das Brennen ihrer Wunde zu kühlen. Sie sehnte sich nach der Wärme ihres Baus, doch sie war am Verhungern, und Nahrung war qualvoll nahe. Sie brauchte nur zu warten.

Fernes Donnergrollen, das sich näherte. Regentropfen klatschten, anfangs vereinzelt, dann prasselte der Regen.

Kwani horchte erleichtert. Wenn draußen ein Tier lauerte, so würde der Regen es in seinen Unterschlupf zurückscheuchen. Ihr Arm, der den Speer hielt, schmerzte, und sie war schwach vor Hunger. Den Felswänden entströmte feuchte Kälte; mit klammen Fingern legte sie die Waffe neben sich und rollte sich auf dem Felsboden zusammen. Der Hunger nagte in ihren Eingeweiden. Den kleinen Maisfladen in ihrem Bündel wollte sie bis zum Morgen aufbewahren.

Eine furchtbare Einsamkeit befiel sie. Nie zuvor in ihrem Leben war sie ohne männlichen Schutz gewesen. Immer stand ihr Vater, Onkel, Bruder oder Wopio zwischen ihr und der Gefahr. Der männliche Schutz von Frauen und Kindern der Familie und des Clans gehörte zu den Rechten der Frauen und war für den Fortbestand des Stammes zwingend nötig. Frauen wußten die Vorzüge zu schätzen, die ein solcher Schutz bot. Doch ihr waren nur ihre Schutzgeister geblieben... und die vermochten sie weder zu wärmen noch zu trösten, wie Wopios kräftiger Körper es getan hatte.

Wopio...

Die Berglöwin verbrachte die ganze Nacht auf dem Felsvorsprung, zu schwach, um sich zurückzuziehen. Das brennende Feuer in ihrer Flanke verlöschte nicht.

Tagesanbruch. Es hörte auf zu regnen. Sie versuchte, ins Innere der Höhle zu spähen. Die Witterung der Beute war stärker geworden. Ein leises, schlurfendes Geräusch von Schritten. Das Geräusch erstarb. Ein Kopf tauchte auf; zog sich zurück. Die Berglöwin spannte sich mit letzter Kraft zum Sprung.

Kwani trat ins Freie. Das Pumaweibchen machte einen Satz; doch der Fels war glatt, und in ihrer Schwäche verfehlte sie ihre Beute. Sie schnellte herum, um erneut anzugreifen. Ein heftiger Schmerz durchbohrte sie, als der Speer ihre Wunde noch weiter aufriß. Sie schrie wie eine gefolterte Frau und hieb die Pranken nach dem Speer; der fiel klappernd zu Boden. Mit letzter Kraft hetzte das Raubtier fliehend den steilen Felshang hinauf.

Ein Triumphschrei folgte der Berglöwin, als sie zwischen Felszacken verschwand. Das verletzte Tier klomm höher und höher, ließ einen Hasen unbeachtet, der vor ihr hochschreckte. Sie legte sich in die Geborgenheit ihres Unterschlupfs und schloß die Augen. Der Wundschmerz wogte durch ihren Körper. Sie versuchte ihre Augen zu öffnen, den Kopf zu heben, war jedoch zu schwach dafür.

Allmählich senkte sich sanfte Dunkelheit über sie. Die Berglöwin vermochte die Augen nicht zu öffnen, sie spürte das stille Näherkommen; sie spürte, wie das gnädige Dunkel sie einhüllte und der Schmerz langsam nachließ. Seufzend legte sie den Kopf auf eine riesige Pranke.

Die Raben rückten näher, während sie starb.

Kwani warf den Kopf zurück, daß ihre schwarze Haarmähne ihr beinahe bis zu den Hüften reichte und stieß einen erneuten Triumphschrei aus.

»Fort mit dir! Lauf, bevor mein Speer dich noch einmal durchbohrt!« Das Echo ihrer Stimme hallte gespenstisch nach... »noch einmal durchbohrt«.

Plötzlich erschien ihr die Stille zu dicht. Der Gefährte der Berglöwin! Wo war er? Sie packte den Speer, dessen Spitze dunkelrot befleckt war. Über ihr auf dem Felsvorsprung war ein Rascheln; sie fuhr herum. *Wo war er?* Sie lauschte angestrengt, hob witternd die Nase. Sie nahm nur den Geruch von Erde nach dem Regen wahr, das Seufzen des Windes und das Heulen eines Kojoten in der Ferne.

Eilig huschte sie in die Höhle zurück und kletterte auf den Vorsprung im Hintergrund. Wenn er kam, mußte sie bereit sein. Wieder umklammerte sie den Speer, dessen Gewicht tröstlich in ihrer Hand lag.

Der Speer war in ihren Besitz übergegangen, als Maluku, der Medizinmann, sie von ihrem Erdhaus im Tal vertrieb.

»Die Waffe gehörte deinem Onkel, sie ist stärker als sein Bogen und seine Pfeile«, hatte ihre Mutter gesagt. »Der Speer ist schwer, liegt aber gut in der Hand. Lerne mit ihm umzugehen, und du wirst überleben und den Blauäugigen finden, der dich beschützt.«

Erst in diesem Augenblick hatte die Mutter ihr das gefährliche Geheimnis zugeflüstert: Vor vielen Generationen hatten blauäugige Götter mit bleicher Hautfarbe eine Ansiedlung zerstört, die Frauen vergewaltigt und waren dann in den Wäldern verschwunden. Ihr Anführer hatte gesagt, daß seine Männer das Land mit ihrem Samen in Besitz nehmen würden; er versprach, daß er und seine Nachkommen jedem, der den Nachweis ihrer göttlichen Vorfahren erbringen könne, Schutz gewähren würden.

Doch die Stammeshäuptlinge verfluchten die Bleichgesichter und schworen, jeden Sproß von ihnen zu vernichten, sei er nun göttlich oder nicht.

»Es sind deine Augen!« hatte Kwanis Mutter geraunt. »Nur du hast die blauen Augen. Kokopelli hat mir ein Geheimnis anvertraut – ich habe ihn gut dafür bezahlt – er sagte, weit von hier lebe ein blauäugiger Anführer. Dort.« Sie wies nach Südosten. »Geh! Suche deinen Beschützer!«

Kwani dachte an die zitternde Stimme ihrer Mutter, an die Tränen, die in den tiefen Furchen ihrer Wangen entlangliefen.

»Hexe!« Die Trommelschläge vor ihrem Haus waren lauter geworden, die Stimmen von Kwanis Clan drängender. Die Rufe schwollen zum Gesang an.

»Geh!« hatte ihre Mutter geflüstert. »Nimm den Speer und geh, bevor die Trommeln schweigen. Sie werden dich töten!«

»Aber ich bin keine Hexe.«

»Aye-e-e!« klagte ihre Mutter. »Ich weiß. Aber Maluku glaubt, du trägst die Schuld an der Krankheit – am Fieber und Delirium – die unser Volk heimsucht. Bei deiner Geburt sagte er, Augen von der Farbe des blauen Himmels seien ein böses Omen – und nun sagt er, die todbringende Krankheit beweise, daß du, die Hexe, daran Schuld trägst. Aye-e-e!« Sie wiegte sich in ihrer Pein hin und her. »Geh!«

Plötzlich verstummten die Trommeln.

»Jetzt!« zischte ihre Mutter. »Lauf schnell, schnell!«

Kwani hob den Korb mit ihren Habseligkeiten auf den Rücken und legte den Tragriemen um ihre Stirn.

»Mutter...«

»Lauf!« Verzweifelt stieß die Mutter sie von sich. »Beeil dich!«

Kwani umklammerte den Speer. Als sie vor das Erdhaus trat, ihre Wohnstatt während der sechzehn Jahre ihres bisherigen Lebens, und sah, wie ihr Gefährte Wopio mit dem Medizinmann Maluku der Kiva entstieg, schluckte sie vor Angst und Hoffnung.

»Wopio, beschütze mich!« Sie streckte eine Hand nach ihm

aus. Doch er wandte sich ab, verbarg sein Gesicht hinter einer Decke, um die Todesgeister abzuwehren – und ein Lächeln zu verbergen.

Wopio plante seit einiger Zeit, sie zu verlassen und sich eine andere Gefährtin zu nehmen, die ihm Söhne schenkte. Eine aufreizende Zwölfjährige trug bereits sein Kind. Kwani gebar ihm keine Söhne.

Maluku brachte seinen Bogen in Anschlag; der Medizinpfeil sollte ihr Herz durchbohren und ihren bösen Geist vernichten. Schreiend begann Kwani zu rennen. Sie stolperte und stürzte; der Pfeil verfehlte sein Ziel und bohrte sich in ihren Korb.

Durch die Menge ging ein Schrei. »Die Geister beschützen sie!«

Maluku nahm einen zweiten Pfeil zur Hand, doch der Häuptling gebot ihm mit erhobenem Arm Einhalt. »Laß sie gehen! Ihr Geist ist zu stark. Wenn du ihn freiläßt, wird er für immer bei uns bleiben und unsere eigenen Geister vertreiben. Wir werden sterben!«

Einen Augenblick geriet der Medizinmann ins Schwanken. Kwanis Geist war stark – aber nicht stärker als die Macht seines Medizinpfeils. Wenn der Pfeil sie durchbohrte, war ihre Seele vernichtet, und das Böse würde mit ihr sterben.

Kwani hatte sich wieder hochgerappelt und rannte auf eine Wegbiegung zu, bot ein leichtes Ziel. Maluku ließ sich auf ein Knie nieder. Die Gestalt des Mädchens rannte etwas unbeholfen unter der Last, die sie trug. Malukus Pfeil flitzte vom Bogen. Zu spät. Kwanis Mutter hatte sich mit ausgestreckten Armen dem Pfeil entgegengeworfen. Ihr Schrei erreichte ihre Kehle nicht mehr, als der Pfeil sie durchbohrte.

Ein vielstimmiges Stöhnen stieg wie Wind aus dem Tal auf. Der Medizinpfeil hatte die Seele dieser geachteten und beliebten Frau getötet. Nie würde sie ihre Ahnen sehen, nie würde ihr Geist ihre Nachkommen begrüßen, nie würde ihr Lagerfeuer in fernen Nachthimmeln leuchten. Nie, nie würde sie wiederkehren, um den Ihren im Traum zu erscheinen und Rat zu erteilen. Sie war zu Unrecht getötet worden; ihr Geist würde in den Nächten umherirren, am

Tage unter den Lebenden umherschleichen und sie in alle Ewigkeit verfolgen.

Kwani war um die Wegbiegung gelaufen, bevor ihre Mutter den Pfeil mit ihrem Körper abgefangen hatte; sie wußte nicht, daß ihre Mutter für immer gegangen war. Als sie sich jetzt ganz hinten in die Höhle kauerte, tröstete sie der Gedanke an das wettergegerbte Gesicht der Mutter, an ihre warmherzige Liebe, und sie sagte sich beruhigt, alles würde gut werden. Der Gefährte der Berglöwin war nicht gekommen.

Sie griff in den Korb, um den Maisfladen, den ihre Mutter gebacken hatte und den kleinen Beutel mit geweihtem Maismehl herauszuholen. Sie wollte den Sechs Heiligen Richtungen ihre Ehrerbietung erweisen und allen Gottheiten für die Rettung vor dem Puma danken.

Ihre Hand schnellte zurück, wie von einer Natter gebissen. Der Schaft des Pfeiles, der Hexen tötet, ragte aus dem Korb. Malukus Medizinpfeil war an ihrem Mahlstein abgeprallt. Ihr Herz schlug wild. Der Geist des Pfeils hatte sich geweigert, sie zu töten!

In überschwenglicher Dankbarkeit zog sie die Spitze aus dem Korbgeflecht und legte das Geschoß ehrfürchtig neben die vom Blut des Puma rot gefärbte Speerspitze. Sie öffnete den kleinen Beutel geweihten Mehls und warf eine Prise in jede der Sechs Heiligen Richtungen: Norden, Osten, Süden, Westen, Oben und Unten.

»Ich danke euch Geistern für euren Schutz«, intonierte sie im Sprechgesang, in dem sie zu den Jenseitigen sprach. »Ich danke dir, du Speer, für deine Kraft, die mich vor dem Puma gerettet hat. Am meisten danke ich dir, du Medizinpfeil, daß du mein Leben verschont hast.«

Was konnte sie sonst noch sagen? Mädchen waren weniger als junge Männer geübt, mit den Geistern zu sprechen. Sie wollte dem Pfeil etwas schenken, ihren schönsten Besitz: ihre Muschel. Eine Kostbarkeit, die sie am Fuß eines schroffen Felsens gefunden hatte. Eine zarte Spiralenform, die sich von ihrer Mitte nach außen drehte, ein Geschenk aus Sipapu, dem Jenseits, wo die Ahnen wohnten.

Sie nahm die Muschel aus einem kleinen Beutel, den sie am

Hals trug und band sie an den Schaft des Pfeils. Jetzt war die Medizin des Pfeils unbesiegbar.

Nach Beendigung der Zeremonie verschlang Kwani gierig den Maisfladen. Mehr hatte sie nicht. Jetzt mußte sie Wurzeln, Samen und Beeren sammeln für ihren Marsch. Er würde viele Tage dauern. Doch gewißt würde sie den finden, dessen Augen blau wie ihre eigenen waren, der ihr endlich für immer Sicherheit bot. Kokopelli, der Wanderer, der Zauberer, der mit dem heiligen Samen, hatte das Geheimnis ihrer Mutter anvertraut. Also mußte es wahr sein.

Sorgfältig verstaute sie den Pfeil in ihrem Bündel und schwang den Lastkorb auf den Rücken. Alles würde gut werden. Ihr würde kein Leid geschehen... kein Raubtier würde sie finden...

Doch der Speer mit dem Blut des Puma schien ihr schwerer geworden zu sein, als sie ihn hochhob. Nur zaghaft trugen ihre Füße sie aus dem Schutz der Höhle.

Ihr ganzes Leben lang hatte Kwani gewußt, daß kein Anasazi so würdelos war, Tränen zu vergießen; sie wollte auch jetzt nicht weinen. Doch sie war von ihrem Volk verstoßen worden, ihr eigenes Volk hatte sie in diese Wildnis gejagt, um einsam zu sterben.

»Ich werde nicht sterben!« schrie sie. »Nein, ich sterbe nicht!«

Wer würde davon erfahren, wen kümmerte es, wenn ihre Tränen flossen?

2

Kwani folgte dem schmalen Pfad, der sich um die Bergflanke zog und hielt sich dann nach Süden. Ihre Mutter hatte gesagt, der Blauäugige lebe im Südosten. Vielleicht fand sie einen Jagdpfad. Zuerst einmal mußte sie jedoch Nahrung sammeln. In ihrer Heimat wußte sie, welche Pflanzen wo wuchsen, doch in dieser fremden Gegend fiel es ihr schwer, eßbare Kräuter, Knollen und Beeren zu finden, noch dazu im Vorfrühling.

Ich muß lernen zu jagen.

Sie nahm die Haltung eines Speerwerfers ein, wie sie es bei den Männern gesehen hatte. Ihr Speer hatte den Puma getroffen, weil das Tier so nah war. Wie aber sollte sie einen flüchtenden Hasen aufspießen?

Kwani beugte sich über einen Polster kleiner Blüten am Felshang, die ersten im Vorfrühling, und bewunderte ihre Schönheit. Da huschte eine Feldmaus vorüber. Kwani ließ den Speer fallen und warf sich auf den schmackhaften Lekkerbissen. Doch die Maus entwischte ihrem Griff und war in einer Felsspalte verschwunden.

Entmutigt trabt sie weiter. Das Kleid aus Hasenfellen war eng um ihren kräftigen Körper geschlungen und in der Mitte mit einem geflochtenen Gürtel aus dem Haar ihrer Mutter und ihrem eigenen Haar zusammengehalten. Sie war von zierlichem Wuchs, doch mit festem Knochenbau, gerader Haltung und anmutigen Bewegungen.

Sie blieb stehen und wandte den Blick nach Südosten. Vor ihr lag eine beschwerliche und gefahrvolle Wanderschaft, zumal um diese Jahreszeit, in der schmelzender Schnee von den eisbedeckten Berggipfeln die Flüsse überflutete. Die Männer der Anasazi, die auf ihren ausgedehnten Streifzügen bis zu den bedeutenden Handelsplätzen im Süden und Südosten kamen, wo sie Decken, Gefäße und andere Wertgegenstände tauschten, wußten viel zu berichten von hohen Bergzügen, undurchdringlichen Wäldern, Schluchten und reißenden Flüssen, die es zu bezwingen galt.

Ich werde einen anderen Stamm, einen anderen Clan finden, bei dem ich unterwegs Rast machen kann, beruhigte sie sich. Und wenn ich auf Apachen stoße? Kwanis Augen schweiften unruhig umher. Nicht seßhafte Apachen waren grausam und gefürchtet, sie konnten sich überall verbergen, um lautlos und unvermutet anzugreifen wie böse Geister.

Plötzlich erstarrte sie. Direkt vor ihr entdeckte sie Pumafährten, nur wenige Stunden alt, die in der Sonne trockneten. Ihre Nüstern weiteten sich; aber sie nahm keine Witterung auf. Trotzdem wollte sie sich eine Höhle suchen, bevor sie weiterzog. Vorsichtig kroch sie weiter, den Speer in Wurfhaltung. Bald entdeckte sie eine kleine Felsöffnung. Rasch kroch sie hinein. Und fuhr mit einem Schreckensschrei zurück.

Vor ihr kauerte ein Mann und häutete einen Hasen. Er hob knurrend den Kopf, stand mit blutverschmierten Händen auf, den Schabestein in der Faust.

Sie starrten einander an. Er dem Stamme der Ute gehörend, sie eine Anasazi – Erzfeinde. Er kam zähnefletschend auf sie zu, verfilztes, schwarzes Haar hing ihm in die Stirn. Hinter den Haarsträhnen funkelten schwarze, hinterhältige Augen. Sein muskulöser, dunkler Körper war kräftig und wohlgeformt, aber ein Bein war kürzer als das andere und der Fuß einwärts gedreht – ein Krüppel, von bösen Geistern verflucht.

Ein Ausgestoßener wie sie selbst.

Kwani stand unschlüssig.

Sie konnte ihm zuvorkommen, wenn er sie mit dem Stein angriff. Sie hob den Speer, bereit ihn zu werfen. Doch er wich nicht zurück. Seine glühenden Augen besaßen mehr Kraft als ein Schlag. Er trat näher.

Kwani zauderte, hin und her gerissen zwischen ihrer Angst vor dem Raubtier draußen und dem Mann in der Höhle. Hier gab es Nahrung; der gehäutete Hase lag saftig und rosig vor ihr. Wenn er Hasen fangen konnte, dann war er ein Jäger. Sie mußte hier bleiben. Sie ließ den Speer sinken.

Der Ute trat vor sie hin und hob den blutigen Schabstein.

»Geh fort!« Der Stein fuhr durch die Luft. Er sprach Ute, doch der Sinn seiner Worte entging ihr nicht.

Sie wich zurück. Wieder hob sie den Speer. Doch der Mann schnellte mit unerwarteter Behendigkeit vor und entwand ihr die Waffe.

»Mein Speer! Gib mir meinen Speer!« kreischte Kwani und griff danach. Doch der Mann warf ihn hinter sich.

»Geh fort!« Er schlug mit dem Steinschaber nach ihr.

Zornig und entmutigt wich sie zurück. Vor der Höhle schmiegte sie sich unglücklich an den Felsen. Sie hatte keine Nahrung, keinen Speer; und der Puma, der Puma war nah. Bange kroch sie wieder zum Höhleneingang. Der Ute bereitete ein Feuer. Ein Häufchen Zweige, Blätter und trockene Äste lagen neben dem Eingang. Aus einer Grube im hinteren

Teil der Höhle trug er vorsichtig zwischen zwei flachen Steinen Glut zur Feuerstelle. Kwani zog den Kopf von der Öffnung zurück. Bald wehte eine dünne, graue Rauchfahne zu ihr heraus und mit ihr der Duft von gebratenem Fleisch.

Kwani schluckte stöhnend ihren Speichel, krallte beide Hände in ihre Magengrube. Beinahe ohnmächtig vor Schwäche kroch sie wieder zur Höhlenöffnung; der Speer lag neben ihm. Er kaute an einem saftigen Fleischfetzen, leckte sich schmatzend den Saft von Händen und Unterarmen und grunzte zufrieden, als er den nächsten Fetzen Fleisch vom Knochen riß.

Sie wich zurück und zwang sich abzuwarten. Vielleicht gestattete er ihr später, Knochen und Fleischreste abzunagen.

Allmählich ließen die zufriedenen Schmatzgeräusche nach. Wieder kroch sie an den Höhleneingang. Er leckte sich die fettigen Hände. Bei ihrem Anblick sprang er auf und griff nach dem Speer. Doch Kwani schob sich, völlig geschwächt vor Hunger, langsam näher.

»Geh fort!« Doch ihr erschien sein zorniger Blick weniger grimmig als zuvor.

Wimmernd senkte sie den Kopf, bis ihr langes, schwarzes Haar auf dem Boden schleifte, tastete sich mit einer Hand über den Felsen und schob langsam ihren Körper nach. Sie hörte nichts, wagte aber nicht, den Kopf zu heben. Wieder streckte sie eine Hand vor und schrie plötzlich auf. Der verkrümmte nackte Fuß zerquetschte ihr beinahe die Finger.

Sie hob das Gesicht. Drohend stand der Mann über ihr mit verächtlichem Blick, den Speer in der Hand.

Voller Entsetzen barg sie ihr Gesicht auf dem Felsgrund. Hörte sein zorniges Knurren. Erwartete den Speerwurf. Sie versuchte, ihm ihre Hand zu entwinden, doch der Fuß blieb darauf stehen. Sie wälzte sich auf den Rücken, ein in der Falle gefangenes Tier. Ihr Haar bedeckte ihr Gesicht; dennoch sah sie seine Augen und den zum Wurf erhobenen Speer.

Ihre Blicke trafen aufeinander; ihre Augen hinter einem

Haarschleier, seine funkelten durch verdreckten Filz. Plötzlich bückte er sich und wischte ihr das Haar aus der Stirn. Starrte in ihre blauen Augen. Grunzte.

Immer noch wimmernd öffnete Kwani langsam die Schenkel und wartete.

Der Speer fiel zu Boden und die halb verdeckten Augen näherten sich. Sie roch das Blut in seinem Atem; der Geruch seines Körpers betäubte sie.

Sie wußte, er würde Besitz von ihr nehmen.

3

Ein Geräusch. Kwani fuhr hoch und griff instinktiv nach ihrem Speer. Dann erinnerte sie sich. Krummer Fuß war bei ihr. Er schlief noch, sein eigener Speer lag dicht neben ihm. Sie war in Sicherheit.

Fünf Mal hatte der Mond sich gefüllt, seit sie hierhergekommen war. Sie hatte nur vorgehabt, so lange zu bleiben, bis sie genügend Vorräte gesammelt hatte. Krummer Fuß und sie hatten nach und nach ein wenig von der Sprache des anderen gelernt. Unterstützt durch Zeichensprache entdeckten sie Gemeinsamkeiten. Beide waren von ihrem Clan verstoßen und gezwungen worden, auf Familie, Heimat, Freunde, Schutz und die Freuden und Vorteile des Gemeinschaftslebens zu verzichten.

Trotz ihres Mitgefühls und der Vergleichbarkeit ihres Schicksals empfand Kwani Widerwillen gegen ihn, denn er war ein Ute.

»Warum wurdest du verstoßen?« fragte sie.

Er gab keine Antwort. Kwani fürchtete, ihn wieder erzürnt zu haben. Sein Zorn schien unentwegt an der Oberfläche zu brodeln. Schließlich sagte er: »Mein Vater, der Schamane schickte mich fort.«

Sie erschrak. »Warum?«

Seine schwarzen Augen glühten. »Ich spreche nicht darüber.«

»Mich versuchte der Medizinmann zu töten, deshalb bin

ich fortgelaufen«, erklärte sie. »Er hielt mich für eine Hexe.«

Krummer Fuß grunzte und beugte sich über die Falle, die er mit Yuccagarn ausbesserte; geschickt flocht er die Fasern ineinander. Um das Thema zu wechseln sagte er: »Kokopelli kommt bald hier vorbei.«

Kwani hatte Kokopelli noch nie gesehen; er besuchte ihr abgelegenes Dorf nur selten und zog rasch wieder weiter. Er war es, von dem ihre Mutter gesprochen hatte – der Zauberer, Lehrer, Heiler und Händler, der von weit entfernten Orten kam, Nachrichten brachte und Geschichten erzählte. Manche hielten ihn für einen Gott, der dem Stamm Fruchtbarkeit und Wohlergehen brachte.

»Wann wird er hier sein?«

»Bald. Man weiß es erst wenn man seine Flöte hört.«

Sie liebte Musik. »Er spielt Flöte?«

»Ja. Wenn er kommt, spielt er. Wir hören ihn, bevor er zu sehen ist. Sein Zaubervogel sagt ihm, wann er spielen soll.«

Kwani war verwundert. »Ein Vogel fliegt mit ihm?«

»Manchmal. Meist sitzt er auf seiner Schulter und redet mit ihm.«

»Von einem Vogel erwähnte meine Mutter nichts!«

»Er kam erst einmal mit dem Vogel. Kokopelli und der Vogel sprechen miteinander.«

Kwani war voller Ehrfurcht. »Hast du sie reden gehört?«

»Ja. Sie sprechen eine Zaubersprache.«

Kwani grübelte darüber nach. Wenn Kokopelli so sehr zaubern konnte, wußte er sicher, wo der Blauäugige wohnte. »Wandert er auch nach Südosten?«

»Seine Wanderschaften führen ihn in weite, weite Fernen.«

Während sie Krummer Fuß im Schlaf beobachtete, malte Kwani sich Kokopelli aus als strahlenden, jungen Krieger, der sie fortzauberte; sie träumte von gemeinsamen Nächten mit ihm, erfüllt von leidenschaftlichen, kunstvollen Liebesspielen, von unbeschwerten Tagen voller Freuden. Dann sah sie ihn vor sich, wie er sie voll Trauer dem Blauäugigen, einem alten, aber gütigen Stammesältesten übergab. Ein letztes Mal würde Kokopelli sie lange und innig in die Arme schließen, bevor sie sich tapfer in das unvermeidliche Schicksal fügten.

Ja, so wird es sein, dachte sie und schaute in den Morgennebel. Ein gelbbraunes Tier trabte heran. Bruder Kojote auf seinem morgendlichen Rundgang. Sie fragte sich, ob er es war, der den verwundeten Jäger zurück zum Lager gebracht hatte.

Bei ihrem Volk wurde diese Begebenheit häufig am Lagerfeuer erzählt. Eine beliebte Geschichte – der Kojote wachte die Nacht bei dem verletzten Jäger, leckte seine Wunden und führte ihn am nächsten Tag über eine Abkürzung zum Lager zurück. Manche sagten, der Schutzgeist des Jägers habe die Gestalt des Kojoten angenommen.

Sie wollte ihm zurufen: »Ho, Bruder Kojote!« fürchtete aber, Krummer Fuß zu wecken. Der Kojote trottete ins Unterholz und war verschwunden. Wieder wandte sie sich Krummer Fuß zu; selbst im Schlaf war sein Gesicht verdrießlich. Sie wollte nur so lange bei ihm bleiben, bis Kokopelli kam.

Es wurde Spätsommer und Kokopelli war nicht gekommen. Die launenhaften Wutausbrüche von Krummer Fuß waren häufiger geworden, und Kwani fühlte sich in zunehmendem Maß unbehaglich. Eines Tages, als sie vom Wurzelsammeln zurückkehrte, riß er an der Sandale seines verkrüppelten Fußes, stach mit der Speerspitze hinein und zerrte sie vom Fuß.

Kwani war entsetzt. »Warum tust du das?«

»Sie ist zerrissen und nicht mehr zu gebrauchen.« Er warf ihr die Sandale vor die Füße. »Mach mir eine neue.«

»Aber –«

»Sofort!« Er griff nach dem Speer.

Kwani untersuchte die Sandale. Sie war abgetragen, aber noch brauchbar.

»Ich kann sie flicken –«

»Nein!« Er spuckte die Worte aus und hob den Speer. »Mach mir eine neue!«

Sie rannte aus der Höhle. Er haßt mich. Ich muß gehen, bevor er eines Tages den Speer nach mir schleudert. Wann wird Kokopelli kommen? Bald ist die Zeit der fallenden Blätter, dann der Schnee... Ich kann nicht alleine in Kälte und Schnee gehen und in der Fremde nach einem Blauäugigen suchen, den ich nie gesehen habe... Mutter, was soll ich tun?

Eine innere Stimme sprach: »Mach die Sandale und warte. Kokopelli wird kommen.«

Kurze Zeit später mahlte Kwani Mais auf ihrem Metate, als Krummer Fuß in die Höhle stürmte.

»Komm! Komm!« schrie er.

Sie erschrak. »Was ist?«

»Jäger an der Quelle! Mit einem Zauberbogen! Bring etwas zum Tauschen!« Hastig suchte er die Höhle ab, dann packte er ihr Kleid aus Hasenfellen, riß es hoch, daß der Korb umkippte und Mais verschüttete.

»Komm!«

»Nein«, schrie sie wütend. »Nein. Komm zurück!«

Doch er rannte bereits humpelnd den Pfad entlang. Sie stand am Höhleneingang und sah ihm nach, bis er um die Biegung verschwand. Sie war besorgt; er trug keine Waffe. Sie nahm ihren Speer und folgte ihm.

An der Wegbiegung blieb sie stehen und horchte. Stimmen. Vorsichtig spähte sie um eine Felsnase. Vier Jäger eines unbekannten Stammes schossen mit Pfeilen auf einen Baum. Einer ihrer Bogen war Kwani völlig unbekannt. Kleiner als ein gewöhnlicher Bogen, mit einer Längsstrebe versehen, die den Pfeil führte. Der Jäger legte den Bogen an, zielte über den Knöchel seines rechten Daumens, und wenn er einen Finger der Hand bewegte, die den Bogen hielt, schoß der Pfeil blitzschnell ins Ziel.

Verwundert sah Kwani, wie der Jäger einen neuen Pfeil einsetzte. Er hielt die Waffe schräg nach unten und spannte die Sehne über eine Hakengabel, die an seinem Gürtel befestigt war. Dabei stellte der Jäger seinen Fuß in den Bügel des Bogens, trat dagegen, bis die Sehne in einer Kerbe am Schaft einrastete. Jetzt sah Kwani auch, daß der Pfeil in einer Rille dieses Schaftes lag und das Pfeilende in die Sehne gespannt war. Wollte der Jäger den Pfeil abschießen, drückte er auf einen Hebel, der die Spannung löste. Das Einspannen des Pfeils in den Bogen dauerte zwar länger, doch die Bereitschaft zum sofortigen Abschuß war auf der Jagd von großem Vorteil.

Kein Wunder, daß Krummer Fuß diese Wunderwaffe eintauschen wollte!

Er schwenkte das Fellkleid vor den Augen der Jäger. Sie beachteten ihn nicht.

»Schaut euch das schöne Kleid an!« schrie er und wiederholte seine Aufforderung in Zeichensprache.

Die Jäger kicherten. Sie waren vier, und er war allein und noch dazu ein Krüppel. Sie würden ihren Spaß mit ihm haben. Sie zielten ihre Pfeile immer näher zu seinem Kopf hin. Kwani zog sich furchtsam zurück. Er brauchte seinen Speer. Im Nahkampf war er sehr geschickt, das wußte sie.

Schnell lief sie zurück zur Höhle und holte seinen Speer, der länger und schwerer war als ihrer. Wieder an ihrem Versteck über der Quelle angelangt, horchte sie wieder. Krummer Fuß schrie: »Mein Kleid! Gebt mir den kleinen Bogen für mein Kleid!«

Kwani spähte um die Wegbiegung. Einer der Jäger versuchte, Krummer Fuß das Kleid zu entreißen. Die anderen standen lachend daneben.

Sie würden ihr Kleid zerfetzen, ihr schönes Gewand! Die aufsteigende Wut spornte sie zu ungeahnter Kraft an, sie trat hinter dem Felsvorsprung hervor und schleuderte den Speer. Er schnellte hoch, beschrieb einen Bogen und heftete das Kleid auf die Erde. Rasch duckte sie sich, bevor die verdatterten Jäger sie entdeckten.

Sofort packte Krummer Fuß den Speer, fuchtelte damit herum und schrie ergrimmt. Er schnappte das Kleid und warf es hinter sich.

Die Jäger betrachteten ihn mit mehr Respekt, da seine Sippe ihn offenbar beschützte! Schließlich trat der Anführer vor und bedeutete ihm, das Kleidungsstück begutachten zu wollen.

Nach weiterem lauten Wortwechsel und Fingerzeichen erklärte Krummer Fuß sich einverstanden. Er hielt das Kleid in einer Hand, den Speer in der anderen, während der Wortführer die Beschaffenheit prüfte. Wieder entstand ein Wortwechsel, die Jäger schienen untereinander in Streit zu geraten, und der Anführer versuchte, Krummer Fuß die Beute zu entreißen.

Kwani wußte instinktiv, was zu tun war. Hastig lief sie zur Höhle zurück und packte den Trockenfleischvorrat für eine Woche in einen Korb. Dann rannte sie wieder bis zur Wegbiegung zurück, blieb stehen und stellte sich den Korb auf den Kopf, bevor sie königlich, verführerisch, zur Quelle hinabschritt.

Die Männer zankten sich noch immer wortreich und rissen das Kleid zwischen sich hin und her. Beim Anblick des Mädchens hielten sie erstaunt inne. Sie trat auf sie zu, ihre blauen Augen strahlten, und mit anmutigem Schwung nahm sie den Korb vom Kopf und bot ihn dem Anführer an.

»Warum gibst du ihm mein Fleisch?« schnaubte Krummer Fuß verärgert.

»Wir handeln.«

Sie lächelte den Anführer an, der sie angaffte; eine Hand krallte sich in das Kleid, die andere hielt den kleinen Bogen. Kwani wählte ein großes, besondes schmackhaft aussehendes Fleischstück und hielt es dem Anführer unter die Nase, der hungrig daran schnupperte. Behutsam schob sie das Fleisch in die Hand, die den Bogen hielt.

»Ich werde den Bogen halten, solange du ißt«, ließ sie ihn in anmutiger Zeichensprache wissen.

Unschlüssig, ob er das Kleid oder den Bogen loslassen sollte, musterte er sie – eine Frau und noch dazu zierlich. Aber reizvoll. Grunzend überließ er ihr den Bogen und nahm das Fleisch. Er konnte ihr den Bogen jederzeit wieder entreißen.

Er biß kräftig zu und kaute. Die anderen umkreisten den Korb und griffen zu. Kwani bot dem Anführer – mit einladendem Blick unter verschleierten Lidern – Korb und Gewand im Tausch für den kleinen Bogen an, während er schmatzend kaute und nicht aufhörte, Krummer Fuß mit lauten Beschimpfungen zu überhäufen.

Kwani war besorgt. Ein Großteil des Fleisches war bereits verzehrt. Sie suchte nach einer Lösung.

In ihrem Clan wurden Kinder erst nach zwei Jahren und später der Mutterbrust entwöhnt. Mütter, deren Knaben sich an der Brust allzu ungebärdig benahmen, griffen zu einer besonderen Maßnahme. Die wollte sie jetzt auch anwenden. Mit sanftem Gurren hob sie den Lendenschurz des Anführers und begann ihn zärtlich zu berühren.

Dankbar stellte sie fest, daß er Gefallen daran fand.

Langsam und mit gemischten Gefühlen lenkte Kwani ihre Schritte zur Höhle zurück. Der Anführer war nicht roh mit ihr umgegangen und hatte sich geweigert, sie auch den anderen zu überlassen. Seine Kumpane hatten ihm murrend gehorcht.

Ihre Füße bewegten sich schleppend. Sie wollte Krummer Fuß nicht wiedersehen, nicht jetzt. Als der Jäger ihre Beine gespreizt hatte, hatte Krummer Fuß den Bogen gepackt und war zurück zur Höhle gelaufen. Ihre weibliche, schutzbedürftige Natur empörte sich gegen dieses Verhalten.

Sie reckte das Kinn vor. Ein neues, berauschendes Gefühl des Selbstvertrauens durchströmte sie. Sie hatte Erfolg gehabt, wo Krummer Fuß versagte. Er war in seine Höhle gelaufen wie ein Hase in seinen Bau.

Sie würde nie wieder Angst vor ihm haben.

4

Krummer Fuß hockte am Höhleneingang und schnitzte einen neuen Pfeil für Starker Bogen, wobei ihm der, den er von den Jägern erhalten hatte, als Vorbild diente. Bewundernd untersuchte er den kurzen Pfeil, an dem anstelle der Federn Stücke von Tierhaut eingesetzt waren. Was für ein Tier? Hirsch? Büffel? Er konnte es nicht genau feststellen; die Gerbung war ihm unbekannt. Das Erstaunlichste war jedoch die Pfeilspitze aus glattem, schwarzem Material, hart wie Stein, ohne Stein zu sein, die ihn stach, wenn er sie mit den Fingerkuppen berührte.

Der Bogen mußte sehr alt sein, war aber noch gut erhalten und immer noch flugtauglich, Krummer Fuß hatte einen langen, zweizackigen Haken aus Holz geschnitzt, der dem glich, den einer der Jäger am Gürtel befestigt trug. Es bedurfte einiger Übung, bis er den Bügel mit seinem verkrüppelten Fuß halten konnte, um die Bogensehne in die Schaftkerbe zu spannen. Aber er machte Fortschritte. Jetzt fehlte ihm nur noch ein Vorrat an Pfeilen mit Feuersteinspitzen.

Die Oberfläche des Pfeils glättete er mit einem rauhen Stein. Von Zeit zu Zeit warf er einen Blick zu Kwani hinüber, die sich im Schatten eines Wacholderbaums vor der Sommersonne schützte. Ihre flinken Finger flochten biegsames Schilf zu einem Korb; versunken summte sie bei der Arbeit vor sich hin.

Wie konnte sie nur solchen Lärm machen, ungeschützt im Freien! Eine Ute-Frau würde das nicht tun. Er kochte innerlich vor Wut. Seit dem Tag seines glänzend eingefädelten Tauschgeschäfts mit den Jägern, das ihm Starker Bogen einbrachte, hatte sie ihre Haltung ihm gegenüber geändert.

Er beobachtete sie. Diese helle Haut ... er zog Frauen mit dunkler Hautfarbe vor. Sie war eine Plage. Mit ihrer ewigen Körbeflechterei, ihre Anasazi-Art! Er spuckte.

In letzter Zeit belästigte sie ihn fortwährend mit ihrer Fragerei nach Kokopelli. Er hatte ihr erzählt, daß Kokopelli ein Zauberer war, ein Heiler, ein Lehrer, ein Händler, aber *den Rest hatte er ihr nicht erzählt*. Nein, er weigerte sich, darüber zu reden.

Kokopellis Magie schien sie besonders zu interessieren. Wollte sie seine Zauberkunst vielleicht erlernen, um sie selbst anzuwenden? War sie tatsächlich eine Hexe? Aber wenn sie eine Hexe wäre, würde sie selbst zaubern können. Nein. Sie war nichts, eine unbedeutende Anasazi-Squaw.

Murrend polierte er seinen Pfeil. Er, ein Ute, dessen Stamm große Wegstrecken zurücklegte, die besten Jäger und Krieger hervorbrachte – er, der frei umherstreifen müßte, hockte in einer Höhle wie ein Wildschwein. Und eine Frau – eine *Anasazi-Frau* – gefährdete seine Sicherheit mit ihrer dummen Singerei!

Er nahm Starker Bogen zur Hand; der Pfeil war bereit zu fliegen, wenn er nur ein wenig auf den Abzug drückte. Er hob den Bogen an die Brust, visierte über den Knöchel seines rechten Daumens. Eine winzige Berührung und der Pfeil würde ihr Herz durchbohren und sie für immer zum Schweigen bringen.

Sie verlagerte ihre Position und wischte sich mit einer Geste unbewußter Anmut eine Haarsträhne aus der Stirn. Die Schatten spielten auf ihren zierlichen Füßen in Yuccasandalen. Ein Vogel flatterte aus dem Baum hoch; sie hob den Kopf und schaute ihm nach; ihre schwarzen Haarkränze über den Ohren schimmerten in der Sonne.

Sie war schön.

Er liebte sie. Er haßte sie.

Er legte Starker Bogen auf die Decken aus Hasenfellen, die Kwani zum Tauschhandel mit Kokopelli angefertigt hatte. In einem weiteren Mond müßte er hier sein; vielleicht würde er diesmal Geräte aus Stein, der kein Stein war, zum Tausch bringen, dem fremdartigen Material, aus dem die Pfeilspitzen von Starker Bogen bestand. Krummer Fuß runzelte verdrießlich die Stirn. Für solch kostbare Dinge waren viele Dekken nötig. Er war noch immer auf die Hilfe der Anasazi-Frau angewiesen. Er haßte sie.

Er hatte noch keine Gefährtin gehabt. Wegen seines verkrüppelten Fußes schenkten die Frauen seines Stammes ihm keine Beachtung. Und er war ertappt worden, wie er ein Feuersteinmesser entwendet hatte, das ihm hätte gehören müssen, da er den Feuerstein als erster entdeckt hatte. Aber er war nicht so flink wie die anderen ... Nur die Stellung seines Vaters, des Schamanen, hatte Krummer Fuß vor der Strafe des Handabhackens bewahrt. Sein Vater verstand es, den Clan davon zu überzeugen, daß die Unupits, jene geheimnisvollen Wesen, die Krankheiten brachten und die den Fuß seines Sohnes bei der Geburt verstümmelten, Krummer Fuß zum Stehlen verführt hatten; es war nicht seine Schuld.

Später, während der langen Schneefälle, hatten die Unupits auch seinen Vater angegriffen und das Leben aus seinen beiden Beinen genommen. Er war zum Krüppel geworden, hilflos, alt, kein Schamane mehr.

Der Häuptling berief den Stammesrat ein. Krummer Fuß saß in einer Ecke, starrte teilnahmslos ins Leere, entschlossen, keine Gefühle zu zeigen. Der Häuptling nahm würdevoll den versammelten Clanältesten gegenüber Platz und hob die Hand zum Zeichen des Schweigens vor dem Sprechen.

»Unupits töteten den Fuß des Sohnes unseres Schamanen.«

Allgemein zustimmendes Gemurmel.

»Unupits veranlaßten Krummer Fuß dazu, das zu nehmen, was ihm nicht gehörte.«

»So ist es«, schrie der Besitzer des Feuersteinmessers.

Krummer Fuß behielt seine unbeteiligte Miene.

Der Häuptling fuhr fort. »Unupits nahmen Krummer Fuß in Besitz. Nun haben sie die Beine unseres Schamanen getötet, haben seine Kräfte genommen. Das haben sie aus ihm gemacht.« Dabei deutete sein Arm auf den alten Mann, der auf einer Decke kauerte. »Sollen wir zulassen, daß die Unupits länger hier verweilen und uns alle töten?«

»Nein!« schrie der Clan.

»Tötet Krummer Fuß!« schrie der Besitzer des Feuersteinmessers. »In ihm wohnen die Unupits!« Gemurmel wurde im Clan laut. Krummer Fuß starrte grimmig über ihre Köpfe hinweg ins Leere.

Ein junger Mann sprach. »Wir müssen die Unupits vernichten.«

Der alte Schamane hob seine schwache Hand. »Ich werde sprechen.« Seine Stimme war ruhig und stark.

»Es ist wahr. Unupits sind unter uns.« Wieder hob er seine Hand und wartete, bis Stille eingetreten war. »Werden die Unupits fortgehen, wenn mein *Sohn* getötet wird?« – er legte besondere Betonung auf den Grad ihrer Verwandtschaft – »Nein! Nein, sie werden in Jubel ausbrechen und bleiben, und weiteres Unheil unter uns anrichten. Schickt sie fort, weit fort, zusammen mit meinem Sohn...« Seine Stimme bebte. »Schickt meinen Sohn fort. Für immer.« Sein Greisengesicht verfiel. »Ich habe gesprochen.«

Krummer Fuß erhob sich, hüllte sich in die Decke und taumelte in die Nacht. Die Stimme des Besitzers des Feuersteinmessers gellte ihm nach. »Wenn du zurückkehrst, wirst du mehr als nur deine Hand verlieren!«

War da auch Gelächter?

Als er weit genug entfernt war, legte Krummer Fuß einen Arm um einen Baum, beugte sich vor, würgte und übergab sich, bis nichts mehr in seinen Eingeweiden war.

Aber sein Herz konnte er nicht von Tränen entleeren.

In der Erinnerung an das Geschehene umklammerte Krummer Fuß die Waffe Starker Bogen. Mochte sein Fuß auch schwach sein, jetzt war sein Jagdarm stark – stärker als einer der ihren!

Wenn er daran dachte, wie er sich Starker Bogen angeeignet hatte, überkam ihn ein seltsames Gefühl, eines, das er nie zuvor gekannt hatte. Er erinnerte sich, wie aufreizend die Frau mit dem Jäger umgegangen war, wie sie ihre Beine um ihn schlang, als er sie bestieg. Er spürte, wie seine Manneskraft schwoll.

Kwanis summende Stimme drang an sein Ohr.

»Komm her!« befahl er. Er würde es ihr zeigen! Dabei war sein verstümmelter Fuß ihm nicht im Wege.

Das Summen verstummte, aber sie kam nicht.

Er ging auf sie zu. Sie setzte ihre Arbeit fort, achtete nicht auf ihn. Wie konnte sie es wagen – eine Anasazi-Squaw! Zorn stieg in ihm hoch – und noch etwas.

Kwani beobachtete die Ausbuchtung unter seinem Lendenschurz und legte mißmutig den Korb beiseite. Sie hatte es nicht gerne, wenn er sie bei der Arbeit störte. Doch bevor sie aufgestanden war, hatte er sich auf sie geworfen und drang wild in sie ein. Sie leistete keinen Widerstand, hieß ihn aber auch nicht willkommen. Sie schlang auch nicht ihre Beine um ihn.

»Du bist *meine* Gefährtin! Ich mache eine Ute aus dir!« knurrte er und bohrte sich hart in sie. Er stellte sich seine Männlichkeit vor wie ein Messer, das er in sie stieß. Erst als sie vor Schmerz aufschrie, entleerte sich sein Mannessaft.

Kwani lag starr in der Finsternis, gab vor zu schlafen. Die Vorahnung lastete erstickend auf ihr. Ihr Herz schlug unregelmäßig, und Schweiß tropfte von ihrem Körper. Verstohlen warf sie einen Blick zu Krummer Fuß hinüber. Schlief er? Sie war nicht sicher. Er konnte stundenlang reglos wie ein

Tier auf der Lauer liegen und dann plötzlich hochschnellen. Ihre Gedanken kämpften wie ein Hase in der Falle. Wann kommt Kokopelli und bringt mich von hier fort? Dieser Mann ist mein Feind. Sein Geist versteinert mich. Er will nicht sein eigenes Korn mahlen, seine Sandalen ausbessern, sein Essen kochen. Er will mir weh tun; eines Tages wird er mich töten. Ich habe Schmerzen in meinem Bauch.

Sie gab vor, im Schlaf zu stöhnen, drehte sich zur Seite, um ihn anzusehen. Seine offenen Augen starrten sie an wie Wolfsaugen in der Dunkelheit.

5

Endlich fegten Wolken über den Horizont und schütteten schwere Regenfälle über den Tafelbergen aus. Die Götter grollten, schlugen die Donnertrommeln und schleuderten Feuerspeere zur Erde. Jeden Tag beschritt Sonnenvater einen etwas tieferen Weg über den Himmel; mit jedem Tag ließen Hitze und Trägheit des Sommers ein wenig nach in Erwartung der neuen Jahreszeit. Der tiefblaue, strahlende Himmel schob die Berge näher zusammen und zeichnete ihre Konturen schärfer nach.

Krummer Fuß stand am Eingang der Höhle und ließ seine Blicke in die Ferne schweifen, vor seinem inneren Auge sah er den Ort seines Volkes, sein Heimatland. Herbst war eine gute Zeit zum Hasentreiben, Beisammensein, Spielen, Tanzen und Brautwerben.

Mit einem Stich der Sehnsucht wandte er sich wieder der Höhle zu. Kwani war unterwegs, um irgendwelche unwichtigen Weibersachen zu erledigen, doch überall war ihr Handwerk zu sehen. An den Felswänden aufgereiht standen Körbe, Tierfelle lagen ordentlich aufgestapelt und warteten auf Kokopelli. Andere Körbe enthielten Trockenfleisch oder Kräuter, Wurzeln, Samen und Beeren. Ihre Gerätschaften lagen säuberlich nebeneinander: Feuersteinmesser – die *er* gemacht hatte – Ahlen und Nadeln aus Knochen, getrocknete, ausgehöhlte Kürbisse mit gut schließenden Deckeln. Manche enthielten nutzlosen Tand, an denen sie Gefallen fand: bunte Steine, süß duftende Blätter und kleine Holzschnitzereien, umwickelt mit Yuccabast, den sie mit dem roten Saft der Kaktusfrucht gefärbt hatte. Seiner Vermutung nach hatten sie etwas zu tun mit ihrem Wunsch nach einem Kind. Häufig suchte sie nach speziellen Kräutern, die sie schwanger machen sollten.

Krummer Fuß sehnte sich nach einem Sohn; er sollte der schnellste Läufer sein, der stärkste und beste aller Utes, seine Beine sollten stark und gerade gewachsen sein. Dann würden er und sein Sohn im Triumph zu seinem Stamm zurückkehren, und sie würden als Sohn und Enkelsohn des Schamanen die Führung des Clans übernehmen.

Könnte er nur zu seiner Sippe zurückkehren! Wenn er nur die Macht hätte, sein Volk die Vergangenheit vergessen zu lassen! Sein Blick erfaßte Starker Bogen. Heftige Erregung überkam ihn. Hastig packte er die Waffe und nahm eine würdevolle, vornehme Haltung ein, probte seinen Auftritt.

Ja! Er wollte zurückkehren zu seinem Volk, wollte mit Macht und Reichtümern dort auftauchen. Man mußte sich nur diese schönen Hasenfellgewänder ansehen, die Körbe, so dicht geflochten, daß sie keinen Tropfen Wasser durchließen! Die Ahlen, Nadeln und all die anderen Kostbarkeiten! Er war ein reicher Mann! Er wollte sich eine Frau seiner Wahl nehmen. Er wollte eine wichtige Persönlichkeit werden, ein respektabler und einflußreicher Angehöriger seines Stammes. Niemals würde er, ein Ute, die Last einer Anasazi-Squaz mit sich herumschleppen!

Er würde fort sein, bevor Kwani zurückkehrte!

Kwani kletterte den Pfad zur Höhle hinauf, flink, trotz des Gewichts ihrer Last. Sie konnte es kaum erwarten, Krummer Fuß zu zeigen, was sie gefunden hatte. Beim Näherkommen rief sie ihn, erhielt aber keine Antwort.

Er war wohl zur Jagd gegangen.

Beim Eintreten sah sie, daß etwas nicht stimmte. Ihre Sachen waren in Unordnung. Vieles davon fehlte. Sorgsam nahm sie ihr Lastbündel ab, aus dem ihr stolzer Fund ragte, ein flaches Holzstück, das sie aus einem umgestürzten Baum gebrochen hatte. Das Holz war in Gewicht und Größe genau richtig. Geglättet, poliert und mit Riemen versehen, würde es ein schönes Wiegebrett abgeben.

Als ihr Mondfluß versiegte, war sie ungläubig, dachte anfangs, ein Geist treibe Schabernack mit ihr. Doch als ihr Unterleib anzuschwellen begann, festigte sich eine erste, wilde Hoffnung. Später dann spürte sie, wie Leben sich in ihr rührte. Sie war schwanger – endlich, endlich.

Mit dem Wiegebrett wollte sie Krummer Fuß die freudige Botschaft mitteilen. Nun würde seine Haltung sich ihr gegenüber gewiß ändern. Sie würde leichter mit ihm zurechtkommen, bis Kokopelli hier war.

Aber Krummer Fuß war fort.

Wohin?

Und es sah aus, als habe er vor, mehrere Tage fortzubleiben. Vielleicht war er des Wartens auf Kokopelli müde geworden und hatte die Sachen gepackt, um sie in einem fernen Dorf zu tauschen? Meinen Besitz! Dachte sie in aufwallendem Zorn. Er nahm es an sich, ohne zu fragen. Ein Anasazi würde so etwas nie tun.

Was war, wenn er nie zurückkam? Ein Stich der Angst durchfuhr sie.

Ich bin allein. Wieder allein.

Sie legte beide Hände auf ihren Leib. Nein, ich bin nicht allein. Es gibt jemand, für den ich sorgen muß...

Wie zur Antwort bewegte sich das Kind in ihr.

Die Arme immer noch um ihren Leib geschlungen, sank sie auf die Knie. »Ich werde dich beschützen«, flüsterte sie.

Energisch redete sie sich ein, daß es eine Erleichterung sei, die Wutausbrüche von Krummer Fuß nun nicht länger ertragen zu müssen; Schluß damit, Nahrung für ihn zu sammeln, Maisfladen, Maisschleim und geschmortes Fleisch für ihn bereiten zu müssen. Sie mußte auch keine Häute mehr für ihn gerben, und ihm keine Hemden, Gürtel und Sandalen anfertigen. Vorbei damit, die Läuse aus seinem Haar zu kämmen oder Umschläge für seine Wunden zu machen. Nun war sie frei und konnte sich auf die Geburt ihres Kindes vorbereiten.

Sie begann ihren Korb auszupacken. Sie hatte Kräuter für den Geburtssud und für Umschläge gesammelt; Zedernrinde, um das Wiegebrett damit zu polstern; und Yuccawurzeln für Seifenschaum. Sie hatte Samen, Beeren und Nüsse gesammelt. Und sie hatte einen kleinen Präriehund getötet, dessen Fell einen schönen Salzbeutel abgeben würde. Kokopelli brachte immer Salz, wenn er kam. *Falls* er kam...

Doch ab jetzt gab es kein Fleisch mehr, das sie nicht selbst erlegte. Wie konnte sie mit ihrem trächtigen Bauch zur Jagd gehen? Sie würde Fallen stellen. Suchend schaute sie sich um; an einem Vorsprung in der Felswand hing eine von Krummer Fuß zurückgelassene Falle. Gut! Sie konnte so gut Hasen fangen wie Krummer Fuß, beinahe so gut...

Sie legte die Kräuter für die Geburtshilfe in einen kleinen ausgehöhlten Kürbis mit einem Deckel und dachte daran, wie ihre Mutter Umschläge und Absud bereitete. *Könnte ich doch nur nach Hause gehen.*

Sie setzte sich, um darüber nachzudenken. Sie sehnte sich nach ihrem Volk, ihrer Heimat. Ihre Schwangerschaft war das Zeichen, daß die bösen Geister von ihr gewichen waren, der Beweis, daß sie keine Hexe war. Neugeborene boten Gelegenheit zur Versöhnung – durch sie bekundeten die Götter ihr Wohlgefallen und ihre Bereitschaft, den Stamm zu vergrößern. Wie glücklich ihre Mutter sein würde!

Beim Gedanken an die Mutter befiel Kwani wehmütige Einsamkeit. Sie malte sich aus, wie ihre Mutter in Erwartung ihrer Rückkehr den Pfad entlang schaute, auf dem Kwani fortgegangen war; mit welchen Ehren sie empfangen würde, wenn sie zur Niederkunft heimkehrte, um ihr Kind der Sippe zu schenken. Wopio würde Augen machen! Und Maluku, der Medizinmann...

Der Gedanke an Maluku war ihr etwas unheimlich. Doch der Winter stand bevor, und sie konnte nicht alleine nach Südosten wandern mit dem Kind in ihr, um nach dem Blauäugigen zu suchen. Selbst wenn Kokopelli kam – woran sie mittlerweile zweifelte – war es mühsam, das schwer zugängliche Gebiet in Winterstürmen, Schnee und Kälte zu durchwandern. Ausgehungerte Raubtiere... sie dachte an das Pumaweibchen und auf ihre Handflächen legte sich feuchter Schweiß.

Angenommen, Krummer Fuß kehrte doch zurück? Würde

ein Kind ihn wirklich verändern? Vielleicht würde er das Kind ebenso hassen wie sie.

Nein, ich kann nicht hierbleiben. Mutter, ich kehre nach Hause zurück.

6

Nur zur Sicherheit opferte sie eine Prise Maismehl an die Sechs Heiligen Richtungen und murmelte ein Gebet für eine sichere Reise. An der Quelle füllte sie ihren Hirschledersack mit Wasser und schickte einen letzten Blick zu dem Ort hinauf, den sie für immer verließ, bevor sie sich auf Wanderschaft über den Tafelberg begab.

Sonnenvater stand nun höher; obschon sein Atem kühl war, schwitzte sie unter ihrer schweren Last. Ihre Yuccasandalen schützten ihre Fußsohlen vor scharfen Steinen und Geröll. Doch das Gestrüpp schlug nach ihr, zerkratzte ihre Arme und Beine und versuchte, ihr den Speer zu entreißen.

Es gab keinen Pfad. Auf ihrer Flucht vor Maluku vor vielen Monden war sie wie ein verängstigter Hase im Zickzack durch die Bergschluchten gelaufen. Doch ihr sicherer Orientierungssinn sagte ihr, daß sie ihre Heimat am nächsten Tag erreichen würde. Viele wilde Schluchten hatten sich in die Tafelberge gegraben. Irgendwo mußte es einen Pfad nach unten geben; sie wollte einem der engen Täler bis in die Heimat folgen.

Was war das für ein Geräusch hinter ihr? Sie fuhr herum. Ganz nahe erfaßte sie eine Bewegung im Gestrüpp. Ihr Herz machte einen Satz. Apachen! Sie umklammerte den Speer mit fester Hand. Wenn es nur einer war, dann hatte sie eine Chance.

»Ich sehe dich!« schrie sie. »Komm heraus!«

Sie stürmte vor, den Speer wurfbereit. Raschelnd bewegte sich das Gestrüpp. Kwani zog den Arm nach hinten, um den Speer zu schleudern. Eine gelbbraune Gestalt sprang heraus. Ein Kojote!

Sie ließ den Speer sinken und fiel lachend vor Erleichterung zu Boden. Bruder Kojote! Sie wischte sich den Schweiß aus dem Gesicht und hinterließ eine schmutzige Spur. Wie furchtbar, wenn sie ihn verletzt hätte! Der Gedanke klärte ihren Geist. Kojoten besaßen übernatürliche Kräfte. Einige waren Heiler, leckten die Wunden der Krieger und führten sie zurück zum Lager; andere aber waren gar keine Kojoten, sondern böse Wesen, die sich der Gestalt der Kojoten bedienten. Was, wenn er gar kein Kojote war... sondern Maluku?

Sie schleppte sich weiter, wandte immer wieder vorsichtig den Kopf, um zu sehen, ob der Kojote folgte. Er blieb verschwunden.

Gegen Mittag machte sie an einem Abhang unter dem ausladenden Blätterdach eines Baumes Rast, um zu essen und sich auszuruhen. Der Schatten war angenehm kühl, doch wenn Sonnenvater sich in seine Bergwohnung zurückzog, würden der kalte Nachtwind über die Tafelberge fegen und ihre Knochen vor Kälte steif werden lassen. Bald mußte sie einen Unterschlupf für die Nacht suchen.

Sie verzehrte einen Maisfladen aus ihrem Vorratsbeutel und ließ den Blick über das Land schweifen. In der Ferne flog krächzend eine Schar Raben auf. Etwas hatte sie aufgescheucht. Kwani duckte sich und spähte durch die Zweige, die sie halb verdeckten.

Ein Hirsch brach aus dem Unterholz und hetzte auf die Anhöhe zu, wo Kwani sich verbarg. Drei Jäger verfolgten ihn. *Apachen!*

Versteinert vor Entsetzen beobachtete Kwani den herannahenden Hirsch und die Apachen. Ihr Bündel war nur halb unter dem Baum versteckt, ihr Speer lag daneben. Die Apachen würden sie sicherlich entdecken! Nur mit Mühe konnte sie ihr Zittern unter Kontrolle bringen, um sich nicht durch eine Bewegung des Laubes zu verraten.

Der Hirsch schlug einen Haken und hetzte in eine andere Richtung davon. Die Apachen folgten ihm behende, lautlos, in ungezähmter Wildheit. Irgendwann würden sie das erschöpfte Tier einholen, das wußte sie. Lang blieb Kwani, ohne sich zu rühren, in ihrem Versteck, denn die Apachen kehrten möglicherweise zurück. Die Schatten wurden lang.

Schließlich erhob sie sich vorsichtig und spähte in alle Richtungen. Die Gefahr war vorüber.

Sie murmelte Dankesgebete und wanderte am Rand des Tafelbergs entlang in der Hoffnung, eine geeignete Stelle zum Abstieg in das enge Tal zu finden. Ein kühler Wind war aufgekommen.

Sorgfältig suchte sie die senkrecht abstürzenden Sandsteinfelsen ab, die eine Menge kleiner Höhlen aufwiesen. Sie mußte einen Unterschlupf finden, bevor es zu dunkel war.

Ihr Bündel schien schwerer geworden zu sein. Mit mühsam schleppenden Schritten bahnte sie sich einen Weg durchs Gestrüpp. Auf der anderen Seite, nahe am Fuß der Schlucht, erspähte sie eine kleine Höhle, deren Eingang von Büschen halb versteckt war. Sie würde ihr Schutz bieten vor der Kälte und den Augen der Jäger.

Der Felsabhang war sehr steil; beim Abstieg galt es mit äußerster Vorsicht und großem Geschick vorzugehen, daher machte sie eine kurze Rast. Hinter ihr war ein Geräusch. Ein Schritt! Kwani fuhr herum. Nichts. Aber sie *wußte*, daß sie einen Schritt gehört hatte. Apachen!

Hastig begann sie den Abhang hinabzueilen; Steine bröckelten ab, und sie verlor den Halt unter den Füßen. Sie streifte den Korb ab, rutschte aber weiter. Sie ließ den Speer fallen, um sich an Büschen festzuklammern. Doch unaufhaltsam schlitterte sie auf dem losen Geröll nach unten, stürzte, überschlug sich mehrmals, prallte gegen Felsbrocken und blieb schließlich von Dornen zerkratzt, mit Prellungen und Wundschürfungen am Fuß der Schlucht liegen.

Ein nie gekannter, heftiger Schmerz stach ihr in den Rükken und Unterleib, dann verlor sie das Bewußtsein.

Es war dunkel und bitterkalt, als ein furchtbarer krampfartiger Schmerz sie weckte. Ihr Kind kam zur Welt! Aber es war zu früh, zu früh!

Ein heftiger Schmerz im Bein hinderte sie daran, aufzustehen. Vergeblich versuchte sie, die Geburtswehen zurückzuhalten, aber ihr Körper hatte seinen eigenen Willen. Schwarze Finsternis lastete auf ihr; nie zuvor hatte sie sich so einsam und verlassen gefühlt. Sie schrie ihre Urängste und die furchtbaren Schmerzen, die sie in immer kürzeren Abständen durchzuckten, hinaus, bis sie vor Schwäche nur noch heiser keuchte. Den warmen Schwall, der sich zwischen ihren Schenkeln ergoß, spürte sie nicht mehr. Sie war wieder in Ohnmacht gesunken.

Es dauerte lange, bevor sie wieder erwachte. Der stechende Schmerz hatte nachgelassen, doch ihr ganzer Körper fühlte sich an wie eine offene Wunde. Es war nicht mehr so kalt wie zuvor; etwas Warmes schmiegte sich an sie. Sie hob den Kopf, und ein kleiner Laut entfuhr ihr. Der Rücken eines hundeähnlichen Tieres lag an ihrer Seite. Bei Kwanis Bewegung wandte das Tier den Kopf zu ihr um. Ein Kojote! Bruder Kojote!

Ihr Kind. Wo war ihr Kind? Sie wollte es sehen, es im Arm halten. Bruder Kojote verließ sie. Sie tastete mit beiden Händen zwischen ihre Schenkel. Da war kein Kind.

Dann wußte sie, was geschehen war. Der Geist des Kojoten hatte das Kind in sich aufgenommen, um mit ihm in die Geisterwelt einzugehen.

Wieder hüllte das Dunkel sie ein.

Schwaches Licht. Wacholderrauch. Wärme. Ein Geräusch, ein seltsames Geräusch, wie ein heiserer Vogelschrei, ganz nah. Wieder zuckte der Schmerz durch ihr Bein. Ihr Bein bewegte sich ohne ihr Zutun.

Sie befand sich in einer Höhle. Ein Mensch – ein Mann? – umwickelte ihr verletztes Bein vom Knie bis zum Knöchel mit einem langen, weichen Lederstreifen und schiente es mit einem Fichtenast. Sie lag auf einem Polster aus Gras und Wacholderrinde, neben ihr brannte ein Feuer.

Wieder der heisere Schrei. Ein großer, bunter Vogel watschelte auf sie zu. Die Federn seines glatten Kopfs schimmerten rot, Rücken und Schwanz waren grellgrün und die Flügelfedern blau. Kwani hatte noch nie ein solches Wesen gesehen und sah verblüfft, wie der Vogel einen Arm hinaufkletterte und auf einer Schulter Platz nahm.

Eine tiefe Männerstimme redete unwirsch in fremder Zunge. Der Vogel wurde von der Schulter genommen und ziemlich unsanft auf den Boden gesetzt, wo er unter Protestgeschrei fortwatschelte.

Kwani entfuhr ein kleiner Schrei des Erstaunens und des Schmerzes. Der Mann ließ ihr Bein los und beugte sich über sie. Sie sah ein vom Feuerschein beleuchtetes, völlig fremdartiges Gesicht, das nicht rund wie Anasazigesichter war, sondern lang und schmal. Zwischen dichten Augenbrauen entsprang eine große Nase, wie der Schnabel eines Adlers und schwang sich zu vollen Lippen, deren Winkel sich nach unten zogen. Gelbbraune Augen, wie die eines Löwen, lagen über hohen Wangenknochen und schienen Funken zu sprühen. An seinen Ohren hingen glitzernde Ringe. Ein prächtiges Halsband aus demselben Material lag auf einer breiten, nackten Brust.

Über der hohen, steilen Stirn war sein dichtes, schwarzes Haar zum Knoten auf dem Kopf gebunden und von einer mit bunten Federn und türkisfarbenen Perlen geschmückten Kappe bedeckt.

Ein fremdartiger, aber nicht unangenehmer Geruch ging von ihm aus. Er beugte sich dichter über sie und berührte ihr Gesicht.

»Anasazi«, sagte er in eigenartigem Tonfall. »Du bist eine Anasazi.«

Trotz der Fremdartigkeit strahlte er etwas Beruhigendes aus. »Wer bist du?« fragte sie.

Statt einer Antwort nahm er einen brennenden Kienspan aus dem Feuer, den er über ihr Gesicht hielt, um sie besser zu sehen. Er beugte sich tief über sie, und Kwani stellte fest, daß seine Wangen und sein Kinn mit einem kunstvollen Muster schwarzer Punkte geschmückt waren.

Er hob ihre beiden Augenlider hoch und untersuchte sie eingehend. Dann klappte er ihr Kinn nach unten, um ihre Mundhöhle zu untersuchen. Brummend warf er den Span ins Feuer zurück und wandte sich wieder ihrem Bein zu.

»Mein Kind!« stöhnte Kwani, plötzlich von übermächtiger Trauer befallen.

Der Mann achtete nicht auf sie, sondern bandagierte ihr Bein weiter. Als sie nicht aufhörte zu stöhnen, verschwand er im Dunkel und kam wieder mit einer Flöte. Er setzte sich, lehnte sich an die Wand und begann zu spielen. Es brachte Vogelstimmen des Frühlings zum Klingen, das Plätschern eines Baches, den Wind in den Gräsern, den Herzschlag eines Geliebten. Er spielte ein süßes, leidenschaftliches Lied vom Leben.

Die Musik linderte ihren Schmerz wie Zauberbalsam. Sie starrte ihn an. Wie war das möglich? Er war ihr doch völlig fremd.

»Bist du Kokopelli?«

Er nickte knapp.

»Wie hast du mich gefunden?«

»Bruder Kojote fand dich.« Sein seltsamer Dialekt machte es ihr schwer, ihn zu verstehen. »Er führte mich zu dir.«

Der Kojote war nicht wirklich ein Kojote, dachte Kwani. Er war der Geist eines Vorfahren. Laut sagte sie: »Du hast mich in die Höhle gebracht, die ich zu erreichen versuchte.« Sie lächelte. »Ich bin dir dankbar.«

Er nahm eine Kürbiskelle, hob ihren Kopf und hielt ihr die Kelle an die Lippen.

»Trink.«

Sie nippte und wandte das Gesicht ab. Es war ein heißes, bitteres Gebräu.

»Trink!« befahl er. »Es vertreibt das Fieber, das dich schwächt.«

Seine Stimme, seine Gegenwart, der Blick seiner gelbbraunen Augen, die Art, wie er ihren Kopf in seiner starken Hand hielt, überzeugten sie.

»Jetzt ruh dich aus«, sagte er.

Der Papagei kreischte aus dem Halbdämmer. Kokopelli streckte die Hand aus. Der Vogel watschelte darauf zu und kletterte auf den ausgestreckten Finger. Kokopelli hob den Vogel an sein Gesicht, so daß er ihm Auge in Auge gegenüber war. Er sprach schnell in seiner fremden Zunge mit ihm. Das Tier neigte den Kopf schief, dann antwortete es in wundersam menschlicher Stimme.

Kwani war wie vom Donner gerührt.

Er hob den Vogel auf seine Schulter, wo er sich niederließ und Kwani mit kleinen, schwarzen Kugelaugen anstarrte.

»Was sagt er?« erkundigte Kwani sich ängstlich.

Gelbbraune Augen unter schwarzen Brauen schauten sie eine Weile stumm an.

»Er sagt, daß du schön bist.«

Er machte sich über sie lustig! Eine Welle von Übelkeit und Schmerz schwappte über sie und Kwani wandte das Gesicht ab.

Wieder hob er die Flöte an seine Lippen. Er spielte eine Melodie von sanft fallender Dunkelheit; von stillen Abendstunden, in denen die Sterne leuchten und die Sippen sich auf den Dächern versammeln, um zu singen und einander Geschichten zu erzählen, und zufrieden sind.

Langsam wurden ihre Lider schwer, und sie fiel in tiefen Schlaf.

7

Kokopelli betrachtete das schlafende Mädchen; ihr Haar rahmte das Gesicht wie dunkle Wellen, ihre langen Wimpern lagen in sanftem Schwung auf ihren Wangen. Und er sann über die atemberaubenden blauen Augen nach, die sich unter den schlafenden Lidern verbargen.

Blau. Wie die Augen des Häuptlings, mit dem er vor vielen Monden Handel getrieben hatte. Wer war die junge Frau? Dem Inhalt ihres Bündels nach zu schließen, befand sie sich auf Wanderschaft. Allein. Aus welchem Grund?

Während er am frühen Morgen dieses Tages in einem Bach badete, war ein Kojote ans Ufer getreten. Kokopelli, der keinerlei Scheu vor Tieren kannte, sich im Geist mit ihnen verständigte und nie angegriffen wurde, wahrte die Höflichkeit und schenkte dem Kojoten keine Beachtung, bis dieser es für angebracht hielt, sich an ihn zu wenden.

Der Kojote setzte sich auf die Hinterbeine und sah Kokopelli bei seinem morgendlichen Bad zu. Schließlich wandte Kokopelli sich ihm zu; und Mensch und Tier schauten einander lange an. Schließlich erhob sich der Kojote, trottete eine kurze Strecke, ließ sich erneut nieder und wartete, bis Kokopelli sich mit Gräsern trockengerieben hatte. Die Sonne stand noch nicht am Himmel. Kokopellis brauner Körper war stark und hager, seine Beine mit Muskeln bepackt von den endlosen Wanderschaften durch Wüsten, über Berge und weite Ebenen von Cem-Anahuac, der Einen Welt, hinter dem großen Fluß im Süden bis ins Land der Tafelberge und Canyons.

Er, der toltekische Adelige, hatte Anspruch auf ein Luxusleben in Tula. Nachdem die Chichimeca Barbaren aber in seine Heimat eingefallen waren, hatte es ihm dort nicht mehr gefallen. Seine Familie – seine Brüder, Schwestern, Vettern – waren zwar unbehelligt geblieben und das Land seiner Vorväter wurde nicht zerstört – zumindest lagen die Verhältnisse bei seinem letzten Besuch so. Er gab dem Leben als Wanderer den Vorzug – er war Händler, Heiler, Magier, Lehrer der Künste und Wissenschaften. Es machte ihm Spaß, daß schlichte Gemüter ihn als höheres Wesen verehrten. Ihre Verherrlichung verschaffte ihm Wohlstand und Ansehen. Außerdem war er Tolteke.

Der Kojote erhob sich wieder, trottete ein Stück weiter und ließ sich wieder nieder.

»Na schön«, sagte Kokopelli.

Er band das weiche Tuch um die Lenden und legte den farbigen Umhang um seine Schultern. Dann schlang er sein in Yuccaschaum gewaschenes Haar zu einem festen Knoten, steckte ihn mit goldenen Nadeln auf dem Kopf fest und untersuchte die auf einem Stein abgelegte Kappe nach den verhaßten Läusen der Fremden, bevor er sie aufsetzte und die kurzen, schlanken Federn glättete, die ihr das kostbare, farbenprächtige Aussehen verliehen. Ihr Rand war gesäumt mit Türkisperlen, die bei jeder Kopfbewegung eindrucksvoll wippten. Er war stolz auf diese Kappe; ihresgleichen gab es kein zweites Mal. Eine liebende Majafrau hatte sie für ihn gefertigt.

Er hatte viele Frauen geliebt und hatte die Absicht, noch viele zu lieben. Dafür wurde gesorgt, wenn er den Ort des Adlerclans erreichte, wie in jedem Dorf, jeder Ansiedlung, die er besuchte. Die Mannessäfte waren dazu da, um verschenkt zu werden. Sonst versiegten sie, und der Mann vertrocknete und vergreiste.

Der Kojote wartete, den Kopf nach ihm gewandt, bis Kokopelli sein Bündel schulterte und ihm folgte. Am Rand des

Tafelbergs blieb der Kojote stehen. Als Kokopelli bei ihm angelangt war, trottete der Kojote mit seinem Kojotenlächeln fort.

Kokopelli spähte in die Schlucht hinab. Zwischen Felsbrocken lag ein Mädchen mit zerfetztem, blutigem Kleid. Neben ihr verstreut kleine Knochen und ein Kinderschädel, von Raben abgenagt. Flügelschlagend suchten sie das Weite, als er sich näherte. Auf halbem Weg nach unten lag ein Lastkorb, in dem es vor Ameisen auf Nahrungssuche wimmelte. Daneben lag ein Speer. Ausgerechnet ein Speer! Niemand benutzte noch Speere; eine Frau schon gar nicht.

Er schlitterte den Geröllhang hinab zu dem Mädchen, dessen Wangen im Fieber glühten.

Hier kann ich sie nicht liegen lassen.

Er trug sie in eine enge, halb hinter Gestrüpp verborgene Höhle. Sie war niedrig, reichte jedoch ziemlich tief in den Berg hinein. Dann begann er, jede Handbreit ihres Körpers sorgfältig zu untersuchen, beginnend mit dem Schädel bis hinunter zu den Füßen. Sie hatte Schürfwunden und starke Blutergüsse, er stellte jedoch nur einen Knochenbruch fest, zwischen Knie und Knöchel des rechten Beins. Sie war niedergekommen und lag mit hohem Fieber im Koma.

Er hockte sich neben sie und dachte nach. Als Mitglied der Herrscherkaste der Tolteken war er in den Wissenschaften bewandert: Astronomie, Mathematik, Ingenieurskunst und Medizin. Auf seinen weiten Reisen hatte er viel von Medizinmännern gelernt.

Sie hatte eine Kopfwunde. Vielleicht auch eine andere Krankheit in ihrem Blut, mutmaßte er. Noch einmal tasteten seine langen, kräftigen Finger ihre Schädeldecke durch ihr wirres volles Haar ab. Der Hinterkopf war abgeflacht; ein Brauch der Anasazi, die ihre Neugeborenen auf Wiegebretter schnürten. Je abgeflachter der Schädel, desto perfekter das Schönheitsmerkmal. Welch barbarischer Brauch! dachte Kokopelli, während seine Finger ihre Schädeldecke abgriffen. Er fand kein Anzeichen, das auf eine ernste Verletzung schließen ließe. Aber Kopfverletzungen waren eine heikle Sache. Vielleicht war eine Operation vonnöten. Schädelbohrer führte er in seinem Medizinbeutel mit sich.

Möglicherweise genügte aber auch eine Behandlung der Krankheit im Blut. Es dauerte eine gewisse Zeit, bis er die notwendigen Beeren, Blätter, Wurzeln und Rinden sowie einen passenden Ast für die Beinschiene gefunden hatte. Bei seiner Rückkehr war die junge Frau noch immer ohne Bewußtsein. Eilig bereitete er das Feuer, übergoß die Heilkräuter in seinem Tongeschirr mit Wasser aus seinem Wasserbeutel. Während der Sud kochte, wollte er das Bein schienen.

Mit seinem scharfen Feuersteinmesser schabte er die Rinde vom Ast und glättete die Seite, die an ihrem Bein aufliegen würde. Der stechende Geruch des kochenden Suds erfüllte die Höhle. Seinem Medizinbeutel entnahm er einen langen weißen, sehr weichen Wildlederstreifen, legte die Schiene an ihr Bein und begann es sorgfältig und nicht zu fest zu bandagieren, um den Blutkreis nicht zu unterbinden.

Als sie erwachte, war er erleichtert und beglückwünschte sich, daß ihr Geist auf sein Flötenspiel reagierte und sie in natürlichen Schlaf sank. Die Kraft ihres Geistes würde die Heilung beschleunigen.

Bislang hatte er das Zeitproblem noch nicht bedacht. Es würde mindestens vierzig Tage dauern, bevor sie in der Lage war, ohne Krücke zu laufen. Bis dahin konnte sie in dem unwegsamen Gelände nicht reisen. Der Winter war nah, und er müßte längst auf dem Rückweg nach Süden sein.

Entweder er mußte sie zurücklassen und zu den Felssiedlungen wandern, um jemand nach ihr zu schicken, der sie pflegte, oder er mußte selbst bei ihr bleiben.

Er trat ins Freie und sog die Luft tief in die Lungen. Es war stockfinster; Wolken verhüllten die Sternenbilder. Der Wind trug Kälte mit sich. Ja, der Winter war nah. Er wollte nach Süden zu warmen Meeren und Sand und zu Plätzen des Winterhandels.

Sein Blick wanderte zu ihrem Reisekorb. Das feinste Flechtwerk, das er je gesehen hatte, denn selbst die für ihre Flechtkunst berühmten Anasazi stellten in letzter Zeit mehr Tonbehälter her als Körbe. Dieser war eine ausgesprochene Rarität.

Er verfolgte seine Marschroute in Gedanken noch einmal, in deren Verlauf er viele solcher Körbe tauschen konnte. Dabei wäre eine Frau nützlich, um Lasten zu tragen, Mahlzeiten zu bereiten, seine Kleider in Ordnung zu halten und andere Bedürfnisse zu befriedigen. Seit langem spielte Kokopelli mit dem Gedanken, sich eine Gefährtin zu nehmen. Er wurde älter; bald hatte er dreiundvierzig Mal die Blätter fallen gesehen und konnte nicht mehr lange von Horizont zu Horizont ziehen. Jedes Tier, jeder Vogel hatte einen Bau, ein Nest, einen Zufluchtsort, ein Heim. Aber welche Frau würde freiwillig ohne Rast und Ruh in Hitze und Sturmgebraus wandern und sein Leben teilen? Und andererseits fand er Gefallen daran, in jedem Dorf, in jeder Stadt eine andere Frau zu wählen. Er verschenkte seinen Samen und sicherte damit dem Stamm Fruchtbarkeit und Wohlergehen. Es hatte ihn große Überredung gekostet, die Menschen davon zu überzeugen, und er verspürte nicht den Wunsch, die Früchte seines Erfolgs zu opfern. Er kannte genügend Ehegemeinschaften, um zu wissen, daß keine Frau von Format, gewiß keine, auf die seine Wahl fallen würde, sich mit seinem Nomadenleben zufriedengab. Eine unzufriedene Frau aber war wie eine stachelige Kastanienschale in der Sandale.

Er hatte mit dem Gedanken gespielt, sich einen jungen Mann als Träger zu nehmen. Doch seine Handelsgeheimnisse mitzuteilen, würde ihm Wettbewerb und Konkurrenz schaffen. Er war zufrieden, so wie es war, sein Handel führte ihn in weite Fernen. Nein. Nur er war Kokopelli, Lehrer, Magier, der beste Medizinmann weit und breit, er der Spender des heiligen Samens.

Und so sollte es bleiben.

Aber dieses Mädchen. Sie war alleine auf Wanderschaft. Warum? Sie hatte eine Frühgeburt. Hatte sie einen Gefährten? Wenn ja, wo war er?

Ihr Bündel enthielt eine herrliche Decke, gewebt aus Hasenfellstreifen und feinem Yuccagarn. Bei den Anasazi fertigen meist die Männer die Flechtarbeiten. Mit Körben und Decken, wie dieses Mädchen sie besaß... Seine Lippen zuckten, und die Nüstern seiner Adlernase blähten sich bei der Aussicht auf noch größeren Reichtum.

Das Mädchen bewegte sich. Ja, sie war schön. Er legte ihre feine Decke beiseite und hob ihr zerfetztes, blutiges Kleid hoch. Ihre kleinen Brüste waren in der Schwangerschaft erblüht; sie waren rund und voll und ihre Spitzen hatten die Farbe von Kaktusfrüchten. Er beugte sich über sie, um sie zu schmecken. Selbst nach der Geburt war ihre Mitte schmal, ihre Hüften wölbten sich in üppiger Rundung zu wohlgeformten Schenkeln.

Er spürte ein Rühren in seinen Lenden. Doch sie hatte erst vor wenigen Stunden eine Fehlgeburt gehabt. Er zog das Kleid unter ihrem Körper hervor. Es war stark verschmutzt; er wollte es im Bach waschen. Und am nächsten Morgen auch sie.

Morgengrauen. Kwani öffnete ihre Augen. Sie war schwach, und ihr ganzer Körper schmerzte, doch die Krankheit in ihrem Bauch war verschwunden. Einen Augenblick wunderte sie sich über die dicht über ihr hängende Felsdecke. Dann erinnerte sie sich – der Sturz, der Schmerz, Bruder Kojote... Ihr Kind.

»Mein Kind!« stöhnte sie.

Sie erhielt in ihrer Stimmlage eine Antwort, die keine Worte enthielt. Erschrocken versuchte Kwani, sich auf die Ellbogen zu stützen.

Es ist der Vogel, dachte sie. Ja, da saß er auf einem Felszakken. Jedes seiner kleinen, schwarzen Knopfaugen war ein boshafter Geist, der sie beobachtete. Wo war Kokopelli? Ihr verängstigter Blick versuchte, das Halbdämmer zu durchdringen; erschöpft sank sie wieder zurück. Er hat mich verlassen, dachte sie. Ich bin allein mit diesem bösen Vogel.

Oder hatte Kokopelli sich in die Gestalt des Vogels verwandelt?

Wieder sah sie sein Gesicht über sie gebeugt – die glühenden Augen unter schweren, schwarzen Brauen, die Adlernase, die sich in kühnem Schwung zu den sinnlichen Lippen bog. Ihr unruhiger Blick wanderte zu dem Papagei hinüber. War er in seiner Gestalt?

Der Schnabel hatte Ähnlichkeit mit seiner Nase. Die Augen waren von anderer Farbe, aber von ähnlicher Eindringlichkeit.

»Kokopelli?« flüsterte sie ängstlich erregt.

Der Papagei plusterte sein Gefieder und schenkte ihr keine Beachtung. Sie schloß die Augen. Ihr Bein schmerzte. Sie schlug die Decke beiseite, um die Verletzung zu untersuchen und bemerkte erst jetzt ihre Nacktheit.

Mein Kleid! Er hat mein Kleid fortgenommen!

Sie zog die Decke bis unters Kinn. Wo war er? Was hatte er mit ihr vor?

Ihr geschwächter Zustand erhöhte ihre Ängste. Er wußte, daß sie eine Anasazi war. Vielleicht war er fortgegangen, um ihre Sippe zu verständigen... Ihr Kleid würde sie verraten... vielleicht brachte er Maluku mit. Sie war hilflos gefangen, einem bösen Vogelgeist ausgeliefert. Kokopelli entsprach keineswegs ihrer Vorstellung. Er war so *fremd*. Sie hatte Angst vor ihm.

Dann dachte sie an seine Musik, bezaubernd und süß; ihr Herzklopfen beruhigte sich ein wenig. Vielleicht kommt er zurück... vielleicht holt er Wasser. Aber warum hat er mir mein Kleid weggenommen?

Wieder suchten ihre Augen die dunkeln Schatten ab. Auch ihr Korb war fort. Doch sein Inhalt war ordentlich aufgeschichtet und sein eigenes, umfangreiches Bündel war noch da.

Sie entspannte sich. Er hat mich nicht verlassen.

Es wurde heller. Kwani kam sich vor, als liege sie im Rachen der Felshöhle verschluckt. Sie war hungrig und furchtbar durstig, und die kleinste Bewegung verursachte ihr große Schmerzen. Die niedere Felsdecke hing erdrückend über ihr.

Ich habe die Götter erzürnt, dachte sie. *Womit habe ich sie verärgert?*

Mein Amulett! Ich habe es zu wenig gefüttert! Seit sie es dem Medizinpfeil geschenkt hatte, hatte sie es nicht mehr beachtet. Nun wurde sie dafür bestraft. Ich werde es füttern, wenn Kokopelli zurückkehrt.

Falls er zurückkehrt.

Die Zeit verstrich. Angst und Einsamkeit lasteten auf ihr, die Decke der Höhle schien sie zu erdrücken. Sie dachte an ihre Mutter, die auf ihre Rückkehr wartete.

Ich darf nicht heimkehren, Mutter; ich habe mein Kind verloren, den Beweis, daß keine bösen Geister in mir wohnen.

Ich kann mich nicht auf den Weg machen, um den Blauäugigen zu suchen, der mir geben wird, was ich nie besaß. Seit dem Tag ihrer Geburt hatte sie keine wahre Geborgenheit gekannt – ihre Augen, ihre verhaßten blauen Augen lenkten immer Verdacht auf sie. Sie saß in der Falle.

Sie brauchte etwas, um sich darauf zu stützen, dann würde sie gehen können. Der Speer! Er kann mir als Krücke dienen. Vielleicht morgen oder bald, werde ich in die Höhle zu Krummer Fuß zurückfinden. Sie dachte daran, wie wütend er sein mußte, daß sie fortgegangen war. Aber wenigstens hatte sie bei ihm so etwas wie ein Heim.

Mühsam stützte sie sich wieder auf die Ellbogen. Da lehnte ihr Speer an der Wand neben –

Sie schnappte nach Luft. Starker Bogen war da! Ihr Herz machte einen Satz. Krummer Fuß und Kokopelli machten gemeinsame Sache. Eine Verschwörung! Was werden sie mir antun?

Sie sank auf das Lager zurück; ihr Herz flatterte wie ein Vogel im Käfig. Es war der Schritt von Krummer Fuß, den sie gehört hatte, bevor sie den steilen Geröllhang hinuntergestürzt war. Er verfolgte sie.

Ihre Gedanken rasten. Ich brauche meinen Speer. Sie versuchte aufzustehen, doch wilder Schmerz durchzuckte ihr Bein. Sie schleppte sich kriechend über den rauhen Höhlenboden, das verletzte Bein nachziehend. Die Schatten verschwammen. Schwäche und Dunkelheit hüllten sie ein. Wie in einem Alptraum nahm sie eine Bewegung am Höhleneingang wahr.

»Krummer Fuß!« schrie sie.

Hilflos spürte sie sich von starken Armen hochgehoben und öffnete angstvoll die Augen. »Was hast du vor, du Närrin?« Die Stimme hatte einen melodisch tiefen Klang. Kokopelli. Das fremde Gesicht, so nah, mit dem Muster schwarzer Punkte ...

Er brachte sie zum Lager zurück und kauerte neben ihr, und seine gelbbraunen Augen fixierten sie. Er betrachtete prüfend ihre Fingernägel, beugte sich über sie, um ihren Mund zu untersuchen und ihren Atem zu riechen.

Instinktiv griff Kwani nach der Decke, um ihre Blößen zu

bedecken. Mit einem scharfen Unmutlaut riß er ihr die Decke fort und tastete sorgsam ihr Bein ab, prüfte den Lederverband. Dann beugte er sich vor, um ihren Bauch zu inspizieren.

»Nein!«

Der Papagei äffte sie nach: »Nein! Nein!« krächzte er triumphierend.

Kokopellis Augen funkelten. Er drückte seine Hand auf ihren Unterbrauch. »Hast du hier Schmerzen?«

»Nein.«

Er drückte fester. »Jetzt?«

Sie unterdrückte ein Wimmern. »Nicht stark.«

»Bewege dich nicht.«

Sie wurde starr vor Angst, als er sanft die Lippen ihrer Weiblichkeit teilte und sich vorbeugte, um den Bereich zu untersuchen.

»Du wirst gesund.« Er hockte sich auf die Fersen und musterte sie mit einem Blick, der ihr nicht völlig teilnahmslos schien.

Ängstlich zog sie die Decke an sich. Er erhob keinen Einwand und zog erheitert die Mundwinkel hoch.

»Wo ist Krummer Fuß?«

»Wer?«

»Krummer Fuß. Ihm gehört Starker Bogen.«

Sein Blick war undurchdringlich. »Du kennst ihn?«

»Er ist – war – mein Gefährte. Wir haben Starker Bogen im Handel mit Jägern erworben.«

»Nur du und ich sind hier. Und natürlich mein Freund.« Auf sein Nicken watschelte der Vogel in seinem unbeholfenen Gang auf ihn zu; Kokopelli hielt ihm die Hand hin, und der Vogel kletterte bis zur Schulter hinauf.

»Aber Starker Bogen ist hier. Ich sah ihn im Schatten stehen.« Ihre Stimme piepste wie die einer verwundeten Maus. »Wo ist Krummer Fuß?«

Lange Zeit blieb Kokopelli stumm. Blaue Augen erforschten seine; er wandte sich ab. »Er ist in Sipapu.«

Sie schnappte nach Luft. Sipapu war die heilige Unterwelt, aus der alle Menschen kamen und wohin alle nach dem Tod zurückkehrten.

Sie starrte Kokopelli an. »Du hast ihn getötet!«

Seine Augen sprühten Funken. »Kokopelli muß nicht töten, um das zu bekommen, was er will!« Er machte eine Pause. »Ich tauschte den Bogen bei Apachen ein.«

Kwani erinnerte sich an die Apachen... die einen Hirsch verfolgten...

»Sie sagten, daß der Krüppel versuchte, sie zu bestehlen. Sie rächten sich. Es war in der Nähe seines Stammes.«

Kwani war erschüttert. Krummer Fuß wollte zu seinem Volk zurück und hatte sie im Stich gelassen.

»Kokopelli«, flüsterte sie.

Er wandte den Kopf und sah sie an.

»Ich bin dir dankbar.«

Er lächelte. Sie sah ihn zum ersten Mal lächeln. Zu ihrem Erstaunen besaß er noch alle Zähne, eine Seltenheit bei einem Mann seines Alters. Die Anasazi litten frühzeitig unter Zahnfäule, die ihnen große Schmerzen bereitete.

Er erhob sich und brachte sein Kochgeschirr, gefüllt mit blauen und roten Beeren und seinen Wasserbeutel. Sie trank, bis das Wasser ihr übers Kinn lief, ihr Körper war am Verdursten, wie der von Mutter Erde, wenn nach langer Dürre erste Regentropfen fallen.

»Iß.« Er stellte die Schale mit Beeren neben sie.

Sie steckte eine Handvoll davon in den Mund. Die säuerlichen, saftigen, roten und die süßen, blauen schmeckten gleichermaßen köstlich. Die Schale war beinahe geleert, bevor sie sich an die guten Sitten erinnerte und ihm davon anbot.

Er nahm sie höflich entgegen und gab dem Vogel gelegentlich eine Beere, der sie mit einem schnellen Kopfnicken aufpickte. Wenn Kokopelli kaute, hüpften die schwarzen Punkte an seinem Kinn auf und ab, seine Ohren gerieten in Bewegung, und die goldenen Reifen schwangen sanft klingend hin und her.

Ein seltsamer Mann, dachte sie. Aber sie fühlte sich in seiner Gegenwart wohler.

Kokopelli stellte die Schale ab und begann eine Unterhaltung mit seinem Vogel, während der er ihr hin und wieder einen Blick zuwarf. Zu gerne hätte Kwani gewußt, worüber sie redeten, hätte sich aber lieber die Zunge abgebissen, als zu fragen.

Schließlich erklärte Kokopelli: »Mein Freund ist der Meinung, daß dir ein Bad nicht schaden könnte.«

Sein Freund, nein wirklich! »Vielleicht könnte auch ihm ein Bad nicht schaden«, entgegnete sie bissig. »Gibst du mir bitte meinen Beutel mit geweihtem Mehl und meinen Medizinpfeil?«

Kokopelli untersuchte neugierig die mystischen schwarzen und weißen Symbole auf dem Pfeil, den er aus ihrem Bündel holte.

»Woher hast du ihn? Sieht aus wie ein Pfeil, mit dem man Hexen tötet.«

»Ja, so einer ist er.« Sie streute etwas von dem geweihten Maismehl auf das am Pfeil befestigte Amulett.

»Nimm meine Gabe, du mächtiger Geist und beschütze mich vor den Geistern des Bösen.« Dann streute sie etwas Mehl in die Sechs Heiligen Richtungen, bevor sie Pfeil und Mehlbeutel Kokopelli zurückgab, der sie wortlos und mit unbewegter Miene wieder in ihr Bündel zurücklegte.

Er setzte den Vogel zu Boden, der hin und her watschelte und seinen roten Kopf von einer Seite zur anderen legte. Das Licht schimmerte auf seinen blaugrünen Flügeln und dem leuchtenden Grün seines langen Schweifes.

Schließlich sagte Kokopelli: »Du bist also eine Hexe? Das wundert mich nicht.«

»Ich bin keine Hexe!«

Er sah, wie ihr Puls am Hals zu flattern begann. »Der Pfeil. Wie kommst du an den Pfeil?«

»Wegen meiner Augen, meine häßlichen Augen. Und als die Krankheit kam –«

»Aha. Und der Pfeil?«

»Maluku...« Die Erinnerung an ihn ließ sie schaudern, und sie begann zu schluchzen wie ein Kind.

»Sag es mir.«

Aber sie konnte nicht. Kokopelli zog sie hoch zum Sitzen und legte seine Arme um sie.

»Du wirst es mir sagen.«

Sie barg ihr Gesicht an seiner Brust. Sein regelmäßiger

Herzschlag, der Schutz der Arme eines starken Mannes, dessen Stimme zu befehlen verstand, gaben ihr das Gefühl, Wasser werde in einen lange leerstehenden Krug gefüllt. Sie hörte auf zu zittern und begann stockend und leise zu reden, daß er sein Ohr nahe an ihr Gesicht bringen mußte, um sie zu hören.

»Man wollte mich töten. Meine Mutter riet mir, fortzulaufen nach Südosten, um den Blauäugigen zu suchen, der mich beschützen würde.«

»Der Blauäugige? Weiß sie von ihm?«

Etwas in seinen gelbbraunen Augen beunruhigte sie.

»Ja. Kennst du ihn auch?«

»Erzähle mir von dem Pfeil.«

»Maluku, der Medizinmann, schoß ihn nach mir, als ich fortlief. Aber der Pfeil weigerte sich, mich zu treffen und bohrte sich in meinen Korb.«

»Hat dein Gefährte dich nicht beschützt?«

»Nein. Auch er glaubte, ich sei eine Hexe. Wopio...« Ihr kam zu Bewußtsein, daß sie seit einiger Zeit nicht an Wopio gedacht hatte.

»Bist du eine?«

Sie erwiderte seinen Blick zornig und enttäuscht. *Er wird mir nie glauben.* Sie sagte: »Ich muß den Blauäugigen finden. *Er* wird mir glauben!«

»Vielleicht ist auch er ein Hexer.« Seine vollen Lippen kräuselten sich erst zu einem Lächeln, dann lachte er. Sein Lachen klang angenehm. Er warf den Kopf zurück und lachte mit weitgeöffnetem Mund, und sie konnte seine weißschimmernden Zähne in der roten Mundhöhle sehen. Kwani ließ sich davon anstecken und lachte mit ihm.

»Ich trage dich zum Bach und bade dich.«

Er zog die Decke weg. Diesmal versteifte sie sich nicht. Trotz ihrer Blutergüsse und Schürfwunden, trotz der Beinschiene war sie schön.

Er hob sie mühelos hoch und trug sie hinaus in den kalten Morgen. Sein eigenartiger Geruch, das harte, glänzende Halsband, das sich an ihre Wange drückte, der Stoff seines farbenprächtigen Umhangs, wie sie nie einen zuvor gesehen hatte, die kalte Luft, die über ihren nackten Körper strich, all das rief gemischte Gefühle in ihr wach. Sie fühlte sich zugleich geborgen und unsicher, erfreut und verängstigt durch seine Fremdheit. Sie war in Sorge wegen seiner Absichten.

Er stieg die Schlucht bis ins Tal hinab, folgte ihm bis zu einem Bach und legte Kwani an eine weiche Uferstelle. Das Wasser sah wundervoll einladend aus. Doch sein Arm verwehrte ihr, ins Wasser zu steigen. »Der Verband muß trokken bleiben.«

Er schob das geschiente Bein seitlich weg. Dann zog er seine hochgeschnürten Ledersandalen aus und watete in den Bach. Den Umhang drapierte er um seine Schultern. Seine Hände zu Schöpfkellen gewölbt, begoß er sie von Kopf bis Fuß mit Wasser, Kelle um Kelle. Das eiskalte Wasser empfand sie besonders an den Blutergüssen und Prellungen wohltuend.

Die weichgeschlagene, angefeuchtete Yuccawurzel rieb und drückte er so lange, bis sie schäumte. Dann begann er, den Schaum auf ihrem Körper zu verteilen. Seine Hände glitten über ihre Wangen, folgten den Konturen von Nase, Kinn und Lippen.

Sie dachte, das hätte ich auch selbst machen können; ließ ihn aber gewähren.

Er setzte die Massage fort ihren Hals entlang, über ihre Schultern, verweilte in zartem Streicheln an ihren Brüsten. Kwani spürte, wie ihre Brustspitzen sich verhärteten. Weiter führte die Massage über die Mulde ihrer Mitte, die Rundungen von Hüften und Bauch. Als seine Finger in sanfter Kreisbewegung zwischen ihre Schenkel glitten, durchzuckte ein süßer Schmerz ihren Leib.

Falls er etwas bemerkte, gab er es nicht zu erkennen. Seine Hände massierten ihre Beine und vermieden sorgsam den Verband. Zum Schluß wusch er ihre Füße, wobei er Spann und Sohle und jeder einzelnen Zehe zärtliche Aufmerksamkeit schenkte.

»Jetzt in den Bach. Paß auf, daß das verbundene Bein trocken bleibt.«

Er hob sie in die Arme und stieg mit ihr ins Wasser. Kwani hielt das geschiente Bein hoch, und er tauchte sie ein, hob sie hoch, tauchte sie wieder ein, so lange, bis der Schaum abgewaschen war.

Der Schock des eisigen Wassers, seine glühenden gelbbraunen Augen, der sinnliche Mund, der ihrem so nah war, seine besitzergreifende Kraft... nie zuvor hatte sie ähnliche Empfindungen gehabt.

Er legte sie wieder ans Ufer, drehte sie auf den Bauch und wusch ihren Rücken und ihre runden, festen Pobacken. Kwani lag mit dem Kopf auf beiden Armen, froh, ihr Gesicht verbergen zu können. Wäre sie nur nicht vor kurzem niedergekommen. Beinahe wünschte sie, Kokopelli würde mit ihr das Lager teilen. Doch ihr Körper konnte noch keinen Mann empfangen; sie war immer noch wund und schwach.

Sie begann, vor Kälte zu schlottern. Er hüllte sie in seinen Umhang und trug sie auf dem Rücken huckepack wie ein kleines Kind zur Höhle zurück; unterwegs blieb er stehen, um ihre Sandalen und ihr gewaschenes Kleid, das er zum Trocknen über einen Busch gehängt hatte, mitzunehmen. Der Papagei empfing sie bei ihrem Eintreten mit wüsten Beschimpfungen, ihn allein gelassen zu haben, und Kokopelli redete begütigend auf ihn ein. Der Vogel plusterte sein Gefieder und sah mit finsterer Miene zu, wie er Kwani auf das Graslager bettete und ihr half, das trockene Kleid anzuziehen.

Ihr Bein und ihr ganzer Körper schmerzten, doch sie wußte, sie würde gesund werden. Magische Hände würden sie heilen. Sie war in Sicherheit.

Kokopelli saß zufrieden im Schatten. Sie würde ihm nützlich sein, sehr nützlich. Er lächelte in Gedanken an ihren jagenden Puls, ihre Brustspitzen wie Kaktusfrüchte, die unter seiner Berührung hart geworden waren. Er wollte die Zukunft sorgsam planen.

Er hob seine Flöte an die Lippen und spielte eine besinnliche Melodie.

8

Was will er von mir?

Kwani stand im Höhleneingang, auf die Krücke gestützt, die Kokopelli aus einer Astgabel gemacht hatte. Die mit Gras gepolsterte und weichem Leder umwickelte Armstütze war bequem, wenn sie sie nicht zu lange benutzte.

Wie viele Tage war sie nun schon in dieser Höhle eingesperrt mit dem rätselhaften Fremden? Sie erinnerte sich nicht. Mutter Erde hatte ihr Sommerkleid gegen die Farben des Sonnenuntergangs getauscht. Vom Himmel tropfte das Blau, und die Luft war erfüllt von den Düften der Samenhülsen, welker Blätter und Gräser und fallendem, roten Laub; die Erde bereitete sich auf den Winterschlaf vor.

Die Schönheit dieser Jahreszeit stimmte sie glücklich. Doch im Augenblick war sie beklommen vor Unbehagen. Kokopelli...

Instinktiv spürte sie, daß er mit ihr spielte wie ein Hund mit einer geschwächten Truthenne. Ihr Volk hielt sich Truthühner wegen der Federn und des Fleisches; aber manchmal stahlen Hunde die schwächeren und fraßen sie.

Was will er von mir?

Seine Augen sagten ihr, daß er sie begehrte. Aber seit jenem Tag am Bachufer hatte er sie kein zweites Mal zärtlich berührt. Ihr Körper meldete sich und teilte ihr seine Genesung und seine Bedürfnisse mit.

Zuzeiten, wenn sie den schlafenden Fremden beobachtete, seinen kräftigen Körper, die muskulösen Beine in entspannter Ruhe, einen Arm einladend gestreckt, wollte sie neben ihm liegen, ihren Kopf an seine im ruhigen Rhythmus sich hebende und senkende Brust gebettet, ihn zärtlich berühren und sein Verlangen wecken... Doch ihr Instinkt schlug ein warnendes Glöckchen.

Was will er von mir?

Kokopellis Unrast hatte sich verstärkt. Häufig durchstöberte er den Inhalt seines Bündels, nahm Änderungen vor, als treffe er Vorbereitungen für einen baldigen Aufbruch. Er verbrachte viel Zeit in stummer Konzentration, befingerte ein Gebilde aus Schnüren verschiedener Längen und vieler

Farben, die mit Knoten in unterschiedlichen Abständen versehen waren.

»Warum machst du das?« fragte Kwani einmal.

Er bedachte sie mit einem verärgerten Blick. »Störe mich nicht bei meinen Berechnungen.«

Es war alles ziemlich geheimnisvoll, dachte Kwani. Gehörte zu seiner Magie.

Sie hätte gern mehr über den Inhalt seines Bündels gewußt, das sich so aufregend ausbeulte. Doch abgesehen vom ersten Mal, als sie in der Höhle erwacht war, hatte er es jedesmal mitgenommen, wenn er fortging; und wenn er da war, stand es dicht neben ihm.

Rascheln im Gebüsch und näher kommende Schritte veranlaßten Kwani, sich in den Schutz der Höhle zu verziehen. Der Eingang verdunkelte sich, Kokopelli trat ein mit dem Vogel auf der Schulter. Kwani wunderte sich, warum Kokopelli beim Eintreten nie die Geister einer Wohnung grüßte, ein von ihrem Volk peinlich genau beachtetes Ritual. Vielleicht machte seine Magie dies überflüssig.

»Sei mir willkommen«, sagte sie.

Er nahm ihren traditionellen Gruß mit einem Nicken zur Kenntnis und stellte sein Bündel auf den Boden. Sein Blick musterte sie prüfend.

»Du bist kräftiger geworden.«

»Ja.«

»Gut. Wir gehen von hier fort.«

Ihr Herz machte einen Satz. »Wann?«

»Vor Einbruch der Dämmerung.«

»Wohin gehen wir?«

»Zu den Felssiedlungen, zum Ort des Adlerclans.«

Kwani hatte von den Städten der Anasazi hoch in den Felsen unter den Tafelbergen gehört. In ihrem Volk erzählte man sich abends am Lagerfeuer oft davon. Aber nur Händler hatten diese Wunderstädte gesehen, wurden nie müde von ihren Herrlichkeiten zu berichten. Kwani war sehr neugierig, sie kennenzulernen. Aber jetzt wäre der falsche Zeitpunkt, da vermutlich alle wußten, daß sie von ihrem Clan als Hexe verstoßen worden war.

»Ich kann nicht dorthin gehen, Kokopelli.«

»Warum nicht?«

»Sie werden gehört haben –«

Er wies ihren Einwand mit einer majestätischen Geste zurück. »Dir wird nichts geschehen, weil ich dich dorthin bringe.« Er hob den Kopf, so daß er über den Schwung seiner Nase auf sie herabsah. »Ich bin Kokopelli!«

Ihre Stimme zitterte. »Der Blauäugige – könnten wir statt dessen nicht zu ihm gehen?«

Er schüttelte den Kopf. »Es ist zu weit. Bald wird Schnee fallen –«

Sie humpelte auf ihrer Krücke zu ihm. »Wenn du auf Wanderschaft gehst, werde ich dort allein sein. In ihren Herzen werden die Leute glauben, daß ich eine Hexe bin. Sie werden mich immer beobachten, belauern ... Bitte, bring mich nicht dorthin.« Tränen stiegen in ihr hoch, und sie legte eine Hand auf seine Brust, berührte seinen hautwarmen Schmuck.

»Es gibt keine Wahl.« Seine Stimme klang rauh vor Mißfallen. »Deinetwegen habe ich bereits zu lange gezögert. Wir schaffen es nicht bis zu dem Blauäugigen, bevor hoher Schnee die Pässe versperrt. Deinetwegen muß ich auf einem Umweg zurück in meine Heimat eilen, und selbst dann –«

»Nimm mich mit. Du brauchst gar nicht zu den Felsenstädten gehen. Nimm mich mit in deine Heimat!« Sie trat nahe an ihn und schlang beide Arme um seine Mitte. Die Krücke fiel zu Boden. Sie barg ihr Gesicht an seiner Brust. »Bitte!«

Er löste ihre Arme. »Das geht nicht.«

Sie sank zu Boden, umfing seine Knie mit den Armen, kauerte zitternd mit gesenktem Kopf, das dunkle Haar ergoß sich auf den Felsboden.

Er hob sie hoch, bis ihre Füße in der Luft hingen und ihr Gesicht in Höhe seiner Augen war. Sie konnte ihm nicht in die Augen schauen, in diese beunruhigend dichten Löwenaugen. »Selbst auf zwei gesunden Beinen könntest du diese weite Reise nicht so schnell zurücklegen, wie ich es muß. Ich kann dich nicht mitnehmen. Selbst wenn ich wollte.«

Er stellte sie auf die Füße, hob die Krücke hoch und klemmte sie ihr unter den Arm. »Du gehst mit mir zum Adlerclan und hältst dich an meine Anweisungen.«

Sie wandte sich ab. »Sie werden mich töten!«

»Ja.«

Sie erstarrte, ein erstickter Laut entrang sich ihrer Kehle.

»Wenn du nicht tust, was ich dir sage. Bist du bereit, mir zuzuhören?«

»Ich habe keine andere Wahl.«

Sie setzten sich auf den Fußboden. Er sprach langsam, damit sie ihn trotz seines Akzents verstand. Sonnenvater beschritt seinen langen Himmelspfad, während sie redeten. Schließlich fragte Kokopelli: »Verstehst du?«

»Ja.« Endlich wußte sie, was Kokopelli wollte. Sie konnte es ihm geben. »Ich werde tun, was du sagst. Aber...«

Sein Blick verschärfte sich. »Aber?«

»Aber nur, wenn du zurückkehrst, wenn der Schnee geschmolzen ist und mich zum Blauäugigen bringst.«

Zurückgelehnt betrachtete er sie stumm. Blaue Augen hielten seinem forschenden Blick stand.

»Wenn du nicht tust, wie ich dir sage, werden sie dich töten.«

»Vielleicht töten sie mich ohnehin.«

Sie hatte Mut; das gefiel ihm. »Abgemacht. Ich werde zurückkehren, wenn die ersten Blumen blühen.« Diesen Zeitpunkt hatte er ohnehin für seine Handelsgeschäfte geplant.

»Wirst du mich zum Blauäugigen bringen?«

Er wollte seine Zeit so einteilen, daß er zu günstiger Handelszeit beim Adlerclan eintraf. Ja, dachte er, das könnte recht einträglich werden.

»Ja, das werde ich.«

Mit ernster Miene nahm Kwani das restliche Maismehl aus ihrem Beutel und opferte es den Sechs Heiligen Richtungen.

»Ihr habt unsere Worte gehört, ihr Geister. Ihr habt Kokopellis Versprechen gehört. Bleibt bei ihm und beschützt ihn.« Sie machte eine Pause, erfaßte mit einem Seitenblick sein zufrieden schmunzelndes Gesicht. »Falls er sein Versprechen bricht, sollen Würmer seine Augäpfel fressen und Geier seine Knochen abnagen.«

Schwungvoll warf sie den letzten Rest des Mehls in die Richtung Oben.

9

Der weite, grüne Tafelberg, der später einmal Mesa Verde genannt werden sollte, lag schweigend unter verblassenden Sternen. Flüsse und Seen hatten vor Urzeiten auf ihrem Lauf von Norden nach Süden tiefe Furchen eingegraben und eine mächtige Sandsteintafel in viele kleinere Tafelberge zerschnitten. Kokopelli kannte jeden dieser Canyons – feindliche Schluchten, die das Fortkommen durch riesige Felsbrokken, Dornengestrüpp und tückische Steige erschwerte. Um von einem Ort zum anderen zu gelangen, waren Berge und Täler zu überwinden. Die Route mußte sorgfältig geplant werden.

Er stand vor der Höhle und wanderte im Geist nach Süden zu dem Tafelberg, wo sich der Ort des Adlerclans in einer Höhle unter dem Rand eines Sandsteinfelsens befand. Die Felsenstadt war nur durch einen schwindelerregend gefährlichen Pfad über in Stein gehauene Einkerbungen zugänglich.

Er prüfte den Wind. Er trug keine Botschaft von Regen mit sich. Gut. Die Reise würde ohnehin schwierig genug werden.

»Ich bin bereit.«

Kwani trug ihr Bündel, den Riemen quer über der Stirn und stützte sich auf die Krücke. In der anderen Hand hielt sie den Speer.

Er schüttelte den Kopf. Keine toltekische Frau würde einen Speer anfassen, geschweige denn eine Waffe in Ehren halten, wie diese Anasazi-Frau es tat. Er durfte ihr nicht gestatten, in seiner Begleitung eine Waffe zu tragen. Als sei er auf ihren Schutz angewiesen. »Ich trage den Speer.«

Er streckte die Hand danach aus, doch sie entzog ihm den Speer. »Nein!« Kokopelli riß den Schaft aus der Hand.

Er blickte über den Schwung seiner Nase auf sie herab und schnaubte: »In Kokopellis Begleitung brauchst du keinen zusätzlichen Schutz.«

»Er gehört mir –«

»Du vergißt unsere Abmachung. Du gehörst nun mir. Was dir gehört, gehört auch mir. Vergiß das nicht wieder!«

In mürrischem Schweigen verließen sie die Höhle und marschierten nach Süden. Kokopelli ging voraus, blieb stehen, um auf sie zu warten, gelegentlich voller Ungeduld.

Bereits am späten Vormittag war Kwani steinmüde. *Ich hasse ihn.* Hätte ich meinen Speer, würde ich ihm damit die Brust durchbohren! Aber was würde ohne ihn aus ihr werden? Er hatte ihr das Leben gerettet. Und sie hatte in seinen Plan eingewilligt: Er wollte ihr Sicherheit beim Adlerclan garantieren, wenn alle Gegenstände, die sie herstellte – Dekken, Gürtel und alles andere – ihm gehörten. Sie war sein Eigentum, wie seine Messer und Sandalen ihm gehörten, derer er sich nach seinem Gutdünken bediente.

Aber sie war nicht seine Gefährtin.

Das wurmte sie. Sie begehrte ihn, er hatte ihr Verlangen nach ihm geweckt...

Dieser Gedanke erfüllte sie mit brennender Scham. Es war am Abend zuvor geschehen, als sie mit ihren Reisevorbereitungen fertig waren und das Feuer heruntergebrannt war. Sie lag auf der Decke und zog ihr Kleid aus. Er gab vor, es nicht zu bemerken. Sie öffnete ihre Beine.

»Kokopelli«, flüsterte sie.

Er wandte sich ab. In seiner fremden Zunge sprach er mit dem Vogel, der sich aufplusterte, aber nicht antwortete. »Mein Freund hält den Zeitpunkt für falsch«, sagte Kokopelli. »Ich muß ihm leider recht geben.«

Jetzt humpelte sie hinter ihm und seinem widerwärtigen Vogel her und schwor sich, daß sie nie das Lager mit ihm teilen wollte. Nie. Auch dann nicht, wenn er sich ihr zu Füßen warf und sie darum anflehte.

Sie malte sich ein Bild aus, das ihr Trost spendete. Er kroch im Staub vor ihr und flehte sie inständig an, doch sie wandte sich ab. »Es ist der falsche Zeitpunkt. Ich bedauere.« Ha!

Ihr Bündel war schwerer geworden; der Trageriemen schnitt tief in ihre Stirn. Insgeheim war sie froh, den Speer loszusein, auf diese Weise hatte sie eine Hand frei, um Gestrüpp und tief hängende Zweige beiseite zu schieben.

In einer der engen Talschluchten ragten gezackte Sandsteinklippen in bizarren Formationen in den kobaltblauen

Himmel hinein. Die längst versiegten Urmeere hatten lockeren, steinigen Boden zurückgelassen, auf dem nur Dorngestrüpp gedieh, das ihre Haut zerkratzte.

Ich bin müde. Warum können wir nicht haltmachen und ein wenig rasten?

Die Aussicht, in eine Stadt mit fremden Menschen, in eine fremde Umgebung zu kommen, erfüllte sie mit Beklommenheit. Sie ging ihrem Untergang entgegen.

Wer wird mein Beschützer sein in der Felsenstadt? Ich werde niemanden haben. Keinen Menschen.

Über ihr keckerte ein Specht sein Spottlied und verbarg sich in einem Baum. Der vorangehende Kokopelli drehte sich um, als Kwani ihr Bündel von sich warf und sich zu Boden fallen ließ. Ungehalten kam er zu ihr zurück.

»Wir können jetzt nicht haltmachen! Wir haben noch einen weiten Weg vor uns.«

»Ich muß mich ausruhen.«

Er blickte in ihr rundes, braunes, schweißglänzendes Gesicht. Ihr voller Mund war fest entschlossen; die dicht bewimperten, blauen Augen begegneten seinem Blick in offener Rebellion. Über ihre nackte Schulter zog sich ein blutiger Striemen. Ihre kleinen Füße in den geflickten Sandalen waren zerschunden und schmutzig. Und ihr am Morgen noch sauberes Kleid war staubig und schweißdurchtränkt. Sie hob ihren Arm, um die Stelle zu untersuchen, wo sie sich auf die Krücke stützte, und er sah die wundgescheuerte, rote Haut. Dieser Anblick – und die unbewußte Geste der Anmut, mit der sie ihren Arm hob – ließ ihn erweichen.

Er legte sein Bündel neben dem Baum ab, hob den Papagei von der Schulter und warf ihn in die Luft. Er flog im Kreis über ihren Köpfen mit flatternden, blauen Schwingen und grünschimmerndem Schweif, dann verkroch er sich im Geäst des Baumes.

Kokopelli stand gegen den Stamm gelehnt und blickte prüfend in den Himmel. In der Ferne ballten sich dunkle Wolken über dem Tafelberg zusammen. Der Wind wehte nun von Norden. Ursprünglich wollte er ohne Ankündigung in die Felsenstadt einziehen, um seinen Berichten am Lagerfeuer größeren Nachdruck zu verleihen. Doch es sah nach Schnee aus. Kwani wäre nicht imstande, die Felsen im Schneegestöber hochzuklettern oder das Dornengestrüpp unter der Schneedecke zu erkennen.

Er zog die Flöte aus seinem Bündel und begann zu spielen. Die klaren süßen Töne hallten in den Schluchten wider, und Kwani kuschelte sich an ihr Bündel und schloß die Augen. Es wurde kälter. Sie wickelte sich in die Decke und schlief ein.

Erschrocken fuhr sie hoch. Hunde bellten in der Nähe. Kokopelli spielte immer noch, seine Finger tanzten über das Weidenröhrchen. Kwani saß stocksteif. Eine Hundemeute umringte sie bellend, hechelnd, beschnüffelten sie und ihr Gepäck.

Kokopelli legte die Flöte beiseite und sprach mit den Hunden.

»Ich grüße euch, alte Freunde.«

Schwanzwedelnd sprangen sie an ihm hoch, bis die Jäger ankamen und die Hunde zurückriefen. Kokopelli stand bei der Ankunft der Jäger auf. Er erkannte Yatosha, den jungen Jagdhäuptling des Adlerclans. Yatosha hob beide Arme und stimmte einen Begrüßungsgesang an. Danach trat der alte Clanhäuptling vor, nahm Kokopellis Hand und atmete darauf. Atem war der Hauch des Lebens, und ihn weiterzugeben bedeutete eine Geste der Hochachtung.

»Wir heißen dich willkommen.«

Kokopelli neigte den Kopf. »Meine Seele singt.«

Nach dem Austausch von Höflichkeiten umringten die Männer Kokopelli und Kwani, wichen jedoch beim Anblick ihrer blauen Augen zurück.

»Die Hexe!« raunte einer.

Kokopelli erklärte: »Wir wollen zum Dorf des Adlerclans. Aber meine Dienerin« – mit einem kurzen Nicken zu Kwani – »hat sich das Bein gebrochen.«

Die Jäger des Adlerclans, gedrungene, stämmige Männer mit runden Gesichtern und rabenschwarzen Augen, wichen beklommen zurück. Von ihren vorschriftsmäßig abgeflachten Schädeln hingen drei lange Zöpfe, die beim Reden hin und her schwangen.

»Sie ist die Hexe, von der Maluku sprach! Hast du nicht die Himmelsaugen gesehen?«

»Sie ist Kokopellis Dienerin. Wie kann sie eine Hexe sein?«

»Vielleicht hat sie Kokopelli verhext.«

»Kokopelli verhext? Das ist unmöglich.«

»Aber die Himmelsaugen –«

Yatosha, der Jagdhäuptling mit den Augen eines Raubtiers, hob seine Hand, Schweigen gebietend. Seine vielen Armbänder aus Muscheln, polierten Steinen und Samen klimperten bei jeder Bewegung eindrucksvoll. Die in seinen Zöpfen eingeflochtenen Truthahnfedern flatterten im Wind.

»Ich werde mit Kokopelli darüber sprechen.«

Er winkte Kokopelli zu sich. Jetzt ist nicht die Zeit, dachte Kokopelli, trat aber vor.

Yatosha sprach. »Geehrter, die Jäger befürchten, daß die mit den Himmelsaugen eine Hexe ist. Sie wurde von Maluku aus ihrem Clan ausgestoßen.«

»Maluku hat Unrecht getan«, entgegnete Kokopelli gelassen. »Die mit den Himmelsaugen, meine Dienerin, ist den Lenden der Götter der Aufgehenden Sonne entsprungen.« Er blickte über seine stolze Adlernase nach unten. »Nur eine solche Frau kann Kokopellis Dienerin sein.«

Der Anführer zögerte. Sollte die Frau tatsächlich einen Hexenzauber über Kokopelli gesprochen haben? Er suchte nach Worten. »Willigst du ein, ein Zeichen zu geben, um die Befürchtungen der Jäger zu zerstreuen?«

»Beim Lagerfeuer werde ich meine Magie zeigen und beweisen, daß die mit den Himmelsaugen keine Hexe ist.« Kokopelli machte eine Pause. »Vorausgesetzt natürlich, daß wir den Ort des Adlerclans vor Einbruch der Dunkelheit erreichen. Wegen des gebrochenen Beins kann meine Dienerin nur langsam gehen.«

Die Anspielung entging Yatosha nicht. »Meine Jäger werden sie tragen. Aber zuerst müssen sie ihrer Sache sicher sein.« Er klimperte mit seinen Armreifen. »Sie fürchten Hexen, die sich auf den Schwingen Nordwinds tragen lassen.« Er schnüffelte in den Wind. »Der Wind ist bereits –«

Ohne seinen Unmut zu verbergen, willigte Kokopelli ein. »Es wird spät. Sage deinen Jägern, daß ich mit den Geistern verhandle und sie bitte zu sprechen.«

Kwani, immer noch in ihre Decke gehüllt, blickte in vorgetäuschter Teilnahmslosigkeit über ihre Köpfe hinweg. Doch ihr Herz klopfte schnell vor Zorn und Angst.

Kokopelli holte aus seinem Bündel eine Kürbisrassel, an der kleine Kupferglöckchen hingen. Er trat zurück, hob beide Arme, warf den Kopf zurück, schloß die Augen und stimmte einen Gesang in seiner fremden Zunge an. Die Rassel fauchte und klingelte schauerlich.

In den Blättern raschelte es, und der Papagei flog vom Baum und ließ sich auf Kokopellis Schulter nieder. Es war, als habe der Vogel auf Kokopellis Geheiß auf unerklärliche Weise Gestalt angenommen. Die Jäger starrten das buntgefiederte Wesen mit weitaufgerissenen Augen ehrfurchtsvoll an, das sie hochmütig beäugte.

Kokopelli fuhr fort zu singen. Schließlich ließ er die Arme sinken und stand mit geschlossenen Augen da. Der Wind frischte auf, fuhr in die Blätter, bog die Gräser und streifte die Jäger mit einem kalten Hauch. Ungewollt schauderten sie. Kokopelli schien aus seiner Versunkenheit zu erwachen. Sein brennender Blick fixierte Yatosha, der verlegen von einem Bein aufs andere trat. Kokopelli näherte sich ihm. Unter dem Fauchen und Scheppern der Rassel holte er etwas aus Yatoshas Ohr. Eine kleine Muschel!

Raunend rückten die Jäger enger zusammen. Yatosha rieb sich verwundert das Ohrläppchen. Kokopelli hielt die Muschel in seiner ausgestreckten Hand, bewegte den Arm von einer Seite zur anderen, so daß alle sehen konnten, was die Geister zuwege gebracht hatten.

Er redete mit der Muschel. »Man sagt, daß meine Dienerin Kwani vom Stamme der Anasazi eine Hexe ist. Ist das wahr?«

Keine Antwort.

»Ich befehle dir zu antworten, du Geist des Großen Wassers. Ist diese Frau, meine Dienerin, eine Hexe, oder ist sie keine?«

»Sie ist keine.«

Die Muschel hatte gesprochen! Kwanis Ansicht nach hatte ihre Stimme verblüffende Ähnlichkeit mit Kokopellis Stimme, dessen Lippen sich aber nicht bewegt hatten.

Wieder sprach die Muschel. »Deine Dienerin ist die Tochter von Göttern, die das Große Wasser der Aufgehenden

Sonne überquert haben. Jene, die es wagen, sie der Hexerei zu bezichtigen, werden nie in Sipapu eingehen.«

Kokopelli schloß seine Finger. Als er sie wieder öffnete, war die Muschel verschwunden – zurückgekehrt in die Geisterwelt.

Die Jäger traten unbehaglich von einem Fuß auf den anderen. Wurde ihnen der Eingang nach Sipapu verweigert, so bedeutete das, daß ihre Seelen in alle Ewigkeit heimatlos herumirren mußten. Einzeln traten sie vor, nahmen Kokopellis Hand und hauchten darauf, dann stellten sie sich vor Kwani und legten die Hand aufs Herz zum Zeichen ihrer Treue.

»Sei uns willkommen.«

»Meine Seele singt«, erwiderte Kwani.

Und das tat sie tatsächlich. Ein Gefühl wie damals, als die Berglöwin vor ihr den Berg hinauffloh.

Sofort begannen die Jäger Äste zu schneiden und zu entrinden und eine Bahre zu fertigen aus zwei parallel laufenden Stangen und einer Auflagefläche in der Mitte, die sie mit zerkleinerter Wacholderrinde bedeckten. Auf Yatoshas Zeichen senkten die Träger die Bahre ab, damit Kwani Platz nehmen konnte.

»Dienerin von Kokopelli, erweise uns die Ehre, dich zum Ort des Adlerclans tragen zu dürfen.«

Kwani nickte huldvoll. Doch die wundersame Verwandlung von Hexe zur Göttin war zu berauschend, als daß sie weise hätte handeln können. »Ich bin keine Dienerin! Mein Name ist Kwani, und so wünsche ich genannt zu werden.«

Kokopellis Augen verdunkelten sich, und die Gesichter der Jäger liefen rot an. Kwani achtete nicht darauf. Hoheitsvoll ließ sie sich auf das Lager nieder, um wie eine Königin zum Ort ihrer Bestimmung getragen zu werden.

Eine Schneeflocke fiel zur Erde.

Die gewundenen Talschluchten, die das weite Tafelland in viele einzelne Mesas zerschnitten, waren oft kaum breiter als Bergrinnen, angefüllt mit wildem Gestrüpp und Felsbrocken. Vereinzelt ragten unvermutet gelbe und rote Sandsteinklippen auf. Hoch oben unter dem Rand eines Tafelbergs, verschleiert durch Schneegestöber, beherbergte eine ausladende Muschelhöhlung die Felsenstadt, den Ort des Adlerclans.

An einer Seite dieser Muschel war ein schmaler Steg in das Gestein getrieben, der sich um eine Felsennase am Gesicht der Klippe schlängelte; er bildete den einzigen Zugang. Aus der Schlucht führte ein gewundener Pfad zu diesem Steg, und vom Rand der Mesa nach unten war eine schmale Felsrinne mit Trittkerben versehen. Die Höhlenstadt war für Feinde uneinnehmbar, verborgen durch den überhängenden Sandsteinrand, sichtbar nur von der anderen Seite der Talenge oder von der Höhe des gegenüberliegenden Tafelbergs.

Die Kaverne stieg stufenförmig nach hinten an, in deren Treppenabsätzen die Siedlung würfelförmig angelegt war. Jeder Würfel war ein Haus, das durch eine schmale Maueröffnung vorne oder über eine Leiter durch eine Luke im Dach zu betreten war. Das Dach jeder Behausung bildete den Vorplatz der darüberliegenden Wohnung. Auf diesen Dächern und Terrassen und innerhalb des halbrunden Platzes vor dem Dorf fand das Gemeinschaftsleben statt. Eine niedrige Mauer grenzte die Höhlenstadt zu einem mit Gestrüpp überwucherten Steilhang ab, der in einen senkrechten Felsabsturz mündete. Der Hang war mit Unrat übersät: Tonscherben, Knochen, zerschlissene Sandalen, Maiskolben – jeglicher Abfall, den die Bewohner loswerden wollten, war nun überzogen mit einer dünnen Schneeschicht.

In der Stadt herrschte reges Treiben. Trotz Kälte und Schneegestöber rannten johlende Kinder herum. Truthühner gackerten und kollerten ihren Protest über die Wintergefangenschaft, die sie weit hinten in den Tiefen der Höhlenstadt verbringen mußten, eine Gefangenschaft, die den Frauen sehr gelegen kam, die nun den Kot der Tiere nicht länger wegkehren mußten. Hunde kläfften. Die Bewohner sangen, klatschten und redeten von der reichen Maisernte, von Kürbissen und Bohnen, Saatgut, Rehfleisch und anderem Wildbret, das in den tiefsten Speichern der Felsspalten als Wintervorrat lagerte. In diesem Winter würde niemand verhungern.

Das Dorf besaß dreiundzwanzig Kivas, die in verschiedenen Ebenen des Höhlenbodens gegraben waren. Tiefe, runde Weihestätten, die über Leitern durch das Dach zu betreten waren.

Mit dem ersten Schnee hatten die Vorbereitungen zu den wichtigen Zeremonien der Wintersonnenwende begonnen. Die Dorfältesten unterwiesen die Knaben in Gebeten, Gesängen und Ritualen, die fehlerlos zu beherrschen waren, sonst nutzten die Zauberbeschwörungen nichts. Die Männer probten Gesänge und Tänze, und jeder brachte den Fetischen seines jeweiligen Geheimbundes Maismehlopfer.

In jeder Kiva prasselte ein Feuer. Es war gemütlich und warm, viel angenehmer, als in den Häuserwürfeln. Da Häuser mitsamt ihrem Hausrat den Frauen gehörten, hielten die Männer sich vorwiegend in den Kivas auf. Sie waren Orte der Geselligkeit und Schlafplätze; hier wurden Flechtarbeiten und Waffen gefertigt, hier wurde gespielt und den zahlreichen religiösen Verpflichtungen nachgekommen sowie den Knaben Unterricht erteilt.

Gelegentlich wurden Frauen in die Kivas geladen, zu Feierlichkeiten oder um die erzieherischen Fortschritte ihrer Söhne zu begutachten. Nur während der kältesten Nächte in strengen Wintern schliefen Frauen und Kinder in den Kivas bei ihren Männern, nahe am Feuer, umgeben von den dicken Steinmauern, gebettet in Mutter Erdes beschützenden Schoß.

Die betriebsamen Geräusche der Stadt mischten sich mit dem Gesang und den dumpfen Trommelschlägen aus den Kivas der Wintermänner, jene Auserwählten des Clans, die für die Zeremonien der Wintermonde verantwortlich waren. Die wichtigste von allen stand kurz bevor, die Zeremonie, mit der Sonnenvater aus seinem Winterheim geholt werden sollte; Stunde um Stunde hallte die Schlucht wider vom dumpfen Trommelschlag, der sich mit dem Echo der Trommeln aus anderen nahe gelegenen Felsstädten verband.

Es war die Zeit der Vorbereitung.

Tiopi bürstete ihr langes Haar und bewunderte seinen Glanz. Ihr Gefährte Yatosha hatte einmal gesagt, ihr Haar sei das schönste, das er je gesehen hatte. Und sie war die schönste

Frau aller Anasazi-Clane; das sagte Kokopelli, und der mußte es wissen.

Sie lächelte zufrieden und dachte an den Neid der anderen Frauen, als Kokopelli sie erwählte, um ihr seinen heiligen Samen zu schenken. Diese Wahl verlieh ihr großes Ansehen, denn sein Same garantierte dem Clan Fruchtbarkeit und Wohlergehen. Dadurch erlangte sie gleichgestellte Bedeutung mit der Matriarchin des Clans, Woshee, die im Stammesrat mit den Obersten und Würdenträgern saß. Nur der Sich Erinnernden wurde größere Verehrung zuteil. Alle anderen Frauen des Clans standen in geringerem Ansehen als Tiopi – und Woshee, natürlich. Tiopi wollte dafür Sorge tragen, daß die Weiber dies nie vergessen sollten.

Die Glut eines kleinen Feuers schwelte in dem viereckigen Raum. Es war so warm, daß sie ihr Kleid abgelegt hatte. Sie saß auf einer geflochtenen Schilfmatte, über die eine Pelzdecke gebreitet war und genoß das Gefühl des weichen Pelzes an ihrer nackten Haut. Als Gefährtin des Häuptlings der Jäger hatte sie Anspruch auf die schönsten Felle.

Die Erinnerung an Kokopelli rief das Verlangen nach Paarung in ihr hervor. Sie räkelte sich auf der Matte in Erwartung, daß Yatosha von der Jagd heimkehrte und sehnte sich nach Kokopelli. Yatosha war kein schlechter Mann, doch Kokopelli ... Bald kam er wieder und würde feststellen, daß sie noch schöner geworden war.

Sie lachte lüstern.

»Tiopi!«

Es war Miko, eines der jungen Mädchen des Clans, das durch die Dachöffnung spähte.

Tiopi runzelte die Stirn. »Was willst du?«

»Die Sich Erinnernde verlangt nach ihrem Brei.« Das Gesicht verschwand.

Den verfluchten Brei hatte Tiopi vergessen. Hastig kleidete sie sich an, während sie den Brei auf heißen Steinen in einer Kürbisschale erhitzte. Die Alte mochte ihn so lieber, als im Tongeschirr über dem Feuer gedünstet; sie sagte, die Geister von Kürbis und Mais ergänzten einander auf glückliche Weise, wodurch der Brei nahrhafter werde.

Ungeduldig rührte Tiopi den Brei. Die Sich Erinnernde war

sehr alt und zahnlos und konnte nur Maisbrei zu sich nehmen. Obgleich es als Ehre galt, ihn zuzubereiten, war Tiopi diese Arbeit insgeheim lästig.

Es war Zeit, höchste Zeit, daß die Sich Erinnernde eine Nachfolgerin ernannte, um ihr die weiblichen Geheimnisse des Clans anzuvertrauen, die nur Frauen wissen dürfen, um sich Generation um Generation daran zu erinnern.

Sie muß mich erwählen, dachte Tiopi.

Wenn sie die Sich Erinnernde war, würden die Stammesältesten der Clan-Geheimbünde sie in Fragen weiblicher Aspekte der Natur zu Rate ziehen – etwa wann die weiblichen, die sanften Regen des Herbstes zu erwarten seien, um die Sommerdürre zu beenden. Die Frauen würden alles daran setzen, ihr als Mägde zu dienen, die langen Winterabende an ihrem Feuer zu sitzen und die Geschichten ihrer Vorfahren zu hören, jenen uralten Geschöpfen, deren ferne Lagerfeuer am Nachthimmel flackerten.

Tiopi lächelte und entblößte schadhafte Zähne, die man sich zuzog, wenn man auf Krümel der Mahlsteine im Maismehl biß. Sie strich über ihr hübsches Halsband aus gebrannten, polierten Wacholdersamen und träumte dabei von dem herrlichen Halsschmuck der Sich Erinnernden, dessen großer Muschelanhänger mit Türkisen zu einem heiligen Muster belegt war. Der Halsschmuck stellte nicht nur ein Symbol des Ansehens dar; er barg geheimnisvolle Kräfte, die nur der Sich Erinnernden zuteil wurden.

Sie wird mich erwählen, dachte Tiopi. Ich bin eine wichtige Persönlichkeit im Clan, so wie meine Mutter und die Mutter meiner Mutter es waren. Ich habe ein Recht darauf.

Hastig goß sie den Brei in eine Schale und trug sie vorsichtig die Leiter hinauf zum Dorfplatz, wo die Sich Erinnernde am Gemeinschaftsfeuer saß.

Die winzige, gebrechliche Gestalt war kaum auszumachen zwischen den Falten der Federdecke, die sie von Kopf bis Fuß zum Schutz gegen die Kälte einhüllte. Verkrümmte, knorrige Finger hielten die Decke zusammen. Bei Tiopis Annäherung streckte sie eine Hand aus; ihr Mund öffnete sich klaffend zu einem zahnlosen Lächeln. Ihre Zähne hatte sie schon vor langer Zeit verloren. Der Mund war so eingefallen, daß Nase und Kinn sich beinahe berührten. Die Sich Erinnernde war blind, erkannte Tiopi aber am Gang.

»Ich habe schon gewartet.«

»Vergib mir die Verzögerung, Ehrwürdige«, sagte Tiopi schmeichlerisch.

Du hast zu lange gelebt, alte Frau. Bald wirst du sterben und niemand wird deine Geheimnisse kennen. *Erwähle mich!*

Die Greisin war vor so langer Zeit zur Welt gekommen, daß niemand sich an den Zeitpunkt erinnerte. Auch ihre verschiedenen Namen waren in Vergessenheit geraten; so nannte sie jeder bei ihrem Titel, die Sich Erinnernde. Trotz des dichten Faltennetzes strahlte ihr wettergegerbtes Gesicht heitere Gelassenheit aus. Sie lebte in einer Welt der Erinnerung und trug das Wissen von Generationen weiblicher Stammesgeheimnisse in sich. Als sie die Schale an ihre Lippen setzte, dachte sie daran, daß auch sie vor undenklichen Zeiten als Magd ihrer Vorgängerin Brei zubereitet hatte, lange bevor die Jahre sie ausgetrocknet und zerknittert hatten wie ein welkes Blatt.

Ihre Vorgängerin Lakatl war eine große, starke Frau gewesen, stärker als die meisten Männer. Doch Lakatl war nicht wegen ihrer körperlichen, sondern wegen ihrer geistigen Kräfte von deren Vorgängerin erwählt worden. Lakatl verstand sich darauf, mit Geräten aus Wildknochen Abbildungen von Hirschen in Felswände zu ritzen, und sie rief die Hirsche mit heiligen Hirschgesängen; und die Hirsche kamen. Sie wußte auch die Geister aus Sipapu anzurufen, um sich in Wolkenwesen zu verwandeln und Regen zu bringen; und der Regen kam. Sie kam eindeutig von den Göttern und war ausersehen, die Sich Erinnernde zu sein.

Als Lakatl *ihre* Nachfolgerin wählte, suchte sie lange nach einer, die von den Göttern kam. Das war die wichtigste Voraussetzung *und ein Geheimnis.*

Frauen waren für den Fortbestand des Lebens unerläßlich. Die Anasazi lebten in einer matriarchalischen Gesellschaft, in der die Sich Erinnernde die lebendige Verbindung zu allen Frauen herstellte, die bereits nach Sipapu eingegangen waren. Sie symbolisierte die Mutter aller Mütter seit Uranfang. Die Kräfte des Halsbands und das Wissen, das ihr vom heiligen Stein am Altar im Haus der Sonne zuteil wurde, verbanden sie mit allen Frauen, deren Seelen ihr Geheimnisse anvertrauten, die sie in Weisheit nutzen sollte, um junge Mädchen darin zu unterweisen, was ausschließlich Frauen wissen mußten. Daher war es die Aufgabe der Sich Erinnernden, eine Nachfolgerin zu finden, die von den Göttern kam.

Die Erkenntnis, welche von den Göttern war, wurde meist nur jener zuteil, die selbst von den Göttern kam. Als Lakatl das junge, blinde Mädchen fand, das sehen konnte, ohne zu sehen, und das erkannte, was die Menschen in ihrem tiefsten Herzen wußten, suchte Lakatl eine Vision. Und sie erhielt die Vision. Ihre Vorgängerin erschien ihr und sagte: »Wir von der Geistwelt verlangen nach der Blinden. Sie kommt von den Göttern.«

Und so geschah es. Seit vielen Monden war die Blinde nun selbst auf der Suche nach einer Nachfolgerin. Diese Tiopi stand da, und von ihrem Geist ging Groll aus wie Hitze vom Feuer. Sie war die am wenigsten Geeignete von allen.

Während die Greisin ihren Brei verzehrte, erscholl ein Ruf über den Platz. »Kokopelli ist angekommen!«

»Tiopi, Tiopi, hast du gehört, daß Kokopelli kommt?« Ein paar junge Frauen eilten aufgeregt herbei.

»Ja, ich habe es gehört.« Ihre Stimme zitterte vor Erregung.

»Es heißt, er bringt eine Gefährtin!«

Tiopi fuhr wie gestochen herum. »Eine Gefährtin?«

»Ja. Sie wird auf Stangen getragen von Okalake und Otoye. Stell dir das vor!«

Tiopi hob die Schultern. »Das glaube ich nicht.«

Aus den Falten der Federdecke war ein gedämpftes Kichern zu hören. Miko, die heranreifte wie eine süße Beere, beugte sich über die Alte. »Sag, Ehrwürdige, wird er trotzdem eine von uns erwählen?« Ihre Wangen färbten sich rosig.

»Kokopelli ist Kokopelli.« Die jungen Mädchen tun mir leid, dachte die Greisin. Sie dankte den Göttern, daß das heiße Verlangen ihres eigenen Leibes vor langer Zeit erkaltet war. Und dennoch...

Tiopi wartete nicht, bis die Sich Erinnernde ihren Brei aufgegessen hatte, damit sie die Schale säubern und an ihren Ehrenplatz zurückstellen konnte. Mit starrem Gesicht stieg sie schnell die Leiter in ihr Haus hinunter.

Kokopelli mit einer Gefährtin! Wieso nahm er auf seinen fortwährenden Reisen eine Gefährtin? Welche Frau würde ihm gestatten, daß er jede Nacht das Lager mit einer anderen teilte? Selbst wenn das dem Wunsch der Götter entsprach! Kokopelli stand in gutem Einvernehmen mit den Göttern. Die Frau mußte eine Hexe sein, die ihn in die Falle gelockt hatte. Ja! So war es!

Sich *tragen* zu lassen! Verärgert nestelte Tiopi an ihren schönen Armbändern aus Samen, Knochen und Muscheln und setzte sich, um nachzudenken.

10

Es hatte aufgehört zu schneien. Bäume und Büsche waren mit Schnee bestäubt; nur vereinzelte Flocken wirbelten noch im Wind. Auf der schwankenden Bahre wischte Kwani sich die kalten Flocken aus dem Gesicht. Auf dem Marsch bergauf und bergab über steile Pfade mußte sich sich zeitweise mit beiden Händen festhalten, um nicht von der Liege zu rutschen. Die unter ihren Körper geschobene Krücke drückte sie in zunehmendem Maße, ihr Bein schmerzte, die Kälte drang ihr bis in die Knochen.

Kokopelli schritt kräftig aus, spielte Flöte und erwiderte gelegentlich zugerufene Grußworte. Sein farbiger Umhang umflatterte ihn wehend; seine glitzernden Ohrgehänge und die Türkisperlen seiner Kappe baumelten in unaufhörlicher, anmutiger Bewegung; die Federn seiner Kappe fächelten im Wind, als sei Leben in ihnen; der bunte Papagei auf seiner Schulter setzte einen letzten, dramatischen Akzent.

Ihm folgte Yatosha, der Jagdhäuptling, der Kwanis Speer trug. Die Tragbahre mit Kwani war als nächstes an der Reihe, und dann kamen die anderen Jäger, einige trugen erlegte Hasen und andere Kleintiere. Zwei weitere Jäger des Clans gesellten sich unterwegs hinzu, die einen erlegten, an den Läufen aufgehängten Hirsch an einer Stange trugen.

Der Zug bewegte sich nach Süden, vorbei an einer Reihe verlassener Steinhütten. Händler aus fernen Orten erzählten grausame Geschichten von räuberischen Stämmen. Plünderer und eisige Winterstürme hatten die Menschen in Höhlensiedlungen getrieben, die leicht zu verteidigen und vor den Elementen geschützt waren.

Kwani fiel auf, daß alle Bäume abgeholzt waren. Nur Gestrüpp war verblieben und davon nicht viel. Hie und da die Überreste von Kürbisanbau, Bohnenranken und die Stoppeln kürzlich geernteter Maisfelder.

Viele Höhlensiedlungen schmiegten sich wie Adlernester an die bizarren Formen der Sandsteinfelsen. Manche dieser Behausungen boten nur Platz für zwei oder drei Bewohner. Andere wieder konnten eine ganze Sippe aufnehmen. Als sie daran vorbeizogen, riefen die Felsbewohner ihnen Grüße zu. Manche kletterten lange Leitern nach unten oder hangelten sich an den in Stein geschlagenen Trittkerben nach unten. Viele schlossen sich dem Zug an, lachend, schwatzend, trugen Schalen mit Essen für die zu erwartenden Festlichkeiten mit sich.

Von einem Dorf zum anderen verbreitete sich die Kunde von Kokopellis Ankunft. Läufer rannten durch die Schluchten mit genaueren Informationen. Flötenklänge, Hundegebell, das Gejohle und Geschrei der Kinder erfüllten das enge Tal mit aufgeregtem Lärm. »Kokopelli kommt! Wir feiern ein Fest! Es gibt ein großes Fest! Er wird Geschichten erzählen, wir werden singen und tanzen!«

Der Zug wurde langsamer; eine große Felseinbuchtung unter dem Rand eines Tafelbergs auf der anderen Seite eines breiten Tals war in Sicht gekommen. Kwani nahm den Anblick ehrfurchtsvoll in sich auf. Eine Stadt im Felsen, Häuser, die bis zur Deckenwölbung des Hohlraums reichten! Und die Kivas! Sie zählte die Öffnungen, aus denen Leiterstangen ragten, und wollte ihren Augen kaum trauen. Acht! Acht Kivas! Unvorstellbar!

»Ist das unser Ziel?« fragte sie einen Jäger.

»Nein. Das ist der Platz des Wolfclans. Wir gehen zum Adlervolk.«

Kwani war erleichtert. Soviel Großartigkeit hätte sie eingeschüchtert. Sie fragte sich, wie der Ort des Adlerclan wohl aussah und hoffte, daß dort Platz für sie wäre.

Das Wolfvolk begrüßte sie mit Freudenrufen. Viele überquerten die Schlucht und schlossen sich ihnen an, trugen Körbe mit Getreide, Schüsseln mit Mehl und Nüssen, getrocknetes Wildbret, Spielstöcke und Weihegeräte – Rasseln, Trommeln und Pfeifen. Junge Frauen trugen Wasserkrüge auf den Köpfen; auf dem Rücken trugen sie ihre Kinder.

Kwani dankte den Göttern, daß sie bei Kokopelli war. Sie hob das Kinn. Jetzt war sie eine wichtige Persönlichkeit.

Das Volk des Adlerclans befand sich in emsigen Vorbereitungen. Die Mädchen mahlten in fieberhaftem Eifer mehr Maismehl. Große Gefäße hingen über vielen Feuern; verlokkende Düfte mischten sich mit dem Aroma des Fichtennadelrauchs. Der Ruferhäuptling, ein alter Mann mit tiefer, weittragender Stimme, berühmt für seine poetische Erzählweise, rief die Kunde aus, als die Läufer mit Neuigkeiten kamen.

»Kokopelli kommt! Er vom singenden Schilf, er mit dem heiligen Samen, kommt, um Fruchtbarkeit und Wohlergehen unseres Volkes zu sichern. Macht euch an die Vorbereitungen! Bereitet das Festmahl! Entzündet die Weihefeuer!« Und später: »Er hat den Ort des Wolfvolkes hinter sich gelassen.«

Die obersten Würdenträger und der Ältestenrat, gekleidet in ihre schönsten Weihegewänder, nahmen Aufstellung. Unter vielfältigem Getöse der Rasseln und Trommeln zogen sie den Felssteg entlang und erklommen die Trittkerben der schmalen Felsrinne bis zum Gipfel des Tafelbergs.

Jede Frau, jedes Mädchen tastete nach dem geheimen Amulett, das nur sie kannte und in einem winzigen Beutel an einer Schnur an ihrem Hals hing. »Mach, daß er mich wählt!« flehte jede, glättete ihr Haar und ordnete ihr Kleid, das eine Schulter nackt ließ und über der anderen gebunden war. Die Kälte konnte den Frauen nichts anhaben. Kokopelli liebte schöne Schultern und nackte Arme.

Tiopi sagte sich, Kokopelli wird *mich* wieder erwählen!

Aber vierzehnmal hatte der Mond zu- und wieder abgenommen, seit seinem letzten Besuch. Sie war älter geworden. Junge Mädchen waren in der Zwischenzeit erblüht...

Sie stand allein in ihrem viereckigen Haus. Das Ansehen, das ihr die Wahl Kokopellis verlieh, war ihr noch wichtiger als die Tatsache selbst. Der Liebesakt war vergänglich. Das Prestige dauerte an. Eine Hexe zu entlarven, war ebenfalls eine Form, sich Ansehen zu verschaffen. Die Frau, die Kokopelli begleitete, die mit den Himmelsaugen.

Wenn Kokopelli mich nicht erwählt...

Endlich war die Flöte zu hören. Ungeduldig erwartete das Adlervolk Kokopellis Ankunft und die der Frau, die er mitbrachte. Der Tafelberg über ihnen war von der Höhlenstadt aus nicht zu sehen. Da nur die offizielle Begrüßungsabordnung der Würdenträger Kokopelli auf dem Berg empfangen durfte, kletterten alle, die dazu fähig waren, den steilen Felspfad hinunter ins Tal und spähten nach oben, dem ankommenden Zug entgegen.

»Seht! Seht! Er kommt!«

»A-a-a-ye!«

Beim Anblick von Kokopellis stolzer Gestalt mit dem buntgefiederten Vogel auf der Schulter und seinem prächtigen Umhang, der im Wind flatterte, ging ein ehrfürchtiges Raunen durch die Menge. Hinter ihm schritt Yatosha, stolz den Speer in der Hand, gefolgt von Kwani auf der Bahre.

Die Frauen flüsterten: »Sie wird getragen!«

Als Jäger des Wolfclans mit dem Hirsch in ihrer Mitte folgten, wurden Rufe des Erkennens laut. Die verschiedenen Sippen des Stammes der Anasazi waren stolz auf ihre Eigenständigkeit, obschon ihre Gebräuche und Religionriten einander glichen. Nun nach der Arbeit des Sommers und der herbstlichen Erntezeit war die Zeit der Festlichkeiten und Zeremonien gekommen, um die Götter milde zu stimmen.

Kokopellis Ankunft war ein gutes Omen. Als er im Sommer, seiner sonstigen Besuchszeit, ausblieb, hatten die Menschen eine bevorstehende Katastrophe befürchtet. Doch nun war er gekommen in Begleitung einer Frau mit Himmelsaugen – gewiß ein Omen von besonderer Bedeutung!

Die Frauen reckten die Hälse, um Kwani zu sehen. Die Bahre wurde behutsam gesenkt. Und zum allgemeinen Erstaunen griff die Frau nach einer Krücke, auf die sie sich stützte. Kokopelli stand am Rand des Tafelbergs und spielte die Flöte; die Frau humpelte zu ihm und stellte sich neben ihn, als sei dort ihr Platz. Ein Bein war mit Lederstreifen umwickelt.

»Sie hat ein krankes Bein!« lächelten die Frauen einander an. Demnach also keine so hochgestellte Persönlichkeit, deren Füße die Erde nicht berühren durften. Sie hatte nur das Bein gebrochen. Vielen von ihnen war es ähnlich ergangen. Vielleicht war sie gar nicht Kokopellis Gefährtin. Einige der Mädchen eilten den Pfad wieder nach oben, um ihr Haar zu glätten, den Schnee aus ihren Kleidern zu schütteln und sich von neuem zu schmücken.

Kwani blickte verwundert in die Schlucht hinunter. Wo lag die Siedlung? Von unten kletterten Frauen einen steilen Pfad herauf, der unter dem Vorsprung des Tafelbergs verschwand. Kwani spähte über den Rand hinaus, sah jedoch nur einen sehr schmalen, gewundenen Pfad, der an Trittkerben in der Felswand endete. Sie biß sich auf die Fingerknöchel.

»Hab keine Angst.«

Einer der Träger heftete den Blick seiner schwarzen, lebhaft glänzenden Augen auf sie. Er hatte volle, rotbraune Lippen, in seine dunkelbraunen Zöpfen waren Truthahnfedern geflochten. An den Ohren hingen schwarze Perlen und der Anhänger, den er an einer Kette um den Hals trug, wies ihn als Angehörigen des Adlerclans aus.

Leise, so daß die anderen ihn nicht hören konnten, sagte er: »Mein Name ist Okalake. Ich werde dir helfen.«

Seine Augen sagten ihr, daß er Gefallen an ihr fand.

Sie lächelte: »Ich heiße Kwani.«

Kokopelli, der die Begrüßungsabordnung würdevoll erwartete, ließ sich nicht anmerken, ob er das Interesse des gutaussehenden Okalake an Kwani bemerkt hatte.

Unter lauten Trommelschlägen und dem Scheppern der Rasseln erklommen die Würdenträger und Stammesältesten einer nach dem anderen den steilen Pfad. Der Medizinmann stimmte mit hocherhobenen Armen einen Begrüßungsgesang an. Anschließend nahm er Kokopellis Hand und hauchte darauf.

»Wir heißen dich an diesem Ort willkommen.«

»Meine Seele singt.«

Und jeder der Vornehmen wiederholte die höflichen Begrüßungsworte. Kwani stand auf ihre Krücke gestützt. Das lange, schwarze Haar hing ihr wirr ins Gesicht, Erschöpfung und Schmerz zeichneten ihr Gesicht. Doch sie bewahrte ihre würdevolle Haltung und ließ sich nicht von neugierigen Blikken einschüchtern. Unaufhörlich sagte sie sich vor, ich bin eine wichtige Persönlichkeit. Ich bin in Kokopellis Begleitung hierhergekommen.

Schließlich richtete Kokopelli das Wort an sie: »Nach dem schmalen Pfad folgt der Abstieg über Trittkerben im Fels. Du wirst auf die Bahre gebunden und nach unten gereicht.«

Bei der Vorstellung, wie eine Spinne an einem Faden über den Felsen in die Tiefe zu hängen, zog Kwanis Magen sich vor Angst zusammen. Aber sie sagte: »Ich fürchte mich nicht.«

Einer der Stammesältesten befahl: »Bringt ein Seil.«

Einer der Jäger holte ein aufgerolltes Yukkaseil aus seinem Gepäck. Die Männer verschnürten sie von Kopf bis Fuß wie ein Bündel auf dem Holzgestänge.

»Sie sieht aus wie ein Säugling auf dem Wiegenbrett!«

Kwanis Augen suchten Kokopelli. Ihr Leben lag nun in den Händen des Mannes, der sie den Felsen nach unten trug. Sie sah sich bereits über dem Abgrund schweben...

»Wer wird mich tragen?«

Kokopellis Finger deutete auf einen nahestehenden Jäger.

»Nein!« rief sie.

Kokopelli wandte ruckartig den Kopf, daß die Türkisperlen seiner Kappe heftig klirrten. Einen langen Moment fixierte er sie unter halb geschlossenen Lidern.

»Trag sie!« befahl er. Der Jäger trat eilfertig vor und grinste.

»Nein!« Kwani starrte den Jäger kalt an und hob eine gebieterische Hand. Die Kraft ihres eisblauen Blicks und die hoheitsvolle Geste ließen ihn zögern.

In Kokopellis Augen glühte ein Funke der Bewunderung

auf und verschwand. Schließlich sagte er mit hochmütigem Blick über seine Hakennase: »Es sei dir gestattet, den zu erwählen, dem die Ehre zuteil werden soll.« Seine Stimme war schneidend vor Sarkasmus. »Vorausgesetzt, du erwählst nicht mich.«

Vereinzeltes Lachen. Kwanis Wangen flammten. Sie wandte sich an Okalake: »Ich erwähle dich.«

Flüstern... Okalake war der Sohn des Sonnenhäuptlings – einer der Würdenträger des Clans. Sein Interesse an Kwani war von den Frauen nicht unbemerkt geblieben.

Kokopelli wurde von den Stammesälteren und dem Medizinmann beiseite genommen. Der Medizinmann, ein knorriger Greis von fünfundvierzig, dessen Wangen die schwarzen Zickzacklinien seines Berufstands zierten, sprach. »Wir haben von einer Frau mit Himmelaugen gehört, einer Hexe. Maluku –«

»Ich bringe keine Hexe. Ich werde am Lagerfeuer Erklärungen abgeben.«

Der Medizinmann gab sich damit nicht zufrieden. Seine kleinen Augen funkelten boshaft zu Kwani hinüber. »Ich wurde davon unterrichtet, daß diese Frau –«

Der Vorstand des Ältestenrats, ein gedrungener, stämmiger Mann, schüttelte den Kopf, so daß seine Ohrgehänge und sein schönes Knochenhalsband, das Symbol seines Ranges, erregt hin und her schwangen. Mit ernster Miene sagte er: »Kokopelli lügt nicht.«

Kokopelli neigte huldvoll den Kopf. »Maluku hat unrecht. Der ehrenwerte Medizinmann ist falsch unterrichtet. Ich werde das am Lagerfeuer erklären.« Er verbeugte sich. »Mit deiner Erlaubnis natürlich.«

Die Ältesten und Häuptlinge berieten sich kurz.

»Einverstanden«, sagte der Sprecher der Ältesten.

An den vier Stangen von Kwanis Bahre waren Seile befestigt worden, die nun zusammengerollt auf dem Traggestell lagen. Kwani beobachtete, wie Kinder oder Frauen mit Säuglingen auf dem Rücken und Lastkörbe auf den Köpfen selbstsicher den Pfad vom Rand des Tafelbergs hinabstiegen. Bald würden sie sich die schmalen, vom Neuschnee glatten Felskerben hinunterhanteln. Wenn Frauen und Kinder das schafften, so würden Okalake und die Jäger es auch schaffen. Dennoch lag die Angst wie ein Eisklumpen in ihrer Brust.

Okalake beugte sich über sie: »Es wird dir nichts geschehen.«

Sie versuchte ein Lächeln. Spürte, wie sie hochgehoben und mit dem Kopf voran den Weg nach unten getragen wurde. Der Pfad war so schmal und steil, daß das Gestell mitunter frei über dem Abgrund schwankte. Kwani schloß die Augen und betete. Beschützt mich, ihr Geister. Wacht über mich, verehrte Geister meiner Vorfahren. Sie wünschte ihr Amulett herbei, doch das war bei dem Medizinpfeil in Kokopellis Bündel.

Dann kam die Tragbahre zum Stillstand, die Seile wurden entrollt und von je einem Mann oben und unten gehalten. Kwani wagte einen Blick über den Rand der Bahre; unendlicher Abgrund und tief unten die Schlucht. Sie machte die Augen wieder zu.

Sie hörte Okalakes Stimme: »Ich halte oben die Seile. Der Mann unten wird dich in Empfang nehmen.«

Unten in der Schlucht verfolgten die Zuschauer die Vorgänge, darunter auch Tiopi, mit geballten Fäusten und einem bitteren Zug um den Mund. Als Okalake sich gegen den Felsvorsprung spreizte, mit abgewandtem Kopf zu den Männern hinter ihm sprach, die die Seile sicherten, befahl Tiopi ihnen in Gedanken die über dem Abgrund hängende Frau fallen zu lassen, damit sie auf den Felsen in der Schlucht zerschellte.

Doch die Trage wurde behutsam, Elle um Elle abgeseilt, bis zum nächsten Vorsprung. Kwani klammerte sich an dem Holzgestänge fest. Auf dem Felsvorsprung war zu wenig Platz, um die Trage umzudrehen, daher hing sie kopfüber über dem Abgrund. Mit fest zugedrückten Augen biß sie sich auf die Lippen, während die Trage hin und her schaukelte, immer wieder gegen Felsen schlug und Kwani die Gewißheit hatte, daß die Seile reißen mußten. Einmal blinzelte sie kurz und sah die flachen Kerben im Gestein, von vielen Generationen kräftiger Finger geglättet. Das Traggestell drehte sich um einen Felszacken, und sie sah die scharfen

Steinbrocken, die in der Tiefe auf sie warteten. Wieder machte sie die Augen zu und biß sich auf die Lippen. Sie wollte nicht wimmern wie ein verängstigtes Kind.

Plötzlich war alles überstanden. Hände streckten sich ihr entgegen, zogen die Bahre auf eine waagrechte Felsplatte.

»Du bist in Sicherheit.«

Starr vor Furcht brachte sie nicht einmal das Wort »Danke« über die Lippen. Eilig wurde sie einen Weg entlanggetragen, um eine Felsnase herum und auf einen großen Platz, von dem die Felsenstadt stufenförmig anstieg.

Kwani lag verschnürt auf dem Holzgestell und blickte in viele Gesichter, die sich über sie beugten. Augen, die in ihre schauten, Gesichter, die zurückwichen; Gesichter voller Angst, Neugier und Mißtrauen.

11

Kwani stand unter dem ausladenden Felsüberhang und blickte ungläubig auf die Höhlenstadt, die sich stufenförmig vor ihr auftürmte. Im rauchigen Dunst der Kochfeuer wirkte die Stadt wie ein Traumgebilde. Vom Platz, auf dem sie stand, erhoben sich langgezogene Terrassen, welche die Dächer der darunterliegenden Kivas bildeten. Auf verschiedenen Ebenen umschlossen runde Mauern den oberen Teil vieler Kivas, die in den Boden der Höhle gegraben waren. Aus allen Dächern ragten Leitern wie Zeigefinger. Nie zuvor hatte Kwani so viele Kivas gesehen oder so viele Bauten, von denen manche eine Höhe von vier Stockwerken erreichten!

Frauen machten sich an den Kochfeuern vor ihren Häusern zu schaffen, und auf dem Platz prasselte ein großes Lagerfeuer. Die Stadt war vom Flammenschein erhellt und von Wacholderrauch und Kochdüften durchzogen. Die Menschen bevölkerten Dächer und Terrassen, schauten aus Fensterluken dicht unter dem Felsgewölbe; kletterten emsig Leitern hinauf und hinunter, machten sich auf den Terrassen zu schaffen, unterhielten sich lärmend und lachend, sangen und entlockten ihren Tonflöten und Knochenpfeifen schrille

Klänge. Immer mehr Menschen drängten sich gaffend um Kwani.

Überwältigt wandte Kwani sich hilfesuchend nach Kokopelli um, doch der war nirgends zu sehen. Sie war allein, eine Fremde unter diesen Menschen, die wie Adler in Felsklippen hausten, die sie anstarrten und hinter vorgehaltener Hand tuschelten.

Huzipat, der Sprecher der Ältesten, hob den Arm zu ihrer Begrüßung. Er war ein untersetzter, stämmiger Mann, dessen prächtiger Halsschmuck ihm beinahe bis zum Nabel reichte.

»Wir heißen dich an diesem Ort willkommen.«

»Meine Seele singt.« Das entsprach keineswegs der Wahrheit. Ihre Seele fühlte sich bedroht. Wo war Kokopelli?

»Kokopelli wünscht, daß wir dich in unseren Clan aufnehmen, daher müssen wir Ältesten uns mit den Göttern beraten.« Sie wandten sich an eine würdige Matrone. »Bring sie zur Kammer bei den Vorräten.« Die grauen Zöpfe der Matrone waren zu Kränzen über beide Ohren gelegt und mit blauen Federn geschmückt. Von den Ohren hingen ihr weitere blaue Federn. Die hagere, große Frau bewegte sich mit der Behendigkeit eines Menschen, der ein ganzes Leben zwischen Felsen verbracht hatte. Kwani folgte ihr zur ersten Leiter, die auf das Dach und zugleich zur Terrasse des Hauses darüber führte. Sie zog sich unbeholfen mit einer Hand die Leiter hoch, da sie die Krücke in der anderen Hand hielt und nur mit einem Fuß von einer Sprosse zur nächsten klettern konnte. Die Frau auf dem Dach sah ihr mit ernstem, aber nicht unfreundlichem Gesicht dabei zu.

»Bei der nächsten Leiter nehme ich dir die Krücke ab, damit du mit beiden Händen klettern kannst.«

Zustimmendes Gemurmel aus der Menge. Das ermutigte Kwani. Schließlich waren diese Menschen ebenfalls Anasazi.

Sie erreichten die nächste Leiter zum dritten Stockwerk. Als Kwani hinaufzuklettern begann, trat Okalake aus der Menge.

»Ich trage dich.«

Er hob sie mühelos hoch und lief mit ihr die Leitersprossen hinauf, als seien es Stufen. Er stellte sie ab, nahm die Krücke, die ihm die Frau heraufreichte und schob sie unter Kwanis Arm. »Du wirst nicht lange in der Kammer bei den Vorräten bleiben«, flüsterte er, und seine schwarzen Augen lächelten in ihre blauen.

In dem kleinen, abgelegenen Raum, in den die Frau sie führte, empfingen Kwani beißender Gestank und das Kollern der Truthühner. »Hier wartest du, bis du in den Clan aufgenommen wirst.« Ein Anflug von Mitleid huschte über ihre Augen.

Kwani trat über die hohe Türschwelle und schaute sich in der Kammer über den Truthahnställen um. Im Winter bei dichtem Schneetreiben und Sturm verrichteten die Bewohner hier ihre Notdurft; es roch gräßlich. Durch die schmale Türöffnung drang schwacher Feuerschein. Kinderköpfe spähten neugierig und ängstlich herein.

»Mein Onkel sagt, sie ist eine Hexe!«

»Seht euch ihre Augen an! Wißt ihr, was Hexen in der Nacht mit ihren Augen machen?« wisperten sie. »Was?«

»Sie nehmen sie heraus und setzen sich statt dessen Eulenaugen ein. Das hat mein Onkel gesagt.«

»Aye-e-e-e!«

Blitzschnell verschwanden die Köpfe, andere erschienen.

Auf dem Boden der Kammer lag ein zerschlissenes, schmutziges Hirschfell. Kwani packte es, schüttelte Staub und Reste vertrockneter Fäkalien aus und hängte es an Haken zu beiden Seiten des Eingangs. »Schert euch fort!« rief sie.

Kichern und Flüstern. Ein Zipfel des Hirschfells wurde hochgehoben und glänzende Augen spähten herein.

»Bist du eine Hexe?«

»Nein!«

Sie gab den Kindern keine Schuld; sie waren nur das Echo der Erwachsenen. Wie lange mußte sie hier bleiben? Sie empfand es als Demütigung, durch die gaffende Menge an diesen finsteren, stinkenden Ort gebracht zu werden.

Kwani biß sich verärgert auf die Lippen. Hätte sie ihr Amulett bei sich gehabt, wäre das nicht passiert. Es war ein Fehler, es dem Medizinbogen zu geben. Wo war Kokopelli?

Die Kinder hinter dem Hirschfell hatten sich verzogen. Sie

hob eine Ecke und spähte hinaus. Besucher anderer Anasazi-Sippen saßen auf den flachen Dächern mit baumelnden Beinen. Dahinter standen andere mit Kindern auf dem Arm, Körbe, Krüge oder Eßschalen in den Händen. Frauen und Mädchen schöpften dicke Suppen aus großen Gefäßen, bei deren Anblick Kwani großer Hunger überfiel.

Kinder rannten johlend Leitern hinauf und hinunter, Hunde kläffend hinterdrein. Die Truthühner kollerten ihre Warnrufe, die Luft war erfüllt mit Stimmengewirr und Gelächter. Aus einigen Kivas drangen Trommelschläge, Sprechchöre und Gesänge der Vorbereitung auf die kommenden Feierlichkeiten.

Der hinter dem Hirschfell hervorlugenden Kwani fiel eine ausnehmend schöne Frau auf, die mit vielen Halsbändern und Armreifen geschmückt war und eine Schulter entblößt trug und ihre Reize offenherzig zur Schau trug. Die Frau hob den Kopf von ihrer Suppenschale und durchbohrte Kwani mit wildem Blick, daß diese erschreckt hinter das Hirschfell zurückwich.

Sie haßt mich! dachte Kwani. Aber warum? Ich bin ihr nie zuvor begegnet.

Sie hörte ein Scharren an ihrer Tür und die Stimme eines kleinen Mädchens: »Ich bitte um Einlaß.«

Kwani schob das Hirschfell beiseite. Ein etwa achtjähriges Mädchen hielt ihr eine Schüssel Eintopf und einen hübschen Tonkrug mit Wasser hin. Das Amulett an ihrer Halskette wies sie als Angehörige des Wolfclans aus. Die Clane besuchten einander häufig, und Kinder waren überall willkommen.

»Dies schickt dir Okalake«, sagte das Mädchen schüchtern.

»Danke«, lächelte Kwani und nahm den Eßnapf gierig entgegen.

»Er schenkt dir die Schüssel und den Krug. Sie gehören dir.«

»Sag Okalake, daß ich ihm dankbar bin. Ich danke auch dir. Wie heißt du?«

»Ich habe viele Namen, aber Ki-ki-ki, das Vogellied, gefällt mir am besten.«

Kwani deutete auf die Frau, die sie so gehässig angestarrt hatte. »Sag mir, wer sie ist.«

»Tiopi. Die Gefährtin des Jagdhäuptlings. Kokopelli wählte sie bei seinem letzten Besuch.« Das Mädchen beugte sich vor und flüsterte: »Sie glaubt, Kokopelli wählt sie auch diesmal, aber das wird er nicht tun.«

»Woher weißt du das?«

»Ich weiß es einfach.«

»Und Okalake –« Fragen zu stellen, war ungehörig, aber sie mußte es wissen. »Ich bin eine Fremde. Erzähl mir von Okalake.«

Ki-ki-ki streckte den Arm aus. Okalake stand auf einer Terrasse dicht unter der Felswölbung und schaute zu ihnen herüber. Das Mädchen winkte ihm zu. »Er ist Sohn des Sonnenhäuptlings.« Leise fügte sie hinzu: »Ich werde ihn heiraten, wenn ich alt genug bin. Wenn er bis dahin nicht schon eine Frau hat.«

»Dann hat er also keine?«

»Noch nicht.« Sie bedachte Kwani mit einem forschenden, für ihr Alter weisen Blick. »Du bist Kokopellis Frau.« Es war eine Feststellung, und ihre Stimme schwankte ein wenig.

Kwani gab vor, dies nicht zu bemerken und wandte den Blick. Jung zu sein war oft schmerzlich. »Er hat mir das Leben gerettet.«

Ki-ki-ki lächelte. »Kokopelli ist –« Sie errötete.

»Ist was?«

»Du weißt schon. Jeder sagt das... du solltest jetzt essen.« Und damit rannte sie fort.

Okalake starrte immer noch auf sie herunter. Ihre Blicke trafen sich. Kwani spürte seine Wirkung. Das Hirschfell dunkelte die Kammer ab. Sie nahm es weg und setzte sich auf die Türschwelle. Während sie aß, hob sie hin und wieder den Kopf. Doch Okalake war verschwunden.

Der Tonkrug war schön geformt, verziert mit schwarzen und weißen Mustern. Kwani war gewohnt, aus einer Kürbisschale zu trinken. Auch die Schüssel war hübsch und wies die gleichen reichen Verzierungen auf. Sie fragte sich, warum Okalake ihr den Krug und die Schale schenkte, wenn man in ihr Kokopellis Gefährtin vermutete.

Sie dachte an Okalakes feste junge Lippen, seine warmen, dunklen Augen, die von Zärtlichkeit sprachen, spürte, wie er sie gehalten hatte. Essen und Trinken hatten sie wiederbelebt; das pulsierende Leben der Stadt war ansteckend. Ihr Körper sprach. Sie sehnte sich nach einem Mann. Kokopelli.

Es wurde plötzlich still. Die Häuptlinge und Stammesältesten hatten sich um das Lagerfeuer versammelt. Aus dem Schatten bewegte sich eine gebückte, in eine Decke gehüllte Gestalt langsam, tastend auf das Feuer zu. Die Häuptlinge und Ältesten machten ihr Platz. Die Gestalt setzte sich ans Feuer. Der Ruferhäuptling trat vor.

»Hört, alle Angehörigen des Adlerclans. Hört, alle willkommenen Gäste. Kokopelli, der vom singenden Schilf, der mit dem heiligen Samen, der mit den Göttern spricht, ist unter uns. Er bringt uns eine Frau von einem fernen Clan und wünschte, daß wir sie bei uns aufnehmen.«

Kinder johlten: »Da ist sie, die da oben!«

Alle wandten die Köpfe und gafften zu ihr herauf, als sähen sie sie zum ersten Mal. Manche kletterten auf Leitern, um sie aus der Nähe zu betrachten.

Der Ausrufer fuhr fort: »Zuerst muß die Sich Erinnernde entscheiden, ob diese Frau wert ist, eine von uns, eine vom Adlerclan zu werden. Wenn sie zustimmt, wird der Ältestenrat entscheiden, ob wir sie aufnehmen. Stimmt sie nicht zu, muß die Frau zu ihrem eigenen Clan zurückkehren.«

Er beugte sich zu der auf der Decke kauernden Gestalt hinunter. »Die Sich Erinnernde ist bereit.« Mit theatralischer Geste rief er: »Frau, tritt vor.«

Kwani erhob sich. Ihr aufgelöstes Haar floß wallend über ihre Schultern. Ihr verschmutztes, zerschlissenes Kleid konnte die Schönheit ihres Körpers nicht verbergen. Erhobenen Hauptes trat sie über die Türschwelle.

Ihre Blicke glitten suchend über die vielen, ihr entgegenstarrenden Gesichter.

Wo war Kokopelli?

Oder Okalake?

Sie humpelte zur ersten Leiter und blieb stehen. Wie

konnte sie hinunterklettern, ohne lächerlich zu wirken? Um Gleichmut bemüht, hielt sie die Krücke in einer Hand und ließ sich Sprosse um Sprosse hinab.

Ein paar Kinder kicherten.

An der zweiten Leiter bot man ihr Hilfe an, die sie jedoch zurückwies. Erhobenen Hauptes stand sie schließlich vor der Gruppe der Ältesten am Weihefeuer. Im fahlen Lichtschein wirkten die schwarzen Zickzacklinien, die dem Medizinmann von Stirn bis zum Kinn liefen, angsteinflößend. Er nahm ihren Arm und führte sie zu der auf der Decke kauernden Gestalt.

»Lege dich auf den Bauch, bis sie dir gebietet, aufzustehen«, befahl er. »Sie ist die Sich Erinnernde.«

Der Medizinmann versetzte Kwani einen Stoß. Sie blickte in das halb in die Decke gehüllte Gesicht der Greisin, deren Augen im dichten Netzwerk von Falten sahen, ohne sie zu sehen. Von ihrem Gesicht, der gesamten verhüllten Gestalt schien ein unsichtbares Leuchten auszugehen.

»Komm nahe zu mir.« Die verrunzelten Lippen öffneten sich zu einem zahnlosen Lächeln.

Kwani legte sich auf den Bauch, der alten Frau zu Füßen. Sie spürte, wie ihre Hände sie berührten, ihr Gesicht erforschten, ihr Haar betasteten. Sie hörte ein Summen. Kwani war zumute, als würde ein enger Knoten sich lösen, als habe es nie eine Demütigung gegeben, als würden Heilkräuter auf eine Wunde ihrer Seele gelegt.

»Steh auf«, befahl die alte Frau.

Kwani richtete sich auf. Die Sich Erinnernde beugte sich vor. Kwani erhaschte einen Blick auf die Kostbarkeit, die Kokopelli sich so sehr wünschte, den geheimnisvollen Gegenstand, den sie für ihn in Besitz nehmen sollte, wie er ihr befohlen hatte. Der schönste Halsschmuck, den Kwani je gesehen hatte. An einer langen Kette glänzend polierter bunter Steinkugeln befand sich ein Anhänger, bei dessen Anblick es Kwani den Atem verschlug – die heilige Muschel aus dem Meer des Sonnenuntergangs, mit Türkisen zu einem mystischen Muster eingelegt. Die Muschel bebte leise, während die Sich Erinnernde sprach.

»Warum bist du gekommen?« Die Stimme der Greisin war wie Wind in den Tannen.

»Kokopelli nahm mich mit. Weil mein Bein gebrochen ist.«

»Ich will es sehen.«

Knochige Hände streckten sich vor. Kwani hatte das unheimliche Gefühl, daß die Hände sehen konnten. Knorrige, verkrüppelte, erstaunlich starke Finger tasteten prüfend über Verband und Schiene.

»Wer hat den Verband angelegt?«

»Kokopelli.«

»Es heilt. Bald wirst du gehen wie zuvor. Und dann?«

»Ich möchte bleiben, bis die ersten Blumen blühen.«

»Warum? Kannst du nicht zu deinem Volk zurückkehren?«

»Ich bin eine Anasazi. Ihr seid mein Volk.«

Die Sich Erinnernde saß eine Weile schweigend. Schließlich sagte sie: »Gib mir deine Hand.«

Kwani legte ihre Hand in die verkrümmte und spürte eine Welle des Verstehens zwischen ihnen. Die alte Frau hielt lange die Hand der jungen.

»Du hast Angst. Warum?«

»Die Leute glauben, ich sei eine Hexe.«

»Maluku sagt, daß du eine Hexe bist.«

»Aber *ich bin keine!*«

Die Sich Erinnernde wechselte die Stellung. »Du sagst, du möchtest bleiben, bis die ersten Blumen blühen. Warum nicht länger?«

»Dann kommt Kokopelli und bringt mich zum Blauäugigen. Auch meine Augen sind blau.«

»Ist er von deinem Blut?«

»Vielleicht. Ich weiß es nicht. Meine Mutter –« Sie stockte, Sehnsucht nach ihrer Mutter erfüllte sie. »Meine Mutter riet mir, ich solle zu ihm gehen.«

Die alte Frau nickte. »Ich erinnere mich an deine Mutter.« Sie machte ein Zeichen des Segnens. »Möge ihr Geist Sipapu erreichen und Freude finden.«

Kwani zuckte zusammen. »Meine Mutter… ist meine Mutter in Sipapu?« Ihre Stimme versagte. »Was ist meiner Mutter zugestoßen?«

»Du weißt es nicht?«

»Sag es mir!«

»Deine Mutter hielt den Pfeil auf, den Maluku für dich bestimmt hatte. Sie wurde zu Unrecht getötet.«

Kwani stieß einen gellenden Schrei aus und warf sich mit dem Gesicht zu Boden. Der Ältestenrat schwieg; Unruhe entstand in der Menge bei Kwanis wildem Schmerzausbruch. Sie wußten, daß Kwanis Mutter mehr als nur ihr Leben geopfert hatte; sie hatte auf das ewige Leben in Sipapu verzichtet. Verstohlen schauten sie sich um. Vielleicht war sie jetzt unter ihnen.

Die alte Frau streckte Kwani beide Hände entgegen und legte sie auf ihren Kopf. »Deine Mutter ist nahe«, summte sie, und ihre Stimme war wie der Wind in den Gräsern. »Spürst du ihre Gegenwart?«

Kwani hob den Kopf. Tränen liefen über die verwelkten Wangen der Greisin. Einen Augenblick lang vergaß Kwani ihren Schmerz. Einen Moment blickte das Gesicht ihrer Mutter aus der Decke auf sie herab.

»Ja«, flüsterte sie.

Unvermittelt hob die alte Frau ihren Arm. »Ich empfehle dem Ältestenrat, diese Frau als Angehörige in den Adlerclan aufzunehmen.« Sie ließ den Arm sinken und hüllte die Decke so eng um sich, bis sie beinahe in den Falten verschwand.

Kwani war entlassen. Sie blieb knien, ihre Blicke irrten durch die Menge, kleine Klagelaute entrangen sich ihrer Kehle.

Die Männer des Ältestenrats rückten eng zusammen und flüsterten miteinander. Die Zuschauer verfolgten jede ihrer Bewegungen; solches Schauspiel war eine Seltenheit, und man würde bei vielen Lagerfeuern in kommenden Nächten davon berichten. Kwanis Haar hing ihr strähnig ins Gesicht. Im flackernden Schein der Flammen sah sie wahrhaftig aus wie eine Hexe. War sie eine? Aber die Sich Erinnernde hatte sie empfohlen! Die Zuschauer wurden unruhig.

Der Medizinmann zog Kwani auf die Füße und schob ihr die Krücke unter den Arm.

»Du wirst befragt.«

Das Gesicht mit den Zickzacklinien und den kleinen Augen war haßerfüllt. Kwani nahm eine aufrechte Haltung an.

»Ich lasse mich nicht befragen.« Ihre Stimme war wie spitze Eiszapfen.

»Nur Hexen verweigern eine Befragung.« Seine Augen funkelten.

»Ich bin keine Hexe, das ist euch bekannt, euch allen. Ich lasse mich nicht einschüchtern.«

Der Menge verschlug es den Atem. Nur eine schrille Frauenstimme durchdrang die gespannte Stille. »Wenn du keine Hexe bist, so antworte auf die Fragen!«

Es war die schöne Frau mit den Armbändern, die sie mit so wilder Abneigung gemustert hatte. Ein kalter Finger berührte Kwanis Wirbelsäule. Diese Frau war ihre Feindin.

»Antworte!« riefen andere.

Kwani stand mit vor Verachtung blitzenden Augen vor der Menge. Doch ihr Herz hämmerte, und ihr Geist schrie: »Wo ist Kokopelli?«

Der Medizinmann und die Angehörigen des Ältestenrats umringten sie.

»Du weigerst dich zu antworten, obgleich du die Fragen nicht kennst?« Die Stimme des Medizinmanns war wie Bärenfett an einem Pfeil. »Oder vielleicht kennst du die Fragen?... Den Grund, warum du dich weigerst?«

Glühender Zorn erstickte Kwanis Angst. Unter seinen Zickzacklinien war Röte aufgeflammt. Er packte ihren Arm, die Krücke fiel klappernd zu Boden. Dann versetzte er ihr einen Stoß, daß sie taumelte und stürzte. Kwani tastete nach ihrer Krücke, doch er stieß sie beiseite.

Da gab es ein plötzliches Geräusch wie von fernem Donner. In der Kiva unter ihnen wurde die Heilige Fußtrommel geschlagen. Nur einem von den Göttern Auserwählten war es gestattet, mit ihr zu sprechen. Der Donnerschlag stieg zum Crescendo an und verklang, als die Flöte in schrillem Befehlston sprach.

»Kokopelli!« Der Name flog durch die Menge.

Der Flötenklang wurde lauter, als tanzende Finger und Kokopellis Kopf in der Kiva-Öffnung erschienen. Seine Ohrgehänge blitzten, die Türkisperlen schwangen, bunte Federn glänzten im Feuerschein. Flötespielend entstieg er der Öffnung, wie ein unsterblicher Geist Sipapu entsteigt.

Ein Seufzen der Verzauberung ging durch die Menge. Kokopelli war wundervoll!

Kwani raffte sich hoch. Er hatte ihren Medizinpfeil bei sich! Die Stimmung in Kokopellis Musik veränderte sich. Jetzt sang sie von Freude... von Hochsommer, wenn der Mais hoch steht und die Kürbisse zur Fülle reifen und sanfter Regen die Erde nährt; sie pries Sonnenvaters männliche Kraft; und Mutter Erdes Fruchtbarkeit. Sang von Geburt. Leben. Ganzheit. Alles war, wie es sein sollte.

Die Menge beruhigte sich. Alles war gut. Sie lehnten sich zurück, um Kokopellis Darbietung zu genießen. Er würde ihnen Neuigkeiten bringen, Geschichten erzählen und Rätsel aufgeben. Und stets brachte er Waren zum Tauschhandel. Die Männer machten im Geist eine Aufstellung der Gegenstände, die sie zu tauschen hatten, und fragten sich gespannt, welch seltene Kostbarkeiten aus fernen Ländern sie von ihm kaufen konnten. Frauen flüsterten: »Wen wird er heute nacht erwählen?« Und hofften insgeheim, seine Wahl fiele auf sie. Kinder harrten mit leuchtenden Augen auf Kokopellis wunderbare Zauberkunststücke.

Die Flöte sang eine letzte, süße Note. Kokopelli setzte das Instrument ab und ließ seinen Blick über das Halbrund der Stadt schweifen. Erleuchtet vom Feuerschein und von seinem inneren Feuer, war er eine schier überirdisch magische Erscheinung. Es herrschte atemlos Stille, nur unterbrochen vom Kollern der Puter und dem aufgeregten Plappern kleiner Kinder.

»Ich habe eine Frau zu euch gebracht«, begann Kokopelli schließlich, »der ich, Kokopelli, das Leben rettete.« Die Löwenaugen unter buschigen Brauen glühten. »Ihr vom Adlerclan, ihr vom Wolfclan, ihr vom Türkisclan, dem Kojoteclan – ihr alle – habt davon gehört, wie Maluku, der Medizinmann des Talvolkes im Norden, diese Frau beschuldigte, eine Hexe zu sein, und sie verstieß und ihrem Verderben in der Wildnis überließ.«

Zustimmende Rufe. Alle Blicke richteten sich auf Kwani.

»Ihr habt gehört, daß Maluku einen Medizinpfeil abschoß,

um den Geist dieser Frau zu töten. Doch ihre Mutter warf sich dem Pfeil in den Weg und wurde an ihrer Stelle getötet.«

Kwani wandte sich schmerzerfüllt ab und blickte in die Dunkelheit auf der anderen Seite der Stadt. Sie drängte ihre Tränen zurück; diese Menschen sollten ihren Schmerz nicht sehen.

Kokopelli erhob die Stimme: »Es gibt etwas, das ihr nicht wißt. Ich werde euch davon berichten.« Er machte eine Pause, um die Spannung zu steigern. »Maluku schickte ihr einen zweiten Pfeil hinterher, einen, der Hexen tötet. Er verweigerte sein Ziel«, wieder eine Pause, Raunen, »und grub sich statt dessen in ihr Bündel!« Wie durch Zauberei hielt er den Pfeil plötzlich in Händen, hob ihn hoch, drehte ihn, damit alle ihn sehen konnten.

»Seht ihn euch an! Seht das heilige Amulett, das er trägt!«

Aufgeregtes Getuschel ging durch die Menge, als Okalake hinter ihm mit dem Papagei auf dem Arm der Kiva entstieg und ihn Kokopelli reichte. Der hielt den Vogel vor sich in Augenhöhe und redete schnell in fremder Zunge auf ihn ein. Der Vogel neigte den Kopf und erwiderte in der gleichen fremden Zunge.

»Mein Freund schlägt vor, den Pfeil sprechen zu lassen. Er soll euch selbst sagen, ob diese Frau Kwani eine Hexe ist.«

Das Flüstern erstarb, es entstand atemlose Stille.

Kokopelli schloß die Augen, hielt den Pfeil in der ausgestreckten Hand und hielt mit zurückgeworfenem Kopf stumme Zwiesprache mit den Geistern. Keiner wagte eine Bewegung, keiner, einen Laut von sich zu geben. Kokopelli schien zu erwachen, schaute den Pfeil in seiner Hand an, als sehe er ihn zum ersten Mal. Dann redete er.

»Bist du Malukus Pfeil?«

»Der bin ich.«

Die Zuschauer vergaßen zu atmen. Der Pfeil hatte gesprochen. Sie schauderten.

»Hast du den Auftrag, den Geist von Hexen zu finden?«

»Ja, so ist es.«

»Warum hast den den Geist dieser Frau Kwani nicht gefunden?«

Schweigen.

Die kleinen Augen des Medizinmannes glitzerten boshaft. Kokopellis Zauber hatte seine Grenzen! Ha!

Doch da begann der Pfeil zu sprechen. »Diese Frau Kwani ist Sproß von Häuptlingen, die über das große Wasser im Osten kamen, den Göttern der aufgehenden Sonne. Ich kann ihren Geist nicht nehmen. Sie ist keine Hexe.«

Die Menge wurde unruhig. Mit unwirscher Handbewegung gebot Kokopelli Ruhe.

»Sie ist keine Hexe?«

»Nein.«

»Was soll mit dir geschehen, Geist des Pfeils?«

»Überreiche mich Kwani. Ich werde sie beschützen. Jeder, der versucht, ihr etwas anzutun, wird von mir bestraft.«

»Ich gehorche.«

Mit dramatischer Geste trat Kokopelli vor Kwani und legte den Pfeil in ihre ausgestreckte Hand. »Er beschützt dich, bis ich zurückkehre, wenn die ersten Blumen blühen.« Er fixierte den Stammesältesten. »Nehmt ihr diese Frau, diesen Sproß der Götter der aufgehenden Sonne als Angehörige des Adlerclans auf?«

Der Oberhäuptling schnaubte in die angespannte Stille. Man hatte sich entschieden, sie abzulehnen; doch die Aussage des Pfeils zeichnete die Situation in neuem Licht. Er wandt sich an die Würdenträger. »Ist es euer Wunsch, diese Frau in unseren Clan aufzunehmen?«

Unschlüssig traten die Vornehmen von einem Fuß auf den anderen. Schließlich meldete sich einer: »Es ist mein Wunsch.«

»Meiner ebenfalls«, setzte ein zweiter hinzu. Dann erklärten sich auch die übrigen damit einverstanden.

Alle, bis auf den haßerfüllten Medizinmann, der nun vortrat. »Ich, der Medizinmann, stelle die Bedingungen, zu denen ein neues Mitglied in unsere Sippe aufgenommen wird.«

»So ist es«, entgegnete Kokopelli.

Der Medizinmann wandte sich an Kwani. »Dann erteile ich dir, dem Sproß der Götter der Aufgehenden Sonne, den Auftrag, mir ein Gefäß zu fertigen, in dem ich meine heiligen Opfergaben für die Feierlichkeiten vor dem Pflanzen aufbewahren will. Das Gefäß darf in seiner Form keinem je gefertigten

Gefäß gleichen und muß Wasser in dieser Höhe enthalten.« Er deutete die Kopfhöhe eines zehnjährigen Kindes an. »Es muß so leicht sein, daß ich es mit einem Finger tragen kann, und es soll mit heiligen Mustern versehen sein, deren Kräfte all meine bisherigen Medizinen übertreffen.« Er legte eine Pause ein, um sich noch weitere, unmöglich zu erfüllende Bedingungen auszudenken. »Wird es ins Feuer gehalten, darf es nicht brennen. Wird es vom Fels geworfen, darf es nicht zerbrechen.« Seine kleinen Augen sprühten Gift.

»Ich nehme deinen Auftrag an«, entgegnete Kwani.

Der Kopf des Medizinmanns fuhr herum. Er starrte die kleine Frau an, die seinem Blick trotzig standhielt und den Pfeil mit beiden Händen umklammerte.

»Nun gut. Du wirst also vorübergehend als Angehörige in den Adlerclan aufgenommen. Wenn du meinen Auftrag nicht zu meiner Zufriedenheit erfüllst, wirst du erneut verstoßen, wie du es schon einmal wurdest.«

»Ich werde deinen Auftrag erfüllen.«

Doch als ihre Blicke über die unruhige Menge schweiften, wußte sie, daß ihr nur der Schutz des Pfeils helfen konnte. Sie nahm den Auftrag an, da ihr keine andere Wahl blieb. Wie sie die unmögliche Aufgabe erfüllen sollte, ein solches Gefäß herzustellen, war ihr ein vollkommenes Rätsel.

Aus den Falten der Decke, unter der die gekrümmte Gestalt kauerte, ließ sich eine krächzende Stimme vernehmen: »Ich heiße dich an diesem Ort willkommen, meine Tochter.«

Kwani kniete vor ihr nieder. »Meine Seele singt, Ehrwürdige.«

Die alte Frau streckte die Hand aus, und Kwani nahm sie. Der Geist der Greisin strömte auf sie über.

»Du bist zu Hohem ausersehen. Solche Menschen werden von den Göttern geprüft und müssen viel Leid ertragen. Doch der Pfeil wird dich beschützen. Das sagt Kokopelli.« Sie lachte leise meckernd; es klang wie Kürbiskörner, die in eine Schüssel geworfen werden.

Kwani war verblüfft und antwortete nicht.

Der Ruferhäuptling erhob sich räusperte sich bedeutungsvoll und hob seinen Arm, um Aufmerksamkeit gebietend.

»Der Adlerclan hat ein neues Mitglied, Kwani, den Sproß

der Götter der Aufgehenden Sonne, jener Blauäugigen vom Großen Wasser im Osten.« Er machte eine Pause und räusperte sich erneut. Die Situation war heikel, und er brauchte Zeit, um sich zu sammeln. »Kwani vom Adlerclan besitzt Malukus Medizinpfeil, der sich weigerte, ihren Geist zu nehmen. Er hat gesprochen und uns gesagt, daß die Angehörige unseres Clans Kwani keine Hexe ist. Der Pfeil beschützt sie. Ihr habt es gesehen und gehört. Die Befragung ist beendet. Die Festlichkeiten dieses freudigen Ereignisses können nun beginnen.« Er setzte sich und wischte sich die Stirn.

Mit Hochrufen löste sich die Spannung. Die letzte Schüssel war sauber geleckt, das letzte Stück Fleisch verzehrt und die abgenagten Knochen den Hunden vorgeworfen, die sie zufrieden knackten. Die Frauen legten ihre Säuglinge nach dem Stillen auf frische Zedernrinde in die Wiegebretter. Kleine Kinder schliefen im Arm des Nächstbesten ein, während ihre älteren Geschwister sich in der Zuschauermenge nach vorne drängelten, um nur ja nichts zu versäumen.

Die Feuer der Kochstellen verglommen zu schwelender Glut. Nur das Gemeinschaftsfeuer prasselte munter. Kwani saß neben der Sich Erinnernden, den Pfeil fest in beiden Händen haltend. Aus tiefem Schatten wurde sie von einer Frau beobachtet, die an ihren Armbändern nestelte und sich auf die Lippen biß.

Als Kokopelli sich erhob, um sich erneut in den Feuerschein zu begeben, flüsterte Tiopi inständig: »Erwähle mich!«

12

Es war spät. Aus Kochfeuern war graue Asche geworden, und das niedergebrannte Lagerfeuer in der Mitte des Platzes wurde gelegentlich mit einem schwindenden Vorrat an Wacholder- und Fichtenscheiten am Leben erhalten. Die Kälte kroch heran. Doch immer noch drängten sich die Besucher aneinander, die das Fest nicht verlassen wollten. Bald gab es den Wettbewerb der Rätsel und der Liebeslieder mit kostbaren Preisen, die Kokopelli verteilte. Und schließlich mußte der Augenblick kommen, wenn er die erwählte, der er seinen Samen schenkte. Viele nackte Frauenschultern schimmerten verführerisch trotz der Nachtkälte.

Einige der Älteren entzündeten Zweige am Feuer, um damit ihren Heimweg zu beleuchten. Andere, darunter auch die Sich Erinnernde, waren längst schlafen gegangen. Kinder lagen zusammengerollt wie junge Hunde, und Säuglinge schliefen tief in ihren Wiegebrettern.

Kwani saß am Feuer neben Okalake. Er hatte den Papagei zurück in die Kiva gebracht und war mit einer Decke zurückgekehrt, die er um ihre Schultern legte. Daß sie beide unter einer Decke Schutz vor der Kälte suchten, ließ auf eine Beziehung schließen, die es nicht gab. Aber vor allem die Frauen erfaßten, daß Okalake eine solche Beziehung willkommen gewesen wäre. Doch Kwani hatte nur Augen für Kokopelli, und darüber wurde reichlich getuschelt.

Kokopelli kam ans Ende seines Berichts. Er hatte bereits vor der Dürre gewarnt, die zu erwarten war; jedes Jahr mußte mehr Wasser gestaut werden für die lebenserhaltenden Ernten, für Trinkwasser, zum Kochen und zum Mischen des Mörtels für neue Häuser, denn die Bevölkerung wuchs ständig. Selbst die geheimen Opfer des Medizinmanns, das allgemeine Fasten, die Reinigungsrituale und die Regenzeremonien nutzten nichts. Von Jahr zu Jahr wurden die Regenfälle geringer.

Kokopelli sprach die abschließenden Worte. »Ich bringe Grüße vom Volk des Flusses. Sie wollen Salz tauschen für Krüge und Nüsse. Sie kommen zum üblichen Handelsplatz, wenn die Feierlichkeiten vor dem Pflanzen beendet sind.«

Interessiertes Gemurmel wurde laut. Vorfrühling war eine gute Zeit, um Handel zu treiben. Die Krüge des Türkisclans waren eine geschätzte Handelsware. Kwani fragte sich, ob der Krug, den ihr Okalake überlassen hatte, einer davon war.

»Im Norden sind Jäger gesehen worden. Ebenso im Nordosten. Es heißt, sie jagen Bergschafe.«

Kwani erinnerte sich an die Jäger. Besonders an den einen, der Starker Bogen gegen ihr Kleid getauscht hatte. Kokopelli hielt Starker Bogen immer noch an seiner Seite. Würde er berichten, wie er an ihn gekommen war?

»Ein Ute wurde in der Nähe seines Heimatdorfes von Apachen aus dem Hinterhalt überfallen und nach Sipapu geschickt.«

Kwani hielt den Atem an.

»Der Häuptling des Volkes der Aufgehenden Sonne, jener blauäugigen Söhne der Götter, die im Südosten von hier leben, schickt Grüße.«

Kwani atmete wieder freier, als die Zuhörer einander ansahen und zunickten. Jetzt, da Kwani eine Angehörige des Adlerclans war, konnten Grüße von Verwandten entgegengenommen werden.

Kokopelli hob nun mit großer Geste die Armbrust über seinen Kopf. »Dies ist ihr Medizinbogen – der Bogen der Götter. Seht euch seine Kraft an.«

Aus dem Beutel an seiner Seite nahm er den Zweizack und hängte ihn an seinen Gürtel, holte aus dem Köcher einen fremdartigen Pfeil, wie ihn keiner je gesehen hatte. Verwundert beobachteten die Zuschauer, wie er den Bogen spannte, den Pfeil in die Rille des eigentümlichen Schaftes einführte und in die Sehne spannte. Er hielt die Waffe für jedermann sichtbar hoch.

»Seht, wie der Pfeil gefangen ist – festgehalten am Bogen, bis meine Berührung ihn losschickt.« Er legte die Wunderwaffe auf verschiedene Ziele in der Menge an. Die Leute wichen nervös lachend zurück. Dann zielte er auf ein kleines Fenster dicht unter der Felswölbung, aus dem sich ein paar Köpfe reckten.

»Geht in Deckung!« rief er. »Der Pfeil wird in die Öffnung eindringen.«

Die Menschenmenge japste hörbar nach Luft. Eine solche Zielgenauigkeit war unmöglich!

Kokopelli hob den Bogen, zielte über seinen rechten Daumen und drückte den Abzug. Der Pfeil flog blitzschnell hoch hinaus und verschwand in der Fensteröffnung. Einen Augenblick später erschien dort ein Gesicht, dann eine Faust, die den Pfeil nach draußen hielt.

»Aye-e-e-e!«

Kokopelli blickte siegesgewiß über seine Adlernase. »Morgen beginnt der Handel. Bald werde ich in meine Heimat aufbrechen. Doch bevor ich gehe, überreiche ich diesen Bogen einem von euch zur Verwahrung bis zu meiner Rückkehr.« Sein Blick schweifte über die Menge. »Der Bewahrer dieses Bogens wird von seiner göttlichen Medizin beschützt werden.«

Die Armbrust über seinen Kopf haltend, intonierte er im feierlichen Sprechgesang: »Ich vertraue diesen Bogen dem einzig Würdigen an, der sich mit seinem erhabenen Geist zu verständigen weiß!« Er schritt auf den Medizinmann zu, der verdrießlich im Schatten saß. »Ich vertraue dir diesen Bogen zur Aufbewahrung an. Er darf nicht benutzt werden. Er bleibt in deiner Obhut und soll an allen Festlichkeiten teilnehmen. Werden meine Worte mißachtet und die Kräfte des Bogens losgelassen, so werden die Götter furchtbare Rache nehmen.« Er legte eine Pause ein. »Kannst du die Verantwortung übernehmen?«

Die Feindseligkeit des Alten schmolz zu einem geschmeichelten Lächeln. »Du hättest keinen besseren erwählen können.«

Kokopelli holte aus seinem Umhang die Rassel mit den Kupferglöckchen, schüttelte sie und schwenkte den Bogen mehrmals im Kreis über seinen Kopf. »Medizinbogen der Götter, Medizinbogen der heiligen Seelen, Medizinbogen derer, die auf dem Wasser der Aufgehenden Sonne gehen, ich überlasse dich der Obhut des Medizinmanns des Adlerclans.« Sodann befahl er seiner Rassel, fauchend und klingelnd den Segen darüber zu sprechen. Er trat vor den Medizinmann. »Beschütze diesen großen Mann, beschütze diesen großen Clan, bringe diesem Volk gute Jagd, guten Regen und gute Medizin.«

Kokopelli nahm den Gürtel ab, an dem der von Krummer Fuß geschnitzte Zweizack und der Köcher mit den Pfeilen hing, die Krummer Fuß ebenfalls geschnitzt hatte. Mit einem letzten Schwenk über seinem Kopf legte er alles in die ausgestreckten Hände des Medizinmanns. »Diese Pfeile, dieser Haken gehören zum heiligen Bogen. Behüte sie und halte sie in Ehren, bis zu meiner Rückkehr.«

Der Medizinmann neigte würdevoll sein Haupt. Nie hatten die Zickzacklinien seines Berufsstandes größeren Eindruck gemacht. Die Medizinmänner der zu Besuch weilenden Sippen umringten den Bogen, um ihn zu inspizieren, während andere Häuptlinge und Würdenträger in gebührender Entfernung warteten, bis die Reihe an ihnen war.

Kwani verbarg ihr Gesicht in der Decke. Pfeile und Haken von Krummer Fuß waren so heilig wie Puterkacke. Und sie wußte, woher der Bogen stammte; der war ebenso wenig heilig. Kokopelli mußte seine guten Gründe haben, warum er das tat. Sie hätte gerne gewußt, was für Gründe das waren.

Sie schaute sich suchend nach Kokopelli um, doch der war verschwunden. Sie beugte sich zu Okalake, der seinen Kopf nahe an ihren brachte. »Wo ist Kokopelli?« flüsterte sie.

»Er ist gegangen, um sich zu erleichtern.« Er grinste. »Vielleicht schneit es auf seinen Kindermacher.«

Sie grinste zurück. »Es hat aufgehört zu schneien. Aber vielleicht pinkelt er Eiszapfen.«

Sie kicherten.

Okalake sagte: »Sein Kindermacher wird heute nacht viel zu tun haben. Wen er wohl erwählen wird?«

Kwani hatte vergeblich versucht, nicht daran zu denken. Sie hatte nicht vergessen, wie Kokopelli sie zurückgewiesen hatte; die Schmach nagte immer noch an ihr.

»Welche wird es sein, glaubst du?« flüsterte sie.

»Du.«

Kwanis Kopf schnellte aus der Decke wie ein Wiesel aus seinem Bau. »Ich?«

»Du bist die Schönste.«

»Du bist sehr freundlich zu einer Fremden.« Du bist selbst schön, dachte sie, mit deinen sanften Augen, die wie Seen in deinem Gesicht schwimmen. Sie dachte kurz daran, was sein Lendenschurz wohl verbarg.

»Kokopelli kommt zurück«, sagte Okalake. »Jetzt geht's ans Rätselraten.« Er rückte etwas näher. Kwani rückte nicht weg.

Kokopelli verbeugte sich feierlich vor den Häuptlingen und Würdenträgern. Der schwache Feuerschein ließ sein Goldgeschmeide aufblitzen und brachte seinen vielfarbigen

Umhang zum Glänzen. Wieder fauchte und sang seine Rassel.

»Wer dieses Rätsel richtig rät, erhält eine Glocke wie die an meinem Geistersprecher.«

Aufgeregtes Gemurmel in der Zuschauermenge. Die Rassel schwieg.

Er lauert neben dem Bergpfad,
Er verbirgt sich in der Lawine,
Er baut sein Haus in weißen Schneefeldern.

Die Rassel sprach.

Er wartet in tiefem Wald,
Er späht über den Abgrund,
Er packt jenen, der ihn nicht erwartet.

Die Rassel sprach.

Er schleudert Felsen den Abhang hinab,
Er fällt donnernd die Bäume,
Er flüstert der Schlange zu, wann sie beißen soll.

Die Rassel sprach.

Er lenkt den Sprung des Berglöwen,
Er verbirgt sich in den Stromschnellen,
Er packt jene, die den Fluß überqueren.

Die Rassel sprach.

Er reitet auf den Schwingen des Sturms,
Er schleudert die grelle Flamme des Blitzes,
Er schwebt in der Luft über dem Haus.

Die Rassel sprach wieder.

»Von wem spreche ich?« fragte Kokopelli.

Tiefes Schweigen, dann Flüstern. Das Gesicht des Ruferhäuptlings war wachsam. »Die Antwort lautet: Er, der uns alle sucht und findet. Der Tod.«

Kokopelli neigte den Kopf. »Das ist richtig.«

Die Menge klatschte begeistert Beifall. Kokopelli nahm eine kleine Glocke aus seinem Beutel. Der alte Mann hielt sie zwischen Daumen und Zeigefinger und ließ sie entzückt bimmeln – eine klare, hohe, eindringliche, kleine Stimme aus weiter Ferne.

Wieder hob Kokopelli die Hand um Ruhe. »Wer dieses Rätsel löst, erhält zwei rote Federn von meinem sprechenden Vogel.«

Rote Papageienfedern waren eine Rarität und sehr wertvoll, die von Kokopellis Zaubervogel aber stellten eine kaum zu überbietende Kostbarkeit dar. Alle Gespräche erstarben in gespannter Erwartung.

Kokopellis Sprechgesang wurde rhythmisch von der Rassel begleitet.

Ich durchstreife das Land kreuz und quer ohne Heim,
Ich wandere durch karge, tote Wüsten ohne Weg,
Ich überquere den schneebedeckten Berg ohne Rast,
Ich wandere über Mesas ohne Ruh,
Ich eile durch die Nacht und finde keinen Schlaf,
Ich sause weinend durch dunkle Schluchten und tiefe Wälder.
Wer bin ich?

Die Rassel schwieg.

Ki-ki-ki hob schüchtern die Hand. »Bist du das, Kokopelli?«

Er lächelte. »Nein, meine Kleine.«

»Ist es der Geist unserer Ahnen?« fragte eine Stimme.

»Nein.«

Wieder andere riefen »Ist es Spinnengroßmutter?« – »Bruder Kojote?« – »Eine Hexe?«

Jedesmal schüttelte er den Kopf.

Okalake erhob sich. »Ich weiß die Antwort. Es ist der Wind.«

»Du hast recht.«

Kokopelli holte zwei leuchtend rote Federn aus seinem Beutel und reichte sie Okalake. Die Zuschauer klatschten jubelnd Beifall.

Jeder hat ihn gern, dachte Kwani. Und ich auch. Ihr Blick folgte Okalake, der seiner Familie und seinen Freunden seinen wertvollen Preis zeigte.

Die Gespräche verstummten wieder, als Kokopelli die Flöte an die Lippen setzte, ein paar einleitende Töne spielte und dann zu singen begann.

Leben wir ewig auf Erden?
Nein, unser Dasein ist befristet.
Meine Worte werden nicht vergehen,
Meine Lieder nicht verwehen.
Sie klingen fort und vermehren sich.

Wieder sang die Flöte und erfüllte die Höhlenstadt mit einer Flut von Zärtlichkeit. Die Melodie schwang sich in den Nachthimmel, schwebte über den Menschen und flüsterte von heimlichen Zärtlichkeiten. Frauen saßen vorgebeugt mit geöffneten Lippen; Männer hörten mit halbgeschlossenen Augen zu. Das süße Lied der Flöte schlich sich in die Häuser, wo die Alten schliefen und träumten, wieder jung und verliebt im Frühling zu sein.

Okalake streckte die Hand aus, um Kwani zu berühren, doch sie war wie in Trance. Kwani saß neben ihm und war doch so weit entfernt wie der Heilige Berg. Er zog seine Hand wieder zurück.

Ein letzter Ton schwang sich auf und verklang. Kokopelli steckte seine Flöte wieder in seinen Umhang und rief: »Wer singt uns ein Liebeslied?«

Ein junger Mann trat vor. Er hieß Cayamo und war fünfzehn Jahre alt, gerade gewachsen wie ein Maishalm und ebenso schön. Er begleitete sein Lied mit einer körnergefüllten Melonenrassel in synkopischem Rhythmus.

Oh, könnte ich deine Liebe gewinnen.
Ich sehne mich nach deiner Hingabe,
Sehne mich danach, daß du mir gehörst.
In deinen Augen liegen die Schatten der Nacht,
Das Dunkel der Regenwolke gleicht deinem Haar,
Deine Zähne sind weiß wie die Kelche erster Frühlingsblüten,
Deine Lippen rot wie süße Beeren,
Deine Stimme ist ein Vogellied,
Dein Schritt leicht und anmutig wie der des Rehs.
Oh, schenk mir deine Schönheit,
Ich will sie liebkosen und zärtlich berühren,
Doch hinter deiner Schönheit liegt –
Ein Herz aus Stein.

Als er geendet hatte, brauste Applaus auf, Scherzworte wurden ihm zugerufen. Manch junges Mädchen sah ihn mit glänzenden Augen an. Dann riefen einige Stimmen: »Okalake. Okalake singt schön!« Bis Kokopelli sagte: »Okalake, dein Volk wünscht ein Lied von dir zu hören.«

»Chololo, begleitest du mein Lied auf deiner Flöte?«

fragte Okalake einen kleinen Jungen, der in seiner Nähe saß.

Der Junge strahlte: »Ich spiele schön!« und holte aus seinem Umhang eine kleine Holzflöte. Stolz trat er ans große Lagerfeuer und stellte sich neben Okalake, dem Publikum zugewandt.

»Fang zu spielen an«, flüsterte Okalake.

Chololo hob die Arme, daß die Ellbogen waagerecht standen, legte den Kopf in den Nacken und begann zu spielen. Einem hohen Triller folgte ein tiefer, langgezogener Ton, den Okalakes Stimme aufnahm.

Oh schöne Maid
Mit Mondschein in deinen Augen,
Wenn du einsam bist,
Komm und schenk mir deine Liebe.

Ki-ki-ki bekam einen schwärmerischen Blick, und die Frauen seufzten lächelnd.

Oh, schöne Maid
Mit Sonnenschein in deinem Lächeln,
Wenn du verheiratet bist,
Bleib nicht bei mir stehn.

Vereinzeltes Kichern.

Oh, schöne Maid,
Mit Musik in deiner Stimme,
Wenn du Witwe bist,
Komm, komm in meine Arme,
Ich will mich mit dir vermählen.

Beim letzten Vers schaute er Kwani an. Sie dachte, deine Arme sind einladend, Okalake. Aber ich werde Kokopellis Gemahlin werden. Wenn nur...

Wird er mich erwählen?

Als der letzte Sänger das letzte Lied gesungen hatte, holte Kokopelli einen letzten Schatz aus seinem Beutel. Ein Paar Ohrgehänge aus glänzenden Perlen von Seeohrmuscheln aus exotischen Meeren. »Diesen Preis erhält der Sänger des schönsten Lieds. Die Häuptlinge und Stammesältesten sollen entscheiden, wem er gebührt«, sagte er in das aufgekommene neidvoll bewundernde Gemurmel.

Die Köpfe der Männer beugten sich zueinander in ausgedehnter Beratung. Der Schein des Feuers wurde schwächer, die Kälte beißender. Das Fest neigte sich seinem Ende zu. Kokopelli hatte noch immer nicht verkündet, wen er zu erwählen gedachte.

Schließlich hob der Oberhäuptling seine Hand. »Wir haben uns entschieden. Cayamo und Okalake haben gleichermaßen schön gesungen. Daher soll der Preis zwischen ihnen aufgeteilt werden. Jeder soll ein Ohrgehänge erhalten.«

Das gerechte Urteil wurde von der Menge laut klatschend begrüßt.

Kokopelli intonierte: »Möge die Musik der See, aus der diese Muscheln kommen, von den Ohren ihrer Träger gehört werden.« Und mit feierlichem Neigen des Kopfes überreichte er jedem ein Schmuckstück.

Cayamo sagte: »Ich werde diesen Schmuck meiner zukünftigen Braut zum Geschenk machen.«

Die Zuschauer lächelten zustimmend und dachten an ein beliebtes Sprichwort.

›Willst du die Liebe einer Frau gewinnen, mache ihr jeden Tag ein Geschenk. Willst du ihre Liebe behalten, mache ihr jeden Tag zwei Geschenke.‹

Okalake wandte sich an Chololo, der zu ihm aufblickte wie zu einem Helden. »Chololo, deine Musik hat mein Lied erst schön gemacht. Der Preis gebührt dir.«

Okalake beugte sich vor und hängte den Schmuck über das zarte Ohr des Jungen. Das Perlengehänge reichte dem Knaben fast bis zur Schullter. Chololo errötete vor Freude und stand – überwältigt von Stolz – so gerade da, daß er nach hinten überzukippen drohte.

»Ich werde immer gut für dich spielen, Okalake. Deine Seele spricht zu meiner Flöte.«

Welch weise Worte für ein Kind, dachte Kwani und mischte sich unter die Gratulanten.

Die Wettbewerbe waren vorbei. Nun war der Zeitpunkt gekommen. Kokopelli mußte wählen.

Viele Frauenschultern streiften die wärmenden Decken ab. Kokopellis Blicke wanderten durch die Reihen. Im schwachen Feuerschein sah er wirklich aus wie eine Gottheit aus einer anderen Welt, mit seinem schimmernden Goldschmuck und dem prächtigen Umhang, der sich im fächelnden Nachtwind bewegte wie zu einer Melodie, die niemand hören konnte. Er stand wie eine Statue mit reglosem Gesicht, die Augen im Schatten verborgen.

Langsam wandte er sich um, und sein Blick erfaßte Kwani. Ein Raunen, beinahe ein leises Donnergrollen des Zorns und der Enttäuschung flog durch die Reihen. Kokopelli blieb stumm. Nur seine Augen redeten. Kwani spürte, wie die Kraft seines Blickes in sie eindrang, forschend, suchend. Er stellte ihr eine Frage. Aber wie lautete sie? Stumm rief sie: »Erwähle mich!«

Brüsk wandte er sich ab. »Heute nacht wähle ich nicht.«

Mit einer schwungvollen Bewegung hüllte er sich in den Umhang und stieg in die Kiva, ohne auf das aufbrausende Stimmengewirr erzürnter Frauen und das Gelächter der Männer zu achten.

13

Nachdem Kokopelli in der Kiva verschwunden war, sah Kwani sich allein den Bewohnern ausgesetzt. Sie stand aufrecht mit versteinerter Miene und hielt den Medizinpfeil an ihre Brust gedrückt, die verschlagen lächelnden Gesichter und verstohlenen Seitenblicke waren ihr egal.

Kokopelli hatte auch keine von ihnen gewählt. Mit kühlem Blick begegnete sie Tiopis triumphierenden Augen.

Okalake trat vor und nahm sie bei der Hand.

»Komm. Ich bring' dich zum Haus meiner Mutter.« Wieder hob er sie in seine Arme und trug sie leichtfüßig die Leitern hinauf. Mißbilligende Blicke und Geflüster folgten ihnen zu dem kleinen Haus hoch oben in dem Felsgewölbe.

»Er nimmt die mit den Himmelsaugen als Schwester an!«

»Schwester?« Hohngelächter.

»Mann kann nur hoffen, daß Okalake nicht gegen das Clangesetz verstößt. Daß man sich nämlich nicht mit einem Angehörigen des gleichen Clans paart.«

»Aber sie sind nicht blutsverwandt...«

»Gesetz ist Gesetz.«

Woshee schlief bereits, als Okalake die Steinplatte vor ihrem Eingang entfernte. Erschrocken fuhr sie hoch.

»Wer ist da?«

Kwani erkannte die Stimme. Es war die Stimme der Frau, die sie zur Wartekammer bei den Truthühnern gebracht hatte.

»Ich bin es, Mutter. Ich bringe dir eine Tochter.«

Woshee hatte sich immer viele Töchter und viele Söhne gewünscht. Ihre ersten beiden Kinder starben früh. Dann wurde der geliebte Gemahl ihrer frühen Jugend von einem Bären gerissen. Ein Kind war ihr geblieben – Okalake. Sie hatte andere Gefährten gehabt, zuletzt den amtierenden Sonnenhäuptling, doch ihr Leib war unfruchtbar geblieben.

»Komm herein.«

Die Schale mit heiligem Wasser wartete in einer Nische neben dem Eingang. Okalake stellte Kwani auf die Füße, tauchte seine Finger in die Schale – um sich bei den Hausgeistern für das Eindringen zu entschuldigen. Woshee beäugte Kwani in der Finsternis.

»Wer ist das?« fragte sie.

»Kwani, Sproß der Götter des Wassers der Aufgehenden Sonne, die uns Kokopelli brachte. Ich möchte, daß du sie in deinem Haus aufnimmst, Mutter.«

In der anhaltenden Stille dachte Kwani, sie will mich nicht bei sich haben. Sie sucht nach einer höflichen Ausrede der Ablehnung.

»Hast du dir gut überlegt, was du tust, mein Sohn?«

»Das habe ich. Es wird uns zur Ehre gereichen, sie bei uns aufzunehmen.«

Erneutes Schweigen.

»Wen hat Kokopelli erwählt?«

»Er hat keine erwählt heute Nacht.«

»Keine?« Ihre Stimme klang scharf. »Das ist nicht gut. Der Clan –«

»Vielleicht wird er später noch wählen, Mutter.«

»Nach dem Handel reist er in seine Heimat zurück!«

»Unser Volk ist gewachsen. Es gibt schon zuviele Mäuler

zu stopfen. Vielleicht ist er der Ansicht, daß sein Same nicht länger vonnöten ist.«

»Fruchtbarkeit ist unerläßlich! Was redest du! Und wieso bringst du diese Frau in mein Haus?«

Kwani sagte: »Mutter des Okalake, darf ich sprechen?«

»Sprich!«

»Okalake bringt mich hierher, weil ich kein Haus habe. Aber ich nehme seine Großmut nicht an.« Sie wandte sich zum Gehen.

»Wo wirst du bleiben?« Okalakes Stimme klang verlegen.

»Ich richte mich in der Wartekammer ein.«

»Bei den Truthühnern? Nein!«

»Bitte bring mich dorthin, Okalake. Ich finde mich in der Dunkelheit nicht zurecht. Mein Bündel ist noch dort –«

»Bleib hier bis zum Morgen«, sagte Woshee. »Die Wartekammer muß erst gesäubert werden.«

»Ich möchte aber jetzt dorthingehen.«

»Nein«, sagte Okalake mit Bestimmtheit. »Du bleibst diese Nacht hier. Morgen wird meine Mutter dir helfen, die Wartekammer für dich als Wohnstatt herzurichten. Bist du damit einverstanden, Mutter?«

»Ja.« Ihre Stimme klang erleichtert. Sie führte Kwani zu einer Matte in der Ecke. »Hier kannst du schlafen.«

Okalake sagte: »Ich komme am Morgen zurück.« Bevor er ging, tauchte er die Finger noch einmal in die Schale mit heiligem Wasser.

Woshee nahm eine Decke von ihrer Matte und reichte sie Kwani.

»Ich danke dir, Mutter des Okalake.«

»Schlaf jetzt.« Woshee begab sich wieder zu ihrer Matte und legte sich seufzend nieder. Doch Kwani fand keinen Schlaf. Die Ereignisse des Tages liefen noch einmal vor ihrem inneren Auge ab. Wieder hing sie wie eine Spinne an einem Faden und baumelte über dem Felsabgrund; wieder stieg ihr der Gestank der Kammer in die Nase, die ihre Behausung werden sollte; spürte wieder Kokopellis forschenden Blick. Wieso hatte er sie nicht erwählt? Sie haßte ihn!

Doch ihr Körper strafte sie Lügen mit seinem Verlangen.

Rastlos wälzte sie sich auf der Matte hin und her, zog die

Decke enger um sich. Eine böse Vorahnung legte sich auf ihre Brust wie ein Raubtier auf der Lauer, als sie an ihr erzwungenes Versprechen für den Medizinmann dachte: ein Gefäß anzufertigen, das nicht seinesgleichen kannte; das er mit einem Finger tragen konnte, das aber viel Wasser enthalten sollte; das nicht brannte, wenn es ins Feuer gehalten und nicht zerbrach, wenn es in den Abgrund geworfen wurde.

Wie kann ich so etwas zuwege bringen? Und wenn, wie kann ich es bis zu den Feierlichkeiten vor dem Pflanzen fertigstellen? Selbst wenn mir das gelänge, würde der Medizinmann es annehmen?

Nein, er wird es niemals annehmen.

Sie tastete nach dem Amulett an ihrem Medizinpfeil. »Hilf mir bei allem, was ich tun muß«, flüsterte sie. »Ich werde dich gut füttern, wenn der Morgen kommt.« Die Erschöpfung übermannte sie schließlich, und sie schlief ein.

Ein Geräusch weckte sie. Sie setzte sich auf, spähte in die Finsternis. Ein weit entferntes, langanhaltendes Stöhnen, wie der Wind in den Felswänden.

Kwani versuchte die Dunkelheit, die sich kurz vor Tagesanbruch ein wenig lichtete, zu durchdringen. Woshee lag eingehüllt in ihre Decke. Das Stöhnen war wieder zu hören, eindringlich sickerte es durch die Ritzen zwischen Eingang und Steinplatte. Jemand stöhnte vor Schmerz. Kwani wikkelte die Decke um sich, tastete in der Dunkelheit nach ihrer Krücke, hob den schweren Stein beiseite und trat ins Freie. Die fremde Stadt breitete sich vor ihr aus. Sie befand sich auf einer kleinen Terrasse, die das Dach des Hauses darunter bildete, das wiederum auf dem Dach eines anderen Hauses stand. Über ihr hing die riesige Felsendecke wie eine hohe Wolke aus Stein.

Wehmütige, schmerzvolle Einsamkeit senkte sich über sie. Kokopelli... ob er sein Versprechen hielt und sie zum Blauäugigen brachte? Nein. Sie haßte ihn... sie wünschte, ihn hassen zu können... sie sehnte sich nach ihm. Tief im Innern wußte sie, daß Kokopelli Wort halten und zu ihr zurückkehren würde. Er war ein toltekischer Nobelmann, ein mystisches, weises, übernatürliches Geschöpf. Doch nur zu bald würde er weiterziehen und sie bei diesen feindlich gesinnten

Menschen zurücklassen. Der einzige Freund, den sie hier hatte, war der freundliche Okalake, der sie aus der gaffenden Menge fortgetragen hatte. Er war jung und hübsch, ein wichtiger Mann in seinem Stamm. Und er begehrte sie.

Aber sie begehrte, brauchte Kokopelli, und er hatte sie nicht erwählt. Er hatte eine Paarung mit ihr abgelehnt. In der Erinnerung daran brannten ihre Wangen vor Scham.

Tief aus dem Innern der Erde drang der gedämpfte Schlag einer Trommel und Gesang – Stimmen aus Sipapu, unendlich schauerlich. Kam von dort auch das Stöhnen?

Sie war umgeben von Stille und Kälte... und dann hörte sie wieder das Stöhnen, lang und schmerzhaft in einer von vielen Jahren zerschlissenen Stimme. Die Laute kamen aus einem Haus direkt unter ihr. Von der Stelle, wo Kwani stand, führte eine Leiter zur Dachterrasse des Hauses darunter. Sie kletterte unbeholfen hinunter, die Krücke in einer Hand haltend. Eine Tierhaut bedeckte den Eingang.

Kwani stand lange davor, vor Kälte schlotternd, wagte nicht, einzudringen. Doch das Ächzen wiederholte sich. Kwani durfte nicht länger zögern. Es war, als würde ihre Mutter um Hilfe rufen.

»Bitte, darf ich eintreten?« flüsterte sie am Eingang.

Keine Antwort.

Kwani hob die Tierhaut und spähte auf eine zusammengekauerte Gestalt neben einer kleinen Feuergrube.

»Gibst du mir die Erlaubnis einzutreten?« fragte Kwani leise.

Auch diesesmal keine Antwort, nur das abgerissene Stöhnen, wie von einem Kind, das lange geweint hatte.

Kwani trat über die Schwelle. »Ich bin es, Kwani. Kann ich dir helfen?«

Die zusammengekrümmte Gestalt auf einer dicken mit Pelzen belegten Schilfmatte wandte sich ihr zu.

»Geh weg. Es ist verboten, ohne Reinigung einzutreten.« Es war die Sich Erinnernde.

Kwani zauderte. Sie wußte, daß die Greisin große Schmerzen litt.

»Vergib mir, Ehrwürdige. Das habe ich nicht gewußt. Ich möchte dir helfen –«

»Du kannst mir nicht helfen. Das ist der Preis, den ich für mein langes Leben bezahlen muß. Geh jetzt.«

Doch eine innere Stimme befahl ihr zu bleiben. Kwani kaute unentschlossen auf ihren Fingern.

»Wie kann ich mich reinigen, Ehrwürdige?«

»Die Frage kannst du mir am Morgen stellen. Geh.«

Aus anderen Häusern drang schwaches Stöhnen weiterer Kranker, die von eitrigen Zähnen oder anderen Gebrechen gepeinigt wurden. Im Winter mußte man mit Schmerzen leben. Doch die stoßweisen Seufzer der Sich Erinnernden waren von besonderer Dringlichkeit.

Was soll ich bloß tun?

»Bleib«, befahl die innere Stimme.

Die Geister sprachen. Was konnte ihr in diesem Haus schon geschehen? Hatte Kokopelli nicht gesagt, sie werde beschützt? Und hatte die Ehrwürdige nicht gesagt, daß sie, Kwani, zu Höherem geboren sei? Und außerdem war die Ehrwürdige geachtet und gefürchtet. Wenn sie, Kwani, den Schmerz lindern konnte, der den gebrechlichen Körper plagte, würde sie dann nicht auch geachtet werden?

Und noch ein Gedanke schlich sich ungebeten in ihren Kopf. Wenn ich ihr helfe, werde ich möglicherweise dafür belohnt. Vielleicht das Halsband... das Kokopelli so sehr begehrte...

»Vergib mir Ehrwürdige, aber mein Geist spricht und befiehlt mir, deinen Schmerz zu lindern. Erlaubst du mir einzutreten, wenn ich mich zweimal am Morgen reinige?«

»Du kannst mir nicht helfen.«

»Meine Mutter hat auch viele Schmerzen gehabt, und ich konnte ihr helfen.« Wie sehr wünschte sie sich, ihr wieder helfen zu können! »Erlaube mir, es zu versuchen.«

»Ich muß mich mit den Göttern beraten.«

Kwani zog sich zurück. Der kalte Wind vor der Morgendämmerung drang durch ihre Decke bis in ihre Knochen. Doch ein Gefühl des Triumphs durchströmte ihre Adern mit Wärme. Die Sich Erinnernde hatte sie nicht abgewiesen.

Es dauerte lange, bevor die Alte sie zurückrief. »Es ist der Winter und die Nacht, die meine Schmerzen verschlimmern. Wenn du mir helfen willst –«

»Ich versuche es.«

Kwani wärmte ihre Hände über der Glut, bis sie fast brannten, ließ sie unter die Decke der alten Frau gleiten, massierte den bis zum Skelett abgemagerten Körper und wärmte hin und wieder die Hände an der Glut.

»Die Berührung deiner Hände tut gut, meine Tochter.«

»Hast du ein Stück Leder, das die Glut hält, ohne durchzubrennen?«

»In dem Krug auf dem Regal in der Ecke.«

Sie fand den Krug in der Dunkelheit, in dem ein Stück dikkes, hartes Büffelleder lag.

»Hast du Wasser?«

»Aye. An der Wand unter dem Regal.«

Kwani dachte, weil sie blind ist, findet sie sich in der Dunkelheit ebensogut zurecht wie bei Tageslicht. Zum ersten Mal empfand sie kein Mitleid für Blindheit.

»Ich brauche etwas Schilf.«

»Zupfe es dir aus meiner Matte.«

Unter den Pelzen fand sie getrocknete, dürre Schilfhalme, die sie sorgfältig zerkleinerte. Neben dem Wasserkrug lag eine Kürbiskelle, schwach sichtbar im Schein der Glut, mit der Kwani etwas Wasser schöpfte und es über das zerkleinerte Schilf goß, das sie anschließend auf die Büffelhaut legte. Mit zwei kleinen Steinen hob sie etwas Glut und legte sie auf das angefeuchtete Schilf und bedeckte die Glut mit nassem Schilf, das leise zischend einen stechenden Geruch von sich gab.

»Bereitest du mir einen Umschlag?« fragte die Alte.

»Nein, Ehrwürdige. Ich mache eine heiße Packung, um dir die Schmerzen zu lindern.«

»Ah«, seufzte sie. »Das wird guttun.«

Kwani faltete das Leder über das dampfende Schilf. »Wo hast du die größten Schmerzen?«

»Überall. Aber am meisten in den Hüften.«

Kwani hob die Decke und schob die heiße Packung an den knochigen Körper. »Ich lege mich neben dich und halte dich warm.«

Sie schmiegte ihren jungen Körper an den gebrechlichen alten. Die Packung tat beiden gut; das stechende Aroma hatte etwas Tröstliches. Kwani war oft so bei ihrer Mutter gelegen, deren Seele nie nach Sipapu einkehren würde... Aber irgendwie schien es, als habe die Sich Erinnernde die Seele von Kwanis Mutter in sich aufgenommen. Ein Gefühl des Friedens senkte sich über Kwani, und sie schlief ein.

Die Sich Erinnernde fand keinen Schlaf. Sie lag still. Die Wärme der Packung und die Lebendigkeit des jungen Körpers neben ihr drang in ihre schmerzenden Knochen. Sie hatte es sich während langer Stunden der Isolation zur Gewohnheit gemacht, in Gedanken Selbstgespräche zu führen.

›Diese junge Frau, diese Kwani, weiß nicht, was sie getan hat. Wie kann ich sie beschützen, wie kann ich ihren Bruch des heiligen Gesetzes rechtfertigen? Sie ist eine Fremde; sie konnte nicht wissen, daß es verboten ist, mein Haus ohne das Reinigungsritual zu betreten. Ja, aber du hast ihr gestattet, einzutreten. Aber ich hatte Schmerzen, und jetzt habe ich weniger Schmerzen. Sie hat heilende Hände. Jetzt sei mal ehrlich, alte Frau, deine Vorfahren warten ungeduldig, daß du endlich zu ihnen kommst. Jeden Tag stirbst du ein wenig; bald ist nichts mehr von dir übrig. Warum zögerst du dein Gehen hinaus? Wer ist deine Nachfolgerin? Warum zögerst du? Du weißt genau, warum ich zögere. Es gibt keine – keine, die von den Göttern ist. Bis jetzt...

Man sagt, Kwani sei Sproß der Götter des Wassers der Aufgehenden Sonne. Doch sie sind keine Götter deines Volkes. Kwani ist eine Außenseiterin, nicht einmal Angehörige unseres Clans. Wenn sie von den Göttern ist, wird sich das herausstellen. Das Alter hat deinen Verstand verwirrt, Greisin. Das Alter und die Fänge des Winters. Ah, aber die Wärme tut gut... so gut...‹

Sie schlief ein.

In den Kivas der Felsenstädte waren seit Wochen Vorbereitungen für die Feiern der Wintersonnenwende im Gange. Die Beteiligten waren von religiösem Eifer erfüllt. In drei Tagen fanden die Schlußzeremonien im Haus der Sonne statt. Die Sonnenhäuptlinge aller Clane hatten die Aufgabe, ihre Kräfte zur ehrfurchtsgebietenden Aufgabe zu vereinigen, Sonnenvater dazu zu bewegen, von seinem Haus im Süden aufzubrechen und seine lange Wanderschaft nach Norden anzutreten zu Frühling und Sommer. Sollte ihnen das nicht gelingen, würde der Winter mit seiner Kälte, Hungersnot, Krankheit und Tod für immer bei ihnen bleiben.

Im Ort des Adlerclans, in der ehrwürdigen Kiva der Sonnengemeinschaft, verständigten sich der Sonnenhäuptling und Kokopelli mit Sonnenvaters Geist. In der Feuergrube des tief in das Gestein gegrabenen, runden Raums prasselte ein Feuer; die Mitglieder des Bundes saßen im Kreis um die Feuergrube und inhalierten geweihten Rauch aus der Pfeife des Sonnenhäuptlings. Zwischen seinen mit fortschreitender Nacht schriller und wankender werdenden Gesängen blies er Rauchwolken nach oben. Jedes Mitlied stand mit Sonnenvater über seinen eigenen Vermittlergeist in Verbindung – eine Vision, die jedem zuteil wurde, wenn er von der heiligen Pflanze aß, die Kokopelli mitgebracht hatte. Das kleine, weiche Gewächs mit strahlenförmigen Blättern wie Sonnenvater, machte der Seele Dinge zugänglich, die ihr sonst verborgen blieben.

Kokopelli hatte nur so viel zu sich genommen, um eine Bewußtseinserweiterung zu erlangen. Sein Blick wanderte durch den runden Rum aus gleichmäßig gehauenen Steinen, der in die Tiefe gegraben war, um Sipapu und den Welten, aus denen alles Leben kam, näher zu sein. Ein senkrechter Schacht belüftete die Kiva. Eine Steinplatte zwischen Feuergrube und Schachtöffnung verhinderte, daß Zugluft das Feuer löschte. Mächtige Pfeiler trugen das Dach aus schweren Holzplanken. In den Zwischenräumen der Pfeiler standen in breiten Nischen verzierte zugedeckte Gefäße mit Weihegegenständen; Gebetsstäben, Masken, Pfeifen und Rasseln, Flöten und Trommeln und andere heilige Objekte, deren Verwendung nur dem Sonnenhäuptling bekannt waren.

Auf der anderen Seite von Feuerstelle und Rauchabzug erhielten die Seelen Gelegenheit, durch ein kleines, rundes Loch Sipapu zu betreten und zu verlassen. Viele Seelen kamen und gingen, während die Männer heilige Kräuter und Kokopellis Zauberpflanze zu sich nahmen. Bald würden die Mitglieder des Bundes in einen tiefschlafähnlichen Zustand verfallen. Kokopelli wußte, daß sie versessen darauf waren, mehr von der sonnenförmigen Geistpflanze einzuhandeln.

Dieser Aufenthalt wird sich lohnen, dachte er; aber vor dem nächsten Sturm muß ich aufbrechen. Ich werde nur noch meinen Tauschhandel abwickeln.

Kwani.

Sie lauerte in geheimen Nischen seines Geistes, raubte ihm seine Gelassenheit. Sie quälte ihn. Typisch weiblich. Er runzelte die Stirn, solche Belästigung war ihm fremd – dieser unlogische Drang, eine Frau zu beschützen und zu besitzen, die ihr Interesse einem anderen zuwandte.

Er hatte beobachtet, wie Okalake sie in seine Arme genommen und eng an sich gedrückt hielt, wie Kwani ihm in die Augen gelächelt hatte. Sie nach solchen Beobachtungen zu erwählen, wäre eines toltekischen Edelmannes, Zauberers, Arztes, Gelehrten, des Spenders heiligen Samens und Handelsmannes unwürdig gewesen.

Ja, er war ein reicher Handelsmann und würde größeren Reichtum anhäufen durch die Waren, die Kwani für ihn hergestellt haben würde, wenn er in einigen Monaten zurückkehrte.

Eine lange Zeit. In der Kwani ständig in Okalakes Nähe sein würde. Okalake... gutaussehend, kühn, stürmisch und jung. Jung!

Die Reise aus seiner Heimat hatte ihn mehr erschöpft, als je eine zuvor. Die Rückreise würde noch beschwerlicher werden. Die Zeit, dieses unermüdliche, unersättliche Raubtier verfolgte ihn. Vielleicht konnte er die Schönheiten seiner Heimat mit ihren Springbrunnen und ihrem Blumenreichtum trotz der barbarischen Chichimecas genießen, wenn ihm eine Frau zur Seite stand, die ihn erheitern, ihm Söhne schenken, seinen hungrigen Geist mit ihrer Schönheit stillen würde.

Er sah ihren schönen Körper vor sich, die glatte warme kupferschimmernde Haut, ihre Brauen wie Rabenschwingen über dem blauen Meer ihrer Augen. Die süßen Lippen voller Verheißungen; sah ihre zarten Füße und zierlichen, feinknochigen Hände vor sich. Erinnerte sich, ah ja, an die Wirkung seiner Berührung, als er sie gebadet hatte, an das seidenweiche Dreieck ihres Sipapu unter ihrem süßen Bauch... Sein pochendes Mannesglied war nun stark erregt.

Jetzt war die richtige Zeit! Er wollte sie hierher bringen, während die Seelen der Bündnisgefährten ihre Körper verlassen hatten. Hier auf Feuer, umgeben von heiligem Rauch, Visionen und Seelen wollten sie sich vereinigen.

Der alte Sonnenhäuptling lag bäuchlings auf dem Boden mit weit offenem Mund. Yatosha mit herabhängendem Unterkiefer und der sabbernde Medizinmann lagen daneben. Die anderen irrten in Visionen des Deliriums.

Kokopelli stieg über die schlaffen Körper hinweg und kletterte die Leiter zum Dach hinauf, blieb einen Augenblick stehen und sog die scharfe, reine Luft tief ein. Der Wind hatte die Wolken vom Himmel gefegt; funkelnde Sterne, die Kinder von Sonnenvater, blinzelten auf sein pulsierendes Verlangen herab.

In der Kiva hatte man verkündet, daß Okalake Kwani zum Haus seiner Mutter gebracht habe. Warum war er nicht zurückgekehrt? Kokopelli knabberte noch ein wenig an der Sonnenpflanze, die er bei sich trug.

Okalake – ha! Wie sehr der unwissende junge Mann sich auch nach Kwanis Sipapu sehnen mochte, er, Kokopelli, würde derjenige sein, der seinen Samen in sie spritzte.

Behende und lautlos kletterte Kokopelli die Leitern hinauf zu Woshees Haus. Vor dem Stein am Eingang horchte er. Stille. Dann hob er die Felsplatte beiseite. Woshee fuhr mit einem erschrockenen Schrei auf.

»Kokopelli!« keuchte sie. War Kokopelli wegen *ihr* gekommen?

»Ich komme wegen Kwani.« Seine Augen suchten in der Dunkelheit. »Wo ist sie?«

Woshee blickte sich erschrocken suchend um. »Ich weiß nicht. Sie war hier –«

Kokopelli grunzte und trat wieder ins Freie, ohne den Stein wieder vor den Eingang zu schieben. Wut, Überraschung und noch etwas stiegen in ihm hoch. Okalake hatte sie genommen. Er hätte es wissen müssen! Nun gut. Jede Frau hier war nur zu bereit, den großartigen Kokopelli zu empfangen...

Aber der schöne Körper, die glänzende schwarze Wolke, die ihr Gesicht rahmte, der Schwung ihrer Schenkel, das einladend feuchte Sipapu ... Er stöhnte vor Verlangen. Wo waren sie? Er würde die beiden finden; Kwani, wenn es sein mußte, mit Gewalt nehmen.

Doch das würde ihn bloßstellen, ihn zum Gespött der Leute machen. Und er würde Handelsverluste hinnehmen müssen.

Tiopi! Natürlich. Sie würde ihn befriedigen, würde sein heißes Verlangen stillen.

Schnell und lautlos wie ein Panther begab Kokopelli sich zum Dach von Tiopis Haus, dachte zufrieden daran, daß Tiopis Gefährte Yatosha berauscht in der Kiva lag. Er kletterte die Leiter hinunter. Ein kleiner, erschrockener Schrei, dann das Schnurren triumphierenden Willkommens. Flüstern, leises Rascheln, Stöhnen der Lust, die zu überwältigend war, um sie zu ertragen, erfüllte den Raum, drang hinaus in die Stadt, um zu verkünden, daß Kokopelli gewählt hatte.

Tiopi. Wieder Tiopi.

14

Im Osten umgab ein schwacher Schein den Heiligen Berg, das der Schnee auf den Tafelbergen reflektierte. Dies war die Stunde des Ruferhäuptlings.

Er wickelte die Winterdecke eng um seine gebeugte Gestalt, blieb einen Augenblick auf dem Dach seines Hauses stehen, um seine Botschaften zu überdenken. Dann zog er sich langsam und schmerzgepeinigt Sprosse um Sprosse die Leitern hinauf zur höchsten Stelle über der Stadt, einem Felsvorsprung unter der obersten Maueröffnung, durch die Kokopellis Pfeil am Abend zuvor geschnellt war. Dort oben befand sich die Kanzel des Ruferhäuptlings, dort trat er mit den Göttern in Verbindung, weckte die Bewohner allmorgendlich und ermahnte sie zu einem den Göttern gefälligen Lebenswandel.

Oben angekommen ruhte er sich keuchend aus. Es ist der

Winter, dachte er. Die Kälte macht mir mehr zu schaffen, als früher.

Hinter der Stadt und den schneebedeckten Tafelbergen zeichneten sich die dunstigen Umrisse des heiligen Berges schärfer ab. Das Wolkenvolk war verschwunden, lief vor dem Wind her, und schüttete sein kostbares Naß über ferne Orte aus. Er würde sie zurückrufen, um die Felder seiner Sippe zu begießen. Viel Wasser war nötig, um den verzweifelten Durst von Mutter Erde nach mehreren aufeinanderfolgenden Jahren der Dürre zu stillen. Die heiligen Tänze und Feiern, der Bau von Staudämmen, um die mageren Regenfälle in Becken zu sammeln – und natürlich seine Fürsprache beim Wolkenvolk – hatten gerade ausreichend Regen gebracht, um die Früchte der Felder für die ständig anwachsende Bevölkerung heranreifen zu lassen.

Ihm kam eine wichtige Aufgabe zu. Er stand so aufrecht wie möglich und sprach seine Gebete leise flüsternd, denn die Worte waren nicht für die Ohren Sterblicher bestimmt, sondern nur für das Wolkenvolk.

Aus dem Beutel an seiner Seite zog er ein Paket Maismehl und warf je eine Prise in die Sechs Heiligen Richtungen. Dann räusperte er sich, hob beide Arme hoch und stimmte seinen lauten Morgengesang an.

»Hört ihr Leute und wacht auf! Öffnet die Augen! Erhebt euch von euren Matten! Werdet Kinder des Lichts – voll Tatkraft und Freude. Eilt ihr Wolken aus den vier Vierteln der Welt! Komme, Schnee in Mengen, damit du zu Wasser schmilzt, wenn es Sommer wird. Bedecke die Felder, daß sie nach dem Pflanzen viel Frucht tragen. Alle Herzen sollen fröhlich sein.«

Er ließ die Arme sinken und verkündete in normaler Stimme: »Bevor Kokopelli in seine Heimat aufbricht, werden wir Handel treiben. Bereitet euch darauf vor, Gäste aus Nachbarorten zu empfangen. Die Frauen werden unsere Gäste zum Mahl einladen. Sammelt Holz für die Feuer und füllt die Wasserkrüge. Okalake, Sohn des Sonnenhäuptlings, ist mit seinen Jägern die ganze Nacht hinter dem Heiligen Berg auf der Jagd. Mögen sie mit reicher Beute und unversehrt heimkehren.«

Zufrieden beobachtete er das Erwachen der Stadt. Kinder tollten bereits herum, kleine Buben kletterten auf die Grenzmauer und urinierten in den Abfallhaufen darunter im Wettstreit, wer den weitesten Bogen vollführe.

»Kwani, die Tochter der Götter der Aufgehenden Sonne, wird heute zum ersten Mal in den Adlerclan geboren, damit beginnt ihre Probezeit. Die Sich Erinnernde wird Kwani in den richtigen Ablauf der Handlung einweisen –« Er unterbrach erstaunt, Kwani aus dem Haus der Sich Erinnernden treten zu sehen.

Den Leckerbissen hob er sich zum Schluß auf. »Kokopelli – der vom singenden Schilf, der die Sonnenpflanze der Götter bringt, er, der mit seinem Vogel spricht und den Pfeil zum Sprechen bringt, Kokopelli vom anderen Ufer des großen Flusses und den Bergen im Süden – ist weit gereist, um seinen heiligen Samen erneut unserer Sippe zu schenken. Auch diesmal war die von ihm Auserwählte Tiopi, Yatoshas Gefährtin. Unser Volk und unsere Felder werden reiche Frucht tragen! Laßt alle Herzen fröhlich sein.«

Als der Ruferhäuptling die Leiter herabstieg, erschien Sonnenvater in strahlender Herrlichkeit. Gleichzeitig sang Kokopellis Flöte einen wilden Morgengruß, der in der Schlucht widerhallte. Die Menschen deuteten gaffend mit den Fingern. Kokopelli stand splitternackt vor Tiopis Eingang. Sein kräftiges schwarzes Haar, sonst in einem Knoten gebunden und unter der edelsteinbesetzten Kappe verborgen, hing ihm nun lose über die Schultern, brachte seine Nacktheit in gewisser Weise noch deutlicher zur Geltung. Er hob seine Flöte zum Himmel, die melodisch lachte; sein Glied war zu erstaunlicher Proportion angeschwollen.

Nicht nur die Flöte lachte, auch die Zuschauer, die sich auf Dächern und Terrassen versammelt hatten. Welch stattlichen Kindermacher Kokopelli besaß! Nach einer fleißigen Nacht (»Hast du gehört, wie Tiopi schrie – wie oft?«) war Kokopellis Mannesglied noch immer hungrig! Die Fruchtbarkeit und das Wohlergehen der Sippe waren in jedem Fall gesichert. Kokopelli war wundervoll!

Insgeheim neideten die Männer ihm das stattliche Glied, das in solch erstaunliche Höhen ragte. Frauen, die vor Verlangen stöhnten, täuschten Teilnahmslosigkeit vor. »Tiopi! Auch diesmal wieder. Die Ehre wird sie noch unausstehlicher machen. Aber seht euch Kwani an!«

Vor dem Eingang der Sich Erinnernden stand Kwani und starrte zu Kokopelli hinauf. Ihr Gesicht war gerötet und sie stützte sich mit beiden Händen auf die Krücke, als würde sie sonst den Halt verlieren. Er macht sich über mich lustig! Er hat die Nacht mit dieser Tiopi verbracht. Jetzt zeigt er allen, wie sehr er sie immer noch begehrt, selbst nach einer langen Nacht. *Ich hasse ihn.*

Der nackte, kraftstrotzende Kokopelli im Morgenlicht, sein zurückgeworfener Kopf, die Flöte mit beiden starken Armen erhoben, die muskulösen, braunen Beine gespreizt, so daß seine pochende Erektion nach oben sprang, erfüllte sie dennoch mit wildem Verlangen. *Ich will ihn haben!*

Ich will ihn haben!

Sie taumelte zurück ins Haus und sank neben der Sich Erinnernden zu Boden, deren zerfurchtes Gesicht voll gespannter Aufmerksamkeit war.

»Warum lacht Kokopelli?«

»Ich – ich weiß nicht.« Kwani versagte die Stimme.

»Aha. Er wählte eine andere. Wen?«

»Tiopi.«

»Er ist ein Narr.« Die Greisin spuckte aus. »Die Leute draußen lachen. Warum?«

»Kokopelli... er ist nackt... und sein Kindermacher –«

Verächtliches Schnauben. »Und Tiopi?«

»Ich hab' sie nicht gesehen.« Kwani schlang ihre Hände um die Knie und wiegte sich hin und her. »Alle glaubten, er würde mich wählen. Jetzt lacht er, alle lachen...« In ihrem Innern war so viel Pein, daß der größte Tonkrug nicht ausgereicht hätte, um ihren Kummer zu fassen.

Die Sich Erinnernde saß eine Weile stumm da, und ihr Gesicht war voll Verständnis.

»Komm näher, meine Tochter.«

Kwani kniete neben der alten Frau.

»Gib mir deine Hand.«

Knochige Finger umschlossen die junge Hand. Wieder floß der Strom des Verständnisses zwischen den beiden, und

Kwani spürte, wie ihr Kummer nachließ. Die alte Frau lächelte mit zahnlosen Kiefern.

»Kümmere dich nicht um Tiopi. Was sie am meisten begehrt, wird sie nicht besitzen.«

»Was begehrt sie, Ehrwürdige?«

»Das.«

Die Sich Erinnernde ließ Kwanis Hand los und faßte in den Ausschnitt ihres Kleides, um ihre Halskette hervorzuholen. In diesem Augenblick drang ein Strahl von Sonnenvaters gleißendem Licht durch die Türöffnung und berührte die polierten Steine und die große, mit Türkisen eingelegte Jakobsmuschel. Das Schmuckstück schwang aufreizend hin und her... Instinktiv streckte Kwani die Finger danach aus, doch als spüre die Greisin Kwanis Bewegung, wich sie zurück.

»Niemand darf die heilige Halskette berühren, nur diejenige, die befugt ist, sie zu tragen. Tiopi sieht sich schon als meine Nachfolgerin. Jetzt, da Kokopelli sie zweimal erwählt hat, ist sie sich ihrer Sache ganz sicher. Ha!« Die verhutzelten Lippen teilten sich zu einem lautlosen Lachen. »Es schadet nicht, Enttäuschungen einzustecken, wenn man jung ist, denn die Götter teilen reichlich davon aus, wenn man den Tod lange an der Nase herumführt.«

Sie legte sich auf die Matte zurück, zog die Decke bis ans Kinn. Blinde Augen starrten glanzlos an die Decke und ein Ausdruck wehmütiger Trauer legte sich wie Nebel auf ihr Gesicht. »Ich habe lange auf eine Nachfolgerin gewartet. Ich fürchte, ich werde in Sipapu eingehen, bevor ich eine Nachfolgerin in allem unterweisen kann, was sie wissen muß.« Sie rollte den Kopf von einer Seite zur anderen. »Die Zeit reicht nicht, die Zeit reicht nie, nie.« Kwani hätte die Alte gerne getröstet, wußte aber nicht wie. Die Sich Erinnernde murmelte, redete mit sich selbst oder mit den Unsichtbaren. Von draußen drang der Lärm der erwachenden Stadt. Kokopellis Flöte schwieg nun. Wo war er? fragte sich Kwani. Doch sie wußte die Antwort. Der starke Körper, sein großer Drang... Kokopelli und Tiopi...

Kokopelli lag still, endlich befriedigt. Neben ihm lag Tiopi, die Beine immer noch gespreizt, mit offenem, schlaffen

Mund und geschlossenen Augen. Kokopelli erhob sich, ging zum Wasserkrug und bespritzte seinen Körper mit eisigem Wasser und wusch sich. Er blickte ohne Interesse zu Tiopi hinüber. Sie hatte ihren Zweck erfüllt. Sein Mannesglied war zwar schlaff nach wiederholtem, stürmischem Eindringen in Tiopis Sipapu, doch er hungerte immer noch.

Die ganze Nacht hatte er sich nach Kwani gesehnt, hatte sich ihren pulsierenden Körper unter seinem gewünscht und wußte, daß Okalake sie besessen hatte. Immer wieder fragte er sich, »Warum habe ich sie nicht erwählt?« Hätte er bloß nicht auf seinen Stolz geachtet, Okalake vergessen. Doch nun hatte er Kwani verloren, an einen, der ihr täglich nah war, einen der jung war, ja, jünger...

Aber ich, Kokopelli habe stets die Frau bekommen, die ich wollte, zu jeder Zeit!

Jede Frau, außer Kwani.

In der Höhle hatte Kwani ihn begehert. Sie würde ihn wieder begehren! *Er würde Kwani zur Gefährtin nehmen*. Es war zu spät, um sie jetzt mitzunehmen, durch tiefen Schnee und über gefährliche Gebirgspässe. Doch er würde zurückkehren und sie fortbringen aus diesen lebensfeindlichen Schluchten, diesen Primitiven, weg von Okalake!

Erfrischt legte er ein feines Baumwollhemd an, gewebt und bestickt von einer toltekischen Frau, die ihn geliebt hatte. Ihren Namen und ihr Aussehen hatte er vergessen. Er legte seinen prächtigen Umhang an, band das Haar hoch, befestigte es mit goldenen Nadeln und setzte seine Federkappe auf – nicht ohne sie nach dem kriechenden, schwarzen Ungeziefer abzusuchen. Wie gut, in die Zivilisation und das Luxusleben zurückzukehren, das ihm nicht zuletzt der heutige Handel bescheren würde! Er rückte seinen goldenen Halsschmuck zurecht, legte die Ohrgehänge an, kletterte die Leiter zur Dachöffnung hinauf und trat in den frischen Morgen.

Viel später erwachte Tiopi. Sie lag eine Weile da, triumphierend und befriedigt. Nie zuvor hatte Kokopelli die selbe Frau zweimal erwählt. Gab es eine wichtigere Frau als sie? Und was Kwani anlangte... Tiopi lachte, ein gurrendes kehliges Lachen. Sie räkelte sich auf ihrer durchweichten, moschusduftenden Schlafmatte, die in Stücke zerkleinert mit dem Saatgut in die Erde vergraben würde, um ihre Fruchtbarkeit zu erhöhen.

Was für ein Mann, diese Kokopelli! Und die Geschichten, die sie an den Mahlsteinen zu erzählen hatte! Die Frauen würden mit der Arbeit innehalten, um intime Details zu hören und gar nicht genug davon kriegen.

Lächelnd streckte sie sich, ihre Armreifen klimperten, selbstgefällig betrachtete sie das schöne neue Armband, das Kokopelli ihr geschenkt hatte. Die Frauen des Stammes würden in Scharen zu Besuch kommen, um das Zeichen ihres Triumphs zu bewundern, um zu hören, wie Kokopelli sie liebkost, erregt und besessen, seinen Samen immer wieder in sie gestoßen hatte. Wie oft? Sie wußte es nicht genau, aber wer konnte schon nachrechnen, wenn sie die Zahl der Liebesstöße in ihrer Geschichte ein wenig erhöhte?

Sie wusch sich am Wasserkrug und erinnerte sich mit Mißbehagen an die Morgensuppe für die Sich Erinnernde. Sonnenvater war bereits weit fortgeschritten auf seinem Morgenpfad; die alte Frau würde ungeduldig und hungrig auf sie warten.

Soll sie doch warten. Jetzt kann sie mich als Nachfolgerin nicht mehr zurückweisen.

Selbstbewußt trat sie durch die Dachöffnung ihres Hauses. Ja, da waren sie, Alte und Junge, von ihrer Sippe und von anderen, um die Kochstelle versammelt, über der ihre Suppenschale bereits dampfte, die nur für sie bestimmt war.

Tiopi lächelte den Frauen entgegen. »Später«, beschied sie neugierige Fragen.

Sie kletterte zurück in ihre Wohnung, um die Schale für die Sich Erinnernde zu holen. Es war zu spät, um die Suppe in der Kürbisschale auf Steinen zu kochen. Sie würde von ihrer nehmen, die bereits fertig war. Die Alte würde den Unterschied ohnehin nicht bemerken.

Am Eingang der Sich Erinnernden blieb Tiopi stehen. Die Greisin aß Brei aus der Schüssel, die Okalake Kwani geschenkt hatte, und Kwani saß augenscheinlich in bestem Einvernehmen neben der Alten.

»Ah, Tiopi.« Die Sich Erinnernde hob den Kopf zwischen zwei Bissen. »Du bist sehr spät dran. Ich habe bereits gegessen.«

»Das sehe ich.« Tiopi durchbohrte Kwani mit einem giftigen Blick. »Aber Kokopelli –«

»Wir wissen bereits«, unterbrach Kwani und erwiderte Tiopis Blick ihrerseits mit einem Giftpfeil. »Unsere Glückwünsche.«

»Laß dich nicht aufhalten«, fügte die Sich Erinnernde schmatzend hinzu.

Tiopi errötete wütend. Sie wurde weggeschickt! Nach dieser Nacht des Triumphs! Daran trug diese Kwani die Schuld. Das sollte sie ihr büßen. Tiopi machte eine stumme Geste des Ausspuckens, bevor sie ging.

Die Sich Erinnernde wischte sich den Mund mit dem Handrücken und seufzte zufrieden. »Du kochst besser als Tiopi, und sie kocht gut. Danke, meine Tochter.«

»Es ist mir eine Ehre, dir zu dienen.«

»Laß uns nun weitermachen mit den Anweisungen für deine Geburt in den Adlerclan. Wir sind der einzige Clan, der diese Feier vollzieht, also paß gut auf.«

»Ich höre.«

»Der Medizinhäuptling wird dich sorgfältig über die Zusammensetzung unserer Sippe befragen, die vermutlich beim Clan deiner Mutter und der Mutter deiner Mutter, bis zurück zu den Anfängen nicht anders ist und war. Wie du weißt, besteht jede Sippe aus einer Gruppe von Blutsverwandten, die so weit auf die Mütter der Mütter zurückgehen, daß die Urmutter nicht mehr bekannt ist. Wir sind also in gewisser Weise alle Brüder und Schwestern.« Sie machte eine Pause. »Deshalb dürfen Mitglieder desselben Clans nicht heiraten.«

»Auch wenn ein Mitglied von einer anderen Sippe aufgenommen wird?«

»Es ist heiliges Gesetz.«

Kwani grübelte. Dieses Gesetz bedeutete, daß Okalakes Interesse an ihr nicht ernsthaft gemeint war. Er hatte seinen Spaß daran. Nun, sollte er! Ihr war es egal!

Es war ihr nicht egal.

Die Sich Erinnernde fuhr in singender Sprachmelodie fort: »Jede Sippe kümmert sich um ihre eigenen Angelegenheiten, die den Mitgliedern anderer Sippen nicht zugänglich sind, über die mit Außenstehenden nicht gesprochen wird. Alle Sippen zusammen bilden einen Stamm. Wichtige Entscheidungen werden von einer Gruppe Abgeordneter jeder Sippe getroffen, die in den Kivas zusammenkommen und reden, rauchen, spielen, singen, Entschlüsse fassen und Streitigkeiten schlichten. Ist das beim Clan deiner Mutter ebenso?«

»Ja, so ist es.«

»Ich muß es dennoch wiederholen.« Sie verlagerte ihr Gewicht und Kwani sah, daß die Wärmepackung, die sie bereitet hatte, immer noch dicht am Körper der Alten lag.

»Soll ich die Packung erneuern?«

»Nein. Paß lieber auf, was ich dir sage«, fuhr die Alte sie scharf an. »Höre aufmerksam zu, denn der Medizinhäuptling wird es darauf anlegen, dich zu falschen Antworten zu verleiten.« Sie setzte sich wieder zurecht und fuhr fort. »Männer gehören zum Clan ihrer Mütter. Nach der Heirat gehören sie noch immer zum eigenen Clan. Die Frau gehört also zu einem Clan und der Ehemann zu einem anderen. Kinder gehören zum Clan ihrer Mütter. Ist das bei dem Clan, aus dem du kommst, auch so?«

»Ja. Knaben stehen den Brüdern ihrer Mütter näher, als ihren Vätern; ihre Onkel unterweisen sie in den wichtigen Lehren.«

»So ist es. Männer von einem anderen Clan, die Ehemänner also, haben weniger Autorität als Blutsverwandte, müssen sich jedoch in gleicher Weise an der Arbeit und der Erfüllung der heiligen Pflichten beteiligen und gesunde Kinder zeugen. Diese Aufgabe ist ihnen am liebsten«, kicherte sie. »Nun zu den Frauen. Uns gehören die Häuser, in denen wir leben und der gesamte Hausrat, einschließlich der darin gelagerten Ernte, die wir in Notzeiten verbrauchen. Den Männern gehört die Ernte nur, solange sie auf dem Feld steht. Ist das in deinem Clan auch der Fall?«

»Genau so.«

»Natürlich.« Sie rückte ein wenig nach, um in der Wärme des Sonnenscheins zu sitzen, der in den Raum flutete. »Jeder

Clan hat seine Bündnisse, die für verschiedene Bereiche zuständig sind: Jagd, Festlichkeiten, Heilen und so weiter. Sie alle dienen in erster Linie dem Wohlergehen der Gemeinschaft des Clans und dann erst ihren eigenen Interessen. Doch diese Dinge kennst du bereits. Ich rate dir, die Fragen des Medizinmanns ausführlich zu beantworten.«

»Was muß ich sonst noch wissen, Ehrwürdige?«

»Heilige Dinge. Hat man dich über die Anfänge unseres Stammes aufgeklärt?«

»Ich weiß von Sipapu, wo es weder Kummer noch Schmerz gibt...«

»Wer ist unser Urvater?«

»Payatyama.«

»Und unsere Urmutter?«

»Sanashtyaya. Als die Welt in Finsternis lebte.«

»Das ist richtig. Wie viele Verkörperungen ist unser Volk eingegangen, lebte darin und hat sie wieder verlassen, bevor es hierherkam?«

»Drei.«

»Gut.« Dieses Mädchen ist leicht zu unterweisen, dachte die Alte. »Wer führte uns an den Ort, an dem wir uns jetzt befinden?«

»Massau'u und sein Bruder Cyoyaua führten unser Volk hierher in diese runde, die Vierte Welt.«

Frauen durften diese Dinge nicht wissen; solches Wissen war nur Männern vorbehalten. »Wer hat dir davon berichtet?«

»Wopio, mein Gefährte. Bevor er wünschte, daß der Pfeil mich trifft...« Sie hatte lange nicht mehr an Wopio gedacht, geschweige denn um ihn geweint. Der Gedanke an die Zeit, in der sie einander liebten, war ihr plötzlich zuwider.

»Trauerst du um Wopio?«

Kwani erschrak. Diese alte Frau hatte wirklich die Macht zu sehen, ohne zu sehen. Laut sagte sie: »Ich bin traurig darüber, keinen Mann an meiner Seite zu haben, selbst wenn es Wopio wäre. Ich wünsche mir ein Kind... ich habe mein Kind an Bruder Koyote verloren...«

»Das wußte ich nicht, das mit dem Kind.« Die Sich Erinnernde bezwang ihre Erregung. »Erzähl' mir davon.«

»Bruder Koyote rettete mich vor dem Medizinpfeil und vor den Apachen. Ich stürzte einen Felshang hinunter und mein Kind wurde gezwungen, zur Welt zu kommen, obwohl die Zeit noch nicht reif war.« Kwani umfaßte ihren Bauch in schmerzlicher Erinnerung. »Mein Geist verließ mich, und als er zurückkehrte, war mein Bein gebrochen. Es war Nacht, dunkle, kalte Nacht... Doch Bruder Koyote lag neben mir und erhielt mich mit seiner Wärme am Leben. Und als ich erwachte, war mein Kind fort. Bruder Koyote hat es in sich aufgenommen, damit es mit seinem Geist in Sipapu eingehe. Kokopelli fand mich und pflegte mich gesund, bis er mich zu euch bringen konnte.«

Die Sich Erinnernde konnte ihre Aufgeregtheit nicht länger bei sich behalten. Es ist, wie ich geahnt, wie ich gehofft hatte, sagte sie sich. Bruder Koyote gab das Zeichen. Kwani kommt von den Göttern. Ich darf das Geheimnis erst nach der Geburtsfeier enthüllen, aber ich habe sie gefunden. Endlich, endlich.

Mit zitternder Stimme sagte sie: »Du bist auserwählt, meine Tochter. Du besitzt Kräfte, von denen du nichts weißt.« Wieder ging ein unsichtbares Licht von der Greisin aus, als erleuchte eine Fackel aus geheimnisvoller Tiefe ihren Geist. Kwani fühlte sich von diesem Licht überflutet, als befände sie sich in der Nähe einer Zauberenthüllung. Auch ihre Stimme zitterte, als sie sagte, »Welche Kräfte?«

Die alte Frau schüttelte den Kopf. »Ich darf jetzt nicht antworten. Nachdem du in unseren Clan geboren bist, mußt du sogleich zu mir kommen. Fürchte dich nicht vor dem Medizinmann, denn du bis beschützt von jenen, die stärker sind als er. Wir wollen mit der Geschichte unseres Volkes fortfahren.«

»Ich bin bereit!«

»Die Erde ist rund und eben, aber sie ist auch dick wie ein Kuchen. Die anderen drei Körper befinden sich tief in ihrem Innern, einer unter dem anderen. Als unser Volk in diesen Körper, in die Vierte Welt kam, war es kalt und dunkel. Jene oben sahen, daß manche von unserem Volk dem Sommer und andere dem Winter den Vorzug gaben. Also sagten Masau'u und sein Bruder zu den Männern unseres Stammes

›Geht dorthin, wo mehr Licht ist‹. Und das Sommervolk ging weit nach Süden an die Ufer eines breiten Flusses, wo es Licht und Wärme gab. Die anderen, das Wintervolk, wurden zwar auch nach Süden geschickt, aber weit herum in den Osten, über die Ebenen, wo die großen Büffel weiden, wo es kalt und trocken ist. Und beiden Menschenarten wurde gesagt, ›Trefft euch in den Bergen und lebt dort in Frieden, und jeder erhält Nahrung für sich und alle anderen‹.«

»Ich werde es nicht vergessen.«

Ja, du wirst es nicht vergessen, dachte die alte Frau. Sie sagte, »Jetzt mußt du das Geburtslied lernen.« Sie streckte die Hand aus, um die Sonnenstrahlen zu spüren, um die Stellung der Sonne zu erkennen und die Tageszeit zu wissen. »Bald wird man dich rufen. Alle Frauen des Clans werden dich gemeinsam zur Welt bringen. Während du geboren bist, singst du dieses Lied.« Mit dünner Fistelstimme, wie die Schilfflöte des Kindes, sang sie:

Ich bin geboren in den Adlerclan. Ich bin geboren
An den Ort des Adlerclans.
Meine frühere Sippe kenne ich nicht mehr.
Die Menschen meiner früheren Sippe kenne ich nicht mehr.
Die Geister meiner früheren Sippe kennen mich nicht mehr.
In den Adlerclan bin ich geboren.
An den Ort des Adlerclans bin ich geboren.

»Singe es mir nach«, befahl die Sich Erinnernde.

Das Lied unterschied sich nur in den Worten von vielen anderen Sprechgesängen, und Kwani sang es fehlerfrei nach.

Die alte Frau nickte zufrieden. »Du bist bereit.«

»Und wie werde ich geboren?«

»Das wirst du erfahren, wenn es soweit ist.«

Die Alte seufzte tief und legte sich auf ihre Matte zurück. »Ich werde nun mit meinem Geist sprechen.« Mit diesen Worten schloß sie die Augen.

15

Kwani kniete auf dem gepflasterten Platz der Stadt vor der versammelten Menschenmenge – der keine Silbe der Fragen des Medizinmanns noch Kwanis Antworten entging. Die Kunde von Kokopellis Besuch hatte sich mittlerweile wie ein Lauffeuer verbreitet, und von weit her waren bereits Besucher für die Handelsgeschäfte angekommen. Sie saßen bei den Bewohnern der Stadt, und alle verfolgten gespannt die Geschehnisse auf dem Platz.

Kwani verlagerte das Gewicht, um den Druck auf den Knien zu erleichtern. Sie wünschte Okalake und Kokopelli wären hier, doch Okalake war mit den Jägern fortgegangen, um Wild für das Festmahl zu erlegen, und Kokopelli war in seiner Kiva geblieben. Nur Cayamo, der Sänger der Liebeslieder, und Chololo, der Flötenspieler mit den Ohrgehängen bis zu seinen schmalen Schultern, standen aufmunternd lächelnd in der Nähe.

Kwani kniete schon lange so. Bisher hatte sie jede Frage richtig beantwortet zum kaum verhohlenen Ärger des Medizinmanns. Er stand auf einem erhöhten Felsvorsprung, so daß sie zu ihm aufschauen mußte. Die frisch bemalten schwarzen Zickzackmuster in seinem Gesicht leuchteten grell. In einer Hand hielt er eine mit Geheimsymbolen geschmückte Kürbisrassel; in der anderen Hand hielt er den heiligen Bogen hoch, der ihm von Kokopelli anvertraut war. Jetzt wollte er Fragen stellen, deren Antwort Kwani sicher nicht wissen konnte.

Er schwenkte den Kürbis gebieterisch hin und her. »Wessen Bruder brachte uns in die Vierte Welt?«

»Masau'us Bruder, Cyoyaua.«

Ein Raunen ging durch die Zuschauer auf Dächern und Terrassen; nur wenigen Frauen waren die heiligen Namen bekannt, die den Knaben von Clanältesten in den Kivas gelehrt wurden.

Der Medizinmann runzelte die Stirn. Die Sich Erinnernde hatte diese da gut unterwiesen. Vielleicht zu gut. Er würde es herausfinden. Wieder klapperte er mit der Rassel.

»Beschreibe die Form der Vierten Welt.«

Kwani ahnte die Falle. Ihre richtige Antwort würde entweder den Eindruck erwecken, sie besitze Hexenkräfte, die ihr das Wissen verliehen, das nur Männer bestimmter Geheimbünde zugänglich war, oder die Sich Erinnernde habe Geheimnisse verraten, die sie nicht hätte enthüllen dürfen. Eine falsche Antwort würde sie wieder hinaus in die Wildnis, in ihr Verderben schicken.

Sie tastete nach ihrem Amulett und betete zum Geist ihrer Mutter und zu den Göttern. Ich habe Angst. Helft mir. Gebt mir Anweisungen, verehrte Geister. Sagt mir, was ich antworten soll.

Der Medizinmann lächelte und seine Augen funkelten boshaft. »Ich warte auf deine Antwort.«

Ein Raunen ging durch die Menge. Keiner Frau waren je solche Fragen gestellt worden. Es war ungehörig, als würde man von einer Frau verlangen, Männerkleider zu tragen oder im Stehen zu urinieren. War Kwani möglicherweise halb Mann, halb Frau, also ein Ungeheuer? Trug sie ein Mannesglied zwischen ihren Schenkeln, und hatte Kokopelli sie deshalb nicht erwählt?

»Ist dir die Antwort unbekannt? Sprich!«

Kwanis langes Haar, das von Woshee weihevoll gewaschen und noch feucht war, klebte an ihren Wangen. Sie wischte es mit beiden Händen aus dem Gesicht, schloß die Augen und flehte die Geister an.

»Beschreibe die Form der Vierten Welt!« In seiner Stimme schwang bösartiger Triumph.

Kwani flehte den Geist ihrer Mutter an. Steh mir bei! Steh mir bei!

Sie hörte Flügelschlagen; der Papagei flog aus der Kiva auf, kreiste kurz, ließ sich bei Kwani nieder und watschelte auf sie zu.

Das war die Antwort ihrer Mutter! Instinktiv wußte Kwani, was zu tun war. Sie streckte ihre Hand aus, wie Kokopelli es zu tun pflegte, und der Vogel umklammerte ihre Finger und kletterte seitwärts ihren Arm bis zur Schulter hinauf.

Den Zuschauern stockte der Atem. »A-a-a-yee!«

Dem Medizinmann quollen die Augen aus dem Kopf. Die

Frau mußte wirklich ein Kind der Götter sein. Er spürte einen Stich der Angst.

Kwani wandte sich dem Vogel zu und ihr Kehle formte Laute, von denen sie hoffte, sie seien eine annähernde Imitation von Kokopellis fremder Zunge. Der Vogel beäugte sie mürrisch und antwortete mit kehligen Lauten.

»A-a-a-yee!«

Kwani erhob sich stolz. »Kokopellis heiliger Vogel antwortet für mich. Er sagt, die Vierte Welt ist rund. Das ist meine Antwort.«

Zorn und Angst spiegelten sich im Gesicht mit dem Zickzackmuster des Medizinhäuptlings. »Es ist meine Pflicht, den Frauen des Adlerclans zu gestatten, dich symbolisch zu gebären«, sagte er und setzte verdrossen hinzu. »Vergiß aber nicht, deine Zugehörigkeit zu unserem Clan ist nur vorübergehend bis zur Fertigstellung des Gefäßes, das ich bei dir in Auftrag gegeben habe.« Er schwenkte die Rassel wieder mit großer Geste. »Das Gefäß darf keinem bisher dagewesenen gleichen. Es muß so viel Wasser enthalten wie der größte Krug, muß aber so leicht sein, daß ich es mit einem Finger tragen kann. Seine Form muß heilig sein und größere Kräfte besitzen als alle meine Medizinen. Übers Feuer gehalten wird es nicht brennen, vom Felsen geworfen wird es nicht brechen. Es muß vor den Feierlichkeiten des Pflanzens fertiggestellt sein. Und ich, nur ich, werde die Entscheidung fällen, ob ich es annehme oder zurückweise.«

Den Bogen hoch über seinem Kopf haltend, mit einem letzten ausholenden Schwung der Rassel, entfernte sich der Medizinmann.

Kwani dachte, was ich auch machen werde, er wird es nie akzeptieren. Ihr Inneres krampfte sich zu einem Knoten zusammen. Vielleicht würde Kokopelli vor den Feierlichkeiten vor dem Pflanzen zurückkehren. Vielleicht...

Woshee trat vor und blickte in das Halbrund der Zuschauer. Neben ihr stand Kwani, auf deren Schulter immer noch der Vogel saß. Der Schnee schmolz in Sonnenvaters Nachmittagswärme. Vom Rand des Tafelbergs über der Stadt tropfte Wasser mit melodischem Klimpern in die aufgestellten Wasserkrüge. *Pling, plang, pling.*

Okalakes Mutter, die Frau des Sonnenhäuptlings, war die zweitwichtigste Frau im Clan, nach der Sich Erinnernden. Sie stand aufrecht, ihr graues, schimmerndes Haar in Schnecken über den Ohren geflochten, wie Blüten, die mit blauen Federn geschmückt waren. An den Ohren hingen ebenfalls blaue Federn. Ihr Winterkleid war um die Mitte mit einem verzierten Gürtel aus Hunde- und Menschenhaar gehalten, in den blaue Federn eingewoben waren. Sie sprach mit ernster Würde.

»Jetzt ist die Zeit gekommen; die Frauen des Adlerclans schenken einem neuen Mitglied in unserer Mitte das Leben. Kwani ist ihr Name. Sie wurde von Kokopelli zu uns gebracht und sie spricht mit Kokopellis heiligem Vogel, der ihr Antwort gibt. Ihr Blut ist das der Götter der Aufgehenden Sonne, jene, die das große Wasser im Osten befahren. Das hat Kokopelli gesagt. Sie kommt aus einem anderen Clan, um in unseren wiedergeboren zu werden.«

Alle Frauen und auch die Mädchen, die bereits den Mondfluß kannten, der sie zur Frau machte, nahmen hintereinander Aufstellung. Die Schlange erstreckte sich über den gesamten Platz und noch einige Terrassen hinauf. Der Papagei flog von Kwanis Schulter und ließ sich auf einem Dach nieder, als wolle er das Schauspiel beobachten.

Woshee sagte zu Kwani: »Ich werde dich entkleiden. Du wirst in den Clan geboren, wie du in die Vierte Welt geboren wurdest.«

Männer beugten sich mit erwartungsvollem Grinsen vor, als Kwanis Kleid und Unterkleidung geöffnet wurden und zu Boden fielen. Sie stand nur im Schmuck ihrer Weiblichkeit da. Ihr dunkles Haar hing über ihre Schultern und rahmte die Fülle ihrer Brüste. Frauen musterten sie neiderfüllt, besonders Tiopi biß sich stirnrunzelnd die Lippen.

Ein Mann rief: »Da sie kein männliches Freudenglied besitzt, kann ich ihr gern mit meinem aushelfen.«

Gelächter.

Kwani achtete nicht auf die gaffende Menge und hielt ihren Kopf hoch erhoben.

Woshee spreizte ihre Beine und sagte: »Jede von uns wird dich gebären. Krieche durch meine Beine und singe deinen Geburtsgesang. Beginne dein Lied.«

Kwani legte die Krücke beiseite, von der sie immer weniger Gebrauch machte. Auf Knien kroch sie zu Woshee und sang: »In den Adlerclan bin ich geboren«, kroch auf Händen und Knien zwischen Woshees Beinen hindurch. Woshee stand mit weit gegrätschten Beinen und stöhnte laut in Geburtswehen, als Kwani unter ihr hindurchkroch. Dann sagte sie: »Jetzt die anderen Frauen.«

Die lange Schlange der Frauen und Mädchen stand abwartend da, ihre gespreizten Beine bildeten ein spitzes Dach. Als Kwani hindurchkroch, ging jede in die Hocke und stöhnte laut. Kwani fuhr fort zu singen.

An den Ort des Adlerclans bin ich geboren.
Meine frühere Sippe kenne ich nicht mehr.
Die Brüder und Schwestern meiner früheren Sippe kenne ich nicht mehr.
Die Geister meiner früheren Sippe kennen mich nicht mehr.
In den Adlerclan bin ich geboren.
An den Ort des Adlerclans bin ich geboren.

Als das Lied zu Ende war, führte noch eine lange Schlange hinauf über die Terrassen.

»Sing weiter!« flüsterte ihr eine Frau zu.

In den Adlerclan bin ich geboren...

Sie spürte eine warme Nässe auf ihrem nackten Rücken. Urin. Sie hob den Kopf. Tiopi grinste zu ihr herunter und stöhnte sehr laut, um noch mehr Urin herauszudrücken.

Kwani war zornentbrannt. Sie versuchte weiter zu singen, doch das Lied blieb ihr im Hals stecken.

»Sing!« zischte jemand.

An den Ort des Adlerclans...

Die Melodie schwankte und erstarb. Kichern mischte sich in das Stöhnen. Dann wurde die Melodie wie durch Zauber von einer Flöte aufgenommen!

Kokopelli war unter den Zuschauern!

Kwani kroch eine Terrasse hinauf und zwischen den Beinen hindurch, manche alt und knochig, andere zart und jung. Ihre Stimme nahm die Melodie auf und vereinigte sich mit dem Klang der Flöte.

Meine frühere Sippe kenne ich nicht mehr...

Es war vorüber. Kwani erhob sich, spürte noch die Nässe auf ihrem Rücken. Woshee winkte ihr, herabzusteigen und Kwani gehorchte, bemerkte kaum, daß sie ohne Hilfe der Krücke ging.

Woshee sagte: »Nun nimmst du die Milch.« Sie schob ihr Kleid beiseite und enthüllte hängende Brüste. »Sauge.«

Kwani gehorchte. Die Brustspitzen schmeckten säuerlich.

»Nun die anderen!« befahl Woshee.

Andere, vor allem die jungen Mädchen hatten sich Kokopellis Blicken bereits enthüllt. Manche waren nackt bis zur Mitte und tiefer, und sie drehten sich ein wenig ihm zu, ihre Brüste reckten sich ihm begehrlich entgegen.

Kwani machte sich gehorsam daran, an jeder Brust zu saugen. Gelegentlich erwischte sie einen Schluck Milch von einer stillenden Mutter; manchmal mußte sie eine welke, alte Brust mit beiden Händen anheben, um die Brustwarze zu erreichen, während die Alte kicherte.

Bei Tiopi angekommen, blieb Kwani stehen. »Ich trinke nicht von deiner Brust.«

»Wenn du den Wunsch hast, in der Sippe zu bleiben...?«

»Und wenn ich mich weigere?«

»Ich wäre entzückt.«

Kwani rief zu Woshee hinüber. »Von der Milch dieser Frau wird mir übel.«

»Sie gehört zum Clan. Du mußt trinken.«

»Wenn ich mich weigere?«

»Dann ist die Geburtsfeier ungültig. Trinke!« sagte sie eindringlich. Ich muß, dachte Kwani. Sie beugte sich über Tiopis volle Brust.

»Kokopelli hatte seine Freude daran«, sagte Tiopi.

Kwanis Lippen berührten die Brustwarzen kurz.

»Du hast nicht gesaugt. Sauge!«

»Nun gut.« Kwani saugte an der Brust und biß kräftig zu.

Tiopi schrie auf und umklammerte schützend ihre Brust. Ein kleines, rotes Rinnsal sickerte durch ihre Finger.

»Du hast mich gebissen!«

»Du hast mich benäßt!«

Tiopi holte aus und schlug Kwani, daß sie zu Boden stürzte. Kwani rappelte sich hoch. Zorn und Demütigung brachen aus ihr heraus. Sie stürzte sich mit einem spitzen Schrei auf Tiopi, packte sie an den Haaren und riß mit solcher Gewalt daran, daß Tiopi zu Boden stürzte. Kwani setzte sich mit gespreizten Beinen auf sie und schlug Tiopis Kopf immer wieder gegen den Steinboden, während Tiopi kratzend und beißend um sich schlug.

Die Zuschauer johlten und lachten. Die Regeln des Clans untersagten, daß Männer der selben Sippe miteinander kämpften, doch Frauen beim Ringkampf zuzusehen, war ein beliebtes Schauspiel.

Ineinander verschlungen wälzten Kwani und Tiopi sich auf dem Boden. Am Rand einer Terrasse, wo eine Leiter zum Dach darunter führte, lag Tiopi auf Kwani und versuchte ihr die Augen auszukratzen. Mit gewaltiger Kraftanstrengung wälzte sich Kwani an den Rand der Terrasse, schnellte herum und schleuderte Tiopi hinunter. Tiopi versuchte, sich im Fallen an der Leiter festzuhalten, verfehlte sie und landete hart auf dem Steinboden, wo sie wimmernd liegenblieb.

Kwani erhob sich taumelnd. Aus tiefen Kratzern im Gesicht und an den Brüsten floß Blut. Trotzig ließ sie das Blut über ihren nackten Körper rinnen. »Die Feier nimmt ihren Fortgang«, sagte Woshee mit klarer Stimme.

Doch Kokopelli hob die Hand. »Woshee, erlaubst du, daß ich spreche?«

Sie blickten einander offen in die Augen, alte Bekannte. »Du sollst sprechen.«

»Vielleicht würden jene, die ihre Milch dem neugeborenen Mitglied des Adlerclans geben müssen, es vorziehen, nicht mit Kwanis Blut beschmiert zu werden. Deshalb biete ich mich an Kwanis Selle an, die Zeremonie zu Ende zu bringen. Seid Ihr damit einverstanden?«

In Woshees Augen flackerte ein heiterer Funke. Sie wandte sich an die wartenden Frauen.

»Seid Ihr damit einverstanden?«

»Ja! Oh ja!«

Kokopelli begab sich selbstbewußt zur ersten Frau in der Schlange und kniete vor ihr nieder, schlang seine Arme um sie, zog sie an sich und saugte an jeder Brust, wobei seine Zunge mit den Brustspitzen spielte, bis ihr Atem flach ging.

Dann ließ er von ihr ab und winkte die nächste zu sich. Die nächste war Miko, deren erster Mondfluß sie zur Frau gemacht hatte, die jedoch noch keinen Gefährten hatte. Sie näherte sich ihm schüchtern, bot ihm ihre kleinen Brüste wie Blumen an. Sanft zog Kokopelli sie an sich und liebkoste ihren schlanken Rücken, die zierlichen Schenkel und Hinterbacken. Lächelnd küßte er jede Brust und hielt sie eng an sich gedrückt, bis sie zitterte.

»Kokopelli... o Kokopelli...«

Er ließ sie lächelnd los und winkte der nächsten und dann der nächsten. Kwani versuchte nicht hinzusehen. Nicht zu bemerken, wie sein Mannesglied anschwoll, bis es seinen Lendenschurz zu durchstoßen schien. Nicht hinzusehen, wie die Frauen sich an ihn schmiegten...

Tiopi wimmerte, doch niemand achtete auf sie. Männer, Frauen und Kinder hatten nur Augen für Kokopelli, dem Spender des heiligen Samens, der eine Frau nach der anderen verführte und sie unerfüllt zurückließ. Einige der Frauen verschwanden in ihren Häusern, gefolgt von ihren Männern; andere warteten ungeduldig, bis ihre Männer von der Jagd zurückkehrten. Alte Männer und Knaben schauten lüstern zu.

Beim Gebell der Jagdhunde in der Ferne gerieten die zurückgebliebenen Hunde plötzlich in wilden Tumult. Kläffend hetzten sie den Berg hinunter, den heimkehrenden Hunden und Jägern mit Hirsch, Hasen und einem fetten Bergschaf entgegen. Kokopelli und Kwani waren vergessen. Die Menschen drängten sich an den Rand des Felshangs oder kletterten den steilen Pfad hinab, um den Jägern zu helfen, die schwere Beute nach oben zu schaffen.

Kokopelli, der Kwani mit geschultem und anerkennendem Blick maß, sagte: »Anscheinend muß ich dich schon wieder heilen.« Er blickte über seine Nase und seine Mundwinkel zuckten.

»Ich lege Umschläge auf die Kratzer. Die da« – Kwani wies mit dem Kinn in Tiopis Richtung – »kratzt wie ein Hund nach Flöhen. Meine Wunden schmerzen kaum. Kümmere dich nicht darum.«

Kokopelli bezwang ein Lächeln. Tiopi wimmerte immer noch.

Kwani sagte: »Warum bist du nicht bei Tiopi? Wenn man sät, hofft man auf Ernte. Der Sturz war hart. Ich hoffe, ich habe deine Erwartungen nicht enttäuscht.« Blaue Augen maßen ihn durch lange Wimpernfransen hindurch.

Seine schwarzen Brauen zogen sich düster zusammen. Die Dreistigkeit dieser Anasazi-Frau war zuviel.

Wie konnte ihm bloß in den Sinn gekommen sein, sie zur Gefährtin zu nehmen?

»Wie ich sehe, hast du deine Krücke fortgeworfen.«

»Ja, das habe ich«, entgegnete sie gelangweilt.

»Ich habe sie für dich gemacht; ich habe dir das Leben gerettet, habe dich hierher in eine neue Heimat, eine neue Sippe gebracht. Ich habe dir nicht nur das Leben gerettet, ich habe auch dein Bein gerettet. Auch dafür stehst du in meiner Schuld.«

»Und?«

»Denke an unsere Abmachung. Alles, was du machst, gehört mir.«

»Mit einer Ausnahme.«

»Keine Ausnahme.« Sie trat näher und zischte: »Denke auch an den Rest unserer Abmachung.«

Die Halskette. Er wollte die Halskette der Sich Erinnernden, dachte Kwani. Doch der Halsschmuck gehört der Alten! Nie würde ich den Versuch machen, ihn ihr wegzunehmen! Selbst wenn er das Versprechen von ihr erzwingen würde.

Sie sagte: »Vergiß nicht, daß ich ein Gefäß für den Medizinmann anfertigen muß, bevor meine Zugehörigkeit zum Clan besiegelt ist. Das kann ich dir nicht geben.«

Sie wischte das Blut weg, das auf ihren Bauch tropfte, und gab vor, den Drang unter seinem Hüfttuch nicht zu sehen. *Ich bin es nicht, die er begehrt. Er begehrt jede Frau. Für ihn sind wir ein einziger Körper, ein einziges Fleisch. Er spielt mit uns, er macht uns hungrig und läßt uns hungrig zurück. Es ist ein Spiel, an dem er sich erheitert. Ich hasse ihn.* Aber es war lange, lange her, seit sie einen Mann hatte. Seine Augen waren wie die Augen des Vogels, durchdringend, geheimnisvoll; sie sandten einen Bann aus. Er neigte kurz seinen Kopf.

»Sehr gut. Fertige das Gefäß. Am Ende wird das, was ich begehre, mir gehören, du wirst es sehen.«

Jagdhunde und Jäger erschienen auf dem Platz. Die ankommenden Männer starrten Kwani begehrlich an, drängelten und stießen einander, um ihre Nacktheit besser sehen zu können. Ihr langes Haar, das wie dunkles Wasser über ihre Schultern fiel, die blutigen Kratzer an Wangen, Hals und ihren vollen Brüsten, der Schmutz an ihren Armen, ihrem kleinen runden Bauch und dem Dreieck ihres Sipapu, Staub und Schürfwunden an Hüften und Rundungen ihrer Hinterbakken und Schenkel. Und jeder Mann hätte geschworen, noch nie eine aufregendere Frau im Leben gesehen zu haben. Doch nun gehörte sie zum Adlerclan und durfte von keinem Mann der gleichen Sippe besessen werden.

Okalake starrte Kwani gebannt an wie ein Verhungernder, als wolle er sie zwingen, sich ihm zuzuwenden und nur ihm allein. Er trat einen Schritt auf sie zu, dann hielt eine unsichtbare Wand ihn auf. Er erbleichte, seine Kiefermuskulatur mahlte angespannt.

Kokopelli beachtete Tiopi nicht, die sich neben ihn stellte und ihn am Umhang zupfte. Er fuhr mit einem Finger einen blutigen Kratzer an Kwanis Brust entlang bis zur Spitze ihrer Kaktusfrucht. Er erinnerte sich an ihre Süße, die mit nichts von dem, was er heute gekostet hatte, zu vergleichen war. Er beugte sich vor, um die Süße erneut zu kosten und zog sie an sich. Kwani spürte, wie sein Mannesglied sich an sie drängte. Es war lange, lange her, seit sie einen Mann gehabt hatte. Eine Welle des Verlangens verschlang sie – wie eine übermächtige Feuersbrunst. Ihre Hände griffen nach seinem Kopf, als seine Lippen ihre Brust umschlossen und seine Hand ihre zweite Brust liebkoste und er dabei schnurrte wie eine Katze.

»Nimm mich!« flüsterte sie drängend.

Er hob sie in seine Arme und ging auf eine Kiva zu.

»Nein!« keuchte Tiopi und Okalake trat vor, als wolle er Kwani Kokopellis Armen entreißen. Doch Kwani schmiegte sich an Kokopelli und barg ihr Gesicht an seiner Brust; ihr langes Haar floß über seinen Arm und wehte wie ein Banner hinter ihnen her. An der Kiva angelangt, setzte er sie ab, ließ sie die Leiter hinab und folgte.

Der Papagei flog kreischend von seinem Aussichtsposten und setzte sich neben den Eingang der Kiva.

Durch den Geschlechtsakt mit einer Frau wurde das heilige Haus der Geister entweiht; der Medizinmann schäumte vor Empörung. Selbst Kokopelli durfte kein solches Sakrileg begehen. Mit einem Wutschrei näherte er sich der Kiva. Doch dort saß der Vogel und bewachte den Eingang, starrte ihn kalt an aus seinen angsteinflößenden Augen und sprach mit seiner magischen Zunge. Der Medizinmann verstand die Worte nicht, fürchtete jedoch ihre Bedeutung.

Ein Raunen ging durch die Menge, alle Blicke ruhten auf ihm, man erwartete von ihm, daß er etwas unternahm. Die anderen Häuptlinge und Stammesältesten drängten sich um ihn.

»Es ist verboten!« Aber auch sie waren ratlos.

Der Medizinmann erinnerte sich, wie Kwani dem Vogel ihre Hand hingehalten hatte und er ihren Arm hinaufgeklettert war. Wenn er den Vogel dazu bewegen würde, sich von der Kiva zu entfernen... Er näherte sich dem Vogel, der den Kopf neigte und ihn mit kleinen, schwarzen Augen anstarrte. Zögernd streckte der Medizinmann seine Hand aus. Der Vogel beachtete ihn nicht. Er näherte seine Hand. Ein schneller Ruck des Kopfes, und der Vogel biß kräftig zu.

Mit einem erschrockenen und schmerzvollen Aufschrei zog der Medizinmann seine blutende Hand zurück. Der peinliche Vorfall steigerte seinen Zorn, und er rief hinunter in die Kiva: »Kokopelli! Was du tust, ist verboten! Ich, der Medizinmann, befehle dir, daß du sofort aufhörst damit!«

Keine Antwort.

»Kokopelli! Komm herauf!«

Die Geräusche von unten machten deutlich, daß der keineswegs die Absicht hatte, heraufzukommen, lange Zeit nicht heraufkommen würde.

Kwani lag in traumhaftem Nebel, erschöpft. Wie lang waren sie hier? Kokopelli sah sie an, auf einen Ellbogen gestützt, endlich all seiner Mannessäfte entleert. Wieder und wieder war sein Glied tief in ihr Inneres gedrungen. Seine alles, was sie bisher kannte übertreffende Liebeskunst, löste eine Hingabe in ihr aus, die sie nicht für möglich gehalten hatte. Sie war über sich selbst erstaunt, über ihre erstickten Schreie, ihre lustvollen Zuckungen, ihr heftiges Verlangen, ihn noch tiefer in sich zu spüren.

Wie konnte dieser hochmütige, nach unten geschwungene Mund sie in ein solches Delirium versetzen, wie seine Adleraugen in solch zärtlicher Glut leuchten? Er war fremd und seltsam, sein verwirrend aufregender Geruch glich keinem anderen Mann. Hatte sie deshalb immer noch ein wenig Angst vor ihm?

Er beugte sich über sie, seine goldenen Ohrgehänge schwangen hin und her. »Ich werde erst zu dir zurückkehren, wenn die ersten Blumen blühen.«

Beim Klang seiner Stimme begriff sie, warum viele Tiere ihre Stimme zur Brunftzeit einsetzen.

»Wirst du zu mir zurückkehren?«

»Selbstverständlich.« Seine Lippen kräuselten sich zu einem Lächeln. »Ich nehme dich zu meiner Frau, meiner Gefährtin.«

Sie sah ihn sprachlos an.

Er küßte sie, der sanfte Kuß eines Siegers, dessen Bedingungen erfüllt worden waren.

»Ich kann dich jetzt nicht mit mir nehmen; es ist zu spät im Jahr, der Weg zu weit.« Er nahm einen goldenen Reif aus seinem Ohr. »Ich schenke ihn dir.« Er hängte das Schmuckstück an ihr Ohr. »Den zweiten schenke ich dir, wenn die ersten Blumen blühen. In der Zwischenzeit wird dieser Ohrring jedem vor Augen halten« – beinahe hätte er ›Okalake‹ gesagt – »jeder wird sich daran erinnern, daß du mir gehörst, mir ganz allein.«

Endlich fand sie Worte. »Ich kann nicht hierbleiben ohne dich. Nimm mich mit!«

»Das ist unmöglich.« Bei ihrem betroffenen Blick setzte er hinzu: »Aber ich werde dir von meiner Heimat erzählen, die auch deine Heimat sein wird, damit du darüber nachdenken kannst, während du auf meine Rückkehr wartest.«

»Erzähle.«

»Es ist ein schöner Ort, weit im Süden von hier.« Er wollte ihr nicht sagen, wie weit; das sollte später kommen. »Mein Haus ist groß und weiß und hat viele Räume. Du wirst einen Raum haben zum Schlafen und einen Raum zum Essen und einen Raum zum Kochen, der auf einen Innenhof führt mit einem Springbrunnen –«

»Was ist ein Springbrunnen?«

»Es ist eine große, sehr große Schale, die auf einem Platz steht und bis hierher reicht.« Er stand auf, um ihr die Höhe anzuzeigen. »Auf dieser Schale steht eine zweite Schale, bis hierher... sie ist etwas kleiner und wieder eine kleinere reicht bis hierher... In die obere Schale fließt Wasser, läuft über in die Schale darunter, bis diese überläuft und in die große Schale fließt. Das Wasser fließt immerfort. Du mußt nirgendwo hingehen, um deinen Krug zu füllen.«

»Ah!«

»Und du wirst einen Raum haben zum Nähen und zum Anfertigen von Gegenständen und um dich mit Freunden, die zu Besuch kommen, zu unterhalten. Überall blühen Blumen und es gibt hohe Bäume, in die sich viele Vögel niederlassen, die in unserem Brunnen trinken und baden. Und du mein Liebes, wirst ebenfalls einen Raum haben zum Baden. Ein Bach fließt an meinem Haus vorüber und bildet einen Weiher unter den Bäumen...«

Kwani schüttelte ungläubig den Kopf. Das alles ging über ihre Vorstellungskraft, es war ein Ort für Götter.

»Wo wirst du sein, Kokopelli?«

»Bei dir.« Er lächelte und küßte sie wieder. »Meine Brüder und Schwestern und Vettern haben alle Häuser in der Nähe. Wir haben viel Land, fruchtbares Land, wo das Getreide hoch steht.«

»Nimm mich mit dir!«

»Ich kann nicht.«

Sie wußte, die Absage war endgültig. Dunkle Vorahnung konnte ihr Glück nicht trüben, als sie ihn wieder zu sich zog. Endlich würde sie alles haben, wonach sie sich sehnte – einen Gefährten und Beschützer, ein Heim, welch ein Heim! Obschon Kokopelli älter war und ihr Heim bei seinem Volk ihr anfangs fremd erscheinen mochte – so viele Räume! – wer sonst hatte je ihren Geist so beflügelt? Sie je so kunstvoll geliebt?

»Ich gehöre nur dir, Kokopelli, für immer.«

Auf einem Tafelberg, verborgen hinter einem Felsbrocken kauerte Okalake und starrte blicklos ins Leere, stöhnte vor Schmerz der Eifersucht, achtete nicht auf seine Tränen.

16

Der Morgen nach Kwanis Geburtsritual. Weitere Händler waren in die Stadt gekommen und bei Sonnenaufgang herrschte in der Stadt und auf dem Tafelberg ihr reges Treiben.

Die Sich Erinnernde saß neben ihrer Tür und lauschte. Die vielen Geräusche übersetzten sich in Bilder, die sie alle kannte: die Wettbewerbe und Spiele, das wortreiche Feilschen, das Gelächter, das Geschnatter der Frauen, wenn sie spielten und arbeiteten, die johlenden, herumtollenden Kinder. Oben auf dem Tafelberg war der Handel im Gange, dort machte Kokopelli seine Geschäfte mit den Sippen anderer Höhlensiedlungen und mit Händlern ferner Orte.

Sie zog ihre Decke aus Truthahnfedern enger um sich und nippte an der Schale mit heißer Maissuppe. Die Wärme der Schale tat ihren Händen gut und linderte den Schmerz ihrer Gichtfinger. Doch nichts linderte den Kummer ihres Herzens. Kwani war nicht gekommen. Die Geisterrufe aus Sipapu wurden jeden Tag lauter; bald konnte sie sich ihnen nicht länger verschließen. Doch niemand war darauf vorbereitet, ihren Platz im Clan, im Stamm einzunehmen. Nur sie kannte die Geheimnisse, nur sie besaß den heiligen Halsschmuck und wußte sich seiner Kräfte zu bedienen. Was würde aus dem Clan werden, wenn keine Nachfolgerin ihren Platz einnahm, keine die jungen Mädchen unterrichtete.

Kwani war nicht gekommen.

Kwani war von den Göttern, dessen war sie gewiß. Wenn sie Kwani das Geheimnis, daß sie von den Göttern kam, nicht enthüllen, ihr nicht sagen konnte, wie sie ihre eigene Nachfolgerin zu bestimmen hatte, und wenn sie Kwani die Halskette nicht übergeben und sie nicht unterrichten konnte, wer würde dann die Sich Erinnernde werden?

Welche furchtbaren Strafen würden die Götter den Menschen auferlegen? Stöhnend wiegte sich die Alte hin und her.

Wo war Kwani? Sie kam nicht zu mir nach der Geburtszeremonie. Sie ließ es zu, sich von Kokopelli besamen zu lassen. In einer Kiva! Welches Omen mag dies sein? Du weißt es sehr gut, Alte. Es verkündet Unheil. Kokopelli hin oder her, ein heiliger Ort wurde entweiht. Du bist dumm. Kwani und Kokopelli sind Auserwählte; sie können nichts entweihen. Sei geduldig, Kwani wird kommen. Ich habe keine Zeit, geduldig zu sein. Ich habe keine Zeit. Kwani wird kommen. Sei bereit.

Langsam, unter großen Schmerzen, erhob sich die Sich Erinnernde und reckte beide Hände in den Himmel. Sofort waren mehrere Frauen bei ihr. »Ruft mir den Sonnenhäuptling. Sofort.«

»Er ist auf dem Tafelberg, beim Handeln.«

»Ruft ihn herbei.«

Die Frauen begaben sich an den Rand des Felsens und riefen einstimmig: »Die Sich Erinnernde ruft den Sonnenhäuptling zu sich!«

Sofort wurde der Ruf erwidert. »Der Sonnenhäuptling kommt!«

Er kam an, leicht keuchend, wischte seine zerfurchte Stirn mit dem Ärmel seines Wintergewands. Seine tiefliegenden Augen wirkten bekümmert. »Hier bin ich.«

»Ich muß zum Haus der Sonne gehen.«

»Aber es ist noch nicht Zeit für die Feiern –«

»Ich gehe nicht wegen der Sonnenfeiern hin, sondern wegen meiner eigenen Feiern. Komm zu mir.«

Er beugte sich vor, und sie zog sein Ohr an seine Lippen. »Ich wünsche nicht, daß sonst jemand davon erfährt. Meine Zeit, nach Sipapu einzugehen, ist gekommen. Ich muß sofort ins Haus der Sonne gehen, dem Sammelplatz der Götter.«

Er schüttelte traurig seinen grauen Kopf und nahm ihre Hand und atmete ehrfürchtig auf. »Es soll sein. Ich bin zu alt, um dich zu tragen. Ich gebe diese Ehre an meinen Sohn weiter.« Wieder hauchte er auf ihre Hand, und sie hörte, wie seine Schritte sich rasch entfernten. Bald kamen Okalakes Schritte angelaufen. Er kniete sich mit dem Rücken gegen ihre Beine. »Beuge dich vor und lege deine Arme um meinen

Hals.« Behutsam hob er den zerbrechlichen Körper auf seinen Rücken und zog ihre Beine unter seine Arme. Sie ist nicht schwerer, als ein leerer Korb, dachte er.

Das Haus der Sonne, der heilige Tempel der Anasazi, erhob sich majestätisch auf dem gegenüberliegenden Tafelberg. Innerhalb seiner dicken Steinmauern gab es sonnenförmige Räume, einen Weiheplatz und Kammern für jene, die wie der Sonnenhäuptling sich direkt mit den Göttern zu verständigen wußten. Der Tempel besaß kein Dach; er war offen für das prüfende Auge von Sonnenvater, offen für Licht und Schatten vom Mond gesandt und die erhabenen Sternenbilder. Alle Sippen des Stammes hatten beim Bau des Tempels zusammengeholfen und alle Häuptlinge und Würdenträger nahmen an den dort abgehaltenen Zeremonien teil.

Die Sich Erinnernde klammerte sich an Okalake, der sie durch die wilde Schlucht und einen steilen, engen Pfad zum Tafelberg hinauf schleppte. »Bevor ich den Felshang hochklettere, muß ich dich festbinden.«

»Es ist keine Zeit, Halt zu machen!« Er spürte, wie ihre gebrechliche Gestalt bebte wie ein welkes Blatt, bevor es fällt.

»Vergib mir, Ehrwürdige, aber ich brauche beide Hände, um mich in den Trittkerben festzuhalten, ich kann dich nicht halten.

»Dann beeile dich.«

Er setzte sie sanft ab. Mit dem festen Gürtel, den seine Mutter für ihn aus Hundehaar und Yuccabast geflochten hatte, band er die Greisin auf seinem Rücken fest. »Halte dich an mir fest, so gut du kannst und hab keine Angst, wenn du dich nicht halten kannst. Du wirst nicht fallen.«

»Ich habe keine Angst. Klettere jetzt!«

Der Pfad war so steil, daß er ihn an manchen Stellen wie eine Leiter erklimmen mußte. Lockeres Gestein löste sich unter seinen Sandalen, doch er hatte sein ganzes Leben in Felswänden zugebracht, und das gab ihm Selbstvertrauen. Bald grub er seine Finger in die ins Gestein gehauenen flachen Einkerbungen, die vom geschmolzenen Schnee rutschig geworden waren, wischte jede mit einem Zipfel seines Gewands trocken, bevor er sich Handbreit um Handbreit nach oben schob.

Er spürte die dünnen Arme um seinen Hals und ihre Beine, die kraftlos hinter ihm schlenkerten. Der sanfte Wind in der Schlucht kam jetzt in scharfen Böen, als wolle der Windgott sie anspornen, durchzuhalten. Die Kälte wurde beißender und das Zittern der Greisin heftiger.

Okalake sagte: »Wir sind bald da.«

Er hatte den flachen Berggipfel beinahe erreicht, als er spürte, wie ihre Arme sich lösten, ihr Gewicht sich veränderte. Einen Augenblick lang schwankte er im Wind, seine Hände krallten sich in die Kerben und seine Füße suchten Halt. Sein Herz machte einen angstvollen Sprung. Er weigerte sich, in den Abgrund zu schauen auf die weit unter ihm liegenden Felszacken, sondern hielt den Blick nach oben gerichtet, zum Überhang des Tafelbergs, nur wenige Handgriffe entfernt, hinauf in den blauen Himmel, wo das Wolkenvolk ihm zuwinkte.

Wie fließendes Wasser strömte die Kraft in seine Hände, Arme und Beine. Ein letztes Mal streckte er den Arm aus, zog sich über den Felsvorsprung hoch und war sicher angelangt auf dem trockenen Gras des Tafelbergs. Er hob den Kopf zum Wolkenvolk, seine Lippen bewegten sich in einem Dankesgebet.

»Binde mich los«, hauchte die Sich Erinnernde schwach.

Okalake löste den Gürtel, hob sie sanft hoch und trug sie zum Tempel. »Bring mich zum Ort der Erinnerung.«

Er überquerte den Innenhof und setzte sie in einem kleinen nach Osten weisenden Raum behutsam auf die Füße. »Bring Kwani her. Rasch.«

»Ich soll Kwani bringen?« Er schluckte. Es war gegen das Sippengesetz und Kwani...

»Sofort.« Ihre Stimme zitterte vor Dringlichkeit.

»Ich gehe.«

Die Sich Erinnernde begab sich an einen kleinen Steinaltar am Ende des Raums, kniete davor nieder und legte Kopf und Arme auf den Stein. Die Tempelmauern schützten den Raum vor dem Wind; der Altar strahlte leichte Wärme ab. Sie preßte sich an den Stein, forschte nach seinen fremden und magischen Kräften aus der Mitte von Mutter Erde. Es dauerte länger als je zuvor. Doch schließlich spürte sie, wie die geheimnisvolle Kraft ihren Geist und Körper erfaßte. Aus den Falten ihres Kleides holte sie einen Beutel Maispollen – die heilige Substanz. Ein Gebet singend, warf sie dreimal eine Prise in jede der sechs Richtungen. Mit bebenden Händen nahm sie den Halsschmuck ab und legte ihn auf den Altar, damit er die Kräfte des Steins empfange und vom Auge des Sonnenvaters gesegnet werde.

Wieder beugte sie sich vor und legte Kopf und ausgebreitete Arme auf den Altar. Sie berührte die Halskette, betastete die Perlen und die zu mystischen Symbolen eingelegten Türkise der Jakobsmuschel.

Wie ein sprießender Same, der ins Licht der Vierten Welt wächst, so wuchs ihre Erinnerung.

Die Zeit gleicht den Sternenbildern, die sich in der unendlichen Himmelsschale bewegen. Es gibt keinen Anfang, kein Ende; alles kehrt wieder, immer wieder, bis in alle Ewigkeit.

Sie preßte ihr Gesicht an den Stein. »Geist der Mutter Erde, ich habe eine gefunden, die von den Göttern kommt. Sie kommt hierher, und ich weihe sie euch.«

Ihre Stimme wurde schwächer, als wolle sie sich fortstehlen.

Mühsam kämpfte sie darum, ihre Sprache wiederzufinden. »Lehrt sie, denn ich kann es nicht... Es ist zu spät... Ich habe versagt und Sipapu ruft...« Sie stöhnte. Sie würde die erste einer uralten Tradition sein, die ihre Pflicht nicht erfüllte – und die letzte. Die Strafe würde zu groß sein, um sie zu ertragen.

Verzweifelt umklammerte sie die Halskette mit beiden Händen, als wolle sie ihre Kräfte in einen Körper zwingen, der in Auflösung begriffen war.

»Kwani!« schrie sie gellend, es klang wie der Schrei des Adlers.

Nur der Wind antwortete von irgendwo hinter der Mauer.

17

Kwani schlief, als sei ihre Seele dem Körper entwichen. Sie hatte nicht auf die boshaften Blicke geachtet, die ihr begegneten, als sie Kokopelli verließ, aus der Kiva trat und in die Wartekammer zurückkehrte, die sie nun bewohnte. Dort hatte sie sich auf den Boden gelegt, ihr Bündel als Kissen unter den Kopf geschoben, die Federdecke über sich gebreitet und sich dem Schlaf hingegeben.

Die Schatten wanderten und wurden lang, lösten sich in Dunkelheit auf. Viele Stunden verstrichen. Schließlich träumte sie.

Mutter, wo bist du?
Ich bin hier, meine Tochter.
Ich kann erst zum Blauäugigen gehen, wenn Kokopelli wiederkehrt.
Es wird eine lange Wartezeit. Paß auf dich auf.
Ich habe Angst. An diesem Ort sind Feinde.
Höre auf eine, die dich von Sipapu ruft.
Bleib! Verlaß mich nicht! Mutter...

Sie erwachte vom Weckruf des Ruferhäuptlings.

»Wacht auf, ihr Leute! Erhebt euch und seid froh! Willkommen ihr Gäste! Wir vom Adlerclan laden euch ein, noch zu bleiben und mehr Handel zu treiben. Wir laden euch ein, an unserem Festmahl und unseren Spielen teilzunehmen. Wertvolle Waren wechselten gestern die Besitzer. Cayama, der Sänger, gewann drei schöne Federdecken, zwei Messer und eine Kochschale.«

Der Ruferhäuptling wußte, wie sehr die Leute vom Adlerclan das Spiel liebten, besonders während der langen Wintermonate. So manch eine Halskette, Decke oder ein famoser Feuerstein aus dem Süden würde vor den Festlichkeiten den Besitzer gewechselt haben.

»Hopata vom Biberclan aus dem Norden gewann zwei Armbänder, eine Daumenlänge Salz und zehn Armlängen Yuccaseil. Vielleicht gewinnt sie heute schon ein anderer –« Er genoß das zustimmende Lachen der Zuhörer auf Dächern und Terrassen.

Hopata! Kwani fuhr senkrecht von ihrer Matte hoch. Sie

kannte ihn, sein Clan lebte nicht weit von ihrem; er war mit Wopio, ihrem früheren Gefährten, befreundet. Wußten die beiden von ihrer Anwesenheit?

Der Ruferhäuptling fuhr fort: »Diejenigen, die sich Gefährtinnen in unserem Adlerclan suchen, seien daran erinnert, daß Kokopelli seinen Samen an zwei – nicht eine, sondern zwei – unserer Frauen verschenkte. Wir werden viele Kinder haben, und unsere Felder werden reiche Frucht tragen. Die Götter zeigen uns ihr Wohlwollen. Denkt daran, wenn ihr eine Ehe schließen wollt.«

Weiteres Gelächter und Beifallsbekundungen...

»Bald kehrt Kokopelli in seine Heimat hinter dem Großen Fluß des Südens zurück...« Erstauntes Gemurmel; gewöhnlich blieb Kokopelli wenigstens einige Tage. »Kokopelli dankt den Bewohnern dieses Orts für ihre Gastfreundschaft und den guten Handel. Er hat seine Freude an uns und sichert uns den Segen der Götter. Wir werden guten Regen haben, gute Ernten, gutes Gelingen. Alle Herzen werden froh sein.«

Freudige Rufe wurden von der ernsten Miene des Ruferhäuptlings zum Schweigen gebracht. Mit hocherhobenen Armen rief er im Sprechgesang: »Kokopelli gab mir den Auftrag, euch über eine Angelegenheit von größter Wichtigkeit zu unterrichten.« Er schwieg, um die Spannung zu erhöhen. »Kokopelli mit dem heiligen Samen, mit dem Zaubervogel und der singenden Flöte, der mit den Geistern und Göttern in Verbindung steht... hat eine Gefährtin erwählt.«

»Wer ist sie? Wer?« rief die Menge.

»Sie ist das neue Mitglied unsers Clans. Kwani. Kokopelli kann sie nicht mitnehmen auf die beschwerliche Reise durch tiefen Schnee und über hohe Gebirge. Doch er wird zurückkehren, wenn die ersten Blumen blühen und sie abholen, und er wird jedem Würdenträger des Adlerclans ein wertvolles Geschenk bringen, als Entgelt für den Schutz, den wir seiner Gefährtin bis zu seiner Wiederkehr gewähren.«

Verblüfftes Schweigen. Dann Geflüster und heimliche Blicke zu Tiopi, die auf ihrer Terrasse Morgentoilette machte. Zornesröte überflutete ihr Gesicht, und sie verschwand in ihrem Haus.

»Kokopelli beauftragte mich ferner, euch zu sagen, daß die Wolken keinen Regen über uns ausschütten und böse Geister sich bei uns einnisten werden, falls Kwani etwas zustößt, falls einer der Häuptlinge und Ältesten seine Pflicht, sie zu beschützen, verletzt.«

In der Wartekammer erhob Kwani sich und griff nach ihren Kleidern, die jemand (Woshee?) ordentlich neben ihrer Matte zusammengelegt hatte. Sie war zerzaust, zerkratzt und schmutzig. So wie sie aussah, konnte sie nicht nach draußen gehen. Und Hopata...

Ich muß hinausgehen und aussehen wie die, die ich bin, *die Gefährtin von Kokopelli.* Sie tastete nach ihrem goldenen Ohrschmuck, bespritzte sich mit Wasser aus ihrem Wasserbeutel und rieb sich das Gesicht mit beiden Händen. Die Kammer war sehr kalt und das Wasser eisig; schlotternd trocknete sie sich mit einem Zipfel ihrer Decke ab. Sie bürstete ihr langes Haar, als sie Okalakes Stimme vor ihrem Eingang hörte.

»Kwani! Komm heraus!«

Sie fühlte sich freundschaftlich zu ihm hingezogen. Lieber Okalake. Es fiel ihr schwer, ihn zu enttäuschen.

»Ich kann nicht. Ich bin nun Kokopellis Gefährtin.«

»Ich weiß«, antwortete er tonlos. »Die Sich Erinnernde ist im Haus der Sonne und verlangt, daß ich dich zu ihr führe.«

»Oh.« Sie war beschämt. »Ich bin noch nicht bereit.«

Mit einem Ausruf der Ungeduld schob er die Steinplatte am Eingang beiseite. »Die Alte kehrt in Sipapu ein. Sie will dich sehen, bevor sie geht. *Komm!*« Er riß ihr die Bürste aus der Hand, warf sie in die Ecke und zog Kwani am Handgelenk über die Schwelle.

»Hört alle zu!« rief Okalake. »Die Sich Erinnernde ist im Haus der Sonne und verlangt, daß ich Kwani zu ihr bringe. Macht Platz!« Er hob Kwani in seine Arme.

»Laß mich runter! Ich kann alleine gehen.«

Aber er rannte die Leitern hinunter und vorbei an der gaffenden Menge. Vor Neugier und Ehrfurcht erstarrte Gesichter flogen an Kwani vorbei. Darunter glaubte sie ein Gesicht zu erkennen, das sie beinahe vergessen hatte. Wopio.

War es möglich? Ja, Wopio war gekommen, um sie zu vernichten. Doch nun hatte sie Beschützer!

Sie klammerte sich an Okalake, der den steilen Pfad in die Schlucht hinunterkletterte, das Tal durchquerte, ohne auf Gestrüpp und Kaktusstacheln zu achten. Am gegenüberliegenden Felshang hielt sie sich an seinem Rücken fest, um den Halt nicht zu verlieren, bis sie endlich oben auf dem Tafelberg angelangt waren.

Er setzte sie auf die Füße. »Hier entlang.« Kwani humpelte hinter ihm her, als er sie zum Ort der Erinnerung führte. Am Eingang blieb er plötzlich stehen. Die Sich Erinnernde lag hingestreckt, mit dem Rücken am Altarstein gelehnt. Ihr Kopf war in den Nacken gelegt. Die offenen Augen starrten blind ins Leere; und ihr verzerrter Mund war weit geöffnet zu einem lautlosen, furchtbaren Schrei.

Kwanis Herz krampfte sich zusammen; aus ihrer Kehle entstieg ein Laut, wie der eines Tieres in der Falle. Sie brach in die Knie neben dem hinfälligen Körper. Mit qualvoller Schuld erinnerte sie sich. Sie war nach der Geburtszeremonie nicht zur Alten gegangen, obwohl die Sich Erinnernde sie darum gebeten hatte. Nun war es zu spät.

Sie barg ihren Kopf im Schoß der Greisin.

»Vergib mir!«

Der Besucher warf die Spielstöcke, verpfändete seine prächtigen Pelzmokassins. Sein Gewinn wurde nicht vom sonst üblichen Chor der Gratulanten und neuerlicher Herausforderer begleitet. Man redete kaum von etwas anderem als von der Außenseiterin mit den Himmelsaugen, dieser Kwani, die Kokopelli zur Gefährtin genommen hatte. Und als Okalake seine Ankündigung machte und Kwani zum Haus der Sonne trug, wurden alle möglichen Vermutungen angestellt.

Von allen Menschen hier wußten nur Wopio und sein Freund Hopata, daß Kwani einmal Wopios Gefährtin war. Sie fehlte ihm sehr. Seine zweite Heirat war eine bittere Enttäuschung; die Frau war eine miserable Köchin und hatte ein verdrießliches Wesen. Ständig zankten sie sich. Und mit dem Kinderkriegen klappte es auch nicht. Eine Tochter starb im dritten Mond. Als Wopio hörte, Kwani sei beim Adlerclan, hatte er den großmütigen Entschluß gefaßt, ihr die Rückkehr zu ihm zu ermöglichen. Die Verkündigung des Ruferhäuptlings versetzte ihm einen Schock. Wie war das möglich! Als dann auch noch die ehrwürdige Sich Erinnernde Kwani ins Haus der Sonne rief und der stattliche Sohn des Sonnenhäuptlings vom Adlerclan sie an ihm vorbei und forttrug, war das mehr, als ein Mann ertragen konnte.

Und wenn Kwani ihn ablehnte? Was natürlich kaum anzunehmen war... Trotzdem, falls sie es dennoch tun würde? Darauf war er vorbereitet, nur für den Fall.

Tiopi ging in ihrem Haus auf und ab; schlug die Fäuste gegen die Wand. Diese hochmütige Hexe, diese Außenseiterin, die sie, Tiopi, über die Felsmauer gestoßen hatte! Und sich hinterher mit Kokopelli paarte! In einer Kiva! Und jetzt hielt sie sich im Haus der Sonne auf! Eine noch schlimmere Entweihung, als sich in einer Kiva zu paaren! Seit Kwanis Ankunft gab es nichts als Ärger. Es war undenkbar, daß sie beim Adlerclan blieb, bis Kokopelli zurückkehrte. Tiopi schluchzte vor Wut.

Man mußte Kwani zwingen, den Adlerclan zu verlassen.

Kokopelli knüpfte die letzten Knoten der vielfarbigen Schnüre seines Quipu und überprüfte seine Berechnungen ein letztes Mal. Zufrieden rollte er das Quipu auf, schnallte es mit einem Lederriemen fest und packte es in sein Bündel, das vor Kostbarkeiten überquoll. Mehr konnte er nicht tragen. Es war Zeit aufzubrechen.

Der Gedanke, Kwani zurückzulassen, bereitete ihm größere Wehmut, als er vermutet hätte. Ob er sie nicht doch mitnehmen sollte? Er überlegte die Möglichkeit. Sie humpelte noch; ihr Bein war noch nicht vollständig geheilt; sie würde den beschwerlichen Marsch durch den tiefen Schnee nie schaffen. Nein, er hatte genug damit zu tun, sich und seinen Vogel durchzubringen.

Er hatte beobachtet, wie Okalake sie durch die Schlucht trug. Hatte die Sich Erinnernde Kwani ins Haus der Sonne rufen lassen, um sie zur Nachfolgerin zu ernennen? Warum sonst sollte sie Kwani an den heiligen Ort rufen? Als nächste Sich Erinnernde war Kwani hier in Sicherheit. Das zumindest war ein tröstlicher Gedanke.

Und die Halskette würde in Kwanis Besitz übergehen.

Er blinzelte in die Sonne. Es war spät; er mußte sich auf den Weg machen.

Aber er blieb noch. Vielleicht bekam Kwani sein Kind, seinen Sohn. Er hatte viele Kinder auf seinen Reisen gezeugt. Aber sie gehörten ihren Müttern und deren Sippen. Dieses Kind würde ihm gehören. Sein eigener Sohn, endlich.

Seine Blicke suchten noch eine Weile die Schlucht ab, doch Kwani kehrte nicht zurück. Er schulterte sein Bündel und seinen Vogel und machte sich auf den Weg. Wenige bemerkten seinen Aufbruch; sie beobachteten neugierig, wie Okalake sich näherte, der eine leblose Gestalt trug, deren Arme und Beine schlenkerten.

Die Sich Erinnernde!

Ein gellender Schrei erhob sich wie aus einer einzigen Kehle.

Kwani saß am Ort der Erinnerung. Allein und doch nicht allein; Geister waren bei ihr. Sie saß an die Mauer gelehnt, den Blick auf den Steinaltar geheftet, wo die Halskette lag, deren Jakobsmuschelanhänger in ihre Richtung wies. Okalake hatte die Alte behutsam hochgehoben und sie fortgetragen.

»Ich werde dir Kokopelli schicken«, hatte er gesagt. Doch Kokopelli war nicht gekommen.

Warum hat sie mich kommen lassen? fragte Kwani sich. Aber sie wußte es. *Sie sollte die Sich Erinnernde sein ...* eine Neue, eine Außenseiterin, noch nicht vollständig in den Clan aufgenommen. Warum Kwani sich dessen gewiß war, hätte sie nicht sagen können. Sie *wußte* es einfach.

Die Halskette lag auf dem heiligen Stein und wartete.

Bedächtig kniete Kwani vor dem Alter nieder. Sie hob die Halskette ehrfürchtig hoch, ließ sie über ihren Kopf gleiten, und der Anhänger fand seinen Ruheplatz zwischen ihren Brüsten. Mit beiden Händen drückte sie den Schmuck an sich und schloß die Augen; es war, als hielte sie die Alte an sich gedrückt.

Wieder sah sie die starren Augen, den verzerrten Mund zum lautlosen Schrei aufgerissen. Wessen Name rief er?

»Vergib mir!«

Stille. Sie hing über ihr wie eine dunkle, schwere Wolke.

Aus der Ferne klang das an- und abschwellende Heulen der Totenklage. Kwani nahm ihr Echo auf, wiegte sich vor und zurück und schrie gellend in den leeren Himmel.

Die Schatten wurden lang. Sie war von Tränen leergeweint. Erschöpft lehnte sie sich an den Altar, die Stirn an den Stein gedrückt. Sie streckte beide Arme aus, legte die Handflächen auf die glatte Oberfläche. Es kam wie ein Traum über sie, stieg aus den geheimnisvollen Tiefen des Steins – eine Empfindung des *Wissens*. Die Bewußtseinsschichten lösten sich eine nach der anderen auf, bis das Wissen ausgebreitet vor ihr lag wie ein tiefer und glänzender See.

Ich bin die Sich Erinnernde. Das war der Wunsch der Greisin. Friede flutete in ihre Seele. Der Geist der Alten fand Ruhe in Sipapu, denn sie hatte eine Nachfolgerin erwählt.

Die Zeit gleicht den Sternenbildern, die im Kreis in der unendlichen Himmelsschale wandern. Es gibt keinen Anfang, kein Ende; alles kehrt wieder. Immer wieder. Bis in alle Ewigkeit.

Es war, als habe die Alte gesprochen. Kwani war erfüllt von einer heiter gelassenen Kraft. Sie rief die uralte Vergangenheit in sich wach. *Sie erinnerte sich.*

Als die Menschen die Vierte Welt mit Sonnenvaters heiligen Strahlen betraten, waren die Frauen schwach. Männer waren größer und stärker. Viele Frauen starben, wenn die Jäger nicht genügend Fleisch brachten und es nur für wenige reichte, und die Wenigen die Starken waren. Am schmerzlichsten litten Frauen am Ende von Schwangerschaften, wenn sie unbeholfen und schwer waren, oder wenn sie Säuglinge stillen und beschützen mußten.

Mutter Erde lehrte die Frauen zu überleben. Sie lehrte sie, eßbare Pflanzen, Wurzeln und Samen zu erkennen. Wenn es wenig zu jagen gab, begaben die Frauen sich auf Nahrungssuche und versorgten die Sippe mit Beeren und Wurzeln.

Die Frauen wurden stärker und klüger; sie wurden listenreich. Sie tauschten geschlechtliche Lust und ihre Nahrungsvorräte gegen Schutz für sich und ihre Kinder und gegen Fleisch. Sie entwickelten einen sechsten Sinn – das intuitive Denken. Unbewußt erinnerten sie sich an Weisheiten, die Generation um Generation in den Genen gespeichert wurden; und kein Mann, mochte er noch so stark sein, konnte einer Frau an Erbgedächtnis gleichkommen.

Der große Himmelskreis drehte sich viele Male. Frauen vergaßen allmählich, daß sie wußten, wie man sich erinnert. Das Wissen lag an einem geheimen Ort verborgen und wartete darauf, hervorgeholt zu werden. Selbst wenn die Frauen das Wissen benutzten, wußten sie nicht, daß sie es benutzten; die kostbare Gabe lag vernachlässigt und unbeachtet.

Weise Frauen waren vonnöten, um junge Frauen zu unterrichten, damit die Weisheiten nicht in Vergessenheit gerieten, aber es gab keine weisen Frauen. Mutter Erde war bekümmert. Sie beschloß: »Ich werde eine Weise machen.« Sie nahm ein Maiskorn und ließ es wachsen. Aus dem Maiskolben entstand ein Kopf, aus der Seide das Haar, die Blätter wurden zu Armen und der Stiel teilte sich in der Mitte und verwandelte sich in Beine. Die Beine zogen sich aus der Erde und begannen zu gehen und die Sich Erinnernde war geschaffen.

Mutter Erde sagte: »Du mußt eine andere lehren, die wiederum eine andere lehren muß, und so fort, bis in alle Ewigkeit. Du sollst ein Symbol für deine Stellung tragen, denn du bist etwas Besonderes, du bist eine Auserwählte. Dieses Symbol wird dir helfen, dich zu erinnern, also halte es in Ehren. Du mußt eine Nachfolgerin wählen, die von den Göttern kommt. Wenn dir das nicht gelingt, wenn es keine gibt, die dir folgt, werde ich deinem Leib meinen Schutz versagen und deine Seele wird heimatlos umherirren, wird vergeblich Einlaß in Sipapu begehren. Frauen werden vergessen, daß sie die Gabe der Erinnerung besitzen, und die Gaben, die ich verschenke, werden sein wie Samen, die ziellos im Winde wehen.«

Zeit ist ein großer Kreis; ohne Anfang, ohne Ende. Alles kehrt wieder, immer wieder, bis in alle Ewigkeit.

Kwani erwachte wie aus einem Traum. Sie betrachtete den Stein in großer Ehrfurcht und umfaßte die Halskette ehrerbietig. Ihr war, als sei sie einem mystischen Leib entsprungen, wiedergeboren.

Die Schatten reichten die Mauern hoch hinauf; es begann zu dunkeln. Kokopelli war nicht gekommen; er hatte sich auf die Heimreise begeben, das wußte sie. Sie würde alleine in das Dorf zurückkehren.

Am Rande des Tafelbergs schaute Kwani ohne Angst in die Tiefe. Sie kletterte die Trittkerben hinab, als würde sie eine Leiter hinuntersteigen; sorgsam und sicher fanden ihre Hände und Füße die in die Felswand gehauenen Kerben. Schließlich erreichte sie den steilen Pfad, der in die Schlucht führte. Sie begab sich auf den langen Heimweg, den Pfad derer, die sich mit den Göttern verständigen.

18

Okalake stand auf der Terrasse, hielt die Sich Erinnernde in seinen Armen. Die Leute, die den Ausdruck im Gesicht der Toten sahen, waren erschrocken zurückgewichen. Was war geschehen, daß die Ehrwürdige auf diese Weise sterben mußte?

Die Vorbereitungen zur Bestattung der Toten mußten umgehend in Angriff genommen werden. Die Seelen blieben noch vier Tage nach dem Tod bei den Lebenden. Fand in dieser Zeit keine angemessene Totenfeier statt, so würden die Seelen nicht fortgehen, sondern für immer anklagend unter den Lebenden umherirren.

Okalake legte die Alte auf die Matte in ihrem Haus und blieb bei ihr, bis die Stimme seines Vaters vom Eingang her rief:

»Komm in die Kiva. Wir müssen uns beraten.«

Okalake nickte. Es galt zu entscheiden, wer die Verantwortung für die Bestattung übernahm. Es mußte ein nächster Verwandter sein, doch die Sich Erinnernde hatte all ihre Kinder und viele ihrer Enkelkinder überlebt. Da alle Mitglieder des Clans verwandt waren, mußte die Entscheidung von den Häuptlingen und Würdenträgern und deren Nachfolgern getroffen werden. Okalake war Sohn eines Häuptlings.

Der Rat versammelte sich in der Kiva des Oberhäuptlings. Der Medizinmann und sein zu seinem Nachfolger bestimmter Sohn sowie andere Ratsmitglieder saßen bereits in feierlichem Schweigen abwartend, bis alle versammelt waren. Alle harrten, daß einer das aussprach, was die Gedanken aller beschäftigte – wer sollte die neue Sich Erinnernde sein? Jeder grübelte über den Sinn nach, warum Kwani ins Haus der Sonne berufen worden war. Die Männer saßen mit gefurchter Stirn, gesenkten Augen und tiefem Schweigen.

Der Oberhäuptling legte noch einen Wacholderzweig in das Weihefeuer. Der Schein erhellte sein verhutzeltes, gütiges Gesicht, seine Augenhöhlen lagen im Schatten. Mit einem Gebet warf er Maismehl in die Sechs Heiligen Richtungen.

»Der Geist der Sich Erinnernden ist bei uns«, sagte er schließlich. »Wir bitten sie, uns zu helfen, zu entscheiden, wem die Ehre zuteil werden soll, ihre Grabstelle auszusuchen.« Die Beratung begann.

Über die Felsstadt hatte sich ein Leichentuch gesenkt. Kokopelli war fort. Der Geist der Toten weilte jetzt hier. Die Besucher brachen auf, einige mit neuen Gefährtinnen, viele mit neuerworbenen Waren in ihren Bündeln, alle mit Geschichten, die eine Menge Gesprächsstoff bei abendlichen Lagerfeuern abgeben würden.

Zwei Besucher blieben: Hopata und Wopio.

Mühsam schleppte Kwani sich heimwärts. Ihr Bein schmerzte und das Wunder ihrer Begegnung am Ort der Erinnerung wich einer dunklen Vorahnung. Nun schien ihr die Erinnerung ein Traum, ein Hirngespinst gewesen zu sein.

Als sie sich der Siedlung näherte, kam ihr eine kleine Gestalt am Fuß des steilen Aufstiegs entgegen. Ki-ki-ki, das Mädchen aus dem Nachbarclan, das ihr Okalakes Becher und Schale mit Essen in die Wartekammer gebracht hatte. Das runde Gesicht des Mädchens glühte vor Besorgnis.

»Dein Bein... schmerzt es?«

»Ja, es schmerzt.« Kwani legte ihren Arm um die Schultern des Mädchens. »Danke, daß du gekommen bist, um mich zu begrüßen.«

»Ich helfe dir beim Aufstieg.« Voller Bewunderung für die Halskette sagte sie schüchtern, »Bist du jetzt die Sich Erinnernde?«

»Ja.«

Gemeinsam erklommen sie den beschwerlichen Weg, von einer Gruppe an der Mauer beobachtet. Als Kwani und Ki-ki-ki auf dem Platz anlangten, bemerkten einige der Frauen die Halskette.

»Sie trägt die Kette!«

Ki-ki-ki sagte »Kwani ist jetzt die Sich Erinnernde.« Einige Frauen näherten sich und nahmen Kwanis Hand und hauchten schüchtern darauf. Andere wieder standen stumm mit leeren schwarzen Blicken. Männer verschwanden in den Kivas zu Besprechungen. Kwani wandte sich an Ki-ki-ki.

»Es ist bald dunkel. Deine Mutter wartet auf dich.«

»Darf ich morgen wiederkommen?«

»Nein«, lächelte Kwani. »Erst nach vier Tagen, wenn die Seele der Ehrwürdigen in Sipapu einkehrt.«

Das Mädchen nahm Kwanis Hand und hauchte sie scheu an.

»Ich gehe jetzt.« Als sie den Pfad hinunterrannte, drängte sich Tiopi durch die Menge. »Hat die Sich Erinnernde dich zu ihrer Nachfolgerin ernannt?«

Kwani schwieg. Wie konnte sie erklären, was am Ort der Erinnerung geschehen war?

»Die Sich Erinnernde hat nach mir geschickt, aber ihre Seele verließ sie, bevor ich kam. Die Halskette lag auf dem Altar und die Seele der Ehrwürdigen ließ mich wissen, daß sie mir gehört. Die Sich Erinnernde ernennt mich zu ihrer Nachfolgerin.«

»Wie konnte sie dich ernennen, wenn sie tot war?« keifte Tiopi, der sich versammelnden Menge zugewandt.

»Ihr Geist sprach zu meinem.« Kwani drückte die Jakobsmuschel an sich und ihre Stimme hatte einen festen Klang, obgleich ihre Knie zitterten.

»Kwani.« Es war Woshee, die am Eingang des Hauses der Ehrwürdigen stand. »Komm.«

Im Haus lag die Alte auf ihrer Matte, eine Schale mit Yuccaseifenlauge stand neben ihrem Kopf. Die Tote war zur Reinigung entkleidet. Woshee sagte: »Ich hörte, was du Tiopi gesagt hast. Ist das wahr?« Woshees dunkle Augen sahen sie scharf an.

»Ich sage die Wahrheit, Mutter des Okalake.«

Woshee fixierte Kwani lange Zeit. »Ich glaube, daß du die Wahrheit sprichst. Aber du darfst die Halskette erst in vier Tagen tragen, wenn die Seele der Ehrwürdigen nicht länger unter uns weilt.« Sie kniete neben dem verhutzelten Körper. »Hilf mir, sie für die Bestattung vorzubereiten. Dann legst du die Halskette auf die Matte, bis ihre Seele in Sipapu eingegangen ist.«

Kwani nickte stumm. Die Augen der Alten waren geschlossen und der Mund schrie nicht mehr. Die Seele der Sich Erinnernden hatte Frieden gefunden.

Gebetsfedern wurden ihr ins Haar und in beide Hände und Füße gesteckt. Woshee hielt ein kleines, viereckiges weißes, fein gewebtes Baumwolltuch über das tote Gesicht.

»Du mußt mir nachsprechen.«

Kwani nickte.

»Ich gebe deiner Seele die Wolkenmaske zu tragen...«

»Ich gebe deiner Seele die Wolkenmaske zu tragen...«

»Auf daß du mit dem Wolkenvolk zurückkehrst und uns Regen bringst.«

»Auf daß du mit dem Wolkenvolk zurückkehrst und uns Rgen bringst.«

Behutsam legte Woshee das Baumwolltuch auf das Gesicht. Bevor die Totenstarre eintrat, wurde der Leichnam in Fötusposition gelegt, die Knie zur Brust gezogen, die Arme um die Beine geschlungen, dann eng in eine Federdecke gehüllt und in Sitzposition auf die Matte gesetzt.

»Die Halskette«, sagte Woshee.

Kwani nahm die Halskette ab und legte sie neben die verhüllte Tote.

Woshee trat ins Freie. »Sie ist bereit.«

Die Häuptlinge und die Stammesältesten hatten sich bereits versammelt. Die Entscheidung war getroffen. Der Sonnenhäuptling, Ehemann von Woshee und Vater von Okalake trat vor.

»Ich bin derjenige, der ihren Begräbnisplatz aussucht.«

Er wandte sich ab und entfernte sich langsam mit gesenktem Kopf und vom Alter gebeugten Schultern.

Als die Menge begann, sich zu zerstreuen, traten Wopio und Hopata aus dem Schatten.

Der Clanhäuptling musterte sie. »Wer seid ihr?«

»Ich bin Wopio vom Clan der Langen Messer im Norden.«

»Kommst du, um Handel zu treiben?«

»Ja.«

»Der Handel ist beendet.« Der alte Häuptling wandte sich zum Gehen.

»Ich komme in einer wichtigeren Angelegenheit. Dies ist mein Freund, Hopata vom Biberclan. Er wird bezeugen, daß das, was ich sage, wahr ist.«

Wopio fuhr fort: »Diese Frau Kwani kommt vom Haus der Sonne mit der Halskette der Sich Erinnernden zurück. Aber sie hat nicht einmal ihre Probezeit in eurem Clan hinter sich. Wie ist das möglich?«

Okalake, der neben dem Medizinmann stand, trat vor. »Weil sie Sproß der Götter der Aufgehenden Sonne ist.«

»Vielleicht, weil sie Himmelsaugen hat? Hexen können jede Augenfarbe haben.«

Okalakes Stimme war tödlich leise: »Du beschuldigst eine Angehörige dieses Clans der Hexerei?«

Kwani stieg die Leiter auf den Platz herunter. Hoheitsvoll, weder nach rechts noch nach links blickend, trat sie vor Wopio. »Sprich Wopio, wenn du die Wahrheit nicht fürchtest.«

Wopio betrachtete die Frau, die eine andere geworden zu sein schien, als jene, die er kannte. Ihr Blick war standhaft, in ihrem Gesicht war kein Flehen zu erkennen.

»Der Medizinmann will wissen, ob ich dich der Hexerei anklage. Was soll ich ihm sagen?«

»Sag ihm, du klagst mich an, wie du mich damals angeklagt hast, als ich deine Gefährtin war.«

»Ich klage dich nicht an, wenn du zu deinem Volk als meine Frau zurückkehrst.«

»Mein Volk ist dieses hier, und ich bin Kokopellis Frau.« Sie berührte den Goldschmuck in ihrem Ohr.

Wopio schnaubte verächtlich. »Dein Mann hat dich verlassen.«

»Er kommt zurück. Nun sage, weshalb du gekommen bist und dann geh.«

»Du lehnst mich ab?«

Wieder lächelte sie: »Ganz recht.«

Okalake brachte sein Gesicht nahe an Wopios Gesicht. »Geh!«

»Diese Angelegenheit entscheide ich.« Der Medizinmann schob Okalake zur Seite und wandte sich an Wopio. »Klagst du diese Frau der Hexerei an?«

»Ja, das tue ich. Sie brachte den Todesgeist über unseren Clan, so wie sie ihn über euch gebracht hat.«

Tiopi drängte sich nach vorn. »Sie will die Halskette. Sie will die Sich Erinnernde werden!«

»A-a-a-ye!« rief das Volk.

Mit kalter Verachtung in der Stimme sagte Kwani zu Wopio: »Warum möchtest du, daß ich mit dir zu deinem Volk zurückkehre, wenn ich eine Hexe bin?« Damit wandte sie sich zum Gehen. Die Menschen wichen beklommen zur Seite und machten Platz, als sie die Leitern zu ihrer Wohnung hinaufstieg.

»Chololo«, rief Okalake. Der kleine Flötenspieler sprang vom Dach herunter. Der Ohrschmuck, den Okalake ihm gegeben hatte, schwang heftig hin und her.

Okalake sagte leise: »Bring mir meinen Bogen und Pfeile.«

Voller Eifer über den wichtigen Auftrag rannte der Junge los. Okalake wandte sich an Wopio.

»Du hast nicht geantwortet. Wenn Kwani eine Hexe ist, warum wünschst du sie als Gefährtin? Vielleicht bis du ein Hexer, vielleicht hast du den Todesgeist zu uns gebracht.«

»Das ist gut gesprochen.«

Kwani war wieder auf der Terrasse vor ihrer Tür erschienen. In beiden Händen hielt sie den gefürchteten Medizinpfeil, den Pfeil, den Maluku nach ihr geschleudert hatte. »Nimm diesen Pfeil, Okalake und schicke ihn in Wopios Herz. Wenn er kein Hexer ist, wird der Pfeil ihn nicht treffen. So wie er mich nicht getroffen hat.«

»Nein«, schrie Hopata. »Wopio ist kein Hexer!«

Doch Okalake rannte die Leitern hinauf und nahm den Pfeil aus Kwanis Hand entgegen. Der Medizinmann runzelte die Stirn im Gedenken an Kokopellis Warnung über Kwanis Schutz. Er dachte auch an die Belohnung, die für ihre Sicherheit winkte. Laut sagte er: »Nur ich, der Medizinmann, wird den Pfeil schleudern. Gib ihn mir!«

Okalake stieg die Leitern herab, als Chololo keuchend herbeieilte. Mit beiden Händen umklammerte er Okalakes großen Jagdbogen und sein Bündel Pfeile, beides händigte er nun Okalake aus, stolz einen wichtigen Auftrag erfüllt zu haben.

Wopio und Hopata flüsterten miteinander, musterten beklommen die Menschen, die langsam näherrückten mit verschlossenen Gesichtern und ausdruckslosen Augen. Augen, die jeden Moment feindselig werden konnten.

Der Medizinmann streckte gebieterisch die Hand aus: »Gib mir den Pfeil.«

Doch Okalake wandte ihm bedächtig den Rücken zu, spannte den Medizinpfeil in seinen Bogen und zielte auf Wopio.

Mit zornigem Knurren riß der Medizinmann Okalake den Bogen aus der Hand, doch da hatten Wopio und Hopata bereits die Flucht ergriffen und rannten unter Hohngelächter und Gejohle aus der Stadt.

Okalake sagte zum Medizinmann: »Ich hatte nicht die Absicht, den Pfeil abzuschießen. Ich wollte ihnen nur Angst einjagen. Der Medizinpfeil darf nur von dir geschickt werden.« Er verneigte sich höflich.

Das Gesicht des Medizinmanns war gerettet. Er machte zwar eine stumme, finstere Miene, war aber unendlich erleichtert; eine Entscheidung war ihm erspart geblieben, die sein Ansehen bei Kokopelli in Gefahr gebracht hätte.

Kwani trat auf den Medizinmann zu und streckte die Hand nach dem Pfeil aus. Beiläufig, als sei der Pfeil für ihn wertlos, gab er ihn ihr zurück. Kwani drückte ihn an ihre Brust und wandte sich an die Zuschauer.

»Danke, ich danke euch allen.« Ihre Stimme zitterte. Sie hatten ihren Feind ausgelacht.

Der Sonnenhäuptling hatte die Grabstelle gefunden. Mit feierlicher Würde betrat er das Haus der Sich Erinnernden. Er sang das Totengebet, grüßte die Geister und hob den Leichnam in seine Arme. Singend trug er die verhüllte Gestalt über den Platz und den Pfad hinunter, der in die Schlucht führte. Die Häuptlinge und Ältesten folgten in feierlichem Trauerzug. Der Medizinmann trug einen Gebetsstab und der Clanhäuptling trug eine kleine Schale Wasser.

Auf halbem Wege in die Schlucht bog der Sonnenhäuptling nach rechts ab und führte den Trauerzug über einen unwegsamen Pfad zu einer winzigen, von einem Felsüberhang und Gestrüpp halb verborgenen Höhle. Kniend legte er den Leichnam in die Höhle, während die anderen Würdenträger in die Schlußgesänge einstimmten und die Seele der Toten beschworen, dort zu bleiben und ihnen nicht zu folgen. Der Gebetsstab wurde neben den Kopf der Toten gelegt und die Schale mit Wasser zu ihren Füßen gestellt; anschließend wurde die Höhle mit Felsbrocken und zusammengekratztem Erdreich verschlossen.

Die Feier war zu Ende.

Doch der Todesgeist mußte daran gehindert werden, in die Stadt zurückzukehren. Von der Grabstelle zur Felsenstadt wurden nebeneinanderlaufende Linien gezogen und an vier Stellen vom Weihefeuer entnommene Holzkohlebrocken ausgelegt, um dem gefürchteten Geist den Weg zu versperren. Vier Tage lang sollte Essen ans Grab gebracht werden. Erst dann würde die Seele in Sipapu einkehren und die Bewohner der Stadt zufriedenlassen.

Kwani stand an der Mauer am Rand des Felsens und beobachtete die Trauerfeierlichkeiten. Schwarze Wolken ballten sich am Horizont zusammen; Sturm kam auf. Die Totenklage hallte von den Felswänden wider. Sie dachte an Kokopelli, der allein durch die Wildnis wanderte. Würde er unversehrt in seiner Heimat ankommen? *Würde er wiederkehren?*

Fröstelnd wandte sie sich ab. Auf dem Platz loderte ein neues Weihefeuer aus Wacholderzweigen, das den Reinigungsrauch für die heimkehrende Trauergemeinde spenden sollte. Kwani trat näher ans Feuer, um sich zu wärmen. Die Umstehenden machten ihr Platz. Ihre Gesichter waren verschlossen, doch Kwani spürte, was in ihnen vorging. Sie hatten Angst vor ihr.

Ein gefürchteter Mensch war allein. Einsam. Die Einsamkeit hüllte sie mit kaltem Atem ein. Sie sehnte sich nach der Halskette, doch die blieb dort, wo sie lag, auf der Schlafmatte einer Frau, die es nicht mehr gab. Kwani kauerte sich ans Feuer, Tränen schossen ihr in die Augen.

Sie fürchtete diese Menschen, ihr Volk, das sie fürchtete.

19

»Es ist Zeit«, sagte Okalake.

»Ja.«

Der Sonnenhäuptling und Okalake standen im Licht des Sonnenuntergangs unter dem Felsüberhang und blickten gebannt zum Horizont, wo er den gegenüberliegenden Tafelberg berührte. Jeden Tag war Sonnenvater dem durch Felszacken bezeichneten Punkt nähergekommen, den er nicht überschreiten durfte, sonst würde er nie wiederkehren, und die Welt wäre in alle Ewigkeit zu endloser Finsternis verdammt. Nur die Sonnenzeremonien konnten ihn dazu bewegen, umzukehren und in sein Heim im Norden zurückzuwandern.

Sonnenvater entfaltete rote und gelbe Banner und versank in all seiner Pracht hinter dem Tafelberg. Der Sonnenhäuptling wandte sich an die wartenden Zuschauer. Seit vielen Jahren lag es in seiner Entscheidung zu bestimmen, wann die Sonnwendfeiern beginnen sollten. Bald würde die heilige Pflicht auf Okalake übergehen, denn die Augen des alten Mannes wurden schwach, und die Jahre lasteten schwer auf ihm. Er hob beide Arme. Das war das Zeichen.

Der Ruferhäuptling war bereit. Er trug sein schönstes Gewand.

»Alle Bewohner! Hört her und wisset, daß die Zeit der Sonnenfeiern gekommen ist. Alle Teilnehmer werden sich vor Tagesanbruch im Haus der Sonne versammeln mit Medizingegenständen, heiligem Pollen, Opfermais, Masken, Feierschalen und Gebetsstäben. Alle Frauen bereiten den Reinigungstrank und beten um das Gelingen der Feiern.«

Der aus Rinde und Wurzeln gekochte Sud verursachte Brechreiz. Bald durchzog sein starkes Aroma die Stadt. Am Morgen wurden den Teilnehmern der Festlichkeiten, die an der Felsmauer standen, Becher mit dem Gebräu gereicht. Sie tranken davon und erbrachen sich über die Mauer auf die Geröllhalde. Zeigte das Brechmittel keine Wirkung, wurde der Rachen mit einer langen Feder gekitzelt, bis das erwünschte Ergebnis eintrat. Innere Reinigung war unbedingt nötig für das Gelingen der Feierlichkeiten.

Nachdem die Männer sich zu letzten Vorbereitungen in die Kivas zurückgezogen hatten, versammelten sich Frauen, Kinder und jene Männer und Knaben, die nicht an den Feierlichkeiten teilnahmen, um die Kochstellen zu ihrer abendlichen Mahlzeit, die zweite und letzte des Tages. Nahrung war eine wichtige Voraussetzung im Kampf gegen die Unbilden des Winters, und die Frauen verbrachten lange Stunden damit, Fleisch, Mais, Brot, Bohnen und Kürbisse in großer Vielfalt zuzubereiten, sie mit getrockneten Früchten, Wurzeln und Beeren zu würzen, die sie im Herbst gesammelt hatten.

Woshee, die Matriarchin des Clans, nahm mit Hilfe einiger älterer Frauen die Verteilung der Vorräte vor. An Kwanis Eingang blieb sie stehen und sah zu, wie Kwani sich mühte, die Steinwände vom Ruß zu säubern.

»Die Kammer ist so sauber, wie seit Jahren nicht. Darf ich hereinkommen?«

Kwani fuhr herum, dann lächelte sie strahlend. »Ja. Bitte komm herein.«

Woshee trat ein und setzte sich. Sie hat flinke Bewegungen für eine so alte Frau, dachte Kwani; sie muß beinahe vierzig sein. »Ich kann dir nichts zu essen anbieten«, sagte Kwani verlegen.

»Ich weiß, daß du kein Essen hast. Ich lade dich ein, heute abend an meinem Feuer zu essen. Morgen gebe ich dir deinen Anteil an Nahrungsmitteln aus dem Vorratsspeicher.«

»Ich danke dir, Mutter des Okalake.« Kwani bemerkte erst jetzt, wie hungrig sie war.

»Ich bin zwar Okalakes Mutter, Kwani. Du kannst Okalake Sohn der Woshee nennen, aber mich sollst du Woshee nennen.«

Kwani errötete und wußte, daß sie einen Verstoß gegen die Höflichkeit begangen hatte. Woshee war eine bedeutende Persönlichkeit.

Gemeinsam traten sie ins Freie auf eine Gruppe spielender Kinder zu, die hinter ihnen herliefen. Ein kleiner Junge zupfte Kwani am Ärmel.

»War das wirklich und wahrhaftig ein Medizinpfeil, mit dem man auf Hexen schießt?«

Sie lächelte zu ihm herunter. »Ja, wirklich und wahrhaftig.«

»A-a-a-a-ye!«

»Warum gehst du in Woshees Haus?« wollte ein kleines Mädchen wissen.

Woshee sagte: »Weil ich sie gebeten habe, an meinem Feuer zu essen.« Sie blieb stehen, und ihre dunklen Augen schauten in jedes kleine Gesicht. »Es ist ungehörig Fragen zu stellen. Geht jetzt.«

Sie beeilten sich, fortzukommen und die Kunde zu verbreiten. Doch alle hatten es gesehen und gehört, alle wußten, daß Woshee Kwani eingeladen hatte, an ihrem Feuer zu essen. Es war ratsam, ebenso zu verfahren. Woshee war der gesellschaftliche Mittelpunkt des Clans.

In Woshees makellos sauberem Haus aß Kwani Maisfladen und Wildragout und bewunderte die Schalen und andere Gegenstände ihres Hausrats. Die einzige Schale, die sie besaß, hatte ihr Okalake geschenkt.

Woshee schien ihre Gedanken zu lesen. »Du wirst Gefäße und Körbe geschenkt bekommen, bis du deine eigenen fertigen kannst.«

»Ich danke dir.« Ein Winkel ihres Herzens begann aufzutauen. Alles wird in Ordnung kommen, jetzt da sie die Sich Erinnernde war. Drei Tage waren vergangen, seit die Alte begraben war; morgen würde die Halskette ihr gehören.

Sie hatten die Mahlzeit beinahe beendet, als Okalake und sein Vater eintraten. Sie hatten ihre Weihegewänder in der Kiva abgelegt, trugen aber noch die Gesichts- und Körperbemalung; sie sahen furchterregend und geheimnisvoll aus. Sie grüßten die Geister des Hauses und nahmen in feierlichem Schweigen Platz. Am Morgen würden sie sich reinigen, doch nun mußten sie essen. Es war nicht bekannt, wie lange es dauerte, Sonnenvater zur Umkehr zu bewegen.

Kwani flüsterte Woshee zu: »Kann ich dir helfen?«

»Nein. Am besten du gehst jetzt.«

Kwani schlüpfte ins Freie. Es war dunkel und kalt und die vielen kleinen Feuer waren zu Kohle verbrannt. Hunde und Kinder lagen beeinander in friedlicher Wärme. Alte Leute wälzten sich unruhig auf ihren Matten mit Schmerzen in Knochen und Gelenken. Auch die von Zahnschmerzen Geplagten ächzten und bangten vor dem Morgen, an dem eine Lederschnur am Zahn festgebunden, an deren anderes Ende ein Stein befestigt und über den Felsen geworfen wurde. Aber vielleicht würde der Schmerz morgen nachlassen...

Kwani schlüpfte unter ihre Federdecke und schloß die Augen, getröstet von der Wärme ihres Herzens. Sie dachte an die Sich Erinnernde, eingemauert in ihren verborgenen Grabplatz. Jeden Tag brachte man ihr Nahrung an die Grabstätte. Morgen war der letzte Tage, bevor ihre Seele in Sipapu einging. Ob die Alte das wußte?

»Gute Nacht, Ehrwürdige«, flüsterte Kwani und glaubte, eine Antwort zu hören: »Gute Nacht, meine Tochter.«

Sie kuschelte sich in ihre Decke und schlief ein.

Der vierte Tag dämmerte blau mit quellenden Wolken über dem Heiligen Berg. Frauen entzündeten die Kochfeuer und bald versammelten sich die Kinder. Ein großer Krug mit Wasser dampfte über jeder Kochstelle; Maismehl wurde in das kochende Wasser gerührt, um den Morgenbrei für die Kinder zu bereiten.

Der Ruferhäuptling machte seine Ankündigungen, erinnerte die Bewohner daran, daß der vierte Tage angebrochen sei und die Seele der Sich Erinnernden bei Sonnenaufgang in Sipapu eingehen würde. Die Zeit der Trauer war vorüber. Die Sonnenfeiern würden fortgesetzt, bis die Katastrophe abgewandt war.

Männer traten aus den Kivas, reinigten sich und machten sich auf den Weg zum Haus der Sonne. Die Kälte hatte Hirsche und anderes Wild weiter zu Tal getrieben, und auch die Jäger brachen früh auf.

Kwani füllte ihre Schale mit Wasser aus einem der großen Gemeinschaftskrüge auf dem Platz und wusch sich. Sie gab sich besondere Mühe mit ihrem Haar, bürstete es und rollte es zu großen Schnecken über den Ohren. Sie hängte den goldenen Schmuck in ihr Ohr, holte tief Luft und trat ins Freie.

Zu ihrem Erstaunen sah sie eine Gruppe von Frauen und Mädchen, die Töpfe, Schalen und Körbe brachten, manche mit Nahrungsmitteln. Sie stellten die Gefäße auf die Terrasse. Ein junges Mädchen trat vor; es war Miko.

»Meine Mutter lädt dich ein, Brei an unserem Feuer zu essen.«

Eine andere sagte: »Komm doch an unser Feuer.«

Eine Frau brachte eine Schüssel Mais und sagte: »Die Schüsseln und Töpfe und Körbe kannst du solange benutzen, bis du deine eigenen machen kannst. Der Mais ist von mir.«

»Oh«, sagte Kwani mit überfließendem Herzen. »Ich danke euch!«

Sie legte ihren Arm um Miko, die ihren zweiten Mondfluß hatte. Miko trug ihr Haar stolz zur Kürbisblüte frisiert, da sie jetzt zur Frau geworden war. »Ich komme zum Feuer deiner Mutter.«

Als Kwani und Miko gegangen waren, trugen Frauen und Mädchen die Gefäße in Kwanis Wohnung. Interessiert begutachteten sie ihre Habseligkeiten, die ordentlich an der Wand aufgereiht waren. Wie die Kinder öffneten sie ihr Bündel und nahmen alles heraus, jeder Gegenstand wanderte von Hand zu Hand, damit alle ihn untersuchen konnten. Sie waren begeistert von ihren feinen Knochennadeln und Feuersteinmessern. Der Speer wurde mit Erstaunen gemustert. In ihrer Bekanntschaft gab es keine Frau, die einen Speer besessen hätte. Warum Kwani einen besaß und woher er kam – überhaupt ihre gesamte Vergangenheit – war ein aufregendes Geheimnis.

Über Kokopelli wurden endlose Spekulationen angestellt. Würde er zu Kwani zurückkehren? Sie konnten kaum erwarten, alle intimen Einzelheiten, die Kwani mit ihm in der Kiva erlebte, zu erfahren. War er wirklich so leidenschaftlich, wie Tiopi behauptete. Auch der Streit zwischen Kwani und Tiopi wurde lang und breit erläutert, und man ließ sich endlos darüber aus, daß Kokopelli beide Frauen bestiegen hatte. Würden nun beide ein Kind von ihm bekommen? Kwani mußte alles am abendlichen Lagerfeuer erzählen.

Während die Frauen eifrig klatschten, leckte Kwani die letzten Reste des köstlichen Breis aus der Schale. Mikos Mutter saß still dabei, warf ihrem Gast von Zeit zu Zeit einen scheuen Blick zu. Gelegentlich lächelte sie, wobei sie breite Lücken zwischen ihren schlechten Zähnen entblößte. Falten hatten sich in ihre Wangen und die Stirn gegraben und die Knöchel ihrer Hände waren geschwollen. Sie ist nicht viel älter als ich, dachte Kwani. Mitgefühl stieg in ihr hoch.

»Danke für den Brei. Kommst du mit Miko morgen zum Brei zu mir?«

»Ich komme.«

»Ich auch«, sagte Miko eifrig. Und dann konnte sie sich nicht länger zurückhalten und platzte heraus: »Wirst du uns am Lagerfeuer vom Medizinpfeil erzählen und von Kokopelli und –«

»Du sollst keine Fragen stellen«, schalt die Mutter. Zu Kwani gewandt sagte sie: »Du bist nun eine von uns, gehörst zum Adlerclan, wir möchten mehr über dich wissen. Wirst du am Abend beim Lagerfeuer reden?«

»Ja, natürlich rede ich.« Kwani hatte es eilig, die Halskette zu holen, bewahrte aber ihre guten Manieren. Sie nahm die geschwollene Hand, hauchte darauf, verabschiedete sich höflich und ging.

Ein kalter Wind trieb die Wolken über den Tafelberg, als Kwani sich auf den Weg zum Haus der Sich Erinnernden machte. Sie schritt würdevoll, trotz ihres Humpelns und gab sich Mühe, ihren Eifer, die Halskette in der Hand zu halten, nicht zu zeigen. Ihr Herz klopfte schnell, als sie den Eingang erreichte; sie zog den Vorhang beiseite und trat ein.

Die Halskette war verschwunden.

20

»Kwani, tritt vor.«

Die tiefe volltönende Stimme des Ruferhäuptlings hallte durch die Felsenstadt, deren Bewohner sich auf Dächern und Terrassen versammelt hatten und sich auf dem Platz drängten, um Kwanis Geschichte zu hören. Sie saß im Schatten, kerzengerade und ohne Ausdruck im Gesicht. Sie erhob sich nicht und antwortete nicht.

»Warum antwortest du nicht?« sagte er laut und lief vor Ärger rot an.

»Weil du mich nicht richtig ansprichst. Ich bin die Sich Erinnernde.«

Die Menge wurde unruhig, und die Häuptlinge und Würdenträger berieten sich flüsternd. Kwani saß ruhig, obgleich sie innerlich kochte. Wer hatte die Halskette fortgenommen? Würde sie sich ohne die Kette erinnern? Der Halsschmuck gehörte ihr; sie mußte ihn bekommen.

Der Sonnenhäuptling erhob sich: »Ich wünsche zu sprechen.«

»Sprich.« Der Ruferhäuptling war dankbar für die Höflichkeit, die ihm der Sonnenhäuptling entgegenbrachte, dessen Status höher war als sein eigener.

Der Sonnenhäuptling trat vor die Zuschauer. »Die Ehrwürdige sagte mir, sie sei dabei, nach Sipapu einzugehen und verlangte von mir, daß ich sie zum Haus der Sonne bringe. Aber meine Arme haben ihre Kraft verloren, und ich übertrug die Ehre meinem Sohn. Okalake, erzähle, was geschehen ist.«

Okalake erhob sich bedächtig. Er blickte Kwani nicht an, sondern fixierte die vor ihm versammelte Menschenmenge.

»Ich brachte die Ehrwürdige zum Ort der Erinnerung, wie sie es verlangte. Dann trug sie mir auf, Kwani zu ihr zu bringen. Ich verließ sie und kehrte mit Kwani zurück. Die Ehrwürdige war tot und die Halskette lag auf dem Altar.« Er machte eine Pause, blickte von einem Gesicht zum anderen. »Die Sich Erinnernde wußte, daß sie in Kürze in Sipapu eingehen würde und noch keine Nachfolgerin ernannt hatte. Warum hatte sie Kwani zu sich rufen lassen? Warum legte sie die Halskette auf den Altar, wenn sie wußte, daß ihre Seele sie verlassen würde, bevor Kwani bei ihr sein konnte? Denkt darüber nach.«

Wieder erhob sich der Sonnenhäuptling. »Ich war es, der ihren Grabplatz auswählte, der sie bestattete, der ihr Nahrung brachte. Ihre Seele spricht zu mir. Sie sagt, daß jetzt Kwani die Sich Erinnernde ist.« Er hüllte sich in sein Gewand und setzte sich.

Tiopi schrie: »Ich sehe keine Halskette!«

Es entstand eine peinliche Stille, nur unterbrochen vom unheimlichen Schnarren der Kürbisrassel des Medizinmanns. Die frisch gemalten Zickzacklinien von der Stirn zum Kinn waren durch rote Punkte um den Mund verstärkt, die auf und ab hüpften, während er sprach.

»Die Halskette der Sich Erinnernden befindet sich in meinem Medizinhaus. Dort wird sie bleiben, bis die Aufnahme in den Adlerclan derjenigen, die Anspruch darauf erhebt, besiegelt ist.«

Er wandte sich ab, um ein selbstgefälliges Lächeln zu verbergen. Kwani würde es nie gelingen, ein Gefäß zu fertigen, das er akzeptieren würde. Ohne die Halskette gab es keine Sich Erinnernde. Wenn es sich als notwendig – und ratsam – erwies, daß ein weibliches Mitglied des Clans über ähnliche Kräfte verfügen sollte, wie er selbst, so würde man darüber beraten, nachdem Kokopelli Kwani fortgeholt hatte.

Kwani saß mit teilnahmsloser Würde da, obgleich es innerlich in ihr brodelte.

»Ich wünsche zu sprechen.«

Das war Woshee. Langsam stieg sie die Leitern herunter, überquerte den Platz und stellte sich ans Feuer.

»Es war der Wunsch der Sich Erinnernden, Kwani zu ihrer Nachfolgerin zu bestimmen. Es ist richtig, daß Kwanis Aufnahme in den Clan noch nicht besiegelt ist. Daher übernehme ich die Verantwortung für sie, bis ihre Probezeit beendet ist. Wenn sie ihre Pflichten vernachlässigt oder gegen die Regeln des Clans verstößt, so verlange ich, gemeinsam mit ihr bestraft zu werden, ungeachtet, welche Strafe es auch sein möge.«

»Nein!« rief das Volk.

Woshee hob die Hand um Ruhe ersuchend. »Ich tue das nicht für Kwani, sondern für eine, deren Geist in Sipapu ist. Solange Kwani sich in der Probezeit befindet, soll sie mit ›Geachtete‹ angesprochen werden.« Sie wandte sich an Kwani. »Jetzt wirst du sprechen, Geachtete.«

Kwani zögerte. Okalakes Mutter bürdete ihr doppelte Verantwortung auf – die Vermeidung der Strafe für beide. Wie konnte sie eine solche Bürde tragen?

»Ich kann nicht... ich kann nicht zulassen, daß du bestraft wirst, wenn ich mir etwas zuschulden kommen lasse.«

»Dann lasse dir nichts zuschulden kommen«, sagte Woshee sanft.

»Aber –«

»Wir warten darauf, deine Geschichte zu hören.«

»Ja! Sprich!« verlangte das Volk.

Ermutigt durch die Wärme von Okalakes Blick trat sie vor. Der goldene Ohrschmuck bebte, verriet ihre Erregtheit. Sie erzählte ihnen von ihrer Geburt, wie ihre blauen Augen Verdacht erregten, wie Maluki sie vertrieb und sein Medizinpfeil sich weigerte, sie zu treffen. Sie erzählte von der Berglöwin und wie sie Krummer Fuß gefunden hatte.

Die Bewohner der Höhlenstadt lauschten in gebannter Aufmerksamkeit. Nicht einmal die Truthühner kollerten. Die Erwachsenen rückten näher, und die Kinder saßen mit großen Augen und hörten atemlos zu.

Das Feuer verglühte zu Asche, doch die Zuschauer waren zu gefesselt, um es zu bemerken. Als sie erzählte, wie Bruder Kojote sie fand und ihr Neugeborenes in sich und in die Geisterwelt aufnahm, machte sich ein tiefer gemeinsamer Seufzer Luft. Dann, als sie erzählte, wie sie aufwachte und Kokopelli sah, wie er sie pflegte und hierher zum Adlerclan brachte, waren die Leute verzaubert. Sie flüsterten miteinander. Es gab keinen Zweifel; Kwani war etwas Besonderes. Kein Wunder, daß die Ehrwürdige sie zu ihrer Nachfolgerin ernannt hatte.

Nur Tiopi schwieg abweisend, ihre Augen funkelten mißtrauisch, der Mund war bitter verschlossen.

21

Wolken verbargen die Wanderung von Sonnenvater, während die Sonnenfeiern sich über viele Tage hinzogen. Heilige Männer wurden heiser von den vielen Gesängen; Rauch stieg unentwegt auf von Opferfeuern. Trommelschläge hallten wider von den Felsen wie der Herzschlag von Mutter Erde selbst, die Sonnenvater drängte, die Gebete seiner Kinder zu erhören. Endlich zeigte sich Sonnenvater. Er befand sich auf der Rückkehr in sein Heim im Norden! Auch diesmal waren die Bemühungen der heiligen Männer erfolgreich. Sie hatten noch nie versagt.

Die Menschen jubelten. Jetzt würden die Tage wieder länger werden; bald waren die grausamen Leiden des Winters vorüber und die Zeit für die Feiern vor dem Pflanzen rückte näher.

Kwani ging allein auf den Tafelberg. Sie mußte fort von der Stadt, von den Menschen, um zu denken und zu entscheiden, was sie für den Medizinmann anfertigen sollte. Der einzige Gegenstand, der genügend Wasser enthalten und nicht zerschellen würde, wenn man ihn vom Felsen warf, war ein Korb. Aber es mußte etwas sein, das noch nie zuvor gemacht worden war, etwas das nicht brannte, wenn man es ins Feuer hielt...

Sie setzte sich auf einen Felsbrocken und blickte über das Tal, aus dem sie und Kokopelli gekommen waren. Was geschah, wenn er nicht wiederkehrte? Würde sie es schaffen, alleine in die Wildnis zu gehen und irgendwie den Weg zum Blauäugigen finden, wenn der Medizinmann sich weigerte, ihren Korb anzunehmen?

Bei dem Gedanken an die großen Felsbrocken, die ihren Weg versperrt hatten, das Dornengestrüpp, das sie zerkratzte, an die lautlos heranpirschenden Apachen, an das ausdauernde Abwarten der Berglöwin schrie Kwani laut »Nein! Ich kann nicht!«

Sie tastete nach ihrem Amulett, wünschte, es wäre die Halskette und sie wäre im Haus der Sonne. Häufig kehrte sie in Gedanken dorthin zurück, dachte an das Wunder, das *Wissen*.

»Sag mir, was ich machen soll!« flüsterte sie.

Die Kälte des Felsens drang durch ihre Decke. Sie erhob sich zitternd, hielt Ausschau nach einem Zeichen, einem Omen, während die Gedanken in ihrem Kopf herumflatterten wie Vögel in einer Falle.

Welche Art von Korb war noch nie zuvor gemacht worden? Ein Rascheln im Gestrüpp und sie blieb wie angewurzelt stehen. Ein Hase flüchtete hoppelnd vor ihr davon.

Das Zeichen! Sie wollte einen Korb flechten in Form eines Hasen! Einen sitzenden Hasen; sein Kopf mit den langen Ohren sollte der Deckel sein ... Und sie würde ihm einen buschigen, kleinen Schwanz am Hinterteil machen. Sie lachte entzückt über die Idee. Gewiß hatte es noch nie zuvor einen solchen Korb gegeben. War er naß, würde er nicht brennen, und wenn sie ihn gut und stark flocht, würde er nicht brechen, wenn er vom Felsen geworfen würde. Sie wollte einen Henkel daran befestigen, daß man ihn mit einem Finger tragen konnte, wenn er leer war. Der Hase war ein Glücksbringer; ein Korb dieser Form war ein prächtiges Weihegefäß.

»Ich danke dir«, sagte sie zu ihrem Amulett. »Ich werde dich heute abend gut füttern.« Sie schaute hinüber zum Fels jenseits der Schlucht, wo das Haus der Sonne auf dem Tafelberg stand und hob die Hand in ehrerbietiger Dankbarkeit. Die Geister hatten ihr ein Zeichen gegeben; sie war nun eine von ihnen, sie war die Sich Erinnernde.

Der vierzehnjährige Zashue, der älteste Sohn des Medizinmannes, saß mit seinem Vater im heiligen Medizinhaus, das sich ihrer Kiva anschloß. Wenn sein Vater in Sipapu einging, würde er Medizinmann werden. Er mußte viel lernen. Der Medizinmann schaute seinen Sohn stirnrunzelnd an mit der üblichen, verschlossenen Miene. Doch Zashue wußte, daß er der Lieblingssohn war. Er saß korrekt aufrecht, die Augen zu Boden geschlagen und hörte seinem Vater zu.

»Vergiß nie den Ursprung der Macht eines Medizinmannes, mein Sohn. Erinnere dich daran, wo er bei mir zu finden ist, wenn mein Geist meinen Körper verläßt, damit du dir diesen Ursprung zu eigen machst.«

Er schob sein Hemd zur Seite und zeigte auf eine kleine

Narbe zwischen den Rippen seiner linken Brustseite. Unter der Haut war ein Stück Bergkristall eingelegt, nicht größer als ein Samenkorn, eine Zaubersubstanz, die der Medizinmann seinem Nachfolger weiterreichte, Generation um Generation; und nur die Medizinmänner wußten um dieses Geheimnis. Wenn der Medizinmann starb, entnahm sein Nachfolger das Kristallkorn und setzte es in seinen eigenen Körper ein und erwarb damit die wundersamen Kräfte des Medizinmanns.

»Ich werde danach handeln, mein Vater.«

»Und nun eine andere Sache.« Der Medizinmann nahm den Bogen in die Hand, der ihm von Kokopelli anvertraut worden war. Er reichte ihn Zashue, der ihn ehrerbietig entgegennahm und die Armbrust mit ihrem Sperrmechanismus mit großem Interesse untersuchte.

»Auch dieser Bogen hat geheime Kräfte. Du hast gesehen, wie schnell und sicher er sein Ziel findet. Er ist ein heiliger Gegenstand.«

Zashue nickte zustimmend.

»Kokopelli sagt, wenn wir seine Kräfte loslassen, werden die Götter uns bestrafen. Andererseits ...« Er strich über die Bogensehne. »Andererseits besteht doch die Möglichkeit, daß der Rang eines Medizinmanns die Anwendung dieses Bogens für heilige Zwecke rechtfertigt.«

Zashues schwarze Augen funkelten. Bogen liebte er noch mehr als Glücksspiele. Diese beiden Leidenschaften verband er beim beliebten Wettstreit Schießen-auf-bewegliche-Ziele, bei dem es wertvolle Preise zu gewinnen gab. Morgen war ein Spiel angesetzt am Ort des Wolfclans unten im Tal. Die besten Bogenschützen im Umkreis von fünf Tagesmärschen wollten daran teilnehmen.

»Mein Vater...« In welche Worte sollte er sein Anliegen kleiden, um dem Spiel heilige Bedeutung zu verleihen? Wenn er diesen Bogen hätte, der sein Ziel so sicher traf, würde ihn kein Herausforderer schlagen. Die Wetten standen hoch, und er würde alles gewinnen. »Mein Vater«, begann er erneut, »vielleicht würden die Götter einen Beweis der Überlegenheit dieses Bogens im Wettkampf mit jenen begrüßen, die seine Kräfte bezweifeln. Ich erbitte deine Erlaubnis, seine heiligen Kräfte unter Beweis zu stellen –«

»Nein! Nur ich darf ihn benutzen.« Als er den düsteren Blick seines Sohnes gewahrte, fügte der Medizinmann hinzu: »Du mußt noch viel lernen. Ich rate dir, mehr Zeit mit Lernen zu verbringen als mit Glücksspielen. Ich habe gesprochen!«

Zashue wandte sich mit geballten Fäusten ab. Er war es nicht gewöhnt, daß ihm eine Bitte abgeschlagen wurde. Schließlich ging es um das Ansehen des Clans. War das Gemeinwohl nicht eine heilige Sache? Aber jetzt war er hungrig und es war Zeit für das Hauptmahl.

Seine Mutter stellte eine dampfende Schüssel auf den Fußboden, wo man sich zum Essen niederließ. Doch sein Vater und zwei jüngere Brüder waren noch nicht da.

»Willkommen, mein Sohn«, sagte seine Mutter und dachte, wie sehr Zashue seinem Vater doch glich: die gleichen kleinen, eng zusammenstehenden Augen, der gleiche Mund. Sie seufzte. Männer waren schwierige Geschöpfe, doch Frauen brauchten sie.

Der Medizinmann und Zashues Brüder traten ein. Sie legten ihre Wintermäntel ab – Decken, in deren Mitte ein Loch geschnitten war, die wie Ponchos getragen wurden. Die Mutter stellte eine Platte dünner Maisfladen neben die Schüssel. »Eßt jetzt.«

Zuerst nahm der Medizinmann ein kleines Stück Fleisch aus der Schüssel und einen Brocken Maisfladen und warf beides ins Feuer als Opfer für die Götter. Dann aßen sie, tauchten der Reihe nach die dünnen Fladen in den heißen Fleischtopf, schaufelten die Bissen rasch hoch in den Mund, so daß wenig Saft verlorenging. Die Knochen wurden abgenagt und in den Topf zurückgelegt. Als nur noch dicke Soße übrig war, setzte der Medizinmann die Schüssel an die Lippen, trank sie leer, schmatzte und rülpste, wie die Höflichkeit es befahl.

Seine Frau nickte dankend. Es war wichtig, die Söhne in die Sitten und Gebräuche einzuweisen, die ihre Stellung im Clan erforderte. Jetzt ist der richtige Zeitpunkt, dachte Zashue. Ich muß vor meinem Vater gehen. Er stand auf.

»Ich danke dir, Mutter. Ich gehe jetzt.«

Seine Mutter lächelte. Sie hatte sein Interesse an einem

hübschen Mädchen jenseits der Schlucht bemerkt. Sein Vater und seine Brüder aßen die restlichen Maisfladen, als Zashue sich von ihnen und den Hausgeistern verabschiedete.

In der Kiva des Medizinmanns war es warm. Zashue blieb stehen, um noch einen Holzscheit ins Feuer zu legen, bevor er das Allerheiligste betrat, das Medizinhaus, eine kleine Kammer neben der Kiva. Er hörte ein Geräusch und sein Herz machte einen Satz. Sein Vater kam zurück! Doch es waren nur Hunde, die vorbeistrichen.

Schnell suchte Zashue im Halbdunkel nach dem Bogen. Er fand ihn in seinem Versteck samt der Pfeile und dem Gurthaken. Er band den Haken um seine Mitte unter seinen Mantel und steckte die Pfeile daneben. Es war nicht leicht, den Bogen zu verbergen. Wenn er ihn unter den Mantel steckte, war die Ausbuchtung zu leicht erkennbar. Er nahm die Federdecke von seiner Schlafmatte und legte sie sich über die Schulter, so daß der Bogen unter seinem Arm nicht zu sehen war. Jeder würde denken, er wolle die Nacht auswärts verbringen. Sein Vater würde denken, er gehe zu einem Mädchen. Pah! Er würde die Nacht am Ort des Wolfclans verbringen, um sich für den morgigen Wettkampf vorzubereiten.

Er stieg in die Schlucht hinab und strebte der gegenüberliegenden Felswand zu, als sei dies sein Ziel. An einer verborgenen Stelle hinter einer kleinen Erhebung bog er nach links ab, folgte einem schmalen Pfad die Schlucht entlang. Es würde nicht leicht sein, mit dem verborgenen Bogen die Kerben im Fels zur Stadt des Wolfclans hinaufzuklettern. Doch er wollte, daß die Wetten abgeschlossen wurden, bevor seine Gegner wußten, daß er den heiligen Bogen trug. Er mußte ihn also verbergen. Er schob die Waffe in eine Felsspalte, wo sie unentdeckt und geschützt bleiben würde, bis er sie abholte und kletterte behende zum Tafelberg hinauf.

Das Wolfsvolk begrüßte ihn herzlich. Einige Wettkämpfer waren bereits versammelt. »Komm, setz dich ans Feuer«, sagte sein Freund Tonapa.

Zashue hockte sich ans Feuer. »Wer hat Spielstäbe mitgebracht?«

Schwungvoll wurde ein kleiner Lederbeutel mit Spielsteinen geleert. Zehn polierte daumenlange, ovale Knochen und drei kleinere runde. In manche Knochen waren Linien und Muster geritzt, manche waren unverziert. Zwei der runden Knochen wiesen seitlich eine kleine Vertiefung im Zentrum auf. Es war ein kompliziertes und aufregendes Spiel, das bis zu vierundvierzig mögliche Kombinationen zuließ, allein aus der Lage der Knochen, ohne ihre Werte zueinander zu rechnen. Wetten wurden abgeschlossen. Bald waren die Spieler in das Geschehen vertieft. Hin und wieder machte einer eine Bemerkung über die geringen Regenfälle; ein anderer meinte, er habe gehört, im Südwesten seien wieder Apachen gesehen worden; doch die Aufmerksamkeit galt vorwiegend den komplizierten Spielregeln. Die jungen Männer spielten bis tief in die Nacht hinein.

Es war noch dunkel, als Zashue erwachte. Die anderen schliefen tief in ihre Decken gewickelt. Vorsichtig, um niemand zu wecken, nahm Zashue seine Decke und kletterte aus der Kiva. Er wollte vor dem Wettbewerb mit dem Bogen üben, damit er seine Kräfte richtig einsetzen konnte.

Der Mond hing tief im verblassenden Nachthimmel und Zashue kletterte zu der Stelle hinunter, wo er den Bogen versteckt hatte. Er lag in Sicherheit und trocken, und er hielt ihn hoch über seinen Kopf erhoben im stummen Triumph. Er war allein im Tal mit dieser Zauberwaffe und ihm war nach Jauchzen und Singen zumute; aber er lachte lautlos in sich hinein und folgte dem Pfad zu einer freien Stelle, wo er den Pfeil im Flug ausprobieren konnte.

Er legte einen Pfeil in die Rille des Schafts und sicherte ihn. Ein erstaunliches Wunder. Im Gehen zielte er spielerisch nach einem Baum in der Ferne. Den Felsbrocken auf dem Weg bemerkte er erst, als er darüber stolperte und vornüber fiel. Einen Moment blieb er erschrocken liegen. *War der Bogen zu Schaden gekommen?* Immer noch auf dem Boden kauernd, untersuchte er den Bogen, strich behutsam mit den Fingern darüber. Im Zwielicht der ersten Dämmerung konnte er nichts entdeckten; aber seine Finger ertasteten den Schaden, einen feinen Riß nahe der Bogensehne.

Zashue stöhnte auf. Die Götter hatten ihn bestraft; sie hatten ihn den Bogen töten lassen. Was würde geschehen, wenn sein Vater das herausfand?

Vielleicht konnte er zurückkehren und den Bogen an seinen Platz stellen, bevor sein Vater den Diebstahl entdeckte. Vielleicht würde der Riß nicht bemerkt werden. So schnell er es im Halbdunkel wagen konnte, lief er zurück. Bevor er in Sicht seines Dorfes kam, schlug er einen Haken zur Felswand auf der anderen Talseite, um den Anschein zu erwecken, er komme von einer Liebesnacht mit einem Mädchen zurück. Bei Tagesanbruch, als der Ruferhäuptling seine Morgenankündigungen machte, betrat er den Platz.

Der Medizinmann saß schweigend bei den anderen Würdenträgern und hörte zu. Zashue hielt seine Arme so locker wie möglich, ohne daß der unter der Decke verborgene Bogen herausrutschte und kletterte die Häuptlingskiva hinunter. Wie konnte er sein Verbrechen sühnen? Was würde sein Vater tun, wenn er die Wahrheit erfuhr?

Was würde Kokopelli bei seiner Rückkehr tun?

Zashue kniete vor dem Altar und betete. Wenn man entdeckte, daß der Bogen tot war, wußte er, was zu tun war. Er würde die Schuld daran einer Hexe geben. Am verdächtigsten war jemand, der anders war, jemand, der übernatürliche Kräfte besaß..., ein Außenseiter.

Die alte Armbrust lag im heiligen Medizinhaus weit, weit entfernt von ihrer Heimat. Jahrzehntelang hatte sie viele Pfeile fliegen lassen, so viele Pfeile wie Herbstblätter – die sich wie sie rot färbten. Einen weiteren Pfeil würde sie noch abschießen. Ihren letzten.

22

Die Tage des Winters zogen sich dahin in endloser Eintönigkeit, starrender Kälte, begleitet von unvermeidlichen Krankheiten, die Hexen über sie brachten. In den Höhlensiedlungen wurde viel darüber spekuliert, wer die Hexen wohl sein mochten. Jeder, der sich ungewöhnlich verhielt, machte sich verdächtig, und so war man bemüht, sich in keiner Weise auffällig zu machen. Alle, nur Kwani nicht.

Sie saß vor ihrem Haus und arbeitete an einem Korb, der mit Gewißheit keinem bisher gefertigten Korb glich, höchstens den vergeblichen Anstrengungen eines Kindes, das sich bemühte, das Flechthandwerk zu erlernen. Kleine Mädchen kicherten hinter vorgehaltener Hand; Frauen bedachten ihre Bemühungen mit verächtlichen Seitenblicken. Der Korb schien in ein schiefes, formloses Gebilde zu mißraten. Was war in sie gefahren, die sich die Erinnernde nannte, ihr Ansehen mit einem solch bedauernswerten Gebilde aufs Spiel zu setzen?

Der Medizinmann nahm den Klatsch, der ihm zu Ohren kam, entzückt zur Kenntnis. Heimlich holte er den heiligen Bogen von seinem Ehrenplatz, strich über das alte Holz und stellte Überlegungen an, die ihn möglicherweise berechtigten, ihn zu benutzen, um Kwani vom Clan fortzujagen. Ihm schien der Bogen abgenutzter zu sein, als beim letzten Mal, da er ihn in Händen gehalten hatte. Aber der betagte Bogen hatte viele Jahreszeiten gesehen; wie sollte er nicht abgenutzt aussehen.

Tiopi bildete den Mittelpunkt so mancher kichernder Frauengruppe, die über die bemitleidenswerten Flechtversuche der Geachteten spotteten. Tiopi hatte auf diese Jahreszeit gewartet, in der die Hexen bekanntermaßen ihr größtes Unwesen trieben; sie hatte Pläne für Kwani. Nun spielte ihr die dreiste Außenseiterin in die Hände, was Tiopi nie zu hoffen gewagt hatte. Zusätzlich beschwor Woshees Sohn Okalake einen Skandal herauf mit seinem auffälligen Interesse an Kwani. Ständig hockte er neben ihr, untersuchte prüfend den Korb und die beiden flüsterten eifrig miteinander. Vielleicht sollte sie vorbeischlendern...

Okalake glaubte, in den blauen Tiefen von Kwanis Augen zu ertrinken. Er betrachtete die langen Wimpern, die sich auf ihre Wangen senkten, während sie sich über den Korb beugte. Er wollte sie berühren. Statt dessen berührte er den Korb.

»Wird der Hase aufrecht stehen, mit den Pfoten in der Luft?« fragte er leise, so daß niemand ihn hören konnte. Kwani hatte ihm erzählt, welche Form der Korb bekommen sollte.

»Ja. Ich muß mir noch ausdenken, wie ich die Pfoten anbringe –«

»Still, da kommt Tiopi.«

Ohne den Kopf zu heben sagte Kwani sachlich: »Hat Zashue die Heilkräuter gefunden? Ich sah ihn, wie er danach suchte.«

»Ja. In ein paar Monden wird es mehr davon geben.«

»Wenn die ersten Blumen blühen.«

»Und Kokopelli kommt, um dich fortzuholen.«

»Ja.«

Tiopi schlenderte mit einem höhnischen Lächeln für die Mißgeburt eines Korbes an ihnen vorüber. Als sie weg war sagte Okalake: »Ich möchte nicht, daß du fortgehst.«

Kwani hob den Kopf und sah in seinen Augen etwas, das ihren sexuellen Hunger weckte. Doch er war ein Angehöriger des eigenen Clans, ihr Bruder...

Er flüsterte: »Du bist wie die ersten Blüten. Du blühst hier.«

Er schlug sich gegen die Brust.

Ihre Finger verhedderten sich und Tränen stiegen in ihr hoch. Es war lange her, seit süße Worte sie liebkost hatten, zu lange, seit Kokopelli fortgegangen war. Kein Wort hatte sie seither von ihm gehört. Und wenn er nicht zurückkehrte? Würde sie eine kinderlose Frau ohne Ehemann bleiben? Okalake war schön, leidenschaftlich, jung – und er begehrte sie. Und außerdem waren sie nicht wirklich verwandt.

Woshee...

Kwani wich seinem Blick aus. »Du darfst nicht...«

Er beugte sich näher. »Ich kennen einen geheimen Ort, eine kleine Höhle hinter einem Fels versteckt –«

»Wir dürfen nicht.« Ihre Stimme bebte. »Geh jetzt. Die Leute beobachten uns.«

»Ja«, seufzte er. »Immer bespitzeln sie uns.« Er nahm ihre Hand und hauchte sie respektvoll an. »Ich gehe.«

Als er fort war, stürmte Ki-ki-ki aus dem Schatten hervor, wo sie sich verborgen hatte. In ihren runden Augen glitzerten Tränen.

»Er liebt dich«, flüsterte sie. »Aber ich liebe ihn mehr, und ich bin von einem anderen Clan, und du bist seine *Schwester* –«

»Ja. Ich bin seine Schwester. Das und nichts anderes.«

»Er wird *mein* Gefährte sein«, sagte Ki-ki-ki verzweifelt.

Kwani sah ihr bekümmertes Gesicht, so zart und so jung, den kleinen Körper, dessen kleine Brüste gerade zu sprießen begannen.

»Du mußt erst zur Frau werden. Aber das dauert nicht mehr lange«, setzte sie tröstend hinzu.

»Bist du immer noch Kokopellis Gefährtin?«

»Natürlich.«

»Wird er zurückkehren?«

»Ja.«

»Und dich mitnehmen?«

»Ja, das weißt du.«

»Wer wird dann die Sich Erinnernde?«

Kwani erschrak; daran hatte sie nicht gedacht. Natürlich mußte sie eine finden, die von den Göttern kam. Doch auch nach den Enthüllungen, die sie im Haus der Sonne empfangen hatte, fühlte sie sich nicht imstande, jetzt eine Nachfolgerin zu unterweisen. Sie mußte größere Erfahrung haben – und die Halskette besitzen, mit deren Hilfe sie besondere Kräfte in sich freisetzen konnte.

»Das weiß ich noch nicht. Ich muß die Halskette haben, bevor ich das entscheide.«

Miko kam atemlos mit wehendem Haar und blitzenden Augen angelaufen. »Ki-ki-ki komm! Ich habe meinem Hund ein Kunststück beigebracht!«

Die Freundinnen liefen lachend davon. Kwani sah ihnen nach, dachte daran, wie sie gelacht und gespielt hatte, als sie ein Kind war. Bald würde sie eine alte Frau sein, und sie hatte keinen Gefährten – wenn Kokopelli nicht zurückkehrte. Wie viele Monde noch? Manchmal begannen die Blumen später zu blühen...

Sie verlagerte unbehaglich das Gewicht auf der Unterlage, die sie wegen der Blutung trug, gewebt aus Yuccafasern und gepolstert mit zerrupfter Zedernrinde. Sie hatte gehofft, Kokopellis Samen würde sprießen. Aber er wuchs nur bei Tiopi, die nicht aufhörte, damit zu prahlen.

»Aber Kwani nahm er zur Gefährtin«, hörte sie eine Frau sagen.

»Wo ist sein Kind? Sie hat den Mondfluß. Wie kann sie Kokopellis Gefährtin sein, wenn er gar nicht hier ist?« Gelächter. »Meine Blutung hörte im darauffolgenden Mond auf. Ich spüre bereits Leben in mir.« Sie tätschelte ihren Bauch mit klimpernden Armreifen, deren schönster Kokopellis Geschenk war.

Kwani warf den Kopf in den Nacken, so daß ihr Ohrgeschmeide schaukelnd an ihre Wange schlug. Ja, dachte sie, du hast das Kind, aber ich werde Kokopelli haben. Und ein weißes Haus mit vielen Räumen und einen Brunnen für meinen Wasserkrug.

Sie beugte sich wieder über ihre Arbeit, gelegentlich hob sie den Kopf und schaute zu Okalake hinüber, der auf dem Platz saß und den Kindern die Sternenbilder erklärte. Dabei legte er Kieselsteine zu den Sternenbildern der jeweiligen Jahreszeit zusammen. Die Nachmittagssonne schien kalt auf die Runde und die Truthahnfedern in Okalakes Haar glänzten, wenn er den Kopf bewegte.

Wie schön er ist!

Sie malte sich aus, wie sie bei ihm liegen würde, wie sie ihn in sich spürte... Verlangen stieg in ihr hoch und sie unterdrückte ein Stöhnen. Wenn nur Woshee nicht die Verantwortung für sie übernommen hätte, die nun die gleiche Strafe erhielt wie sie, wäre sie versucht, mit ihm sein Versteck aufzusuchen...

Aber nein. Sie war Kokopellis Gefährtin – der sich geweigert hatte, sie mitzunehmen. Und wenn er nicht zurückkam? Aber natürlich kam er zurück und brachte sie zum Blauäugigen.

Mußte sie jetzt, da sie Kokopellis Gefährtin war, immer noch nach ihrem Verwandten suchen? Es war nicht notwendig, doch sie wollte es gern tun. Wenn sie ihn erst einmal sah und eine Weile bei ihm war, würde sie wissen, ob sie verwandt waren; ihre Seelen würden einander erkennen. Sie stellte sich sein Aussehen vor. Seine Augen waren blau wie ihre, er hatte glänzende schwarze Zöpfe, geschmückt mit Muscheln... ein schöner, großer Mann, vielleicht so groß wie Kokopelli, schön und sanft wie Okalake und ebenso beschützend...

Manchmal dachte sie nachts an Okalake, wenn sie sich in der kalten Finsternis allein in ihre Decke kuschelte, dachte daran, wie er sie in seinen Armen getragen hatte und wie beschützt sie sich bei ihm gefühlt hate. Dann dachte sie an Kokopelli und seine Liebeskünste, ihr Körper sehnte sich nach ihm und sie fühlte sich einsamer als je zuvor. Kokopelli würde ihr das geben, wonach sie sich am meisten sehnte – ein Heim und Kinder. Und vor allem Sicherheit. Das war das Bedürfnis einer Frau, das Recht einer Frau.

Doch wie konnte sie ein Heim, eine Familie und all das haben, wenn sie mit ihm auf Wanderschaft gehen mußte, die meiste Zeit des Jahres mit ihm unterwegs war? Und wenn er sich entschied, sich niederzulassen, wollte sie ein fremdes, unbekanntes Land ihre Heimat nennen?

Sie war bekümmert. Sie brauchte die Kräfte der Halskette, um zu wissen, was sie tun sollte.

Als die Hasenform des Korbes erkennbar wurde, sah Kwani sich umringt von einer ungläubigen, bewundernden Frauenschar.

»Seht! Ein Hase!«

»Ist der für den Medizinmann bestimmt?«

»Ja.«

»Und wird er Wasser halten?«

»Das wird er.«

»Wirst du ihn innen mit Pech bestreichen?«

»Nur wenn er undicht ist«, lachte sie.

Der plötzliche Umschwung ihres Ansehens von der ungeschickten Nichtskönnerin in eine Meisterin der Korbflechtkunst spornte sie an, und sie arbeitete mit mehr Schwung als nötig. Ihre neu gewonnene Selbstsicherheit, das Leuchten ihrer Augen, das erhobene Kinn verliehen ihr etwas Verführerisches, das weder Tiopi noch dem Medizinmann verborgen blieb und das heimliche Mißfallen beider erregte. Ein Wasserkorb in Form eines Hasen! So etwas war noch nie zuvor angefertigt worden. Den Leuten gefiel das! Kwani war der Mittelpunkt allgemeiner Bewunderung. Sie übertraf alle Erwartungen.

Tiopi betrachtete die Rivalin düster aus der Ferne. Sie hatte gehofft, den Verdacht der Hexerei wegen Kwanis unerklärlicher Verhaltensweisen auf sie zu lenken. Doch nun, da der Korb Form annahm und Kwani bewundert wurde, ja sogar beliebt war, wußte Tiopi, daß sie einen geschickteren Plan aushecken mußte. Sie schaute über die Stadt, in der sie geboren war, in der sie als Lieblingstochter aufgewachsen und in der sie als bedeutende Persönlichkeit herrschte, als Ehefrau von Yatosha, dem Jagdhäuptling, als Geliebte von Kokopelli, in der Gewißhheit, die Nachfolgerin der Sich Erinnernden zu werden. Dafür war Tiopi geachtet und genoß das Ansehen einer wichtigen Persönlichkeit, auch in den umliegenden Felssiedlungen, die sie gelegentlich besuchte. Seit Kwanis Ankunft und ganz deutlich seit dem Tag ihres Ringkampfes hatte die Situation sich unmerklich geändert. Hin und wieder ein spöttischer Blick, ein Lächeln hinter vorgehaltener Hand. Und die Männer bedachten nunmehr Kwani mit Blicken, die sie ihr früher schenkten. Dieser besondere Blick, der eine Frau wissen ließ, daß sie begehrenswert war, auch wenn sie bereits einen Gefährten hatte. Wenn Tiopi und Kwani zusammen in einer Gruppe waren, schauten die Männer Kwani zuerst und länger an als sie. Es war unerträglich!

Wenn Kokopelli nicht zurückkehrte? Es war zu spät im Jahr für den langen Marsch gewesen; vielleicht war er von einem Bär gerissen worden; oder er war im tiefen Schnee erfroren. Und jetzt wurde auch noch Kwanis Korb von allen Seiten bewundert. Wenn er das Wasser hielt, konnte der Medizinmann ihn kaum ablehnen. Sie setzte sich und brütete vor sich hin.

Kwani, die große Mühe auf das Flechten des Hasenkopfes verwendete, der den Deckel des Korbes bilden sollte, war stets von Neugierigen umringt. Eines Tages setzte Woshee sich neben sie.

»Du machst deine Sache gut, Geachtete.«

»Danke, Woshee.« Kwani schaute in die Runde der Zuschauer, die ihre Arbeit genau verfolgten, dann beugte sie sich wieder über ihr Flechtwerk. »Aber es ist schwierig… hier…«

Die Ältere warf ihr einen verständnisvollen Blick zu. Beiläufig sagte sie: »Ich würde mich freuen, wenn du an mein Feuer kämest. Bring deinen Korb mit, wenn du Lust hast.« Sie erhob sich. »Kommst du gleich mit?«

Kwani lächelte dankbar. »Ja.«

Die Menge trat respektvoll beiseite, als Kwani ihren Korb und das Flechtmaterial einsammelte, und Woshee in ihr Haus folgte.

»Mich hat Woshee nie eingeladen, an ihrem Feuer zu sitzen«, ließ sich eine Stimme vernehmen. »Mich auch nicht«, sagte eine andere. Schließlich verkündete eine Frau: »Ich lade euch alle ein, an meinem Feuer zu sitzen. Wir wollen ein Spiel spielen. Ich setze meinen schönsten Krug als Preis aus!«

Unter fröhlichem Geplauder drängten sich die Frauen in eine kleine Behausung. »Habt ihr Tiopis Gesicht gesehen, als sie Kwanis Hasenkorb begutachtete? Ha!«

»Das ist typisch für Tiopi. Wenn ihr Kind Kokopellis Aussehen haben wird, wird das Zusammenleben mit ihr noch unerträglicher.«

»Wir leben jetzt mit ihr und können danach auch mit ihr leben.«

»Ja, du hast recht. Aber hast du gesehen, wie Okalake Kwani anschaut?«

»Natürlich. Sein Mannesglied versucht seinen Lendenschurz zu zerreißen und sie ebenfalls anzuschauen.«

Sie kicherten.

»Okalake sollte eine Gefährtin nehmen, bevor sein Kindermacher ihn in Schwierigkeiten bringt.«

»Und Woshee...«

Die Frauen verstummten. Sie mochten und achteten Woshee.

»Es ist nicht gut, daß Kwani zu uns kam –«

»Seitdem gibt es Ärger.«

»Wenn Kokopelli kommt –«

»*Falls* er kommt –«

»Er wird sie mitnehmen.«

»Wenn es bloß schon so weit wäre.«

Köpfe nickten. Zugegeben, Kwani war etwas Besonderes, Tochter der Götter, Kokopellis Gefährtin, schön und begabt, jetzt bei allen beliebt ... Dennoch konnten sie es kaum erwarten, sie wieder loszuwerden.

Jeden Tag hatte Kwani ihre Korbarbeit in Woshees Haus gebracht, wo sie im Halbdunkel arbeitete. Der Hasenkopf nahm Form an. Nur die Ohren fehlten. Sie machte sich auf den Weg, um biegsame Yuccablätter zu sammeln.

Sie erklomm flink die Trittkerben zur Berghöhe. Obgleich sie noch nicht wie andere Frauen die Halterungen mit einem Wasserkrug oder einem vollen Korb auf dem Kopf hinaufklettern konnte – mitsamt einem Säugling auf dem Rücken – fanden ihre Finger und Zehen mit großem Geschick Halt am blanken Felsen. Nur gelegentlich durchzuckte ein Schmerz ihr Bein, das wieder gesund und kräftig war. Als sie auf der Ebene des Tafelbergs ausschritt, war sie erfüllt von Heiterkeit. Nachdem sie einige Yuccapflanzen geprüft und die längsten, stärksten Fasern ausgesucht hatte, nahm sie ihren Feuersteinkratzer aus einer am Gürtel befestigten Tasche. Sie war so vertieft, besonders weiche Blätter zu schneiden, daß sie Okalakes Schritte erst hörte, als er beinahe neben ihr stand.

»Ich grüße dich, Geachtete.« Er kauerte neben ihr und lächelte über ihr verdutztes Gesicht.

»Du solltest nicht bei mir sein.« Doch sie bückt sich tiefer, um ihre Freude zu verbergen.

Er schaute erheitert zu, wie sie die kräftigen Blätter am Fuß der Pflanze absäbelte. »Hast du kein Messer? Mit einem Kratzer ist das sehr umständlich.«

»Ich habe kein Messer mitgebracht.« Sie kam sich lächerlich vor.

Er holte ein Feuersteinmesser aus seiner Scheide und schob Kwani beiseite. Sein Messer schnitt jedes Blatt mit einem einzigen scharfen Hieb durch, und bald hatte sie ein dikkes Bündel beisammen.

»Mehr brauche ich nicht. Danke.«

Er kniete mit glühenden Augen vor ihr. Plötzlich zog er sie an sich, bog den Oberkörper zurück, so daß sie halb auf ihm lag, das Blätterbüschel zwischen ihnen. Mit einem ungeduldigen Laut wischte er die Blätter beiseite, und sie spürte sein

Herz gegen ihr Herz klopfen. Er zog sie ganz nahe, so daß sein Mannesglied sich hart an sie preßte.

Kwani stöhnte vor Verlangen. Ihr junger Körper war ausgehungert nach dem, was er zu bieten hatte. Sie bot all ihre Willenskraft auf, um sich ihm zu entziehen.

»Wenn uns jemand sieht... wird Woshee bestraft...«

Bei der Erwähnung des Namens seiner Mutter ließ Okalake sie los. Schweiß glänzte auf seinem Gesicht wie Tautropfen. Er richtete sich auf und spähte in die Runde nach möglichen Beobachtern. Sie waren allein.

»Komm in mein Versteck.«

Kwani sah ihn an, seine brennenden Augen, seine sehnsüchtigen Lippen, seinen kraftvollen, jungen Körper. Ihr Blut schrie vor Verlangen nach ihm. Sie begann unkontrolliert zu zittern.

Sein Gesicht leuchtete vor Zärtlichkeit: »Komm.«

Sie sammelte die Yuccablätter auf, band sie zu einem Bündel mit einem langen Blatt und folgte ihm. Einen steilen Pfad in die Schlucht hinunter; sie blieben stehen, um erneut nach Beobachtern Ausschau zu halten. Niemand. Sie rutschten und schlitterten den felsigen Untergrund nach unten. »Hier entlang.« Er wies nach Norden.

Sie folgte ihm mit dem Gefühl, eine Fremde zu sein, ein unbekanntes Wesen, ohne Vernunft oder Angst, gelenkt von einer Macht, die sie nicht beeinflussen konnte.

Sie erkannte den Weg, den sie mit Kokopelli gekommen waren – wie lange war das her? Wo war Kokopelli jetzt? Er hatte sie verlassen. Der Sohn des Sonnenhäuptlings, ein Angehöriger ihres eigenen Clans, begehrte sie und das war verboten. Sie mußte kehrtmachen und weglaufen; um Woshee, sich selbst und Okalake nicht ins Verderben zu stürzen. Doch die Fremde, die sie geworden war, folgte ihm gehorsam, als er vom Weg abbog, durch Dornengestrüpp. Ein riesiger Felsbrocken lehnte an einer zerklüfteten Felswand, von der er vor Urzeiten gefallen war. Der Brocken schien beinahe mit der Felswand verwachsen zu sein. Okalake kletterte nach oben.

Sie ließ das Bündel liegen und kletterte ihm nach. Zwischen Felswand und Gesteinsbrocken gab es eine schmale Kluft, die nach unten ins Halbdunkel führte.

»Das ist die Höhle.« Er ließ sich hinunter und verschwand. Nach einer Weile rief er: »Jetzt kommst du.«

Vorsichtig ließ sie sich nach unten, immer noch verwundert darüber, was sie tat. Und darüber, was sie noch tun würde.

Er fing sie auf, als ihre Füße frei in der Luft baumelten und zog sie nach unten. Er hielt sie umarmt, wie er sie vorher gehalten hatte, an seine Brust geschmiegt. Sein Herz schlug wie die Donnertrommel und ihr eigenes klopfte einen verrückten Rhythmus, als er sie zur Erde legte.

Die Höhle war warm, klein und geschützt, roch nach Staub und Unendlichkeit. Sie lagen ineinander verschlungen, zeitlos wie der Regen, wie Yuccablüten, umfangen von Gesteinsarmen, die kein Alter kannten.

Kwani erwiderte beiläufig die Grußworte, überquerte den Platz und stieg die Leitern zu ihrer Behausung hinauf, dankbar, daß niemandem etwas besonderes aufzufallen schien. Vor einer Stunde hatte sie sich von Okalake getrennt. Er hatte sie geliebt, hatte den Hunger ihres jungen Körpers gestillt. Doch etwas fehlte. Es blieb eine sehnsuchtsvolle, eine leere Stelle, eine Wunde in ihrer Seele, die nicht heilte.

Kokopelli. Sie wollte und brauchte Kokopelli ... seine Arme, seine Stimme, seine sinnliche Berührung. Sie sehnte sich nach dem Blick seiner Augen unter den Fransen der Türkisperlen; sie sehnte sich nach dem Klang seiner Flöte, deren Lied ihr Herz beschwichtigte. Sie sehnte sich nach den Geheimnissen, die ihn umgaben und die seelentröstende Sicherheit seiner Gegenwart. Die Sehnsucht nach ihm war von nie gekanntem Schmerz.

Sie würde mit ihm bis ans Ende der Welt gehen. Es kümmerte sie nicht, ob er ihr ein Heim zu bieten hatte – nicht sonderlich jedenfalls. Es war egal, wo sie sich aufhielten, solange Kokopelli ihr Gefährte war.

Doch in der Zwischenzeit mußte sie den Korb fertigstellen. Sie wollte, daß Kokopelli ihn bestaunte und stolz auf sie war. Sie dachte an die Feinheiten, die sie ihrem Werk noch zufügen wollte: gemalte Augen und Nase, das Innere der Ohren wollte sie rosa malen. Und die Pfoten sollten winzige Krallen

haben! Lächelnd eilte sie die letzten Sprossen zu ihrem Eingang hinauf und schob den Vorhang beiseite.
Es gab keinen Korb mehr. Auf dem Boden verstreut lagen die zerfetzten Überreste. Nur eine kleine Hasenpfote war heil geblieben.

23

Kwani hob die aus dem Körper gerissene Pfote des Hasenkorbes hoch. Überall im Raum lagen Fetzen des zerstörten Flechtwerks verstreut; ein zerschlissener Teil des Kopfes lag zu ihren Füßen. Sie hob auch ihn auf und dachte an die Stunden hingebungsvoller Arbeit, die sie darauf verwendet hatte.
Wer war zu einer solchen Schandtat fähig? Hatte jemand sie mit Okalake gesehen? Nein; beide hatten genau Ausschau gehalten und niemanden gesehen. Diese Zerstörung war ein Werk des Hasses; jemand haßte sie und wünschte, daß sie jämmerlich versagte.
Tief aus ihrem Innern stieg der Zorn hoch und machte sich in einem gellenden Schrei Luft. Mit einer Handvoll zerrissener Korbfetzen trat sie ins Freie.
»Seht her! Sehr her!« kreischte sie. »Seht euch den schönen Korb für den Medizinmann an!«
Sie warf die Fetzen in die Luft und holte mehr davon aus dem Haus. »Seht, was man mir angetan hat! Wer war der Übeltäter?«
Die herbeieilenden Neugierigen hielten verblüfft die Luft an. Der Korb des Medizinmanns!
»Ich will wissen, wer das getan hat?« Ihre Stimme überschlug sich vor Zorn, und sie bewarf die Menge mit den zerrissenen Korbfetzen. Die Leute wichen wie geprügelte Hunde zurück.
»Antwortet mir!« schrie Kwani. Ihre Augen schossen Blitze und ihr Gesicht war verzerrt, als breche etwas aus ihr heraus.
»Antwortet mir!«
Die Leute schüttelten die Köpfe. Ein solcher Zornesaus-

bruch war ungehörig für eine Frau und nicht normal, noch dazu für eine, die sich selbst als die Sich Erinnernde bezeichnete.

Kwani fuhr herum, verschwand im Haus, packte ihren Speer und trat damit wieder vor die Menge. Mit geübtem Griff hielt sie die Waffe in Wurfstellung. Ihr langes Haar umwallte sie, einzelne Strähnen fielen über ihr verzerrtes Gesicht. Ihre Augen schossen Zornespfeile.

»Dieser Speer kann töten.« In ihrer Stimme schwang Mordlust. »Sagt mir, wer meinen Korb zerstört hat, oder ich werde diesen Speer schleudern.«

Frauen und Kinder flüchteten schutzsuchend, während die Männer mit Jagdbogen den Kivas entstiegen. Der Medizinmann holte den heiligen Bogen aus seinem Versteck und gürtete den Zweizack um seine Mitte. Welch eine Gelegenheit! Er würde den Bogen benutzen, um das Leben eines Angehörigen des Clans zu retten. Gab es eine gerechtere Sache?

Yatosha und mehrere andere Jäger spannten ihre Bogen, Pfeile richteten sich auf Kwani, die wie eine Rachegöttin mit gezückter Waffe vor ihnen stand.

Der Medizinmann brachte seinen Bogen in Anschlag, der Pfeil war in die Sehne gespannt, bereit, um auf eine Berührung loszusausen.

»Wenn du diesen Speer wirfst, stirbst du!«

»Wirf den Speer weg!« riefen die Jäger.

Die Männer gerieten in Verlegenheit. Eine Aura magischer Kraft schien sie zu umgeben. Hatte sie nicht mit Kokopellis heiligem Vogel gesprochen? War sie nicht Kokopellis erwählte Frau? Hatte nicht die Sich Erinnernde sie zur Nachfolgerin bestimmt? Sie ließen ihre Bogen sinken und vermieden es, einander anzusehen.

Immer noch den Speer umklammernd, wurde Kwani unschlüssig, dann rannte sie unvermittelt los. Die tödliche Speerspitze vor sich haltend raste sie los durch die erschrokken zurückweichende Menge; ihr Gesicht bleich, ihr Haar wallte wie schwarzer Rauch hinter ihr her. Sie erreichte den Pfad zur Schlucht und stolperte und rutschte in ihrer Hast, von diesen Menschen fortzukommen.

Erst als sie die Stadt weit hinter sich gelassen hatte, flossen die Tränen, blind stolperte sie durch Gestrüpp, tränenüberströmt, den Speer hinter sich herziehend, wie ein Kinderspielzeug.

Die Würdenträger saßen im feierlichen Halbkreis vor dem Altarfeuer in der Kiva. Würziger Wacholderrauch zog durch den Raum, und die Flammen beleuchteten die Mauernischen, wo Gebetsstäbe, Fetische, Flöten und Rasseln und andere heilige Gegenstände aufbewahrt wurden. Es war spät; die Häuptlinge hatten sich vor Stunden zur Beratung zurückgezogen. Der Korb für die bedeutende Feier des Medizinmannes war zerstört worden. Böses braute sich zusammen.

Der Medizinmann war hochmütiger als gewöhnlich. Er hatte das Werk der Zerstörung zwar nicht begangen – jubelte aber insgeheim, daß die Tat begangen worden war. Andererseits fürchtete er, man würde sie ihm anlasten, da er keine Möglichkeit gesehen habe, den Korb abzulehnen. Tiopis Gefährte Yatosha schwieg. Er wußte, wie sehr Tiopi diese Kwani verfluchte. Hatte Tiopi das Verbrechen begangen? Er schlug die Augen nieder, um seine Befürchtung und seinen Ärger zu verbergen.

Seit Monden mußte er sich Tiopis Prahlerei darüber anhören, daß Kokopellis Samen in ihrem Leib aufgegangen war, Yatoshas aber zurückgewiesen wurde. Endlose Lobeshymnen mußte er sich anhören über Kokopellis Manneskraft, seine Leistungen, seine Fähigkeiten, seine Taten, die sein eigenes Ansehen und seine Bedeutung als Jagdhäuptling zu einem verschwindenden Nichts herabsetzten. Wäre es nicht um sein Ansehen im Adlerclan gegangen, hätte er Tiopi längst verlassen und wäre ins Haus seiner Mutter und zu seinem eigenen Türkisclan zurückgekehrt. Aber – und das nagte in seinem Inneren – er liebte Tiopi. Er stöhnte innerlich. Er wünschte, Kokopelli sei im Schnee umgekommen, er und sein verfluchter Kindermacher.

Huzipat, der Häuptling des Clans und des Ältestenrats, saß mit gesenktem Kopf und feierlich ernstem Greisengesicht da. Yatoshas ständige Demütigungen seit Kokopellis letztem Besuch waren ihm nicht verborgen geblieben. Er konnte die Gefühle seines jungen Jagdhäuptling nachempfinden und hätte es ihm nicht verübelt, wenn er Tiopi die Tat angelastet hätte oder sie in Andeutungen beschuldigt hätte, etwas mit der unangenehmen Sache zu tun zu haben. Ein Mann mußte tun, was getan werden mußte, um sein Gesicht zu wahren. Er kratzte sich am Ohr und zupfte an seinem Ohrschmuck, als könne er daraus Weisheit ziehen.

Die Häuptlinge und Würdenträger saßen in brütendem Schweigen. Wer aus ihrem Volk hatte Kummer über den Clan gebracht? Huzipat hob die Hand.

»In unserer Mitte ist eine Person mit bösen Gefühlen. Einer aus unserem Volk hat eine Schandtat begangen und sie nicht gestanden.« Zustimmendes Nicken.

Er fuhr fort. »Daher müssen wir die Götter um Beistand bitten. Wir müssen fasten und uns drei Tage lang Reinigungsritualen unterziehen und auf ein Zeichen warten.« Er wandte sich an den Medizinmann. »Stimmst du dem zu?«

»Ich stimme zu.«

»Wirst du die Feier vorbereiten?«

Der Medizinmann nickte hoheitsvoll. »Ich werde mich mit den Geistern in meinem Medizinhaus beraten.«

Der Clanhäuptling zupfte wieder an seinem Ohrschmuck, eine Angewohnheit, wenn ihn Sorge plagte. »Gut. Wir müssen herausfinden, wer das getan hat. Wir dürfen keine bösen Gefühle zulassen.« Er schüttelte traurig den Kopf. »Sie schaden unserem Clan.«

Zashue, der neben seinem Vater saß, hatte sich große Mühe gegeben, zu schweigen. Jetzt hob er die Hand in der Geste vor dem Sprechen.

Der Clanhäuptling warf ihm einen Blick zu. »Du wünschst zu sprechen?«

»Ja.«

»Sprich.«

»Vielleicht hat die Geachtete ihren Korb selbst zerstört.«

Dumpfes Schweigen. Die Männer senkten die Köpfe und verschränkten die Arme. In den Augen des Medizinmannes erschien ein Funkeln. Er warf seinem Sohn einen Blick freudiger Überraschung zu. »Zashue spricht weise.«

»Weise?« wiederholte der Clanhäuptling. »Warum sollte

die Geachtete zerstören, was sie erschuf? Nie zuvor wurde ein solcher –«

»Weil sie wußte, er würde das Wasser nicht halten und ich ihn daher nicht annehmen. Sie wollte einer anderen Person die Schuld dafür geben –«

»Und Unruhe stifen«, setzte Zashue hinzu in gekonnter Nachahmung des Tonfalls seines Vaters.

Die Männer tauschten Blickte. War das möglich? Aber nein, Kwanis Zornesausbruch war echt. Der Gedanke daran ließ sie unruhig auf ihren Matten hin und her rutschen. Sie mußten den Beistand der Götter erflehen.

Kwani wußte nicht, wie lange sie ziellos durch die Schlucht gestolpert war. Jetzt saß sie an den Stamm eines verdorrten Wacholderbaums gelehnt. Arme und Beine waren zerkratzt und Blut sickerte aus einer kleinen Kratzwunde an der Wange.

Sonnenvater erschien hinter einer Wolke und die Wolke schwebte fort. Die Luft trug die Botschaft des nahenden Frühlings mit sich; Mutter Erde traf bereits Vorbereitungen zur Geburt. Bald war die Zeit der Feiern vor dem Pflanzen gekommen. Und sie hatte keinen Korb. Die Gedanken wirbelten in ihrem Kopf wie Blätter vor dem Wind.

Es war Tiopi. *Es mußte Tiopi gewesen sein.* Aber man hätte sie gesehen; die Leute würden es wissen. Vielleicht wußten sie es und sagten nichts. Vielleicht waren sie froh, daß Tiopi es getan hat; sie wollten, daß sie ihre Probezeit nicht bestand und vom Clan vertrieben wurde. Vielleicht war der ganze Adlerclan ihr insgeheim feindlich gesinnt...

Alle außer Okalake.

Kokopelli, warum hast du mich verlassen? Ich würde lieber neben dir im Schnee sterben, als wieder fortgejagt zu werden und alleine zu sterben.

Ein Schrei löste sich aus ihrer Kehle. Es gab keine Tränen mehr; der Zorn hatte sie aufgetrocknet. Der Wind lief durch die Schlucht und der Baum nickte ihm zu, als er vorbeisauste. Eine Feldmaus unter einem Salbeibusch äugte Kwani an; die glänzenden, kleinen Augen schauten in ihre, bevor sie das Weite suchte. Das Sonnenlicht ließ den roten Sandstein am gegenüberliegenden Felsen aufleuchten. Und ein Vogel flog mit schnellen Flügelschlägen von seinem Nest im zerklüfteten Fels.

Die Natur war schön und friedlich, doch Kwani spürte keinen Frieden. Sie erhob sich, nahm den Speer hoch, wo sie ihn hingelegt hatte und hielt ihn in der Hand.

»Ich wollte dich werfen«, sagte sie laut.

Hätte sie es getan, hätten die Jäger ihre Pfeile geschickt und sie getötet. Sie aber wollte *leben*.

Sie drückte das Amulett fest in seinem Beutel an ihrem Hals. »Gib mir ein Zeichen!«

Doch das Amulett gab kein Zeichen. Sie scheute sich, in die Stadt zurückzukehren, sie konnte den Menschen nicht gegenübertreten, noch nicht. Zorn – und Angst – machten sie verletzlich. Der Wille der Bewohner der Felsenstadt stand nicht mit ihrem eigenen im Einklang.

Seufzend setzte sie ihren Weg fort, achtete nun mehr darauf, wohin sie ihren Fuß setzte. Doch Bruder Kojote sah sie erst, als sie beinahe bei ihm angekommen war. Er lächelte sein Kojotelächeln.

Kwani blieb stehen und starrte ihn an. Sein rötlichbraunes Fell glänzte in der Sonne, als er auf dem kleinen Hügel saß.

Ihr Herz machte einen Sprung. Ein Zeichen!

»Ich grüße dich, Bruder Kojote.« Sie senkte den Speer und neigte ehrerbietig den Kopf.

Der Kojote hob die Nase in den Wind, als wolle er ihren Gruß erwidern und trottete auf die gegenüberliegende Felswand zu. Kwani hatte das Gefühl, sie solle ihm folgen und eilte hinter ihm her. Doch bald war er verschwunden, und sie stand an den zerklüfteten, sich hoch auftürmenden Felsformationen.

Und plötzlich *wußte* sie. Sie mußte den Weg zurückkehren, den sie gekommen war, bis zum Kletterpfad zum Haus der Sonne. Dort würde sie erfahren, was sie zu tun hatte.

»Ich danke dir, Bruder Kojote!« rief sie. Flink und umsichtig folgte Kwani dem schmalen Pfad. Bevor sie die Felswand hochkletterte, legte sie den Speer weg und zog sich die Einkerbungen hoch, die sie erst einmal zuvor benutzt hatte.

Der Tempel stand in einsamer Meditation. Doch Kwani

spürte die Anwesenheit der Geister. »Ich grüße Euch, verehrte Geister. Und bitte um Erlaubnis, einzutreten.«

Friedlich einladendes Schweigen.

Schweigend überquerte Kwani den freien Platz vor dem Ort der Erinnerung. Beinahe erwartete sie, daß die Alte am Altar kniete. Doch nur ihr Geist war da.

»Ich grüße dich«, flüsterte Kwani und ihr Herz klopfte heftig. Sie betrachtete den Raum, als habe sie ihn nie zuvor gesehen.

Die sich zum Himmel öffnenden Wände waren aus glatt behauenen Steinen, die fugenlos ineinander paßten. Dem Eingang gegenüber stand ein kniehoher Stein auf der Kante, unbehauen bis auf die Platte, die glatt und eben war. An einer Ecke hing eine kleine Spinne in ihrem Netz.

»Spinnengroßmutter?« flüsterte Kwani und näherte sich dem Altar. Spinnengroßmutter war eine geachtete Gottheit; manche glaubten, sie habe die Menschen in die Vierte Welt geführt. Ob sie es war?

Die Spinne hing reglos im Netz, das sich leise im Wind bewegte. Ehrfurchtsvoll ging Kwani in die Knie und näherte sich so dem Altar. Sie beugte sich vor, um die Spinne anzusehen.

»Ich grüße dich, Ehrwürdige.«

Die Spinne beachtete sie nicht. Vorsichtig, um das Netz nicht zu zerstören, legte Kwani beide Arme auf den Altar und ihre Wange an die Steinplatte. Sie schloß die Augen und brachte sich durch Willensanstrengung dazu, die Kräfte des Steins zu empfangen und sich mit den Geistern an diesem heiligen Ort zu verständigen.

Sie wußte nicht, wie lang sie so kniete. Vielleicht schlief sie und träumte. Doch die Sich Erinnernde kam und kniete neben ihr und sprach.

»Du bist diejenige, die ich erwählt habe. Du wirst leben wie alle anderen lebten, die erwählt wurden – wie ein Fluß, der in den Strom der Unsterblichkeit mündet. Dein Körper wird sterben, doch dein Geist wird leben, wie meiner lebt und alle anderen, die Sich Erinnernde waren, und die leben werden, wenn du in Sipapu eingegangen bist.«

Kwani war von Ehrfurcht erfüllt. Die Alte verschwand und eine andere Frau kam. Ihre Mutter.

»Kwani...« Ihre Stimme war ganz weich.

»Mutter!«

»Sei nicht traurig. Lasse nicht zu, daß der Zorn an deiner Seele nagt, wie ein Hund an einem Knochen.«

»Aber mein Korb –«

»Mache einen zweiten.«

»Die Zeit reicht nicht. Die Feiern vor dem Pflanzen beginnen.«

»Die Zeit reicht, du wirst sehen.«

»Die Person, die meinen Korb zerstörte, könnte ihn wieder zerstören.«

»Fertige einen Korb, der zu heilig ist, um ihn zu zerstören. Das ist deine Pflicht.«

Kwani hob den Kopf, um ihrer Mutter ins Gesicht zu sehen. Doch niemand war da. Nur die kleine Spinne krabbelte in ihrem Netz.

Kwani schaute sich in der leeren Halle um. »Mutter!« rief sie und ihr war, als müsse ihr Herz zerspringen. Hatte sie geträumt?

Wieder legte sie ihre Wange auf den Stein und breitete die Arme aus. Allmählich beruhigte sich ihr Geist und Friede kehrte in ihr ein und erfrischte sie wie ein sanfter Frühlingsregen. Es war nicht wichtig, wer ihren Korb zerrissen hatte. Sie wollte einen neuen flechten, einen besseren, einen heiligeren.

Sie richtete sich auf, als erwache sie aus tiefem Schlaf. Der kleine Raum lag jetzt im Schatten, schweigend und in unendlicher Gelassenheit. Sie flüsterte den Kräften des Altars und der kleinen Spinne ihren Dank zu – war sie Spinnengroßmutter? Und verabschiedete sich dankbar von den Geistern.

Draußen war der Himmel wolkenlos; nur der kalte Winterwind fuhr über den Berg. Die Feiern vor dem Pflanzen sollten in einem Mond stattfinden; sie mußte sich beeilen, um ihren Korb bis dahin fertigzustellen.

Aber wie sollte er aussehen?

Kwani verließ das Haus der Sonne und ging langsam über den Tafelberg, suchte nach einer Eingebung. Der Himmel, die Luft, der warme Atem des Sonnenvaters, der würzige

Duft von Salbei und Wacholder umfächelte sie, aber die Eingebung blieb aus.

Was konnte sie erschaffen, das zu heilig wäre, um es zu zerstören? Sie befragte ihr Amulett, sie flehte die Geister der Bäume und Büsche an, es ihr mitzuteilen, ohne eine Antwort zu erhalten. Sie mußte die Erleuchtung von Mutter Erde selbst erfahren.

Sie fand eine durch einen Felsbrocken windgeschützte Stelle und legte sich flach auf den Bauch. Sie drückte die Lippen auf die Erde, preßte ihren Körper gegen den felsigen Grund und strengte ihre ganze Willenskraft an, um eins mit Mutter Erde zu werden.

»Sprich mit mir, Heilige.«

Zeit verging. Die Schatten bewegten sich und wurden lang. Kwani lag neben dem Stein, nahm die Kraft in sich auf, die das Gras wachsen ließ, die das Getreide sprießen und reifen ließ, die den winzigsten Samen nährte und ihm Leben einhauchte. Die Kraft ging auf sie über und sie war wie durch gemeinsame Blutbahnen mit allem Wachstum verbunden: mit jedem Grashalm, jedem Blatt und jedem kleinen Käfer, der vorüberkrabbelte.

Der Korb begann vor ihrem inneren Augen Form anzunehmen ... rund wie Sonnenvater wölbte er sich anmutig zu runder Fülle, trächtig wie Mutter Erde. Am Hals sollte er sich verengen, um sich zu einer kleineren Kugel, der Mondfrau, zu weiten.

Das Muster sollte etwas Lebensspendendes sein ...

Kokopelli! Kokopelli und sein heiliger Vogel!

Mit einem Aufschrei richtete Kwani sich auf die Knie. Ein Korb, der die Darstellungen von Sonnenvater, Mutter Erde, Mondfrau, Kokopelli und seinen heiligen Vogel trug, war etwas Heiliges. Der Medizinmann würde ihn nicht ablehnen; niemand würde es wagen, ihn zu zerstören.

Sie ließ ihre Blicke schweifen über Bäume, Büsche, Gräser und Gestrüpp, ihre Brüder und Schwestern. Ihr Herz sang und ihre Füße liebten den Ort, auf dem sie stand. Singend machte sie sich auf den Rückweg in die Stadt.

Schönheit vor mir,
Schönheit hinter mir,

Schönheit über mir,
Schönheit unter mir,
Ich schreite in Schönheit.

Der Rauch der Kochstellen schwebte bereits über der Höhlenstadt und wurde vom Wind weggetragen, als Kwani zurückkehrte. Auch aus den Kivas drang Rauch.

Kwani vermutete, daß die Männer über die Feierlichkeiten berieten. Doch sie hörte weder Trommelschläge noch Gesänge. Seltsam. Als sie den Platz betrat, erstarb das normale rege Treiben der Essensvorbereitungen und das lärmende Spiel der Kinder. Kwanis Gesicht leuchtete in einem Lächeln! Und sie trug keinen Speer.

Sie rief fröhliche Grußworte, die beklommen erwidert wurden. An ihrer Tür blieb sie überrascht stehen. Woshee saß neben einem ordentlichen Stapel gespaltener Ruten, mehr als genug, um den größten Korb zu flechten. Woshee stand würdevoll auf, doch ihre Augen waren bekümmert.

»Ich grüße dich, Geachtete.«

»Meine Seele singt«, entgegnete Kwani wahrheitsgemäß. Sie blickte auf das Material für einen neuen Korb. »Hast du mir das gebracht?«

Woshee schüttelte den Kopf, so daß die in ihr Haar geflochtenen blauen Federn in Bewegung gerieten und wie kleine Vögel zu flattern begannen. Sie machte eine Handbewegung über die Stadt über und unter ihnen.

»Alle Frauen des Clans haben sich daran beteiligt.«

»Oh!« war alles, was Kwani hervorbrachte. Sie nahm einen Arm voll Ruten und wandte sich an alle Frauen, die sich auf den Dächern und Terrassen versammelt hatten.

»Ich danke euch allen, und ich werde einen schöneren Korb flechten als zuvor!«

Ihr Herz füllte sich mit Wärme. Sie waren nicht ihre Feindinnen. Sie waren ihr Volk. Mit erstickter Stimme fuhr sie fort: »Es tut mir leid, daß ich mich so benommen habe. Vergebt mir.«

Erst jetzt bemerkte sie, daß sie ihren Speer vergessen hatte. Sie hatte ihn am Fuß des Felsens liegengelassen, wo sie zum Haus der Sonne hinaufgestiegen war. Sie wollte ihn morgen holen.

Woshee legte ihren Arm um Kwani: »Komm und iß an meinem Feuer.« In Woshees Haus nahm Kwani einen Maisfladen und tauchte ihn in die Schüssel, schaufelte gegarten Mais und Bohnen damit auf, gewürzt mit aromatischen Kräutern.

»Das schmeckt gut«, sagte sie und aß hungrig.

Woshees dunkle Augen hafteten gedankenvoll auf Kwanis Gesicht. Sie dachte, etwas ist heute mit ihr geschehen. Sie ist nicht die gleiche wie vorhin, als sie im Zorn fortlief. Sie fragte: »Wo ist dein Speer?«

»Ich ließ ihn an der Felswand liegen, bevor ich zum Haus der Sonne hinaufstieg und vergaß ihn dort, weil ich einen anderen Weg zurückkam.«

»Du warst im Haus der Sonne?«

»Ja.«

»Es ist verboten –«

»Bruder Kojote schickte mich dorthin.«

Woshee setzte sich auf die Fersen und starrte sie an. Dieses Mädchen versetzte sie immer wieder in Erstaunen. »Erzähl mir davon.«

Nach einigen weiteren Maisfladen hatte Kwani ihre Geschichte beendet. Sie wischte sich den Mund mit dem Handrücken.

»Ich danke dir, Woshee. Mein Bauch ist zufrieden.« Sie rülpste leise. »Kommen der Sonnenhäuptling und Okalake nicht zum Essen?«

»Okalake kommt gerade.«

Kwani wandte den Kopf, als Okalake eintrat. Er blieb erstaunt stehen, als er sie sah.

»Ich grüße dich, Geachtete.« Er lächelte.

»Meine Seele singt.« Sie lächelte ebenfalls.

Er nahm die Hand seiner Mutter und hauchte sie an. Sie hätte gerne gewußt, wo er herkam, fragte aber nicht.

»Iß jetzt«, sagte sie.

»Wo ist mein Vater?« fragte er Woshee.

»Beim Rat der Stammesältesten. Man berät über die Angelegenheit des zerrissenen Korbes, den Kwani für den Medizinmann angefertigt hat.«

»Ich werde an den Beratungen teilnehmen.«

Er verschlang gierig ein paar Maisfladen, so als wolle er damit seinen Zorn ersticken. Er hatte sein Mahl beinahe beendet, als Miko und ihre Mutter am Eingang erschienen. Miko trug Spuren kürzlich vergossener Tränen im Gesicht. Höflich lehnten sie es ab, ans Feuer zu treten.

»Miko hat dir etwas zu sagen«, begann ihre Mutter.

Miko schniefte und ihre Mutter stubste sie an. Schließlich sagte sie: »Ich weiß, wer den Korb zerstörte.«

»Wer?« fragte Okalake scharf.

»Es war jemand von einem anderen Clan.«

»Wer?«

»Ich möchte es nicht sagen...«

Woshee sagte sanft: »Von welchem Clan, Miko?«

Miko zauderte. Ihre Mutter schubste sie wieder. »Dem Wolfsclan«, sagte sie kaum vernehmbar, und Tränen kullerten ihr über beide Wangen.

Schnell ging Woshee im Geist alle Personen vom Wolfsclan durch, die hier waren, während Kwani Yuccablätter sammelte. Es gab nur eine vage Möglichkeit: ein Kind, das zu allen Häusern Zutritt hatte, ungeachtet ein und aus lief, das auch Kwanis Haus betreten konnte, ohne daß jemand sich daran erinnerte.

Woshee trat zu Miko und legte ihr beide Hände auf die Schultern. Miko ließ den Kopf hängen und Woshee hob das Kinn des Mädchens hoch und schaute in ihre tränennassen Augen.

»Ki-ki-ki, hab ich recht?«

Miko verbarg ihr Gesicht in den Händen. »Ich möchte es nicht sagen!« schluchzte sie.

Ihre Mutter nickte. »Sie war es. Miko hätte es dir sagen müssen.« Sie wischte ihre eigenen Tränen aus den Augen und führte Miko fort.

Kwani schluckte schwer. Arme kleine Ki-ki-ki, übermannt von Eifersucht... Ein Gedanke traf sie wie ein Schlag. *Hatte Ki-ki-ki sie mit Okalake gesehen?* Kwani warf ihm einen Blick zu und wußte, daß er sich die gleiche Frage stellte. Wenn das Mädchen etwas wußte, würde sie es den anderen sagen...

24

Okalake blieb auf dem Dach der Kiva des Medizinmannes stehen, blickte hinab ins Halbdunkel und seine Gedanken irrten umher wie ein gehetzter Hirsch.

Leib und Leben, die gesamte Zukunft von Kwani, Woshee und ihm selbst hing von den Worten eines Kindes ab. Würde es sie verraten?

Es ist alles meine Schuld.

Es war die Liebe. Die Liebe zu einer Frau mit blauen Augen, weichen Lippen und einem schönen, leidenschaftlichen Körper. Was passierte, wenn die Wahrheit an den Tag kam? Er würde die Nachfolge seines Vaters nicht antreten; würde nie Häuptling sein noch sonst eine angesehene Stellung in der Sippe erhalten. Schlimmer, viel schlimmer war die Strafe, die Kwani und seine Mutter zu erwarten hatten. Beide würden geächtet und in die Wildnis zum Sterben gejagt werden. Kwani würde sich vielleicht durchschlagen. Aber Woshee?

Wenn die Frauen verstoßen wurden, würde er mit ihnen gehen, sie beschützen. Doch die Schmach würde ihnen folgen wie ein hungriges Raubtier. Wohin sollten sie gehen?

Er liebte diese Schluchten mit ihren roten Felsen, das Dorf, in dem er geboren und aufgewachsen war; hier erforschte er die Mysterien der Sternbilder, um das Wissen weiterzugeben an seine Söhne, aus denen er richtige Anasazi machen wollte. Ehrenhafte, zurückhaltende, gesittete Männer, die sich aktiv am religiösen Leben des Clans beteiligen, Männern, denen das Wohlergehen der Gemeinschaft des Clans näherliegt als das eigene, die sich auf Ackerbau und Jagd verstehen, die ein Leben in Würde und Verantwortungsbewußtsein führen.

Seine Finger tasteten nach seinem Amulett. »Führe mich. Gib mir Weisheit«, murmelte er, als er die Leiter hinabstieg.

Die Ältesten und Häuptlinge waren dabei, die Sitzung aufzulösen. Gedrückte Stimmung lastete auf ihnen wie Rauch eines schlechten Feuers. Okalake setzte sich und verschränkte die Arme. Nachdem er ausreichend Zeit hatte verstreichen lassen, sagte er: »Ich wünsche zu sprechen.«

Der Oberhäuptling nickte. »Sprich.«

»Die Person, die den Korb zerstörte, ist nun bekannt.«

Scharfe Blicke des Erstaunens.

»Miko sagt, das Mädchen Ki-ki-ki vom Wolfclan war die Übeltäterin.«

Rufe der Verärgerung und Überraschung. Seit die Regenfälle seltener wurden, gab es Spannungen in den Beziehungen der Clans untereinander; Unstimmigkeiten über Ackerland und Jagdgründe. Der Wildbestand verringerte sich mit zunehmender Trockenheit, und mit wachsender Bevölkerung mußte mehr Wild gejagt werden.

Der alte Huzipat, der Oberhäuptling des Clans und der Ältesten seufzte. »Warum sollte ein Kind so etwas tun?«

Der Medizinmann sagte: »Vielleicht war sie von einem Angehörigen ihres Clans dazu angestiftet.«

Zashue meldete sich zu Wort. »Ich glaube, es gibt einen anderen Grund. Wenn Ki-ki-ki es getan hat, so deshalb, weil sie eifersüchtig auf Kwani ist.«

Okalake hob den Kopf: »Warum sollte sie auf meine Schwester eifersüchtig sein?«

»Es ist allgemein bekannt, daß Ki-ki-ki in dich verliebt ist, Okalake.«

Okalakes Stimme verschärfte sich. »Was hat das mit Kwani zu tun?« Er wandte sich an die anderen. »Wenn Zashue zu dem steht, was er andeutet, schuldet er mir und meiner Schwester eine Entschuldigung.«

Zashue wand sich unter seinem Blick. »Ich meinte nur ...«

»Was meintest du genau?«

Der Medizinmann hob beschwichtigend die Hand. »Mein Sohn wiederholt lediglich, was in Kivas und an Lagerfeuern so dahergeredet wird.«

Okalake erhob sich und seine Stimme war scharf wie eine Lanze. »Sag mir, was geredet wird.«

Der Medizinmann sah mit Wohlgefallen die roten Flecken auf den Wangen des künftigen Sonnenhäuptlings.

»Ich werde es dir sagen.« Er überschlug die Beine, verschränkte die Arme und ließ sich Zeit. »Man sagt, dein Interesse an Kwani ist mehr als brüderlich.« Er lächelte dünn.

Der Sonnenhäuptling hüllte wütend seinen Umhang enger um sich. »Das ist ungebührlicher Klatsch. Mein Sohn ist ein aufrechter Mann, ein echter Anasazi; der Adlerclan ist stolz auf ihn. Ihr alle wißt das. Mein Sohn behandelt seine Schwester nicht freundlicher als seine Mutter. Wenn ihr zulaßt, daß die Angehörigen des Wolfclans Zwietracht unter uns säen, so laßt ihr euch zu ihrem Nutzen manipulieren.«

»Mein Vater spricht weise«, sagte Okalake und setzte sich. Sein Gesicht war ohne Ausdruck. Doch innerlich tobte ein wilder Sturm. Von nun an mußte er Kwanis Nähe meiden... wenn er es übers Herz brachte. *Er mußte.*

Der alte Ruferhäuptling räusperte sich. »Wir wollen uns vor einem übereilten Urteil hüten –«

»Ebenso wie vor einem manipulierten«, fügte der Sonnenhäuptling hinzu.

Yatosha und vor allem der Medizinmann waren erleichtert, daß der Verdacht sich auf eine andere Person richtete. Unstimmigkeiten zwischen den Sippen waren gefährlich, gefährlicher als die Angst vor Raubüberfüllen, die sie gezwungen hatten, sich in geschützte Felshöhlen zurückzuziehen. Innerer Zwist zerrieb die Brüderlichkeit, doch gegenseitige Hilfe war nur in gegenseitigem Einverständnis möglich.

Der Oberhäuptling sagte: »Wir wollen uns mit den Häuptlingen des Wolfclans versammeln.« Eifriges Kopfnicken. Das war eine weise Entscheidung.

Die Versammlung fand in der geräumigen Kiva von Quolonquin statt, dem Oberhäuptling des Wolfclans. Er war jung für einen so hohen Würdenträger, größer als die meisten Männer und hager. Eine Narbe zog sich quer über seine Wange von Nase zum Ohr und verlieh ihm ein leicht unheimliches Aussehen.

Er reichte seine verzierte Willkommenspfeife dem Oberhäuptling des Adlerclans, der einige Male daran zog und sie an den Medizinmann weiterreichte. Jeder der versammelten Würdenträger rauchte einige Züge und gab die Pfeife dem nächsten weiter.

Der betagte Oberhäuptling des Adlerclans blickte gedankenvoll ins Altarfeuer und sagte schließlich: »Ihr habt davon gehört, daß der für unseren Medizinmann zu den Feiern vor dem Pflanzen angefertigte Weihekorb zerstört wurde.« Er machte eine Pause und fuhr ruhig fort: »Es heißt, die junge Ki-ki-ki habe die Schandtat begangen. Wir nehmen an, daß es sich nur um einen Kinderstreich handelt –«

»Wer beschuldigt Ki-ki-ki?« fragte Quolonquin scharf.

»Das Mädchen Miko von unserem Clan, die vor kurzem zur Frau geworden ist.«

»War sie Zeugin?«

Der Ältestenhäuptling rutschte verlegen hin und her. Er wußte es nicht. Warum hatte er Miko nicht danach gefragt?

»Mikos Mutter bestätigte die Aussage, daß Ki-ki-ki es war.«

»Hat sie die Tat gesehen?«

»Wir vom Adlerclan lügen nicht.«

Schließlich sagte der Ruferhäuptling in die angespannte Stille. »Zwischen Brüdern sollte es keine Unstimmigkeiten geben. Es ist allgemein bekannt, daß Mädchen und Frauen sich eher von närrischen Gefühlen als von Vernunft leiten lassen. Wir dürfen nicht zulassen, daß Weibertaten das enge Band unserer Bruderschaft zerreißen.«

Wieder entstand Schweigen, während die Friedenspfeife eine weitere Runde machte. Quolonquin wandte sich an den jungen Häuptlingsanwärter, der sein Nachfolger werden sollte.

»Bring Ki-ki-ki zu mir.«

Der Junghäuptling nickte und verließ die Kiva und kehrte bald mit der verängstigten Ki-ki-ki zurück. Als ihr Blick Okalakes traf, wandte sie das Gesicht ab.

Quolonquin sagte: »Der für den Medizinmann des Adlerclans gefertigte Weihekorb ist zerstört worden. Du wirst beschuldigt, die Tat begangen zu haben.

Sie zog den Kopf ein und schwieg.

»Hast du den Korb zerstört? Antworte, Mädchen!«

»Ja«, hauchte sie.

»Warum?«

»Weil Kwani eine Hexe ist.«

Empörtes Raunen unter den Angehörigen des Adlerclans. Die Würdenträger des Wolfclans wandten verlegen die Köpfe.

Okalake sagte: »Komm zu mir Ki-ki-ki.«

Widerstrebend gehorchte sie, und er zog sie nach unten, bis sie vor ihm kniete.

»Meine Schwester denkt gut von dir.«

Das Mädchen biß sich auf die Lippen, und eine Träne rollte über ihre Wange.

»Du weißt, daß sie keine Hexe ist. Warum beschuldigst du sie, eine zu sein?«

»Weil ... weil sie dich dazu verleitet, sie zu lieben!« platzte sie heraus. »Ihr küßt euch!«

»Natürlich küssen wir uns. Menschen, die einander lieben, küssen sich, und sie ist meine Schwester.«

»Nicht wirklich.« Der Mund des Mädchens wurde zu einem schmalen Strich.

Der Oberhäuptling sagte: »Sie ist Kokopellis Gefährtin.« Und an die Versammlungsrunde gewandt, »Sie hat gestanden, den Korb vernichtet zu haben. Schickt sie fort.«

Der Medizinmann meldete sich hastig: »Vielleicht hält das Mädchen diese Kwani noch aus anderen Gründen für eine Hexe.«

Zashue ermunterte die Kleine eifrig: »Ja, sag uns die Gründe, Ki-ki-ki!«

Das Mädchen verdrehte die Finger, ihre Blicke flogen unstet durch die Kiva, als suche sie eine Antwort. »Nachts nimmt sie ihre Augen heraus und legt sie auf ein Brett, dann steckt sie sich Eulenaugen in den Kopf.« Siegesgewiß schaute sie Okalake an.

Okalake fragte: »Hast du gesehen, wie sie das macht?«

Sie nickte.

»Wann?«

»In der Nacht.«

»In welcher Nacht?«

Der Medizinmann mischte sich ein: »Es ist unwichtig, in welcher Nacht. Sie hat es gesehen, das genügt.«

»Das Mädchen hat genug geschwatzt«, sagte Quolonquin. »Ki-ki-ki, du kannst jetzt gehen.«

Okalake sprach. »Augenblick. Ich lasse nicht zu, daß man meine Schwester der Hexerei beschuldigt, auch nicht von einem Kind!«

»Es tut mir nicht leid«, schrie Ki-ki-ki schrill. »Du wirst derjenige sein, dem es leid tut!« Sie rannte zur Leiter. Okalake faßte sie an beiden Armen. Er sagte nicht besonders freundlich: »Weißt du, was mit Lügnern geschieht?«

Sie versuchte sich seinem Griff zu entwinden, doch er ließ nicht locker.

»Lügner werden von den Göttern bestraft. Aber noch schlimmer ist, daß Lügner sich selbst strafen, weil sie anderen keinen Glauben schenken können.« Seine Stimme wurde weicher. »Wenn man einen Menschen liebt, so hat man den Wunsch, daß ihm kein Leid geschieht. Denk drüber nach.«

Er ließ sie los, doch sie blieb stehen. Ihre zarten Schultern wurden von Schluchzen geschüttelt. »Ich möchte... Ich möchte...« Sie warf sich in Okalakes Arme. »Ich möchte deine Gefährtin werden, wenn ich erwachsen bin!«

Die Männer sahen einander an und lächelten nachsichtig. Wie typisch weiblich und närrisch. Sie war eifersüchtig! Jetzt verstanden sie alles.

Okalake wischte dem Mädchen die Tränen fort. »Vielleicht änderst du deine Meinung, wenn du erwachsen bist.«

Sie war froh, fliehen zu können; ihre dünnen Beine haspelten sich die Leiter hinauf. Okalake atmete erleichtert auf. Hätte das Mädchen ihn mit Kwani gesehen, hätte sie es verraten... er tastete voll Dankbarkeit nach seinem Amulett.

Die Versammlung löste sich auf, man verabschiedete sich in Freundschaft voneinander, und die Männer des Adlerclans machten sich auf den Heimweg. Nachdem sie fort waren, sagte ein Häuptling des Wolfclans: »Es ist ungebührlich, daß sie eine Beratung wegen der lächerlichen Tat eines Kindes einberufen.«

»Noch dazu wegen eines weiblichen Kindes«, sagte ein Würdenträger.

Sie saßen in stummem Einvernehmen. »Vielleicht suchen sie einen Vorwand, um unser Ackerland für sich selbst in Anspruch zu nehmen?«

Ein anderer meinte: »Ist es möglich, daß das Mädchen sah, wie Kwani ihre Augen herausnahm und die Augen einer Eule statt dessen einsetzte?«

»In diesem Jahr haben Hexen viel Krankheit über unsere Sippe gebracht.«

Sie schauten einander beklommen an.

Quolonquin sagte: »Sie ist eifersüchtig. Eine eifersüchtige Frau sagt manchen Unsinn.«

Sie nickten, behielten jedoch ihre insgeheimen Meinungen für sich.

Kwani kämpfte sich den steilen, engen Pfad in die Schlucht hinunter. Es war früher Morgen, die Wolken schimmerten rosa und die Luft war kalt und würzig. Ihr war nach Singen zumute, doch die große Stille schien ihr zu heilig, um sie zu stören. Vor ihr sprang ein Reh auf und verrschwand im Unterholz. Kwani hoffte, dem Bock noch einmal zu begegnen, wenn sie ihren Speer wieder hatte. Wenn sie ihn tötete, gab es Fleisch für ein Festmahl, und sie würde die Haut schaben und gerben und sich daraus ein neues Kleid machen...

Der Heilige Berg schimmerte bleich im ersten Licht von Sonnenvater, als Kwani die Stelle erreichte, wo der Anstieg zum Haus der Sonne begann. Der Speer war nicht da. Das war doch die Stelle, wo sie ihn hingelegt hatte? Sie suchte die gesamte Umgebung ab. Der Speer war verschwunden. Doch jetzt, da sie Kokopellis Gefährtin war, brauchte sie seinen Schutz nicht mehr. Aber ein nagender Zweifel blieb. Wer hatte ihn genommen? Jemand von einem fremden Stamm: Hätte man ihn in die Stadt gebracht, wäre das nicht verborgen geblieben. Vielleicht hatten spielende Buben ihn gefunden? Tage später, als sie danach gefragt wurde, sagte sie, sie habe den Speer fortgeworfen. In der Annahme, sie schäme sich ihrer früheren Drohung, sahen die Leute darin eine edle Geste und verziehen ihr das ungebührliche Verhalten.

Selbst Tiopi, die ihren hochschwangeren Bauch stolz vor sich her schob, schien ihr freundlicher gesonnen.

»Du darfst mir bei der Geburt von Kokopellis Kind helfen«, meinte sie gönnerhaft.

Kwani nickte nur bitter und gab keine Antwort.

Ihre ganze Aufmerksamkeit galt dem neuen Korb. Die seit Hunderten von Jahren üblichen Rundungen waren leicht herzustellen. Sie verbrachte viele Stunden damit, die harmonische Form zu vervollständigen: die Schwellung nach oben zur Trächtigkeit, die Verengung zum Hals, der sich wieder weitete zu einem runden Vollmond.

Das Flechten fiel ihr nicht schwer; ihre Finger waren an die Arbeit mit den biegsamen Ruten gewöhnt. Ihre Gedanken beschäftigten sich mit der Formgebung. Der Sockel, auf dem Mutter Erde stand, war Sipapu, symbolisiert durch eine Reihe kleiner Halbkreise, die sich zur Wellenlinie des Wassers vereinten. Das sollte eine Doppelbedeutung haben und das Große Wasser verdeutlichen, über das die Götter der Aufgehenden Sonne einst gekommen waren.

Mutter Erde und ihre Fruchtbarkeit waren dargestellt in der Form der Schwangerschaft und durch Kokopelli und seinen heiligen Vogel. Kokopellis Bildnis sollte eine Seite des Korbes zieren, das schlichte Bild eines gehenden Mannes, der Flöte spielt. Auf der anderen Seite wollte sie seinen Vogel darstellen.

Über Mutter Erde sollte die runde Öffnung des Korbes sein, dessen Deckel die Form der Mondfrau erhalten sollte. Außerdem wollte sie Zickzackregen in den engen Hals des Korbes zwischen Himmel und Erde fallen lassen: Regen, der Mutter Erde Fruchtbarkeit verlieh.

Es sollte ein Kunstwerk werden.

Manchmal wanderte sie mit ihrer Handarbeit in die Schlucht oder auf den Tafelberg, um Mutter Erde nahe zu sein. Einmal sah sie in der Ferne eine goldbraune Tiergestalt in geduckter, schleichender Haltung. Ein Berglöwe? Doch er tauchte nicht wieder auf. Vielleicht war es auch Bruder Kojote, der ihr zusah.

Endlich war der Korb fertig. Er war groß, stark und schön. Sie probierte ihn heimlich aus, füllte ihn an einer entfernten Quelle mit Wasser und kein einziger Tropfen sickerte durch. Wegen seiner Größe war er schwerer als sie gehofft hatte, doch ein Mann konnte den leeren Korb mit einem Finger tragen. Angefüllt mit Wasser würde er nicht brennen; vom Fels geworfen würde er nicht brechen – hoffte sie. Zerklüftete Felsen und Dornengestrüpp konnten ihn wohl aufreißen, wenn er mit Gewalt aus großer Höhe geworfen wurde. Dann würde er auch kein Wasser mehr halten.

Sie betete zu den Göttern, fütterte ihr Amulett und ihren

Medizinpfeil und versuchte, sich keine Sorgen über das Bevorstehende zu machen. Den Korb wollte sie dem Medizinmann während der Feier, die in neun Tagen stattfinden sollte, überreichen.

In diesen neun Tagen stellte Kwani fest, daß ihr Mondfluß längst überfällig war. Zuerst achtete sie nicht darauf, doch bald mußte sie der Wahrheit ins Auge sehen. Sie war schwanger. Mit Okalakes Kind.

25

Kwani wälzte sich ruhelos auf ihrer Schlafmatte und wartete auf die Morgendämmerung, um unter ihrem Vorhang ins Freie schlüpfen zu können. Es war der siebte Tag vor den großen Zeremonien, der Tag, an dem sie vor den versammelten Clan treten und dem Medizinmann ihren Korb überreichen mußte. Die Stadt schlief noch. Nicht einmal die Truthähne gaben einen Laut von sich.

Sie setzte sich auf und umschlang ihre Knie. Ob der Alte ihren Korb annahm? Ihre Hand tastete in der Dunkelheit danach und berührte ihn. Er war die Schöpfung ihres Geistes, ihrer Seele, Mutter Erde hatte ihn ihr geschenkt. Sie strich über die glatten Rundungen, tastete die Stellen ab, wo erhabene Bildmuster die Oberfläche schmückten. Kokopellis Bild... Einsamkeit und Sehnsucht übermannten sie. Würde er zurückkehren?

Sie wiegte den Korb in den Armen. »Du bist schön«, gurrte sie zärtlich. »Schön und ein Kunstwerk. Ein Geschenk von Mutter Erde.«

Sie strich über ihren Bauch. Auch hier trug sie ein Geschenk. Okalakes Geschenk. Bald war sie im dritten Mond und die Schwellung würde beginnen. Die ersten Blumen würden erst in weiteren vier Monden blühen. War Kokopelli bis dahin bei ihr, bevor der Clan ihr Geheimnis entdeckte?

Ein Rascheln an ihrer Tür ließ sie den Korb wie ein Kind an ihre Brust drücken. Doch dann hörte sie Schnüffeln; eine

Pfütze Urin rieselte unter dem Vorhang herein – ein Hund auf seinen Morgenrunden.

»Geh fort!« zischte sie und wischte die Pfütze mit einer Handvoll zerrupfter Zedernrinde auf. Die gesammelte Rinde, die sie nun nicht länger für ihren Mondfluß brauchte, eignete sich vorzüglich, um den Säugling trocken zu legen – wie alle Mütter wußten.

Sie dachte an ihr erstes Kind, das von Bruder Kojote in die Geistwelt gebracht worden war. War es ein Knabe oder ein Mädchen? Hatte es blaue Augen? Ein starker Beschützerdrang stieg in ihr hoch. Sie legte beide Arme um ihren Leib. Dieses Kind sollte leben!

Frühe Dämmerung. Ein Säugling schrie, ein zweiter. Frauen krochen aus den warmen Decken, um die Kochfeuer zu entfachen und bald kündigte das vertraute Aroma von Wacholderrauch den neuen Tag an. Junge Mädchen, denen aufgetragen war, die Nachtkrüge zu entleeren, gossen ihren Inhalt über die Mauer auf die Geröllhalde. Auch Kwani trug ihren Tonkrug zur Mauer und leerte ihn wie die anderen und sah belustigt zu, wie kleine Buben ihre Urinbogen in weitem Bogen über die Felsmauer zielten. Vielleicht wurde ihr Kind ein Knabe.

Auf dem Rückweg sah sie Tiopi an ihrem Kochfeuer hantieren, die den Kopf wandte und so tat, als habe sie sie nicht bemerkt.

Was schert es mich, dachte Kwani. Doch es bekümmerte sie. Sie wollte keine Feinde; die waren wie Dornen, die in der Seele eiterten.

Sie wusch sich das Haar und zog ihr bestes Kleid an. Mit Kokopellis hin und her schwingendem, goldenem Ohrgehänge fühlte sie sich unverwundbar. Er würde schön staunen, wenn er sich und seinen Vogel als Muster auf dem Korb entdeckte! Sie lächelte.

Die Stunde des Ruferhäuptlings nahte. Die Knochen des alten Mannes ächzten unter der Kälte, doch sein Geist duldete keine Schwäche. Mühsam erklomm er seine Kanzel und ließ den Blick zum Heiligen Berg hinüberwandern.

»Hört ihr Leute und wacht auf!« Seine volltönende Stimme erfüllte die Höhlenstadt und hallte in der Schlucht wider.

»Seht die Dämmerung und heißt die Ankunft von Sonnenvater willkommen. Er wird erscheinen und das Werk des siebten Tages vor den Zeremonien vor dem Pflanzen segnen. Es ist der Tag, an dem die, die Kwani heißt, dem Medizinmann des Adlerclans ein besonderes Weihegefäß zum Geschenk macht. Wenn ihre Gabe vom Medizinmann und von sämtlichen Häuptlingen und Würdenträgern unseres Clans angenommen wird, so soll Kwani –«

Kwani hörte die Worte mit Mißbehagen. Ihr Korb mußte von allen Würdenträgern anerkannt werden, nicht nur vom Medizinmann! Das hatte ihr niemand gesagt!

Die Stimme des Ruferhäuptlings fuhr fort, doch sie hörte sie nicht mehr. Eine dunkle Ahnung floß kalt durch ihre Adern. War das ein abgekartetes Spiel? Plötzlich dachte sie an den Speer.

Wer hat meinen Speer weggenommen? Wer hat ihn jetzt?

Die Stimme des Ruferhäuptlings drang wieder in ihr Bewußtsein. »... werden sich nach dem Morgenmahl versammeln und die, die Kwani heißt, wird ihre Gabe den Häuptlingen bringen. Ich habe gesprochen.«

Alle Köpfe wandten sich nach Kwani um, die im Rahmen ihres Eingangs stand. Ihr dunkles Haar schimmerte auch in der Dämmerung und Kokopellis goldener Ohrschmuck schwang leise und reflektierte winzige Lichtpunkte von den Feuerstellen. Eine würdevolle Erscheinung in ihrem neuen Kleid, mit unbewegtem Gesicht. Nur die in die Handflächen gekrümmten Finger verrieten ihre Unruhe.

In der Stadt drängten sich Besucher anderer Höhlensippen. Aus den Kivas drangen Gesänge, Rasseln, Trommeln und Flötenklänge. Die einzelnen Geheimbünde des Adlerclans waren stolz auf ihre Zeremonienrituale und nahmen die Gelegenheit war, um für die Feiern vor dem Pflanzen zu üben. Ein lauter Schlag der Donnertrommel kündigte den Auftritt des Medizinmanns an, der seiner Kiva entstieg, gefolgt von weiteren Häuptlingen im feierlichen Geleitzug.

Er war festlich bemalt mit symbolischen Mustern, den schwarzen Zickzacklinien im Gesicht und mystischen farbenprächtigen Zeichnungen auf seinem nackten Oberkörper. Um die Hüften trug er das zottige Fell eines Bergschafs, gehalten von einem Gürtel aus kunstvoll geflochtenem Menschenhaar, geschmückt mit Perlen aus Muscheln ferner Meere. An diesem Gürtel hing ein federgeschmückter Beutel, und an einer mehrfach geschlungenen Halskette aus glänzenden, schwarzen Perlen – gebrannte, polierte Wacholderbeeren – hing sein heiliges Amulett an seiner Brust. In den drei dicken Zöpfen seines Haars waren Adlerfedern eingeflochten. Seine Erscheinung bot einen herrlichen, furchterregenden Anblick, und das Wissen erfüllte ihn mit Stolz. Majestätisch begab er sich in die Mitte des Dorfplatzes; die mystische Stimme seiner Kürbisrassel gebot fauchend Ruhe. Nachdem die Ausrufe der Ehrfurcht und Bewunderung der Zuschauermenge verklangen, begann er zu sprechen.

Zum Verständnis aller Besucher berichtete er ausführlich über Kwanis Ankunft, den Besuch von Kokopelli und seinem Zaubervogel, wie Kokopelli Kwani zur Frau genommen und sie im Schutz des Adlerclans zurückgelassen hatte. Er berichtete in aller Ausführlichkeit, wie er, der Medizinmann, von Kokopelli auserkoren worden war, den Bogen der Götter des Wassers der Aufgehenden Sonne zu hüten und in Ehren zu halten, bis die ersten Blumen blühen und Kokopelli zurückkehrte, um seine Braut zu sich zu holen.

Allen Anwesenden war jede winzige Einzelheit der Geschichte bekannt. Aber welches Gefäß hatte Kwani für den Medizinmann hergestellt? Würde er das Geschenk annehmen? Und was geschah, wenn er es ablehnte? Gespannt warteten sie auf die Antwort all dieser Fragen.

Der Medizinmann kam zum Höhepunkt seiner Rede. In weiten Kreisen schwenkt er die Kürbisrassel über seinem Kopf und wiederholte singend die Bedingungen seines Auftrags.

»Ich, der Medizinmann des Adlerclans, fordere die auf, die Kwani genannt wird, mir ein heiliges Gefäß für die Feiern vor dem Pflanzen zu überreichen. Ich verlange, daß dieses Gefäß groß genug ist, um so viel Wasser aufzunehmen, wie dieser Krug hier.« Er deutete auf den in der Nähe stehenden Gemeinschaftskrug und schüttelte die Rassel eindringlich, um seinen Worten Nachdruck zu verleihen. »Ich verlange, daß es keinem je angefertigten Gefäß gleicht. Es muß so leicht sein, daß ich es mit einem Finger tragen kann.«

Er streckte seinen kleinen Finger seitlich ab. »Wird es ins Feuer gehalten, darf es nicht brennen, wird es vom Felsen geworfen, darf es nicht brechen. Ich, der Medizinmann des Adlerclans, stelle diese Forderungen. Wenn die, die Kwani heißt, diese Bedingungen nicht erfüllen kann, so hat sie ihre heilige Pflicht nicht erfüllt und die Aufnahme in unserem Clan und in unserem Stamm verwirkt und ist an den Orten unseres Volkes nicht mehr willkommen. Sie wird allein in die Wildnis gehen und die Vergebung der Götter erflehen und nach dem Willen der Götter in Sipapu eingehen.«

Die Zuschauer reckten die Hälse. War Kwani sich über die unmöglich zu erfüllenden Bedingungen des Medizinmanns im klaren? War sie bereits fortgegangen?

Der Medizinmann schüttelte die Rassel ein letztes Mal mit ausholendem Schwung und rief: »Kwani, komme näher!«

Sie kam nicht.

Okalake stand mit Woshee und seinem Vater und seinen Geschwistern auf dem Dach ihres Hauses. In seinem Gesicht lag angstvolle Spannung. »Wo ist sie?« flüsterte er Woshee zu.

»In ihrem Haus.«

»Warum kommt sie nicht heraus?« Schweißperlen bildeten sich auf seiner Stirn.

Der Medizinmann rief erneut. »Ich fordere die auf, die Kwani genannt wird, vor mich hinzutreten.« Seine Stimme bebte vor Zorn und Unmut. Er würde sie Respekt lehren!

Der Medizinmann wollte soeben zu einem neuerlichen Ruf ansetzen, als der Vorhang von Kwanis Wohnung beiseite geschoben wurde und sie heraustrat. Sie hielt einen sehr großen, schön geformten Korb mit dem Zeigefinger am Henkel.

Die Augen des Medizinmanns funkelten. Ein Korb! Das war zu einfach. Er beobachtete sie, wie sie die Leitern Sprosse um Sprosse herabstieg, als seien die Stufen breit, und der Korb schwang bei ihre Bewegungen leicht hin und her. Lächelnd näherte sie sich ihm. Das Lächeln würde ihr bald vergehen. Ha!

Kwani stand vor ihm. Sie hielt den Korb hoch, balancierte

ihn an einem Finger und drehte sich um, so daß alle ihn sehen konnten.

»Ich trage ihn an einem Finger«, sagte sie laut in die Runde. »Ich nehme an, der Medizinmann ist dazu gleichfalls in der Lage.«

Vereinzeltes Kichern. Die Hand des Medizinmanns stieß nach vorn. »Gib ihn mir.«

»Gerne. Aber erlaube mir zuerst, seine Form zu erklären und zu berichten, wie seine Form mir enthüllt wurde«, damit wandte sie sich an die Zuschauer.

»Ich war verzweifelt. Ich wollte den Auftrag unseres Medizinmannes erfüllen, aber ich wußte nicht wie. Bruder Kojote schickte mich zum Haus der Sonne. Am Ort der Erinnerung traf ich Spinnengroßmutter. Sie brachte mir die Sich Erinnernde. Meine Mutter erschien mir ebenfalls.«

Die Menge tuschelte. Die Zickzacklinien im Gesicht des Medizinmannes gerieten in Wellenbewegungen. »Gib mir den Korb!«

»Gern«, sagte Kwani höflich. »Sobald ich meine Geschichte von Mutter Erde beendet habe.«

Mutter Erde! Die nach Sonnenvater am höchsten verehrte Gottheit. Der Medizinmann tobte, um den wichtigen Stich der Angst zu überspielen.

»Ich verlange den Korb!«

Kwani wandte sich an den Medizinmann und ihre blauen Augen funkelten spöttisch. In dem Korb befand sich etwas, das er nicht sehen konnte, etwas, das sich zur rechten Zeit enthüllen würde. Sie sagte: »Möchtest du die Geschichte von Mutter Erde nicht hören?«

Aus der Menge erhob sich eine Stimme: »Wir wollen sie hören!«

»Laß sie sprechen!« riefen andere.

»Sehr wohl«, sagte der Medizinmann mit mühsam verhaltenem Zorn. Er stieß die Rassel befehlend nach Kwani. »Sprich!«

Wieder lächelte Kwani. »Gern.« Und wandte sich erneut ihrem Publikum zu. »Ich begab mich zu Mutter Erde und suchte Weisheit. Ich bat sie im Gebet, mir erkennen zu geben, was ich für die Feierlichkeiten erschaffen solle. Ich lag lang im Schoß von Mutter Erde und endlich teilte sie sich mir mit. Dies ist das Gefäß, das ich dem Adlerclan übergebe.«

Sie hielt den Korb hoch über ihren Kopf. »Seht, er ist rund, wie Sonnenvater. Seht, sein Fuß besteht aus kleinen Kreisen, die eine Wellenlinie bilden. Das ist Sipapu und außerdem das Große Wasser der Götter der Aufgehenden Sonne.«

Die Menschen starrten gebannt. Kwanis Finger folgte dem Schwung der Rundung. »Dies ist Mutter Erde, deren Leib die Frucht des Lebens trägt. Und hier kommt Kokopelli mit seiner Flöte und seinem heiligen Samen.«

Sie drehte den Korb, damit die Rückseite sichtbar wurde. »Und hier ist auch Kokopellis Vogel.«

»Ayee-e-e-e!« Die Zuschauer waren verzaubert.

Kwani deutete auf den runden Rand des Korbs. »Über Mutter Erde ist die Mondfrau, dazwischen fällt Regen.« Sie deutete auf das Muster des Regens am schlanken Hals des Korbs. »Regen ist ein Geschenk für Mutter Erde, damit sie den Pflanzen Leben geben kann.«

Kwani hielt den Korb wieder mit einem Finger. »Daher biete ich dem Medizinmann und allen Häuptlingen und Würdenträgern des Adlerclans respektvoll dieses Gefäß an, das Sonnenvater, Mutter Erde, Mondfrau, Kokopelli mit seinem Samen und seinem heiligen Vogel, das Regengeschenk und Sipapu darstellt. Wurde je zuvor ein ähnliches Gefäß hergestellt?«

»Nein!« rief die Menge.

Der Medizinmann machte ein finsteres Gesicht. »Wasser! Fülle Wasser in den Korb!«

Kwani nickte einem jungen Mann zu, der am Gemeinschaftskrug stand und sie mit offenem Mund anstarrte. »Bitte gieße Wasser in meinen Korb.«

Der junge Mann hob eifrig den schweren Krug hoch und goß Wasser in den Korb.

Der Medizinmann grinste breit. »Dann wollen wir mal sehen, welcher Mann ihn jetzt an einem Finger tragen kann.«

»Du hast nichts davon gesagt, daß das Gefäß mit Wasser gefüllt sein muß. Du sagtest lediglich, es muß so leicht sein, daß man es mit einem Finger tragen kann. Du hast gesehen, daß ich das konnte. Du siehst auch, daß das Gefäß nicht rinnt.«

Der alte Clanhäuptling trat vor. »Sie spricht die Wahrheit.«

Okalake drängte sich durch die Menge nach vorn. Kwani winkte ihm. »Mein Bruder, bitte trage den Korb zum Feuer. Wir wollen sehen, ob er brennt.«

Der Medizinmann murrte. »Er ist naß!«

»Du hast nicht verlangt, daß das Gefäß trocken sein muß. Du sagtest nur, es darf nicht brennen, wenn es ins Feuer gehalten wird.«

»Das ist wahr! Das ist wahr!« rief das Volk begeistert.

Okalake hob den Korb. Dabei sprang der federgeschmückte Schaft von Kwanis heiligem Medizinpfeil an die Wasseroberfläche. Kwani nahm den Pfeil und hielt ihn über ihren Kopf. »Der Geist meines Medizinpfeils beschützt meinen Korb so, wie er mich beschützt.«

»Wir werden sehen!« schrie der Medizinmann. Er riß den Korb an sich und trat damit an die Mauer über dem Felsabsturz, holte mächtig aus und warf ihn in die Tiefe. Das kostbare Wasser ergoß sich in einem Schwall über die rote Felswand, der Korb überschlug sich und purzelte die Felsen hinunter.

Ein düsteres Murren ging durch die Menge, wie ein Sturm in der Ferne. Besonders den Frauen mißfiel diese Tat, die weite Fußmärsche unternahmen, um Wasser zu holen, die mit Säuglingen auf dem Rücken und Krügen auf den Köpfen die senkrechten Felswände erklommen. Doch am meisten erschreckte und verärgerte die Menschen die Entweihung, die Schändung, die Beleidigung der heiligen Geister des Gefäßes. Sie drängten sich an die Mauer und starrten in die Tiefe, wo der Korb halb verborgen in einer Felsspalte gelandet war.

»Du hast ihn zerstört! Du hast das heilige Gefäß von Sonnenvater, Mutter Erde, Mondfrau und Kokopelli getötet!« schrie jemand. Die Anklage wurde von anderen aufgenommen. »Du hast ihn getötet! Du hast ihn getötet!« Der Gesang schwoll an und die Menge rückte dem Medizinmann drohend näher.

Das sah Kwani mit Erstaunen. Das Volk lehnte sich gegen

den Medizinmann auf! Doch er allein bestimmte über ihre endgültige Aufnahme in den Clan und darüber, ob ihr die Halskette ausgehändigt wurde. Solange sie nicht in Besitz der Halskette gelangte, galt sie nicht wirklich als die Sich Erinnernde. Sie trat neben den Medizinmann und hob ihre Hand.

»Mein Korb ist stark«, rief sie. Sie hielt den Medizinpfeil über ihren Kopf. »Der Geist meines Medizinpfeils beschützt ihn. Mein Korb ist nicht tot. Schickt jemanden hinunter, um nachzusehen!«

»Ich gehe!« rief Okalake. Ihm folgten Yatosha, der Jagdhäuptling und Gefährte von Tiopi, Cayamo, der Sänger und der kleine Chololo, der hinter seinem Idol wie ein junger Widder von Fels zu Fels hüpfte. Sie fanden den Korb und zogen ihn zwischen Geröll und Gestrüpp hervor. Okalake untersuchte ihn.

»Er ist verletzt aber nicht tot«, rief er nach oben. »Es ist noch Wasser in seinem Bauch.«

»Ayee-e-e-e!« Die Menschen betrachteten Kwani mit Respekt, Verwunderung und Ehrfurcht über ihre Kräfte.

Kwani seufzte in tiefer Erleichterung. Sie war ganz und gar nicht sicher gewesen, daß der Korb nicht getötet war. Das Wasser machte ihn schwer, und die Felsen hatten scharfe Zacken. Wie stark der Korb wohl beschädigt sein mochte? Konnte sie ihn ausbessern?

Der Medizinmann stand in stoischer Ruhe, doch in seinem Inneren brodelte der Zorn. Kein Mensch, schon gar nicht ein Weib, eine Außenseiterin, durfte über so starke Kräfte verfügen. Den Augenblick würde er nie vergessen, als das Volk sich gegen ihn wandte ... gegen *ihn*! ... Ein kalter Finger stieß an sein Herz. Diese blauäugige Frau, die so anders war als die anderen, hatte ihren Zorn besiegt. Sie hatte wieder einmal bewiesen, wie recht sie hatte, wie mächtig ihre Medizin war! Das konnte und durfte er nicht hinnehmen.

Okalake und die anderen kehrten im Triumphzug zurück. Er schwenkte den Korb über seinem Kopf, so daß das Wasser in seinem Inneren schwappte.

»Mutter Erde hält ihr Wasser!« lachte er, und die Menge stimmte in sein Lachen ein. Die gefährliche Stimmung von vorhin war vergessen. »Er ist nicht beschädigt; er rinnt nicht. Nur ein Henkel ist halb abgerissen.« Behutsam hob er ein Stück abgerissenen Rands am Korb hoch. »Seht, die Mondfrau ist ebenfalls verwundet.« Er hielt den Korb dem Medizinmann hin, der ihn mit deutlichem Widerwillen entgegennahm.

Kwani beugte sich nah, um ihr Werk zu untersuchen. »Das ist nicht schlimm. Ich werde ihn ausbessern.«

Das war das Stichwort, auf das der Medizinmann gewartet hatte. Er hielt ihr den Korb voller Verachtung hin.

»Dann bessere ihn aus, und dann werde ich entscheiden, ob ich ihn annehme.«

Angst wand sich wie eine Schlange in seinem Magen. Die blauäugige Außenseiterin hatte ihn zutiefst gedemütigt. Er mußte die Götter befragen. Nie würde er den Korb dieses Weibes entgegennehmen. Nie!

Der Medizinmann kauerte in seiner Kiva, kochend vor Zorn und bitter beschämt. Vor ihm auf einer Matte ausgebreitet war eine Schüssel mit sehr fein gemahlenem Maismehl, ein kleines Gefäß mit allerheiligsten Maispollen, sechs Gebetsstäbe mit Adlerfedern und sein Fetisch, eine kleine Bärenfigur aus Stein gehauen, um dessen Mitte eine Schnur aus Yuccabast mit aufgereihten polierten Muschelstückchen gebunden war. In einem kleinen Beutel aus fein gewebter Baumwolle vom Fluß des Südens bewahrte er die Reste der von Kokopelli mitgebrachten heiligen Sonnenpflanze auf. Neben ihm lag der ihm anvertraute Zauberbogen. Er hatte ihn gefüttert und getreu in Ehren gehalten, wie Kokopelli es verlangt hatte.

Lange Zeit saß er vor diesen Gegenständen mächtiger Medizin, gab ihnen Zeit, seinen Geist zu beruhigen und den Schmerz seiner Schmach zu lindern. Sie, die daran schuld trug, besserte nun ihren Korb aus. Heute abend am Lagerfeuer mußte er eine Entscheidung bekanntgeben. Selbstverständlich würde er den Korb zurückweisen. Doch wie sollte er das tun, ohne die Achtung und das Wohlwollen seines Volkes zu verlieren?

Er wiegte sich hin und her, sang Gebete, doch die Spender

der Weisheit boten ihm keine Lösung. Jetzt blieb ihm nur noch eins. Er mußte eine Vision suchen.

Er hatte den Rest der Sonnenpflanze zwar für die Feiern vor dem Pflanzen aufgehoben, doch er brauchte sie jetzt. Sie schmeckte bitter und trocken. Aber er verzehrte sie vollständig.

Farben. Tiefes Blau, Rot, Schwarz, wirbelten durcheinander. Blaue Hirsche flüchteten über den Tafelberg und schwangen sich in den Himmel. Ein furchterregender Himmel, dunkel, brodelnd. Die Donnertrommeln schlugen. Ein lauter Schrei. (Seiner?) Wolken trieben auf ihn zu, näher, immer näher und lösten sich auf.

Die Sich Erinnernde stand vor ihm, groß, groß wie die Bäume in den Wäldern des Nordens. Sie trug ihr Leichenhemd und in ihren Augen leuchtete ein schauerliches Licht. Sie sprach; und ihre Stimme war wie der Sturm in den Felswänden.

»Du entehrst mich. Du entehrst meine Nachfolgerin, die ich erwählt habe, meine Halskette zu tragen.«

»Nein!« schrie der Häuptling.

Das Gesicht der Sich Erinnernden löste sich vom Körper und schwebte langsam auf ihn zu, füllte den Ort, an dem er sich befand, vollkommen aus, so daß er nur noch das riesige, verschwommene Gesicht mit den schauerlichen Augen sehen konnte.

»Du hast genommen, was dir nicht gehört. Du hast meine Halskette. Gib sie mir.«

Der Häuptling fuhr mit zitternder Hand in den Beutel an seiner Mitte und holte die Halskette hervor. Er hielt sie dem schrecklichen Gesicht hin. Der große Mund öffnete sich immer weiter, bis nichts mehr zu sehen war als schwarze Finsternis. Aber ihre Stimme fuhr fort.

»Ich wohne in meiner Nachfolgerin. Gib ihr die Halskette. Gib sie zurück, sonst wird dir der Einlaß in Sipapu verweigert und die Geier werden deine Knochen abnagen.«

Das Schwarz lichtete sich; die Stimme verblich. Immer noch hielt er die Halskette in seiner ausgestreckten Hand. Es war Abend geworden. Er hörte die Geräusche der Stadt über sich und der Geruch nach Essen und Kochfeuer zog ihm in die Nase. Er war hungrig, erschöpft. Er mußte den Korb annehmen. Nur dadurch konnte Kwani dem Clan angehören und war berechtigt, die Halskette zu tragen.

Er wiegte sich hin und her, sang Gebete um Eingebung und Weisheit.

Die Abendmahlzeit war vorüber; es war Zeit für das Lagerfeuer. Besucher zögerten ihren Aufbruch hinaus, wollten abwarten, bis der Medizinmann seine Kiva verließ, um den Korb abzulehnen oder anzunehmen, der in mystischer Pracht in der Mitte des Platzes stand. Kwani hatte ihn tagsüber ausgebessert und so genau man ihn auch untersuchte, die kaum sichtbaren Ausbesserungsstellen minderten seine Schönheit nicht im Geringsten. Die Darstellungen von Kokopelli und seinem Vogel fanden besonders bei den Frauen Anklang, die den Entschluß faßten, ähnliche Zeichnungen bei der Herstellung ihrer nächsten Tontöpfe zu verwenden. Alle Würdenträger des Adlerclans hockten im Halbkreis um das Feuer, alle außer dem Medizinmann.

Kwani saß neben ihrem Korb, lächelte diejenigen an, die kamen, um ihn zu bewundern und Bemerkungen über seine Schönheit und ihre Kunstfertigkeit zu machen. Tiopi, die sich unbeteiligt im Schatten hielt, die Hände über ihren geschwollenen Bauch gefaltet, sagte sich immer wieder vor, daß Kwani bald fort sein würde. Sie mußte nur abwarten.

Kwani wandte sich an den alten Oberhäuptling. »Warum kommt der Medizinmann nicht?«

»Er berät sich mit den Geistern seines Medizinhauses und den Göttern.«

Zashue stolzierte aufgeblasen hin und her, ahmte die Posen seines Vaters nach. Eines Tages würde er als Medizinmann von diesen Menschen verehrt und gefürchtet sein. Neben Kwani blieb er stehen und wandte sich herablassend an sie.

»Mein Vater spricht mit den Göttern. Wenn die Zeit gekommen ist, wird er erscheinen. Fürchtest du seine Entscheidung?«

»Nein.«

»Es wäre weise, sie zu fürchten.«

»Er kommt«, rief das Volk.

Langsam stieg der Medizinmann aus seiner Kiva. Er trug den Umhang desjenigen, der mit den Göttern in Verbindung stand. In seiner linken Hand hielt er eine Kürbisrassel und in der rechten die Halskette der Sich Erinnernden. Um Augen und Mund hatte er sich rote Kreise gemalt, zum Zeichen dafür, daß er die Gottheiten geschaut und mit ihnen gesprochen hatte. Singend und die Rassel schwenkend trat er in den Halbkreis der Häuptlinge.

»Die heilige Sonnenpflanze hat mir eine Vision geschickt. Die Sich Erinnernde erschien mir. Ich habe mit ihr gesprochen.«

Ein Murmeln erhob sich im Volk wie Blätterrauschen im Wind.

»Das Gefäß, das mir das Weib Kwani gemacht hat, ist wertlos. Ich kann es nicht annehmen. Doch die Sich Erinnernde wünscht, daß ich ihrer Nachfolgerin die Halskette übergebe.« Er hielt sie mit ausgestrecktem Arm vor sich hin. »Der Korb muß meine Anerkennung finden, bevor die Frau Kwani in den Adlerclan aufgenommen und ihr die Halskette übergeben werden kann. Ich werde dies nicht tun. Die Verantwortung liegt bei euch.«

Er hielt dem verblüfften Oberhäuptling die Kette hin. Ohne einen Blick für Kwani wandte der Medizinmann sich ab und stieg wieder in seine Kiva hinab.

Während des lärmenden Tumults, der nun losbrach, rückten die Häuptlinge des Adlerclans nah zur Beratung zusammen. Anwesende Häuptlinge anderer Clans hielten sich in respektvollem Abstand und warteten darauf, zur Beratung hinzugezogen zu werden. Kwanis Herz klopfte wie ein Hammer. Dies war der Wendepunkt, die Stunde der Entscheidung. Ihre Zukunft, ja ihr ganzes Leben hing von dieser jetzt zu fällenden Entscheidung ab. Schließlich erhob sich der Oberhäuptling; die anderen Häuptlinge erhoben sich ebenfalls.

»Wir vom Adlerclan nehmen das Gefäß der Frau namens Kwani an. Der Wunsch der Sich Erinnernden wird erfüllt.«

Er trat auf Kwani zu, die sich erhob. Einen spannungsknisternden Moment lang standen sie sich gegenüber. Dann lächelte der alte Häuptling, und Kwani erwiderte das Lächeln, Freude erwärmte ihr Gesicht und alle, die sie sahen, lächelten ebenfalls. Der Häuptling legte die Kette mit beiden Händen um Kwanis Hals.

»Nun gehörst du zu uns. Nun bist du die Sich Erinnernde.«

Kwani neigte den Kopf. »Ich nehme die Würde an.«

Als die große Muschel an ihrer Brust lag, wurde ihr zum ersten Mal klar, daß sie ungeübt und vollkommen unvorbereitet für die Aufgaben und Pflichten war, die sie nun erwarteten.

Ihr war, als würde sie mit verbundenen Augen einen engen Pfad entlanggehen – und in der Tiefe lauerten gefährliche Felsen auf sie.

26

Zashue lag bäuchlings am Rand des Tafelbergs und spähte hinunter auf einen großen Brocken am Fuße der Felswand. Zwischen Wand und Gesteinsbrocken war ein Schatten sichtbar. Eine Öffnung zu einer verborgenen Höhle? Der Unterschlupf eines Tieres? Vielleicht eines Berglöwen? Oder Kojoten? Vielleicht sogar eine Bärenhöhle.

Er griff nach seinem Bogen. Seit er beim Wurfwettbewerb des Wolfclans nicht erschienen war, hatte man ihn gnadenlos verspottet. Würde er einen Berglöwen oder einen Bären töten, wäre bewiesen, was ein zukünftiger Medizinmann alles zustande brachte.

Er legte den Pfeil in den Bogen, warf eine Handvoll Kiesel in den Felsspalt und wartete darauf, daß sich ein Tier zeigte. Nichts.

Er warf einen größeren Stein in die Tiefe. Nicht einmal eine Feldmaus huschte heraus.

Er mußte nachsehen. Er rutschte nach unten in die Talenge und kletterte zur verborgenen Höhle hinauf.

Plötzlich hielt er erstaunt inne, ging in die Knie und untersuchte schwache Spuren, die zum Fels führten. Ohne Zweifel Spuren eines Mannes und einer Frau, die Sandalen aus Yuccabast trugen wie die Anasazi. Ein Liebesnest! Er kicherte. Vielleicht würde er das heimliche Paar sogar dabei ertappen!

Lautlos kletterte er auf den Felsbrocken und spähte in das Halbdunkel. Die Höhle war leer – oder doch nicht? Etwa auf dem Felsboden schimmerte hinten an der Rückwand. Er ließ sich in die Höhle hinab. Die zerklüftete Felsendecke neigte sich schräg nach unten, und er mußte nach hinten kriechen. Er packte zu. Ein Speer! Kwanis Speer!

Seine kleinen Augen funkelten triumphierend. Kwani hatte ihren Speer hier verborgen und behauptet, ihn verloren zu haben! Sie war es, die hierherkam mit einem Liebhaber – und Zashue konnte sich gut denken, wer dieser Liebhaber war. Er konnte es kaum erwarten, seinem Vater davon Bericht zu erstatten.

Schon wollte er den Speer an sich nehmen. Aber wenn Kwani und ihr Geliebter entdeckten, daß der Speer weg war, würden sie wissen, daß jemand ihre Geheimhöhle entdeckt hatte. Es war besser, ihn hier zu lassen und sie auf frischer Tat zu ertappen! Er legte den Speer an seinen Platz zurück und malte sich seinen Triumph aus, wenn die beiden, die ein Stammesgesetz gebrochen hatten – sich als Bruder und Schwester zu paaren – bloßgestellt wurden.

Er verließ die Höhle, setzte sich auf den Felsbrocken und dachte nach. Vielleicht war es besser, noch zu schweigen und die beiden abzupassen. Er wollte sich in einem Gebüsch verstecken, wo er die Schlucht überblicken konnte, ohne gesehen zu werden. Wenn sie ihr Versteck aufsuchten, wollte er den Medizinmann verständigen und gemeinsam, Vater und Sohn, würden sie die Sünder stellen.

Aber was würde geschehen, wenn Kokopelli zurückkehrte und feststellte, daß seine Gefährtin fort war, weggejagt? Er würde den Clan grausam bestrafen. Und ihm, Zashue, würde man die Schuld daran geben, weil er von seiner Entdeckung erzählt hatte. Seine Zukunft als Medizinmann wäre in Gefahr.

Nein. Er wollte abwarten, bis andere die Schandtat entdeckten. Und das würde gewiß geschehen.

Es war der dritte Mond, nachdem Sonnenvater sich nach Norden zu einem Sommerheim aufgemacht hatte. Die Tage waren oft stürmisch; manchmal schneite es, und die strenge

Kälte hielt an. Doch gelegentlich vertrieb die noch kraftlose Wärme des Sonnenvaters den Winter für kurze Zeit und sprach verheißungsvoll vom Frühling. Die Frauen breiteten Decken und Gewänder auf den Dächern zum Lüften aus und kehrten die Winterabfälle aus den Wohnungen. Man plante, die Häuser mit weißem Kalk und rotem Ocker neu zu bemalen, Wände auszubessern und vielleicht einen neuen Raum anzubauen.

An den seltenen warmen Tagen sonnten sich bereits Erdhörnchen und Murmeltiere auf den warmen Felsplatten und die Menschen taten es ihnen gleich. Saßen auf dem Platz und den Terrassen und ließen sich von der Sonne bescheinen und redeten von den Feiern vor dem Pflanzen, die in drei Tagen stattfinden sollten.

Ausgemergelte alte Männer, deren arthritische Knochen sie vor langer Zeit gezwungen hatten, das Tanzen aufzugeben, versicherten, sich in diesem Jahr wieder an den Tänzen zu beteiligen. Und sie wollten auch wieder Feldfrüchte pflanzen, schließlich hatten sie darin langjährige Erfahrung. Sie schwärmten von reichen Ernten längst verflossener Jahre. Diesmal würden sie dafür sorgen, daß dem Volk wieder eine reiche Ernte beschert werde, denn wer wußte wohl besser Bescheid um die Bedürfnisse von Mutter Erde als sie, die Alten.

Alte Frauen streckten ihre knorrigen, gichtigen Finger und träumten davon, wieder Töpfe und Schalen zu formen, jawohl; und sie scheuchten ihre Töchter, Nichten und Enkelinnen hinaus, um Tonerde von den besten Sammelstellen zu holen. Tagsüber streiften die Truthühner frei durch die Schlucht und pickten gerade vom Winterschlaf erwachende Käfer. Die Hähne aber hatten kaum Zeit zu futtern. Mit zurückgelegten Köpfen breiteten sie den prachtvollen Kranz ihrer Schwanzfedern aus, plusterten die Brustfedern, wackelten mit ihrem roten Kehlkopflappen und balzten mit lautem Kollern, um die Hennen vor Verlangen verrückt zu machen.

Kwani zog in das Haus der Sich Erinnernden, auf das sie nun Anspruch hatte. Auf dem Boden kauernd rollte sie ihre Schlafmatte ein, um sie in ihr neues Heim zu tragen, als ein Schatten den Eingang verdunkelte. Die Frauen hatten ihr beim Umzug geholfen; selbst Tiopi hatte eine Schale mit Wacholderrinde getragen. Doch der Besucher war Okalake, der sich über sie beugte und sie leidenschaftlich küßte.

»Nein! Wenn uns jemand sieht!« Sie befreite sich aus seiner Umarmung, obgleich sie nicht den Wunsch danach verspürte.

»Komm zu unserem Versteck.«

»Nein.« Dabei hätte sie nichts lieber als ja-ja-ja! gerufen.

»Komm heute abend. Die Mondfrau wird dir den Weg weisen.«

»Ich kann nicht.« Aber es war lange her, lang viel zu lang... doch die Gefahr war zu groß...

Er hob sie hoch und hielt sie so, daß sie ihm in die zärtlichen dunklen Augen sehen mußte. Beinahe hätte sie es ihm gesagt... Aber nein, sie durfte sich nicht gehen lassen; vielleicht würde er seine nahende Vaterschaft verraten, ohne es zu wollen und sie alle in Gefahr bringen. Sie wollte auf Kokopelli warten, der sie und ihr Geheimnis von hier wegbringen sollte.

»Du bist schön«, flüsterte er »Wie schön du bist.«

Schritte draußen. Okalake ließ von ihr ab, nahm die aufgerollte Schlafmatte und trug sie hinaus. Vor der Tür stieß er beinahe mit Zashue zusammen.

Miko und ihre Mutter traten ein. Nach gebührlicher Begrüßung sagte Miko schüchtern: »Ich möchte dir auch helfen.« Seit ihrem Erlebnis mit Ki-ki-ki wurde sie erwachsen. Sie hatte noch keinen Gefährten, doch der würde nicht mehr lange auf sich warten lassen, dachte Kwani. Das Mädchen entwickelte sich zur Schönheit – kräftig und wohlgeformt mit einem hübsch geschwungenen Mund und großen, klugen Augen.

Während die drei Frauen den restlichen Hausrat in Kwanis neues Heim trugen, sagte Miko: »Wann wirst du uns die Weisheiten des Sich-Erinnerns lehren?«

Kwani zögerte mit der Antwort. Sie spürte, noch nicht reif genug zu sein, um zu lehren, noch nicht. Aber es wurde von ihr verlangt.

»Übermorgen.« Es blieb ihr also ein Tag, um sich darauf vorzubereiten. »Komm nach dem Morgenmahl mit den anderen Mädchen zu mir. Wascht euch vorher die Haare und bringt Maismehl, um die Geister meines Hauses zu ehren. Sagst du es den anderen?«

»Ich werde es ihnen sagen.«

»Eure Sandalen müßt ihr vor der Tür stehen lassen.«

Miko nickte. Das hatte sie erwartet; es war das Haus der Sich Erinnernden.

In dieser Nacht lag Kwani lange wach. Was sollte sie den jungen Mädchen lehren? Wie konnte sie die Sich Erinnernde sein ohne Übung, ohne Erfahrung?

Ich muß noch einmal zum Ort der Erinnerung zurückkehren.

Bereits vor der Morgendämmerung erklomm sie die steile Felswand zum Haus der Sonne. Der Wind fegte bitterkalt von den schneebedeckten Berggipfeln. In den Felsspalten nistende Raben krähten böse und stießen im Sturzflug auf sie herab. Auf dem Berg angelangt verweilte sie, bis ihr Geist und ihr heftiges Herzklopfen sich beruhigt hatten, bevor sie den Ort der Götter betrat.

Der Ort der Erinnerung lag im Halbdämmer des Tagesanbruchs. Vom Eingang her war der Altar kaum zu sehen, doch Kwani spürte seine Gegenwart, seine mystischen Kräfte. Ehrfurchtsvoll opferte sie Maispollen an die Sechs Heiligen Richtungen.

»Ich bitte ergebenst um Erlaubnis einzutreten«, bat sie die unsichtbaren Geister.

Sie erhielt kein Zeichen. Ihr eigener Geist lud sie ein, sich dem Altar zu nähern. Dort kniete sie und legte die Stirn auf den glatten, kalten Stein und breitete beide Arme auf den Altar, als wolle sie seine uralte Weisheit umarmen. Sie öffnete ihren Geist, ihre Seele, um sie zu empfangen. Allmählich erfüllte sie ein gelassenes, inneres Wissen. Ihr war, als habe sie es immer in sich gehabt, ohne sich dessen bewußt zu sein, bis ihr Geist sich öffnete, um es zuzulassen.

Das Wissen stellte sich ihr erneut dar wie in einem Traum: Anfangs waren die Frauen, die beim Eintritt in die Vierte Welt schwach waren und stärker wurden. Sie sah wieder, wie sie Sexualität und gesammelte Nahrung eintauschten gegen männlichen Schutz und Fleisch; wie Frauen mit der Zeit vergaßen, sich zu erinnern, und wie die Sich Erinnernde geschaffen wurde. Und nun war ihr eine erhabene Aufgabe übertragen. Sie war die vorläufig letzte einer langen Reihe weiser Frauen, zurückreichend bis zum Uranfang der Zeit, als die Sich Erinnernde erschaffen worden war.

Zeit ist ein großer Kreis; ohne Anfang, ohne Ende. Alles kehrt wieder, immer wieder, bis in alle Ewigkeit.

Kwani wanderte über den Tafelberg, um nachzudenken und zu entscheiden, was sie lehren sollte, was sie den jungen Mädchen sagen wollte, die voll Eifer zu ihr kommen würden, um die Dinge zu erfahren, die nur Frauen wissen sollten.

Jenseits der Schlucht lag die Siedlung des Adlerclans. Die Stadt blickte zu ihr herüber wie ein riesiges Auge unter der Stirn des Tafelbergs. In anderen Felswänden der verschlungenen Schluchten gab es ebenfalls Städte, lebten andere Sippen, ein Netz untereinander verwobener Familiensippen, deren Gemeinsamkeiten in den religiösen Feiern bestanden, wodurch sie die Bande zur Natur und der Geistwelt erneuerten. Die Sippen standen in ständiger Verbindung untereinander. Wenn im Adlerclan erneut der Verdacht der Hexerei gegen sie entstand, würden die anderen Clans davon erfahren, würden mit einstimmen...

Aber jetzt bin ich die Sich Erinnernde. Von jedermann geehrt und geachtet. Niemand würde es wagen...

Kwanis Augen wanderten umher, suchten Verbindung und Trost bei Bäumen, Sträuchern, Gräsern, Vögeln und den verborgenen Tieren – bei allem, was Masau'u erschaffen hatte. Der Geist aller Lebewesen in der Natur würde zu ihrem Geist sprechen, wenn sie ihren Geist dafür empfänglich machte. Sie strich über die Blätter eines Salbeistrauches.

»Sprich zu mir«, flüsterte sie.

Sie ließ ihre Hände über den Felsboden gleiten, ließ die Kiesel durch die Hände gleiten, suchte Halt. Sie preßte ihren Körper flach auf die Erde.

»Mutter Erde gib deiner Tochter Mut, denn ich bin jetzt die Sich Erinnernde.«

Ihr Geist beruhigte sich. Sie erhob sich und umfing die

Halskette mit beiden Händen und machte sich empfänglich für ihre Kraft.

»Miko, sag uns, wie Mutter Erde die erste Sich Erinnernde erschuf.«

Miko hob den Kopf. Die Tür war verschlossen und der Raum war nur erhellt vom Glimmen der verkohlten Scheite in der Feuergrube. Die Mädchen saßen eng aneinandergedrückt in dem kleinen Raum.

Miko sagte: »Ich... ich weiß es nicht, Ehrwürdige.«

Das erstaunte Kwani. Sie hatte angenommen, die Greisin habe ihnen davon erzählt. War es ein Geheimnis, das nur die Sich Erinnernde wissen durfte? Sie dachte, ich muß die mir gestellte Aufgabe auf meine Weise erfüllen.

»Gut. Dann werde ich euch die Geschichte erzählen. Aber ihr alle dürft niemals vergessen, daß alles, was in diesem Raum gesprochen wird, ein Geheimnis ist. Erzählt niemals anderen davon, erzählt nie Männern und Jungen davon. Habt ihr verstanden?«

»Ja!« riefen die Mädchen im Chor mit glänzenden Augen. Sie liebten Geheimnisse, besonders solche vor Jungen.

Kwani erzählte die Geschichte, wie Mutter Erde den Maissamen nährte und ihn wachsen ließ, wie der Stiel zur Frau wurde, die sich aus der Erde zog und zu gehen begann. Die Mädchen hörten atemlos zu. Als Kwani mit der Geschichte fertig war, sagte eines der Mädchen: »Erzähle uns vom Uranfang.«

Miko sagte: »Ja, als die Frauen schwach waren.«

Ein Mädchen sagte: »Miko kennt die Geschichte, weil sie die Älteste ist.«

Eine andere: »Die ehrwürdige Alte hat ihr davon berichtet.«

Kwani lächelte. »Miko erzähle. Komm und setz dich neben mich.«

Miko befreite sich aus einem Gewirr von Armen und Beinen und setzte sich neben Kwani. Obgleich Miko schon ihren Mondfluß hatte, wirkte sie immer noch wie ein Kind. Der Duft ihres frisch gewaschenen Haars und des jungen Körpers, die Zartheit ihrer kleinen, nackten Füße weckten in

Kwani eine Flut von Muttergefühlen. Sie legte ihren Arm um das Mädchen. »Erzähl uns die Geschichte.«

»Es war vor langer Zeit, als unser Volk zum ersten Mal in die Vierte Welt kam«, begann Miko. »Die Männer waren groß und stark. Sie waren Jäger und hatten ganz viel Fleisch, aber sie teilten nicht gerne. Den Frauen gaben sie nur die Abfälle, und manchmal gaben sie ihnen gar nichts. Die Frauen waren kleiner, und sie waren schwach, besonders dann, wenn sie Kinder austrugen und mit ihren dicken Bäuchen nicht schnell laufen konnten oder um das Fleisch kämpfen konnten. Daher lehrte Mutter Erde sie, wohlschmeckende Pflanzen und Wurzeln und Samen und Blumen zu sammeln, damit sie nicht länger Hunger leiden mußten.«

»Meine Mutter zeigt mir das auch«, sagte ein kleines Mädchen. »Ich weiß, wo Beeren wachsen.«

»Ich weiß, wo man Nüsse findet«, sagte ein zweites.

»Das weiß doch jeder. Man muß nur den Baum finden und das ist einfach!«

»Ist es nicht!«

»In meinem Haus wird nicht gezankt. Und es ist unhöflich, jemanden zu unterbrechen. Miko, fahre fort.« Kwani lächelte innerlich. Kinder waren eben Kinder, aber sie mußte streng sein, wie es von der Sich Erinnernden erwartet wurde, ob sie nun wollte oder nicht.

»Als die Frauen wohlschmeckende Pflanzen fanden und lernten, wie man sie zubereitet, wollten die Männer davon haben. Also fragten die Frauen Mutter Erde, was sie tun sollten, und Mutter Erde antwortete: ›Tauscht eure guten Sachen zu essen für das, was die Männer euch geben können.‹ ›Meinst du für ihr Fleisch?‹ fragten die Frauen und Mutter Erde antwortete: ›Mehr noch. Männer können euch und euren Kindern Schutz geben. Sie können euch Unterkunft geben. Tauscht euch und die von euch gesammelte Nahrung für das, was die Männer euch geben können.‹«

Miko machte eine Pause und schaute Kwani an. »Stimmt das, Ehrwürdige?«

»Ja, das stimmt.«

»Soll ich weiter erzählen?«

»Ja.« Kwani fand, daß an diesem Mädchen etwas Besonderes sei.

»Der Handel wurde abgeschlossen und seit damals teilen die Männer ihr Fleisch mit uns und wir teilen das, was wir sammeln mit ihnen und sie beschützen uns.«

»Das hast du schön erzählt, Miko.« Kwani blickte in die Runde ihrer Schützlinge. »Habt ihr Fragen?«

»Warum ist das ein Geheimnis?«

Kwani lächelte. Eine kluge Frage. »Weil Männer nicht wahrhaben wollen, daß Frauen sie dazu verleiten, etwas zu tun. Sie wollen davon überzeugt sein, daß alles, was sie tun, ihre eigene Idee ist. Denkt immer daran, das Wichtigste für unseren Clan – für unser ganzes Volk – ist der Fortbestand unseres Lebens. Und um fortbestehen zu können, müssen wir Kinder haben. Und nur wir können Kinder zur Welt bringen, und deshalb brauchen und sehnen Frauen sich nach Schutz.

Die Männer können zur Jagd gehen und getötet werden oder im Krieg kämpfen und sterben oder auf andere Weise umkommen, doch der Clan wird fortbestehen, wenn Frauen beschützt werden und in Geborgenheit ihre Kinder zur Welt bringen können. Selbst wenn alle Männer sterben und nur einer übrigbliebe, könnte dieser eine Mann viele Kinder zeugen und die Sippe würde fortbestehen. Würde aber nur eine einzige Frau überleben könnte sie nicht schnell genug Kinder zur Welt bringen, um den Fortbestand des Clans zu sichern. Der Clan würde untergehen, und wären noch so viele Männer da. Daher sind wir Frauen, alle Frauen, und unsere Kinder für den Clan wichtiger als die Männer. Das wissen die Männer, auch wenn sie es nicht wahrhaben wollen, weil sie stets die Besten und Wichtigsten sein wollen...«

Kwani machte eine Pause. Es war beinahe so, als kämen die Worte aus einer geheimnisvollen Quelle. Die Halskette? Ihre Finger umschlossen sie, und sie sprach weiter.

»Weil die Männer größer und stärker sind und uns Schaden zufügen können, müssen wir wissen, wie wir uns und unsere Kinder schützen. Mutter Erde erschuf die Sich Erinnernde, die uns helfen soll, uns an Dinge zu erinnern, die wir seit jeher wissen – aber manchmal vergessen, daß wir sie wissen. Die Geheimnisse sind in uns, tief in uns, sie werden mit uns geboren, wenn wir geboren werden.« Sie erhob sich. »Das reicht für heute. Das nächste Mal werde ich euch mehr erzählen.«

Einen Augenblick schauten die Mädchen noch ergriffen zu ihr auf. Gesichter voller Ehrfurcht. Kwani sah sie lange an. Was ich in meiner Vision am Ort der Erinnerung geschaut habe, ist die Wahrheit, ist die Lehre der Greisin. Vielleicht spricht sie zu mir durch Miko. Läßt sie mich wissen, daß Miko meine Nachfolgerin sein soll?

Meine Nachfolgerin. Ich muß sie aussuchen, und sie so gut ich es vermag vorbereiten, bevor Kokopelli kommt und mich von hier fortholt.

Aber wollte Kokopelli sie überhaupt noch mit Okalakes Kind im Bauch? Bald würde die Schwangerschaft zu sehen sein. Wenn Kokopelli sich verspätete, was dann?

Wenn er überhaupt nicht kam, was dann?

27

»Meine Tochter sagt, daß die Sich Erinnernde eine gute Lehrerin ist.«

»Aber nicht so gut wie die Alte.«

»Sie hat weniger Übung.«

»Und weniger Erfahrung. Wie lange lehrte die Alte unsere Mädchen...?«

»Sie unterrichtete mich, als ich ein kleines Mädchen war und damals war sie schon alt. Mindestens vierzig Jahre, vielleicht älter.«

Der Gedanke, wie alt die Greisin gewesen sein mußte, als sie nach Sipapu berufen wurde, ließ die drei Frauen an den Mahlsteinen vor Ehrfurcht verstummen. Sie hockten nebeneinander und arbeiteten im gleichen Takt zu einer Melodie, die Chololo auf seiner kleinen Flöte spielte. Vorgebeugt mit schwingenden Halsketten, das frisch gewaschene Haar über den Ohren aufgerollt, rieben sie den oberen Stein auf dem Metate.

Das Maismehl wurde dreimal gemahlen. Die erste Frau mahlte grobes Schrot, gab es an die zweite weiter, die es feiner mahlte und ihrerseits an die dritte weitergab, unter deren Mahlstein feines Mehl herausrieselte. Manchmal sangen sie ein Lied zur Flötenmelodie, doch jetzt schwatzten sie heimlich.

»Kokopelli kommt nicht.«

»Nein.«

»Wenn er nicht zurückkehrt, hat die Sich Erinnernde keinen Gefährten.«

»Es sei denn...«

Vielsagende Blicke.

»Aber es ist verboten.«

Sie warfen verstohlene Blicke über die Schulter, ob jemand lauschte. Der Klang von Chololos Flöte würde ihre Stimmen übertönen.

»Da kommt sie.«

Sie hoben die Köpfe und sahen Kwani vor ihrem Haus in der Sonne stehen.

»Sie trägt noch immer ihr Winterkleid.«

Erneuter Blickwechsel.

Kwani lächelte den Frauen zu, die zu ihr heraufschauten. Sie vermutete, daß sie über sie klatschten und hätte gerne gewußt, was sie sagten. Als die Sich Erinnernde wurde Kwani nunmehr mit größtem Respekt behandelt. Sie hatte ihre eigenen rituellen Regeln aufgestellt, vorwiegend über die Gepflogenheiten, wie man ihr Haus zu betreten hatte. Besucher mußten nicht nur frisch gewaschenes, noch feuchtes Haar und saubere Kleidung haben und ihre Sandalen vor der Tür stehen lassen, sie mußten Maismehl bringen und es den Geistern vor dem Eintreten unter Hersagen bestimmter Gebete darbringen.

Sie gab nun seit einigen Wochen Unterricht und freute sich über das Ergebnis. Sie wünschte, allen Angehörigen des Clans Lehrerin sein zu können und zu allen ein gutes Verhältnis zu haben. Obgleich jeder ihr den größten Respekt entgegenbrachte, spürte Kwani Heimlichkeiten.

Mit zunehmender Selbstachtung ware ihre Angst vor dem Medizinmann geschwunden. Auch ihre Angst vor der Entdeckung ihrer Schwangerschaft ließ nach. Sollen sie denken, was sie wollen, sagte sie sich. ich bin die Sich Erinnernde. Dennoch war sie vorsichtig genug, um sich der verborgenen Höhle fernzuhalten. Ihren weiten Wintermantel hatte sie zwar abgelegt, trug aber noch ein weites Kleid aus weichem Hirschleder.

Vom Platz her drang Geschrei der Buben, die das Maiskolbenspiel spielten. dabei lagen sie auf dem Rücken, hielten den Maiskolben mit den Zehen eines Fußes fest und warfen ihn rückwärts über den Kopf so weit sie konnten. Schon die Kleinsten wetteten um einen Bogen oder um polierte Steine.

Lächelnd schlenderte Kwani auf den Platz und setzte sich, um zuzusehen. Die Allerkleinsten hatten Mühe, den Maiskolben mit den Zehen festzuhalten und mußten dabei beide Füße benutzen. Ein Junge vollführte einen Purzelbaum beim Werfen und brachte dem Spiel eine neue Variante bei. Die größeren Jungen erhoben den Purzelbaum zur Spielregel und die komischen Ergebnisse ernteten viel Gelächter und Gejohle. Ein kleiner Junge konnte keinen Purzelbaum machen und verließ beschämt die Spielrunde.

Kwani bemerkte seine Schmach. »Komm und setz dich zu mir und erkläre mir die Regeln. Ich kenne dieses Spiel nicht.«

Er setzte sich zu ihr, dankbar, sein Gesicht wahren zu können. Mit großer Ernsthaftigkeit erklärte er, wie der Kolben gehalten und geworfen werden mußte und wie die Entfernung gemessen wurde. »Derjenige, der ihn am weitesten wirft, gewinnt alle Preise.«

»Ich verstehe.« Sie schaute in das runde, kleine Gesicht unter dem zerzausten Haarschopf. »Weißt du, daß ich Geschichten erzähle?«

»Hm. Den Mädchen. Damit sie sich erinnern.«

»Ich weiß auch Bubengeschichten.« Das stimmte nicht, aber sie würde welche erfinden, wenn er sie hören wollte. Sie verstand nur zu gut, wie ihm zumute war, und ihr Herz flog ihm zu.

»Was sind das für Geschichten?«

»Das ist eine Überraschung. Ich werde sie dir heute abend am Lagerfeuer erzählen.«

Er sprang auf und rannte zur Gruppe zurück und berichtete seinen Kameraden. Sie verstummten verblüfft. Geschichten wurden nur in Kivas erzählt und nur von Männern!

Kwani saß am Gemeinschaftsfeuer auf dem Platz vor den kleinen Buben, die neugierig warteten. Dahinter im Schatten saßen größere Buben, die Teilnahmslosigkeit vortäuschten. Die Häuptlinge und Älteren blieben in ihren Kivas. Den Buben Geschichten erzählen! Das war frevelhaft.

Auf den Dächern und Terrassen leuchteten weitere Feuer, um die die Bewohner saßen und zusahen. Die Kunde hatte sich verbreitet, daß die Sich Erinnernde den Knaben Geschichten erzählen wollte.

»Das schickt sich nicht.«

»Das ist Männersache. In den Kivas.«

»Aber sie ist die Sich Erinnernde. Vielleicht haben die Geister ihr befohlen, so zu handeln.«

»Vielleicht...«

Doch sie schüttelten mißbilligend die Köpfe.

Kwani lächelte in die vom Feurschein erleuchteten Bubengesichter. »Ich werde euch die Geschichte von einem Jungen erzählen, der sein Volk verließ. Wißt ihr, was geschieht, wenn man sein eigenes Volk im Stich läßt?«

»Wird man von den Göttern bestraft?« fragte ein kleiner Junge schüchtern.

»Du sprichst weise«, sagte Kwani anerkennend und der Junge zog den Kopf ein, um seinen Stolz zu verbergen.

»Sein Name war Adlerjunge. Er besaß einen Käfig mit Adlern, von denen die Männer seines Clans Federn holten für die heiligen Feiern.«

Die Buben nickten. Adlerfedern waren wichtig; in Käfigen gehaltene Adler waren bei den Anazasi keine Seltenheit.

»Adlerjunge sorgte gut für seine Adler, besonders für das Weibchen. Der Vogel war so schön, daß Adlerjunge sich in sie verliebte. Eines Tages sagte er: ›Wenn ich den Käfig öffne und dich fliegen lasse, wirst du mich mitnehmen und meine Gefährtin werden?‹ ›Ja‹, sagte sie. Und Adlerjunge öffnete den Käfig. Das Adlerweibchen packte ihn mit ihren starken Krallen und flog mit ihm hoch hinauf in den Himmel, immer höher, bis sie an die große Öffnung im Himmel kamen. Sie flogen hindurch und immer höher, vorbei an endlosen Felsen, bis sie auf der anderen Seite der Himmelswelt ankamen. Sie flogen bis hinauf zum Gipfel des Türkisberges, der so blau ist, daß er den Himmel blau färbt, wenn die Sonne scheint.«

»Ahh!« hauchten die Buben.

»Hier waren alle Adler versammelt. Sie veranstalteten für Adlerjunge und seine schöne Gefährtin ein Hochzeitsfest, und die Adler schenkten Adlerjunge ein Adlerkleid, damit auch er fliegen konnte.«

Kwani war ganz versunken in den Zauber ihrer Geschichte, so wie sie sich vor ihrem Geist entrollte. Mit beiden Händen veranschaulichte sie den Flug der Adler. Die älteren Buben rückten näher und die Gespräche der Erwachsenen an den Lagerfeuern verstummten, alle sahen und hörten ihr zu.

»Die Adler sagten zu Adlerjunge: ›Fliege nicht hinter diese Berge in der Ferne. Das ist verboten.‹ Adlerjunge liebte das Fliegen. Er flog weit fort... ganz weit fort... Das Gefühl, ein Adler zu sein, war wundervoll!«

»Ahhh!« seufzten die Buben.

»Doch eines Tages, als er wieder flog und sich fühlte wie der stärkste, der mächtigste Adler, den es je gegeben hatte, sagte er zu sich: ›Warum sollte ich nicht nachsehen, was sich hinter diesen Bergen verbirgt? Was kann mir und meinen starken Schwingen schon geschehen?‹ Und er flog über die Felszacken. Und siehe da! In der Ebene vor ihm türmte sich eine große Stadt auf mit hohen Steinmauern und Türmen und vielen Häusern mit Fenstern und schönen Terrassen und die größte Kiva, die Adlerjunge je gesehen hatte. Die Leiter winkte zu ihm herauf und lud ihn ein, sie hinunterzusteigen. Es war Abend; aus den Fenstern und auf den Terrassen leuchtete Feuerschein. Rauch stieg von vielen Lagerfeuern hoch, und Menschen spazierten herum, manche aßen und manche tanzten.

Der Clanhäuptling kam ihm zur Begrüßung entgegen und sagte: ›Wir laden dich in unsere Kiva ein‹. Und Adlerjunge kletterte die Leiter in die große Kiva hinunter. Sie war mit vielen schönen Zeichnungen und vielen wunderschönen Weihegegenständen in Nischen und an Wänden geschmückt. Aber niemand war da.«

Kwani machte eine Pause, ließ ihre Blicke schweifen, als suche sie jemand in einer Kiva. Es herrschte atemloses Schweigen.

»Plötzlich wurde eine tote Frau, ein Leichnam durch die Kivaöffnung geworfen. Und noch eine. Sie waren so lange tot, daß ihnen verwester Aasgeruch entströmte.« Kwani hielt sich die Nase zu.

»Aye-e-e-e!« Der Schrei kam von der gesamten Zuhörerschaft, nicht nur von den Buben.

»Doch mit einem Mal kam Leben in beide Frauen! Sie wurden zu schönen jungen Mädchen mit weichen, drallen Armen und großen, schwarzen Augen. sie umtanzten ihn, lachten und sangen: ›Wir sind tot, tot, tot!‹ als sei Totsein die schönste Sache der Welt.«

Erschrockenes Raunen. Die kleinen Buben drängten sich dicht aneinander.

»›Komm tanz mit uns, lach mit uns!‹ sangen die Schönen und Adlerjunge tanzte und lachte wie nie zuvor. ›Verbring die Nacht hier bei uns!‹ sangen die Jungfrauen und zogen ihn kichernd auf die Schlafmatte mit weichen Pelzen und legten sich neben ihn und schlangen ihre Arme um ihn.«

Kwani schaute ernst in die kleinen Gesichter im flackernden Feuerschein. »Endlich schlief Adlerjunge ein. Und dann...« Wieder machte sie eine dramatische Pause, »... und dann erwachte er am Morgen und dachte, es sei heller, als es in einer Kiva sein dürfte. Und er hob den Kopf und sah, daß die Holzbalken verfault und eingestürzt waren und das Dach fehlte. Er richtete sich auf und dann sah er... *sie*...«

Sie senkte ihre Stimme und blickte in jedes großäugige Gesicht. »Knochen und verweste Finger fielen von ihm ab, wo die Arme der Jungfrauen ihn umschlungen hatten. Um ihn herum lagen verwesende Körperteile, Hände und Füße und dort drüben« – Kwani streckte den Zeigefinger aus – »lag ein Kopf, aus dem ein Auge ihn anstarrte –«

»Aye-e-e-e! Aye-e-e-e!«

»So schnell er konnte, kletterte Adlerjunge aus der Kiva. Um ihn herum gab es nur verfallene Ruinen einer längst versunkenen Stadt. Die einzige Bewegung machte der Wind ... eine zerschlissene Sandale, Kleiderfetzen flatterten im Wind, der durch das hohe verdorrte Gras fuhr ...« Sie bewegte ihre Hände wie eine Schlange. »Schnell flog er zurück zum Türkisberg. Die Adler waren sehr böse auf ihn. ›Warum bist du in die verbotene Stadt geflogen? Du gehörst nicht mehr zu uns‹, sagten sie. Und sie nahmen ihm sein Adlerkleid fort und er konnte nicht mehr fliegen. Seine Gefährtin war wütender als alle anderen. ›Wieso hast du dich in den Tod verliebt? So schön er auch sein mag? Wer kann mit dem Tod tanzen und Vergnügen an ihm haben? Ich will dich nicht mehr als Gefährten.‹ Sie packte ihn mit ihren scharfen Krallen und flog mit ihm hinunter in die Himmelsöffnung und weit, weit zu den Felsen und Schluchten, wo sein Volk lebte. Als sie hoch über dem Ort seines Volkes schwebte ... öffnete sie die Krallen und ließ ihn fallen.«

Mit dramatischer Geste wies Kwani auf eine Stelle des Platzes und die Zuschauer drehten die Köpfe und starrten gebannt auf die Stelle.

»Sein Kopf zerschellte wie ein Tonkrug. Sein Hirn spritzte heraus und geborstene Knochensplitter stießen durch sein Fleisch –«

Die Zuschauer ließen einen tiefen, bebenden Seufzer los. »Aye-e-e-e!«

Kwani erhob sich. »Jetzt wißt ihr also, was mit Adlerjunge geschah, der sein Volk verließ. Wenn ihr zu Männern geworden seid, werdet ihr euch Frauen aus einem anderen Clan nehmen und bei ihnen leben. Aber ihr werdet euch stets daran erinnern, daß ihr Anasazi seid, geboren im Adlerclan und hier wird euer Geist in Sipapu eingehen.«

Durch die Zuhörerschaft ging ein ergriffenes Murmeln. Die Sich Erinnernde war offenbar auch zur Geschichtenerzählerin erkoren.

Okalake trat aus dem Schatten. »Ich habe dir zugehört, Ehrwürdige. Du hast den Jungen eine gute Geschichte erzählt, aus der sie ihre Lehre ziehen werden. Wirst du noch eine erzählen?«

»Ja. Aber ein anderes Mal, mein Bruder.«

Tiopi, die bei einer Gruppe Frauen saß, rief Kwani auf dem Heimweg gehässig hinterher: »Was geschieht eigentlich, wenn du dein Volk verläßt und mit Kokopelli in die Fremde ziehst – oder ist der jetzt ein Anasazi geworden?«

Gelächter.

Kwani achtete nicht auf ihre Bosheit und betrat ihr Haus. Wieso hatte sie das nicht bedacht? Auch wenn sie mit dem Blauäugigen verwandt sein sollte, so war sie als Anasazi geboren. Wenn Kokopelli sie fortholte, so bedeutete das, daß sie ihr Volk verließ. Für immer.

28

Der Sonnenhäuptling stand neben Okalake am Ort der Feierlichkeiten vor dem Pflanzen und betrachtete den Sonnenuntergang. Obschon alle Bewohner der Schluchten und Tafelberge wußten, wann die Zeit der Feierlichkeiten gekommen war, mußte der Sonnenhäuptling jedes Clans den Zeitpunkt offiziell bekanntgeben. Ein Versäumnis wäre eine Entehrung des Sonnenvaters gewesen.

»Morgen finden die Tänze statt«, sagte der Häuptling. »Wir beginnen.« Erneut bemerkte er den Kummer in Okalakes Augen. Mein Sohn sehnt sich nach dem, was er nicht besitzen darf, dachte er. Es war traurig – und gefährlich. Er berührte den Arm seines Sohnes. »Wir müssen über einiges sprechen. Komm zum Haus deiner Mutter.«

Schweigend folgte ihm Okalake. Woshee hatte Okalakes Lieblingsspeise zubereitet, hauchdünne Fladen aus blauschwarzem Mais, die zusammengerollt in einen würzigen Sud aus Wurzeln und Kräutern getunkt wurden. Woshee hatte sie zu verschiedenen Zeiten des Jahres gesammelt und in einem Korb aufbewahrt, der in einer mit Steinen ausgekleideten und einer Steintafel bedeckten Grube im Boden stand.

Nach geziemender Begrüßung setzten die drei sich auf die hübschen, von Woshee gefertigten Matten und tunkten die Fladen in die dampfende Schüssel in ihrer Mitte. Anfangs sprach man über Alltägliches.

Schließlich meinte der Sonnenhäuptling: »Wie ich höre, redet Kwani mit den jungen Mädchen, als sei sie immer die Sich Erinnernde gewesen. Was sagte sie?« Seine Augen blitzten.

Woshee lächelte. »Sie gab ihnen Ratschläge, wie sie sich einen Ehemann angeln. Vielleicht sollte sie sich diesen Rat selbst zu Herzen nehmen.«

»Hm!« nickte der Häuptling mit vollem Mund.

Okalake blickte mit unbewegtem Gesicht zu Boden. »Kwani hat einen Ehemann. Kokopelli.«

»Falls er zurückkehrt«, sagte Woshee.

Der Häuptling nickte. »Niemand weiß etwas von ihm, auch die Kundschafter und Händler aus fernen Orten nicht. Kein Mensch weiß, was aus ihm geworden ist, seit er unsere Schlucht verließ. Merkwürdig.«

»Er wird zurückkehren«, sagte Okalake.

Woshees Blick ruhte auf ihm. »Woher weißt du?«

»Er ist Kokopelli.«

»Ja«, sagte der Häuptling, froh über die Wendung des Gesprächs. »Selbst wenn Kwani nicht zum Adlerclan gehören würde, kann sie weder hier heiraten oder sonstwo. Sie ist und bleibt Kokopellis Frau.«

Okalake warf seinem Vater einen verstohlenen Blick zu. Was wußte er? Doch dem Gesicht des Vaters war keine Regung anzumerken, der sich den Mund mit dem Handrücken wischte und laut rülpste als Anerkennung für die Kochkünste seiner Frau.

Der Häuptling wandte sich an seinen Sohn. »Da wir vom Heiraten reden, du solltest dir längst eine Gefährtin gesucht haben. Nach den Feierlichkeiten werde ich dich von der Arbeit auf den Feldern befreien. Du suchst andere Sippen auf und wählst dir eine Frau, mit der du die Schlafmatte teilst.«

Okalake war ganz versunken in das Auftunken des restlichen Suds. Woshee räumte die Schüsseln ab. Ihre Gefühle gingen zu tief; sie durfte nicht riskieren, damit im falschen Augenblick herauszuplatzen.

Der Häuptling fuhr fort: »Am Ort des Schlangenclans soll

es zwei sehr schöne Mädchen geben, die Gefährten suchen. Es heißt, sie kochen gut und fertigen schöne Handarbeiten.«

Okalake schüttelte den Kopf. »Ich bin nicht bereit.«

»Aber wir sind es. Ich bin alt. Sipapu ruft. Bald mußt du meine Aufgaben übernehmen, und du brauchst Söhne, die du lehrst, so wie ich dich gelehrt habe. Es gibt Gerede, böses Gerede darüber, warum du nicht heiratest.« Liebevoll legte er die Hand auf die Schulter seines Sohnes. »Was sein muß, muß sein. Sie ist deine Schwester.«

Okalake wandte sich ab, brennende Scham stieg in seine Wangen. Sein Vater wußte Bescheid! Woher?

Der Häuptling ließ die Hand auf der Schulter seines Sohnes liegen. »Du bist jung und voller Leben. Wir können unsere Lebenskraft nicht zurückholen, aber wir können weise Entscheidungen treffen.«

»Was willst du damit sagen?« Okalakes Stimme klang merkwürdig gepreßt. »Natürlich ist sie meine Schwester. Das weiß ich.«

»Du trägst Liebe für sie und dein Verlangen nach ihr wie ein Banner vor dir her, das jeder sehen kann. Du mußt uns verlassen. Geh in das Haus derjenigen, die du als Gefährtin nimmst und kehre erst heim, wenn ich in Sipapu bin und du zum Sonnenhäuptling ernannt wirst. Das mußt du tun. Für Kwani, für dich selbst, für deine Mutter und für mich, für den gesamten Clan. Es ist notwendig.«

Okalake neigte den Kopf. Die Wahrheit schmerzte wie ein Pfeil, der sein Herz durchbohrte. Am liebsten hätte er geweint, wie damals, als der kleine Okalake vom Felsen gestürzt war und sich das Knie blutig geschlagen hatte. Er erhob sich. Unausgesprochene Worte der Liebe wechselten zwischen ihm und seiner Mutter und seinem Vater.

»Ich werde tun, wie du mir befiehlst«, sagte er.

Als er gegangen war, setzte Woshee sich neben ihren Mann. »Ich mache mir Sorgen um ihn.«

Der Häuptling hauchte auf die Hände seiner Frau. »Er ehrt uns, Woshee.«

»Hast du das Getuschel über Kwani gehört?«

»Männer hören nicht auf Weiberklatsch.«

»Aber Männer klatschen unter sich, stimmt's?«

Er grinste. »Ich nehme es an. Was wird über sie getratscht?«

»Sie ist die einzige, die noch nicht ihre Winterkleider abgelegt hat. Sie trägt noch immer das weite Hirschhemd, obwohl es zu warm ist. Warum?«

Er hob die Schultern. Frauen würden ihm immer ein Rätsel bleiben. »Vielleicht meint sie, dadurch würdiger zu erscheinen, jetzt da sie die Sich Erinnernde ist.«

»Sie trägt ihren Mondgürtel nicht. Das sehe ich, wenn ich sie besuche. Auch Tiopi besucht sie – wie es die Höflichkeit verlangt – und sie sagt, Kwani verwendet auch keine Zedernrinde mehr. Sie trug bei Kwanis Umzug das Gefäß, in der sie die Rinde aufbewahrt. Seither ist keine benutzt worden.«

»Aber das war doch erst vor wenigen Tagen.« *Weiber.*

»Sicher. Ihren Mondgürtel hat sie seit drei Monden nicht benutzt. Ich habe darauf geachtet...«

Die Augen des Häuptlings blitzten gefährlich auf. »Was willst du sagen, Frau?«

»Ich fürchte, Kwani ist schwanger.«

»Sie hat sich mit Kokopelli gepaart!« Seine Stimme klang etwas unsicher.

»Das hat auch Tiopi getan. Sieh sie dir an, wie dick sie ist. Kwanis Mondfluß ist erst seit drei Monden versiegt. Nein, sie trägt nicht Kokopellis Kind.«

»Wessen Kind?« Aber er wußte die Antwort. Sein Magen krampfte sich zusammen.

Plötzlich begann Woshee zu weinen, wurde von Schluchzen geschüttelt. »Ich habe Angst um ihn!«

»Und ich habe Angst um dich. Warum hast du ihre Bestrafung auf dich genommen?«

»Ich wußte, ich wußte es von Anfang an, daß Okalake sie begehrte. Aber sie hatte nur Augen für Kokopelli. Ich dachte, Okalake würde mich nicht in Gefahr bringen...« Sie klammerte sich an ihren Mann. »Ich hatte nie eine Tochter. Ich mochte sie, ich wollte sie beschützen, wie mein eigenes Kind. –« Ihr Körper wurde von Schluchzen geschüttelt.

Er versuchte sie zu trösten. Unter Tränen sagte er: »Okalake geht fort, er wird zu einem anderen Clan gehen, sich dort eine Gefährtin nehmen –«

»Aber er wird trotzdem bestraft. Du weißt, er wird bestraft!«

»Nur wenn der Beweis erbracht ist, daß er sich mit einer Frau des eigenen Clans gepaart hat. Wer kann es beweisen?«

Woshee schlug beide Hände vor ihren Mund, um ihr Schluchzen zu ersticken. »Wir müssen leise sprechen. Vielleicht belauscht uns jemand.« Auf Zehenspitzen ging sie zur Tür und spähte hinaus. »Ich beobachtete, wie der junge Zashue hinter Kwani herschleicht und sie bespitzelt, wenn Okalake in ihrer Nähe ist. Immer schleicht er herum. Er hat nichts Gutes im Sinn.«

»Glaubst du, er weiß Bescheid?«

»Wenn er es wüßte, würde er es von der Kanzel des Ruferhäuptlings schreien. Aber er hegt einen Verdacht.«

»Wir müssen Kwani warnen.«

»Seit sie die Sich Erinnernde geworden ist, stolziert sie herum wie der Medizinmann und erteilt Befehle. Das Volk nimmt ihr das übel« Sie schüttelte den Kopf. »Die Alte hat einen Fehler gemacht, sie zu ernennen; Kwani hat zu wenig Übung, um zu wissen, wie sie handeln soll, was sie tun und was sie lassen sollte... Ich verstehe nicht, wieso die Alte das getan hat.«

»Vielleicht sah sie in Kwani etwas, das uns verborgen bleibt. Die Alte war weise.«

»Vielleicht...«

Zashue lag bäuchlings in seinem Versteck auf dem Tafelberg und beobachtete die Schlucht und den Felsbrocken unter sich. Nichts bewegte sich, nur der Wind. Es war angenehm warm und der Duft von Salbei und Wacholder schmeichelte seinen Sinnen. Er wurde schläfrig und döste ein.

Erschrocken fuhr er hoch. Etwas in seiner Nähe bewegte sich. Vorsichtig hob er den Kopf. Eine Berglöwin, den Bauch voller Jungen. Sie verharrte einen Augenblick, hob die Nase in den Wind und obgleich Zashue mit dem Wind stand, gefror ihm das Blut in den Adern. Das Tier war ihm zu nahe, als daß er riskieren konnte, seinen Bogen zu spannen; das Geräusch hätte ihn verraten. In ihrer Angst und ihrer Trächtigkeit konnte sie sich jeden Augenblick auf ihn stürzen.

Sie wandte den Kopf, peitschte den langen Schweif und entfernte sich auf lautlosen Pfoten.

Zashue seufzte erleichtert auf. Er tastete nach seinem Amulett und murmelte ein Dankesgebet. Mit einem Blick auf die länger werdenden Schatten kroch er aus seinem Versteck, um nach Hause zu eilen. Die Götter freuten sich an ihm; hatten sie ihn nicht vor der Berglöwin beschützt? Früher oder später würde er erfahren, wer das Höhlenversteck benutzte.

Er rannte durch die Schlucht, wich behende Dornen und Gestrüpp aus. Plötzlich blieb er wie angewurzelt stehen. Auf seinem Weg unter einer Tanne lag eine tote Eule. Er stieß sie mit dem Fuß beiseite. Eulen waren Dämonengeister, Gefährten von Hexen.

Hexen! Er spähte in alle Richtungen, um sich zu vergewissern, daß niemand ihn beobachtete, bevor er sich bückte und drei Federn aus dem Stoß der Eule riß. Ihm konnten sie keinen Schaden zufügen, seine Medizin war zu stark; er war nicht nur der Sohn des Medizinmannes und magischen Kräften nahe, bald würde er selbst Medizinmann sein und das mächtige Korn des Bergkristalls zwischen seinen Rippen tragen. Er versteckte die Federn unter seinem Gürtel. Eulenfedern würden sich als nützlich erweisen, wenn Kokopelli nicht zurückkehrte.

Okalake kniete in der Kiva des Sonnenbundes. Auf dem Altar lagen zwei Gebetsstäbe, die bedeutsamsten, die er bisher gefertigt hatte. Um ihre Kräfte wirksam werden zu lassen, mußte er das Lied der Gebetsstäbe fehlerfrei singen. Ein Fehler genügte, um seine Bemühungen zunichte zu machen. Er legte beide Hände auf die Gebetsmatte, schloß die Augen, wiegte sich vor und zurück und begann sein Lied:

Auf der Suche an den Flußufern
Nach unseren Vorvätern
Schnitt ich vier Mal die jungen Triebe
Des Weidenbaums, männliche und weibliche.
Zu meinem Haus führte mich mein Weg.
Am heutigen Tag
Nahm ich sie in meine warmen Menschenhände.

Ich gab meinen Gebetsstäben Menschenform
Mit dem gestreiften Wolkenschweif
Des Truthahns, der mein Großvater ist.
Mit dem schmalen Wolkenschweif des Adlers,
Mit den gestreiften Wolkenschwingen,
Und den geballten Wolkenschwaden
Aller Sommervögel,
Mit diesen vier Malen, gab ich meinen Gebetsstäben Menschenform.
Mit dem Fleisch jener, die meine Mutter ist,
Baumwollfrau,
Und gewebter Baumwollfaden,
Viermal wickelte ich ihn und band ihn um ihren Körper,
Und gab so meinen Gebetsstäben Menschenform.
Mit dem Fleisch derer, die unsere Mutter ist,
Schwarz bemalte Frau,
Viermal bedeckte ich sie mit Fleisch
Und gab meinen Gebetsstäben Menschenform.

Das Lied war zu Ende. Nun waren die Gebetsstäbe bereit, ihre Aufgabe zu erfüllen. Einen würde er in das Haus seiner Mutter bringen und den zweiten in das Haus der Sich Erinnernden, um beide Frauen während seiner Abwesenheit zu beschützen.

29

Ho-á-á! Heiti-na! Ho-á-á! Heiti-na!

Das Echo des Gesangs brach sich an den Felsen und hallte in den Schluchten wider. Die Tänze hatten begonnen. Junge Männer, die geheiratet hatten und zu anderen Clans gegangen waren, kamen zurück, um an den bedeutenden Maistänzen teilzunehmen und ihrem Clan Fruchtbarkeit zu erwirken. Alte Männer vereinigten sich mit dem Geist der Trommeln, verliehen ihm Stimme und sangen in Verzückung und flehten die Götter an.

Ho-á-á! Heiti-na! Ho-á-á! Heiti-na!

Männer und Frauen tanzten nebeneinander im Kreis zum

Rhythmus der Trommeln. Männer stampfend wie die Trommelschläge, die Frauen in anmutigen, leichten Bewegungen zur Melodie der Gesänge.

Die Männer trugen Hirschfelle um die Hüften und Fuchspelze auf dem Rücken, die im Tanz hin und her schwangen. Unter den Knien waren Lederbänder mit gebündelten Hirschhufen und Gehängen polierter Knochen befestigt, die im Rhythmus der Kürbisrassel aneinanderklapperten, die jeder in seiner rechten Hand hielt. In der Linken hielten die Männer ein Büschel Falkenfedern, das mit jedem Schwung des Arms flatterte. Um die Fußknöchel trugen sie einen Streifen Skunkfell und den nackten Brustkorb zierten lange Schnüre mit polierten Samen, Knochen, Muscheln oder Steinen. An den Ohren baumelten Gehänge aus Türkisen und Federn. Die Haare waren nicht zu Zöpfen geflochten, sondern hingen lose über die Schultern und schwangen mit den Tanzschritten.

Ho-á-á! Heiti-na!

Die Frauen hatten leichte Baumwollumhänge locker drapiert über eine Schulter gebunden, die andere blieb nackt. Stolz trugen sie ihren hohen Kopfschmuck aus geschabter, flach gepreßter Tierhaut, von dem weiße Federn flatterten. Der Kopfschmuck war in den Farben junger Maispflanzen bemalt und mit heiligen roten und gelben Mustern verziert. Die Tannenzweige in ihren Händen wiegten sich im Rhythmus der Tanzschritte.

Hu-hu-hu-hu! Hu-hu-hu-hu! Hu-hu-hu-hu!

Während die Tänzer sich im Kreis bewegten, entstieg der Medizinmann majestätisch seiner Kiva und trug den Korb, den Kwani gefertigt hatte. Er tanzte in die Mitte des Platzes, stellte den Korb ab und umtanzte ihn. Das Gefäß enthielt drei besonders wohlgeformte Maiskolben und andere Gegenstände, die nur ihm bekannt waren.

Plötzlich verstummten Gesang und Trommelwirbel; nur eine Trommel in der Ferne schlug einen anderen Rhythmus. Jetzt stiegen Sänger aus einer anderen Kiva – zwölf Männer mit weiß bemalten Gesichtern, die das heilige Maislied sangen. Angeführt von Okalake, dem ein alter Trommler mit einer Adlerfeder hinter jedem Ohr folgte, näherte sich der Zug.

Im Takt des Gesangs vollführten die Männer pantomimisch die Vorgänge des Pflanzens, Wachsens und Erntens der Maispflanzen und brachten das Maisopfer für die Götter dar.

Der Medizinmann stimmte in den Gesang mit ein. Dann schlugen die Trommler den Takt, während die Sänger den Korb umkreisten, dazwischen tauschten Tanzende die Plätze, Männer gesellten sich zu Männern, Frauen zu Frauen, stets im Rhythmus des Tanzes. Auf jedem Dach, jeder Mauer, jeder Terrasse drängten sich die Zuschauer, die dem Schauspiel gebannt folgten. Von diesen Feierlichkeiten hing das Gelingen des Pflanzens ab – ob der Clan in diesem Jahr vor Hungersnot verschont blieb oder nicht.

Von allen Mitwirkenden war Okalake der Wirkungsvollste. In der Leidenschaft seines Gesangs, der Kraft seiner stampfenden Schritte, dem Schwung seiner pantomimischen Gesten lag beinahe etwas wie Verzweiflung. Es entstand der Eindruck, er beteilige sich zum ersten Mal an den Tänzen – oder zum letzten Mal.

Der Medizinmann holte die drei wohlgeformten Maiskolben aus dem Korb und hielt sie über seinen Kopf. Die Hüllblätter waren mit roten und gelben Schnüren zusammengebunden und mit weißen Federn geschmückt, dem Symbol der Wolken. Im Rhythmus des Tanzes opferte er die Maiskolben den Sechs Heiligen Richtungen und legte sie wieder in den Korb.

Der Trommelwirbel verstummte; Gesänge und Tanz endeten. Es war Zeit für eine Pause.

Die Mitwirkenden standen in Grüppchen oder mischten sich unter die Zuschauer. Der Tanz und die Wärme der Sonne hatte die Gesichter erhitzt; um den Wasserkrug bildete sich in Gedrängel, Trinkbecher wurden herumgereicht. Kinder tollten spielend auf dem Platz herum. Die Tänzerinnen ruhten sich im Schatten aus und genossen die neidischen Blicke auf ihren prächtigen Kopfschmuck und ihre schönen Halsketten, Armreifen, Ringe und Ohrgehänge. Säuglinge wurden an die Mutterbrust gelegt. Die Frauen tratschten. Alte Männer erzählten von ihren einstigen Tanzvorführungen und großartigen Leistungen aus längst vergangenen Tagen; alte Frauen kritisierten an den Kostümen der Tänzer und Sänger, daß sie weniger schön wären als zu ihrer Zeit. Die Sonne stieg höher, der Himmel strahlte und die roten Felswände mit ihren scharfen, schwarzen Schatten in jeder Spalte bildeten die Kulissen des Schauspiels.

Okalake kniete vor dem Altar in seiner Kiva, betete zu den heiligen Fetischen und zu den Göttern, sein Volk und vor allem Kwani während seiner Abwesenheit zu beschützen. Neben ihm lag sein Bündel und seine Reisekleider; er wollte die Gebetsstäbe an die vorgesehenen Orte legen und fortgehen, noch während die Feierlichkeiten im Gange waren.

Die Gebetsstäbe unter seinem Lendenschurz verborgen, begab er sich zum Haus seiner Mutter, die mit Kwani und ein paar Frauen etwas abseits saß; die Frauen unterhielten sich und knabberten Kiefernnüsse. Er lehnte den Gebetsstab an die Wand neben dem Eingang; den zweiten lehnte er neben den Eingang von Kwanis neuem Haus. In der Kiva wusch er sich die Farbe vom Gesicht und wechselte die Kleidung. Er war reisefertig.

Schritte kamen die Leiter herunter, sein Vater trat ein. Er sah seinen Sohn an, ohne seine Zuneigung zu verbergen. »Was hast du ins Haus deiner Mutter und ins Haus der Sich Erinnernden gebracht?«

Okalake lächelte. Seinem Vater entging nichts.

»Gebetsstäbe.«

»Ah.« Der Sonnenhäuptling nickte. »Das ist gut.«

»Ich bitte um Erlaubnis, jetzt gehen zu dürfen.«

»Deine Mitwirkung an den Feierlichkeiten ist beendet.« Keiner wollte die Qual des Abschieds kosten. Okalake hauchte auf die Hand seines Vaters, schulterte sein Bündel und verließ die Kiva. Die Zuschauer drängten sich um die nächsten Mitwirkenden, die mit Gejohle und Geschrei auf den Platz stürmten. Es waren die Freudenmacher, sechs Spaßmacher, einer von ihnen war Zashue. Niemand achtete darauf, wie Okalake die Stadt verließ, hin und wieder stehenblieb und zurückschaute zu dem Ort und den Menschen, die er liebte.

Die Spaßmacher waren nur mit Lendenschurz bekleidet und dick bemalt mit weißer Kreide und waagrechten, schwarzen Streifen an Oberkörper, Armen und Beinen.

Schwarze Kreise betonten Augen und Mund, und das Haar hatten sie zu Knoten auf dem Kopf mit Maishüllblättern festgesteckt. An den Handgelenken baumelten klappernd Hirschhufe; Knochengehänge klirrten an den Beinen unterhalb des Knies.

Die Spaßmacher gaben derbe Scherze zum besten, gespickt mit zotigen Worten und übertriebenen Gesten, die mit großem Gelächter aufgenommen wurden.

Ihr Anführer war im Clan sehr beliebt. Ein gedrungener, kurzbeiniger Kerl, dessen kleine Augen wie zufällig in das runde, pausbäckige Gesicht gesetzt worden schienen, denn ein Auge lag etwas höher als das andere. Er hatte eine kurze Knollennase und einen breiten Mund mit einer Zahnlücke, durch die er durchdringend pfeifen konnte, eine Gabe, für die ihn alle beneideten. Bei jedem zotigen Scherz pfiff er, schlug mit den Ellbogen wie mit Flügeln und versetzte seinem Nachbarn einen deftigen Fußtritt, der sich mit übertriebenem Schmerzgeheul zu Boden warf. Einer wälzte sich auf dem Bauch und schlug mit Händen und Füßen um sich; ein zweiter packte ihn an den Füßen und schleifte ihn unter anfeuerndem Geschrei über den Platz. Von Dächern und Terrassen regnete es Maisfladen auf die Spaßmacher und wurden von ihnen auf der Stelle verschlungen.

Schließlich kletterten die Spaßmacher an verschiedenen Stellen Leitern hoch, drangen in irgendwelche Behausungen ein, aus denen sie mit beliebigen Gegenständen wieder auftauchten, um ihre Possen darüber zu reißen. Einer schleppte einen Mahlstein an und gab eine übertriebene Pantomime einer maismahlenden Frau zum Besten. Ein zweiter warf den gesamten Hausrat vor die Tür in einem übermütigen Anfall von Hausputz. Ein anderer hockte sich auf ein Bündel Schilf und tat so, als würde er gebären; der nächste schnappte sich das Bündel und hielt es wie einen Säugling und legte es an seine Mutterbrust.

Der Lärm und der Spektakel verschaffte Zashue die Gelegenheit, auf die er gewartet hatte. Er und sein Vater hatten genug von Kwanis Hochmut. Ihre Zauberkräfte waren eine Bedrohung des Ansehens des Medizinmannes. Es war unerträglich. Wenn Kokopelli nicht zurückkam, um sie wegzubringen...

Dann sollten eben Eulenfedern, das Wahrzeichen der Hexen, den Adlerclan von ihr befreien, wenn der Beweis erbracht war, daß sie ihr gehörten. Es war ihm nicht recht wohl in seiner Haut mit den drei Eulenfedern im Gürtel. Entdeckte man sie bei ihm, konnte das unabsehbare Folgen haben. Er mußte sie an einem Ort verbergen, daß jedermann ohne Zweifel annahm, sie gehörten Kwani.

Während alles auf die Possen der Spaßmacher achtete, stahl Zashue sich hinauf zu Kwanis ehemaliger Unterkunft, der Wartekammer und schlüpfte hinein, bedeckte den Eingang und kauerte sich in den hintersten Winkel. Dort scharrte er ein kleines Loch mit jagendem Herzschlag vor Angst, es könne ihn jemand dabei ertappen. Sodann nahm er die drei Federn aus seinem Gürtel, legte sie in das Loch, deckte sie zu und stampfte die Stelle mit den Füßen fest. Er würde dafür Sorge tragen, daß die Federn zum gegebenen Zeitpunkt entdeckt würden.

Alsdann trat er ins Freie, schnitt eine komische Grimasse der Enttäuschung, weil er nichts gefunden hatte, rannte die Leiter hinunter und in ein anderes Haus, aus dem er einen Kochtopf holte und so tat, als würde er ihn als Urinierkrug benutzen. Die Umstehenden kreischten vor Begeisterung.

Kwani wandte sich ab. Die Spaßmacher gehörten zu den Feiern vor dem Pflanzen jedes Clans. Normalerweise lachte sie wie alle über ihre Späße. Heute aber war ihr nicht nach Lachen zumute. Vielleicht aus Sorge um ihren anschwellenden Bauch. Bald würden die anderen Frauen mit nicht viel mehr bekleidet sein, als mit einem Lendenschurz aus langen Fransen an einem verzierten Gürtel, der mit einer Schlaufe zwischen die Beine geführt war. Dann war ihr Zustand nicht länger zu verbergen.

Wieder brach das Publikum in wieherndes Gelächter aus und Kwani wandte ihre Aufmerksamkeit den Vorführungen zu. Der Anführer der Spaßmacher bereitete sich auf den Höhepunkt seiner Darbietung vor, die jedes Jahr gespannt erwartet und über die hinterher viel geredet wurde. Er stülpte sich einen riesigen Penis aus Rehleder über seinen eigenen und befestigte ihn mit Schnüren zwischen den Beinen und um die Hüften. Unter zotigen Zurufen aus der Menge und viel Gelächter wackelte er mit anzüglichem Grinsen damit herum.

Dann stellte er sich in Positur, arrogant und hochnäsig und blickte über seine Nase nach unten in unmißverständlicher Imitation Kokopellis.

»Kommt und paart euch mit mir!« rief er den Mädchen in Kokopellis toltekischem Tonfall zu.

Die Mädchen kicherten, doch keine wagte sich vor. Ihn abzuweisen gehörte zur Vorführung. Er lief die Leitern hinauf und stellte sich vor Kwani.

Der riesige Penis wippte auf und ab. »Komm paare dich mit mir! Paare dich mit mir!«

Kwani lachte, wie man es von ihr erwartete. Doch leise zischte sie ihm zu: »Du gehst zu weit!«

Der Penis stieß näher. »Komm kleine Schwester«, schmeichelte er mit einem lüsternen Grinsen. »Paare dich mit mir!«

Kwani erstarrte einen kurzen Augenblick. Dann schlug sie den Riesenpenis beiseite und trat nahe an den Spaßmacher heran, der unwillkürlich zurückwich und beinahe über den Rand einer Terrasse stolperte.

Kwanis Stimme war gedämpft, aber über den ganzen Platz zu vernehmen. »Hast du vor, die Gefährtin Kokopellis zu beleidigen? Du wagst es, die Sich Erinnernde mit Anzüglichkeiten zu belästigen?«

»Ich bin Spaßmacher und Possenreißer«, entgegnete er großspurig.

»Ich werde Kokopelli davon unterrichten, daß du mit *mir* keine Possen reißt. Die Götter sollen wissen, daß ich –«

»Ich bringe die Leute zum Lachen, weiter nichts«, unterbrach er sie im Zurückweichen. Sein schwammiges Gesicht hatte einen Ausdruck grotesk lächerlicher Verlegenheit; er kletterte die Leitern in übertriebener Ungeschicklichkeit hinunter. Dann ging die Vorstellung der Spaßmacher weiter.

Doch Kwani hatte ein Gefühl der Übelkeit im Magen. Wo war Okalake? Wie konnte er zulassen, daß die rohen Burschen sie belästigten? Sie brauchte ihn, seinen Schutz, seine wohltuende, trostspendende Gegenwart. Sie brauchte *ihn*. Wo war er?

Der Anführer stolzierte mit immer deutlicheren Bewegungen auf dem Platz herum. Unter dem Gejohle der Zuschauer fiel er auf die Knie und sein riesiger Penis pumpte und pumpte in symbolischer Paarung mit Mutter Erde.

Das war schließlich der Sinn der Feierlichkeiten – es ging um die Befruchtung und das Wachstum der Anpflanzungen. Er stieß rhythmische Pfeiftöne aus, immer lauter und lauter, bis sein Pumpen und Stoßen abrupt aufhörte; er ließ sich auf den Rücken fallen und ruderte mit Armen und Beinen wild in der Luft herum. Zwei Spaßmacher hoben ihn hoch und trugen ihn zu einer Kiva, wo sie ihn hin und her schwangen, als wollten sie ihn nach unten werfen, entschlossen sich dann aber doch, ihn mit dem Kopf voraus nach unten zu tragen.

»Weiter! Wir wollen mehr davon!« johlte die Menge.

Doch die Vorstellung der Spaßmacher war für ein weiteres Jahr vorüber. Man würde noch endlos darüber palavern, besonders über die Auseinandersetzung zwischen dem Anführer und der Sich Erinnernden. Man flüsterte jetzt schon allerlei hinter vorgehaltener Hand.

Wo war Okalake? Kwanis Blicke schweiften suchend über die ganze Stadt, er war nirgends zu sehen. Sie verspürte eine plötzliche überwältigende Sehnsucht nach ihm. Vielleicht konnten sie sich unbemerkt zu ihrem Versteck schleichen, während die ganze Stadt den Feiern beiwohnte... Sie schlenderte durch die Stadt auf der Suche nach ihm, aber er war fort.

Die Festlichkeiten waren vorüber. Die zotigen Scherze waren bis weit in die Nacht hinein gegangen; und manch junger Mann hatte seine Zeugungskraft bei einer willigen jungen Frau unter Beweis gestellt. Miko hatte einen jungen Mann gefunden, der ihr gefiel, und sie erzählte hinterher die Einzelheiten ihres Erlebnisses allen, die es hören wollten.

Plötzlich wurde es kalt; es begann zu schneien. Der leichte Schneefall würde in der Sonne schmelzen und in die

Erde sickern und sie vorbereiten, das Pflanzgut zu empfangen. So sollte es sein, so war es immer gewesen im endlosen Kreislauf der Zeit.

Auf seinem Weg nach Südosten traf Okalake gelegentlich auf kleine, konisch zulaufende Steinhügel, heilige Gedenkstätten für Masau'u. Er fügte einen Stein auf die Pyramiden. Masau'u war der Gott der Unterwelt, aus der alle Menschen in die obere, die Vierte Welt gekommen waren und in die sie nach dem Tod zurückkehrten. Daher war Masau'u sowohl der Gott des Lebens, als auch des Todes sowie der Reisenden hier in dieser Vierten Welt. Da das Reisen oft gefährlich war und um so gefährlicher wurde, je weiter man sich von seinem eigenen Volk entfernte, war die Huldigung an Masau'u unerläßlich.

Okalake war nicht entgangen, wie jahrhundertelanger Ackerbau vielerorts die Fruchtbarkeit des Bodens ausgelaugt hatte. Neuland mußte gerodet und neue Dämme mußten gebaut werden. In den letzten Jahren waren nicht nur die Winter strenger geworden, die Regenfälle hatten sich auch erschreckend verringert. Es wurde immer schwieriger, genügend Wasser für die Ernten herbeizuschaffen, um die ständig wachsende Bevölkerung zu ernähren.

Die Große Stadt in der Schlucht im Südosten, die in einem Halbkreis erbaut war, in der viele, viele Menschen lebten – war sie wirklich nahezu ausgestorben, weil die Bauern gezwungen waren, immer weiter und weiter nach Süden auf der Suche nach neuem, fruchtbarem Land zu ziehen? Er wollte die Stadt besuchen, und er wollte die Sonnenringe auf der riesigen Felssäule sehen, die aus der Tiefe der Schlucht emporragte. Er wußte, daß seine Sonnenberechnungen korrekt waren, doch er freute sich darauf, sie bestätigt zu sehen durch die Weisheit der Alten, die das Sonnenlicht des Mittags als Sonnenzeiger benutzten, statt den des Sonnenauf- oder untergangs.

Außerdem wollte er seine Berechnungen überprüfen, wann die ersten Blüten kamen – die Zeit, die ihm noch mit Kwani blieb. Erst nachdem sie fort war, würde er eine Gefährtin nehmen, erst dann. Er würde mit willigen Mädchen von anderen Clans liegen, um seinen männlichen Hunger zu stillen, doch keine würde seine Gefährtin werden, bis Kokopelli ihn von Kwani trennte. In der Zwischenzeit wollte er zu seinem Versteck zurückkehren und auf die Geliebte warten –. Er würde sie wieder im Arm halten und sie wieder lieben. Und er wollte ihr den Speer wiedergeben, den er für sie aufbewahrte. Wenn sie nicht kam, würde er auf dem Tafelberg oder in der Schlucht nach ihr Ausschau halten – bei diesen Gedanken begann sein Herz schneller zu schlagen.

»Ho! Okalake!«

Der Häuptling des kleinen Rabenclans, der nur aus acht oder zehn Menschen bestand, grüßte ihn. Sie lebten so hoch in der unzugänglichen Felswand, daß sie nur mit einer Strickleiter zu erreichen waren. Der Häuptling hatte die kleine Höhle eines Tages auf der Jagd endeckt und hatte sich vom Berg mit einem Seil hinuntergelassen, um sie zu erforschen.

»Ho!« rief Okalake und winkte.

Die Leiter wurde heruntergelassen. »Komm an unser Feuer!«

Dann wurde die Leiter wieder hochgezogen. »Komm vor dem nächsten Mond. Meine Gefährtin schenkt mir wieder einen Sohn.«

»Gut! Gut! Ich komme zum Fest der Namensgebung.«

Auf seinem Weg durch die Schluchten, auf jahrhundertealten Pfaden, die ursprünglich Wildpfade waren, wurden Okalake Grüße und Einladungen zugerufen. Besorgt stellte Okalake fest, wie ausgetrocknet das Land war, auch nach dem kürzlichen Regen und den Schneefällen des Winters. Die Feuchtigkeit drang nicht tief genug ein, um Mutter Erde genügend zu nähren. Zu viele Bäume waren gefällt worden; keiner der Baumriesen von früher war übriggeblieben. Es gab nur noch verkümmerte Bäume und Unterholz, und auch diese Restvegetation mußte gerodet werden, um Erdreich zu finden, das fruchtbar genug war, um die Saat zum Aufgehen und Wachsen zu bringen. Es war ein unheilvolles Zeichen. Vielleicht mußte sein Volk auch eines Tages fortziehen... Er liebte diese Schluchten, die hochragenden Felswände, die duftenden Hochebenen. Er liebte die geschwungene Linie der Bergketten am Horizont, die schneebedeckten Gipfel. Er blieb stehen und ließ seine Gedanken wandern.

Zwei kleine Buben mit Pfeil und Bogen schlichen um eine Wegbiegung, angespannt und wachsam.

»Wir grüßen dich, Okalake.«

»Meine Seele singt, junge Jäger.«

»Hast du einen Hasen gesehen?«

»Nein, aber es gibt hier Hasen. Seht ihr?« Er deutete auf ein Häufchen kleiner, schwarzer Kugeln, die in der Sonne trockneten.

»Wir wissen, daß es hier Hasen gibt«, sagte der Anführer würdevoll, ohne sich herabzulassen, zu der Stelle zu sehen, auf die Okalake wies.

Okalake verkniff sich ein Lächeln. »Selbstverständlich. Es war unnötig, daß ich euch darauf aufmerksam machte. Gutes Jagdglück!«

Er hatte sich erst ein kurzes Stück entfernt, als die Buben schon auf Händen und Füßen lagen, um den Auswurf gründlich zu untersuchen und festzustellen, wie alt er war. Okalake wußte, daß sie das tun würden und drehte sich nicht um. Ihm schienen erst wenige Monde vergangen, seit er das Gleiche getan hatte, als er noch ein Kind war...

Gelegentlich blieb er stehen, um mit Bauern zu reden, die mit ihren starken Grabstöcken Unterholz rodeten, oder Wacholderbäume mit Steinäxten fällten, um das Land zur Aussaat vorzubereiten.

In der Abenddämmerung nahm er eine Einladung des Dachsclans an, der berühmt war für die Kochkünste seiner Frauen. Er saß mit der Familie des Clanhäuptlings am Feuer und bewunderte die schön gewebten Decken, die die Wände schmückten und die Schalen und Becher mit interessanten schwarz-weißen Mustern.

»Gehst du zum Handeln?« fragte der Häuptling.

»Nein. Ich gehe zur Großen Stadt in der Schlucht.«

»Ah«, nickte der Häuptling. »Als ich das letzte Mal dort war, lebten nur noch wenige Menschen dort. Wen suchst du?«

»Niemand. Ich gehe zu den Sonnenkreisen und werde die

Stadt besuchen, wenn ich schon mal in der Nähe bin. Gibt es den Sonnenhäuptling noch?«

»Er hält es für seine Pflicht zu bleiben und weiterhin seinen Pflichten nachzugehen. Er ist alt. Sipapu wird ihn bald rufen.«

Seine Frau nickte. »Es sind die Hexen.«

»Überall gab es dort Hexen, sie brachten Fieber und Schwäche und bösen Husten. Viele wanderten nach Süden. Überall in diesem Winter gab es Hexen, mehr als sonst.«

Sie saßen schweigend, grübelten über die Mysterien des Unausweichlichen.

Eine junge Frau trat ein und brachte dünne, blaue Maisfladen in einem flachen Korb. Sie war hübsch, die Rundungen ihrer vollen Brüste gingen in eine schmale Mitte über, dann wölbten sich einladend geschwungene Hüften. Sie erinnerte ihn ein wenig an Kwani: Er spürte eine plötzliche Erregung.

Man tunkte die zusammengerollten Maisfladen in ein wohlschmeckendes Bergschafragout, gewürzt mit frischen Kräutern. Okalake war hungrig und aß gierig und bedankte sich hinterher mit einem zufriedenen, anhaltenden Rülpsen.

Das Mädchen lächelte ihn an, ihre dunklen Augen senkten sich kurz in seine mit unmißverständlicher Verheißung, ein Blick, der ihrem Vater nicht entging. Er rülpste höflich, wischte sich den Mund mit dem Handrücken und sagte beiläufig: »Es heißt, du hast keine Gefährtin.«

»Nein.«

»Das ist erstaunlich«, sagte die Frau. »Warum nicht?«

Okalake rutschte verlegen hin und her. »Es ist keine...«

Die Frau machte eine gebieterische Handbewegung zu ihrer Tochter hin. »Unser Gast hat einen langen Weg hinter sich und muß ruhen. Gib ihm eine bequeme Matte und führe ihn in den Warteraum.«

Das Mädchen erhob sich lächelnd. Sie nahm eine Matte von dem Stapel in einer Ecke und begleitete Okalake hinaus, führte ihn vorbei an den Menschen, die um die Lagerfeuer hockten und ihn im Vorübergehen grüßten und hinter vorgehaltener Hand lächelten. Okalake folgte dem Mädchen, das die Leitern zum Warteraum hinaufkletterte, eine lange, niedrige Felsspalte, in deren hinterem Teil Nahrung aufbewahrt wurde. Zu dieser Jahreszeit war sie so weit geleert, daß zwei Menschen eintreten konnten, wenn sie auf Händen und Füßen krochen und darin Platz fanden.

Das Mädchen trug die Matte in die dunkelste Nische, legte sich darauf und schob ihr Kleid hoch. Ihr reifer Körper schimmerte in hellen Kurven. In der Geborgenheit der Dunkelheit, der aufsteigenden Leidenschaft, als die willige junge Frau sich ihm hingab, horchte Okalake auf einen Gesang, der in seinem Kopf wie Herzklopfen dröhnte: Kwani... Kwani... Kwani.

Kurz vor Tagesanbruch verließ Okalake das Dorf, machte am Haus seines Gastgebers Halt, um sich mit Maisfladen und getrocknetem Fleisch zu versorgen und seinen Wasserbeutel aus dem Gemeinschaftskrug zu füllen. Vorsichtig stieg er über schlafende Menschen und dösende Hunde. Bald marschierte er wieder südostwärts auf die lange, breite Schlucht zu, wo die Große Stadt lag. Erfrischt und ausgeschlafen, begann er in einen lockeren Trab zu fallen.

»Ho! Ho!« rief er und lachte vor Lebensfreude.

Der Tag war weit fortgeschritten, als er vom Norden her die abgerundeten Mauern erreichte. Die halbmondförmige Stadt zeigte nach Süden und hatte ihm den Rücken zugewandt; die Stadt war hinter den Mauern verborgen, nur die drei- und vierstöckigen Bauten dicht an der Mauer waren sichtbar. Keine Hunde kamen ihm bellend entgegen, keine Menschen zur Begrüßung, keine neugierigen Kinder, keine Trommeln, keine Flöten, kein Ruf, kein Lachen – aus den hohen Mauern der Stadt drang überhaupt kein Laut.

Mit schwerem Herzen folgte Okalake dem Bogen der Mauer bis zum Schnittpunkt des Halbkreises, wo die Mauern geradewegs nach Süden wiesen. Am Eingang blieb er stehen, um zu wittern, zu spähen und zu horchen. Es herrschte Stille; der große Platz war leer. Hohe Bauten starrten ihn aus leeren Fensterhöhlen an; hie und da waren Steine herabgefallen und Unkraut wucherte aus den Ritzen.

Bekümmert hob Okalake seinen Arm zugleich zum Gruß und zum Abschied. Er dachte daran, wie er als Junge mit seinem Vater hier war, in dieser mächtigen und reichen Metropole, in der der am höchsten geachtete und erhabenste Sonnenhäuptling der Anasazi herrschte.

»Ho!« rief Okalake, ohne eine Antwort zu erhalten. Auf seinem Weg durch die Stadt sah er gelegentlich einen Krug in einer Ecke stehen, ausgefranste Sandalen, zerbrochene Pfeile oder andere zurückgelassene Dinge.

Er war beinahe am Hauseingang des Häuptlings angelangt, als sein Instinkt ihn warnte. Er stand reglos, alle Sinne wachsam und gespannt, um eine mögliche Gefahr zu wittern, zu sehen und zu riechen. Nichts. Dann senkte er den Blick auf das staubbedeckte Steinpflaster und erstarrte. Ein Fußabdruck; er erkannte den Mokassin, von dem er stammte. Apachen.

Er schnellte in einen Schatten an der Wand, zog sein Feuersteinmesser aus der Scheide. Seine Augen suchten jedes Fenster ab, jeden Schatten, jede Felsspalte, wo ein Feind lauern mochte.

Vorsichtig spähte er in das Haus des Häuptlings. Der alte Mann war seit langem tot; seine gebleichen Knochen lagen verstreut, die Fetzen seines Unterkleids waren zur Seite geworfen. Jemand hatte die Leiche gefleddert, das Skelett seiner Kleidung beraubt und den heiligen Raum geplündert. Gebetsstäbe und Matten waren zerschlissen, Fetische lagen zusammen mit Tonscherben verstreut. Decken und andere Wertgegenstände waren gestohlen. Apachenfußabdrücke erzählten die ganze Geschichte.

Okalake ging auf die Knie, um die Spuren zu lesen. Sie waren frisch, stammten vom gleichen Mann, der vor wenigen Tagen hier gewesen sein mußte. Apachen wanderten selten alleine weite Strecken. Wo war er jetzt und wo waren die anderen? Okalake durchsuchte jede Behausung, jede Kiva; er begegnete nur Geistern. Er verließ die Stadt und fand Mokassinspuren, die zum Großen Fluß im Süden führten.

Kurz vor Sonnenuntergang folgte Okalake der Schlucht nach Osten zur Stelle, wo sie sich gabelte wie ein Fluß. In der Mitte dieser Gabelung ragte eine riesige Felssäule in den dämmrigen Himmel. Die Spitze war abgerundet wie eine Kiva und umgeben von Felsen, die in steile Hänge mündete

– ein erhabener, heiliger Ort. Er hatte die Absicht, ihn am Morgen zu besteigen.

Erschöpft legte er seinen Kopf auf sein Bündel. Die Sterne verbargen sich immer wieder hinter ziehenden Wolken. Welches dieser entfernten Lagerfeuer war das des großen Sonnenhäuptlings, dessen Knochen verstreut in der leeren Stadt lagen? Okalake suchte sich einen Stern aus und sprach respektvoll mit ihm.

»Erhabener, ich habe dich nicht vergessen. Ich gehe zu den Sonnenkreisen und werde zurückkehren, um deine Gebeine mit einem gebührenden Grab zu ehren, um deinem Geist Frieden zu geben.«

Die Kälte der Morgendämmerung weckte ihn. Er trank ein wenig aus seinem Wasserbeutel und aß von dem getrockneten Wildfleisch. Der Pfad zu den Sonnenkreisen führte an einer steilen Böschung entlang, dann spiralenförmig nach oben bis zu einer Stelle knapp unter dem Gipfel.

Er fühlte sich erfrischt und energiegeladen, atmete die kühle Luft in tiefen Zügen und begann zu klettern. Hin und wieder blieb er stehen und blickte über die Schlucht; sie war weit und leer. Nichts bewegte sich, außer dem Wind in duftendem Gestrüpp und Gräsern oder einer tanzenden Staubwolke. An den senkrechten Felswänden, die einen natürlichen Kreis bildeten, folgte er einem schmalen senkrechten Anstieg zum Beobachtungspunkt der Sonne in Gipfelnähe.

Es gab ihn noch – den heiligen Ort. Drei schwere Steinplatten lehnten hochkant an der Felswand. Hinter den Tafeln verbargen sich die Sonnenkreise, nur für den sichtbar, der wußte, daß sie sich dort befanden und was sie bedeuteten.

Okalake warf Maismehl in die Sechs Heiligen Richtungen und sprach ein Gebet. Dann kniete er und schaute hinter die Tafeln. Zwei Spiralen waren in den Fels geritzt: die größere direkt hinter den Tafeln, die kleinere links unter der größeren.

Die Kanten der Tafeln leiteten das Sonnenlicht, so daß ein schmaler Strahl – der Sonnenspeer – auf die Felswand fiel und an den Spiralen nach unten wanderte, so daß der Sonnenhäuptling genau wußte, wann Sonnenvater nach Norden zurückkehren mußte, und wann er den Punkt in der Mitte zwischen seiner Wohnung im Norden und Süden erreicht hatte; wann er vom Norden nach Süden zurückgekehrt war; und wann alle wichtigen Ereignisse und Feierlichkeiten stattfinden sollten.

Vom Abstand des Sonnenspeers zu den Spiralen konnte Okalake die Tage ablesen, bis die ersten Blumen blüten. Seine Berechnungen waren richtig.

Beglückt über die Bestätigung stieg er auf den Gipfel und blickte in die dunstige Ferne. Der Himmel war blau, so blau, daß die Schwingen eines aufsteigenden Falken die Bläue zerschnitten. Dahinter, in weiter Ferne, winkte ein Berg zu ihm herüber. Umgeben von Schönheit, von Unendlichkeit, schwebte sein Geist hoch, als er sang:

Mein Herz fliegt zum Berg
Wie ein Vogel zu seinem fernen Nest.

Er hörte weder die Bewegung hinter sich, noch sah er den Apachenpfeil, der ihn durchbohrte.

30

Woshee stach die Knochennadel durch das Hasenfell, aus dem ein Kinderkleid werden sollte. Irgendwo in der Nachbarschaft kam immer ein Kind zur Welt, und sie hatten gerne Geschenke bereit für das Geburtsfest. Sie zog das Yuccagarn durch das Leder, ließ die Arbeit sinken und blickte über die Stadt in die Schlucht, wo Okalake vor sechs Tagen fortgegangen war.

Die Sippen standen untereinander in ständiger Verbindung und mittlerweile wußte jeder, daß Okalake eine Nacht mit der Häuptlingstochter im Ort des Biberclans verbracht und gesagt hatte, er wolle zur Großen Stadt gehen und die Sonnenkreise sehen. Seitdem hatte sich seine Spur verloren. Hatte er seine Meinung geändert und war woanders hingegangen? Wenn ja, wohin?

Es hieß, Apachen seien nach Süden unterwegs. Und Apachen waren dafür bekannt, ihre Richtung zu ändern und zu plötzlichen Raubüberfällen zurückzukehren. Die Sippen legten Vorräte an Pfeilen zurecht und sammelten Steine, um sie eventuellen Angreifern entgegenzuschleudern. Entlang der Schluchten wurden Wachen postiert. Doch die Apachen setzten anscheinend ihren Weg nach Süden fort; man atmete auf. Die Ansazi waren Bauern, keine Krieger, verteidigten aber, wenn nötig, ihre Familien und ihre Heimat erbittert.

Vielleicht hatte Okalake sich nach Osten gewandt, um Handel zu treiben und auf seinem Rückweg eine Gefährtin nehmen. Es erschien Woshee unwahrscheinlich, daß er sich eine Frau aus einem weit entfernten Clan wählte; er würde in seine geliebte Heimat zurückkehren.

Doch dunkle Ahnung umwehte Woshee wie ein kalter Wind. Ihr Leib war nur einmal fruchtbar gewesen; sie hing mit großer Liebe an ihrem einzigen Kind. Wieder beugte sie sich über ihre Näharbeit. Wer würde dieses kleine Kleid im nächsten Winter tragen? Wenn Okalakes Frau gleich schwanger würde... Sie zählte an den Fingern ab. Ja, dann konnte sie das Kleid gebrauchen, bei kalter Witterung. Sie nähte mit wiedergewonnener Zuversicht. Ein Kleid für ein mögliches Enkelkind!

Kwani. Dieser Gedanke kam ungebeten. Und wenn...

Sie legte die Arbeit beiseite und kletterte hinunter zu Kwanis Haus. Sie saß vor ihrem Eingang und bereitete Tonerde vor, um ein Gefäß zu machen und bemerkte Woshee nicht, die sie aus einiger Entfernung beobachtete.

Kwani legte blaugraue Tonerde in der Sonne zum Trocknen aus, die sie anschließend in ihrem Metate mahlen und zur Festigung mit zerriebenen Scherben gebrannter Tongefäße vermischen wollte, um das Gefäß während des Trocknens vor Schrumpfung und Rissen zu bewahren. Sie las Steinchen und andere nicht dazugehörige Teilchen heraus. Woshee erfreute sich an Kwanis anmutigen Bewegungen, die ihr langes Haar zu ordentlichen Kürbisblütenkränzen über den Ohren trug. Ihre schweren, dunklen Wimpern verbargen die blauen Augen, als sie sich über ihre Arbeit beugte. Woshee betrachtete prüfend das runde Gesicht, als sehe sie es zum ersten Mal. Der Liebreiz ihrer weichen Wangen, die kleine Nase, der verführerisch geschwungene Mund. Die süßen Kurven ihres Körpers... verständlich, daß Okalake...

Plötzlich richtete Kwani sich auf und legte die Hand auf ihren Bauch. Sie lächelte. Sie lächelte. Sie spürt Leben in sich, dachte Woshee. Mit gemischten Gefühlen kehrte sie zu ihrer Näharbeit zurück. Ihre Hände zitterten. War Okalake deshalb fortgegangen, ohne jemandem zu sagen, wohin? Weil Kwani sein Kind trug und er der Konfrontation aus dem Weg gehen wollte? Aber sie, seine Mutter, würde zusammen mit Kwani bestraft werden... Okalake würde sie nicht schutzlos zurücklassen.

Die Gebetsstäbe. Sie sollten sie beschützen. Hatte er Kwani und sie absichtlich verlassen, um die Folgen allein zu tragen? Ein Knoten zog sich in ihrem Magen zusammen. Wäre Kwani nicht gekommen, hätte ihr Sohn jetzt bereits eine Gefährtin. Er wäre nicht ohne Erklärung fortgegangen. Eine andere wäre die Sich Erinnernde.

Möglicherweise Tiopi. Seit ihrer Schwangerschaft war Tiopi sanfter geworden. Sie hatte ihre linke Hand fünf Mal über ihrem Eingang nachgezeichnet – einmal für jeden Monat der vergangenen Schwangerschaft – und die Umrisse mit rotem Ocker nachgezogen. Die Hand war ein heiliges Symbol. Wenn neun Hände über dem Eingang gemalt waren, kam Kokopellis Kind zur Welt. Die Reihe der roten Symbole würde bleiben, um jeden, der bei ihr eintrat, daran zu erinnern, daß dies der Ort war, an dem Tiopi heiligen Samen genährt hatte.

Mit zitternden Fingern beendete Woshee ihre Näharbeit und begab sich mit gewohnter Würde zu Kwani, die immer noch über der Tonerde gebeugt saß.

»Ich grüße Dich, Geachtete«, sagte Woshee.

Kwani hob den Kopf mit freudigem Lächeln beim Anblick der Frau, die sie bewunderte und für die sie herzliche Zuneigung empfand. »Ich mache einen Krug, den Kokopelli handeln kann.« Sie bemerkte das kleine Pelzkleid in Woshees Händen. Ihre Augen leuchteten kurz auf.

Woshee hielt das kleine Kleidungsstück so, daß Kwani es sehen konnte und sagte leise, damit andere es nicht hören konnten: »Schau, was ich für mein Enkelkind genäht habe.« Sie beugte sich zu Kwani. »Wir müssen reden. Komm an mein Feuer.«

Kwani folgte Woshee mit schwachen Knien die Terrassen und Leitern hinauf. Woshee wußte alles! Wußten die andern ebenfalls? War Okalake deshalb fortgegangen?

In ihrem Haus zog Woshee den Vorhang vor, bevor sie sich setzten.

»Ich weiß, daß du Okalakes Kind trägst«, sagte sie.

Kwani sah sie erschrocken an. Durfte sie diese Frau in Gefahr bringen, die ihr freundschaftlich gesinnt war, die Mutter Okalakes? Durfte sie ihr ungeborenes Kind in Gefahr bringen? Sie würde leugnen.

»Nein!«

»Wessen Kind dann?«

Kwani wandte sich hilflos ab. Was sollte sie sagen?

»Antworte mir, Kwani.«

»Ich kann nicht.«

»Du mußt. Das Kind –«

»Es war der Korb. Die Geister des Korbes gingen in mich ein«, platzte Kwani in plötzlicher Eingebung heraus. »Mutter Erde, Mondfrau, Kokopelli. Ihre Geister gingen in mich ein und ich bekomme ein Kind der Geister.«

Woshee lächelte grimmig. »Und warum verheimlichst du dieses große Wunder?«

»Ich warte auf Kokopelli. Er wird die bevorstehende Geburt des Geistkindes verkünden.« Sie schlang die Arme um sich, begeistert von ihrer rettenden Idee.

»M-m-m-m.« Woshee studierte Kwanis gerötetes Gesicht. »Du bist die Sich Erinnernde, vielleicht schenkt man dir Glauben.«

»Glaubst du mir nicht?«

»Nein.«

Blaue Augen wichen den dunklen Augen aus. Woshee konnte man nicht belügen. »Ich kann dich nicht in Gefahr bringen, nicht mein Kind und nicht Okalake. Ja, es ist Okalakes Kind.« Kwani versagte die Stimme. »Ich muß die Leute glauben machen, daß es ein Geistkind ist. Hilf mir!«

Schnelle Schritte blieben an der Tür stehen. »Kwani! Kwani, bist du da drin?«

»Wer ist da?« fragte Woshee.

»Ich bin es, Ki-ki-ki. Ich habe eine Überraschung!«

Woshee flüsterte: »Wir dürfen sie nicht wegschicken, das könnte Verdacht erregen.« Kwani schob den Vorhang beiseite und trat über die Türschwelle. »Schau!« Ki-ki-ki war so aufgeregt, daß sie die Formalitäten vergaß. Sie streckte ihr beide gewölbten Hände hin. »Rate, was da drin ist!«

Kwani mußte lächeln. »Ich weiß es nicht. Sag es mir.«

Langsam öffnete Ki-ki-ki ihre Hände und präsentierte eine Blume, eine Frühlingsmalve in der Farbe des Sonnenuntergangs im Sommer. »Schau! Die erste Blume! Ich hab sie in der Schlucht gefunden. Jetzt kommt Kokopelli!« Sie hüpfte aufgeregt auf und ab. »Kokopelli kommt und nimmt dich mit, und ich werde Okalakes Frau!«

Woshee trat heraus. »Okalake ist fortgegangen, um sich eine Frau zu suchen und wird nicht zurückkommen«, sagte sie sanft.

»Oh«, das Gesicht des Mädchens verzog sich. »Ich dachte... alle sagen, er ist fortgegangen um Handel zu treiben...« Sie warf die Blume fort und rannte weg.

Kwani hob die Blüte auf und bewunderte ihre rosige Farbe. *Kokopelli...*

»Wir müssen uns beraten«, sagte Woshee. Gemeinsam traten sie wieder ins Haus.

Das Gras färbte sich grün, Bäume und Büsche trieben Knospen, die Blumen blühten, doch Kokopelli kam nicht. Die Vögel kehrten zurück. In den Schluchten lag der reiche Erdgeruch von feuchtem Humus und sprießenden Pflanzen. Und keine Nachricht von Okalake. Die überschwengliche Frühlingsfreude war überschattet; die Dinge waren nicht so, wie sie sein sollten. Woshee magerte ab und dunkle Schatten lagen unter ihren Augen. Der Sonnenhäuptling lächelte nur selten.

Yatosha wurde zu Rate gezogen. Würde er mit seinen Jägern nach Süden und Osten ziehen auf Suche nach Wild und Erkundigungen über Okalake einziehen?

Yatosha stimmte zu, doch einige der Jäger waren davon nicht sonderlich angetan. Sie fieberten nach reicher Beute und ihre Frauen verlangten Häute und Felle, um Kleider für den nächsten Winter zu nähen. In den weiten Tälern aber gab es keine Bergschafe. Und Okalake... sie zuckten die Achseln. Er hatte irgendwo eine Frau gefunden. Trotzdem würden sie sich auf die Suche machen.

Die Tage wurden wärmer; frühmorgens, abends und während der Nacht war es noch kühl, doch tagsüber war es heiß. Kinder liefen nackt herum. Die Männer trugen nur ihren Lendenschurz und die Frauen legten die geflochtenen Gürtel mit den kurzen Schürzen an, die sie im Winter gefertigt hatten, um sie jetzt stolz vorzuführen. Nur Kwani bedeckte sich mit einem leichten Kleid.

»Was verbirgt sie denn?« fragten einige.

»Die Sich Erinnernde ist nicht so wie wir. Sie ist anders.«

»Vielleicht hält sie es für schicklicher, ein Kleid zu tragen.«

»Kwani kümmert sich nicht darum, was schicklich ist.«

»Ich glaube, daß Kwani schwanger ist«, mutmaßte eine.

Diesen Worten folgte betroffenes Schweigen, obschon seit Wochen über diese Möglichkeit gemunkelt wurde.

»Von wem?«

Schweigen. Alle wußten, wer infrage kam.

Wie als Nachgedanke sagte eine andere Stimme, »Ich frage mich, wann Okalake von seinen Geschäften heimkehrt?«

»Woshee sagt, er ist unterwegs, um sich eine Gefährtin zu suchen. Vielleicht kommt er erst wieder, wenn die Zeit für ihn gekommen ist, Sonnenhäuptling zu werden.«

»Dann hat Kokopelli Kwani schon von hier weggeholt.«

Sie nickten und dachten im Stillen, dann wären alle Schwierigkeiten beseitigt.

Wieder verstrich ein Mond, ohne daß Kokopelli kam.

Yatosha und die Jäger waren mit reicher Beute zurückgekehrt, doch ohne Nachrichten von Okalake; der Sonnenhäuptling lud Yatosha in seine Kiva zu einer Beratung ein.

»Habt ihr die Große Stadt besucht?«

»Wir machten dort halt, doch die Stadt ist leer. Es wimmelt von bösen Geistern; meine Jäger weigerten sich, sie zu betreten.«

»Spuren?«

»Alte Spuren. Apachen. Sie führten nach Süden. Wir blieben nicht lang.«

Der Sonnenhäuptling wandte sich plötzlich ab, um seine

Befürchtungen zu verbergen. »Ich muß eine Zusammenkunft der Häuptlinge und Ältesten einberufen. Okalake muß gefunden werden.«

Sie saßen im Halbkreis im Haus des Medizinmannes, mit ernsten Gesichtern dem Altar zugewandt, vor dem ein kleines Feuer brannte. Vor dem Medizinmann ausgebreitet lagen die Gegenstände starker Medizin, von denen aber keine so stark war wie der kleine Stein in Form von Motsni, Masau'us Vogel. Auf Masau'us Geheiß flog der Vogel überall hin, über Hochebenen und Berge und Flüsse, auf der Suche nach Wanderern, denen Masau'u beizustehen gedachte. Der Medizinmann hatte den Stein am Ufer eines entfernten Flusses gefunden, als er noch ein Knabe war; Masau'u selbst hatte ihm das Zeichen gesandt, um ihm zu sagen, daß er eines Tages ein mächtiger Medizinmann sein würde.

Die Friedenspfeife machte die Runde. Jeder Häuptling und Älteste blies eine kleine Wolke aus, die zu Masau'u aufstieg, der Medizinmann sang ein Gebet und flehte Masau'u an, Motsni auszuschicken und Okalake zu suchen. Die Pfeife machte mehrmals die Runde und viele kleine Wolken stiegen empor. Der Medizinmann beendete das Gebet mit einem letzten schwungvollen Klappern der Kürbisrassel. Dann saßen alle lange Zeit in Schweigen versunken.

Endlich sprach der Sonnenhäuptling: »Wir alle müssen tun, was in unserer Macht steht, damit Masau'u seinen Vogel Motsni ausschickt, um meinen Sohn zu finden. Auch ich werde mich auf die Suche nach ihm begeben. Der ganze Clan soll sich zu einer Anrufung versammeln, um den Geist Masau'us zu uns zu bringen; wir werden reichliche Opfer bringen, damit unsere Bitte erhört wird.«

Diesen Worten folgte verblüfftes Schweigen. Anrufungen wurden eigentlich nur abgehalten, um Wild für die Jäger anzulocken. Masau'u, den Gott des Todes und des Lebens, anzurufen, war gefährlich. Wenn er den Rufer mit sich nach Sipapu nahm, was dann?

Der Medizinmann murrte. »Ist meine Medizin nicht stark genug, daß eine Anrufungsfeier nötig ist?« Sein Gesicht hatte sich mit tiefer Röte überzogen.

Huzipat, der Clanälteste und Oberhäuptling sagte in beschwichtigendem Tonfall: »Unser Sonnenhäuptling macht sich auf die Suche nach Okalake. Beide brauchen Masau's Hilfe und je mehr Gebete und Opfer wir ihm bringen, desto wahrscheinlicher wird er uns erhören. Wir alle kennen die Kräfte deiner Medizin« – er verneigte sich respektvoll vor dem Medizinmann – »doch es ist ratsam, alle Angehörigen des Clans miteinzubeziehen. Ich stimme dem Sonnenhäuptling zu, eine Anrufung abzuhalten.«

Demjenigen, der die Anrufung ausführte, drohte größte Gefahr. »Wenn meine Medizin nicht stark genug ist, dann wird meine Anrufung auch nicht stark genug sein.« Der Medizinmann lächelte grimmig: »Wen schlagt ihr für die Anrufung vor?«

Die Männer hefteten beklommen schweigend die Blicke zu Boden. Sie waren sich der Gefahren wohl bewußt. Jemand für die Anrufung vorzuschlagen, konnte bedeuten, ihn nach Sipapu zu schicken.

Yatosha ergriff das Wort: »Ich habe Gutes über die Lehren der Sich Erinnernden gehört und über ihre Geschichte von Adlerjunge. Die Leute sind der Meinung, daß sie Geister zu uns brachte und die Geister sich erfreuten. Ich schlage vor, die Feier der Anrufung vorzubereiten, und die Sich Erinnernde soll die Anrufung des Geistes von Masau'u vornehmen.«

Die Männer hoben in freudiger Erleichterung die Köpfe. Selbst der Medizinmann nickte zustimmend. Das war die ideale Lösung. Während der Feier mußte der Anrufer alles, was ihm über die zu Lockenden bekannt war, berichten, gleichgültig ob Wild oder Geister angelockt werden sollten. Das veranlaßte das Wild oder die Geister dazu, kommen zu wollen. Wer konnte besser über Masau'u erzählen, als eine Geschichtenerzählerin? Und außerdem, falls Masau'u den Wunsch verspürte, Kwani mit sich nach Sipapu zu nehmen, konnte Kokopelli dem Clan nicht die Schuld am Tod seiner Gefährtin anlasten.

Der Medizinmann sagte: »Ich werde die Sich Erinnernde von der hohen Ehre unterrichten, die wir ihr zukommen lassen.«

Die Anwesenden nickten stumm.

Nur der alte Sonnenhäuptling senkte den Kopf in bekümmertem Schweigen.

31

Kwani und der Medizinmann standen vor ihrem Haus.

»Mir ist die Anrufung von Wild bekannt, aber ich weiß nichts von der Anrufung der Geister.« Kwani sah ihn erstaunt an.

Er erwiderte ihren Blick hoheitsvoll. »Du kennst die Geschichte von Masau'u?«

»Ja.«

»Es ist dir gestattet, alles, was du über Masau'u weißt, zu erzählen. Es ist dir jedoch nicht gestattet, an den übrigen Feierlichkeiten der Anrufung teilzunehmen.«

»Ich bin mir nicht sicher, ob ich überhaupt daran teilnehmen möchte. Es gehört nicht zu den Aufgaben der Sich Erinnernden.«

»Ich nehme an, auch du hast den Wunsch, daß Okalake heimkehrt.« Er bemühte sich, seinen Sarkasmus zu verbergen, was ihm aber nicht vollständig gelang.

»Selbstverständlich.«

»Der Sonnenhäuptling macht sich auf die Suche nach ihm. Wünschst du, daß auch er unversehrt zurückkehrt?«

»Selbstverständlich. Aber –«

»Dann kannst du deine Zusage wohl kaum verweigern. Es sei denn, du hättest Grund zu wünschen, daß Okalake und sein Vater nicht zurückkehren.« Er lächelte breit.

Kwani fuhr herum und starrte ihn an. Es hatte sich eine kleine Ansammlung von Leuten gebildet, die vorgaben, nicht hinzuhören, aber unmerklich näherrückten.

»Ich werde mich mit den Geistern meiner Halskette und dem Medizinpfeil beraten und danach entscheiden, ob ich an der Anrufungsfeier teilnehme oder nicht. Sollte ich mich dazu entschließen« – Kwani hob ihre Stimme, um von der Zuhörerschaft deutlich vernommen zu werden – »die Anrufung vorzunehmen, tue ich es aus Gründen, die mir die Geister nennen, und nicht, weil der Medizinmann mich dazu verleitet hat, etwas zu tun, was meine Kräfte übersteigt.«

Sie drehte sich um, verschwand in ihrem Haus und zog den Vorhang heftig hinter sich zu.

Natürlich machte sie sich Sorgen – große Sorgen um Okalake; und natürlich bangte sie um die Sicherheit des Sonnenhäuptlings. Und was der Medizinmann auch gegen sie im Schilde führen mochte, sie würde die Anrufung von Masau'u übernehmen. Sie würde alles tun, um Okalake und seinen Vater unversehrt wieder zurückzuführen.

Yatosha spürte, wie der Hase in dem Lederbeutel zitterte. Das Tier war klein, aber bei guter Gesundheit, eine angemessene Opfergabe. Es war in der Falle gefangen worden und wies keine Verletzung auf. Yatoshas Aufgabe als Jagdhäuptling war es, ein Tier zu liefern, dessen Blut den Weihemais heiligen sollte. Er blinzelte zur Sonne hinauf; der Tag ging zur Neige.

Bei seiner Rückkehr ins Dorf waren die Vorbereitungen für die Anrufungsfeier in vollem Gange. Die Einführungsfeiern sollten in der Kiva des Medizinmanns nur in Anwesenheit der Häuptlinge und Ältesten stattfinden. Das Weiheopfer und die Anrufung wurden auf dem Platz abgehalten, damit alle Angehörigen des Clans teilnehmen konnten. Yatosha traf als letzter Häuptling ein.

»Hast du das Tier?«

Yatosha öffnete den Beutel und setzte den Hasen auf den Boden, der hockte starr vor Angst, bevor er unsicher ins Dunkel hoppelte.

Der Medizinmann nahm seine Geisterrassel und begann den Vorbereitungsgang für das Opfer, um den Geist des Hasen zu besänftigen, dem das Leben genommen werden sollte. Der alte Trommler begleitete ihn, worauf die anderen Anwesenden in den Gesang einstimmten.

Der Hase drückte sich zitternd an die Felswand.

Kwani stand im Halbdunkel ihres Hauses, umklammerte den Medizinpfeil mit einer Hand und drückte die andere auf die Jakobsmuschel an ihrer Brust. Mit geschlossenen Augen flehte sie die Unsichtbaren an.

»Macht mich weise. Macht mich stark. Macht mich furchtlos, um den Geist von Masau'u zu rufen.«

So stand sie einige Zeit, doch die Angst wich nicht.

»Kwani.«

Es war Woshee. Die beiden Frauen sahen einander in schweigendem Einverständnis an. »Hast du Angst?« flüsterte Woshee.

»Ja.«

Woshee nickte. Plötzlich zog sie Kwani in ihre zitternden Arme. »Hilf, Okalake zu finden!« Ihre Stimme war tränenerstickt. »Mein Mann macht sich auf die Suche...«

»Ich weiß! Ich versuche mein bestes.«

Sie traten hinaus in die Dunkelheit. Der Platz war überfüllt. Die Leute saßen um den Altar, vor dem ein Feuer brannte. Der Sonnenhäuptling saß mit den Häuptlingen und Ältesten im Halbkreis vor dem Altar, eine hüfthohe Anhäufung großer Felsbrocken in stufenförmiger Anordnung. Auf jeder Stufe lag ein großer, wohlgeformter Maiskolben. Auf der obersten Stufe lag ein Gebetsstab, Adlerfedern und eine Schale mit Wasser aus einer heiligen Quelle. Der Schein des Feuers malte unheimliche Schattenmuster auf die Felsen.

An einer Seite saßen die Musikanten mit Instrumenten. Auf der anderen Seite der Medizinmann in seinem Festgewand aus Hirschleder, verziert mit Türkisperlen und Muscheln, bemalt in bunten Farben mystischer Muster. Die schwarz-weißen Zickzackstreifen, die er stets im Gesicht trug, waren frisch gemalt. Zusätzlich lief eine rote Wellenlinie wie eine Schlange quer über seine Stirn und umkreiste ein Auge – das Zeichen dessen, der ein Blutopfer zu bringen gedachte. Das rot gerahmte Auge schien von innen heraus zu glühen.

Ein Schwung der Geisterrassel des Medizinmannes war das Zeichen zum Beginn der Zeremonie.

Der Trommler schlug einen langsamen, pulsierenden Rhythmus, der allmählich zum Crescendo anstieg und unvermittelt abbrach. Stille. Feuerschein flackerte an den Felswänden, ansonsten hüllte die Dunkelheit alles ein wie die Nacht von Sipapu, wo Masau'u, der Skelettmann, wartete.

Woshee stubste Kwani an. »Sprich jetzt.«

Kwani öffnete ihren Mund, doch ihre Stimme versagte den Dienst. Sie versuchte es noch einmal.

»Es war vor langer Zeit. Bevor Menschen die Vierte Welt betraten. Es war dunkel... kalt und dunkel...« Ihre Stimme wurde kräftiger. »Die Menschen waren unglücklich. Sie stritten untereinander und wollten in eine andere Welt ziehen. Sie fürchteten Masau'u, der aus nichts gemacht war und von nirgendwoher kam. Niemand hatte ihn je gesehen.« Sie blickte in die Runde, spähte in die Schatten, als hielte sie Ausschau nach Masau'u. »Die Menschen fürchteten sich in der Finsternis und der Kälte und wollten fort. Man sagte, Masau'u besitze ein schönes Feuer, an dem er saß und sich wärmte. Wenn sie Masau'u fanden, gab er ihnen vielleicht von seinem Feuer.«

Der Trommler begann, sich vor und zurück zu wiegen und leise zu singen: Masau'u... Masau'u...« Die Trommel raunte.

»Und dann hörten sie es« – sie schwieg, als lausche sie. »Sie hörten Schritte da oben.« Sie deutete nach oben; alle hoben den Blick hinauf in das hohe, geschwungene Felsengewölbe und dem Sternenhimmel darüber.

»Masau'u, Masau'u«, raunte die Trommel.

»Die Menschen sagten, ›wir müssen jemand hinaufschikken, der nachsieht, wer da oben herumgeht.‹ Vier tapfere Männer machten sich auf den Weg, kehrten aber bald furchtsam zurück. Dann machten sich vier andere auf, um sich in der Dunkelheit zurechtzufinden.«

Rasseln fauchten und vereinigten sich mit dem Trommelschlag, und die Zuschauer begannen sich im Rhythmus zu wiegen.

»Sie verirrten sich und wußten nicht mehr, wohin sie sich wenden sollten. Und dann fand sie Motsni, Masau's Vogel. ›Folgt mir‹, befahlt Motsni. Sie konnten Motsni in der Dunkelheit nicht sehen, hörten nur seinen Flügelschlag. Masau'u hatte ihn gesandt.«

»Masau'u, Masau'u...«, stöhnte das Volk und wiegte sich

hin und her. Flöten stimmten ein wie schwache Geisterstimmen.

»Die Männer folgten dem Flügelschlag und kamen in die Vierte Welt. Dort, in weiter Ferne« – Kwani deutete auf den in Finsternis gehüllten Tafelberg jenseits der Schlucht – »sahen sie ein Feuer, an dem eine Gestalt saß, die ihnen den Rücken zugekehrt hatte.«

»Masau'u...«, sangen die Flöten.

»Motsni flog fort. Sie waren allein mit dem Skelettmann, der in weiter Ferne dort drüben am Feuer saß.« Kwani erhob sich, und wandte sich zum Altar. »Es war ihnen bekannt, daß Masau'u bei Tageslicht nicht sehen konnte und deshalb stets eine Fackel bei sich trug.« Kwani bückte sich und nahm einen brennenden Ast aus dem Feuer, den sie wie eine Fackel über ihren Kopf hielt. »Sein magisches Feuer!«

»Masau'u, Masau'u.« Das Stöhnen des Volkes wurde lauter. Die Trommel stöhnte mit ihnen und die Rasseln stimmten fauchend mit ein.

Kwani warf den Ast wieder ins Feuer, ohne sich wieder zu setzen. Im Feuerschein sah sie aus wie ein Wesen aus der anderen Welt.

»Die Männer fürchteten sich. Doch sie näherten sich der Gestalt am Feuer, die ihnen den Rücken zuwandte. Ihr Kopf war groß, größer als jeder Kürbis. Sie hatte keine Haare auf dem Kopf!«

Die Flöte gab einen erschrockenen Triller von sich.

»Die Männer näherten sich der Gestalt am Feuer, um ihr Gesicht zu sehen. Und sie sahen ihn!« Sie starrte gebannt auf den Altar. »Er trug feine Kleider und viele Halsketten aus Türkisen und reiche Türkisgehänge an jedem Ohr. Aber sein *Gesicht...«* Sie bedeckte die Augen mit beiden Händen, als könne sie den Anblick nicht ertragen. »– Sein Gesicht war schauerlich. Mit Blut beschmiert!«

»Masau'u... Masau'u... Masau'u...«

Einige Männer waren aufgestanden und wiegten sich gemeinsam im Takt mit dem Gesang von Trommeln, Flöten und Rasseln.

»Der Skelettmann sagte: ›Warum seid ihr gekommen? Hierher ist noch kein Mensch vor euch gekommen...‹ Die

Männer antworteten: ›Bei uns ist es kalt und dunkel. Wir wollen hierher kommen in die Vierte Welt. Wir wollen Feuer.‹ Masau'u antwortete ihnen nicht – sein Gesicht veränderte sich! Er verwandelte sich in einen wunderschönen Gott.«

»Masau'u!« sang das Volk. Immer mehr Männer erhoben sich; mit schlurfenden Schritten stampften sie in einem wiegenden Tanz um den Altar.

Der Trommler hob sein verzücktes Gesicht und rief: »Komm, Masau'u!« Das Volk wiederholte: »Komm, komm, komm Masau'u!«

»Und dann«, fuhr Kwani fort, »sagten die vier Männer, ›Warum hat dein Gesicht geblutet?‹ Und Masau'u entgegnete ›Ich war auf der Jagd und wurde müde und setzte mich, um zu rasten. Ich schlief ein. Hasenjäger fanden mich früh am Morgen bei Tageslicht... Ich konnte nichts sehen... Ich stolperte und stürzte auf einen großen Felsen und zerschnitt mir das Gesicht. Ich ging weiter und stolperte über einen zweiten und einen dritten, und die Felsen zerschnitten mir jedesmal das Gesicht und ich blutete. Daher brauche ich nun eure Blutopfer.«

»Komm Masau'u... komm.«

»Die Männer sagten: ›Wenn wir dir ein Blutopfer bringen, wirst du uns Motsni schicken, damit er unserem Volk den Weg in die Vierte Welt weist?‹ Und der Skelettmann: ›Ich treibe keinen Handel mit euch. Kehrt zurück, woher ihr gekommen seid.‹ Sein Gesicht veränderte sich erneut und nahm wieder das schaurige Aussehen an. Die Männer hatten Angst, denn Masau'us Augen sahen aus wie die glühenden Kohlen in seinem Feuer. Sie hatten Angst, von diesen Augen vernichtet zu werden. Sie flohen zurück in die Dunkelheit. Motsni kam und zeigte ihnen den Weg zurück. Sie konnten ihn nicht sehen, hörten nur seinen Flügelschlag...« Stille breitete sich über die Menge. Die Trommel, die Flöten, der Gesang, und die Rasseln verstummten, wie auf ein geheimnisvolles Signal. Aus der Dunkelheit war plötzlich ein schnelles, rauschendes Schlagen zu hören. Der Flügelschlag eines Vogels.

»Motsni!«

»Masau'u... Masau'u... Masau'u...« stöhnte das Volk in Angst und Ehrfurcht.

Kwani fühlte sich plötzlich völlig erschöpft. Sie setzte sich und hüllte sich fest in ihren Umhang. War eine Eule vorübergeflogen? Oder war es... könnte es... Motsni gewesen sein?

Wieder sprach die Donnertrommel aus der Kiva. Die Tänzer setzten sich. Der Medizinmann trat vor. Er hob beide Hände.

»Das Opfer! Masau'u erwartet das Opfer!«

Langsam tauchte ein schauerlich anzusehender Kopf aus der Kiva auf – die blutige Maske des Skelettmannes.

»Aye-e-e-e!« schluchzten die Kinder und klammerten sich an ihre Mütter.

Die maskierte Gestalt trat hervor, einen Hasen an den Löffeln haltend. Zashue, er war es, näherte sich dem Altar, die Trommel dröhnte, die Rasseln schnarrten. Der Medizinmann stand abwartend mit dem Feuersteinmesser in der Hand. Zashue reichte seinem Vater den Hasen. Der Hase strampelte nicht; sein kleiner Körper war gelähmt und seine Augen glasig vor Angst.

Der Medizinmann hielt den Hasen in einer ausgestreckten Hand. Dann trennte er den pelzigen Bauch mit einem raschen Messerschnitt von der Kehle bis zum Schwanz auf. Blut spritzte, der Medizinmann stieß sein Gesicht nahe an die Nase des Hasen, um seinen Todeshauch einzuatmen und somit den Geist des Tieres in sich aufzunehmen.

Wieder klagten die Flöten, und der Medizinmann hielt den blutenden Körper über jeden Maiskolben und färbte ihn rot. Nachdem die Maiskolben geweiht waren, warf er den Hasen in die Flammen. Singend hob er jeden Maiskolben hoch und hielt ihn in die Sechs heiligen Richtungen und übergab sie dem Feuer.

Viel Holz wurde nachgelegt, bis die Flammen prasselnd hochschlugen. Es roch nach verbranntem Pelz, verbranntem Fleisch und verbranntem Mais. Der Medizinmann und die maskierte Gestalt standen bedrohlich unwirklich am Altar, sangen den Opfergesang und schüttelten ihre Geisterrasseln. Trommeln und Flöten nahmen ihren Ruf auf; das Volk stöhnte »Masau'u...«

Plötzlich ein langer, gellender Schrei. Eine Frau zeigte mit wilden Augen in die Dunkelheit jenseits der Höhle. Die Menschen wandten die Köpfe und starrten zum gegenüberliegenden Tafelberg. Dort war ein Lichtschein. Wie eine Fackel. Der Schein flackerte und verschwand.

»Aye-e-e-e-e! Masau'u! Er ist gekommen!«

In angstvoller Ehrfurcht blickten die Menschen zu Kwani in Erwartung, sie verschwinden oder tot umfallen zu sehen. Sie hatte Masau'u gerufen und Masau'u hatte seinen Vogel geschickt und war selbst erschienen. Würde er die Sich Erinnernde nun zu sich nehmen?

Alles spähte angestrengt in die Dunkelheit. Doch das Licht erschien nicht wieder. Kwani saß in ihren Umhang gehüllt. Sie hob den Blick nicht, als der Medizinmann zu ihr trat, neben ihm die schauerlich maskierte Gestalt. Auch nicht, als sie dicht vor ihr standen und ihre fauchenden, schnarrenden Rasseln schüttelten.

Es dauerte lange, bevor Kwani den Kopf hob und ihr Blick dem des Medizinhäuptlings begegnete; sein umrandetes Auge glühte rot und die Schlangenlinie auf seiner Stirn schien sich im flackernden Feuerschein zu bewegen. Etwas in den Augen des Häuptlings warnte sie... Gefahr.

Eine schreckliche, böse Macht ging von ihm aus und kroch auf sie zu. In aufwogender, überwältigender Angst wurde Kwani bewußt, daß der Medizinhäuptling ihr den Tod wünschte. Sie erhob sich, trat ihm entgegen, versuchte mit ihrem eigenen Geist gegen ihn anzukämpfen. Doch seine Macht war zu groß. Sie spürte, wie ihr Geist schwächer wurde.

Er trat näher und das rot umrandete Auge bohrte sich in sie. »Masau'u nimmt dich mit! Geh!«

Verzweifelt sammelte Kwani all ihre geistige Kraft, die aus einer geheimnisvollen Tiefe in ihrem Inneren aufstieg. Ihr Mund öffnete sich wie von selbst und ein Ton sprang aus ihr heraus – spitz, schrill, kraftvoll – kein Schrei, kein Singen, sondern eine eisige Mischung von beidem. Sie streckte beide Hände von sich, wie um den Häuptling von sich zu stoßen; er wich zurück. »Geh!« schrie er wieder. »Masau'u...«

Wieder machte Kwani einen Schritt nach vorn mit ausgestreckten Armen, und der markerschütternde Schrei wurde noch lauter. Wieder wich der Häuptling zurück zum Altarfeuer. Er stolperte und fiel. Sein Kopf schlug gegen einen Stein des Altars; er wand sich, um den Flammen zu entgehen, stürzte aber ins Feuer, wo der Hase schmorte.

Dem entsetzten Verstummen der Zuschauer folgte ein Aufschrei. Das Haar des Häuptlings hatte Feuer gefangen, als man ihn aus den Flammen zog. Benommen vom Sturz und den Verbrennungen starrte er Kwani an, die erschrokken neben ihm kniete. Ihr Gesicht verschwamm und löste sich auf; statt dessen erschien ihm das Gesicht einer anderen, einer furchterregenden Fremden.

»Schafft sie fort!« krächzte er heiser und versuchte sich aufzuraffen. »Sie ist eine Hexe, eine Hexe!« Dann kippte er bewußtlos nach hinten.

»Eine Hexe!« Das war Tiopis Stimme.

Kwani erhob sich, Woshee war neben sie getreten. »Der Medizinmann hat sich den Kopf verletzt; er weiß nicht, was er spricht.« Woshees Stimme klang ruhig und selbstsicher. »Bringt ihn zum Haus seiner Frau, bis sein Geist wieder zu ihm zurückkehrt. Sie wird seine Wunden versorgen.«

Zashue nahm die Maske ab, kniete neben seinen Vater und schaute haßerfüllt zu Kwani auf.

»Mein Vater weiß genau, was er sagt.«

Kwani entfernte sich. Die schweigende, gaffende Menge teilte sich und wich vor ihr zurück. Nie zuvor hatten sie einen solchen Ton gehört, wie sie ihn von sich gegeben hatte. Nie zuvor hatten sie gesehen, was sie in dieser Nacht geschaut hatten. Diese Außenseiterin, die Sich Erinnernde, besaß Kräfte, erschreckende Kräfte, die keine Frau, keine *normale* Frau besaß.

32

Der Medizinhäuptling lag auf seiner Schlafmatte und starrte an die Decke. Seit Tagen lag er so. Die Verbrennungen würden heilen. Doch es würde sehr lange dauern, bis seine langen Zöpfe nachgewachsen waren. Seine Schmach aber würde niemals heilen. Er wagte sich nur nachts ins Freie, wenn die Stadt schlief und niemand die krausen Überreste seiner Haare oder seine Brandwunden sehen konnte.

Der Gedanke an den Schrei, den Kwani von sich gegeben hatte ... wie sie ihn ins Feuer gestoßen hatte – ja, sie *stieß* ihn, obgleich er ihrer Berührung auswich; sie stieß ihn mit ihrer Hexenkraft – unablässig dachte er an jene Nacht, und die Geschehnisse brannten sich tiefer in sein Inneres, als Flammen es je vermocht hätten.

Durch die Drehung beim Sturz hatte er vermieden, mitten in die Flammen zu fallen, so daß nur sein Oberkörper verletzt wurde. Doch er trug schwere Brandwunden an Rücken, Hals und Kopf davon sowie am Arm und an der Hand, die nicht von seinem Festgewand bedeckt waren. Sein prächtiges Kleid ... zerstört.

Mit der unversehrten Hand betastete er sein Haar. Eine verfilzte Krause. Er stöhnte vor Verzweiflung und Scham.

Er setzte sich auf. »Zashue!« rief er.

»Zashue ist nicht hier.« Seine Frau hielt das verkohlte Festkleid auf dem Schoß, von dem sie die winzigen Muscheln und Türkisperlen abtrennte.

»Wo ist er?«

»Warum stehst du nicht auf und suchst ihn?« Es war lästig, ihren Gefährten Tag und Nacht, tagein, tagaus in ihrer Wohnung zu haben. Es schickte sich nicht.

»Schau mich an, Frau. Kann der Medizinhäuptling des Adlerclans sich so seinem Volk zeigen?«

Ihr Gesicht wurde weich. »Ich nähe dir eine prächtige Kappe, schöner als die von Kokopelli. Von deinem Festkleid bleibt genug übrig, um eine Kappe daraus zu machen, und ich habe viele Muscheln und Perlen.«

»Dann fang damit an.« Er legte sich wieder auf die Matte zurück und stöhnte unter den Schmerzen seiner Brandwunden.

Zashue war eingetreten. »Du hast nach mir gerufen, Vater?« Er verkniff sich ein Lachen beim Anblick des Vaters.

»Ja.« Er gab seiner Gefährtin mit einer Handbewegung zu verstehen, sie möge den Raum verlassen. »Ich wünsche, mit meinem Sohn zu sprechen.«

Als sie weg war, fragte der Häuptling: »Was spricht das Volk über die Anrufungszeremonie?«

Wie viel sollte er ihm sagen? »Alle wissen über die Anrufung von Masau'u und Motsni. Die Läufer haben die Nachricht in der ganzen Gegend verbreitet. Sippen von weither wollen zu uns pilgern, um unserem Clan zu huldigen, da wir die einzigen sind, denen diese Anrufung gelungen ist.«

»Ja. Aber... aber was reden sie über mich... meinen Sturz ins Feuer...?«

Mit seinem Haar und den Verbänden im Gesicht sah er einem Spaßmacher ähnlich, dachte Zashue. Wenn er ihm die Wahrheit sagte – daß das Volk über ihn lachte – wäre sein Vater imstande, zornentbrannt hinauszustürmen und sein Amt wieder aufzunehmen, um seine Macht zu festigen. Zashue genoß es aber, den Stellvertreter seines Vaters zu spielen. Wenn er den Geist seines Vaters beschwichtigte, würde er sich beruhigen und der Heilung Zeit gewähren, bis sein Haar nachgewachsen war... während Zashues Ansehen immer mehr anwuchs.

»Es war Masau'us Geschenk von seinem heiligen Feuer. Das Volk sagt, es wählte dich, Vater, es zu empfangen, da er wußte, daß du stark genug bist, die Verbrennungen auszuhalten. Du hast dem Adlerclan eine große Ehre erwiesen. Die Medizinmänner anderer Clans wollten dir Geschenke überreichen«, log er, »doch du lehntest jegliche Besucher ab.«

»Sie wollen nur sehen, wie ich mit abgebrannten Haaren aussehe!«

Zashue konnte sich eines Lächelns nicht enthalten. »Ich hörte, wie meine Mutter sagte, sie wolle dir eine Kappe machen, die prächtiger ist als die Kokopellis.« Er hatte eine Idee. »Erinnerst du dich, daß Masau'u, als er zum ersten Mal gesehen wurde, keine Haare besaß? Vielleicht machte Masau'u dich so wie ihn selbst?«

Der Häuptling richtete sich ruckartig auf. Daran hatte er nicht gedacht! Sein wunderbarer Sohn besaß bereits jetzt die Weisheit eines Medizinmannes!

»Ja! Es war Masau'u! Sag deiner Mutter, sie soll sich mit der Kappe beeilen.«

Die Mutter saß vor dem Eingang über das verkohlte Kleid

gebeugt. »Ich habe mit meinem Vater gesprochen«, sagte Zashue und ahmte dessen Tonfall nach. »Verbrennungen am Skalp heilen sehr langsam. Es wäre nicht weise, die Heilung durch eine Mütze weiter zu verlangsamen.«

Die alte Frau schenkte ihrem Sohn einen wissenden Blick. »Ich werde die Kappe anfertigen. Er wird wissen, wann er sie trägt.«

Der Sonnenhäuptling brach auf. Die Tage wurden wärmer. Häuser wurden ausgebessert, Wände verputzt und bemalt. Die Männer verbrachten den ganzen Tag auf den Feldern mit Pflanzstöcken und Samen; und kleine Buben trugen Beutel mit Steinen, um sie plündernden Krähen nachzuwerfen. Ergriffene Besucher von anderen Clans kamen, um das Volk zu sehen, das Masau'u auserwählt hatte – und um die Anruferin zu sehen. Ob sie für sie Wild anrufen würde? Die Sich Erinnernde war ihnen gegenüber höflich aber zurückhaltend.

Endlich zeigte Zashues Vater sich wieder der Öffentlichkeit in einem prächtigen neuen Gewand, wie es einem heiligen Mann geziemte. Er trug eine schöne, mit Muscheln und Türkisperlen geschmückte Kappe. Besucher wurden geladen, um zu hören, wie er, der Medizinmann von Masau'u auserwählt wurde, wie jener geschoren zu werden. Der Ruhm des Häuptlings breitete sich aus.

Zashue zog sich düster gekränkt zurück; fand einzig und allein Trost darin, daß Kwanis Rolle als Werkzeug Masau'us angesehen wurde, um den Medizinhäuptling zu ehren – Ehre, wem Ehre gebührt, dem Medizinhäuptling und nicht einer Hexe.

Die Tage wurden länger, und die Frauen suchten auf Bergen und in Schluchten nach frischen Kräutern, Wurzeln und zarten jungen Trieben. Sie verbrachten viele Stunden damit, neue Töpfe, Becher und Schalen zu formen. Viele waren während des Winters zerbrochen, da die Hände vor Kälte steif und ungeschickt waren.

Kwani saß wie üblich vor ihrer Tür und traf Vorbereitungen einen Krug anzufertigen. Während ihre Hände beschäftigt waren, dachte sie gern nach. Die Geschehnisse der Anrufungsfeier beschäftigten ihre Gedanken sehr. Sie hatte eine

Kraft in sich entdeckt, von der sie nie gewußt hatte! Diese Kraft mußte sie für ihre Schwangerschaft nutzen, die sich nicht länger verbergen ließ.

Sie hatte zwei Teile Tonerde mit einem Teil Festiger vermischt und mit Wasser zu einem zähen Brei gerührt, der nicht mehr an ihren Händen klebte. Jetzt konnte das Formen des Gefäßes beginnen. Sie ließ ihre Blicke über die betriebsame Stadt schweifen. Woshee war ihre einzige Freundin an diesem Ort. Die anderen, mit denen sie seit vielen Monden lebte, machten höfliche Gesichter, sprachen freundliche Worte, doch ihr Geist redete nicht mit ihrem.

Weil ich anders bin als sie.

Es war mehr als ihre verfluchten Augen. Sie war im Inneren anders. Sie war verwandt mit dem Blauäugigen, nicht mit diesen. Dieses Volk hatte die Alte geliebt. Kwani liebten sie nicht, würden sie nie lieben, sie war gefüchtet.

»Ich grüße dich, Geachtete«, sagte Woshee, die sie besuchte.

»Meine Seele singt. Komm, setz dich zu mir.«

Kwani zupfte ein Stück von der Tonmasse ab und rollte es mit der Handfläche auf einem glatten Stein zu einem Strang, so dünn wie ihr kleiner Finger. Die Beschäftigung rettete sie vor einem Gespräch, und sie hatte im Augenblick kein rechtes Zutrauen zu ihren Worten. Woshee betrachtete sie eine Weile schweigend. Dann sagte sie: »Wenn Kokopelli nicht bald kommt, müssen wir die Ankündigung machen.«

Kwani hob den langen Strang Tonmasse hoch und legte ihn vor sich hin. »Er wird kommen.«

»Es wird zu viel geredet. Das ist nicht gut.«

»Was sagen die Leute?«

»Daß du schwanger bist.«

»Na und? Ich bin schwanger.«

Sie begann den Tonstrang wie eine Schnecke übereinander aufzurollen und drückte die einzelnen Schichten mit Daumen und Zeigefinger aneinander, wodurch ein wellenförmiges Muster entstand. Woshee sah anerkennend zu, wie der Krug Form annahm.

»Ich finde, es ist Zeit, es jetzt zu verkünden.«

»Ich möchte auf Kokopelli warten.«

Woshee verbarg ihre Zweifel nicht. »Vielleicht wird er irgendwo lange aufgehalten. Vielleicht kommt er gar nicht. Das Gerede über dich ist nicht gut; weder für dich, noch für mich, noch für den Sonnenhäuptling. Oder die Gemeinschaft des Clans. Ich kann nicht zulassen, daß du dich oder uns in Gefahr bringst.«

Beim nächsten Strang, den Kwani rollte, waren ihre Finger nicht mehr so ruhig wie zuvor. »Kokopelli wird kommen.«

»Die ersten Blumen haben geblüht und sind verwelkt; dein Bauch wird dicker. Es ist Zeit, deine Schwangerschaft bekanntzugeben. Heute abend, am Lagerfeuer.«

Kwani ließ die Hände in den Schoß sinken. Ihre blauen Augen suchten voller Verzweiflung Woshees. »Wo ist Okalake?«

»Ich weiß nicht. Er ist lange fort... zu lange.«

Die beiden Frauen sahen einander schmerzerfüllt an.

Kwani sagte: »Ich komme heute abend.« Sie würde ihre Kraft aus sich herausholen... irgendwie.

Woshee nickte. »Es ist Zeit.« Tränen erstickten ihre Stimme.

Die Flammen des Lagerfeuers schlugen hoch. Die ganze Stadt hatte sich versammelt. Man wartete. Kwani saß neben dem Ruferhäuptling zusammengekauert unter einer Decke, obschon es so warm war, daß sie die Decke nicht brauchte. Man hatte sich Geschichten erzählt, über die Aussaat debattiert, Lieder gesungen und die alten Possen wieder erzählt. Man hatte darüber gerätselt, wohin Okalake gegangen sein mochte und wann der Sonnenhäuptling mit Neuigkeiten zurückkehren würde. Der Ruferhäuptling hatte für diesen Abend eine Ankündigung versprochen. Das Volk wurde ungeduldig.

Jetzt erhob der Rufer sich langsam, streckte seine schmerzende Knochen.

»Wir alle wissen, daß Kokopelli, der mit dem heiligen Samen und dem Zaubervogel nicht unter uns ist. Die ersten Blumen haben geblüht und sind verwelkt. Und wir haben nichts von ihm gehört. Daher wünscht seine Gefährtin, die Sich Erinnernde, eine Ankündigung zu machen, die sie Kokopelli bei seiner Ankunft überlassen wollte. Doch nun will sie uns davon wissen lassen, da sie nun eine von uns ist.«

Er wandte sich an Kwani, die sich mit gelassener Würde erhob und die Decke eng um sich schlang. Ihr Haar war frisch gewaschen, über den Ohren aufgerollt und mit roten Schnüren zusammengebunden, die sie gefärbt hatte, um die Kleider ihres Kindes zu schmücken. Ihre Augen schienen von noch tieferem Blau als sonst, als sie von einem zum anderen schaute und dann über die Köpfe hinweg den Blick zu den Unsichtbaren lenkte. Mystische Kraft umgab sie wie ein Lichterglanz.

Leise begann sie zu summen, nahm eine rhythmische Melodie auf und begleitete schließlich die Worte ihres Liedes mit sanftem Wiegen des Oberkörpers

Die Alte erwählte mich,
ihre Nachfolge als die Sich Erinnernde anzutreten.
Sie erschien mir
am Ort der Erinnerung
und schenkte mir Kräfte,
die Kräfte ihres Geistes.

Wieder summte sie die Melodie ohne Worte, mutiger diesmal.

Meine Mutter erschien mir
am Ort der Erinnerung.
Meine Mutter sagte mir,
ich solle einen zweiten Korb flechten,
einen heiligen Korb,
für den, der vernichtet worden war.

Das Lied ohne Worte stieg hoch, klar und rein. Das Volk begann sich mit der Musik zu wiegen.

Ich suchte Mutter Erde,
ich lag an ihrer Brust.
Sie sagte mir,
ich solle einen Korb flechten,
der ihren Geist enthalte
und den Geist von Sonnenvater,
Mondfrau,
Kokopelli
und seinem heiligen Vogel.

Die wortlose Melodie schwang sich triumphierend hoch und verstummte. Kwanis Augen glühten, wie von einem inneren Feuer erhellt, als sie rief: »Ich gehorchte ihr! Ich gehorchte Mutter Erde, und sie belohnte mich dafür!«

Sie schlug die Decke zurück und stand nackt da, nur mit einem Gürtel um ihren geschwollenen Leib bekleidet, der vorne an ihren Schenkeln herabhing. Auf ihrem Bauch prangte die Strichzeichnung von Kokopelli, die auch den Korb zierte. Darüber war der Vogel. Um eine in der Schwangerschaft voller gewordene Brust war ein gelber Kreis gemalt, die Darstellung der Mondfrau; die andere Brust war von Sonnenvaters Strahlen eingekreist.

Kwani drehte sich nach allen Richtungen, damit alle sie sehen konnten.

»Seht euch das Geschenk von Mutter Erde an! Ein Kind der Geister!«

»Aye-e-e-e!« Alle starrten sie voll Ehrfurcht an. Ein Kind der Geister! War das möglich? Nun, sie war schließlich die Sich Erinnernde! Eine Ruferin mit mystischen Kräften!

»Wann wird das Kind geboren?« fragte jemand.

»Im Erntemond.«

Das war eine gute Zeit. Nur Zashue gewahrte die Empörung in Tiopis Gesicht. Er lächelte.

33

Kwani glättete ihr Gefäß mit einem geschwungenen Stück trockener Kürbisrinde und entschied sich, einen Krug daraus zu machen. Töpfe gab es viele, Henkelkrüge waren seltener. Kokopelli würde vielleicht einen für seinen Tauschhandel gebrauchen können. Der Ton war noch weich, also drückte sie das Gefäß nach zwei Dritteln seiner Höhe ein, weitete den unteren Teil ein wenig und formte den oberen Rand zu einem Gießschnabel. Ein starker Henkel würde einen schönen Krug daraus machen. Sie wollte ihn in der Sonne trocknen lassen, dann weiße Kreide vom Rand des Tafelbergs sammeln, sie in Wasser auflösen und den Krug mit weißer Farbe bestreichen.

Danach wollte sie ihn mit einem glatten Stein polieren und mit schwarzen Mustern verzieren. Die schwarze Farbe gewann sie aus gekochtem Bienengras. Sodann kam ihr Krug zu den anderen Gefäßen in die flache Grube zum Brennen. Ihrer sollte der schönste sein. Kokopelli würde sich darüber freuen.

Das Kind in ihrem Bauch bewegte sich, und sie dachte an Okalake. Der Sonnenhäuptling war schon lange fort, auf der Suche nach Okalake. Die letzte Nachricht war, daß er zur Großen Stadt aufgebrochen war.

»Dort ist es gefährlich«, sagten manche.

»Böse Geister haben Mutter Erde unfruchtbar gemacht. Daher sind die Bewohner fortgezogen.«

»Hexen.«

»Die Kälte. Sie hatten keine Höhlen, um sich vor Eis und Schnee und Wind zu schützen.«

»Apachen!«

»Ja, Apachen.«

Tiopi beobachtete die Rivalin aus der Ferne. Kwani trug immer noch ihre Körperbemalung, stellte Tiopi voller Verachtung fest. Kokopelli auf Kwanis Bauch! Aber es war nicht Kokopellis Kind, das sie trug. Eine solche Zeichnung sollte diejenige schmücken, die Kokopellis Kind zur Welt brachte. In drei Monden.

Tiopi war angewidert von dem Gedanken, daß Kwani ein sogenanntes Kind der Geister zur Welt bringen sollte, zumal die Geburt eines Kindes von Kokopellis heiligem Samen kurz bevorstand. Vielleicht hatte der Medizinmann eine Idee... oder Zashue...

In der Zwischenzeit saß Zashue bei seinem Vater im Medizinhaus und sah mit einiger Besorgnis, wie der Häuptling den Bogen hervorholte, den Kokopelli ihm anvertraut hatte. Wenn Kokopelli nicht zurückkehrte, gehörte der Bogen ihm.

»Gestattest du, daß ich den Bogen halte, mein Vater?« Im Halbdunkel des Weihehauses war der feine Haarriß nicht zu sehen. Aber vielleicht fühlte er ihn.

Der Häuptling reichte den Bogen seinem Sohn. »Eines Tages gehört er vielleicht dir.«

»Wenn Kokopelli nicht zurückkehrt?«

»Ja.«

»Ich glaube nicht, daß er kommt.«

Sie saßen einige Zeit schweigend und grübelten über die trostlose Zukunft nach, die ihnen durch die Sich Erinnernde mit ihren Kräften bevorstand. Schließlich sagte der Häuptling: »Gibt es Nachricht vom Sonnenhäuptling?«

»Nein.«

»Vielleicht hat ihn ein Raubtier im Schlaf überwältigt.«

»Vielleicht Bären.«

Wenn Okalake nicht zurückkehrte, würden Okalakes Eltern möglicherweise Kwani die Schuld dafür geben. Ein reizvoller Gedanke.

Zashue sagte: »Wenn Okalake nicht zurückkehrt –«

Der Häuptling nickte. »Das wäre das beste für uns.«

Kwani rührte in einem Topf Haferbrei über ihrem Feuer. Sie wollte Woshee davon bringen, die kein Essen mehr für sich gekocht hatte, seit der Sonnenhäuptling fortgegangen war. Woshee war noch magerer geworden. Furcht lag kaum verborgen in ihren dunklen Augen, wenn sie die Schlucht mit Blicken absuchte nach ihrem Gefährten und ihrem Sohn.

Kwani stellte die Schale mit heißem Haferbrei auf einen runden Untersatz, mit dem man Lasten auf dem Kopf trug. Geübt setzte sie beides auf den Kopf, rückte sie zurecht und machte sich auf den Weg zu Woshees Haus. Woshee lag auf ihrer Schlafmatte, obgleich Mittag vorbei war, und Kwani stellte mit großer Besorgnis fest, wie bleich sie war.

»Ich grüße dich, Woshee.«

»Meine Seele singt – und auch mein Magen. Ich war hungrig, hatte aber keine Lust zu kochen.«

Kwani setzte die Schale ab und sah Woshee beim Essen zu. Wieder bewegte sich das Kind in ihr. »Hier, Woshee, fühle dein Enkelkind.« Sie nahm die abgezehrte Hand und legte sie sich auf den Bauch. Das Baby stieß zu und Woshee lächelte. »Er ist kräftig.«

»Vielleicht ist es ein Mädchen.«

»Nein. Er ist Okalakes Sohn.« Angst überschattete ihre Augen. »Wenn Okalake nicht zurückkommt...« Sie biß sich auf die Lippen. Im Versuch, sich selbst aufzuheitern sagte sie: »Wenn der Junge erwachsen ist, wird auch er Sonnenhäuptling sein.«

Kwani dachte, und wenn es ein Mädchen wird? Aber sie sagte fröhlich: »Natürlich wird er das sein. Okalake wird sein Lehrmeister.« Woshee lächelte.

»Iß deinen Haferbrei auf.«

Woshee leerte die Schale. »Es hat mir gut geschmeckt. Ich danke dir. Ich ziehe mich jetzt an und komme heute abend zum Lagerfeuer.«

»Gut.« Kwani nahm Woshees Hand und atmete darauf. Sie war erstaunt, wie sehr die Frau ihr ans Herz gewachsen war.

Bei dem fernen Donnergrollen eilte Kwani nach draußen und sah Wolken am Horizont, große quellende Donnerköpfe versprachen Regen. Menschen versammelten sich am Rand des Felsens und schauten zuversichtlich in den Himmel.

Doch der Regen kam nicht. Die Wolken hingen tief, der Donner grollte, hallte mehrfach wider an den Felswänden. Der Wind fuhr heulend durch die engen Täler. In der Ferne schwebte der ersehnte Regenvorhang vorbei, ohne zu ihnen herüberzuziehen.

Das war ein böses Zeichen. Dunkle Ahnung kroch durch die Stadt wie Nebel. Nur die Kinder rannten johlend durch die Schlucht und auf dem Tafelberg herum, begleitet vom Bellen der Hunde. Das Spiel der Kinder übertönte die Geräusche des sich nähernden Menschenzuges.

Sie kamen von Süden, eine lange Reihe von Männern und Frauen aus verschiedenen Clans, angeführt von einer gebeugten Männergestalt, die sich mit Mühe den Pfad entlang schleppte. Hinter ihm wurde auf einer Bahre an langen Holzstangen ein Mensch von zwei Männern getragen.

Die Kinder entdeckten sie. »Es kommen Leute, es kommen Leute!« Sie erkannten den Anführer und den, der getragen wurde, und blieben wie angewurzelt stehen.

Kwani eilte zusammen mit anderen auf den Platz, um zu sehen, wer kam. Manche liefen dem Zug entgegen und blieben entsetzt stehen.

Der Sonnenhäuptling führte den Zug an, ja, er war es, gebückt und um Jahre gealtert; sein Haar von weißen Strähnen durchzogen und tiefe Furchen in seinem Gesicht, die er vor seiner Abreise nicht hatte. Stumm und halb blind taumelte er den Weg entlang.

Hinter ihm auf der Bahre lagen Okalakes sterbliche Überreste. Die Ratten hatten ihn übel zugerichtet. Ein Apachenpfeil ragte aus seinem Schädel. Sein Mund war weit geöffnet in einem grotesken, stummen Schrei, in seiner Mundhöhle krochen haufenweise Maden. Seine Augen waren zerfressen; und Löcher in seinen Kleidern zeigten, wo die Ratten sich an ihm gütlich getan hatten.

Ein Aufschrei des Entsetzens erhob sich. Woshees Hände krallten sich in die Mauer. Sie stand reglos mit leerem Blick, als die Prozession den steilen Pfad zur Stadt erklomm. Die Umstehenden machten ihr schweigend Platz, als sie sich umwandte, um die Ankömmlinge zu begrüßen. Der Sonnenhäuptling sah sie und ging auf sie zu. Er versuchte, ihr den Anblick zu ersparen und legte beide Hände auf ihre Schultern. Er hob sein vom Schmerz gezeichnetes Gesicht und schaute ihr in die Augen.

»Okalake...« Er schluckte, suchte nach Worten. Tränen strömten ihm über die Wangen; er konnte nicht weitersprechen.

Woshee riß sich von ihm los und rannte zu Okalake. Sie blickte auf ihn hinunter, stöhnte laut und stieß einen wilden, durchdringenden Schrei aus. Dann wandte sie sich ab und rannte mit ausgestreckten Armen und vor Entsetzen geweiteten Augen über den Platz. Sie schrie und schrie, rannte Leitern hinauf und hinunter, über Terrassen und wieder über den Platz. Ihr Haar löste sich und wehte hinter ihr her, als sie mit ausgestreckten Armen floh vor dem Entsetzlichen, das ihre Augen nie vergessen würden.

Kwani weinte in angsterfüllter Pein. Sie hatte nur einen kurzen Blick auf den Leichnam auf der Bahre ertragen. Sie taumelte auf ihr Haus zu, doch Woshees Augen erfaßten sie, und die gepeinigte Mutter stürzte sich auf Kwani in ihrem wahnsinnigen Schmerz.

»Du warst es! Wegen dir ging er fort! Du hast ihn getötet! *Du hast seinen Samen genommen, und du hast ihn getötet!*« Ihre Augäpfel rollten nach oben, und sie sackte in sich zusammen.

Woshee wurde von einigen Umstehenden in ihr Haus getragen. Die anderen standen stumm und starrten Kwani mit bösen, undurchdringlichen Augen an. Sie zog sich in ihr Haus zurück und schob die Steintafel davor. Schluchzend sank sie auf ihre Matte, ein bebendes Häufchen Unglück. Was sie gesehen hatte... Nein, das konnte nicht Okalake sein, lieber Okalake... und diese vor Schmerz Wahnsinnige konnte nicht ihre liebenswürdige, vertraute Freundin sein.

Woshee hatte ihnen die Wahrheit gesagt!

Vor ihrer Tür war ein Rumoren wie sich zusammenbrauender Donner. Das Volk versammelte sich vor ihrer Tür.

»Komm heraus!«

Ihr Kind stieß kräftiger zu als je zuvor. Kwani flüsterte tröstend: »Hab keine Angst.« Sie schob die Steintafel beiseite und trat ins Freie.

»Du hast ihn getötet!« Die Menschen drängten sich näher.

»Nicht ich habe den Pfeil gesandt. Okalake ist in Sipapu, aber er ist auch bei uns.« Kwani legte ihre Hand über ihren Bauch. »Es stimmt. Das Geschenk von Mutter Erde, mein Kind der Geister, ist auch Okalakes Kind. Wenn ihr mir Schaden zufügt, fügt ihr seinem Kind Schaden zu und allem, was Woshee und der Sonnenhäuptling euch hinterlassen haben. Mein Kind ist ihr Enkelkind.«

Sie ging durch die Menge, blickte von einem finsteren Gesicht zum anderen. »Ich bin Anasazi, doch mein Blut ist nicht vom Blut dieses Clans. Okalake hat keine Sünde begangen, sich mit mir zu paaren, oder ich mich mit ihm, ungeachtet des Clangesetzes. In eurem Herzen wißt ihr, daß dies die Wahrheit ist. Erhöht Woshees Qualen nicht noch mehr, bürdet dem Sonnenhäuptling nicht noch größere Sorgen auf. Laß Okalake auferstehen in seinem Kind. Laßt es in Frieden zur Welt kommen, wie Mutter Erde es wünscht.«

Huzipat, der Clanhäuptling und Vorstand des Ältestenrats schien ebenfalls gealtert. Er forschte im Gesicht seines Freundes, des Sonnenhäuptlings.

»Dein Enkel wird geboren. Du wirst deinen Sohn wieder haben.« Er legte einen Arm um seinen Freund; die beiden alten Männer entfernten sich zu Woshees Haus.

Der Clanhäuptling hatte gesprochen. Langsam zerstreute

sich die Menge; ihre Mienen waren noch immer grimmig. Der Medizinmann sprach Beschwörungsformeln über Okalake und schepperte mit seiner Geisterrassel.

Kwani verbarg sich in ihrem Haus und schob die Steinplatte wieder vor die Tür. Alleine, im Halbdunkel, begann sie heftig zu zittern.

Ich muß hier bleiben, das Kind muß hier zur Welt kommen. Warum ist Kokopelli nicht hier?

Sie dachte an die grausam verstümmelte Leiche auf der Bahre, und Übelkeit stieg in ihr hoch und gesellte sich zu ihrem unaussprechlichen Schmerz. Sie sah Woshee wieder vor sich, wie sie schreiend durch die Stadt rannte und Beschuldigungen gegen sie ausstieß; unendliches Mitleid mischte sich mit dunkler Vorahnung. Glaubten die Menschen wirklich, sie habe Schuld an Okalakes Tod? Sie drückte die Halskette an sich, erflehte eine Antwort.

Ja, die Leute würden ihr die Schuld zuweisen.

Krank vor Angst wußte Kwani, was sie tun mußte.

Tiopi hielt Ausschau nach Zashue unter den Menschen, die in Gruppen auf dem Platz herumstanden in der Nähe der Leiche, die in die prächtigste Federdecke gehüllt war, die im Clan aufzutreiben war. Der Medizinmann sicherte Okalakes Geist einen würdigen Platz in Sipapu mit seinen Gesängen und Zauberbeschwörungen. Tiopi fand Zashue unter den Besuchern eines anderen Clans; er fragte sie, wo sie Okalake gefunden hatten.

»Zashue.«

Er wandte sich ungeduldig um. »Was ist los?«

»Ich muß mit dir sprechen.«

»Siehst du nicht, daß ich mit Freunden rede?«

»Ich sehe auch, daß du nicht den Wunsch hast, über eine für dich und den Clan wichtige Angelegenheit mit mir zu sprechen.« Sie wandte sich zum Gehen.

»Warte.« Er näherte sich ihr streitlustig, wie es dem Sohn eines Medizinmannes gebührte. »Was könnte wichtiger sein als das, was Okalake zugestoßen ist?«

»Vielleicht...« Sie näherte ihm ihr Gesicht. »Vielleicht ein Gespräch über Kwani.«

»Ah.«

Sie sahen einander einen Augenblick schweigend an. Tiopi lächelte dünn. »Kwani gesteht ihr Verbrechen ein, fährt aber fort, ihre Autorität zur Schau zu stellen. Dies ist eine Beleidigung des Clans, des Medizinhäuptlings und auch deiner Person –«

»Ich kommt mit dir in dein Haus.«

Sie gingen durch die trauernde Menge. Tiopi schob die Steintafel vor den Eingang ihres Hauses, obgleich bei dieser warmen Witterung ein leichter Vorhang genügt hätte. Im Halbdunkel setzten die beiden sich eng zusammen und sprachen im Flüsterton miteinander.

Tiopi sagte: »Kokopelli kommt nicht. Wir müssen einen Weg finden, daß Kwani von hier fortgeht.«

Zashues kleine Augen funkelten. »Es gibt einen Weg.«

»Welchen?«

»Wir werden beweisen, daß sie eine Hexe ist. Sie hat ihre Kräfte dazu benutzt, um Okalake zu töten, damit er ihr Geheimnis nicht verraten konnte.«

Tiopi fuhr zurück. »Sei nicht dumm. Es ist bewiesen, daß sie keine Hexe ist. Das Volk hat vergeblich versucht, ihr das nachzuweisen.«

Zashue warf sich hochmütig in Positur. »Der Sohn des Medizinhäuptlings ist nicht dumm. Es wird uns gelingen.«

»Überzeuge mich.«

»Eulenfedern. Drei Eulenfedern sind an dem Ort bei den Truthühnern vergraben, wo Kwani anfangs gewohnt hat.«

Tiopi betrachtete Zashue mit einer Mischung aus Verblüffung und Respekt. »An welcher Stelle sind sie?«

»In einer Ecke. Hast du Gelegenheit, dorthin zu gehen...?«

»Die habe ich.« Sie lächelte. »Geh jetzt.«

»Aber vorher...«, er warf einen Blick auf ihre Armbänder. »Ein kleines Geschenk wäre ziemlich, findest du nicht?«

»Das meine ich nicht!«

Er zuckte die Achseln. Der Versuch war es wert gewesen.

Die Stunden zogen sich hin bis zum abendlichen Lagerfeuer. Woshee lag ohne Bewußtsein auf ihrer Matte; der Medizinmann, an dessen Seite Zashue sich begeben hatte, bemühte sich, ihren Geist zurückzuholen mit der heiligen Wolke aus seiner Pfeife und mit rituellen Beschwörungen. Der gramgebeugte Sonnenhäuptling kauerte in einer Ecke. Gelegentlich stöhnte er leise und wiegte sich in seinem Schmerz hin und her.

Um das Feuer hatten sich die Bewohner in Gruppen eingefunden. Leise, eindringliche Gespräche, ängstliche Blicke. Gebrochenes Clangesetz. Furchtbare Bestrafung. Woshees Geist hatte sie verlassen. Die Außenseiterin, die an allem Schuld trug, blieb unbestraft. Welcher Zorn der Götter würde den Clan nun treffen?

Huzipat, der Clanhäuptling warnte: »Denkt daran, was Kokopelli sagte, wenn der Sich Erinnernden etwas zustößt, wird schreckliche Strafe über uns kommen.«

»Kokopelli soll sie von hier fortbringen!«

»Wenn er kommt!« meldete sich ein anderer.

»Wenn er nicht kommt, was dann?«

»Ja, wenn er in Sipapu ist?«

Huzipat warnte: »Dann wird sein Geist zurückkehren und Rache nehmen, wenn wir seiner Gefährtin Schmerzen zufügen. Wir müssen klug handeln. Wenn wir sie beschützen, ist unser Wohlergehen gesichert. So lautete sein Versprechen.«

Düsteres Raunen.

»Wir haben sie beschützt, und das Unglück ist über uns gekommen!«

»Apachen. Der Gesetzesbruch hat die Apachen gebracht!«

»Sie sind im Süden.«

»Vielleicht.«

Sie spähten in die Dunkelheit jenseits der Höhle und rückten näher ans Feuer.

»Ich wünsche zu sprechen.« Tiopi trat ans Feuer. Der Schein der Flammen spielte auf ihrem runden Bauch, der alle darauf aufmerksam machte, wessen Frucht sie trug. »Ich habe die Stimme von Kokopelli gehört«, sagte sie.

»Sprich«, sagte der alte Häuptling.

Die Zuschauer drängten näher, verstummten. Sie legte ihre Hand auf ihren Bauch.

»Kokopelli hat mit mir durch sein Kind gesprochen. Er kommt nicht, da er eine Vision hatte. Er sieht Eulenfedern.«

»Aye-e-e-e!«

»Er sieht Eulenfedern an dem Ort, wo Kwani wohnte, bei den Truthühnern. Er lehnt sie als seine Gefährtin ab.«

»Du lügst, Tiopi.«

Kwani stand auf einer Terrasse über ihnen. Sie trug kräftige Sandalen und ein Reisekleid. Auf dem Rücken trug sie einen schweren Korb, der mit einem Riemen um ihre Stirn befestigt war. Den Medizinpfeil hielt sie in beiden Händen.

»Ich war es, die eine Vision hatte. Die Alte kam zu mir. Sie sagt, ich muß gehen und Okalakes Kind in Sicherheit bringen, denn es gibt Menschen unter euch, die mir und meinem Kind Schaden zufügen wollen.« Sie hielt den Medizinpfeil vor sich. »Mein Medizinpfeil wird mich zu Kokopelli führen. Ich sehne mich danach zu bleiben, um Woshee und dem Sonnenhäuptling einen Enkel zu schenken und euch Okalake zurückzubringen. Aber ich muß diesen Ort verlassen.«

Der Clanhäuptling trat vor und sein weises altes Gesicht war von tiefen Sorgenfalten durchzogen. »Geh nicht in der Dunkelheit. Warte bis zum Morgengrauen.«

»Mein Medizinpfeil wird mich beschützen.«

Sie stieg mit der Last etwas unbeholfen die Leitern hinunter und schritt durch die düstere Menge.

Sie waren ihre Feinde, dachte sie. Es ist gut, diesen Ort zu verlassen... Aber ich habe Angst, alleine zu gehen... Nein, nicht allein. Du mußt Okalakes Kind beschützen. Achte auf den Weg, falle nicht... Aber es ist dunkel!... Das macht nichts. Achte auf jeden Schritt. Steig in die Schlucht hinunter zu deinem Versteck. Dort bist du in Sicherheit bis zum Morgen. Dann geh an den Ort, wo Kokopelli dich gefunden hat. Vielleicht kommt er diesmal wieder dort vorbei... Aber dort habe ich mein erstes Kind verloren... Der Geist der Alten begleitet dich... Wie dunkel es ist! Man sagt, Apachen können im Dunkeln sehen...

In der Stadt war großer Aufruhr. Eulenfedern! Waren sie wirklich dort, wo Tiopi gesagt hatte? Wer würde nachsehen? Nur der Medizinmann wäre gegen den Fluch gefeiht, und der wachte an Woshees Krankenlager.

»Schickt Zashue!« rief Tiopi. »Er hat die Kräfte, ihm wird nichts geschehen.«

»Ja! Zashue!«

Mit gespielt bescheidener Zurückhaltung kletterte Zashue zu dem kleinen Warteraum hinauf. Die Menschen drängten sich in ängstlichen Grüppchen zusammen. Es war unfaßbar, daß die Alte eine Hexe zu ihrer Nachfolgerin bestimmt haben sollte. Und wenn es so war? Konnte eine Hexe auch Heilige wie die Alte verhexen?

Das Warten wurde unerträglich. Einige versammelten sich vor dem Eingang und hielten brennende Fackeln hoch, um Zashue zu leuchten, der den Raum Stück um Stück absuchte und Gebete sang. Schließlich begann er, an einer Stelle zu graben, an einer zweiten, und die Zuschauer machten Bemerkungen über seine Geschicklichkeit. Er würde einmal ein erhabener Medizinmann sein.

Abrupt brach sein Gesang ab. Zashue beugte sich über das Loch, das er gegraben hatte und starrte hinein. Widerstrebend hob er drei Eulenfedern hoch.

»Ich habe sie gefunden«, verkündete er düster.

»Aiiii! Aye-e-e-e! Er hat sie gefunden!«

Schaudernd drängten die Menschen sich aneinander, als Zashue heraustrat, die drei Federn in der vorgestreckten Hand haltend. Nebenstehende machten Platz, als er zum Feuer hinunterkletterte. Er stand im Flammenschein und hielt die Federn über seinen Kopf:

»Drei Eulenfedern! Sie wurden von einer Hexe vergraben. Eine Hexe trägt Schuld an Okalakes Tod, damit er kein furchtbares Geheimnis preisgeben kann!«

In den bedeckten Leichnam auf dem Platz schien Bewegung zu kommen, doch es war nur der Wind, der an der Decke riß.

»Eine Hexe machte, daß Woshees Geist sie verließ; vielleicht schwebt er jetzt über uns. Eine Hexe trägt Schuld am Tod unserer ehrwürdigen Alten, so daß sie, die Böse, ihre Nachfolgerin werden konnte.«

Frauen schluchzen und Kinder schrien vor Entsetzen. Männer betasteten ihr Amulett und warfen heimliche Blicke um sich. Welche Geister lauerten hinter den Schatten?

Zashue trat ans Feuer und warf die Federn in die Flammen. Zwei zischten auf, kräuselten sich und verkohlten zu Asche;

doch die dritte wurde vom warmen Aufwind nach oben getragen, flatterte, blieb kurz in der Luft hängen und schwebte durch die Höhlenöffnung hinaus in die Dunkelheit.

Ein Geheul erhob sich. »Seht! Die Feder folgt der Hexe!«

»Ihr nach! Verfolgt die Hexe!« rief Tiopi und stieß ihren Gefährten in die Seite.

Das Scheppern der Rassel übertönte gebieterisch den allgemeinen Tumult, als der Medizinmann aus Woshees Haus trat. »Woshees Geist wird in Sipapu erwartet. Woshee ist tot. Begrabt sie neben ihrem Sohn.«

Einen Augenblick lang trat betroffenes Schweigen ein. Nur das leise Ächzen des gramgebeugten Sonnenhäuptlings war zu hören. Dann ging ein Stöhnen durch die Menschen, die Woshee geliebt hatten und jene, die von Angst überwältigt waren. Und plötzlich wurde die Menge von kalter Wut ergriffen, wie von einem starken Windstoß, der ihre Angst mit sich forttrug.

»Tötet die Hexe!«

»Sucht sie! Bringt die Hexe um!«

Yatosha sagte mit kühler Bestimmtheit: »Ich und meine Jäger werden ihr folgen. Aber nicht heute nacht. Sie wird Spuren hinterlassen wie ein Büffel. Wir werden warten bis zum Morgengrauen. Ich verspreche euch, unsere Pfeile werden sie durchbohren.«

Der Medizinmann zog die Stirn in Falten. Wichtige Entscheidungen waren in seiner Abwesenheit getroffen worden, Entscheidungen über Angelegenheiten, in denen er die höchste Instanz war.

»Du vergißt, Yatosha, deine Pfeile töten keine Hexe.« Seine Stimme klang schneidend. »Ich erinnere dich daran, daß ich und nur ich, den Bogen und Pfeil besitze, der für sie bestimmt ist, Pfeil und Bogen, der mir von Kokopelli anvertraut wurde.«

Die Menschen nickten einander zustimmend zu. Kokopellis magischer Bogen!

Zashue dachte an den feinen Riß im Bogen und schwieg. Er würde vor Morgengrauen aufbrechen, Kwanis Speer holen, und sie mit ihrer eigenen Waffe töten. Er würde Erfolg haben, wo sein Vater mit Gewißheit versagen mußte.

34

So schnell sie es wagen konnte, wanderte Kwani durch die sternenklare Dunkelheit, stolperte über Felsen, rutschte auf losem Geröll aus, aber sie stürzte nicht. Es war kühl und die Luft erfüllt von süßem Duft nach Salbei und Wacholder. Ein Halbmond ging auf; und in weiter Ferne sang Bruder Kojote den Mond an, seine Stimme hallte durch die Schluchten, einsam und frei.

Auch ich bin frei, dachte Kwani. Die Angst war fort, und Sorge verwandelte sich in Entschlossenheit. Sie mußte dorthin, wo Kokopelli nach ihr suchen würde.

Der Mond stieg höher und ein Nachtvogel schrie. Es war schön in der Schlucht mit ihren hohen Felswänden, die zu beiden Seiten aufragten. Die Sterne bohrten sich durch das Himmelszelt, und sandten kleine Lichtpunkte zur Erde.

So wird es sein, wenn ich mit Kokopelli auf Wanderschaft bin, dachte sie und ihr wurde leicht ums Herz. Zum ersten Mal wurde ihr klar, wie sehr sie unter dem Leben beim Adlerclan gelitten hatte – ständig mußte sie sich gegen Hexenbeschuldigungen zur Wehr setzen oder es ertragen, würdevoll und einsam über die anderen erhoben zu werden. Sie wollte nur von einem Mann geliebt und beschützt werden, Kinder haben, eine *Frau* sein. Und ja, sie wollte noch etwas. Sie wollte wissen, wie die Welt aussah; sie wollte Abenteuer!

Das war kein Erbe der Anasazi. Anasazifrauen wollte nur Heim, Familie und den Clan. Ferne Orte bedachten sie mit Argwohn. Erst jetzt erkannte Kwani, wie tief das Erbe ihrer Urahnen war, jenen Blauäugigen, den Forschern ferner Länder.

Es kam wie eine Erleuchtung. An einem großen Felsbrokken machte sie Rast, um über die Bedeutung ihrer Erkenntnis nachzudenken. Ihre doppelte Herkunft war der eigentliche Grund ihrer Andersartigkeit; die Farbe ihrer Augen nur das äußere Zeichen. Sie unterschied sich in ihrem Inneren von diesen Menschen.

Sie fürchten mich, wie sie das Unbekannte fürchten. Und weil sie mich fürchten, wollen sie mich vernichten.

Rings um sie war ein Rascheln und Wispern, als der Nachtwind durch Unterholz und Gestrüpp fuhr. Wieder versetzte ihr die Angst einen Stich ins Herz. Sind sie hinter mir her? Sie dachte an die Blicke, die sie wie Speerspitzen durchbohrt hatten. Sie hastete weiter, stolperte über eine Wurzel.

Paß auf, ermahnte sie sich selbst. Das Versteck ist nicht mehr weit. Am nächsten Morgen wollte sie der Schlucht folgen, bis zu der Stelle, wo Kokopelli sie aufgelesen hatte. Von dort hatte sie einen freien Blick über die Schlucht und würde wissen, wann die Verfolger kämen.

Sie schritt kräftig und mit Zuversicht aus. Das Baby bewegte sich.

»Ich bringe dich in Sicherheit, mein Kleines. Du hast eine Beschützerin; du wirst weite Reisen unternehmen und große Dinge sehen. Sei still.«

Der große Gesteinsbrocken an der Felswand fing ein wenig Mondlicht. Es war mühsam, mit der Last zu klettern, doch schließlich war sie oben und ließ sich in die schwarze Tiefe der Höhle gleiten. Dort lag sie auf dem Boden, umgeben vom trockenen, staubigen Geruch, eingesponnen in Erinnerung und fiel in erschöpften Schlaf.

Es war noch dunkel, als sie erschrocken hochfuhr. Sie hatte etwas gehört, als klettere jemand den Felsen herauf. Sie richtete sich kerzengerade auf und horchte. Ja! Da war es wieder, dieses Geräusch.

Sie tastete nach ihrem Medizinpfeil, den sie in ihr Bündel gepackt hatte, um durch seinen Zauber geschützt zu werden. Doch ihre Hand erfühlte etwas anderes, etwas Kaltes und Hartes. Ihr Speer!

Mit einem Stich aus Angst und Überraschung balancierte sie die Waffe in ihrer Hand. Ihr war, als sei Okalake gekommen, um sie zu beschützen!

Ein Kopf reckte sich nach unten. Da lag jemand auf dem Bauch und spähte zu ihr herunter. Kwani wußte, ohne nachzudenken, wer das war. Zashue!

Er sah sie und lachte. Aus dieser Entfernung tötete jeder Pfeil seine Beute, selbst eine Hexe! Der Kopf verschwand und dann zielte ein gespannter Bogen und ein Pfeil auf ihr Herz.

Mit aller Kraft schleuderte Kwani den Speer. Zashue schrie auf und kippte nach hinten.

Ich hab' ihn getroffen!

Vom Höhleneingang spähte sie nach unten. Zashue versuchte, den Speer herauszuziehen, der seine Wange von der Nase bis zum Ohr durchbohrt hatte. Blut sprudelte, als er die Speerspitze herausriß und die Wunde dadurch vergrößerte. Mit beiden Händen versuchte er, die Blutung zu stillen.

Kwani rutschte den Felsbrocken hinunter und packte ihren Speer. Sein Bogen lag daneben. Sie nahm auch ihn an sich und ging in Angriffstellung. Zashue raffte sich auf, wich zurück, hielt sich die zerfetzte Wange; Die Wunde klaffte weit auf, als er vergeblich versuchte, mit dem Mund voller Blut zu sprechen.

»Du hast versucht, mich zu töten.« Ihre Stimme war wie Eis. »Jetzt werde ich dich töten.«

»Nein!« er wandte sich um und entfernte sich taumelnd. »Nein! Nein!«

Der Anblick des verstümmelten, blutigen Gesichts des Knaben rief ihr das entstellte Gesicht des Toten auf dem Platz in der Felsenstadt wieder ins Gedächtnis, und sie konnte den Speer nicht werfen. Es war genug.

Sie ließ ihn laufen. Er würde für sein ganzes Leben entsetzlich entstellt sein. Sie warf seinen Pfeil weg und stand da, den Speer in der Hand. Okalake hatte ihn gefunden, ihn für sie zum Versteck gebracht und ihr damit das Leben gerettet. Sie besaß seinen Gebetsstab zu ihrem Schutz, ihren Medizinpfeil, ihre Halskette, ihr Amulett und den Geist der Alten, der über sie wachte. Sie brauchte den schweren Speer nicht länger und warf ihn weg.

Bekümmert kehrte sie in die Höhle zurück, schulterte ihr Bündel und machte sich wieder auf den Weg. Es war heller geworden. Sie sah, wie Zashue die Schlucht entlangrannte. Er hatte versucht, sie zu töten. Würden die anderen nicht gleichfalls versuchen, sie zu töten?

Kalte Gewißheit gab ihr Kraft, und sie begann zu laufen. Dann wurde ihr klar, daß sie Spuren hinterließ. Man würde ihr folgen und sie in Kürze stellen. Wo konnte sie sich verstecken? Keuchend suchte sie nach einem Versteck. Ihre Hand umklammerte die Muschel an ihrer Brust.

»Hilf mir! Sag mir, wohin ich gehen soll!«

Ein Geräusch hinter ihr. Kamen sie jetzt schon?

Sie begann wieder zu laufen, suchte fieberhaft nach einer Stelle, wo sie zum Tafelberg hinaufklettern konnte. Das Geräusch näherte sich. Hunde! Yatosha und seine Jäger mit den Hunden hatten ihre Fährte aufgenommen. Sie begann die steile Felswand hinaufzuklettern, ihre Hände tasteten verzweifelt nach Halt.

Eine Einkerbung! Sie fand eine zweite. Die Halterungen waren alt, seit Jahren nicht benutzt und bröckelten ab. Doch die Angst beflügelte ihre Kraft. Ihre Finger und ihre Zehen krallten sich in den Fels, und sie kletterte höher und immer höher; unter ihr polterten lose Geröllbrocken in den Abgrund. Sie wagte nicht, hinunterzuschauen, befürchtete, die Jäger zu sehen. Sie wußte, wenn sie die Männer sah, konnten die Männer auch sie sehen. Eine Halterung brach, ihre Finger griffen ins Leere. Sie schwankte und tastete in wilder Verzweiflung nach der nächsten, die ihrem Griff standhielt. Sie zog sich höher und höher, griff nach dem Rand der Mesa. Mit einer letzten, ungeheuren Kraftanstrengung zog sie sich nach oben und lag zitternd mit dumpf schlagendem Herzen auf der Erde.

Das Hundegebell kam näher. Hinter Gestrüpp verborgen, spähte sie nach unten. Die Jäger kamen angelaufen. Yatosha hatte ihren Speer gefunden und schwang ihn triumphierend. Die Hunde hatten die Stelle erreicht, wo sie hochgeklettert war und versuchten, unter wildem Gebell ebenfalls zu klettern. Der Medizinhäuptling mit Starker Bogen befand sich unter den Verfolgern. Zuvor war er Zashue in der Schlucht begegnet, hatte ihm die blutigen Hände vom zerfetzten Gesicht genommen und in Zashues bloßgelegten Kiefer mit den zertrümmerten Zahnstümpfen gesehen.

Zashue deutete hinter sich. »Kwanis Speer.« Mehr brachte er nicht hervor.

»Geh zu deiner Mutter und warte auf meine Rückkehr.« Er nahm den Bogen in Anschlag und schrie den Jägern zu. »Tötet die Hexe! Tötet sie!«

Mit wildem Kriegsgeheul rannten die Jäger los, angeführt vom Medizinmann und von Yatosha. Bald hatten sie Zashues Pfeil und Bogen neben der Höhle gefunden. Doch die

Hunde rannten weiter, die Schnauzen dicht auf der Erde und die Jäger folgten.

Der Medizinmann umklammerte seinen Bogen fester. Er hatte den Pfeil noch nicht eingelegt; das wollte er in aller Bedächtigkeit tun, wenn die Hexe gefangen war. Dann würde sein Pfeil sie durchbohren an einer Stelle, an der ihr der Tod gewiß war, aber lange auf sich warten ließ. Er würde seinen Sohn rächen, sich selbst und den Clan.

An der Anstiegsstelle war es einem der Hunde gelungen, sich eine Strecke nach oben zu klammern, dann fiel er winselnd auf den Rücken, die Pfoten in die Luft gestreckt.

Yatosha sagte: »Wenn sie hier hinaufgeklettert ist, dann schaffen wir das auch.«

»Nein!« Der Medizinmann drängte sich durch die Jäger. »Das würde zu lange dauern. Ich muß hier hinaufklettern, denn mein magischer Bogen muß den Spuren der Hexe folgen. Ihr anderen geht in die Schlucht weiter und nehmt den Pfad, der zur Mesa hinaufführt. Ihr seid mit den Hunden etwa zur gleichen Zeit wie ich oben. Geht! Steht nicht herum, sonst entkommt die Hexe uns noch!«

Yatosha und die Jäger riefen die Hunde und liefen weiter die Schlucht entlang. Der Medizinmann grunzte zufrieden. Nun konnte er Kwani alleine gegenübertreten.

Er begann, die Felswand hinaufzuklettern, erstaunt, daß Kwani einen so schwierigen Anstieg gemeistert hatte. Er war ein großer, schwerer Mann, und die Halterungen waren verwittert. Mehrere Male wäre er beinahe abgestürzt. Aber wenn ein Weib das schaffte, dann schaffte er es auch. Seine kräftigen Finger gruben sich in das Gesicht des Felsens und seine Füße fanden ihren Weg, hatten sie doch lebenslange Übung darin. Doch er keuchte und war etwas zittrig, als er sein Ziel erreichte.

Er hockte sich hin, um zu rasten. Es hatte eine Zeit gegeben, da ein solcher Anstieg ihn kaum ermüdet hätte. Er wurde alt. Und sein Nachfolger, sein Sohn mit blutig zerfetztem Gesicht, würde die Narbe der Hexe sein Leben lang tragen, wie sorgsam das Fleisch später auch zusammengenäht werden würde. Sein verwundeter Sohn...

Wutentbrannt erhob der Häuptling sich und umklammerte den Bogen. Er war versucht, den Pfeil jetzt schon einzulegen. Aber nein, zuerst wollte er die Hexe stellen. Es war nun heller Tag. Er konnte deutlich die Fährte sehen. Er folgte lautlos mit gesenktem Kopf, sah, daß die Spur unter die Bäume führte. Dort würde sie sich verstecken. Im Laufschritt erreichte er die ersten dicht stehenden Fichten und verharrte. War da vorn eine Bewegung? Sie konnte nicht mehr weit sein. Sein Griff um den Bogen festigte sich. Er würde sie stellen und warten, bis die anderen ankamen, um Zeugen seines Triumphs zu sein.

Lautlos schlich er weiter.

Zu spät sah er die Berglöwin mit drei Jungen im dunklen Unterholz. In seiner Verblüffung trat er auf einen Zweig. Das Pumaweibchen fuhr knurrend herum. Der Häuptling fingerte nach dem Pfeil und setzte ihn ein. Die Raubkatze duckte sich mit peitschendem Schweif, angelegten Ohren und blitzenden, weißen Fängen.

Der Medizinmann spannte die Sehne und der Bogen brach mit einem lauten Bersten entzwei. Im selben Augenblick schnellte der Puma auf ihn mit zu Dolchen ausgefahrenen Krallen.

Als Kwani die Bäume erreichte, mußte sie wieder Halt machen, um zu rasten. Die Schwangerschaft und das schwere Bündel machten sie langsam. Das Bellen war schwächer geworden, ihre Verfolger entfernten sich also. Dann fiel ihr ein, daß es weiter vorne einen einfacheren Anstieg aus der Schlucht gab. Der Medizinmann und die Jäger mußten jeden Augenblick die Mesa erreicht haben. In wilder Hast rannte sie unter die Bäume. Wohin? Wo sollte sie sich verstecken?

Ein schrecklicher, durchdringender Schrei brachte sie zum Stehen. Sie sah nur Bäume und Unterholz und Schatten. *Wer hatte geschrien? Warum?*

Dann wußte sie die Antwort. Die verfolgenden Jäger waren auf Apachen gestoßen. Apachen lagen im Hinterhalt; einer der Männer war von einem ihrer Pfeile durchbohrt worden. Genau wie Okalake – und der nächste Pfeil würde vermutlich sie treffen! Voller Entsetzen rannte sie blind, ziellos, stolperte in eine kleine Vertiefung, rappelte sich hoch und rannte über eine Lichtung zur nächsten bewaldeten Stelle. Ihr Atem ging pfeifend und ihr Herz schlug wie wahnsinnig.

Yatosha und die Jäger hörten den Schrei und blieben wie angewurzelt stehen. Yatosha flüsterte: »War das nicht die Stimme des Medizinmannes?«

»Ich bin mir nicht sicher.«

»Sie klang beinahe so«, sagte ein anderer.

Die Hunde begannen plötzlich wie wild zu jaulen. Ein Pumaweibchen, die drei Junge führte, setzte über eine Bodenmulde. Die Hunde hetzten hinterher, einer faßte ein Junges; beim Todesschrei des Jungen fuhr das Pumaweibchen herum und tötete den Hund mit einem Prankenhieb. Die anderen Hunde fielen über sie her und verbissen sich in ihren Flanken. Die Raubkatze schlug mit mörderischer Kraft um sich.

Yatosha warf den Speer in einem langen Bogen. Der Puma fiel; die Pfeile der Jäger bereiteten ihr ein Ende, dann töteten sie die Jungen, eins nach dem anderen. Ein Hund blieb auf der Strecke, einige weitere waren schwer verwundet.

»Sucht den Häuptling!« befahl Yatosha.

Es dauerte nicht lang. Er lag in seinem Blut neben dem zerbrochenen Bogen. Blutige Pumafährten entfernten sich von dem Hingemetzelten.

In überwältigter Verblüffung über den letzten Beweis der Hexenkräfte Kwanis machten sich einige der Jäger daran, umzukehren. Yatoshas wilde Blicke hielten sie zurück.

»Hexe oder nicht, sie besitzt nur den schwachen Körper einer Frau! Tötet sie, bevor ihre Kräfte uns alle vernichten!«

Sie hetzten die Hunde wieder auf die Fährte.

Kwani hörte die Meute. Sie hatten ihre Spur aufgenommen! Wo waren die Apachen? In ihrer Panik rutschte sie in eine sanfte Mulde; dort lehnte ein toter Ast an einem hohen Baum. Keuchend kletterte sie den Ast hinauf, kroch in den Baum, versetzte dem abgestorbenen Ast einen Stoß, der splitternd zur Erde fiel und zog sich weiter an den Zweigen nach oben. Hier war sie zumindest vor den Hunden in Sicherheit. Sie kletterte so hoch wie möglich, duckte sich in das dichte Laub und versuchte, ihr wild klopfendes Herz zu beruhigen.

Ihre Arme um einen dicken Ast geschlungen, drückte sie ihr Gesicht, ihren ganzen Körper an die rauhe Baumrinde und suggerierte sich mit aller Willensanstrengung, daß Kraft und Gelassenheit des Baums in sie einströme. Hoch oben in den belaubten Zweigen versteckt, zwang sie ihren Geist die Kräfte zu aktivieren, die ihr die Alte übertragen hatte, die Kräfte der Sich Erinnernden.

Erinnere dich, wer du bist! gebot sie sich selbst. Hör auf, blind zu fliehen. Denk nach!

Die Jakobsmuschel, die sie an sich drückte, grub sich in ihre Haut. Allmählich beruhigte sich ihr Herz. Der Geist der Alten sprach.

Sie fürchten dich, nicht nur weil du anders bist, sondern weil du eine Frau bist. Männer fürchten ihr Verlangen nach Frauen und die Kräfte, die wir Frauen besitzen. Sie fürchten dich auch wegen der Kräfte, die ich dir gegeben habe. Sei stark. Zeige keine Furcht.

Das Kläffen kam näher; Kwani hörte jetzt auch die Rufe der Jäger.

Kwani sprach mit der Alten. »Sie halten mich für eine Hexe. Wegen Eulenfedern. Wieso Federn?«

Und die Erkenntnis stieg in ihr auf wie Wasser in einer Quelle. Jemand hatte Eulenfedern gefunden und unterstellte ihr, sie dort vergraben zu haben. Wer? Der Medizinmann? Doch der fürchtete Kokopelli, und sie war Kokopellis Gefährtin.

Wer hatte Grund, Kokopelli nicht zu fürchten! Wer würde den größten Nutzen ziehen aus ihrem Tod? Tiopi? . . . Die ihr den Rang der Sich Erinnernden streitig machte? Und die Gefährtin Kokopellis sein wollte, der ihr zweimal seinen Samen geschenkt hatte?

Ja! Tiopi, Gefährtin von Yatosha, dessen Jäger mit ihrer Hundemeute sich der Mulde näherten!

Sei stark. Zeige keine Furcht.

Kwani holte den Medizinpfeil aus ihrem Bündel. Okalakes Gebetsstab befand sich ebenfalls in ihrem Bündel; auch der würde sie beschützen. Sollen die Jäger mit ihrer Meute ruhig kommen, sagte sie sich. Ich bin bereit.

Die Hunde rannten in die Mulde, umstellten kläffend und winselnd den Baum und sprangen am Stamm hoch. Yatosha und die Jäger spähten verdutzt in den Baum hinauf, in dessen Geäst Kwani kauerte, von dunklem Haar umwallt, mit trotzig blitzenden Augen und sich an ihren Medizinpfeil klammerte. Wie war sie da hoch gekommen? Sie zogen ihre Pfeile aus den Köchern.

»Krähen!« Kwanis Beleidigung traf tief. »Tiopi weiß genau, daß ich keine Hexe bin. Sie macht euch alle zu dummen Narren.«

Yatoshas erhobener Arm, der das Zeichen für den Pfeilbeschuß geben sollte, versteinerte mitten in der Bewegung.

»Tiopi will die Sich Erinnernde sein. Sie will Kokopellis Gefährtin sein. Sie will mich und Okalakes Kind töten, euren zukünftigen Sonnenhäuptling. Und Ihr tut genau das, was sie will. Krähen!« Sie fauchte sie an wie ein im Baum gefangener Puma. Wie sie da in den Zweigen über ihren Köpfen kauerte, hatte es tatsächlich den Anschein, als sei der Geist der Raubkatze in sie gefahren.

Yatosha ließ den Arm sinken. Ob sie die Wahrheit sprach? Hatte Tiopi ihn wieder zum Narren gehalten? Sie alle? Sie hatten ihren Medizinmann verloren und Zashue war verwundet; Okalake war tot, Woshee war tot, und der Sonnenhäuptling würde bald nach Sipapu gerufen. Eine Serie von Unglück und Tod war über den Clan gekommen. War Kwani von der Alten deshalb erwählt worden, um der Sippe einen neuen Sonnenhäuptling und eine Sich Erinnernde zu geben? Er lag im Widerstreit mit seiner Unentschlossenheit.

»Eulenfedern!« schrie ein Jäger.

Dem Beweis, den Yatosha mit eigenen Augen gesehen hatte, vermochte er nichts entgegenzusetzen. Wieder hob er den Arm zum Zeichen für die Pfeile; singend spannten sich die Bogensehnen.

Darauf war Kwani vorbereitet. Beim Zeichen Yatoshas ließ sie sich auf die tieferen Zweige fallen und die Pfeile surrten über ihren Kopf hinweg.

In der Ferne war etwas zu hören. Die Jäger brachten die Bogen wieder in Anschlag. Wieder das Geräusch in der Ferne. Yatosha rief: »Wartet!«

Stille. Und wieder der Klang. Flötenklang, hoch und süß und gebieterisch.

Kokopelli.

35

Kokopelli! Yatosha erbleichte und die Jäger brachen in bestürztes Geheul aus. Was sollten sie ihm sagen, wie sollten sie ihm den Anschlag auf das Leben seiner Gefährtin erklären? Die Hunde rannten dem Klang der Flöte entgegen, um Kokopelli wie immer zu begrüßen. Yatosha ballte die Fäuste – warum hatte er bloß auf Tiopi gehört? Wenn Kwani nun doch keine Hexe war? Unglück kam über Unglück; was hatte der Clan verbrochen, daß die Götter ihn so sehr straften?

Auch Kwani hatte die Flöte gehört. Ein unendlich tiefer Seufzer der Erleichterung entrang sich ihr. »Ich danke dir, danke!« flüsterte sie dem Geist der Alten zu. Kokopelli! Überschwengliche Freude durchströmte sie. Sogleich versuchte sie, Haar zu glätten, ihr Kleid zurechtzuzupfen, das beim Aufstieg an der Felswand arg zerrissen war.

Die Jäger standen zusammengedrängt und redeten aufgeregt mit Yatosha, der wild gestikulierte. Kwani hatte recht, Tiopi hatte sie zum Narren gehalten, es war genau, wie Kwani sagte.

Der Klang der Flöte näherte sich.

»Komm herunter!« rief Yatosha zu Kwani hinauf. Seine Jäger tuschelten miteinander, warfen ihm Blicke zu, und er wußte, was ihre Worte enthielten und konnte es ihnen nicht verübeln. »Komm runter!« schrie er wieder.

Kwani klammerte sich am Ast fest. Sollte Kokopelli getrost sehen, wozu man sie getrieben hatte; sollte er ruhig die Pfeile sehen, die über ihr in der Baumrinde vibrierten!

Die Flöte sang: »Ich komme!« und lachte munter.

»Komm herunter, komm sofort herunter!« befahl Yatosha mit schriller Stimme.

»Nein.«

Die Flöte kam näher. Yatosha stand da in verzweifeltem Zwiespalt und seine Jäger liefen Kokopelli entgegen. Schließlich entschloß er sich, ihnen zu folgen.

Die Flöte verstummte. Die Jäger waren wohl bei Kokopelli angelangt. Welches Märchen sie ihm wohl erzählten? Kwani spähte angestrengt durch die Zweige, um Kokopelli endlich zu Gesicht zu bekommen. Zeit verstrich. Dann rannten drei Jäger unter ihrem Baum vorbei. Sie rannten vorbei, ohne einen Blick zu ihr heraufzuwerfen, ihre Gesichter starr vor Angst. Sie eilten dem Abstieg zu, der in die Schlucht führte.

Kwani klammerte sich an den Ast, auf dem sie saß. Die Jäger rannten, wie von Hunden gehetzt. Apachen? Aber Kokopelli war mit allen Stämmen und mit allen Tieren befreundet. Und er trug nie eine Waffe. Ein Hinterhalt? Neugierig kletterte sie höher, um besser sehen zu können. Aus ihrem Bündel holte sie das Ohrgehänge, das er ihr geschenkt hatte und befestigte es an ihrem Ohr; sie zupfte die Blätter aus ihrem Haar. Sie wünschte, ihr Kleid wäre nicht zerfetzt und verdreckt; sie wünschte, sie sähe hübscher aus.

Wieder erklang die Flöte und eine Prozession näherte sich, angeführt von Kokopelli in seinem farbenprächtigen Umhang. Er trug einen neuen Kopfschmuck mit schlanken, grünen Federn, die bei jeder Bewegung hoheitsvoll wippten. Auf seiner Schulter saß kein Vogel. Ein breites, glänzendes Geschmeide zierte seine nackte, braune Brust. Seine kräftigen, nackten Beine waren bis knapp unters Knie mit den Riemen seiner Sandalen verschnürt. Um die Hüften trug er ein kurzes, besticktes Lendentuch.

Wie schön er war! Lange unterdrücktes fleischliches Verlangen stieg in ihr hoch.

Die Jäger trotteten wie geprügelte Hunde im Gänsemarsch hinter Kokopelli her, nur Yatosha ging hoch erhobenen Hauptes. Kwani beugte sich vor, um besser sehen zu können und wäre beinahe vom Baum gefallen bei dem Anblick, der sich ihr bot. Beim Versuch, sich festzuklammern fiel ihr der Medizinpfeil aus der Hand. Mit offenem Mund starrte sie nach unten.

Am Ende des Zuges stapfte ein Riese von einem Mann, der

so groß war, daß die Jäger neben ihm aussahen wie Zwerge. Muskelbepackte Arme und Beine ragten aus einem blauen Wams mit kurzen Ärmeln, das mit einem glänzenden, roten Band am viereckigen Halsausschnitt und Saum in Oberschenkelmitte eingefaßt war. Ein Ledergürtel wurde von einer großen, glänzenden Schnalle gehalten. Am Gurt hing außerdem eine Schwertschneide mit verziertem, glitzernden Griff.

Die Arme, die massiven Schenkel, alles, was sie vom Körper des Riesen zu sehen bekam, war seltsam hell – als sei die Farbe aus seiner Haut gewaschen und zu einem hellen Braunton ausgebleicht. Wangen und Kinn waren mit krausem Haar von ungewöhnlicher Farbe bedeckt, wie Herbstlaub. Verfilztes Haar in der gleichen Farbe quoll unter seinem spitzen Hut hervor, der hart und glänzend schimmerte und vorne zwischen den Augen in einem Streifen auslief, der die Nase bedeckte.

Auf dem Rücken trug der Riese einen Bogen, an seiner Seite neben dem Schwert schlenkerte ein großer Köcher mit Pfeilen. Seine riesige Hand hielt eine gefährlich aussehende Axt mit langem Griff, die der Hüne beim Gehen hin und her schwang.

Die Hunde kehrten zurück und umkreisten kläffend den Baum. Kokopelli blieb stehen und winkte den Jägern, beiseite zu treten, und der fremde Riese stellte sich neben ihn. Als er zu Kwani heraufschaute, sah sie, daß seine Augen blau waren – ein klares, tiefes Blau. Ihr Herz machte einen Sprung. Ihr Verwandter!

Die blauen Augen des Mannes blitzten vor Vergnügen. Er rief in einem seltsamen Akzent »Ho, kleiner Vogel!«

»Ich grüße euch«, sagte Kwani höflich.

Kokopelli schaute zu ihr hoch und seine Augen lächelten. Doch seine in den Mundwinkeln nach unten gezogenen Lippen waren fest verschlossen, als er die Pfeile über ihrem Kopf eingehend musterte, bevor er sich an Yatosha wandte, der mit gleichmütigem Gesicht hinter ihm stand.

»Du und deine Jäger habt mir berichtet, daß Okalake tot ist, daß Woshee und der Medizinmann tot sind und Zashue verwundet wurde, weil meine Gefährtin eine Hexe ist.« Seine

Blicke bohrten sich glühend in die Augen der Umstehenden. »Wieso begreift Ihr nicht, daß das Unglück deshalb über euch kam, weil Ihr meine Gefährtin nicht geachtet und beschützt habt? Habe ich Euch nicht gewarnt, daß die Strafe euch trifft, wenn ihr euch nicht an meine Anweisungen gehalten habt?«

Die Jäger sahen einander betreten an und ließen die Köpfe hängen. Nur Yatosha behielt seine aufrechte und trotzige Haltung bei. Kokopelli hielt ihm den Medizinpfeil unter die Nase.

»Du hast den Pfeil schon einmal reden gehört. Ich werde ihn erneut sprechen lassen.«

Aus seinem Umhang holte er seine Geisterrassel mit den Kupferglöckchen. Den Pfeil in der ausgestreckten Hand haltend, brachte er die Rassel schüttelnd zum Fauchen und Singen. Er schwenkte sie ausgiebig über den Pfeil, schloß die Augen, um den Geist des Pfeils zu beschwören, zu ihm zu sprechen.

Yatosha sah mit Angst in den Augen zu. Der Riese verfolgte die Vorgänge mit milder Heiterkeit. Schließlich öffnete Kokopelli die Augen und sprach zu dem Pfeil.

»Das Volk des Adlerclans hat dir keinen Glauben geschenkt, als du ihnen sagtest, daß meine Gefährtin keine Hexe ist. Sie haben versucht, sie zu töten. Sollen sie dafür bestraft werden?«

»Ja.«

Der Pfeil sprach! Die Jäger murmelten angstvoll.

»Wie sollen sie bestraft werden?« Die Rassel fauchte.

»Sie sollen zurückkehren in ihre Stadt und ihr Volk wissen lassen, daß du Kokopelli, nie wieder mit ihnen Handel treiben und ihnen nie wieder deinen heiligen Samen schenken wirst.«

Wieder schepperte die Rassel; wieder sprach der Pfeil.

»Nie wieder wirst du einen Ort besuchen, wo Anasazi wohnen. Ihr Stamm, ihre Sippen, ihre Häuser, ihre Felder seien für immer verflucht.«

»Aiii! Aye-eee!« heulten die Jäger und bedeckten ihre Gesichter mit den Händen.

»Der Pfeil hat gesprochen.«

Kokopelli reichte dem Riesen den Pfeil, der ihn in sein Bündel steckte. Die Rassel wurde in ihr Geheimfach in den Umhang gesteckt.

Zu Yatosha gewandt sagte Kokopelli: »Sage deiner Gefährtin und deinem gesamten Volk, daß ich meinen Samen nie wieder zu ihnen bringen werde. Die Götter haben gesprochen.«

Yatoshas Lippen kräuselten sich. »Meine Gefährtin trägt deinen Samen. Das Kind kommt in drei Monden zur Welt. Dein Samen bleibt bei uns.«

Kokopelli blickte über seine Nase nach unten. »Sie trägt meinen Samen wie zahllose andere Weiber von hier bis Tenochtitlán!« Er machte eine ausladende Armbewegung zu Kwani, die sich über den Zweig beugte. »Auch sie wird meinen Samen tragen.«

»Sie trägt Okalakes Samen.«

Kokopellis scharfer Blick traf sie. »Ist das so?«

»Die ersten Blumen blüten und welkten und du bist nicht gekommen...«

Der Blauäugige warf den Kopf in den Nacken und lachte und seine Stimme war wie Donnerhall. »Kokopelli kam zu mir, um mich mitzunehmen«, sagte er in seinem unbeholfenen Akzent. »Das dauerte lang.«

Kokopelli lachte nicht. Er bedeutete Yatosha und den Jägern mit einer Armbewegung, sich zu entfernen.

»Geht! Sagt eurem Volk, was der Geist des Pfeils euch enthüllte.«

Ein paar Jäger entfernten sich hastig. Yatosha fixierte Kokopelli mit eisigem Blick. »Meine Jäger und ich gehen oder bleiben, wie es uns beliebt.«

Der Blauäugige schwang die Axt drohend über seinem Kopf, daß die Luft sang.

»Ich haue ihm den Kopf ab. Ja?«

Ein Jäger hob seinen Bogen. Die Axt flog durch die Luft und die Hand des Jägers fiel zur Erde, noch um den Bogen geklammert. Blut sprudelte aus seinem Armstumpf. Die Männer wandten sich zornentbrannt dem Riesen zu und sahen sich einem Bogen von furchterregender Größe gegenüber sowie einem kalten, blauen, ebenso tödlichen Blick.

Kokopelli sagte: »Habt ihr noch nicht genug?«

»Wir gehen«, sagte ein Jäger schließlich und wandte sich ab. Andere folgten seinem Beispiel, kümmerten sich um den Verletzten und versuchten, seine Blutung zum Stillstand zu bringen.

Yatosha stand vor Kokopelli mit einem Gesicht hart wie Stein. »Ich werde diesen Tag nicht vergessen.« Abrupt wandte er sich ab und folgte seinen Jägern.

Der Blauäugige schaute ihm nach, rupfte ein Bündel Gras aus und säuberte seine Axt damit. »Den werde ich nicht vergessen. Der ist auf Rache aus.«

»Wir kommen nicht mehr in diese Gegend zurück«, sagte Kokopelli. Er trat wieder an den Baum, schaute zu Kwani hoch und seine Lippen teilten sich zu einem unverhofften Lächeln. »Anscheinend muß ich dich wieder retten. Wie bist du da hinauf gekommen?«

Sie deutete auf den abgestorbenen Ast. »Der lehnte am Stamm. Ich hab ihn weggestoßen, nachdem ich oben war.«

»Und wie gedenkst du wieder runterzukommen, Närrin?«

Der volle Klang seiner Stimme weckte zärtliche Erinnerungen und plötzlich wurde ihr ganz schwach ums Herz.

»Ich... ich weiß nicht.«

Der Blauäugige stellte sich unter den Baum. Er breitete die Arme aus und lächelte zu ihr hinauf. »Spring. Ich fange dich.«

Kwani schüttelte den Kopf. Das brachte sie nicht fertig, ins Leere zu springen. Der konnte noch so kraftvolle Arme haben.

»Na warte.« Der Riese holte mit der Axt aus und schlug damit einen Keil aus dem Stamm und schüttelte den Baum so gewaltig, daß Kwani sich kaum halten konnte.

»Nein!« schrie Kwani. »Hör auf!«

»Wenn ich den Baum fälle, landest du weniger sanft.«

»Nein, nein! Ich springe!«

Lachend breitete er wieder die Arme aus und sie sprang. Er fing sie auf und hielt sie in den Armen, wie ein Kind oder einen jungen Hund und schaute sie an mit Augen, die so blau waren wie ihre eigenen. Sie war erstaunt, wie jung er war; sie hatte geglaubt, er sei so alt wie Kokopelli oder noch älter. Etwas in diesen blauen Augen gefiel ihr nicht.

»Laß mich runter.«

Er lächelte. »Sie hat Augen wie ich.« Er tätschelte ihren Bauch. »Vielleicht hat ihr Kind auch blaue Augen? Wenn Kokopelli es nicht will, nehme ich es.« Er wippte sie federnd auf und ab, als sei sie ein Säugling. »Wer weiß, vielleicht bekommen wir viele blauäugige Kinder?« Die Donnertrommel seines Lachens dröhnte wieder.

»Ich bin Kokopellis Gefährtin!« zischte sie ihn verärgert an.

Kokopelli beobachtete die Szene mit seinem undurchdringlichen Blick. Er hatte Thorwald als Weggenossen mitgebracht. Jetzt schoß ihm die Frage durch den Kopf, ob dies eine weise Entscheidung war. Aber natürlich. Seine Entscheidungen waren stets weise.

»Setz sie ab, Thorwald.«

Als sie wieder festen Boden unter den Füßen hatte, schwankte Kwani einen Augenblick, doch Kokopelli fing sie und hielt sie an sich gepreßt. Ihr Herz schlug wie verrückt. »Ich grüße dich«, flüsterte sie und wußte nicht recht, was sie noch zu seiner Begrüßung sagen sollte.

»Kannst du hören, wie mein Herz jubelt?«

Sie schaute zu ihm hoch. »Wo ist dein Vogel?«

»Er ist im Schnee verendet.« Unnötig ihr zu sagen, daß auch er beinahe gestorben wäre, bevor er Thorwalds Lager erreichte; daß Thorwald ihn gepflegt hatte, bis er kräftig genug war, um weiter nach Süden zum Winterhandel zu wandern.

»Es tut mir leid, wegen des Vogels«, sagte Kwani.

Er hielt sie von sich weg und schaute über seine Nase. »Ich habe keinen Grund zu trauern, wenn ich dich habe, Närrin.« Er griff in sein Bündel und holte das zweite Ohrgehänge heraus und befestigte es an ihrem Ohr.

»Jetzt bist du meine Gefährtin«, sagte er und warf Thorwald einen schnellen Blick zu. Dann ruhten seine Augen wieder auf ihrer Halskette und wanderte zu ihrem Bauch hinunter. »Ich werde dich zu Thorwalds Lager bringen, dort wird das Kind zur Welt kommen. Dann werden wir in meine Heimat gehen, die auch deine Heimat sein wird.«

Heimat! Was für ein schönes Wort! Und ein Springbrunnen für ihren Wasserkrug!

Kwani sagte, »Mein Bündel ist noch oben auf dem Baum.«

Mit wenigen Axthieben war der Baum gefällt und Thorwald fischte das Bündel aus dem Geäst, hielt es zwischen Daumen und Zeigefinger, eine delikate Sache, Weiberkram. Er stopfte es zu seinen Sachen. »Ich trage gern.«

Nebeneinander wanderten sie aus dem flirrenden Schatten auf die sonnenhelle Hochebene der Mesa. Dahinter winkte die unendliche blaue Ferne.

Kwani marschierte zwischen den beiden Männern, als würde sie nie ermüden. Die goldenen Ohrgehänge schwangen sanft hin und her, liebkosten ihre Wangen. Sie hatte einen Gefährten. Bald würde sie ein Kind haben und ein Heim. Sie hatte nicht nur einen Beschützer, sondern zwei, die sie beide mit den Augen anlächelten.

Sie fühlte sich schön. Sie fühlte sich als Frau.

Kokopelli hob die Flöte an seine Lippen.

Leben wir ewig auf Erden?
Nein, unser Dasein ist befristet.
Meine Worte werden nicht vergehen,
Meine Lieder nicht verwehen.
Sie klingen fort und mehren sich.

36

Zashue kniete neben seinem Vater, der im heiligen Medizinhaus aufgebahrt lag und auf sein Begräbnis wartete. Das Blut aus den furchtbaren Verletzungen des Häuptlings war weggewaschen, die klaffenden Wunden, die ihm Krallen und Fänge des Pumas geschlagen hatten, mit dem schönsten Gewand bedeckt, das der Clan zur Verfügung hatte.

Zashue sang seine Totengebete, starrte in das entstellte Gesicht des Vaters. Auch sein Gesicht war übel zugerichtet – verunstaltet von einer langen, ausgefransten Wunde. Blut sickerte an den Stellen durch, wo seine Mutter das Fleisch zusammengenäht hatte. Dafür war kein Puma verantwortlich. Diese Wunde hatte ihm die blauäugige Außenseiterin, die Hexe, geschlagen, die ihren Speer nach ihm geschleudert und für immer entstellt hatte. Ja, Kwani, die vorgab, die Sich Erinnernde zu sein, und die seinen Vater und Okalake und Woshee getötet hatte, und die in diesem Augenblick in weiter Ferne war, auf Wanderschaft mit Kokopelli und ihrem angeblichen Verwandten, diesem Blauäugigen.

Es war zu viel, um es zu ertragen.

Er hielt seine Hand an sein schmerzendes Gesicht, wo der Verband angelegt worden war, um eine Entzündung zu vermeiden und die Heilung zu beschleunigen. Doch der Schmerz durchzuckte ihn bei jedem Herzschlag. Von oben drangen die Totenklagen des Clans zu ihm herunter.

Ein Luftzug berührte den Federschmuck im Haar das Medizinmanns. Die Federn fächelten leise im Windhauch. Zashue beugte respektvoll seinen Kopf; der Geist seines Vaters wünschte mit ihm zu sprechen.

»Sprich, mein Vater.«

»Jetzt bist du Medizinmann. Erfülle deine Pflichten, die dir von den Göttern auferlegt sind.«

Zashue nickte. Ihm war, als höre er die Stimme seines Vaters. Er kletterte die Leiter zur Öffnung der Kiwa hinauf und ließ seine Blicke über den Platz schweifen; er mußte etwas erledigen, wobei er keinen Zeugen dulden durfte. Aus anderen Kivas kamen Gesänge und Trommelschläge in Vorbereitung zur Begräbnisfeier. Niemand kam seines Weges.

Er kletterte wieder nach unten zurück zu seinem Vater. Er hob das Totenhemd und entblößte die zerfetzte Brust und den klaffenden Bauch. Er ergriff das Feuersteinmesser seines Vaters, das ihm als Grabbeigabe mitgegeben wurde, hielt es vor sich hin und horchte gespannt. Stieg da jemand in die Kiwa herab?

Nein. Er und sein Vater waren allein.

Er zwang sich, die glitschigen Eingeweide beiseite zu schieben, um die Stelle zu finden, die er suchte. Ja, da war es, zwischen den Rippen, wie sein Vater gesagt hatte – ein kleines Stück Bergkristall, nicht größer als ein Samenkorn. Er entfernte es mit dem Messer aus der Haut des Toten und hielt es in der Hand. Das Geheimnis der Kräfte eines Medizinmannes, wovon nur er und seine Nachfolger wissen durften.

Die Macht! Jetzt gehörte sie ihm. Endlich!

Wieder horchte er. Kein Laut. Mit dem Messer brachte er sich zwischen den unteren zwei Rippen einen kleinen Schnitt bei, schob das Kristallsteinchen in seinen Körper, soweit er es vermochte und drückte die Hand auf die kleine Wunde, um die Blutung zu stillen.

Er hockte sich auf die Fersen, ließ seine Blicke durch die Kiwa schweifen, der schönsten aller Kivas aller Höhlenstädte weit und breit. Nun gehörte sie ihm.

Sein Vater war ein gefürchteter Mann. Das wollte er auch sein. Er, Zashue, der neue Medizinhäuptling des Adlerclans sollte von allen gefürchtet sein. Wieder betastete er sein entstelltes Gesicht. Seit er die Magie in seinen Körper eingesetzt hatte, schien der Schmerz verflogen. Die Kraft wirkte bereits! Seine Augen funkelten. Er würde große Taten vollbringen. Er würde sein Volk rächen.

Die Hexe sollte nicht ungestraft davonkommen.

Teil II

DER WEISSE BÜFFEL

1

Kwani lag auf dem Rücken und schaute hinauf in die Sterne. Dieser ganz helle war vielleicht Okalakes Lagerfeuer. Der Gedanke an ihn war sehr schmerzvoll... an das, was ihm zugestoßen war. Sie drehte sich auf die Seite, Kokopelli und Thorwald zu. Kokopellis bunter Umhang und seine Kappe mit den schlanken, grünen Federn lagen neben seinem Bündel: die goldenen Nadeln, die sein Haar zum Knoten zusammenhielten, glänzten im Sternenlicht. Kwani hörte seine tiefen, gleichmäßigen Atemzüge, und ihr Atem glich sich seinem Rhythmus an. Sie schmiegte sich an ihn, um seinen Duft einzuatmen; erst jetzt begriff sie, wie sehr sie seine Nähe in den vielen Monaten seiner Abwesenheit vermißte.

Nun war er hier. Die Götter hatten ihn rechtzeitig gesandt, damit er sie vor den Jägern mit ihren Hunden rettete. Es war ihre erste gemeinsame Nacht, die erste Nacht eines neuen Anfangs, eines neuen Lebens. Sie sehnte sich danach, in seinen Armen zu liegen. Doch er schlief, als wandere sein Geist in seinen Träumen.

Thorwald schlief neben ihm mit ausgebreiteten Armen. Nie zuvor hatte sie solche Arme gesehen, solche Beine, solch gewaltige Brust. Er hatte sein eigentümliches Wams abgelegt mit den großen ineinanderverschlugenen Gliedern aus hartem, schwarzem Material. Das blaue Hemd lag zu einem Bündel gerollt unter seinem Kopf. Er trug nur ein weißes Gewand, daß beide mächtigen Beine von der Hüfte abwärts bis zur Schenkelmitte bekleidete.

Brust und Beine waren mit feinen Haaren in der Farbe seines Kopfhaars bewachsen. Kwani fragte sich, ob es sich wie Pelz anfühlte; sie hätte es gerne angefaßt. Sein ausladendes Bündel lag neben ihm, zusammen mit seinen Waffen und dem glänzenden Helm mit dem Nasenschutz, der zwischen den Augen nach unten ragte wie der Schnabel eines Raubvogels.

Die Haarfülle ohne den Helm ließ seinen Kopf noch größer erscheinen, und jeder Atemzug bewegte die Haare, die ihm zwischen Oberlippe und Nase sprießten. Kwani kannte keinen Mann, dem Haare auf dem Körper wuchsen, das Gesicht verbargen und von seinem Kinn herabhingen. Wie bei einem Tier – angsteinflößend diese tierische Kraft und Unberechenbarkeit. Ob alle ihre Verwandten Haare im Gesicht und auf dem Körper hatten?

Sie stellte sich Frauen mit Haaren auf Wangen, Kinn und Brüsten vor. Sie war froh, daß ihre Haut weich und glatt war und Kokopelli gefiel. Sie lag nah bei ihm, aber er hatte sie nur vor dem Einschlafen kurz geküßt.

Okalakes Stern glitzerte. Sprach sein Geist? In der Ferne sang Bruder Kojote sein Lied, der Ton stieg an, schwankte, senkte sich und erstarb. Es war, als versuchten Okalake und Bruder Kojote Verbindung mit ihr aufzunehmen.

Bei Einbruch der Dunkelheit hatten sie Halt gemacht, um ihr Lager aufzuschlagen, aßen Maisfladen und getrocknetes Wild und sprachen über die Reise, die vor ihnen lag.

»Wir gehen zu Thorwalds Lager«, sagte Kokopelli. »Seine Männer bauen ein Schiff, mit dem sie die Flüsse hinunterfahren bis zur großen Bucht. Sie nehmen uns mit nach Süden an eine Küste nahe der Heimat, bevor sie nach Norden segeln ins Meer der Aufgehenden Sonne. Wir wandern ins Landesinnere nach Tula.« Er blickte zu den Sternen im Süden. »Es ist gut, wieder nach Tula zu kommen.«

»Ja.« Thorwalds Stimme polterte wie die Donnertrommel. »Es ist gut, heimzukehren.«

»Ich war noch nie auf einem Schiff. Wird mein Kind dort zur Welt kommen?«

Kwani hoffte, daß die Leute dort Frauen bei sich hatten. Die brauchte sie bei der Geburt.

»Vielleicht«, sagte Kokopelli. »Je nach dem, wie wir vorankommen. Vielleicht kommt das Kind vorher schon auf die Welt.«

Leise spielte er die Flöte. Kwani glaubte, er wolle ihr etwas erzählen, aber sie wußte nicht, was es war. Sie saß stumm, hörte zu und malte sich aus, auf dem Wasser zu fahren und in ein fernes Land zu kommen und unter fremden Menschen zu leben. Aber sie hatte keine Angst. Sie hatte einen Gefährten, der sie immer beschützen und achten würde.

»Wo ist Thorwalds Lager?«

Thorwald wies mit einem großen Daumen nach Osten.

»Aber wenn Kokopellis Heimat im Süden liegt, warum gehen wir nach Osten?«

Kokopelli lächelte. »Eine kluge Frage. Aber es ist leichter, auf dem Wasser getragen zu werden, als zu Fuß zu wandern. Es wäre näher, von hier aus direkt nach Süden zu gehen. Aber auf diesem Weg liegen unwegsame Berge und große Wüsten ohne Wasser. Und Stämme, die selbst mir feindlich gesonnen sind. Der längste Weg ist der beste.« Er blickte zu Thorwald hinüber. »Wenn das Schiff noch da ist, wenn wir das Lager erreichen.«

»Ha!« schnaubte Thorwald. »Meine Männer warten auf mich. Sie wollen bezahlt werden.« Er schlug sich mit riesiger Faust gegen die Brust. »Ich bin ihr Steuermann. Sie warten.«

Nun schliefen Thorwald und Kokopelli unter dem aufgehenden Mond. Doch Kwani konnte nicht schlafen, konnte sich nicht satt sehen an beiden und dachte über das neue Leben nach, das sie an Kokopellis Seite in seiner Heimat erwartete. Ihr toltekisches Haus würde in einem großen Dorf sein mit vielen Kivas, umgeben von fruchtbaren Feldern, auf denen Mais, Kürbisse und Bohnen wuchsen, begrenzt von grünen Wäldern. Als die Sich Erinnernde würde sie von allen geehrt und mit den Häuptlingen und Ältesten im Rat sitzen. Viele junge Mädchen würden zu ihr kommen, um die Geheimnisse und Weisheiten der Alten von ihr zu erfahren. Sie gehörte zu einer wichtigen Familie.

Sie sah sich an den Mahlsteinen hocken, zusammen mit Kokopellis Mutter, seinen Schwestern und Tanten; gemeinsam sangen sie die Mahllieder, zu denen ein kleiner Junge sie auf der Flöte begleitete. Sie stellte sich ihre vielen Söhne und Töchter vor, die alle stark, gesund und schön waren.

Das war ihr Herzenswunsch. Und das alles würde in Erfüllung gehen, weil sie Kokopellis Gefährtin war. Unterdessen warteten wundervolle Abenteuer auf sie. Kokopelli hatte gesagt, sie würden viele Dörfer auf ihrer Reise besuchen, die morgen beginnen sollte.

Das Kind bewegte sich und stieß nach ihr; Kwani verspürte den Drang, sich hinter einem Gebüsch zu erleichtern. Lautlos erhob sie sich. Einen Augenblick glaubte sie eine Bewegung zu bemerken, hatte sich aber anscheinend getäuscht, da weiterhin alles ruhig blieb.

Kokopelli beobachtete sie. Bei ihrem Fortgehen war er aufgewacht, blieb aber reglos liegen. Wie schutzlos Frauen waren, wenn sie einen dicken Bauch trugen. Er war froh, ein Mann zu sein, froh, Kokopelli zu sein, der Spender des heiligen Samens. Es gab viele Dörfer entlang des Flusses, die alle gerne Handel mit ihm trieben und deren Frauen scharf auf seinen heiligen Samen waren, der ihnen Wohlergehen und Fruchtbarkeit versprach.

Kwani erhob sich und stand als Silhouette gegen den mondhellen Nachthimmel. Selbst in der Schwangerschaft hatten ihre Bewegungen nichts von ihrer Anmut verloren. Kokopelli spürte eine Welle der Zärtlichkeit. Als sie sich seufzend neben ihn legte, ihn ansah, streckte er die Hand aus und zog sie an sich. Er küßte ihre kleine Nase, ihre Augen und ihre warmen Lippen und spürte seine Leidenschaft hochsteigen bei ihrer sofortigen Reaktion.

»Ich möchte gerne!« flüsterte sie.

Er warf Thorwald einen Blick zu, der die Augen geschlossen hielt und sich nicht rührte. Doch Kokopelli ließ sich nicht täuschen; er wußte, wie Thorwald sich schlafend stellte, bis ein Feind nah genug war, daß ein Hieb seiner Axt ausreichte, um Arm, Bein oder Kopf in einem Blutstrahl vom Körper zu trennen. Kokopelli wußte, daß Thorwald wach lag und sie beobachtete. Er hatte nicht die Absicht, Thorwald das Vergnügen zu gönnen, Kwani beim Liebesspiel zu sehen. Nein, das war nur für ihn bestimmt.

»Bitte!« wisperte sie und liebkoste ihn.

»Thorwald –«

Sie hob ihr Kinn in einer Art, die er gut kannte. »Kümmere dich nicht um ihn.«

Ihre Liebkosungen wurden verführerischer und seine Begierde wuchs.

»Jetzt!« Sie zog ihn näher, und er spürte ihre Wärme und das Klopfen ihres Herzens.

Er drang in sie ein, so tief und leidenschaftlich er es wagen konnte. Sie durfte keine zweite Fehlgeburt haben, nicht jetzt, da sie einen so weiten Weg vor sich hatten, bis in seine ferne Heimat. Er war sich Thorwalds heimlicher Blicke bewußt. Er hatte es nicht gern, wenn man ihm zusah; das gab ihm das Gefühl, ein Tier in gefühlloser Kopulation zu sein. Doch da es nun kein Zurück mehr gab, mußte er seine legendäre Liebeskunst unter Beweis stellen. Thorwald würde begreifen, wie ein Tolteke liebte.

Kwanis Hingabe versetzte ihn in Erstaunen. Erst vor wenigen Stunden hatte er sie gefunden, in einem Baum verkrochen, umstellt von blutrünstigen Jägern und kläffenden Hunden. Eine normale Frau wäre immer noch verstört vor Angst. Aber nicht diese Frau, nicht Kwani... ah, wie süß, diese kleinen Schreie, das Stöhnen, die warme Flut...

Thorwald lächelte innerlich. Was für ein hemmungsloser, kleiner Skraeling diese Kwani war! Von all den Primitiven, die er in diesem wilden Land kennengelernt hatte, an dessen Ufern er als Schiffbrüchiger strandete, war die blauäugige Kwani seinem Volk am ähnlichsten.

Das leidenschaftliche Liebesstöhnen wurde lauter. Thorwald spürte sein eigenes Verlangen. Kokopelli war nicht schlecht, aber nur ein Nordmann konnte eine Frau wahrhaftig befriedigen... eine Frau wie Kwani. Er begehrte sie, gleich vom ersten Augenblick an, als er sie zwischen den Blättern in den Zweigen kauern sah, wie eine in die Enge getriebene Katze. Er wollte sie wieder im Arm halten.

Kwani war nicht wie die anderen Skraelinge, diese kurzbeinigen Primitiven, die weder Eisen noch das Rad kannten, die nur Stein für ihre Werkzeuge und andere Geräte verwandten. Sein Volk kannte Rad und Bronze seit langem. Sein Volk genoß die Annehmlichkeiten aufgeklärter Zeiten – die Vorzüge praktischer, neuer Errungenschaften, etwa des Eisens. Er dachte an sein schönes Haus jenseits des Ozeans, seine Pferde, seine Wagen, die kostbaren Kleider aus Seide, Wolle und Leinen, bestickt, verziert und mit edlen Pelzen gefüttert.

Viel war bei dem Schiffbruch verloren gegangen, doch zu Hause erwarteten ihn neue Schätze. Er wünschte, er hätte einige Goldketten mitgenommen, die er tragen könnte, wie Kokopelli seinen Schmuck trug. Er dachte an seine Schmuckschatulle gefüllt mit Armreifen, Ringen und Gürtelschnallen, Halsketten und Broschen aus Silber und Gold, eingelegt mit farbigem Email. Wie schön sie aussehen würden auf Kwanis dunkler Haut! Sein Verlangen wurde drängender.

Wieder das Stöhnen... diese Laute...

Er mußte sich beherrschen, seine Gedanken anderen Dingen zuwenden. Seine Zeit mit Kwani würde kommen.

Der Schiffbruch. Viel hatten sie verloren, viele seiner Männer waren nun in Wallhall. Nur er, zwei seiner Seeleute und drei Knechte – seine Leibeigenen – hatten es bis ans Ufer geschafft. Ein paar Skraelinge mit einem Kanu warteten auf sie, doch seine gute Axt köpfte sie alle, und das Kanu trug sie die Flußläufe hinauf bis an die Stelle, wo seine Vorfahren gewesen waren und Inschriften auf einer Steintafel hinterlassen hatten. Auch er wollte Zeichen seiner Anwesenheit setzen, denn er war ein Nachkomme der großen Helden. Es war seine Aufgabe, seine Bestimmung, neue Länder zu finden und für eine Besiedlung der Wikinger zu erforschen.

Kwani schrie auf und Kokopelli stöhnte seine Lust laut in die Nacht. Thorwald richtete sich auf und griff nach der Axt.

Nicht jetzt, nicht jetzt. Beherrsche dich. Deine Zeit wird kommen.

Er legte sich wieder hin. Er hatte sich angeboten, Kokopelli als Lastträger und Weggefährte zu begleiten. Während der Wanderschaft mit ihm lernte er das Land und den Umgang mit den Skraelingen kennen – die verschiedenen Stämme hatten verschiedene Namen, aber für ihn waren sie allesamt Skraelinge. Dadurch erfuhr er viel, was sein Volk für künftige Entdeckungsfahrten wissen mußte. Bald würde er nach Hause zurückkehren, über seine Forschungen berichten und einen Besiedlungsplan vorlegen. Auch er würde in den künftigen Sagas Unsterblichkeit erlangen.

Kokopelli und Kwani lagen nun nebeneinander. Der Geruch ihrer Paarung wehte zu ihm herüber. Das war zu viel. Er stand auf und entfernte sich unter die Bäume, um seinen eigenen Samen zur Erde zu spritzen.

Die aufeinandergeschichteten Würfel des Dorfes erhoben sich aus der Schlucht, hell beschienen von der Nachmittagssonne. Mehrere Stockwerke hohe Häuser drängten sich aneinander wie Häuptlinge während einer Beratung. Sie waren aus Stein erbaut, gestützt von schweren Holzbalken, die von den Bergen in der Ferne herangeschleppt worden waren. Die Eingänge verbreiterten sich nach oben – vermutlich um Lastenträgern Eintritt zu verschaffen – Leitern ragten aus den Dächern. Von einem Dach winkte eine Gestalt.

»Sie haben uns gesehen«, sagte Thorwald.

»Natürlich.« Kokopellis Finger tanzten auf seiner Flöte. Bald waren die Dächer bevölkert und immer mehr Menschen und Hunde kamen angerannt.

Kwani glättete sich das Haar und das schmutzige Gewand. Wenn sie nur hübscher aussehen würde. »Wissen die Leute, daß ich deine Gefährtin bin?«

Sollte Kokopelli sie gehört haben, nahm er ihre Frage nicht zur Kenntnis. Seine Flöte sang »Kokopelli ist im Anmarsch. Es wird gefeiert und getanzt. Er bringt euch wunderbare Dinge!«

Eine Begrüßungsabordnung, bestehend aus sechs Männern mit Stäben in den Händen, die auf ihren hohen Rang im Clan schließen ließen, kamen ihnen entgegen. Sie gehörten einem anderen Stamm an, der den Anasazi ähnelte, doch ihre Hinterköpfe waren nicht abgeflacht.

»Wir begrüßen dich, Kokopelli, und heißen dich willkommen.«

»Meine Seele singt.«

Jeder der Männer trat vor, nahm Kokopellis Hand und hauchte sie an. Kinder und ein paar Frauen und ältere Männer standen in einiger Entfernung und schauten zu. Die Frauen musterten Kwani scharf, lächelten Kokopelli kokett an und bedachten Thorwald mit Blicken unter gesenkten Augenlidern.

Thorwald überragte sie alle, sein Helm glänzte in der

Sonne, das rote Haar quoll darunter hervor und die breite Brust wölbte sich unter dem blauen Hemd. Eine seiner riesigen Hände ruhte lässig auf dem verzierten Griff seines Schwertes. Die andere hielt die furchterregende Axt.

Kokopelli sagte »Ich bringe euch Thorwald, den Sohn der Götter des Wassers der Aufgehenden Sonne, und die Sich Erinnernde, meine Gefährtin.«

Seine Gefährtin! Die Frauen beäugten Kwani mit undurchdringlichen Blicken. Sie sah nicht aus wie eine Sich Erinnernde, sie war so jung, so schön. Und der Halsschmuck! Sie hatten von seinen Zauberkräften gehört.

»Sei uns willkommen.«

»Meine Seele singt«, antwortete Kwani.

»Meine auch«, sagte Thorwald.

Ein nackter kleiner Junge berührte Thorwalds Axt und schaute zu ihm auf. »Warum wachsen in deinem Gesicht Haare?«

»Um es zu wärmen, wenn der kalte Wind bläst.«

»Aha.« Er schaute die Axt an. »Was machst du damit?«

»Damit schneide ich Köpfe ab.« Er ließ sein Donnerlachen hören.

Der Junge wich zurück, und seine Mutter rief ihn zu sich. »Hab keine Angst«, flüsterte sie. »Er macht nur ein großes Geschrei.«

Im Dorf prasselten die Kochfeuer; das Aroma von Fichtenrauch und der würzige Duft aus den Kochtöpfen grüßte sie wie alte Freunde. Der Clanhäuptling erwartete die Gäste auf dem Versammlungsplatz. Er war krumm und mager, hatte ein langes Gesicht und grau gesträhntes Haar und trug den Kopf schief zur Seite geneigt, als würde ihn eine unsichtbare Macht dort hinüberziehen. Doch sein Lächeln war jung und er hatte sogar noch einige Zähne im Mund.

»Willkommen! Setzt euch und eßt.«

Die Ankömmlinge wurden von der Gefährtin des Clanhäuptlings, Towanki, zum Feuer geführt. Ihre würdevolle Haltung und stille Autorität erinnerte Kwani an Woshee. Sie trug keine blauen Federn im Haar, sondern hatte rot und gelb gefärbtes Yuccagarn in ihre Zöpfe geflochten.

Man saß auf Hirschfellen im Kreis um einen Topf, der auf

der Erde stand. Daneben ein Korb mit runden, flachen Maisfladen, die in den Topf mit würziger Bohnensuppe getaucht wurden.

»Eßt«, forderte Towanki die Gäste auf und setzte sich mit gefalteten Händen abseits.

Kokopelli verneigte sich in einer höflichen Geste des Dankes. Sie setzten sich ans Feuer und jeder nahm einen Maisfladen, warf einen Brocken davon in die Flammen als Dankesopfer für die Götter und tunkte ihn in den Topf. Kwani war hungrig und aß gierig. Die Bohnen waren köstlich, und sie lächelte der Gastgeberin anerkennend zu, die das Lächeln erwiderte.

Die Männer aßen noch gieriger, während die im Hintergrund versammelten Bewohner zusahen. Nur die Kinder kamen näher, gafften neugierig und tuschelten miteinander.

Als es Zeit wurde für die Verkündigungen, erhob Kokopelli sich. »Wir danken für eure Gastfreundschaft und das reichliche Essen.« Kwani bemerkte, wie seine Blicke die versammelten Frauen musterten. »Wir werden euch dafür belohnen. Es wird ein guter Handelstag. Heute abend wird die Sich Erinnernde Geschichten erzählen.«

Kwani erschrak. Davon hatte er ihr nichts gesagt. Er fuhr fort: »Am Lagerfeuer werde ich euch Neuigkeiten verkünden. Thorwald, der Sohn der Götter des Wassers der Aufgehenden Sonne, wird euch von seiner Reise und seinem Schiffbruch berichten, euch seine Treffsicherheit mit dem Bogen vorführen.«

Anerkennende Bemerkungen und aufgeregte Spekulationen folgten. Eine Gruppe von Frauen tuschelten miteinander, gerieten in Streit. Eine wurde nach vorne geschubst. »Frag, frag ihn«, zischelten die anderen hinter ihr her. Sie schüttelte den Kopf, errötete und kicherte. Sie wurde wieder geschubst. »Frag ihn.«

Zögernd trat sie vor und schaute Kokopelli an. »Wir möchten wissen, ob du wählst ... jetzt, da du eine Gefährtin hast ...« Ihre Stimme versickerte.

»Gewiß. Wie kann ich diesem Dorf meinen Segen verwehren?«

Kwani stand wie vom Donner gerührt. Er wollte sich mit

einer anderen Frau paaren? Ihr Gesicht blieb ausdruckslos, nur ihre Augen sprühten Funken. Sie wandte sich an Thorwald, und er folgte ihr ein wenig abseits. Sie sagte »Ich werde nicht hier bleiben. Bring mich fort.«

»Warum?«

»Du kennst den Grund. Wenn du mich nicht fortbringst, gehe ich alleine.«

Seine Augen suchten die ihren. »Warte hier.«

Kokopelli unterhielt sich mit den Häuptlingen. Thorwald sprach kurz mit ihm, und Kokopelli trat zu ihr. Seine braunen Augen brannten sich in ihre.

»Du bist Kokopellis Gefährtin; du bleibst bei mir.« Er hob seine Hand, und einen Augenblick lang glaubte Kwani, er wolle sie schlagen. Doch es war nur eine Geste der Bestärkung. *»Immer.«*

»Während du dich mit einer anderen paarst? *Immer?«*

»Närrin.« Er senkte seine Stimme, bezwang seinen Ärger. »Das ist notwendig, üblich und wird erwartet. Es ist Geschäft. Als meine Gefährtin genießt du das Privileg, den Reichtum mit mir zu teilen, den ich hier mit meinem Tauschhandel erwerbe. Denk daran, bevor du uns alle beschämst.«

Sie errötete tief und ihre Augen flammten. »Du beschämst mich. Ich bin deine Frau. Ich werde deinen Samen verweigern.«

Sie wandte ihm den Rücken zu, starrte zu den Bergen in der Ferne und bemühte sich, ihren Zorn zu beherrschen. Ein paar Neugierige waren näher gekommen, beobachteten sie und lauschten. Kokopelli wollte sie demütigen, wollte, daß sie das Gesicht verlor – vor dem gesamten Dorf! Sie preßte die Jakobsmuschel ihrer Halskette mit beiden Händen an sich, strengte ihre Willenskraft an, um ihren Geist zu beruhigen. Sie würde nicht zulassen, daß Kokopelli sie demütigte. Nein, das würde sie nicht! Mit ihrer ganzen inneren Kraft rief sie die Geister jener an, die vor ihr die Sich Erinnernden waren, erflehte sie ihre uralte Weisheit.

Kokopelli stand da in seiner hochmütigen Haltung und schaute über seine Nase auf sie herab. Sie begegnete seinem Blick mit standhafter Festigkeit. Etwas flackerte in seinen Augen auf und verschwand.

Plötzlich *wußte* sie. Es war, als könne sie hinter seine Augen an einen geheimnisvollen Ort schauen. Sein Geist, sein wahres Selbst, wurde ihr enthüllt.

Er hatte Angst.

Das war die Erkenntnis.

Sie blickte in sein Gesicht, als sehe sie es zum ersten Mal. Die hohe Stirn, die schwarzen Brauen über den löwenfarbenen Augen, der hochmütige Schwung seiner Adlernase, nach unten gezogene, sinnliche Lippen, die schwarzen Punkte, die seine untere Gesichtshälfte schmückten – dasselbe Gesicht, das sich zum erstenmal in der Höhle über sie gebeugt hatte. Und doch nicht das gleiche. Es hatte sich kaum merklich verändert. Falten durchzogen sein Gesicht, die vorher nicht da waren; eine Starre um seine Augen, Spannung um seine Lippen. Etwas war mit ihm geschehen in den langen Monaten seiner Abwesenheit. Sie hatten ihn gealtert.

Er hatte Angst, alt zu werden, und er braucht Frauen, viele Frauen, um zu beweisen, daß das nicht so ist!

Sie wandte sich an Thorwald. »Bring mich fort.«

Einen Augenblick schauten beide Männer sich in wortlosem Einverständnis an. Schließlich sagte Thorwald: »Ich bringe sie zum nächsten Dorf und warte dort auf dich.«

Kokopellis nach unten gezogene Lippen wurden schmal. »Vielleicht brauche ich keine Gefährtin.«

Er langte in seinen Umhang, holte die Flöte hervor und setzte sie an die Lippen. Die Flöte gab eine Klangkaskade von sich, wie einen plätschernden, lustigen Wasserfall. Kokopelli machte auf dem Absatz kehrt und ging zurück zu den Leuten, die ihn lächelnd erwarteten.

»Wir gehen«, sagte Thorwald. Kwani stapfte neben ihm aus dem Dorf in den blauen Nachmittag hinein.

2

Kokopellis Entschluß fraß sich wie glühende Kohlen in Kwanis Brust. Sie hatte kein Verlangen nach einem anderen Mann. Wieso brauchte er andere Frauen zu seiner Befriedigung? Wenn er sie wirklich liebte, würde er dann eine andere Frau begehren? Geschäft hin oder her? Vermutlich hatte Kokopelli selbst die Idee seines »heiligen Samens« in die Welt gesetzt, der Fruchtbarkeit und Wohlergehen garantiert. Das gab ihm Gelegenheit, sich in jedem Dorf eine andere Frau zu nehmen. Sie schluckte einen Klumpen in ihrer Kehle hinunter.

Thorwald marschierte neben ihr, seine Augen wanderten über das Land, achteten auf jede Bewegung. Wenigstens hatte sie ihn, den Blauäugigen. Seine enorme Größe und sein Körperhaar und seine Donnerstimme hatte sie nicht erwartet, und der Raubtierblick seiner Augen gefiel ihr nicht. Aber sie fühlte sich in seiner Gegenwart sicher, und das tröstete sie. Sie wollte ihn über sein Volk und seine Heimat befragen, wenn sie das Dorf erreicht hatten und abends am Lagerfeuer saßen.

Thorwald blieb plötzlich stehen. »Sieh mal!«

Zwei Läufer tauchten von hinten auf. Sie schienen hinter etwas herzulaufen, das sie vor sich herstießen. »Sie machen ein Wettrennen. Sie laufen einem Ball nach, den sie aus Wurzeln und Hasenfellen gemacht haben. Sie stoßen den Ball an und laufen den ganzen Tag hinterher – Ball stoßen und rennen, Ball stoßen und rennen. Derjenige, der als erster ins Dorf zurückkehrt, erhält –«, er suchte nach dem richtigen Wort in Anasazi »– schöne Sachen... Decke, Halsband, Essen.«

»Aus welchem Dorf kommen sie?«

»Vermutlich aus dem, wohin wir wollen.«

Die Läufer verschwanden in der Ferne. Thorwald und Kwani hatten den Fluß hinter sich gelassen und befanden sich in einem sandigen Wüstencanyon. Es war heiß; der Schweiß lief über Thorwalds Gesicht und tropfte ihm aus dem Bart. Er hatte seinen Helm und das Hemd ausgezogen und in sein Bündel gestopft. Er trug Kwanis Gepäck immer noch. Sie hatte sich angeboten, es selbst zu tragen, doch er hatte gemeint »Ich trage es.«

Sie marschierten schweigend. Die Felswände, die das ausgewaschene Wüstental säumten, wiesen eine erstaunliche Vielfarbigkeit der Gesteinsschichten auf. An manchen Stellen schimmerten sie rosa und ocker, an anderen wieder hellgrün, mit dunklen Streifen durchsetzt. Der Wind trieb den Sand in kleinen, tanzenden Wirbeln vor sich her. Habichte kreisten in der Aufströmung.

Kwani wurde müde; ihre Sandalen waren fast durchgelaufen. Thorwald warf ihr gelegentlich einen Blick zu, aber sie redeten nicht miteinander.

Über fernen Tafelbergen ballten sich dunkle Wolken zusammen. Der Wüstenwind hatte sich gedreht; führte jetzt einen Hauch Kühle mit sich. Thorwald blieb stehen, um die Wolkenbildung zu beobachten und den Wind mit seinem Steuermannsinstinkt zu prüfen.

»Sturm kommt auf.« Er deutete auf die Wolken.

»Ich möchte Rast machen.«

»Nein.« Er schnupperte in den Wind. »Wir müssen das Dorf erreichen, bevor es Nacht wird.«

»Wo ist es?«

Er wies nach Südosten.

Sie zog eine Sandale aus. »Siehst du, wie dünn die Sohle ist? Meine Füße tun weh.« Sie ließ sich in den Sand plumpsen und rieb sich die Füße.

Thorwald warf ihr einen schiefen Blick zu. Widerspruch von Frauen war er nicht gewohnt, noch dazu von einer Skraeling. Er war versucht, weiterzugehen und sie zurückzulassen. Schließlich war sie Kokopellis Frau und Kokopellis Verantwortung! Wenn er aber seine Ziele erreichen wollte – dieses finstere, sengend heiße Land zu erforschen und zu besiedeln – dann brauchte er Kokopelli. Es wäre nicht klug, ihn gegen sich aufzubringen. Noch nicht. Und außerdem, diese Kwani...

Sie legte sich hin, schob beide Hände als Kissen unter den Kopf und schloß die Augen. Ihre Sandalen lagen neben ihr und ihre nackten, schmutzigen, kleinen Füße wirkten ganz hilflos. Einen Augenblick lang bebten die dunklen Wimpern an ihrer Wange, bevor ihre Augen sich öffneten und in seine starrten. Ihre blauen Augen.

Rasch bückte er sich und hob sie mit einem Schwung hoch. Und seine noch blaueren Augen trotzten ihren.

»Ich kann alleine gehen! Laß mich runter!«

»Hör auf, dich zu wehren, Skraeling. So kommen wir schneller voran.« Er klatschte ihr die Sandalen vor die Brust.

»Mein Name ist nicht Skraeling«, sagte Kwani erzürnt. Das Haar, das ihm vom Kinn hing, berührte ihre Stirn; sie wischte es fort. Es roch nach Schweiß.

Er marschierte schnell und sie schwankte bei seinen langen Schritten hin und her. Schnell bewegte sich der Boden unter ihnen, und Kwani mußte gestehen, daß sie Gefallen daran fand, nicht gehen zu müssen. Sie entspannte sich an seiner Brust und spürte, wie sein Griff unmerklich fester wurde.

Gewaltige schwarze Wolken, wie dunkle Schiffe trieben dicht über ihnen hin. Auf entfernte Tafelberge fielen graue Regenvorhänge und verhüllten sie. Donner grollte.

»Thor«, sagte er respektvoll. »Nach ihm bin ich benannt.«

»Wer ist Thor?«

Verächtlich schaute er auf sie herunter. »In meinem Land weiß jedes kleine Kind, wer Thor ist.« Wieder grollte der Donner. »Hörst du? Thor schlägt seinen Hammer.«

Kwani schwieg höflich. Sie hatte nicht vor, seine Worte in Zweifel zu ziehen. Etwas an diesem Verwandten (waren sie wirklich verwandt?) ließ sie verstummen.

Blitze zuckten in nächster Nähe und Donner krachte direkt über ihnen. Jetzt begann es in dicken Tropfen zu regnen – bald schüttete es so stark, daß man kaum etwas sehen konnte. Wieder zuckte ein Blitzgeflecht zur Erde und der Sturm stieß sie mit mächtiger Faust. Aus der Ferne war ein seltsames Geräusch zu hören, ein unheilvolles, mächtiges Rauschen.

Thorwald begann zu laufen, und ihre Arme klammerten sich um seinen Hals, ihr Gesich vergrub sich in seinen verschwitzten Bart. Im Laufen hüpften sein Bogen und sein schweres Bündel auf und ab. Vor ihnen stieg ein Hügel an. Loser Sand und Geröll auf felsigem Untergrund, Unebenheiten, Kakteen, Dornengestrüpp und Felsbrocken erschwerten ihm das Vorwärtskommen. Thorwald rutschte beim Klettern aus; Kwani hörte seinen keuchenden Atem und sein klopfendes Herz, als er versuchte, dem zu entkommen, was immer sie verfolgte.

»Was ist das?« schrie sie.

»Wasser.«

Er kletterte den Hügel hinauf und die Flut toste knapp unter ihnen vorbei. Gestrüpp, abgerissene Äste und ertrunkene Tierkadaver in ihrem Sog mit sich reißend – Echsen, Mäuse, ein Dachs mit zerschmettertem Schädel. Das Treibgut wirbelte in der Gischt und wurde von den schlammigen Fluten verschluckt.

Thorwald setzte sie ab und kletterte höher; sie folgte ihm. An einer Höhle unter einem Felsüberhang hörten sie ein Schnarren; in der Höhle lagen mehrere Klapperschlangen zusammengerollt, eine ergriff schlängelnd die Flucht.

Thorwald zückte seine Axt.

»Nein!« schrie Kwani. Schlangen waren heilig. Sie zu töten, würde die Götter erzürnen.

Doch die mächtige Axt sauste nieder, einmal, zweimal, und zerhackte die sich windenden Schlangenkörper. Kwani sah mit entsetzensweiten Augen, wie Thorwald die blutigen Stücke den Abhang hinunter warf. Sicher nahmen die Götter furchtbare Rache! Sie mußte um Vergebung bitten.

Sie stand hoch aufgerichtet mit geschlossenen Augen, bemühte sich um Kommunikation mit den erzürnten Gottheiten und begann einen flehenden Sprechgesang.

Der Nordmann, der Blauäugige
ist ein Fremder hier. Vergebt ihm!
Vergebt ihm, denn er wußte nicht,
daß eure Heiligkeit, euer Heiliges Wesen
in Schlangenform lebt.
Vergebt ihm! Vergebt auch mir,
Denn er ist mein Verwandter.

Sie unterbrach, von Zweifel überkommen. *War er das wirklich?*

In der Höhle sank sie zu Boden, die blutigen Stellen vermeidend, wo die Schlangen gelegen hatten. Ihre Sandalen waren von der Flut fortgespült worden. Sie hätte am liebsten geweint, wollte ihren Mund zu einer lauten Klage öffnen, doch sie biß sich auf die Lippen und kuschelte sich in ihr triefendes Kleid, weigerte sich, Thorwald anzusehen. Der Regen floß wie ein Wasserfall von dem Überhang und schirmte sie vollkommen in der Höhle ab.

Plötzlich ließen sich die Tränen nicht mehr zurückhalten. Sie flossen über und Kwani schluchzte vor Schwäche und Beklommenheit und Furchtsamkeit und wegen allem, was ihr in der Vergangenheit zugestoßen war und allem, was die Zukunft bringen würde und allem, was sie noch nicht wußte.

Thorwald schnaubte angeekelt. »Du solltest froh sein. Du könntest auch tot sein. Vielleicht willst du lieber da unten in der Flut ersaufen, wie?«

Er stand über ihr. Die Axt in seiner Hand schwang bedrohlich nah vor ihrem Gesicht. Die scharfe Klinge war blutverschmiert. Kwani sah sich in Stücke geschnitten, den Abhang ins Wasser hinunterrollen. Es wäre ganz einfach für ihn; und wer würde es wissen? Die Flut würde alle Spuren wegwaschen. Übelkeit und Angst stiegen in ihr hoch.

Thorwald sah, wie sie die Axt anstarrte und wandte sich ab. Erschreckt schaute sie ihm nach. Hatte er sie mit dieser blutigen Waffe bedroht? Der Zweifel begann wie ein Schwamm aufzuquellen. Wer war dieser Mann eigentlich?

Er warf seine durchweichten Kleider ab und hängte sie an Zacken, die aus der Felswand ragten. Er bewegte sich mit der Selbstsicherheit eines Tieres. Und Kwani staunte wieder über seinen behaarten Körper. Ihr Volk war glatt und sauber, nicht haarig wie die Hunde. Von der Brust bis hinunter zu seinem Mannesglied war er zottig behaart, und seine Männlichkeit war umgeben von einem kraushaarigen Wuschel. Zu ihrem Erstaunen war das nicht größer als Kokopellis, obgleich der Körper des Blauäugigen wesentlich größer war. Jetzt begann das Glied des Hünen anzuschwellen.

Erwartete er etwa, daß sie sich paarten? Kein Verwandter würde das älteste aller Tabus brechen. Sie fürchtete sich aber vor den Folgen, wenn sie sich ihm verweigerte. Ihre Gedanken suchten fieberhaft nach einer Lösung.

Dieser Mann ist gefährlich. Wenn ich ihm das nicht bestätige, fühlt er sich gezwungen, es zu beweisen. Er hat mich vor dem Wasser gerettet. Ich muß davon sprechen. Ich muß ihm danken. Ich muß in ihm den Wunsch erwecken, mich beschützen zu wollen.

»Du hast recht, Thorwald. Ich könnte tot sein, und du hast mich gerettet. Du bist mutig. Und stark.« Sie erhob sich und schaute ihn vertrauensvoll an. »Ich bin dir dankbar für deinen Schutz.«

Seine Augen blitzten. »Zieh deine nassen Sachen aus, Skraeling.«

Sie entgegnete mit sanfter Stimme: »Ich heiße Kwani.«

»Du bist ein Skraeling. Zieh deine Kleider aus.«

Langsam entledigte sie sich ihrer durchweichten Kleidung und stand nackt vor ihm. Sie legte beide Hände um ihren Bauch. »Du hast auch mein Kind gerettet.«

Er hob sie mit einem Schwung in seinen Arm und hielt sie einen Augenblick vor sich. Er beugte sich und rieb seinen Bart an ihrem Bauch.

»Ich schenke deinem Kind einen Bruder«, lachte er und musterte sie anerkennend. Dann rieb er seinen Bart wieder an ihrem Bauch. »Freust du dich auf deinen neuen Vater, ja?« Er nahm eine rosige Brustspitze in den Mund und lutschte lüstern daran. Sein Haar wischte ihr übers Gesicht, sie zog ihn daran. Er hob den Kopf.

»Habe ich dem Kleinen Milch weggenommen?« kicherte er und trug sie zu einer Nische der Höhle.

Sie hielt ihn von sich. »Ich bin Kokopellis Gefährtin.«

»Kokopelli paart sich mit einer anderen. In jedem Dorf eine andere. Jetzt paarst du dich mit mir.«

»Aber mein Kind... es kommt bald.«

»Hat es dem Kind weh getan, als du dich letzte Nacht mit Kokopelli gepaart hast? Ha!«

Sie blickte vielsagend auf seine Männlichkeit, die jetzt ganz angeschwollen war. »Aber er ist nicht so groß wie du«, log sie.

Er lächelte stolz. »Ich paare mich mit vielen Frauen, Skraeling. Ich weiß, wie man das macht.«

»Ich möchte mich nicht mit dir paaren.«

»Aber *ich* möchte.« Er spreizte ihre Beine.

»Ich werde Kokopelli davon erzählen.«

»Nicht, wenn meine Axt dich zum Schweigen bringt.«

»Kokopelli würde es bemerken.« Sie schob ihn von sich.

»Wenn es ihm nicht paßt, nehme ich seinen Kopf.« Er fuhr sich mit einem Finger quer über die Kehle.

Kwani starrte ihn an, dann den Felsüberhang. Sie dachte

an einen anderen Felsvorsprung, wo ein Puma auf der Lauer gelegen hatte. Nun beugte sich dieser Mann in den Farben eines Puma über sie, mit steif aufgerichtetem Glied; diesmal war er es, der den Speer trug. Schlau sagte sie »Warte! Die Frauen im nächsten Dorf werden geehrt sein, wenn du dich mit ihnen paarst. Dort brauchst du nicht mit deiner Axt zu drohen, damit eine Frau sich mit dir paart.«

Das saß. Er hockte sich auf die Fersen, sein Blick war verhangen. Nie zuvor hatte er es nötig gehabt, einer Frau mit seiner Axt zu drohen, um sie sich gefügig zu machen. Wenn er sie mit Gewalt nahm und sie Kokopelli davon erzählte... Aber ein Axthieb genügte, und er konnte sie hier begraben und keiner würde davon erfahren; er konnte sagen, sie sei in der Flut ersoffen und weggespült worden. Aber er wollte sie gar nicht töten. Er wollte sich mit ihr paaren. Oft.

Er wollte warten. Seine Zeit würde kommen.

Sie spürte seine Unentschlossenheit. »Ich mache mir jetzt neue Sandalen. Wenn ich mich beeile, können wir vor Einbruch der Dunkelheit aufbrechen. Schau, der Regen hat aufgehört.« Sie griff nach seinem Bündel, in dem auch ihres steckte.

»Nein! Laß die Finger von meinen Sachen!«

Er ging mit der Axt nach draußen und kam mit einer ganzen Yuccapflanze wieder, die er knapp über der Wurzel abgehackt hatte und warf sie auf den Boden.

»Ich brauche mein Messer, um die Blätter aufzuschlitzen.«

Mit einem gemurmelten Fluch zerrte er ihr Bündel aus seinem, warf es ihr vor die Füße und ging nach draußen.

Kwani schaute ihm nach. War das der Beschützer, auf den sie voll Sehnsucht gewartet hatte? Dieser Mann war ein Raubtier. Er hatte sie mit seiner blutverschmierten Axt bedroht, um sie zu zwingen, sich mit ihm zu paaren. Sie hatte ihm vertraut und an ihn geglaubt – und war gemein hintergangen worden. Am liebsten hätte sie vor Zorn und Beschämung laut geschrien, doch sie schluckte ihre Gefühle hinunter und drückte die Muschel an ihre nackte Brust.

Nie wieder würde sie einem Mann glauben, bis sie hinter seine Augen geschaut hatte, an den Ort, wo sein Geist wohnte; bis sie sein geheimes Inneres, sein wahres Selbst erkannte.

Thorwald saß draußen unter dem Felsdach. Das Wasser der Flut war wieder gesunken; als habe es nie eine Flut gegeben. Er legte seine und ihre nassen Kleider zum Trocknen in die Sonne. Wenn sie die Sandalen vor Einbruch der Dunkelheit fertig hatte, würden sie aufbrechen. Aber er wußte nicht genau, wie weit es noch bis zum Dorf war. Er wanderte in dieser Gegend nicht gern nachts, auch nicht bei Mondschein. Gestern nacht hatte sich etwas in den Büschen bewegt. Oder hatte er sich das nur eingebildet?

Beim Gedanken an letzte Nacht ballte er die Faust. Er war zehnmal besser als Kokopelli; warum sollte Kokopelli diese Kwani alleine besteigen? Eines Tages würde *er* sie nehmen, und sie würde froh darüber sein! Aber Kwani war nicht wie andere Frauen, die er kannte. Irgendwie fühlte er, daß sie ihn ausgetrickst hatte und in seinem Innern wußte er, daß sie ihre Drohung wahrmachen und Kokopelli alles erzählen würde.

Er wollte endlich zurück zu seinem Lager.

Das Schiff, das seine Männer bauten, mußte bald fertig sein. Seine zwei Männer und die Leibeigenen konnten es sicher kaum erwarten, Segel zu setzen. Sie würden auf seine Rückkehr warten, weil sie von ihm bezahlt wurden; aber das Unbehagen nagte an ihm. Sollten die Männer dennoch ohne ihn in See stechen, wäre er in dieses primitive Land verbannt, weit entfernt von seinem geliebten Nordland, seinen zwei drallen Ehefrauen, seinen Kindern (beim letzten Zählen waren es sieben) und seinem Haus, den Pferden und Wagen und den schönen Gewändern und den Juwelen und seinem stets gefüllten Trinkhorn.

Er dachte an das Lager weit im Südosten, am Zusammenlauf zweier Flüsse zwischen grünen Hügeln, wo seine Vorfahren vor Jahrhunderten gewesen waren und Inschriften in einen Stein gemeißelt hatten. Wie wenig hatten sie doch entdeckt, wie wenig wußten sie von der Weite, der unendlichen Vielfalt dieses Landes!

Er hatte viel zu erzählen, wenn er in die Heimat zurückkam! In künftigen Jahren würden Balladen von ihm in den großen Burgen seiner Heimat gesungen. Er sah sich selbst im Speisesaal auf dem erhöhten Ehrenplatz sitzen.

Eine weise Entscheidung, Kokopelli zu überreden, ihn als Reisebegleiter mitzunehmen. Dadurch konnte er wichtige Erkenntnisse für König und Vaterland erwerben – und zugleich Reichtum für sich selbst anhäufen. Türkise! Türkise waren selten in seinem Vaterland. Er war verblüfft und neiderfüllt über die Menge Türkise, die Kokopelli bei seinen Handelsreisen erwarb.

Ein Kojote jagte einen Hasen einen sandigen Abhang hinab und trabte mit der Beute zwischen den Fängen außer Sicht.

Thorwald bewunderte Kojoten, die ihre Beute solange verfolgten, bis sie ihre Fänge in ihr Fleisch schlagen konnten. Ich werde es genauso machen, dachte Thorwald. Ich werde mir Kokopellis Reichtum aneignen – und seine Gefährtin. Er malte sich das namenlose Staunen der Leute in seiner Heimat aus, wenn er nach so langer Zeit mit Reichtümern heimkehrte, von seinen großen Taten zu berichten wußte und mit einer Frau an seiner Seite, wie sie kein Normanne je gesehen hatte. Kwani.

Mit dieser Zuversicht konnte er den wahren, verschwiegenen Grund vergessen, weshalb er Unsterblichkeit in der Erforschung fremder Länder suchte, statt Länder zu erobern und zu plündern, die den Annehmlichkeiten der Heimat näher lagen. Er war weit genug gereist, um sein Geheimnis zu vergessen, das ihn immer noch quälte.

Kokopelli lag auf der Matte neben der Frau, die er für diese Nacht erwählt hatte und brannte innerlich vor Scham. Wie konnte er erklären, was nie zuvor geschehen war? Mitten in der Paarung, als sie nach ihm schrie, sackte seine Männlichkeit in sich zusammen. Es bedurfte all seiner Bemühungen und ihrer verzweifelten Liebkosungen, um ihn wieder zum Mann zu machen.

Doch er wußte die Erklärung. Kwani. Sie war mit Thorwald allein... er hatte die Situation nicht gut gemeistert. Die Sache war ihm nicht aus dem Kopf gegangen. Der Handel war ohnehin mager in diesen Dörfern am Fluß. Warum hatte er darauf bestanden, hier Handel zu treiben?

Er erhob sich und zog seine Kleider an, das Mädchen sah ihm dabei zu. Die Menschen dieser Stämme im Norden konnten einen unsichtbaren Vorhang zwischen ihren Gefühlen und der Außenwelt herablassen. Man wußte nie, was sich hinter diesem Vorhang abspielte. Eins aber war sicher; so etwas durfte sich niemals wiederholen; er machte sich zum Gespött der Leute. Er mußte sich etwas ausdenken, um dieser Schmach zu entgehen.

Das Mädchen schaute ihn unbeirrt an. Er sagte: »Ich mache dir ein Geschenk.«

Er kramte in seinem Bündel und holte einen Armreif hervor, der aus einem einzigen Muschelstück geschnitten war. »Dieses Geschenk erhältst du, weil du die letzte von Kokopellis Erwählten bist. Keine andere Frau wurde je so geehrt.«

Er schob ihr den Armreif über die Hand, der sich leuchtend weiß gegen ihre braune Haut abhob. »Hiermit soll alle Welt wissen, daß du die letzte bist, die von Kokopelli erwählt wurde. Die Götter haben gesprochen«, schloß er seine Rede würdevoll.

»Von heute an und für immer werden die starken Kräfte meines Samens in meine Flöte übergehen. Wo immer meine Flöte ertönt, dort wird Fruchtbarkeit und Wohlergehen herrschen.« Sie hörte zu, ohne ihren Gesichtsausdruck zu verändern.

Er warf sich den Umhang über die Schultern und trat ins Freie. Welch geniale Idee! Die Götter dienten ihm als Entschuldigung! Natürlich würde er wieder wählen ... gelegentlich. Aber er würde den Göttern hinterher angemessene Opfer bringen. Nun war seine Flöte ebenso heilig wie er selbst, er hatte die Katastrophe abgewendet.

Es war tiefe Nacht, zu spät, um aufzubrechen. Auf dem Platz brannte noch ein Feuer, um das ein paar Jäger saßen, die sich ihre Jagdgeschichten erzählten und den kräftigen Regen priesen. Vielleicht war die lange Dürre vorüber. Gottlob.

Kokopelli gesellte sich zu ihnen und verkündete ihnen den Beschluß der Götter. Morgen um diese Zeit würde jedes Dorf am Fluß und auch anderswo, wissen, daß die Götter die Kräfte von Kokopellis Samen in seine Flöte versenkt hatten.

Später, als er in der Kiva des Clanhäuptlings lag, konnte Kokopelli keinen Schlaf finden. Draußen erfüllten die Stimmen der Kröten die Nacht; sie hatten sich nach dem Regen aus dem Sand geschaufelt und quakten unablässig. Wo waren Thorwald und Kwani? Was machten sie jetzt? Er kletterte die Leiter hinauf und starrte in die Dunkelheit. Die Kröten verhöhnten ihn, und erzählten ihm und unter sich, daß seine Gefährtin Kwani mit einem anderen lag. Einem jungen Mann. Stark, viril. *Jung.*

Unbehangen nagte in seinen Eingeweiden.

3

Durch die Höhlenöffnung drang Morgenlicht, als Kwani erwachte. Sie hatte die Sandalen fertig geknüpft, ihre Kleider waren trocken, doch es war zu spät zum Aufbruch gewesen. Thorwald hatte draußen genächtigt, Axt und Bogen neben sich. Sie stand auf und ging hinaus. Thorwald war dabei, auf Händen und Knien den feuchten Boden in einiger Entfernung zu untersuchen.

Sie setzte sich unter das Felsdach und blickte in die Ferne. Zu beiden Seiten der weiten Schlucht, die sich durch die Tafelberge schlängelte, erhoben sich Felswände; hie und da ragten bizarre Felsformationen aus der Schlucht auf, rätselhafte Gebilde, einsame Behausungen boshafter Geister.

»Kwani!« Thorwald kam zur Höhle. »Wir brechen auf.« Er packte ihr Bündel in seines und begann den Hügel hinunterzusteigen, ohne darauf zu achten, ob sie folgte. Rasch warf sie noch einen Blick in die Höhle, um nachzusehen, ob sie irgend etwas vergessen hate. Die Morgensonne erleuchtete einen Fleck an der Wand, der zuvor im Schatten gewesen war. Kwani stockte der Atem.

In den Fels geritzt war die heilige Gestalt der Gehörnten Schlange, umgeben von anderen Gottheiten. Diese Höhle war ein heiliger Ort, dem Schlangengott geweiht! Deshalb hielten die Klapperschlangen sich hier auf – die Thorwald in Stücke gehackt hatte.

Sie stand starr. *Welche furchtbare Rache würden sie nehmen?* Sie wollte bleiben und Gesänge und Opfer bringen. Doch Thorwald ging bereits in großen Schritten die Schlucht entlang. Sie rannte hinter ihm her.

»Die Höhle ist ein heiliger Ort! An der Wand war eine Zeichnung der Gehörnten Schlange. Deshalb waren die Klapperschlangen dort.«

Thorwald achtete nicht auf sie. Sein Gesichtsausdruck war finster, seine Augen wachsam. Gelegentlich warf er einen Blick über die Schulter. »Vergiß die Schlangen. Wir werden nicht von Schlangen verfolgt.« Sie dachte daran, wie er den Boden untersucht hatte. Fußspuren! Sie schluckte. »Wer, glaubst du, verfolgt uns?«

»Ein Feind. Der sich versteckt.«

»Wer?«

»Ein Anasazi. Dein Feind.«

Sie blieb stehen. »Aber der Medizinhäuptling ist tot.«

»War er dein einziger Feind?«

»Tiopi...«

Er schnaubte. »Die Fußspuren stammen nicht von einer Frau.« Er schaute sie an. »Hast du dich noch einem Mann verweigert? Ist der vielleicht dein Feind.«

Sie trotzte seinem Blick. »Heißt das, du könntest auch mein Feind sein?« Sie hob ihr Kinn und sah ihn unverwandt an.

»Nein, aber ich bin Nordmann. Er ist Skraeling.«

Sie blitzte ihn wütend an. »Ich paarte mich mit dem Vater meines Kindes. Er war der einzige außer Kokopelli –«

»Sonst wollte keiner was von dir?«

Sie hätte sich am liebsten mit einem Wutschrei auf ihn gestürzt und ihm das haarige Gesicht zerkratzt. Statt dessen zwang sie sich zu einem Lächeln. »Du bist jedenfalls nicht der Erste.«

Sie wußte, daß er sie immer noch begehrte. Ja, sie hatte recht. Er lachte sein dröhnendes Lachen und gab ihr einen Klaps auf den runden Hintern.

Der Mann folgte so dicht er es wagen konnte. In diesem breiten Canyon war es schwierig, sich bei Tag zu verbergen, aber er wußte nicht, wohin Kwani und der Mann wollten, und er durfte sie nicht aus den Augen verlieren. Es hing zu viel davon ab, daß er sein Ziel erreichte.

Er kauerte sich hinter ein Gestrüpp, beobachtete sie aus der Ferne, bis sie hinter einer hohen Felsnase verschwanden. Als er sicher war, daß sie ihn nicht entdecken konnten, folgte er behende und lautlos.

Kokopelli ging rasch. Er kannte diesen Wüstencanyon und hatte Respekt davor. Die Luft war frisch nach dem Regen, duftete nach Salbei und Sumach und zahllosen anderen würzigen Stauden, viele waren dornig, manche blühten. Und alle waren sie den Bewohnern dieser Gegend wohl bekannt. Er blickte zur Sonne und beschleunigte seine Schritte. Thorwald und Kwani waren unterwegs zum nächsten Dorf im Osten. Jetzt war Gelegenheit, das zu tun, was er allein und ohne Zeugen tun mußte.

Er hielt sich nach Süden auf die Große Stadt zu, die vor vielen Jahren von den Pochtecas erbaut worden war, toltekische Händler wie er selbst, die die Bauarbeiten der ansässigen Handwerker überwachten und ihnen viel beibrachten. Es war einmal eine prächtige und bedeutende Stadt gewesen. Angehörige vieler Stämme kamen von weit her, um Handel zu treiben und an Vergnügungen teilzunehmen, Würfelspiele, Festmähler und Zeremonien. Aber das war lange her. Zu einer Zeit, bevor die Regenfälle aufhörten, bevor Krankheit und Hungersnot die Bewohner vertrieben. Nun glaubte man, die Stadt sei von bösen Geistern heimgesucht. Lediglich sein alter Freund, der greise Sonnenhäuptling, wohnte noch in den alten Gemäuern.

Kokopelli erreichte eine der vielen pfeilgeraden Straßen, die strahlenförmig zur Großen Stadt führten; Tausende von Sandalen hatten die Straße festgetrampelt. Er wünschte, er hätte die glorreichen Tage des Pochteca erlebt. Als Handelsmann wäre er vermutlich Freund eines Königs gewesen, wäre mit einem Gefolge aus Rufern, Dienern und Musikanten gereist. Er sah sich in königlichen Gewändern, einen verzierten Stab in einer, einen juwelenbesetzten Fächer in der anderen Hand, während Sklaven sich unter der Last seiner Waren krümmten.

Musikanten hätten seine Ankunft verkündet und Marktschreier die Güte seiner Waren gepriesen: lebende Papageien in Käfigen, Muscheln aus fernen Meeren, Salz in Lederbeuteln, Feuersteine, glitzernder Obsidian, Kupferschellen, bunte Perlen und magische Substanzen zur Heilung oder um Flüche auszusprechen.

Vor ihm lagen die Mauern der Stadt in der Sonne. Am Heiligtum von Masau'u blieb er stehen und fügte der Pyramide einen weiteren Stein hinzu. Dann setzte er die Flöte an und begann zu spielen. Sollte der alte Häuptling noch am Leben sein, würde er ihn willkommen heißen. Sie hatten sich viel zu erzählen!

Er betrat die Stadt mit ihren schnurgerade ausgerichteten Steinmauern. Er wanderte durch leere Gassen, stieg Leitern hinauf und hinunter, ging von Raum zu Raum bis zum Haus seines Freundes.

Im Eingang blieb er erstarrt stehen. Eine Ratte huschte von verstreuten Knochen weg. Nur ein paar Kleiderfetzen, Tonscherben und andere zerstörte Gegenstände lagen herum. Eine grausame, schändliche Entweihung hatte hier stattgefunden.

Er bückte sich, um die Fußspuren zu untersuchen. Apachen. Und Anasazi! Daran gab es keinen Zweifel. Die Fußspuren der Apachen waren älter, kaum sichtbar. Die Anasazi waren neueren Datums, vielleicht ein paar Wochen alt. Kein Anasazi würde eine solche Schandtat begehen. Das mußten Apachen gewesen sein. Aber wenn der Anasazi später kam, warum gewährte er den heiligen Überresten eines Sonnenhäuptlings nicht die ihm angemessene Bestattung?

»Ich bette dich zur Ruhe, ehrwürdiger Greis.«

Mit seinem Spaten aus Büffelhorn legte er die Steine des Bodens frei und schaufelte eine flache Grube. Behutsam ordnete er die sterblichen Überreste und bettete sie in das Grab, schaufelte es zu, trat es fest, sang ein Totengebet und legte die Steine wieder darüber, so wie sie waren.

»Jetzt kannst du ruhen, alter Häuptling.«

Er ging zurück durch verlassene Räume und Korridore und erreichte schließlich die große Kiva, einen langgestreckten, rechteckigen Raum majestätischer Proportionen, mit mächtigen Steinsäulen und hohen Wänden, in die Nischen und Sitzgelegenheiten eingebaut waren. In seiner Mitte befand sich eine Vertiefung für die Donnertrommel. Er hatte den Häuptling gut entlohnt dafür, daß er seine Wertgegenstände an diesem erhabenen Ort aufbewahren durfte.

Die leere Grube der Donnertrommel war mit einer flachen Steintafel bedeckt. Kokopelli schob sie beiseite. Dort stand es unversehrt – ein großes Tongefäß mit einem Deckel. Er hob den Deckel hoch und griff hinein. Alle seine Kostbarkeiten waren noch da. Glänzende Brocken Türkise und verzierter Türkisschmuck, auch lange Schnüre, an denen die kostbaren Steine gefädelt waren. Ein Vermögen. Und er würde dafür Sorge tragen, daß sein Lastenträger nichts davon erfuhr.

Mit Thorwald hatte er so seine Bedenken. Gewiß, der Hüne hatte ihm das Leben im Schnee gerettet. Er hatte eingewilligt, als Thorwald sich ihm als Begleiter auf seinen Handelsreisen anbot, um ihm Gelegenheit zu geben das Land zu erkunden, während sein Schiff gebaut wurde. Die Zeiten waren unsicher geworden, man reiste nicht mehr so unbeschwert wie früher, Thorwald und seine Waffen würden sich nützlich erweisen zur Verteidigung gegen vagabundierende Stämme aus fernen Orten, Stämme, die nichts von Kokopelli und seinen Künsten und seiner Magie gehört hatten. Doch Thorwalds Waffen konnten sich auch gegen ihn, Kokopelli, richten. Er hatte die Habgier in seinen Augen funkeln sehen, als er einmal den Inhalt seines Bündels neu ordnete.

Kokopelli entrollte sein Quipu, das er in einem lohnenden Tauschhandel weit im Südosten von seiner Heimat erstanden und das ihm gute Dienste geleistet hatte. Ein dickes Fransentuch in der Länge einer Armspanne aus vielen bunten Schnüren; in jede dieser Schnüre waren Knoten verschiedener Größen und in unterschiedlichen Abständen geknüpft. In dieses Quipu trug er Aufzeichnungen über seinen Besitz, Informationen über Orte, Daten und andere wichtige Begebenheiten ein.

Die hellgrüne Schnur in der Farbe junger Frühlingstriebe war die Schnur für das Versteck in der Großen Stadt. Er fügte einen kleinen Knoten hinzu, der das Bergen seines Schatzes aus dem Versteck verdeutlichte, daneben zwei weitere, dicht nebeneinanderliegende für den Zeitpunkt der Entnahme.

Nun mußte er noch aufzeichnen, daß er die Türkise in sein Reisebündel übernommen hatte. Er fand die rote Schnur mit vielen Knoten, die Zugänge und Abgänge aufzeigte, fügte einen dicken Knoten hinzu, rollte das Quipu eng zusammen und verschnürte es mit einem Riemen.

Den Inhalt des Gefäßes verstaute er in einen Lederbeutel, den er zu diesem Zweck mitgebracht hatte; sodann verstaute er Beutel und Quipu zuunterst in sein Reisebündel, stellte das Gefäß an seinen Platz zurück und schob die Steintafel darüber. Vielleicht brauchte er dieses Geheimfach in Zukunft noch einmal, wenn er sich dazu entschließen sollte, wieder Handel zu treiben. Wer kannte die Entscheidung der Götter?

Bevor er aufbrach, setzte er sich auf den Fußboden und hing seinen Gedanken nach. Der Schnee im letzten Jahr... Es war zu spät gewesen, um die hohen Gebirgspässe zu überwinden. Er erinnerte sich, wie er durch dichtes Schneegestöber gestapft war, vergeblich bemüht, den Papagei unter seinem Umhang am Leben zu erhalten; wie er den steifgefrorenen Kadaver in seinem bunten Federkleid begrub. Dann hatte die Schwäche ihn übermannt... Er schlief ein und erwachte in Thorwalds Lager. Thorwald war zur Jagd gegangen und hatte ihn gefunden – halb erfroren. Von diesen Strapazen hatte er sich nicht vollständig erholt. Seine Knochen schmerzten, wo sie nie zuvor geschmerzt hatten. Er fühlte sich alt.

Er war geblieben, um Kwanis Leben zu retten und sie zum Adlerclan zu bringen. Er hätte den Winter beim Clan verbringen sollen. Aber er wollte Handel treiben; er wollte mehr Reichtum für sich selbst. Und für Kwani, seine Geliebte.

Ja, er liebte sie, trotz ihres ungebührlichen Trotzes. Diese blauen Augen bohrten sich in seine Seele. Glaubte sie denn, bloß, weil sie die Sich Erinnernde des Adlerclans war, sei sie Kokopelli ebenbürtig? Ha! Wenn sie in Tula angekommen waren, würde sie schnell begreifen, wo ihr Platz war. Da hatte es sich ausgespielt mit dem Gehabe der Sich Erinnernden. So etwas gab es bei seinem Volk nicht.

Aber er liebte sie – trotz Okalakes Kind, trotz allem. Sie hatte sich in seine Seele gegraben, sie war ihm in seinen Träumen erschienen, hatte ihn mit ihrer Schönheit, ihrem Geist in

Bann gezogen. Und dennoch, gerade ihr Freigeist irritierte ihn, diese Aufsässigkeit, ihr Anspruch auf Ebenbürtigkeit, ja sogar Überlegenheit. Zorn stieg in ihm hoch, in der Erinnerung, wie sie sich ihm widersetzt hatte und mit Thorwald fortgegangen war.

Er würde sie kein zweites Mal mit dem Nordmann alleine lassen.

Kwani schleppte sich verdrossen hinter Thorwald her. Es war heiß, sie war hungrig und fühlte sich ungeschützt und ängstlich in dem breiten, steinigen Canyon, wo ferne Tafelberge einen einsamen Horizont berührten. Ein Adler ließ sich mit den Aufwinden hoch in das Blau hinauftragen. Weite Schwingen trugen ihn mühelos, wohin er wollte. Sie beneidete ihn. Vielleicht dauerte es noch Tage, ja Wochen, bevor sie Thorwalds Lager erreichten. Und Kokopellis Heimat war noch viel weiter entfernt.

Kokopelli. Hatte er die Wahrheit gesprochen, als er sagte, er brauche keine Gefährtin? Wenn er sie verließ, was dann? Dann war sie allein mit diesem Nordmann, der vor ihr her stapfte, und bei jedem Schritt seine furchterregende Axt hin und her schwang. Der würde vermutlich nicht zögern, sie im Stich zu lassen. Ihr ganzes Leben hatte Kwani sich nach Liebe, nach Geborgenheit, einem Heim und Kindern gesehnt. Sie hatte geglaubt, beides endlich gefunden zu haben. Jetzt schien ihr alles fraglich geworden zu sein. Angst nagte an ihrem Herzen.

Sie passierten einige seit langem verlassene, verfallene Siedlungen. »Bist du diesen Weg schon einmal gegangen?« fragte sie in der Hoffnung, Thorwald wußte, wohin er ging.

»Natürlich«, schnaubte er. »Das ist Kokopellis Handelsweg. Wir kamen hier entlang, als wir dich holten.«

Kokopelli hatte einen weiten Weg zurückgelegt, um ihr den Blauäugigen zu bringen. Er hatte ihr das Leben gerettet, er liebte sie. Natürlich würde er sie nicht verlassen. Vielleicht wurde alles anders, wenn sie erst einmal sein Haus in Tula (wo immer das sein mochte) erreichten, wenn er bei seiner Familie und in seiner vertrauten Umgebung war... Dann würde alles gut werden. Ja, das würde es.

Sonnenvater stieg höher; die Hitze wurde unerträglich. Die Farben des Canyon – rostbraun, gold, grün, grau – verblichen im grellen Licht von Sonnenvater. Selbst der Wind hatte sich gelegt.

»Wo ist die Große Stadt?«

Er deutete nach rechts. »Weit dort hinten. Wir gehen aber nicht hin.«

»Wann kommen wir in das Dorf, in das wir wollen?«

Er blinzelte in die Sonne. »Bald.«

»Du gehst so schnell. Geh bitte langsamer.«

Er warf ihr einen kalten Blick zu. »Nein.«

Sie blieb stehen und hob den Kopf zu dem kreisenden Adler hinauf, der über den Tafelbergen schwebte, und befahl ihrem Geist, sich mit ihm in die Lüfte zu erheben. Wenn ihr Geist frei war, würde ihre Erschöpfung nachlassen.

Thorwald wandte sich ungeduldig nach ihr um. »Komm.«

Sie stand unbeweglich und sah dem Adler zu.

»Komm!« wiederholte er.

Sie achtete nicht auf ihn, blickte weiterhin in die Höhe, nahm Verbindung auf mit dem schwebenden Vogel und befahl ihrem Geist, mit ihm zu fliegen.

»Ich sagte, du sollst kommen.« Er packte ihren Arm und wirbelte sie herum.

Sie riß sich los und funkelte ihn wütend an. »Ich gehe und komme, wann ich will.«

Er schwang seine Axt hin und her und bohrte seine blauen Augen in ihre. »Ich bin Thorwald, ich bin Nordmann vom Meer der Aufgehenden Sonne. Wenn ich sage komm, dann kommst du.«

Seine Pranke umfing ihren Arm, und er schob sie vor sich her. Sie stolperte, schlug beinahe der Länge nach hin und versuchte, ihren Arm zu befreien.

»Laß mich los!«

Plötzlich lachte er und löste seinen Griff. Er mußte einfach über diese kleine Furie lachen, die es wagte, sich ihm zu widersetzen.

Rauchwolken stiegen in der Ferne auf. Rauchsignale. Man beobachtete sie von den fernen Tafelbergen. In der

Nähe spendete ein verkrümmter Wacholderbaum etwas Schatten. Kwani schleppte sich zu ihm und setzte sich.

Thorwald brummte verdrießlich in seiner fremden Zunge. »Wir machen jetzt nicht Halt.«

Kwani bedachte ihn mit einem hochmütigen Blick und antwortete nicht.

Er beugte sich über sie. »Keine Rast!«

Sie deutete auf die schwachen Rauchkringel am Himmel. »Man hat uns gesehen. Späher sagen den Dorfbewohnern, daß wir kommen. Geh und sage dem Clanhäuptling Bescheid, daß die Sich Erinnernde hier auf ihn wartet.« Sie streckte die Hand aus. »Gib mir mein Bündel.«

Seine blauen Augen verdunkelten sich. Er schaute zu den fernen Signalen hinüber, dann wieder zu ihr, holte ihr Bündel aus seinem Sack und warf es ihr vor die Füße. »Ich laß dich hier, Skraeling. Für die Geier.«

»Sage dem Häuptling, er soll Träger bringen. Ich werde nicht weiter gehen.«

Er schnaubte verächtlich und entfernte sich. Sie lächelte ihm grimmig hinterher. Er hatte die Schlangen an ihrem heiligen Ort getötet; die Götter würden Rache nehmen. Dann lehnte sie sich an den Baumstamm und aß ein wenig getrocknetes Wildfleisch. Die niederen Äste senkten sich über sie und gaben ihr das Gefühl, beschützt zu sein.

Im Schutze des Baums, umgeben von unendlicher Stille, unendlicher Weite, fühlte sie sich von einem unsichtbaren Zugriff befreit. Thorwald behandelte sie herabsetzend, zwang sie zum Kampf. Es entsprach nicht ihrer weiblichen Natur, sich gegen einen Mann zur Wehr zu setzen, der Mann sollte gegen andere kämpfen und die Frau beschützen.

Wie konnte Kokopelli sich Thorwald als Reisegefährten aussuchen? Die beiden Männer waren so völlig verschieden voneinander und ähnelten einander doch irgendwie. Kokopelli behandelte sie ebenfalls herabwürdigend, indem er mit einer anderen Frau das Lager teilte.

Das Kind in ihrem Bauch bewegte sich und stieß sie. Kwani schlang beide Arme um ihren Bauch und wiegte sich hin und her. Okalakes Kind. Lieber Okalake, der ihr stets das Gefühl gegeben hatte, sie zu lieben.

Sie spähte durch die Zweige und glaubte eine Bewegung in der Ferne zu erkennen. Die Bewegung eines Mannes, der sich näherte. Das mußte Kokopelli sein! Sie ordnete ihr wirres Haar mit ihrer Bürste aus Kiefernnadeln an einem Lederriemen. Die Männergestalt war noch zu weit entfernt, als daß sie hätte sich sein können.

Das war nicht Kokopellis federnder Gang. Aber irgendwie schien der Kerl ihr vertraut.

Sie schmiegte sich an den Baumstamm, war erst aus unmittelbarer Nähe zu entdecken. Der Mann blieb stehen, schien den Horizont abzusuchen. Jetzt hat er die Rauchzeichen bemerkt, dachte Kwani. Dann rannte er zu einem Gestrüpp und kroch in seinen Schatten. *Wer war der Mann?*

Sie hatte ihn schon irgendwo gesehen...

Stunden vergingen, und der Mann versteckte sich noch immer hinter dem Gesträuch. Kwani wurde steif in ihrer verkrampften Haltung, aber sie fürchtete, sich zu bewegen und ihre Anwesenheit zu erkennen zu geben. Wo blieb Kokopelli? Er mußte doch hier vorbeikommen.

Eine Känguruhratte hüpfte vorbei, dahinter schlängelte sich eine Schlange. Eine erdfarbene Eidechse huschte mit peitschendem Schweif vorüber. Insekten brummten, und ein heißer Wind erhob sich, doch der Mann verbarg sich noch immer im Schatten. Wer hatte diesen Gang, wer diese Haltung, wer hielt den Kopf so geneigt? Eine böse Ahnung stieg in ihr hoch. Vielleicht sandte Thorwald ihr keine Hilfe und kehrte auch nicht zu ihr zurück. Wo war Kokopelli?

Sie war allein, ungeschützt in diesem verlassenen Canyon. Allein mit einem Fremden, der in der Nähe auf der Lauer lag. Sie begann zu zittern und versuchte sich zu beherrschen. Ihr Zittern würde die Blätter erbeben lassen. Sie schloß die Augen und drückte ihren Muschelanhänger an sich.

»Helft mir, Ihr Urahnen!«

Bald sah sie den Altar im Haus der Sonne vor sich. Spürte wieder, wie die mystische Welle des Bewußtwerdens durch sie strömte wie damals, als sie Arme und Gesicht auf den heiligen Stein gelegt hatte. Stumme Stimmen raunten.

Du bist die Sich Erinnernde, von den Göttern erwählt und von uns beschützt, deinen Schwestern. Aber du mußt noch viel lernen, viel erdulden ...

Die Stimmen erstarben.

»Warum?« flüsterte Kwani. Sie umfing die Muschel mit beiden Händen, wünschte ganz fest, daß die Stimmen zurückkehrten, doch sie blieben stumm.

Sie spähte durch die Zweige zum Gestrüpp hinüber. War da eine Bewegung? Sie war sich nicht sicher. Alle Knochen taten ihr weh von ihrer verkrampften Stellung. Dann ertönte ein reiner Klang. Die Flöte!

Kokopelli! Mit unbändiger Freude und Erleichterung sah sie ihn kommen. Er hatte seinen bunten Umhang abgelegt in der Hitze, war nackt bis auf sein besticktes Lendentuch und sein glänzendes Brustgeschmeide. Die schlanken, grünen Federn seines Kopfschmuckes wogten auf und ab und seine starken, braunen Beine waren bis zum Knie kreuzweise in die Lederriemen seiner Sandalen verschnürt.

Sie wollte ihn überraschen! Als Kokopelli an ihr vorübergehen wollte, rief Kwani »Ho, Kokopelli!«

Er blieb wie angewurzelt stehen und spähte in die Runde. Lachend kroch sie unter dem Baum hervor. »Ich grüße dich.«

Er starrte sie mit unbewegter Miene an. »Warum bist du hier? Wo ist Thorwald?«

»Ich war müde vom Gehen und wollte hier auf dich warten.« Es verletzte sie, daß er sich anscheinend gar nicht freute, sie zu sehen.

»Er hat dich also hier alleine gelassen.« In seiner Stimme schwang ein seltsamer Unterton.

»Ich bat ihn, Männer mit einem Traggestell zu schicken, damit ich den Rest des Weges nicht laufen muß.« Sein Gesicht blieb unverändert hart. Sie sagte: »Es gab einen Sturm und die Felsrinne war überflutet. Er trug mich einen Hang hinauf und in eine Höhle –«

Ein Funke sprühte in seinen Augen. »Ihr habt die Nacht in einer Höhle verbracht?«

»Ja.«

»Hat er... habt ihr euch gepaart?«

In seiner Stimme schwang verhaltener Zorn – er war eifersüchtig! Sie ließ sich Zeit mit der Antwort. »Wieso fragst du mich, da du mit einer anderen das Lager teiltest?«

Seine braunen Augen durchbohrten sie wie glühende Pfeile. »Hast du dich mit ihm gepaart?«

Sie genoß seine Eifersucht. Sollte er ruhig im Ungewissen bleiben! Sie blieb ihm die Antwort schuldig und wandte sich ab.

Er packte ihren Arm. *»Hast du?«*

»Er wollte es.« Sie versuchte ihm den Arm zu entwinden, aber er hielt ihn mit eisernem Griff fest; sie spürte das Beben des Zorns in seinen Fingern. Es war wohl angebracht, ihm die Wahrheit zu sagen. »Er hat Haare auf seinem Körper vom Hals bis hierhin.« Sie deutete mit dem Finger. »Ich konnte nicht. Außerdem hat er blaue Augen... ich dachte, vielleicht ist er mein Verwandter.«

»Pa!« Er stieß sie mit einer verächtlichen Geste von sich. »Du hast dich mit Okalake, deinem Bruder gepaart.«

»Er war *nicht* mein Bruder, das weißt du genau. Und wieso kümmert es dich, ob ich mit einem anderen Mann das Lager teile, wenn du dich mit anderen Frauen paarst?« Ohne es zu wollen klang ihre Stimme belegt.

Er nahm die Haltung an, die sie so gut an ihm kannte. »Ich bin Kokopelli. Es ist meine Pflicht, meinen Samen zu verschenken. Das ist Geschäft. Aber –« Sein Blick wurde weich und er nahm ihr Gesicht in seine Hände und senkte seinen Blick in ihre Augen »– das ist nun vorbei. Die Götter haben gesprochen und die Kraft meiner Lenden in meine Flöte gelegt. Wenn immer ich spiele, verteile ich meine Kräfte. Du siehst also –«, er beugte sich tiefer und seine braunen Augen glühten unter seinen buschigen Brauen »– von nun an werde ich nur noch mit dir das Lager teilen.«

Er schloß sie in seine Arme und ihr Ärger schmolz in der Wärme seiner Umarmung. »Küß mich«, flüsterte sie.

Sein Kuß machte sie ganz schwach, und am liebsten hätte sie sich auf der Stelle mit ihm hingelegt. Doch er ließ sie los und nickte zum entfernten Tafelberg hinüber. »Wir werden im nächsten Dorf erwartet. Die Späher –«

»Warte! Dort drüben verbirgt sich ein Mann im Schatten hinter dem Gebüsch.«

Er fuhr herum. »Wo?«

»Dort drüben.«

Kokopelli ging ärgerlich in die Richtung, in die sie gedeutet hatte. Sie lief hinter ihm her.

»Warte! Thorwald hat Fußspuren entdeckt und sagte, ein Feind verfolgt uns.«

»Das werden wir gleich sehen.«

Sie erreichten das dichte Gestrüpp, wo der Mann sich verborgen hatte. Doch dort war nichts als spärlicher Schatten.

Kwani wischte sich den Schweiß aus dem Gesicht. Steile Felswände blockierten ihren Weg wie riesige, abwehrende Hände. Sie hatten sich nach Osten gewandt, wo die Felsen vom Tafelberg steil in die Schlucht abfielen. Kokopelli trug ihr Bündel; doch das Kind wog furchtbar schwer. Sie vermochte kaum einen Fuß vor den anderen zu setzen.

»Wie kommen wir dort hinauf?«

»Folge mir.«

Sie erreichten den Fuß der Felswand. Kwani dachte, in meinem Zustand kann ich die Felseinkerbungen nicht hinaufklettern! Doch zu ihrem Erstaunen sah sie Stufen in den Stein gehauen. Auf halbem Wege nach oben blieb sie stehen, um zu rasten.

Kokopelli beobachtete sie besorgt. Er wußte, daß sie mit ihrer Kraft am Ende war. Seine Wut richtete sich gegen Thorwald. Wo blieb er? Wo war das Traggestell, das Kwani brauchte? Er hatte einen Fehler gemacht, den Nordmann mitzunehmen. Thorwald hatte ihn dringend darum ersucht. Vielleicht zu dringend. Er mußte vorsichtig sein.

Auf dem Tafelberg spendeten Bäume wohltuenden Schatten. Kokopelli breitete eine Decke aus. Kwani war beinahe sofort eingeschlafen. Kokopelli legte sich neben sie. Er war müder, als er sich eingestehen wollte. Das Alter forderte seinen Tribut; und es waren noch viele Berge zu bezwingen, viele Steppen zu durchqueren, bevor sie Thorwalds Lager erreichten. Er sehnte sich nach seiner Heimat, seinem Haus im blühenden Garten, dem plätschernden Bach, sehnte sich nach seiner Familie, seinem Volk. Kwani würde seine Seele mit ihrer Schönheit ergötzen und sein Leben mit ihren Kindern bereichern. Seinen Söhnen.

Er beobachtete sie im Schlaf. Ihre dunklen Wimpern lagen auf ihren Wangen. Ihr geschwollener Leib wirkte grotesk im Verhältnis zu ihrem schlanken Körper. Da war eine Bewegung, als das Kind stieß.

Okalakes Kind.

Diese Schwangerschaft bereitete ihm mehr Kopfzerbrechen, als er geglaubt hatte. Er ging seine Arzneirezepturen im Geist durch, auf welche Weise er das Balg loswerden konnte. Wurzeln... Samen... Rinden... bestimmte Blätter und Blüten. Aber würde eine Fehlgeburt das Problem lösen? Wenn sie der Eingriff zu sehr schwächte? Wenn sie daran starb? Nein. Die Schwangerschaft mußte ihren natürlichen Verlauf nehmen. Er konnte das Kind, Okalakes Kind, später loswerden.

Er fragte sich, wer der Mann sein mochte, der sich versteckte. Er hatte keine Fußspuren entdeckt, doch die konnte der Wind verwischt haben. Wurden sie verfolgt? Wenn ja von wem? Und warum?

Plötzlich wußte er es! Er entsann sich seiner Auseinandersetzung mit Yatoshe, dem Jagdhäuptling des Adlerclans, als er und Thorwald Kwani fanden, von Hunden auf einen Baum gehetzt. Der Haß in Yatoshas Augen... Ja, er war ein Feind. Ein geschulter Spurensucher, geschickt im Töten.

Er spähte um sich in ungewohnter Beklommenheit. Verbarg Yatosha sich zwischen den Bäumen? Im Augenblick waren sie sicher. Er und Kwani waren von den Spähern ausgekundschaftet worden; man wußte, wo sie waren. Auch Yatosha war vermutlich beobachtet worden. Er konnte sie also erst töten, wenn sie das Dorf wieder verließen und ihre Reise fortsetzten. Doch nun waren sie gewarnt und konnten sich auf seinen Überfall gefaßt machen.

Kwani bewegte sich seufzend im Schlaf. Ein Eichhörnchen saß auf einem Ast und äugte zu ihnen herüber. Kokopelli sprach es im Geist an. »Ich grüße dich, mein Freund.« Das Eichhörnchen piepste zur Antwort und huschte fort. Kokopelli schlief ein.

Schritte weckten ihn. Thorwald stand mit breitem Lächeln

über ihn gebeugt. Mehrere Häuptlinge standen im Kreis um sie herum und blickten mit ausdruckslosen Mienen auf sie herunter. Kwani erwachte.

Thorwalds Bogen, Axt und Schwert waren ein willkommener Anblick. Kokopelli erkannte zwei der Häuptlinge, mit denen er früher Handel getrieben hatte. Sie waren keine Anasazi, gedrungener als sie und trugen ihr Haar in zwei Zöpfen. Als Ohrschmuck trugen sie Obsidian und Türkise und um den Hals viele Ketten aus Muscheln und Knochen und Tierkrallen. Ihre einzige Bekleidung bestand aus einem Lendenschurz, von einem Fransengürtel gehalten und geflochtenen Sandalen aus Yuccabast. Jeder von ihnen hatte Bogen und einen mit Pfeilen gefüllten Köcher bei sich. In jedem Gürtel steckte ein Messer.

Kokopelli machte das Zeichen des Grußes. Zu Thorwald gewandt sagte er: »Wieso hast du sie alleingelassen?«

»Sie konnte nicht weitergehen. Ich gab ihnen Salz und Tabak. Sie kamen mit, um sie zu tragen.« In seinem Lächeln lag leiser Spott.

Kokopelli schluckte seinen Zorn hinunter. Eine solche Gabe war notwendig, und er war nicht da gewesen, um zuzustimmen oder abzulehnen. Die Männer senkten die mit einem Bärenfell bespannte Trage, auf der Kwani mit betonter Würde Platz nahm. Kokopelli spielte die Flöte, und die Männer gingen im Rhythmus der Melodie im Gänsemarsch hinter ihm her.

Kwani sah dem Kommenden mit gemischten Gefühlen entgegen. Sie war froh, getragen zu werden; noch nie in ihrem Leben war sie so erschöpft. Ob die Bewohner dieses Dorfes von den Vorfällen am Ort des Adlerclans gehört hatten? Wie würden sie darauf reagieren? Nun, es war egal. Sie war Kokopellis Gefährtin. Sie war die Sich Erinnernde, und Kokopelli und Thorwald waren bei ihr. Thorwald mit seiner Axt, dem Bogen und dem Schwert... Nein, sie hatte keine Angst.

Aber wer verfolgte sie, wer schlich hinter ihnen her und verbarg sich im Schatten?

Kwani konnte über den Rand des Tafelberges sehen. Ihre Augen suchten unruhig die Schlucht darunter ab.

»Kokopelli.«

Er drehte sich fragend um.

»Ich glaube, ich habe da unten eine Bewegung gesehen.«

Er trat an den Rand des Tafelberges, Thorwald stellte sich neben ihn. In der Art, wie ihre Blicke die Schlucht absuchten, bestand Einigkeit zwischen ihnen.

»Ein Kojote«, sagte Thorwald.

Kokopelli beugte sich nah zu Kwani. »Es ist Yatosha.«

Sie schüttelte den Kopf. Sie kannte Yatosha gut. Er war es nicht.

Sie bemerkten nicht, wie die Häuptlinge Blicke tauschten.

4

Sonnenvater stand tief am Horizont, als das Dorf in Sicht kam. Steinbauten mit nicht weniger als hundert Räumen drängten sich in unregelmäßiger Ordnung aneinander. Von den Kochfeuern stieg Rauch auf, gedämpfter Trommelschlag war zu hören, und Menschen bewegten sich hin und her. Doch niemand erschien zu ihrer Begrüßung.

»Wer sind diese Leute?«

»Keresen. Der Rabenclan.«

Kwani wußte, daß die Keresen wie die Anasazi zu einem der vielen Pueblo-Stämme gehörten. Sie sprachen nicht alle die gleiche Sprache, hatten aber die gleiche Kultur, betrieben Ackerbau, waren gute Töpfer und ausgezeichnete Steinmetze. Sie hatte noch keinen Keresen getroffen und war neugierig. Doch je weiter sie sich von ihrer Anasazi-Heimat entfernte, desto stärker wurde ihr Gefühl, eine Fremde in einem fremden Land zu sein.

Kokopelli begann eine neue Weise zu spielen, eine muntere Ankündigung. Sie hörte zu und nach einer Weile stimmte sie mit ein, sang ein Lied ohne Worte, in hohen, süßen Tönen. Die Männer richteten ihren Schritt nach der Melodie und Kokopelli nickte den Kopf im Rhythmus, die hohen, grünen Federn seines Kopfschmucks neigten und wiegten sich mit ihm. Einer der Häuptlinge begann einen Sprechgesang zum Rhythmus der Melodie. »Hu-hu-hu-hu!« Die anderen fielen mit ein. Auch Thorwald wurde davon angesteckt und begleitete sie in seinem tiefen Baß, sang Worte in seiner Muttersprache.

Hunde kamen bellend angelaufen und sprangen an den Männern hoch, die sie kannten. Dahinter jauchzende Kinder, die stolz neben den Häuptlingen einherstapften und »Hu-hu-hu-hu!« machten.

Auf dem Platz und auf den Dächern hatten die Bewohner sich versammelt. Der Klang der Flöte, die Gesänge und der erstaunliche Anblick einer schwangeren Frau auf einer Trage gab Anlaß zu aufgeregtem Palaver.

»Hört wie sie singt!«

»Die Sich Erinnernde, die Geschichtenerzählerin, die –«

»Wann wird das Kind kommen? Kannst du es sehen?«

»Schätzungsweise in einem Mond.«

»Sie kann den Geist von Masau'u und Motsni rufen!«

»Sie ist schön!« sagte ein Mann.

»Und die Gefährtin von Kokopelli«, antwortete eine Frau betont.

»Man sagt, sie sei eine Hexe.«

Die jungen Mädchen und viele Frauen hatten nur Augen für Thorwald.

»Wie ein Büffelbulle«, flüsterte eine.

»Diese Brust! Diese Arme. Hast du je solche Arme gesehen?«

Andere wieder sahen nur Kokopelli.

»Hast du gehört, daß die Kraft seiner Lenden auf seine Flöte übergegangen ist?«

»Schade, daß er nicht mehr wählt.«

»Ja, finde ich auch.« Seufzer und Wehmut, »Vielleicht sprechen die Götter noch einmal.«

Bei Ankunft der Prozession hob der alte Clanhäuptling seine Hand zum Gruß. Seine Knochen drohten seine Pergamenthaut zu durchbohren, und ein Netzwerk feiner Falten zog sich kreuz und quer über sein rotbraunes Gesicht. In seinem Haar, das noch immer dunkel war wie das eines jungen Mannes, steckten Adlerfedern. Er stand in stummer Würde da, bekleidet mit einem Baumwollumhang, seine nackte Brust mit einer Halskette aus Bärenklauen geschmückt. Um die Mitte trug er einen kurzen Fransenschurz aus Hirschleder mit gefärbten Stachelschweinkielen geschmückt, der von einem Fransengürtel gehalten war. Unter seinem linken Auge befand sich die kleine Tätowierung einer Bärentatze.

»Ich heiße dich willkommen, Kokopelli«, sagte der Clanhäuptling.

»Meine Seele singt.«

Hier war es nicht üblich, auf die Hand zu hauchen. Kokopelli hob statt dessen seine rechte Hand mit zwei aneinandergelegten Fingern und führte sie zum Herzen.

Der alte Häuptling erwiderte den Gruß herzlicher Freundschaft. »Komm.«

Das Traggestell wurde abgesenkt und Kwani erhob sich. Kokopelli flüsterte ihr zu: »Wir rauchen in der Kiva eine Pfeife zusammen, aber hinterher komme ich zu dir.«

»Bitte besorge mir ein neues Kleid. Dieses ist mittlerweile zu schäbig.«

»Meine Gefährtin genießt so hohes Ansehen, daß sie auf Äußerlichkeiten verzichten kann.« Er wandte sich ab. »Aber ich sehe zu, was sich machen läßt.«

Die zwei- und dreistöckigen Häuser des würfelförmig übereinandergebauten Dorfes blickten auf einen Platz, wo eine Leiter aus einer Kiva ragte. Dort wartete eine alte Frau auf sie.

»Das ist meine Gefährtin Wakoni«, sagte der Häuptling zu Kwani gewandt. »Gehe mit ihr.«

Kwani folgte der alten Frau durch die Menge. Kleine Mädchen liefen hinter ihnen her wie Puterküken hinter der Mutterhenne und hoben ehrfurchtsvoll den Kopf zu ihr auf.

Wakoni führte Kwani zwei Leitern hinauf zu einem Dach, wo ein Bündel Maiskolben an einem Balken hingen.

»Willkommen in meinem Haus.«

Beide blieben am Eingang stehen und tauchten die Finger in eine Schale mit Wasser aus der heiligen Quelle und verspritzten es als Opfer für die Geister. Im halbdunklen Innern war es kühl. In einer Ecke befand sich ein Kochstein unter einer Dachöffnung. Eine viereckige, glatt gehauene polierte Steinplatte, die auf vier Steinbrocken lag. Daneben stand eine hübsche Schale.

Wakoni bemerkte Kwanis Blick. »Du bist hungrig.«

Kwani nickte lächelnd und tätschelte ihren Bauch. »Wir beide.«

Wakoni lachte; ihre welken Brüste hüpften, als lachten sie mit ihr. Sie trug nur einen Fransenschurz, der in der Mitte mit einem geflochtenen Baumwollgürtel gehalten war. Das Haar trug sie in zwei langen Zöpfen. Sie wischte sich ein paar Strähnen mit beiden Händen aus der Stirn.

»Ich mach' Piki-Brot für uns beide.« Mit glänzenden Augen griff sie nach der Schüssel.

Kwani dachte, sie ist alt, aber ihr Geist weiß es nicht. Sie sagte: »Wo kann ich mein Bündel ablegen?«

Wakoni wies in eine Ecke. »Dort drüben. Rolle deine Schlafmatte auf und ruhe dich aus.«

Es war gut, in diesem kühlen Raum mit Wakoni zu sein. Kwani sah der alten Frau dabei zu, wie sie Zweige in die Glut unter dem Backstein legte. »Wir glaubten nicht, daß Kokopelli sich eine Gefährtin nimmt.«

Kwani lächelte, ohne zu antworten. Wakoni gab Maismehl in die Schüssel, fügte ein wenig Asche und Wasser hinzu und rührte die Mischung mit der Hand zu einem dünnen Teig.

»Nimmt Kokopelli dich mit in seine Heimat? Weit weg?«

»Ja. In ein schönes Haus mit vielen Bäumen. Und einem Springbrunnen.«

Wakoni hörte auf zu rühren. »Was ist ein Springbrunnen?«

»Es sind drei große Schalen, eine über der anderen. Die obere Schale ist voll Wasser und läuft über in die Schalen darunter und hört nie auf. Ich werde immer genügend Wasser für meinen Krug haben.«

»Aye-e-e! Woher kommt das viele Wasser?«

Kwani schwieg nachdenklich. »Er sagte, in der Nähe ist ein Bach.«

»Wie kommt das Wasser vom Bach in den Springbrunnen?«

Kwani hatte keine Ahnung. »Das ist sein Zauber.«

Zauber! Wakoni spuckte auf den Backstein, um zu prüfen, ob er heiß genug war. Zufrieden bestrich sie ihn mit einer

Handvoll zusammengebundener Maishüllblätter, die sie zuvor in eine kleine Schale mit Schaftalg getaucht hatte. »Seine Heimat ist weit weg.«

»Ja.« In letzter Zeit fragte Kwani sich immer öfter, wie weit sie wirklich entfernt lag. Das Reisen war doch kein so großes Vergnügen, wie sie ursprünglich angenommen hatte.

»Das Kind kommt zur Welt, bevor du dort angekommen bist.«

Kwani nickte.

Daran hatte sie auch schon gedacht, hatte den Gedanken aber von sich geschoben. Wenn ihr Kind in der Wildnis zur Welt kam, ohne Frauen, die ihr helfen konnten, ohne Clan, der ihr Kind willkommen hieß, niemand, der die Geburtszeremonie durchführte...

Du mußt noch viel lernen, noch viel erdulden.

Mit einer schnellen Drehung der Hand goß Wakoni etwas Teig auf den heißen Stein. Nach kurzer Zeit war der Fladen gebacken; vorsichtig zog sie den fest gewordenen Teig ab und legte ihn in einen flachen Korb.

Während der zweite Fladen buk, legte sie den ersten darüber, damit er heiß blieb. Auf jeden neuen Fladen, den sie buk, legte sie den Stapel bereits fertiger obenauf, um sie warm zu halten.

Kwani sah ihr voller Bewunderung zu. Es erforderte eine Menge Übung, um diese Fertigkeit zu erlangen. Wakoni klappte die dünnen Fladen viermal zusammen, legte sie in den Korb und brachte ihn Kwani.

»Hier, iß.«

Kwani stützte sich auf einen Ellbogen und aß hungrig. »Schmeckt gut!« lächelte sie. Wakoni hockte sich neben sie. Eine Weile schwieg sie, dann sagte sie. »Ich bin alt und die Alten wissen viele Dinge. Thorwalds Leute sind nicht deine Leute, sind nicht Pueblo. Und Kokopelli auch nicht. Dein Kind muß als Pueblo geboren werden.«

»Aber –«

»Warte hier bei uns auf das Kind. Ich werde dir helfen.« Sie äugte Kwani freundlich an. »Ich habe vielen Kindern geholfen, zur Welt zu kommen.«

»Du bist sehr freundlich, und ich bin dir dankbar. Aber Kokopelli wird nicht bleiben wollen...«

Plötzlich fiel Kwani die Geschichte von Adlerjunge ein, der sein Volk verließ, um Adler zu werden wie seine Gefährtin. Auch sie hatte vor, ihr Volk zu verlassen. Um Toltekin zu werden und ihr Kind fortzubringen.

Ihr wurde kalt ums Herz.

Thorwald saß mit Kokopelli und den Häuptlingen in der Kiva, vor ihnen ausgebreitet die Zutaten zur Rauchzeremonie. Der Clanhäuptling reichte einen Korb herum mit gewaschenen, glatten Maishüllblättern, einen zweiten mit Tabak und Portulak, einer aromatischen Pflanze mit fleischigen Blättern. Jeder nahm sich ein Hüllblatt aus dem Korb, faltete es mit Fingern und Zähnen und schnitt es mit dem Daumennagel in die richtige Größe. Thorwald stellte sich dabei ziemlich ungeschickt an. Die Männer in der Runde bemerkten dies zwar, ließen sich aber nichts anmerken. Sie nahmen etwas Tabak und ein paar Blätter Portulak, zerrieben beides mit dem Daumen der rechten Hand in der Handfläche der linken, dann feuchteten sie den Streifen des Maisblatts im Mund an und zogen es durch die Zähne, um es geschmeidig zu machen. Die Tabakmischung wurde in die Mitte des Streifens gestreut, der eng in etwa der Dicke und Länge des kleinen Fingers eingerollt wurde. Das Blattende wurde abgeleckt, die Rolle zusammengedrückt, vorne und hinten gefaltet und ebenfalls zugedrückt. Als alle, bis auf Thorwald, fertig waren, wartete die Runde schweigend, ohne auf seine ungeschickten Hantierungen zu achten, nur in manchen Augen funkelte heimliche Heiterkeit.

Schließlich brachte Thorwald es dennoch fertig, daß seine Rolle zusammenhaftete. Jetzt wurde der Feuerstock herumgereicht. Der jüngste der Anwesenden griff nach dem langen, dünnen Holz, das mit einem Ende in der Glut lag und führte das glühende Ende an die Spitze jeder Rolle, beginnend beim Clanhäuptling.

Der Häuptling blies eine Wolke in die sechs Heiligen Richtungen, verharrte in kurzem Schweigen und sagte: »Es ist uns eine Ehre, Kokopelli und seine Gefährtin und Thorwald bei uns zu wissen.«

»Uns ist es eine Ehre bei euch zu sein«, entgegnete Kokopelli.

Daraufhin rauchten die Männer schweigend, husteten und räusperten sich. Thorwald konnte seine Ungeduld kaum bezähmen. Die endlosen Vorbereitungen dieser Skraelinge waren wirklich eine Zeitvergeudung. Wieso kamen sie nicht schneller zur Sache und zum Geschäft? Außerdem wollte er zurück zu dem dunkeläugigen Mädchen, das ihn so leidenschaftlich willkommen geheißen hatte, als er wegen des Traggestells gefragt hatte. Er hatte ihr Salz geschenkt (wovon Kokopelli noch nichts wußte) und sie hatte versprochen, ihm noch einmal zu Willen zu sein. Der Gedanke an sie verursachte ihm dieses gewisse Ziehen in den Lenden.

Der Tabak war aufgeraucht, und der Rest der Rolle wurde ins Feuer geworfen. Thorwald dachte, jetzt werden sie übers Wetter reden, die Ernte, das Wetter und wieder die Ernte. Wie komm' ich bloß hier raus?

Kokopelli spürte seine Ungeduld und konnte sich den Grund denken. Zu Thorwald gerichtet sagte er: »Meine Gefährtin braucht ein neues Kleid. Vielleicht haben wir etwas Passendes, um ein Tauschgeschäft zu machen.«

Thorwald erhob sich, verneigte sich feierlich und kletterte aus der Kiva. Die Männer lächelten ihm hinterher. Kokopelli sagte: »Mein Weggefährte hat lange keine Frau gehabt, und eure Frauen sind schön.«

Sie redeten ausführlich über das Wetter und die Ernten, dann wurden Spielstäbe hervorgeholt. Ein paar Frauen brachten dampfende Schüsseln mit gekochtem Mais und Bohnen und am Spieß gebratenes Hasenfleisch. Die Männer bedankten sich und schauten ihnen wohlwollend nach, als sie die Leitern wieder hochstiegen.

Der Kriegshäuptling sprach. Ein junger Mann von untersetzter, muskulöser Statur mit den Augen eines Habichts. »Deine Gefährtin soll eine Geschichtenerzählerin sein, heißt es, die die Geister von Masau'u und Motsni rufen kann.«

»Ja.«

»Manche sagen, sie ist eine Hexe.«

»Ja, so sagen manche.« Kokopelli warf die Spielstäbe.

Es entstand eine angespannte Stille. Die Position der gefallenen Stäbe wurde begutachtet, Wetten darauf abgeschlossen. Der Kriegshäuptling ergriff wieder das Wort. »Du bringst deine Gefährtin in deine Heimat hinter dem Großen Fluß im Süden. Sind Hexen in deiner Heimat willkommen?«

Kokopelli starrte ihn kalt an. »Hexen sind nirgends willkommen. Genausowenig wie Leute, die gegen die Regeln der Gastfreundschaft verstoßen, Gäste beleidigen, Lügen verbreiten und keine Ahnung haben von den geistigen Gaben, die von den Göttern verteilt werden.« Er blickte in die Runde der Männer, die mit verlegen gesenkten Köpfen dasaßen. »Vielleicht läßt der Neid manche von euch so sprechen.«

Der Kriegshäuptling erhob sich. »Du bist es, der uns beleidigt, Kokopelli. Du bist hier nicht länger willkommen.«

Auch Kokopelli erhob sich und blickte über seine Nase auf den klein gewachsenen Häuptling hinunter. »Sprichst du im Namen des ganzen Clans?«

»Das tut er nicht«, sagte der Clanhäuptling. »Du bist uns jederzeit willkommen, Kokopelli. Aber...« er machte eine Pause und wandte den Blick ab. »Aber es ist wahr, daß Worte über deine Gefährtin gesprochen wurden, die uns zu denken geben.«

»Lügen.«

»Zweifellos. Aber sie wurden gesprochen, und einmal gehört, werden sie verbreitet. Unser Volk ist in Unruhe.«

»Wer hat diese Lügen verbreitet?«

Der alte Häuptling schaute auf seine Hände und antwortete nicht. Die anderen saßen wie versteinert mit ausdruckslosen Gesichtern.

»Ich glaube es zu wissen. Jemand vom Adlerclan verbreitet Unwahrheiten, jemand, der Rache sucht, weil mein Fluch auf der Sippe liegt, die meine Gefährtin mißhandelt hat.«

»Weil sie möglicherweise eine Hexe ist?« sagte der Kriegshäuptling. In seinen Habichtsaugen glühte ein gemeiner Funke.

Kokopelli sprach bedächtig. »Über den Adlerclan ist Unglück hereingebrochen, wie wir alle wissen. *Es kann auch über diesen Clan kommen*. Ich werde nicht zulassen, daß meine Gefährtin von giftigen Zungen verwundet wird. Denkt gut nach, bevor ihr euch selbst und euer Volk in Gefahr bringt.« Er warf seinen Umhang über die Schulter und begab sich zur Leiter.

»Der Handel –«

»Niemals. Wir verlassen den Ort im ersten Morgengrauen. Ich werde nicht mehr hierher zurückkehren.«

Er kletterte die Leiter hinauf und trat in die Nacht.

Thorwald lag neben dem dunkeläugigen Mädchen, die ihm zu Willen gewesen war. Er konnte nicht schlafen; seine Bettgefährtin schnarchte mit erstaunlicher Heftigkeit für ihren feingeschwungenen Mund und die hübsche Nase. Wenigstens hatte er seinen männlichen Hunger gestillt; dafür schuldete er ihr ein Geschenk. Er hatte ihr bereits Salz gegeben. Aber Kokopelli wollte ein neues Kleid für seine Frau.

Das Kleid des Mädchens hing an einem Haken an der Wand. Es schien hübsch zu sein, nach Maßstäben der Skraelinge, und Kwani war etwa so groß, wie dieses Mädchen, deren Namen er bereits vergessen hatte.

Leise zog er sich an und stopfte das Kleid in sein Bündel. Er würde Kokopelli sagen, er habe es für Salz getauscht; dagegen konnte der Tolteke nichts einwenden. Dem Mädchen hatte er Salz und ein schönes Kind geschenkt; sie konnte sich auch nicht beklagen.

Er ging in die Nacht, um unter den Sternen zu schlafen.

Wakoni beobachtete Kwani im Schlaf. Sonnenvater war längst unter den Horizont geschlüpft, um unterirdisch zu seinem Haus im Osten zu wandern. Kwani murmelte im Schlaf. Sie spricht mit den Geistern, dachte Wakoni. Sie ist keine Hexe; Hexen werden nicht schwanger. Hexen vermögen nicht die Geister von Masau'u oder Motsni zu rufen. Die Kundschafter sagten, daß sie und Kokopelli und der bleiche Bär, den sie bei sich hatten, von einem Mann verfolgt wurden.

Sie schüttelte den Kopf. Sie wunderte sich über den bleichen Bär und seine seltsamen und furchterregenden Waffen. Wußte er, daß Sho-Kotl, das Mädchen, das ihn zu sich auf die Schlafmatte eingeladen hatte, ihre eigenen Waffen besaß? Sie war die älteste Tochter der Medizinfrau und berühmt dafür, daß sie die Gabe besaß, den Bann auszusprechen. Sie war bereits eine wichtige Persönlichkeit im Clan; eines Tages würde sie selbst Medizinfrau sein. Dem bleichen Bär war eine große Ehre zuteil geworden. Wakoni hoffte, daß er Sho-Kotl angemessen entlohnt hatte. Sonst würden sie und die Medizinfrau und der gesamte Clan das Gesicht verlieren; der Kriegshäuptling wäre aufgefordert, das zu tun, was er am liebsten tat – Rache zu nehmen.

Sie seufzte. Es bedurfte so wenig, um den Männern eine Rechtfertigung zu geben, ihre Kunstfertigkeit des Jagens aneinander zu messen.

5

Kwani hatte einen Traum. Sie wanderte auf dem Tafelberg, als ein Adler herabschwebte und sich auf einem Fels neben dem senkrechten Absturz der Mesa niederließ. Es war der größte Adler, den sie je gesehen hatte, und während sie ihn betrachtete, begann sein Kopf sich aufzulösen, wie ein Spiegelbild im Wasser. Er verwandelte sich in den Kopf eines Mannes mit einer Adlernase, durchdringenden Augen, hochmütigem Blick und schief geneigtem Kopf. Kokopelli!

»Komm näher.« Er sprach mit Kokopellis Stimme, bezwingend, unwiderstehlich.

Sie näherte sich dem Rand der Mesa. Ein Gefühl der Gefahr, der dunklen Ahnung ließ sie zaudern.

»Näher«, befahl der Adler. Seine Stimme liebkoste sie; seine braunen Augen zwangen sie zu gehorchen.

Unwiderstehlich angezogen, trat sie näher. Der Adler wartete, mit halbgeöffneten Schwingen. Kwani starrte auf seine Krallen, die sich um den Felsgrat klammerten, und sie wußte, diese Krallen konnten auch sie umklammern, sie hochtragen ins leere Nichts – und sie fallen lassen.

»Näher«, schmeichelte er und öffnete die Flügel.

Es schien dunkler zu werden, als Kwani sich dem Abgrund näherte.

»Halt!« befahl eine innere Stimme. Eine unsichtbare Macht zwang sie, sich umzudrehen. Aus dem nebelumhüllten Dämmer der Mesa löste sich eine weiße Gestalt. Kwani starrte voller Ehrfurcht. Der sagenumwobene Weiße Büffel, der Häuptling aller Büffel, ein Geistwesen stand vor ihr.

»Komm zu mir«, sagte er.

»Nein!« hörte sie Kokopellis schneidende Stimme. »Du bist *meine* Gefährtin.«

»Du bist die Sich Erinnernde«, sagte der Weiße Büffel. »Ich warte auf dich. Komm mit mir...«

Kwani erwachte schaudernd. War das eine Warnung, daß Kokopelli sie ins Verderben locken wollte – daß sie fortgetragen werden sollte, wie Adlerjunge? Um einsam und verlassen zu sterben?

Sie suchte Verbindung zu ihrem Geist, fragte ihr innerstes Wissen nach der Deutung des Traums. Sie flüsterte. »Sag es mir!« Aber sie erhielt keine Antwort.

Es war Zeit aufzubrechen. Kwani folgte Kokopelli und Thorwald den Weg entlang aus dem Dorf. Es war noch fast dunkel. Sie mußte vorsichtig gehen, um nicht zu stolpern. Der Traum beschäftigte sie noch immer, er war wie eine unsichtbare Gegenwart, die eine Hand auf ihre Schulter legte und sie zurückhielt.

Kokopelli fragte: »Hast du irgendein Anzeichen des Verfolgers gesehen?«

»Nein. Vermutlich hält er so großen Abstand, daß wir ihn nicht sehen können«, entgegnete Thorwald und spähte in alle Richtungen. »Vielleicht hat er die Verfolgung aufgegeben.« Er zerrte an dem Wams der ineinander verketteten Eisenringe unter seinem blauen Hemd. »Das ist zwar sehr heiß, aber es tötet Pfeile.«

»Hast du ein Kleid für meine Gefährtin?«

»Ja.«

Kokopelli sah ihn scharf an. »Wofür hast du es getauscht?«

»Salz.«

Kokopelli runzelte die Stirn. »Ich muß es auf meinem Quipu verzeichnen, sonst verliere ich die Übersicht. Mit wem hast du getauscht?«

Thorwald hob die Schultern. »Ich erinnere mich nicht mehr an ihren Namen, aber sie schnarcht.«

Sie lachten.

Kwani ärgerte sich. Diese Männer hatten keine Manieren. Ein Pueblo würde niemals lachen, ohne die Hand vor den Mund zu halten, außerdem war es unhöflich zu lachen, ohne den Grund dafür mitzuteilen. Eine eindringliche Stimme in ihrem Kopf sagte: *»Diese Männer gehören nicht zu deinem Volk.«*

Sonnenvater erhob sich von seinem Haus im Osten, und die Kühle des frühen Morgens schwand. Sie kletterten einen steilen Pfad hinunter, um unten in der Schlucht weiterzugehen. Als sie ungehindert in die Ferne sehen konnten, legte Thorwald sein blaues Hemd und das Kettenwams ab.

»Die Sonne röstet mich wie einen Braten, wenn ich das anbehalte.« Er nahm auch seinen Helm ab und steckte alles in sein Bündel. »Was geben wir im nächsten Dorf?«

»Wir erheitern sie nur.«

»Ja?« Er war überrascht und froh darüber. Bisher hatte er noch nichts von dem, was er im Tauschhandel erworben hatte, fortgegeben; vermutete aber, daß dies irgendwann von ihm erwartet wurde; doch er hatte nicht die Absicht, etwas wegzugeben.

Kokopelli sagte: »Ich spiele Flöte. Du gibst ein Beispiel deiner Treffsicherheit. Kwani singt und erzählt eine Geschichte.« Er vollführte eine großartige Geste. »Man erwartet uns bereits.«

»Wissen sie denn, daß wir kommen?« fragte Kwani erstaunt.

»Natürlich. Sie wissen es immer.« Er deutete auf eine Felssäule, die in der Ferne aus der Steppe hochragte wie ein Turm. »Dort oben ist einer und hält Ausschau.« Er deutete auf die gegenüberliegende Mesa. »Und auch dort. Und dort. Nicht einmal eine Eidechse kann sich in diesem Canyon bewegen, ohne ausgekundschaftet zu werden.«

»Dann muß auch der zu sehen sein, der uns verfolgt?«

»Nur wenn er bei Tag wandert.«

Thorwald sagte: »Soll ich mich eines Nachts zurückschleichen und ihn überraschen?«

»Nein, Thorwald!« sagte Kwani. »Laß uns nicht ohne Schutz zurück.«

»Reicht dir mein Schutz nicht?« fragte Kokopelli scharf mit roten Flecken auf den Wangen.

Kwani bereute ihren Fehler umgehend. Sie sagte respektvoll: »Du beschützt uns mit deinem Zauber. Aber sind Axt und Schwert und Bogen nicht ebenfalls nützlich, wenn wir angegriffen werden?«

»Mein Schwert ist hungrig«, sagte Thorwald.

Kokopelli starrte sie beide voller Verachtung an. »Die Menschen verehren jene, die sie unterhalten, beinahe ebenso sehr, wie sie ihre Götter verehren. Wir werden nicht angegriffen.«

Er ging weiter, und sie folgten schweigend. Stunden vergingen. Sie machten nur Rast, um zu essen und zu trinken, und hielten sich nach Osten, wo das Land anstieg und sich über der Schlucht auftürmte. Es wurde wärmer und immer wärmer. Gezackte Gipfel ferner Berge waberten in der Hitze, die von der sonnenverbrannten Erde aufstieg.

Thorwald sagte: »Ich wünschte, ich hätte mein Pferd hier.«

»Was ist das?« fragte Kwani.

»Ein Tier wie ein großer Hund oder ein großer Hirsch. Aber ohne Geweih. Ich setze mich auf seinen Rücken, und es trägt mich, wohin ich will.«

»Aye-e-e-e! Du setzt dich auf den Rücken von einem Hirsch oder einem großen Hund?« Sie wußte nicht, ob sie ihm Glauben schenken sollte.

Thorwald nickte verdrossen. Er sehnte sich nach seiner Heimat. Er hatte dieses ausgebrannte Land satt, diese Skraelinge mit ihren primitiven Göttern und ihren endlosen Ritualen. Die Menge Türkise, die er bisher eingetauscht hatte, reichte gerade aus für seine Pflichtabgabe an den König. Aber für ihn selbst würde nichts übrigbleiben.

Er fragte sich, ob Kokopelli noch mehr davon vergraben hatte. Einmal hatten sie an versteckten Höhlen Halt gemacht, wo wertvolle Gegenstände lagerten. Vielleicht würden sie jetzt auf dem Rückweg weitere Höhlen aufsuchen? Denn dies war Kokopellis letzte Reise – wie er behauptete –

und vermutlich holte er all seine Türkise aus den Verstekken, um sie mit in seine Heimat zu nehmen.

Thorwald stellte Überlegungen an, was geschehen würde, wenn Kokopelli auf geheimnisvolle Weise verschwinden würde. Würde man ihn vermissen, ehe Thorwalds Schiff fertig war? Einen Augenblick spannte sich seine Hand um den goldenen Griff seines Schwerts.

Nein. Das wichtigste war, sein Lager zu erreichen, bevor sein Schiff fertig war. Die Männer brannten darauf, nach Hause zu fahren. Sie würden nicht zögern, ohne ihn in See zu stechen, wenn sie selbst genug Tauschhandel betrieben und die Reichtümer angehäuft hatten, die sie sich ersehnten.

Er beschleunigte seinen Schritt.

Kwani setzte sich und holte einen Kiesel aus ihrer abgetragenen Sandale. Thorwald und Kokopelli blieben in einiger Entfernung stehen und redeten leise miteinander, suchten die Umgebung mit Blicken ab.

Sie hielten Ausschau nach dem Verfolger, dachte Kwani. Auch ihre Blicke wanderten suchend nach einer Bewegung im Gestrüpp und zwischen Felsvorsprüngen. Wie riesig, wie einsam dieser Canyon war. Und wie furchteinflößend mit den zerklüfteten, hoch aufragenden Felsformationen. Der heiße Wind trieb einen Steppenläufer vor sich her. Kwani horchte auf ein lebendiges Geräusch in der Stille der Schlucht. Doch sie hörte nur die gedämpften Stimmen ihrer Weggefährten. Der Tolteke. Der Nordmann.

Plötzlich befiel sie eine übermächtige Sehnsucht nach ihrem eigenen Volk. Doch Thorwald hatte gesagt, daß der Verfolger Anasazi war. Einer ihrer eigenen Leute wollte ihnen Böses zufügen. Sie war von ihrem eigenen Volk fortgejagt worden. *Ich habe kein Volk, keinen Clan,* dachte sie bitter. Ich bin wie dieser Steppenläufer, werde vom Wind mal hierhin, mal dorthin getrieben.

»Was ist mit dir?«

Kokopelli beugte sich über sie. Seine Augen blickten warm und besorgt. Er war in Sorge um sie. Sie warf sich in seine Arme. Sie brauchte seine Fürsorge, seine Liebe. Sie wollte nichts, nur zu seinem Volk.

Thorwald wartete ungeduldig. »Schaut!« Er deutete mit dem Arm.

Eine Gruppe Männer näherte sich im Laufschritt, ihre Trommel schlug einen schnellen Rhythmus. »Leute aus Puname, dem nächsten Dorf«, sagte Kokopelli. Er wandte sich an Thorwald. »Wir brauchen ein Geschenk. Gib mir Kwanis Bündel.« Er kramte darin herum und zog Kwanis Federdecke hervor.

»Aber sie gehört mir!« schrie Kwani.

»Närrin. Alles, was du machst, gehört mir, vergiß das nicht.«

Kwani biß sich in plötzlichem Zorn auf die Lippen. Sie dachte an die vielen Stunden und Tage mühsamer Arbeit, den Yuccabast zu fertigen, die Federn auszusuchen, und sie miteinander zu verknüpfen und zu weben, als sie neben ihrer Mutter saß, die ihr dabei geholfen hatte. In dieser Decke war ein Teil des Geistes ihrer Mutter.

»Ich habe sie in meiner ersten Heimat gemacht. Bevor du mich gefunden hast.«

Kokopelli überhörte ihren Einwand und reichte Thorwald einen Zipfel der Decke. »Hier halte sie mit hoch, damit man sie beim Näherkommen sieht.«

Die Decke blähte sich im Wind.

»Von nun an müssen wir uns jeder Ansiedlung mit Vorsicht nähern und stets ein angemessenes Geschenk vorweisen.«

»Aber sie gehört mir!« schrie Kani, den Tränen nahe.

»Du bist meine Gefährtin, und ich bin dein Gefährte. Was uns gehört, gehört uns gemeinsam. Also gehört die Decke auch mir.«

Kwani starrte ihn wortlos an. Sie zwang sich, ihn so zu sehen, wie er war, nicht so, wie sie ihn zu sehen wünschte. Er liebte sie – aber auf seine Weise. Seine Art war nicht ihre Art, würde es nie sein. Er war Tolteke.

Und trotzdem liebte sie ihn. Er war ihre einzige Hoffnung zur Erfüllung ihres Herzenswunsches: ein Heim, Familie, ein Volk, zu dem sie gehörte, Schutz vor Not und Gefahr. Aber es war ungerecht, ihr die Decke fortzunehmen. Kwani sah sie an, als würde sie ihr zum Abschied zuwinken.

Sie gehörte ihr. Sie beschloß, sie sich wiederzuholen.

Bum-bum. *Bum*-bum!

Die Gruppe war nun näher gekommen. Kwani konnte die Läufer erkennen. Sie waren mittelgroß und trugen gefranste Lendentücher in bunten Mustern. Sie hatten Bogen und Köcher mit Pfeilen bei sich; einige hatten die Gesichter in seltsamen Mustern bemalt. In einiger Entfernung blieben sie stehen.

Kokopelli begrüßte sie mit dem Zeichen der Freundschaft, und der Anführer trat vor. Kokopelli überreichte ihm die Decke, es wurde eine schnelle Unterhaltung geführt, die Kwani nicht verstand. Die Trommel begann wieder zu schlagen. *Bum*-bum. Der Anführer drehte sich um und trabte den Weg zurück, gefolgt von seinen Männern.

Thorwald fragte: »Was habt ihr gesprochen?«

»Sie wollen, daß ich meinen Zauber heute abend vorführe. Und« – damit wandte er sich an Kwani – »sie wollen, daß du eine Anrufung machst.«

»Masau'u? Nein, ich kann nicht –«

»Hirsche. Es hat nicht genügend Wild gegeben, und sie wünschen, daß du ihnen Hirsche zuführst. Und du, Thorwald – du sollst den Bogen abschießen, wenn die Hirsche kommen.«

»Heißt das, wir sollen warten, bis Hirsche hier vorbeikommen?« Er schnaubte. »Wie lange denn?«

Kokopelli hob die Schultern. »Wer weiß.«

»Ich sage, wir gehen, wann wir gehen wollen, ob die Hirsche kommen oder nicht.«

»Du vergißt. Sie sind viele, wir sind drei, und eine von uns ist eine Frau.«

»Eine Frau, die sich gerne ein paar Tage ausruhen würde«, sagte Kwani.

Sie hatte nie zuvor Hirsche angerufen, hatten nur einmal gesehen, wie man das macht. Diese Menschen schienen ihnen nicht besonders freundlich gesinnt. Sie hoffte, ihre Schutzgeister waren bei ihr. Vielleicht waren die Geister der Alten und ihrer Mutter in der Nähe.

Puname war ein großes Dorf auf einem Hügel, der ein grünes

Tal überblickte. Schmale Pfade wanden sich von einem Haus zum nächsten, die sich an die steilen Abhänge schmiegten. Kwani, Kokopelli und Thorwald saßen mit den Bewohnern von Puname vor einem Sandsteinfelsen am Fuße des Hügels. Vor ihnen standen der Medizinhäuptling und der Jagdhäuptling, die sangen und ihre Kürbis- und Knochenrasseln schwangen. Es war spät am Nachmittag; bald, gegen Abend, würden die Tiere zur Tränke an den nahegelegenen Fluß kommen – wenn es Wild in der Nähe gab. Die Jagd war seit vielen Monden schlecht gewesen; die Nahrung wurde knapp. Es war notwendig, die Götter anzurufen.

Das Gesicht des Medizinhäuptlings war mit mystischen roten, schwarzen und gelben Zeichen bemalt. Er hatte vielleicht dreißig Jahre gesehen, jedes trockener als das Vorjahr; und die Sorge lastete schwer auf seinen Schultern. Der Jagdhäuptling trug die Maske des Geistjägers, um die Verbindung mit den Geistern der Hirsche zu erleichtern. Um ein Dorf der Größe von Puname zu ernähren, mußten die Jäger jeden Tag vier Hirsche oder einen Elch erlegen. Wenn kein Wild erlegt wurde, konnte nur die Nahrung der Früchte des Feldes, Samen und andere eßbare Dinge, die von den Frauen gesammelt wurden, die Hungersnot abwenden. Wenn langanhaltende Dürreperioden die Ernten verdorren ließen, und das Wild in reichere Gegenden zog, mußte mit anderen Stämmen Tauschhandel getrieben werden. Wenn nur noch wenig zu tauschen blieb, drohte die Katastrophe.

Sie hatten Kwani mit herzlicher Höflichkeit begrüßt, und es gefiel ihr besser, als sie anfangs für möglich gehalten hätte. Sie waren zwar Pueblo, kannten aber nicht den Anasazi-Brauch des Lebenshauchs, noch flachten sie ihre Hinterköpfe so hübsch ab. Sie sprachen schnell und atemlos mit vielen Gesten, als genügten Worte allein nicht, um die volle Bedeutung mitzuteilen.

Nun saßen sie gespannt, als der Medizinhäuptling seine mit Wolkenfedern geschmückte Kürbisrassel und der Geistjäger seine Knochenrassel schwangen, so daß sie fauchten wie die Schlangen. Dazu schlug die Trommel.

Buum, ssss. Buum, sssss.

Der Geistjäger und der Medizinhäuptling wiegten sich, stampften mit den Füßen und sangen.

Ho, towaha, ho towaha!
Buum, ssss. Buum, ssss.
Ho, ya! Ho, ya!
Buum, buum, sssss.

Kwanis Blut floß schneller im peitschenden Rhythmus. Der Gesang schwoll an, und der Hirschtänzer erschien, ein muskulöser junger Mann mit einer Hirschmaske und einem Geweih. Er ahmte die Schritte, das Zögern, die ängstlichen Bewegungen eines Hirsches in höchster Not nach.

Schrille Flötentöne erklangen, als die Jäger auftraten, die den Hirsch verfolgten. Jeder Jäger trug einen Bogen und tanzte zum Rhythmus der Rasseln und des Gesangs, sie jagten den Hirsch im Kreis zwischen den Zuschauern und der Stelle, wo der Medizinhäuptling und der Geistjäger standen.

Ho, ya! Ho, ya!
Buum, buum, sssss.

Der Hirsch geriet immer mehr in Panik. Er blieb stehen, wandte sich entsetzt von einer Seite zur anderen, suchte nach einer Fluchtmöglichkeit. Der Trommelschlag wurde schneller, Flöten und Rasseln schrillten im Blutrausch, und jeder Jäger in Puname wurde zum Raubtier mit glühenden Augen.

Ho, towaha, ho towaha!
Buum, sssss. *Buum,* sssss.

Die Zuschauer stimmten in den Gesang mit ein, wiegten sich und stampften im Rhythmus, schwangen die Arme. Kwani spürte das Blut der Alten in sich hochsteigen. Sie erhob sich wiegend, rief die Worte des Gesangs, während die Jäger den Hirsch einkreisten. Sie legten ihre Bogen an, schossen imaginäre Pfeile. Der Hirsch taumelte und stürzte; ein Lauf zuckte im Todeskampf, während die Gesänge zu einem triumphierenden Crescendo anschwollen.

Der Medizinhäuptling und der Geistjäger winkten; Kwani näherte sich ihnen wie in Trance. Sie hatte nie zuvor einen Hirsch angerufen, doch die Alten in ihrem Blut hatten das jahrhundertelang getan. Sie umklammerte ihre Muschel mit beiden Händen, rief sich ins Gedächtnis zurück, was sie in früheren Anrufungsfeiern gesehen hatte. Sie durfte sich keine Fehler erlauben. Ein Versagen würde bedeuten, daß sie erneut der Hexerei angeklagt würde; es würde heißen, das Wild gehorche den Rufen einer Hexe nicht.

Der Medizinhäuptling sprach mit feierlichem Ernst: »Es ist Zeit für die Anrufung.«

»Ich bin bereit.«

Der Medizinhäuptling streckte seinen Arm in hoheitsvoller Geste aus; drei Männer traten vor, jeder hielt eine kleine Schale, aus der ein dünner Wedel aus Yuccafasern ragte.

»Hier sind die heiligen Pigmente«, sagte der Medizinhäuptling.

Langsam näherte Kwani sich dem Felsen. Sie hatte das neue Kleid angezogen, das sich weiß gegen den rötlichen Felsen abhob. Das Gewand war aus feiner Baumwolle gewebt und mit Muschelperlen verziert, an einer Schulter gebunden, die andere blieb bloß. Ihr für das Reinigungsritual mit Yuccaschaum gewaschenes Haar hing lose herab. Ihre Wangen waren gerötet, und ihre Augen schimmerten in unwirklichem Glanz.

Sie legte beide Hände an den Fels, nahm Verbindung mit seinem zeitlosen Geist auf. Ihre Hände glitten über den Stein, und sie erbat die Erlaubnis einzudringen. Eine gewisse Zeit kam keine Antwort. Dann strömte eine mystische Kommunikation durch ihre Hände in ihr Inneres. Sie neigte den Kopf in respektvoller Dankbarkeit und wandte sich an den Medizinhäuptling.

»Der Stein heißt die heiligen Pigmente willkommen. Bring sie.«

Die Männer traten vor, stellten die Schalen zu ihren Füßen und zogen sich wieder zurück. Wieder fauchten die Rasseln und die Trommel schlug leise. Sie hob jede einzelne Schale hoch und opferte sie den sechs Heiligen Richtungen. Mit einer Schale schwarzen Pigments stellte sie sich an die Felswand und sang im Rhythmus der Trommel. Mit dem Pinsel zog sie eine Zickzacklinie.

»Kommt an den Fluß!«

Buum, buum.

Sie nahm einen zweiten Pinsel zur Hand.

Bumm, bumm.

Sorgfältig malte sie die Konturen eines Hirschs.

»Kommt zu eurem Bruder im Geist! Kommt!«

Sie stellte die Schale mit schwarzem Pigment zu ihren Füßen. Dann nahm sie die rote Schüssel zur Hand und malte einen Pfeil in die Flanke des Hirschs.

»Nimm den Pfeil, Geist des Hirschs.«

Bumm, Bumm, bumm, sssss.

Die Zuschauer sangen: »Komm! Trink am Fluß! Nimm den Pfeil, Geist des Hirschs!« Sie wandten sich dem Fluß zu und warteten darauf, daß der Hirsch gehorche. Geduldig warteten sie. Sonnenvater sank unter den Horizont und die Vögel schlüpften in ihre Nester. Der Fluß strömte langsam, schweigend. Es kam kein Hirsch.

Kwani nahm die letzte Schale mit weißem Pigment und hielt sie dem Fluß entgegen.

»Komm! Komm zur Tränke an den Fluß!«

Sssss. Ssssss.

Sie reichte dem Medizinhäuptling die Schale, der singend Zeichen darüber machte und sie dem Fluß entgegenhielt. Dann reichte er sie dem Jagdhäuptling, der es ihm gleichtat und die Schale an Kwani zurückgab. Sie spähten den Fluß hinauf und hinunter, doch nur ein Vogel strich knapp über das Wasser dahin.

Kwani hielt die Schale in der Hand und wandte sich der Felszeichnung zu, Trommeln schlugen wie Herzklopfen, als sie sang.

Du Geist,
Ich bringe mich dir dar,
Meine Kräfte,
Mein feierliches Versprechen.
Dein Geist soll leben, unsterblich sein,
Solange diese Zeichnung überdauert.

Sie tauchte ihre Hand in das weiße Pigment, drückte sie gegen den Stein und verewigte ihren Händeabdruck für alle Zeiten.

Die Menschen erhoben sich, blickten den Fluß entlang und warteten gespannt. Sie warteten lange Zeit; aber es ließ sich kein Hirsch blicken.

Dann flüsterte ein kleiner Junge und streckte den Finger aus, »Vater, schau!«

Direkt über ihnen auf dem Hügel der Stadt stand ein Hirsch mit stolzem Geweih im Profil und blickte zum Fluß hinunter. Thorwald legte flink einen Pfeil in seinen Bogen, kniete sich hin, zielte und ließ den Pfeil fliegen. Der Hirsch taumelte, stürzte den Abhang hinab und landete zu Kwanis Füßen unter der Felszeichnung. Der blutende Pfeil steckte in seiner Flanke.

Atemloses Schweigen. Dann erhob sich ein Triumphgeschrei wie aus einer Kehle.

Ein Festmahl war im Gange. Das Fell des Hirschs lag zwischen Pfählen aufgespannt auf der Erde und wartete darauf, mit Feuersteinen und Knochen abgeschabt zu werden. Kwani war auf den Schultern der jubelnden Jäger den Hügel hinaufgetragen worden und nahm ehrerbietige Glückwünsche entgegen. Sie wehrte ab und versicherte, daß Medizinhäuptling, Jagdhäuptling und Hirschtänzer gleichermaßen Anteil am Gelingen der Anrufungsfeier hatten, doch man achtete nicht auf ihre Worte. Eine solche Anrufung hatte noch niemand zuvor gesehen. Das Bild an der Felswand sollte ein Heiligtum werden.

Auch Thorwald wurde für seine Fertigkeit und die Kraft seines Bogens gepriesen. Er nahm die Huldigungen als angemessen entgegen und lächelte den Frauen zu, die näher an ihn heranrückten.

Jetzt aßen alle mit großem Appetit, redeten über die Anrufung, lachten und scherzten, planten die Aktivitäten des Abends. Ob Kwani eine Geschichte erzählte?

Sie schüttelte den Kopf und schützte Erschöpfung vor.

Ob Thorwald seine Fertigkeiten mit der Axt vorführte?

»Ja.«

Kokopelli, den niemand beachtete, machte eine neue Erfahrung. Niemand hatte wissen wollen, ob er diese Nacht eine Bettgefährtin wählte. Er redete sich ein, er schere sich nicht darum, dies sei ohnehin seine letzte Reise. Doch es war ihm nicht egal. Thorwalds Jugend, seine Vitalität, seine kraftvolle Schönheit ließen Kokopelli sich noch älter fühlen, als er war. Und Kwanis Anrufung bewies Kräfte, denen er nichts gleichzusetzen hatte. Der Ärger saß ihm wie ein Klumpen im Magen.

Mondfrau stieg in den Nachthimmel in all ihrer Pracht, beleuchtete den Berggipfel, auf dem das Festmahl abgehalten wurde, und das weite Tal zu Füßen der Schmausenden. Kwani seufzte. Es war gut, hier zu sein, im Mondschein zu feiern, umgeben von freundlich lächelnden Gesichtern; gepriesen und geachtet zu werden. Sie wünschte, dies wäre ihr Clan.

Ich habe keinen Clan, kein Volk.

Das Kind in ihrem Bauch bewegte sich. Ja, dachte Kwani. Ich habe dich. Ich werde dich beschützen, Kleines. Ich werde dir ein Heim geben, eine Familie, alles, wonach dein Herz begehrt. Als das Festmahl beendet war und weiteres Holz in das große Feuer gelegt wurde, war die Zeit der Lustbarkeiten gekommen.

Der Clanhäuptling, ein dicker Mann mit einem Gesicht so rund wie das der Mondfrau, hob die Hand zum Zeichen des Sprechens.

»Es ist uns eine Ehre, Kokopelli und seine Gefährtin bei uns zu haben, die den Hirsch ruft, und Thorwald, der mit der Axt vom Wasser der Aufgehenden Sonne.« Er wandte sich an Thorwald, der vergnügt zwischen zwei Frauen saß. »Wir wollen eine Darbietung deiner Kunstfertigkeit im Umgang mit der Axt sehen.«

Thorwald erhob sich und ließ seine Muskeln spielen. »Bringt mir einen Kürbis. Einen großen.« Mit beiden Händen deutete er die gewünschte Größe an.

Nach einer leise geführten Beratung stand eine Frau auf und entfernte sich eilends und kehrte bald zurück mit einem Kürbis, der noch größer war, als Thorwald ihn verlangt hatte.

Thorwald gab Anweisungen, ihn in einiger Entfernung vor eine Mauer zu legen. Die Zuschauer traten beiseite, um eine Bahn für den Flug der Axt freizumachen. Mit einem schnellen, kräftigen Schwung warf der Nordmann die Axt; sie sauste durch die Luft, spaltete den Kürbis genau in der Mitte und blieb in der Wand stecken. Der Griff ragte wie ein Arm ohne Hand aus der Wand.

»Aye-e-e-e!« Welch furchterregende Waffe!

»Bringt noch einen Kürbis, einen kleinen.«

Der Kürbis wurde gebracht und oben auf die Mauer gesetzt. Thorwald nahm seinen Bogen, legte einen Pfeil ein, kniete sich hin, zielte und der Kürbis zerplatzte – doch der Pfeil sauste weiter in die Dunkelheit. Eifrig rannten kleine Buben los, um ihn zu holen.

Die Zuschauer brachen in bewunderndes Jubelgeschrei aus und Thorwald lächelte stolz, warf gelegentlich einen Blick zu Kokopelli hinüber, der seine Darbietungen stumm verfolgte.

»Jetzt gebe ich euch ein Rätsel auf«, sagte Thorwald, wieder mit einem Blick zu Kokopelli, der ihn nicht beachtete.

»Wer lebt ohne Atem?
Wer ist nie still?«

Nach einer Pause meldete sich ein Mädchen: »Bäume leben ohne Atem.«

»Mag sein, aber das ist nicht die Antwort.«

»Sag uns die Antwort.«

»Fische leben ohne Atem im Wasser. Und jetzt sagt mir, wer nie still ist.«

»Meine Gefährtin«, antwortete ein Mann und erntete schallendes Gelächter.

»Der Wind«, sagte ein anderer.

»Das ist nicht die Antwort. Der Wasserfall ist nie still.«

Sie nickten. Der vom Wasser der Aufgehenden Sonne verstand sich besser auf den Umgang mit Waffen als mit Rätseln. Sie wandten sich an Kokopelli.

»Laß du uns ein Rätsel raten.«

»Ich werde mich mit meiner Flöte beraten.«

Er hielt die Flöte in beiden ausgestreckten Händen und schaute sie eine Weile schweigend an. Dann sagte er in respektvollem Ton: »Die hier Versammelten wünschen, daß ich ihnen Rätsel aufgebe.«

Die Zuschauer beugten sich vor und warteten darauf, daß die Flöte antwortete. Sie waren gespannt darauf, Kokopellis vielgepriesenen Zauber zu erleben. Doch die Flöte blieb stumm.

Er hob das Weidenrohr über seinen Kopf und drehte sich

nach allen Seiten. »Siehst du? Die Menschen warten. Schau sie dir an.«

Die Zuschauer kicherten befangen, genossen die Spannung.

Er ließ die Flöte sinken und brachte sie näher an sein Gesicht, als wolle er sich mit ihr beraten. »Soll ich heute abend Rätsel aufgeben?«

»Nein. Eine solche Nacht ist nicht zum Rätselraten da. In solch einer Nacht möchte die Mondfrau umworben sein.«

»Aye-e-e-e«, hauchten die Zuschauer andächtig.

»Sehr gut.« Er richtete die Flöte an den Mond und sang in seiner tiefen, volltönenden Stimme.

»Leben wir ewig hier auf Erden?
Nein, unser Dasein ist befristet.
Aber du, meine Schönste, wirst ewig leben.«

Dann setzte er die Flöte an die Lippen, und seine Finger liebkosten sie. Die Flöte sang sanft den Mond an, süß mit steigender Leidenschaft, bis die Sterne heller blinkten und die Luft erzitterte. Kokopelli begann sich zu wiegen und zu tanzen, wie ein Vogel in der Balz; wie Blumen, die sich wiegen und ihren Blütenstaub anpreisen; sich beugend und erhebend, vor und zurück, im Kreise sich drehend, schneller und immer schneller, bis endlich die Musik ein furioses Crescendo erreichte und endete.

»Ah!« seufzte das Publikum und vereinzelt verschwanden Pärchen in der Dunkelheit. Kwani saß mit offenem Mund da, vollkommen gefesselt. Nur Kokopelli konnte mit seiner Musik in geheime Winkel des Herzens eindringen.

Sie wandte sich an Thorwald, um seine Reaktion zu sehen. Doch er war verschwunden.

6

Der Mann hinter dem Felsen hoch über Puname beobachtete Thorwald, der am Berghang entlangspazierte. Wenn er den Hünen mit der Axt loswerden und Kokopelli aus dem Hinterhalt überfallen würde, hätte er mit Kwani leichtes Spiel.

Thorwald blieb stehen und spähte in die Ferne; die Sicht im hellen Mondschein war gut. Der Mann legte einen Pfeil in seinen Bogen, doch bevor er ihn abschießen konnte, war sein Opfer im Schatten eingetaucht.

Das machte nichts. Er würde warten. Er hatte Geduld und den Segen der Götter, denen er großzügige Opfer gebracht hatte. Für die Götter hing zu viel vom Gelingen seines Planes ab, als daß sie ihn vergessen konnten.

Er spähte in die Ferne und erstarrte. Krieger waren im Anmarsch! Eilig machte er sich an den Abstieg vom Berg und auf den Weg hinter der Stadt. Wenn Kwani und ihre Beschützer ihre Wanderung fortsetzten, würde er auf sie warten.

Thorwald bewegte sich lautlos im tiefen Schatten des Berghangs. Hin und wieder blieb er stehen und horchte und spähte den mondhellen Pfad entlang, den er gekommen war. Wer immer sie verfolgte, würde bald lernen, daß ein Nordmann sich nicht von einem Skraeling aus dem Hinterhalt überfallen ließ.

Vom Berggipfel tönten Gespräche, Lachen und Gesänge zu ihm herunter. Die Bewohner vergnügten sich in festlicher Stimmung – völlig unbewaffnet und leichte Ziele. Diese Nacht eignete sich ideal für einen feindlichen Angriff.

In ziemlicher Entfernung flackerte ein Licht auf dem Pfad. Dann noch eines und ein drittes. Menschen näherten sich mit Fackeln! Nicht einmal Skraelinge wären so dumm, einen Überfall mit Fackeln anzukündigen. Aber es war kein Trommelschlag zu hören, kein Gesang, überhaupt kein Laut. Ein schweigender Anmarsch.

Er spähte noch einen kurzem Moment in die Nacht, dann kehrte er zu Kokopelli auf dem Berggipfel zurück. »Ich muß mit dir sprechen.«

Kokopelli erhob sich und folgte ihm.

»Wir müssen von hier fort«, sagte Thorwald leise.

»Warum?«

»Schau.« Thorwald deutete auf den Fackelzug, der die Bergflanke umrundete.

Kokopelli beobachtete den Anmarsch eine Weile. »Das

bedeutet nichts Gutes. Wir müssen den Leuten davon Meldung machen.«

»Die werden es früh genug erfahren. Wir nehmen unsere Bündel und verschwinden in der Dunkelheit. Bevor sie hier sind.« Er war sehr ungeduldig. Dieser toltekische Händler verstand nichts vom Kämpfen. Er selbst hätte nur zu gern die Axt geschwungen; sehnte sich seit langem nach einem richtigen Kampf. Aber Kokopelli würde im Kampf nichts taugen. Und Kwani... »Wir brechen *jetzt* auf.«

»Sie haben Fackeln, wir nicht. Sie sind viele. Wir nicht. Wir müssen strategisch vorgehen.«

Sie kehrten zu den Häuptlingen zurück. Etwas in Kokopellis Auftreten veranlaßte sie zu sofortigem Schweigen.

»Es kommen Leute den Pfad herauf. Sie tragen Fackeln und kommen schweigend.«

Ausrufe des Erschreckens. Männer eilten, um ihre Bogen und Pfeile zu holen. Frauen packten ihre Kinder und hasteten in ihre Häuser.

Kwani und Kokopelli blieben allein, bis die Männer mit ihren Waffen wiederkehrten und Thorwald folgten, der die Axt in einer Hand, das Schwert in der anderen trug und seinen Bogen über den Rücken hängen hatte. Seine Augen funkelten kampfeslustig. Endlich gab es etwas zu tun!

Als sie in der Dunkelheit verschwanden, sagte Kokopelli: »Stell dich zu mir.« Kwani trat dicht neben ihn ans Feuer. Erstaunt stellte sie fest, daß sie keine Angst hatte.

»Wer sind die Leute?«

»Ich bin nicht sicher, aber es könnten Leute vom Rabenclan sein, bei denen wir gestern nacht waren.«

»Aber warum?«

»Das wird sich gleich herausstellen.«

Kwani horchte gespannt. Anfangs war es ganz still, dann hörte man laute Stimmen. Unverkennbar eine aufgebrachte Frauenstimme und Männer, die einander beschimpften. Thorwald und sein Gefolge kamen mit einigen Männern vom Rabenclan zurück, die Fackeln trugen. Unter ihnen war auch eine Frau.

Eine Frau, wie sie Kwani noch nie gesehen hatte. Sie war beinahe so groß wie Thorwald. Ihr Kopf war hinter einer Rabenmaske verborgen mit einem riesigen, offenen Schnabel, durch den ihr Gesicht mit flammenden Augen schaute. Vom Hals bis zu den Füßen war sie in ein fransenbesetztes Lederkleid gehüllt, das mit mystischen Zeichen bemalt war. Sie trug einen mit Rabenfedern geschmückten Stab, Hirschhornrasseln und Kupferschellen, die sie bei Kwanis Anblick zornig schüttelte.

»Da ist sie!« rief sie.

Thorwald zog sein Schwert aus der Scheide und baute sich schützend vor Kwani auf. »Laßt sie in Ruhe«, warnte er.

Der Kriegshäuptling und seine Männer drängten näher. Im Fackelschein sahen ihre bemalten Gesichter aus wie Fratzen böser Geister.

Kokopelli trat vor. »Was ist hier los?«

Der Kriegshäuptling warf Kokopelli einen schneidenden Blick zu. »Dies ist die Medizinfrau des Rabenclans. Sie wird sprechen.«

»Sie trägt Sho-Kotls Kleid. Gib es zurück!«

Der Clanhäuptling trat vor und hob seine Hand. »Wir sind Freunde. Laßt uns darüber wie Freunde sprechen. Kommt in meine Kiva zum Rauchen.« Er verbeugte sich respektvoll vor der Medizinfrau. »Wenn du dich uns anschließen willst, bist du herzlich willkommen.«

»Ich möchte das Kleid meiner Tochter wiederhaben! Der dort« – sie stieß ihren Stab in Thorwalds Richtung – »hat es in der Nacht gestohlen. Gib es zurück!«

»Deine Gefährtin hat etwas, das ihr nicht gehört«, sagte der Kriegshäuptling zu Kokopelli. »Du hast dem da gesagt, er soll ein Kleid tauschen. Ein feiner Handel ist das, nachts Frauen zu bestehlen.« Seine Stimme war voller Verachtung.

Thorwald verteidigte sich: »Ich habe dafür bezahlt. Ich habe ihr Salz gegeben.«

Die Frau spuckte ihm ins Gsicht. »Salz war deine armselige Gabe dafür, daß du Sho-Kotls Lager geteilt hast. Das Kleid hast du gestohlen. Gib es zurück!«

»Nein.«

Kwani starrte Thorwald an. Das Kleid einer Frau zu stehlen; wie würdelos! Dadurch verloren sie und Kokopelli das Gesicht. Wie konnte sie annehmen, daß dieser Dieb, dieser

Barbar ohne Manieren ihr Verwandter sei? Sie stieß sein Schwert beiseite und trat der Frau entgegen. Die Rabenkrieger rückten näher, doch Kwani scherte sich nicht um sie. Sie blickte in das Gesicht der Frau, das halb im offenen Schnabel verborgen war. Schwarze Augen erwiderten ihren Blick, und Kwani empfand Sympathie für den mütterlichen Zorn ihres durchdringenden Blickes. Aber sie mußte ihr Gesicht wahren.

»Thorwald ist hier fremd, genau wie ich. Wir dachten, er habe für das Kleid bezahlt. Wenn er es nicht tat, bitten wir um Vergebung. Er soll dich jetzt bezahlen.« Sie wandte sich an Thorwald. »Bezahle.«

»Kokopelli bezahlt, nicht ich.«

»Ich bezahlte mit *meinem* Salz für dein Privileg auf der Schlafmatte. Jetzt bezahlst du für das Kleid.«

Thorwald sprang auf eine Mauer und stellte sich breitbeinig in Positur, die Axt in einer Hand, das Schwert in der anderen. »Und wenn ich mich weigere?« Er schaute mit grimmigem Lächeln von einem zum anderen. Vielleicht kam er doch noch zu seinem Kampf!

Der Clanhäuptling hob seine Hand. »Wir werden das in der Kiva besprechen.« Er wandte sich ab, die anderen folgten.

»Eine Beratung ist nicht nötig.« Kwani hatte Gefallen an dem feinen Gewebe und den Muschelverzierungen des Kleides. Aber es war unter ihrer Würde und unter der Würde ihres Volkes, es zu behalten. »Ich werde es zurückgeben.« Sie begann, den Schulterknoten zu lösen.

Kokopelli rief. »Nein. Das Kleid gehört dir. In diesem Kleid hast du den Hirsch gerufen. Es ist der Wunsch der Götter, daß es bei der Anruferin bleibt.« Zur Medizinfrau gewandt sagte er galant: »Vielleicht hat der Geist deiner Tochter zum Gelingen der Anrufung beigetragen.«

Der Kriegshäuptling trat mit gerunzelter Stirn vor. Die Medizinfrau hielt ihn mit hoheitsvoll erhobener Hand zurück. Er blieb stehen und starrte Kokopelli und Thorwald feindselig an, die seinen Blick erwiderten. Die Männer von Puname rückten näher und murmelten Drohungen.

Die schwarzen Augen der Medizinfrau bohrten sich in

Kwanis Augen, die ihr Innerstes bloßgelegt fühlte, dem Blick jedoch standhielt. Zwischen den beiden Frauen fand ein rascher Austausch weiblichen Verständnisses statt; ihre Seelen berührten einander.

Die Medizinfrau sagte: »Du bist eine Ruferin?«

»Ja.«

»Und der Hirsch kam.«

»Ja.«

Die Frau schwieg. Aus dem offenen Schnabel waren nur ihre durchdringenden Augen zu erkennen. »Du bist auch die Sich Erinnernde?«

»Die bin ich.«

»Und die, die vom Adlerjungen erzählt?«

Kwani lächelte. »Ja.«

Die Medizinfrau wandte sich ab und stand eine Weile stumm, fingerte an den Fransen ihres Gewandes. Dann sagte sie: »Ich kann das Kleid nicht annehmen. Ich muß bezahlt werden. Sagt ihm –«, Dabei richtete sie ihren Stab auf Thorwald, der immer noch auf der Mauer stand –, »sagt dem, der sich aufbläht, er soll herkommen.« Sie stieß ihren Stab vor und die Kupferschellen klimperten befehlend. »Ich will Türkise.«

Thorwald sprang von der Mauer und trat ihr gegenüber. »Nein.«

Es entstand düsteres Schweigen, in dem das Rabenvolk näher trat. Hinter Thorwald standen die Dorfbewohner mit den Bogen im Anschlag. Frauen und Kinder drängten sich an den Fensteröffnungen und verfolgten ängstlich das Geschehen.

»Die Kiva –« versuchte der Clanhäuptling wieder einzulenken.

»Ich bin Nordmann. Ich hocke nicht in Kivas herum.« Die Axt schwang langsam vor und zurück.

Kwani war ängstlich geworden. Sie flüsterte Kokopelli zu: »Tu etwas!« Ein Kampf mußte um jeden Preis vermieden werden.

Er öffnete sein Bündel und kramte darin herum. Kwani stockte der Atem, als er ein Halsband aus Türkisen hervorholte, große, glänzende Steine und glitzernde Muscheln aus dem Meer des Sonnenaufgangs. Er hielt die Kette hoch, damit alle sie sehen konnten.

Aufgeregte Rufe der Bewunderung. Das Halsband war viele solcher Gewänder wert. Er hielt den Schmuck Thorwald hin. »Hier ist ein Halsschmuck der Schönheit, um für ein Kleid der Schönheit zu bezahlen. Bezahle.«

Thorwald hob sein Schwert, und Kokopelli hängte den Schmuck über die Spitze. Thorwald schlenderte zur Medizinfrau und bot ihr das kostbare Stück an der Schwertspitze dar, als sei es etwas Unreines.

»Ich nehme nichts an, das mir auf diese Weise angeboten wird.«

»Erlaube mir, es dir zu überreichen«, sagte Kwani. Vorsichtig legte sie die Kette über die Maske der Frau um den Hals. Sie lächelte. »Sie steht dir gut.«

Der grimmige Blick wurde nur um ein geringes weicher. »Ich nehme dies als Bezahlung – als Wiedergutmachung – für die Beleidigung an Sho-Kotl, an mir und meinen Clan. Jetzt bezahle für das Kleid!«

»Genug ist genug«, sagte Kokopelli.

Es gab verärgerte Zwischenrufe.

»Die Kiva, die Kiva!« rief der Clanhäuptling.

Kwani schluckte und hob ihre Hand. »Erlaubt mir zu sprechen. Geht in die Kiva. Redet. Raucht. Bleibt Freunde. Laßt mich hier mit der Ehrwürdigen, auch wir wollen miteinander reden.« Sie wandte sich an Thorwald. »Du geh an einen einsamen Ort und horche auf deinen Geist.«

»Weise Worte, Gefährtin des Kokopelli«, sagte der Clanhäuptling. »Kommt.« Er ging voran zu seiner Kiva, die Männer löschten ihre Fackeln und folgten ihm mit finsteren Mienen.

Der Kriegshäuptling ging als letzter. »Du wirst bezahlen!« knurrte er Thorwald an.

»Ich habe bezahlt!« knurrte Thorwald zurück und entfernte sich.

Als alle weg waren, standen Kwani und die Medizinfrau einander stumm gegenüber. Wieder floß dieser Strom der Verständigung zwischen ihnen.

»Männer benehmen sich wie kleine Kinder«, sagte Kwani.

Die Augen der Medizinfrau funkelten.

Kwani setzte sich ans Feuer. Die Frau folgte ihr und setzte sich würdevoll, ordnete ihr weites Kleid um sich. Kwani reichte ihr eine Schüssel mit Wildfleisch. Den Bissen durch den offenen Schnabel zum Mund zu führen, erwies sich als zu umständlich, sie nahm die Maske ab und legte sie neben sich.

Kwani versuchte, ihr Erstaunen zu verbergen. Die Medizinfrau war die schönste Frau, die sie je gesehen hatte. Ihre großen schwarzen Augen glichen Seen unter dunklen Brauen. Der klare Schwung ihrer Wangen und die Adlernase verliehen ihr ein edles Aussehen. In ihre schweren, schwarzen Zöpfe waren rot gefärbte Lederbänder geflochten.

Sie kaute schweigend, den Blick unverwandt ins Feuer gerichtet. Von Zeit zu Zeit griff sie an die Halskette und ließ ihre Finger über die Steine gleiten.

Kwani fühlte, daß sie sich etwas zu sagen hatten, wußte aber nicht, wie sie beginnen sollte. Sie stocherte im Feuer, und die Funken stoben hoch und verglühten in der Dunkelheit. Schließlich begann Kwani: »Die Sache mit dem Kleid tut mir leid. Ich habe kein anderes, und vor mir liegt noch eine weite Reise bis in Kokopellis Heimat. Ist dir bekannt, warum ich den Adlerclan verlassen habe?«

Die Frau nickte, immer noch kauend.

»Es sind meine blauen Augen. Sie sagen, ich sei eine Hexe. Aber ich trage ein Kind.« Sie tätschelte ihren Bauch. »Ich rufe Masau'u und Motsni, ich rufe den Hirsch.«

»Du bist keine Hexe. Du bist nur dumm.« Sie nahm sich noch ein Stück Fleisch.

Kwani schluckte erschrocken. »Warum?«

»Du bist Pueblo. Du verläßt dein Volk, du gehst mit diesen Barbaren. Wer wird deinem Sohn die Geheimnisse von Mutter Erde lehren? Wer wird ihn zum Jäger ausbilden, ihm die heiligen Zeremonien, die Gesänge und Tänze und alles, was er wissen muß, beibringen?« Sie schüttelte den Kopf. »Das kränkt die Götter.«

»Mein Kind wird vielleicht ein Mädchen. Ich werde es lehren –«

»Es ist ein Knabe.« Sie bohrte einen Finger leicht in Kwanis Bauch. »Schau, wie er liegt. Es ist ein Knabe.«

Eine Weile schwiegen die Frauen. Trotz der unverblümten Redeweise fühlte Kwani sich in ihrer Gegenwart wohl. Ihre Seelen erkannten einander.

»Ich wollte mein Volk nicht verlassen. Man hat mich fortgejagt.«

»Wakoni sagte dir, du sollst bei uns bleiben, aber du hast abgelehnt.«

»Mein Gefährte –«

»Ist kein Pueblo.« Sie nahm noch ein Stück Fleisch und noch eins. »Hast du Pikibrot?«

»Nein, aber Maisfladen.« Kwani reichte ihr einen Korb.

Die Medizinfrau griff in die Falten ihres Gewands, holte einen geflochtenen Beutel hervor und stopfte Maisfladen und Fleisch hinein. Der Mond stieg höher, und im Tal sangen die Kojoten. Die Nachtbrise entfachte die Glut zu neuen Flammen. Die Frauen saßen schweigend und blickten in die züngelnde Glut.

»Mein Gefährte gab den Leuten hier meine Decke«, sagte Kwani nach langer Zeit. »Meine Federdecke, die ich zusammen mit meiner Mutter vor langer Zeit gefertigt habe. Meine Mutter ist jetzt in Sipapu.«

Eine Weile antwortete die Medizinfrau nicht. Dann sagte sie: »Du willst deine Decke, so wie Sho-Kotl ihr Kleid haben will.«

»Ja.«

Sie schauten einander an, und die Medizinfrau sagte: »Es sind die Männer, die Probleme machen.«

»Das ist wahr.«

Aus der Kiva erscholl unvermutet der Klang von Kokopellis Flöte. Die Medizinfrau nickte. »Kokopelli kennt Medizin für den Geist. Schade, daß er kein Pueblo ist.«

Kwani antwortete nicht, was konnte sie darauf schon sagen?

Die Flöte spielte, die Kojoten sangen, und ein Nachtvogel schrie.

»Wo Thorwald sein wird?« sagte Kwani.

»Erzähl mir von ihm. Warum ist er bei euch?«

»Weil er blaue Augen hat. Ich dachte, er ist vielleicht mein Verwandter, und bat Kokopelli, mich zu ihm zu bringen, doch er brachte Thorwald statt dessen zu mir.«

»Glaubst du immer noch, daß er dein Verwandter ist?«

Kwani schüttelte den Kopf. »Lange Zeit hoffte ich... Als mein Volk mich verstieß, sagte meine Mutter, ich soll den Blauäugigen suchen, er sei mein Beschützer. Aber –«

Die Medizinfrau bedachte Kwani mit einem weisen Blick. »Aber er will dich besitzen, bevor er dich beschützt. Ist das so?«

Kwani wandte den Blick. »Er ist haarig wie ein Hund. Und ich bin Kokopellis Gefährtin.«

Die Medizinfrau lächelte. »Er ist nicht mit dir verwandt. Er könnte weder Masau'u oder Motsni oder den Hirsch rufen. Wer lehrte dich diese Dinge?«

»Ich weiß es nicht. Vielleicht der Geist der Alten, die vor mir die Sich Erinnernde war...«

»Ah.«

Der Flötenklang erstarb. »Sie kommen«, sagte die Medizinfrau und setzte ihre Maske wieder auf.

Die Männer kletterten aus der Kiva und bauten sich schweigend vor Kwani auf, die ihre Schultern straffte. Kokopelli und der Clanhäuptling näherten sich.

»Wo ist Thorwald?« fragte Kokopelli.

»Wir wissen es nicht.«

»Wir haben beschlossen, daß Thorwald für das Kleid bezahlen muß«, sagte Kokopelli.

Die Medizinfrau erhob sich würdevoll, befahl den Kriegshäuptling mit einer Geste zu sich. »Entfacht die Fackeln. Wir brechen auf.«

»Aber –« er verstummte. Seine Männer raunten und traten von einem Fuß auf den anderen. »Du mußt bezahlt werden.«

»Ich bin bezahlt.« Sie schlug an die Ausbuchtung des Beutels unter ihrem Kleid und blickte zu Kwani. »Ich werde Masau'u bitten, dich auf deiner Reise zu beschützen.«

Kwani hob zwei Finger ihrer Rechten und führte sie zum Herzen. Die Medizinfrau tat es ihr gleich. Dann entfernte sich die Abordnung des Rabenclans; die Fackeln beleuchteten ihren Weg.

Frauen und Kinder kamen angelaufen. »Was hast du getan? Was hast du ihr gegeben?«

Kwani lächelte und blieb stumm. Kokopelli flüsterte sie zu: »Wo können wir alleine sprechen?« Sie mußte ihm etwas sagen, von dem sie fürchtete, es würde ihm nicht gefallen.

Er führte sie in einen entlegenen Schatten. »Was gibt es?«

»Die schöne Türkishalskette. Es war klug von dir, sie der Medizinfrau zu schenken.« Sie hätte gern gefragt, warum hast du sie nicht mir geschenkt, ließ es aber.

»Natürlich.«

»Ich bin sicher, daß der Clanhäuptling hier eine ähnliche Halskette für seine Gefährtin haben möchte.«

Kokopelli hielt den Kopf schief. »Was willst du damit sagen?«

»Ich möchte meine Decke wiederhaben. Sie bedeutet mir viel. Bitte kaufe sie zurück.«

»Dieses Ansinnen wäre unehrenhaft.«

»Dann tu' ich es.«

»Das verbiete ich dir«, entgegnete er empört. »Laß die Sache auf sich beruhen.«

Kwani errötete erzürnt. Sie war seine Gefährtin, ihm gleichgestellt, sie war nicht geringer als er. Sein Verhalten setzte sie herab. Das würde sie nicht zulassen!

»Du hast ihnen meine Federdecke gegeben, die ich gemacht habe, bevor ich dich traf. Warum hast du nicht deinen Halsschmuck geschenkt? Das ist ungerecht. Ich möchte meine Decke wiederhaben.«

»Das Halsband ist viel mehr wert als deine Decke. Es lohnt nicht, mehr Worte darüber zu verlieren.« Er wandte sich ab.

Kwani beherrschte sich und sprach gelassen weiter. »Bitte, Kokopelli, sei vernünftig. Du sagtest, alles, was du besitzt, gehört mir –«

»So wie alles, was du besitzt, mir gehört.«

»Du hast mir die Decke weggenommen. Ist es dann nicht gerecht, wenn ich mir deine Türkise nehme, um meine Decke zurückzukaufen?«

»Das verbiete ich dir!« Mit diesen Worten entfernte er sich.

Kwani warf ihm zornige Blicke nach. Bei den Anasazi waren die Frauen hoch angesehen; die Gefährtin eines Mannes war ihm ebenbürtig, wenn nicht höhergestellt. Die Gedanken wirbelten in ihrem Kopf.

Für ihn bin ich nicht die Sich Erinnernde. Ich bin ihm nicht ebenbürtig. Vielleicht bin ich in seiner Heimat nicht mehr als ein Besitz, den er benutzt und vorzeigt, wie es ihm gefällt. Warum mache ich diese beschwerliche Reise in seine fremde Heimat?

Sie wußte warum. Weil sie ihn liebte. Weil sie nicht wieder allein sein wollte, ohne einen Gefährten, ohne Schutz, ohne Heim.

Das Kind bewegte sich, und Kwani schlang beide Arme um ihren Leib. »Hab keine Angst«, flüsterte sie. »Es wird alles gut.«

Doch die Sorge nagte an ihr. Würde Kokopelli das Kind als sein eigenes annehmen? In Thorwalds Lager gab es bestimmt Frauen von Stämmen in der Nachbarschaft, die ihr bei der Geburt halfen. Aber wenn das Kind zur Welt kam, bevor sie das Lager erreichten?

Sie umklammerte die Muschel trostsuchend. »Hilf mir!«

Die Erinnerung an den Traum schwebte durch ihren Geist. Der Weiße Büffel.

»Ich warte auf dich. Komm zu mir.«

Sie befaßte sich mit dem Traum, suchte nach einer Deutung. Langsam stieg Erkenntnis und Rückhalt in ihr hoch. Der Weiße Büffel wollte ihr eine wundersame Wahrheit sagen. Irgendwo würde sie dem Heiligen Wesen von Angesicht zu Angesicht gegenübertreten und die Wahrheit erfahren, das magische Geheimnis, das das Geistwesen ihr enthüllen wollte.

Das war ihre Bestimmung.

Verborgen im tiefen Schatten beglückwünschte Thorwald sich zu seiner Zurückhaltung. Er war die ganze Zeit in der Nähe gewesen, hatte beobachtet und den Drohungen der Rabenkrieger zugehört und brannte innerlich darauf, gegen sie zu kämpfen. Er konnte verstehen, wieso Berserker von Bord ihrer Schiffe gingen, wenn die Kampfeslust sie befiel und mit Bäumen im Wald Ringkämpfe austrugen, bis die Wut sich gelegt hatte, um ihre Seeleute nicht zu gefährden. Er hätte seine Axt unzählige Male schwingen, unzählige Pfeile abschießen können. Aber er wartete. Nun wurde er dafür belohnt.

Er war Zeuge der Auseinandersetzung zwischen Kokopelli und der Skraelingfrau. Er konnte sich Kokopellis Türkis aneignen, wenn es ihm gefiel, und sie, die einen Nordmann ablehnte und sich anmaßte, ihn herumzukommandieren, würde dafür verantwortlich gemacht.

7

Kwani saß umringt von Kindern, die ihr andächtige, eifrige Gesichter zuwandten, wie leere Schüsseln, die darauf warteten, gefüllt zu werden. Manche saßen mit überkreuzten Beinen, manche lagen auf ihren dicken, kleinen Bäuchen, andere saßen auf ihren feisten Hinterbacken, und zwei Kleine saßen auf ihrem Schoß. »Erzähl uns von Adlerjunge!«

Sie liebten diese Geschichte, aber Kwani konnte sie nicht noch einmal erzählen. Kokopelli, sie und Thorwald waren nun seit sechs Tagen in Puname, und jeden Tag wollten die Kinder Geschichten hören. Und eines war immer dabei, das die Geschichte von Adlerjunge hören wollte. Und bei jeder Erzählung wurde Kwanis Herz schwerer, wenn sie daran dachte, daß auch sie ihr Volk verließ.

»Genug für heute. Ich muß mit Makeeah reden.«

Sie kletterte den steilen Pfad zu Makeeahs Haus hinauf und überlegte, wie sie ihre Federdecke zur Sprache bringen konnte. Sie wollte nicht ohne die Decke fortgehen, die ihr so ans Herz gewachsen war. Sie hatte sich schon von so vielem trennen müssen, woran ihr Herz hing; die Decke wollte sie nicht auch noch verlieren. Makeeah war die Gefährtin des Clanhäuptlings von Puname, die Clanmatriarchin. Vielleicht konnte sie ihr helfen.

Das Haus des Häuptlings stand ganz oben auf dem Hügel. Makeeah saß draußen und nähte an einem kleinen Pelzgewand. »Ich grüße dich, Makeeah.«

»Sei mir willkommen.« Makeeah lächelte und entblößte große Zahnlücken, wie Fensteröffnungen. »Komm und setz dich zu mir.« Ihre Knochennadel stach behende und geübt durch den Pelz.

»Ich kann nicht bleiben. Kokopelli möchte morgen früh aufbrechen, und ich muß mein Bündel schnüren.«

Makeeah bedachte Kwani mit einem listigen, aber freundlichen Blick. »Möchtest du fortgehen?«

»Nein. Ich –«

»Bleib bei uns. Bring dein Kind hier zur Welt. Wir werden ihm viele Namen und viele Geschenke geben.«

»Ich danke dir, Makeeah. Ich war hier glücklich. Aber –«

Makeeah nickte. »Ich verstehe. So ist es immer, nicht wahr?« Sie seufzte. »Wenn Kokopelli zu gehen wünscht, mußt du gehen. Sein Volk wird dein Volk, dein Clan sein.« Sie tätschelte Kwanis Schulter. »Die Menschen dort können sich glücklich schätzen, dich bei sich zu haben.« Dann beugte sie sich wieder über ihre Näharbeit. »Du wirst uns fehlen.«

»Ich werde dich und Puname nie vergessen, Makeeah.«

Eine Weile saßen sie schweigend, während Makeeahs Nadel flink durch den Pelz fuhr. Kwani sagte zögernd: »Ich möchte dich um einen Rat bitten –«

Die Nadel hielt inne.

»Es ist wegen meiner Decke. Der Geist meiner Mutter ist in ihr. Kokopelli wußte das nicht, als er sie weggab.« Sie schluckte. »Wäre es möglich, sie zurückzukaufen?« Rasch sprach sie weiter. »Kokopelli will dieses Angebot nicht machen, weil er es für ungehörig hält. Er möchte niemanden verletzen. Ich auch nicht.«

»Gib mir Zeit, die Sache zu überdenken.« Makeeah lehnte sich gedankenvoll zurück. »Komm zu mir, bevor du aufbrichst. Dann habe ich eine Antwort für dich.«

Sie waren zum Aufbruch bereit. Die Bewohner von Puname schoben ihnen beim Abschied Essenspakete und Wasserbeutel zu, die Mädchen hingen an Thorwald und flehten ihn an zu bleiben.

Kwani stieg zu Makeeahs Haus hinauf und trat ein. Makeeah saß mit gefalteten Händen und lächelte ihr Lächeln mit den Zahnlücken. »Ich dachte, du hättest es vergessen.«

»Natürlich nicht. Ich komme, um mich zu verabschieden.«

Makeeah zog das Bündel hervor, auf dem sie gesessen hatte. Es war eingehüllt in ein kleines Gewand aus Eichhörnchenfellen und mit Lederriemen verschnürt.

»Hier ist meine Antwort. Das Gewand ist für dein Kind; das andere für dich. Es ist nicht erlaubt, deine Decke zurückzukaufen.«

Kwani versuchte ihre Enttäuschung zu verbergen. »Ich danke dir für das Geschenk, Makeeah.« Sie bückte sich und umarmte die Frau. »Ich werde dich nie vergessen.«

Makeeah deutete mit aneinandergelegtem Zeige- und Mittelfinger auf Kwani zum Zeichen »Bis wir uns wiedersehen.«

»Ich warte auf deine Rückkehr«, sagte sie.

Kwani stieg den Hügel wieder hinab. Tränen quollen in ihr hoch; ihre Federdecke zurückzulassen war, wie dem Geist ihrer Mutter Lebewohl sagen zu müssen.

Kokopelli und Thorwald warteten ungeduldig; bald waren sie unterwegs.

Hinter dem Hügel breitete sich das Tal aus, in der Ferne umsäumt von blauen Bergen. Weiße Wolken stiegen in den erwachenden Himmel, und die Brise des frühen Morgens trug den Duft der Gräser von Mutter Erde. Thorwald trug seinen Helm und sein eisernes Wams. Gut gelaunt stapfte er vor ihnen her.

Kwani fühlte sich ausgeruht und erfrischt. Sie spürte eine neu entfachte Abenteuerlust, trotz ihrer Leibesfülle, an der sie jeden Tag schwerer zu tragen hatte.

Allmählich veränderte sich die Landschaft. Das Gras wuchs höher, Fichten und Wacholderbäume wuchsen dichter und andere Bäume, die Kwani fremd waren. Ein Vogel mit langem Schweif flog vorüber, gejagt von Spottdrosseln, die ihn in blitzschnellen Sturzflügen angriffen. Wolken ballten sich majestätisch zu stets sich verändernden Formen.

Kokopelli hatte seinen Kopfschmuck mit den schlanken, grünen Federn abgelegt und trug wieder die Federkappe mit den Fransen aus Türkisperlen. An seinem nackten, braunen Oberkörper spielten die Muskeln, seine kräftigen Beine holten weit aus. Er übte einen großen Zauber auf Kwani aus – seine Stimme, seine Musik, seine Zärtlichkeit. Wenn nur –

Wenn nur was?

Es war ein unbestimmtes Gefühl. Aber sie wußte, alles würde gut werden, wenn sie erst in seiner Heimat, bei seinem Volk angelangt war. Ihre Gedanken waren oft in dem fremden Land. Würde sein Volk sie willkommen heißen, wie die Bewohner von Puname es getan hatten?

Beim Gedanken an Makeeah fiel ihr das Geschenk wieder ein. Zu gern wäre sie stehen geblieben, um das Kinderkleid aufzuschnüren und nachzusehen, was es enthielt; aber Kokopelli und Thorwald gingen zu rasch; sie konnte ihnen kaum folgen. Sonnenvater stand direkt über ihnen, als Kokopelli haltmachte. Es mußte Essenszeit sein, dachte Kwani. Doch Thorwald und Kokopelli bückten sich und untersuchten den Boden. Kwani kam näher. Eine frische Fährte.

»Ein Bär!« rief sie aus.

Kokopelli nickte. »Ein Grizzly. Die Fährte ist zwei, drei Tage alt.«

»Wie groß?« fragte Thorwald.

Kokopelli hob seinen Arm hüfthoch. »Aber aufgerichtet wird er etwa deine Größe haben.«

Thorwald hob die Axt. »Ich hacke ihm den Kopf ab.«

»Nicht, wenn er dir deinen zuerst abreißt«, sagte Kokopelli trocken.

Sie setzten sich unter eine Fichte und holten Essenspakete und Wasserbeutel hervor, die ihnen die Bewohner von Puname mitgegeben hatten. Kwani trank durstig, konnte aber nicht essen, bevor sie wußte, was in dem Bündel war.

»Ich muß nachsehen, was Makeeah mir geschenkt hat.« Sie knüpfte die Riemen auf und entfaltete das Kinderkleid. Darin eingewickelt war ihre fest zusammengerollte Federdecke.

»Meine Decke! Schaut her! Sie hat sie mir zurückgegeben!« Kwanis Stimme zitterte. »Sie hat sie mir zurückgegeben!«

Kokopelli saß in eisigem Schweigen und fixierte sie unbeweglich. »Womit hast du sie gekauft?«

»Ich habe sie nicht gekauft, Kokopelli. Es ist ein Geschenk.«

»Sie würden ein Geschenk nicht zurückgeben, wenn du nicht danach gefragt hättest.«

Kwani spürte, wie sie errötete. In gewisser Weise hatte sie

darum gebeten. Was konnte sie sagen? »Ich... ich habe nicht darum gebeten.«

Sie aßen in eisigem Schweigen.

Thorwald sagte: »Der Bär soll sich bloß nicht herwagen, wenn ihm sein Leben lieb ist. Ha!«

Kokopelli antwortete nicht. Sein Gesicht war zu Stein erstarrt.

Den ganzen Tag folgten sie dem schmalen Pfad, ohne einem Lebewesen zu begegnen. Als sie die Gebirgsausläufer erreichten, wurde es kühler. Bald machten sie halt, um das Lager aufzuschlagen und zu essen. Thorwald setzte sich mit dem Rücken ans Feuer und suchte die Umgebung mit Blicken ab. Hier konnte sich ein Verfolger leicht zwischen den Bäumen verbergen.

Bei Einbruch der Nacht, während Thorwald ihm den Rükken zuwandte, griff Kokopelli in sein Bündel nach seinem Beutel mit Türkisen, öffnete ihn heimlich und zählte die Halsbänder und Türkisbrocken, einen nach dem anderen. Ein Stein, so groß wie seine Handfläche, fehlte. Bedächtig schnürte er den Beutel wieder zu und schob ihn noch tiefer in sein Bündel. Er wandte sich zu Kwani, um sie zur Rede zu stellen, doch sie lag eingerollt unter ihrer Federdecke und schlief bereits.

Die Nacht hindurch hielten Thorwald und Kokopelli abwechselnd Wache. In den Stunden der Ruhe benutzte Kokopelli sein Bündel als Kissen. Doch er fand keinen Schlaf; Kwanis dreiste Ungehorsamkeit, den Türkis zu stehlen, um ihre Decke damit zurückzukaufen, verletzte seinen Mannesstolz tief.

Und dennoch war Kwani von all den Frauen, mit denen er das Lager geteilt, von denen er manche geliebt hatte – zumindest geglaubt hatte, sie zu lieben –, die einzige, die er sich als Gefährtin wünschte. Ihre Schönheit, ihr Geist, ihre Empfindsamkeit..., aber da war noch mehr. Sie stillte seinen Hang zum Mystischen, die toltekische Lust am Unbekannten. Wie konnte sie ihn so hintergehen?

Er grübelte und fand keine Antwort.

Im Morgengrauen begann in der Ferne Donner zu grollen, und dunkle Wolken jagten tief über den Himmel. Kwani fuhr ängstlich hoch, fürchtete wieder eine Flutwelle. Thorwald nagte an einem Stück Fleisch und studierte den Himmel. Kokopelli saß etwas entfernt und kramte in seinem Bündel. Sie erhob sich und setzte sich neben ihn.

»Ein Sturm kommt auf.« Er antwortete nicht.

»Wie weit ist es bis zum nächsten Dorf?«

Er sah sie unter schweren Lidern an. Schließlich sagte er mit beherrschter Stimme: »Es ist ein gefährliches Dorf. Wir werden ihm ausweichen und direkt nach Cicuye gehen.«

»Welcher Stamm lebt dort? In Cicuye?«

»Towa. Es ist die letzte Pueblo-Ansiedlung, bevor wir die Steppe erreichen, in der andere Stämme leben.« Er stand auf und schulterte sein Bündel, als Thorwald auf ihn zutrat. »Im Süden leben Tiwa, und in der Schlucht, die unser Ziel ist, hausen die Tewa.«

Thorwald schnaubte verächtlich. »Towa, Tiwa, Tewa. Nur Skraelinge können solche Namen haben. Sie ergeben keinen Sinn.«

»Sie gehören alle zum Stamm der Pueblo.« Kokopellis Stimme hatte einen sarkastischen Unterton.

Thorwald ließ den Blick über den Himmel wandern. »Der Wind frischt auf.«

Kokopelli sagte: »Vielleicht erreichen wir den Paß mit den Höhlen. Wir nehmen eine Abkürzung über die Berge zum Paß, der nach Cicuye führt.«

Beim nächsten Donnerschlag zuckte Kwani zusammen. »Aber das Dorf ist näher. Wie gefährlich ist es?«

»So gefährlich, daß wir es nicht aufsuchen, sonst würde ich es nicht tun.«

»Aber du... deine Flöte...«

»Die Zeiten ändern sich. Beim letzten Mal ließen sie mich ein, hießen mich aber nicht sonderlich willkommen. Die Geschäfte gingen schlecht. Wir nehmen den Paß.«

Thorwald trat von einem Fuß auf den anderen. »Wir vergeuden Zeit!«

Einem Donnerschlag folgte ein greller Blitz. Über ferne Berge wehte ein grauer Regenvorhang. Der Wind wurde stärker; die Blitze zuckten näher. In nächster Nähe stürzte ein Baum unter lautem Ächzen und Krachen zu Boden.

»Bitte!« schrie Kwani. »Das Dorf!«

Der Himmel verdunkelte sich; der Sturm trieb gewaltige Wolkenmassen vor sich her. Kwani umklammerte ihr Halsband. Es sind die Götter, dachte sie. Sie werden mich und mein Kind strafen, weil ich unser Volk verlasse.

»Bitte!« schrie sie wieder. »Der Sturm ist vielleicht gefährlicher als das Dorf.«

»Gut«, sagte Kokopelli, »wir werden zum Dorf gehen, aber wir müssen vorsichtig sein. Bleib dicht bei mir.« Er wandte sich an Thorwald. »Du tust gut daran, dich an meine Anweisungen zu halten.«

Thorwald bedachte ihn mit einem finsteren Blick, ohne ihm zu antworten.

Der Pfad ging bergauf und bergab, um Hügelflanken und Felsvorsprünge, während der Sturm sie vorantrieb und ihnen in die Ohren blies. Kwani folgte so schnell sie konnte, und das Kind in ihr trat um sich, wie um zu protestieren.

»Warte nur, Kleines«, flüsterte sie. »Bald sind wir in Sicherheit.« Jetzt zählte nur die Sicherheit für das Kind. Kwani stemmte sich gegen den Wind und kämpfte sich weiter.

Der Mann folgte ihnen heimlich. Sie waren gezwungen, Unterschlupf zu finden, bevor sie das Dorf erreichten. Er suchte fieberhaft nach einem Felsvorsprung mit einer kleinen Höhle. Dieses Land war ihm fremd. Je weiter er sich von seiner Heimat entfernte, desto feindseliger wurden die Landschaft und ihre Götter. Er wollte umkehren. Aber der Gedanke an Reichtümer und Ruhm, die ihn erwarteten, wenn er seinen Plan erfolgreich ausführte, gaben ihm Zuversicht.

Große Regentropfen begannen zu fallen.

»Dort drüben«, Kokopelli zeigte auf eine kleine, turmähnliche Felsanhäufung, die hinter dem Hügel aufragte, »dort ist vielleicht eine Höhle.«

»Ich schaue nach.« Thorwald fiel in leichten Trab.

Plötzlich verwandelte sich der Regen in Hagel, riesige Eisklumpen, so groß wie Trinkschalen, fielen klatschend, donnernd mit ungeheurer Kraft vom Himmel, zerbarsten beim Aufprall auf die Erde in kleinere Splitter. Bäume bebten und ächzten, als ihnen die Äste abgeschlagen wurden.

Kwani krümmte sich in hellem Entsetzen zusammen, schlang ihre Arme um ihren Bauch, um ihr Kind vor dem wilden Zorn der Götter zu retten.

Thorwald kam angelaufen, die Hagelbrocken sprangen von seinem Helm ab.

»Eine Höhle!«

Er hob Kwani hoch und rannte mit ihr zur Höhle, Kokopelli rannte hinter ihnen her, versuchte Kopf und Gesicht mit beiden Armen zu schützen. Er hatte während keiner seiner Reisen je einen solchen Hagelschlag erlebt.

»Tlaloc!« flehte er den Regengott an. »Hab Erbarmen!«

Ein Eisklumpen traf ihn seitlich am Kopf. Er taumelte und stürzte zu Boden, lag ohne Bewußtsein, und der Hagelschlag trommelte auf seinen ungeschützten Körper.

Kwani und Thorwald krochen in die niedrige Höhle am Fuße des Berges; aneinandergekauert waren sie vor Sturm und Hagel sicher – nur hin und wieder kullerte ein Eisklumpen den Hügel herab in die Höhle. Thorwald stieß ihn mit dem Fuß weg, schlug sich klirrend den Kopf am Felsen und fluchte leidenschaftlich in seiner Muttersprache.

Kwani zitterte jämmerlich. Als Kokopelli nicht auftauchte, sagte sie furchtsam: »Wo ist er? Es muß ihm etwas passiert sein.«

Thorwald hatte bereits einen Entschluß gefaßt. Vielleicht waren die Götter doch auf seiner Seite. Aber nein, er brauchte Kokopelli noch ein wenig.

»Ich hole ihn.«

Kwani schmiegte sich an die feuchte Wand, voller Angst, welche Strafen die Götter noch für sie bereithielten. Sie sehnte sich nach ihrer Mutter, nach der Geborgenheit ihrer Kindheit, nach längst vergangenen friedlichen Zeiten, als Wopio ...

»Thorwald! Kokopelli!« rief sie.

Keine Antwort. Große Eisklumpen rollten in die Höhle. Sie schob sie hinaus, um für Kokopelli und Thorwald Platz zu schaffen, wenn sie zurückkehrten.

Falls sie zurückkehrten.

»Ich werde keine Angst haben«, sagte sie laut. Doch sie konnte ihr Zittern nicht unter Kontrolle bringen.

Sie drückte ihre Halskette an sich und zwang Mut und Gelassenheit in ihren Geist, konnte aber nicht aufhören zu zittern. Sie schloß die Augen und rief in stummer Verzweiflung die Alten an.

Jahrhunderte flossen an ihr vorüber, wie Flüsse ins Meer. Die Stimmen aller, die einmal die Sich Erinnernden gewesen waren, vermischten sich mit dem Rauschen der Flüsse. Ein leises, eindringliches Murmeln wurde zu einer einzigen Stimme, der der Alten.

»Du bist eine von uns, meine Tochter. Erlange Weisheit. Erkenne den wahren Zweck deiner Reise.«

Die Stimme versank im Rauschen der Flüsse und verebbte.

Kwani öffnete die Augen. Ihre Angst war verflogen. Doch sie rätselte über die Worte der Alten. War der Zweck ihrer Reise nicht die Suche nach dem Weißen Büffel und mit Kokopelli in seine Heimat zu reisen und eine Angehörige seines Volkes zu werden?

Thorwald tauchte auf, den leblosen Kokopelli in den Armen tragend. In der Höhle lehnte er den Bewußtlosen in Sitzposition an die Wand.

»Er ist verletzt!« schrie Kwani. Eine große, blutunterlaufene Schwellung trat seitlich an Kokopellis Stirn hervor.

»Hagel.«

Thorwald zog Kokopellis Augenlider hoch und untersuchte seine Augen mit der Erfahrung des Kampferprobten. Er fühlte seinen Puls und nickte.

»Er ist ohne Bewußtsein, aber er wird aufwachen. Er braucht Ruhe, bis er wieder gehen kann.«

Kwani zog Kokopelli an sich und bettete seinen Kopf an ihre Schulter. Sie liebte diesen Mann, sie brauchte ihn und würde ihm überall hin folgen! Ihre Angst, die Heimat zu verlassen und ihr Kind in ein fremdes, weit entferntes Land zu bringen, war vergessen. Die Götter würden gewiß verstehen, warum sein Volk ihr Volk war!

Der Sturm ließ nach, die Wolken zogen ab, und Sonnenvater blickte auf die Verwüstung herab. Thorwald trat ins Freie.

Hagel lag in großen Anhäufungen von Sturmwächten, häufte sich über abgebrochenen Ästen und zerschmettertem Gestrüpp. Ein Vogelnest lag auf der Erde mit den blutigen Überresten von drei Jungvögeln. Von den Bäumen hingen zersplitterte Äste und Zweige.

Thorwald schüttelte den Kopf. Er hatte viele Stürme erlebt, in seiner Heimat und auf hoher See, aber einen Hagelsturm wie diesen noch nie. Das war unnatürlich – der Akt fremder Götter. Er würde nie den Rat geben, dieses wilde Land zu besiedeln. Eine solche Naturkatastrophe würden keine Ernte und kein Tier auf der Weide überleben.

Er blinzelte in die Sonne; es war später Nachmittag. Wieder ein Tag Verspätung! Er fragte sich, ob der Sturm auch in seinem Lager gewütet hatte und ob das Schiff zu Schaden gekommen war. Seine Männer würden gewiß warten, bis er bei ihnen war, bevor sie in See stachen; sie wollten ihren Lohn.

Er stapfte durch die Hagelschicht auf der Erde; die Kühle war angenehm nach der Hitze in diesem verfluchten Land. Er dachte an Kokopelli und Kwani in der Höhle und war versucht, sie zurückzulassen und zu seinem Lager zu eilen. Aber Kokopellis Reichtümer – Reichtümer, die er sich aneignen konnte – ließen es geraten sein, den Tolteken am Leben zu erhalten. Und Kwani... er grinste bei der Vorstellung des sprachlosen Neides der Leute zu Hause, wenn er seine exotische Trophäe präsentierte. Das Kind war lästig, aber kein großes Problem. Nordmänner wußten sich unerwünschter Kinder zu entledigen.

Kwani saß neben Kokopelli und beobachtete ihn besorgt. Er war wach, aber seine Augen waren glasig vor Schmerz. Sein Bündel lag neben ihm, und er öffnete es, um seinen Medizinbeutel herauszuholen.

»Ich helfe dir«, sagte Kwani.

»Nein.«

Er fand den Beutel, zog ihn heraus und öffnete ihn. Kwani starrte voller Ehrfurcht auf seinen Inhalt: fremdartige chirurgische Instrumente, aufgerollte weiche Lederstreifen, geheimnisvolle Gegenstände, Beutel und Päckchen verschiedener Größen. Er öffnete eines davon, entnahm ihm drei getrocknete Blätter und ein Stück Wurzel. Sie müßten zu einem Sud verkocht werden, aber er konnte nicht warten. Er nahm sie in den Mund und kaute. Zusammen mit Peyote, der ›Sonnenpflanze‹, würden sie die Schmerzen im Kopf und die Blutergüsse am Körper lindern. Er überlegte, ob seine Schädeldecke verletzt sei, doch seine Finger ertasteten keine verdächtigen Vertiefungen. Nach etwas Ruhe könnte er seine Reise fortsetzen. Wenn nur dieses Mißtrauen nicht wäre.

Kwani saß draußen an einem Feuerchen, über dem Fleischbrühe in einem Tontopf kochte, den sie in ihrem Gepäck mitgebracht hatte. Trockenfleisch und Bohnen mit Wasser aus dem geschmolzenen Hagel würden Kokopelli Kraft geben und sie und das Kind sättigen. Um Thorwald kümmerte sie sich nicht; der konnte für sich selbst sorgen.

Sie aßen, als Thorwald zurückkehrte. Er schnupperte gierig und griff nach dem Topf. Er war beinahe leer. Er machte ein finsteres Gesicht.

»Hast du für mich nichts?«

»Du hast Essen in deinem Bündel.«

Er kippte den Rest der Schüssel in sich hinein, schaufelte das restliche Fleisch und die Bohnen mit dem Zeigefinger in den Mund.

Kwani starrte ihn voller Verachtung an. »Starke Männer kommen nicht auf die Idee, Frauen und verletzten Männern das Essen wegzunehmen.«

»Dieser starke Mann hat dich hierhergetragen, und ihn aus dem Sturm gerettet.« Er nickte mit dem Kinn zu Kokopelli hinüber. »Ohne mich wärt ihr beide tot. Und du gönnst mir das bißchen Fraß nicht? Ha!«

Er zerschmetterte das Geschirr auf dem Boden.

»Mein Topf!« schrie Kwani wutentbrannt, warf sich auf Thorwald und schlug ihm ihre Fingernägel in die Haut. »Du hast meinen Topf getötet!«

Er lachte mit blitzenden Augen. Er packte ihre beiden Hände und zog sie auf seinen Schoß. Sie weinte vor Wut und schlug wild um sich.

»Laß mich los!«

Er hielt ihr die Arme auf den Rücken, beugte sich vor, um an ihrer Brust zu saugen.

»Hör auf!« Kokopelli war auf seinen Knien, Thorwalds Axt mit beiden Händen über seinen Kopf haltend. »Laß sie los.« Seine Hände zitterten, aber seine Stimme war ruhig, und in seinen Augen stand tödliche Kälte.

Thorwald griff nach der Axt. Kwani riß sich los, schnellte hoch, riß die Axt an sich und rannte ins Freie. Thorwald hinter ihr her. Kwani hob die Axt in Schulterhöhe. In ihrer Wut vergaß sie das Gewicht der Waffe. »Du hast meinen schönen Topf getötet!« Ihre Stimme überschlug sich vor Zorn. Sie schwang die Axt, die ihr der Hüne mühelos entwand.

»Ha!« lachte er. »Du willst mich wohl umbringen, wie?«

Jetzt schwang er die gefährliche Waffe über seinem Kopf, bis die Luft surrte. »Ich, der Nordmann, bin derjenige, der tötet, Skraeling.«

Kwani starrte ihn voller Angst an, wich zurück, doch er folgte ihr, immer noch die Axt schwingend. Seine Augen glitzerten vor Spott. Die Axt schwang näher.

»Halt!« brüllte Kokopelli.

Kwani fuhr herum und sah, wie Kokopelli auf sie zustolperte, taumelte, versuchte, noch einmal zu rufen – und zu Boden stürzte.

»Kokopelli!« Kwani rannte zu ihm und warf sich neben ihn auf die Knie. Er hatte wieder das Bewußtsein verloren. Thorwald beobachtete die Szene. Nach einer Weile schob er seinen großen Fuß unter Kokopellis leblosen Körper und rollte ihn auf den Rücken. Die Axt hing über Kokopellis Bauch.

Kwani fuhr ihn an mit einer Wut, die stärker war als ihre Angst. Voller Verachtung stieß sie die Axt beiseite.

»Bring ihn zurück zur Höhle.«

»Warum?« grinste er.

»Um zu zeigen, wie stark und mutig du bist mit deiner Axt.«

»Bring du ihn doch zurück.« Er drehte sich auf dem Absatz um und stapfte zur Höhle zurück.

Sie rannte hinter ihm her und packte ihn am Arm. »Laß ihn nicht da draußen liegen! Bring ihn zurück!«

»Nein.«

Er setzte sich und lehnte sich an die Wand, die Axt neben sich. Die Arme legte er auf die Knie, und seine großen Hände hingen frei. Sein Blick war ins Leere gerichtet. Er achtete nicht auf sie.

Kwani starrte seine Hände an. Grausam. Und behaart, wie der ganze Mann. Sie wandte sich ab, überwältigt von einem Gefühl der Hilflosigkeit. Ihr Gefährte lag bewußtlos vor der Höhle. Würde er sterben? Dann war sie diesem Nordmann ausgeliefert, der sie verlassen oder töten würde, wie es ihm gefiel. Das Kind stieß nach ihr, als spüre es ihre Angst, und sie umfing es mit beiden Armen, zwang sich zu größerer Ruhe zum Wohle des Kindes.

Thorwald hob den Blick zu ihr mit heiterer Berechnung. Bedächtig holte er Kokopellis Bündel heran und stellte es zwischen seine Knie, bereit, es zu öffnen.

»Der tapfere und starke Nordmann muß also auch stehlen?«

Kwani schaute auf ihn hinab, als sei er etwas, das selbst die Geier verschmähten. »Wie klug abzuwarten, bis der Besitzer ohne Bewußtsein ist.«

»Ich habe ihm das Leben gerettet. Nicht einmal, sondern zweimal. Ich nehme die Bezahlung dafür.«

»Was Kokopelli schuldet, das bezahlt er auch. Hole ihn zum Bewußtsein zurück.«

Thorwald beachtete sie nicht und kramte gierig in dem Bündel. Mit einem Wutschrei stürzte Kwani sich auf ihn und versuchte, ihm seine Beute zu entwinden. Er hielt es mühelos mit einer Hand fest und lachte über ihre hilflose Wut. Ihr vom Wind aufgelöstes Haar fiel ihr lang über die Schultern, und in ihren Augen blitzte blaues Feuer.

Plötzlich warf er das Bündel weg und zog Kwani an sich. Sie wehrte sich verbissen und voller Angst gegen seine wilden Küsse und seine Pranken, die ihre Brüste betatschten. Er hielt sie mit einer Hand fest und riß ihr mit der anderen die Unterkleidung vom Leib. Je mehr sie um sich schlug, desto mehr grunzte er vor Vergnügen.

»Kokopelli!« schrie Kwani.

»Jetzt ist der Nordmann dran.« Er riß ihr das Kleid herunter und drang mit äußerster Brutalität in sie ein.

Kwani lag starr, biß sich auf die Lippen, um nicht wieder zu schreien. Sie wollte ihm nicht die Genugtuung verschaffen, sich an ihrer Angst und ihrem Schmerz zu ergötzen. Sie bekam nur mühsam Luft an der haarigen Brust, die ihr das Gesicht zerquetschte; ihr Mund und ihre Nase waren voller Haare, und sie würgte vor Ekel.

Immer wieder stieß er in sie. Sie zwang sich, still zu liegen, es auszuhalten, bis es vorüber war.

Er grunzte in satter Befriedigung.

»Jetzt bist du meine Frau.«

Kokopelli lag vor dem Höhleneingang, wo er hingestürzt war. Er hatte sein offenes Bündel gesehen, hatte die letzten Momente der Paarung mitangesehen, als Kwani still unter dem Mann lag – ihm zu Willen war! – diesem jungen Mann mit dem Körper eines Büffels. Er hatte Thorwalds Worte gehört und auf Kwanis Ablehnung gewartet. Sie kam nicht.

Sein Herz erhielt einen tödlichen Stich, tödlicher als die Götter ihn verteilen konnten. Er schloß die Augen. Er wollte nicht, daß die beiden wußten, was er gesehen und gehört hatte.

Wie oft hatten sie sich vorher schon gepaart? Wie konnte er so naiv gewesen sein, so blind? Wieso hatte er nicht begriffen, daß Kwanis Wutausbrüche Thorwald gegenüber und ihre lauten Auseinandersetzungen ohne Bedeutung waren? Brunftspiele!

Sie würden für ihren Betrug zahlen! In seinem Innersten beschloß er, die beiden dafür bezahlen zu lassen. Wenn sie Cicuye, die letzte Pueblosiedlung vor der großen Steppe erreichten, würde er einen anderen Lastenträger nehmen. Der Nordmann würde plötzlich verschwinden. O ja.

Und was Kwani anging... wieder wurde sein Herz von einem Stich durchbohrt... sie sollte bloß nicht glauben, daß er, Kokopelli, seine Gefährtin einem anderen überlassen würde, noch dazu diesem Nordmann. Wenn sie dieser Meinung war, dann würde sie eines Besseren belehrt, wenn ihr lüsterner Körper den Wölfen und Geiern zum Fraße überlassen war.

Er wollte seine Rache nehmen! Wahrhaftig! Die Geburt würde, wie vorgesehen, in Thorwalds Lager stattfinden; das würde er hinnehmen. Doch Okalakes Kind sollte nicht mit ihnen nach Tula kommen. Kwani sollte begreifen, was es bedeutete, Kokopellis Gefährtin zu sein.

Er lächelte bitter. Tränen drohten ihn zu ersticken; er schluckte sie hinunter. Er hatte seit seiner Kindheit nicht geweint.

8

Der Mann beobachtete, wie sie dem Dorf in der Ferne zustrebten. Seit drei Tagen hatte er sich auf einem Hügel versteckt und abgewartet. Nun, da sie wieder auftauchten, sah er, daß sie hintereinander gingen und nicht wie bisher nebeneinander. Kokopelli ging vorn, dann Kwani; der große Fremde ging als letzter. Kokopelli ging jetzt langsamer. Er sprach nicht mit den anderen, keiner sprach mit dem anderen. Seltsam.

In diesen drei Tagen war etwas geschehen. War einer von ihnen verletzt? Er war zu weit entfernt, um das zu sehen. Er hatte den Hagelsturm unverletzt überstanden, weil er sich an einen großen Felsblock gedrückt hatte. Aber seine Kleider und sein Bündel waren aufgeweicht. Nie zuvor hatte er einen solchen Zorn der Götter erlebt!

Er spähte angestrengt und sah, wie Kokopelli stehenblieb und sich nach dem großen Fremden umwandte. Seine Haltung verriet Feindseligkeit; hatte es Streit zwischen ihnen gegeben? Er konnte es nur hoffen. Das würde seine Aufgabe erleichtern.

Während die beiden Männer in Thorwalds gutturaler Sprache redeten, richtete Kwani ihren Blick auf das ferne Dorf, wo Rauchschwaden zum Himmel aufstiegen. Es wirkte friedlich und anheimelnd, keineswegs gefährlich. Dort werde ich bleiben, entschied sie. Dort werde ich mein Kind zur Welt bringen. Kokopelli hat sich gegen mich gewandt. Er kann gehen oder bleiben, wie es ihm beliebt; mich kümmert es nicht mehr.

Aber ihr Herz strafte sie Lügen. Doch sie war zu erschöpft, um weiter zu kämpfen. Es war drei Tage her, seit Thorwald sie mit Gewalt genommen hatte, und obgleich das Kind sich bewegte und unverletzt schien, war ihre Seele tief verwundet. Kokopelli hatte sich abgewandt, als sie ihm anvertraute, was Thorwald ihr angetan hatte. Er gab vor, ihr zu glauben, doch seine Augen blieben kalt, und er vermied seither jede Berührung mit ihr.

Sie hatte versucht, Kokopelli bei der Pflege seiner Prellungen zu helfen, doch er hatte sie zurückgewiesen. Sie hatte für ihn gekocht, versucht ihn zu umarmen, aber er blieb unnahbar. Er wirkte älter, fremd und irgendwie gefährlich. Sie mied Thorwald, weigerte sich, ihn anzusehen oder mit ihm zu sprechen. Er reagierte mit gelangweilter Gleichgültigkeit.

Kokopelli und Thorwald debattierten miteinander. »Mein Bogen schießt keine Pfeile mit Federn«, schnaubte Thorwald.

»Diesmal wird er es tun«, lächelte Kokopelli grimmig. »Es sei denn, du ziehst es vor, dich dem Dorf als Feind zu nähern und von allen Bewohnern angegriffen zu werden.« Er entnahm seinem Bündel eine rote Feder. »Diese Feder sagt, daß wir als Freunde kommen. Schick sie.«

»Skraelinge!« Brummend befestigte Thorwald die Feder an der Eisenspitze seines Pfeils und schritt neben Kokopelli, der begann, auf seiner Flöte zu spielen. Als sie sich der Ansiedlung näherten, stiegen Rauchzeichen auf und Trommelschläge dröhnten, doch niemand kam ihnen entgegen.

»Kann dein Pfeil das Dorf von hier erreichen?« fragte Kokopelli.

Thorwald nickte und schoß seinen Pfeil hoch in die Luft. Er beschrieb einen weiten Bogen und landete in der Nähe der Ansiedlung. Eine Gestalt kam angelaufen, hob ihn auf und kehrte wieder um. Kokopelli fuhr fort, Flöte zu spielen, aber sie waren stehengeblieben. Niemand kam. Schließlich wurde ein Pfeil zurückgeschossen. Mit kürzerer Reichweite. Er trug keine Feder, nur die scharfe Spitze aus Feuerstein.

»Wir sind hier nicht willkommen«, sagte Kokopelli.

»Was ist mit meinem Pfeil? Ich will ihn wiederhaben.«

»Dein Bogen ist der einzige, der deinen Pfeil schicken kann, das weißt du genau. Sie wollen uns hier nicht haben. Wenn wir näherkommen, treffen uns weitere Pfeile.« Er wandte sich nach Norden. »Wir gehen nach Cicuye, über den Paß.«

»Geh du. Ich hole meinen Pfeil und folge dir.«

»Du wirst viele Pfeile bekommen. Sie sind gute Schützen.«

Kwani setzte sich. »Ich kann nicht weitergehen.«

»Ich trage dich«, sagte Thorwald.

»Nein!« Sie stand auf, wie von der Tarantel gestochen und fauchte ihn an. »Nein!«

Achselzuckend folgte er Kokopelli, der sich bereits nach Norden gewandt hatte und langsam, aber unbeirrt voranschritt.

Kwani schleppte sich mühsam hinter den Männern her. Sie flehte, daß sie dem Weißen Büffel bald begegneten, denn sie fühlte, daß diese Begegnung ihr eine Wahrheit enthüllen würde, die ihr sorgenschweres Herz erleichtern würde. Bisher war das Geistwesen ihr nur im Traum erschienen, doch es wartete auf sie. Irgendwo, irgendwann würden sie einander treffen.

Der Paß wurde seit Jahrtausenden von Reisenden überquert, die ins Land der Büffel wanderten. Cicuye, am nördlichen Ende des Passes gelegen, war die letzte Pueblosiedlung, der letzte Außenposten, bevor die großen Steppen des Südens Eindringlinge in ihren endlosen Weiten verschluckten.

Kokopelli hatte sie zwei Tage lang heftig angetrieben, sie bergauf und bergab und um Bergflanken geführt, den Windungen des Passes folgend, die sich in das Gebirge schnitten. Kwani hätte großen Gefallen an der wilden Schönheit der Landschaft gefunden, wäre sie nicht so erschöpft an Körper und Geist gewesen. *Cicuye. Weiter werde ich nicht gehen. Cicuye.*

Sie machten halt, um zu essen, was noch übrig war. Jeder saß für sich allein, sie aßen schweigend.

Plötzlich zischte Kokopelli scharf: »Keine Bewegung.« Sein Blick war auf den Berghang geheftet. Über ihnen drang ein Grizzly durch das Gestrüpp, das seinen massigen Körper beinahe verbarg. Er stellte sich auf die Hinterbeine und nahm Witterung auf.

»Er riecht unser Essen«, sagte Kokopelli. »Ich werde mit ihm reden. Bewegt euch nicht.«

Er stand auf und fixierte den Bären unverwandt. Das Tier begann den Abhang herunterzutrotten.

»Er will uns besser sehen«, sagte Kokopelli. »Bleibt ruhig sitzen.« Er fixierte den Bären unablässig mit ruhigem, unverwandten Blick und nahm geistig Verbindung mit ihm auf. Der Bär verlangsamte seinen Trott und hob die Schnauze. Ein mächtiges, zottiges Tier von unbändiger Kraft. Kwani erstarrte vor Angst.

Thorwald hob seine Axt.

»Nein!« schrie Kokopelli.

Die Axt sauste durch die Luft und schlug in der Schulter des Bären ein, der sich unter der Wucht des Hiebs taumelnd und knurrend auf die Hinterbeine hob und mit der Pranke nach der Axt schlug, die tief in seinem Schulterblatt steckte. Dann fiel er wieder auf die vier Tatzen, legte die Ohren an und griff mit hustendem Bellen an, so schnell, daß Thorwald keine Zeit fand, den Bogen anzulegen.

Er zog sein Schwert, als der Grizzly sich mit hoch erhobenem Kopf auf ihn stürzte mit weit geöffnetem Rachen und furchterregenden, riesigen Zähnen. Thorwald stieß das Schwert in den mächtigen Brustkorb. Ein Hieb seiner riesigen Pranke schleuderte Thorwald zu Boden, und das Ungeheuer warf sich über ihn, sein Körpergewicht stieß den Schwertgriff in Thorwalds Rippen. Kokopelli packte die Axt, riß sie aus der klaffenden Schulterwunde und schlug sie dem Tier in den Nacken.

Den Grizzly durchfuhr ein Schaudern, er rollte zur Seite, Blut sprudelte im hohen Strahl. Im Verenden wandte er den Kopf nach Kokopelli um, und der Blick des Tieres traf den des Menschen.

»Vergib mir!« sagte Kokopelli heiser.

Die Augen des Bären blieben offen, aber das Leben wich aus ihnen.

Thorwald kam unsicher auf die Beine. Tiefe Schrammen zogen sich über seine Brust und eine weitere Wunde klaffte an seiner linken Wange unter dem Auge. Das Blut seiner Wunden mischte sich mit dem Blut des Bären.

Kwani schlotterten die Knie, und sie starrte auf das zottige, hingestreckte Ungeheuer. Seine mächtigen Kiefer klafften weit offen. In seinen Klauen hingen Fetzen von Thorwalds Eisenhemd. Der Schwertgriff ragte aus seiner pelzigen Brust.

Fliegenschwärme ließen sich bereits auf dem gerinnenden Blut nieder, und Geier schwebten ein. Thorwald zog sein Schwert aus der mächtigen Brust des Bären und steckte es in die Scheide zurück. Er preßte beide Hände an seine Rippen. »Gebrochen.«

»Setz dich«, befahl Kokopelli. Er nahm Blätter und Rinde aus einem kleinen Paket seines Medizinbeutels.

»Bereite einen Sud davon.« Er reichte Kwani die Zutaten.

»Ich habe keinen Topf.«

»Nimm meinen«, sagte Thorwald.

Kokopelli untersuchte Thorwalds Wunden. Kwani öffnete Thorwalds Bündel und fand den Topf unter einem Stück Leder. Darunter lag ein großer Türkisbrocken. Er mußte sehr erfolgreich gewesen sein mit seinen Handelsgeschäften, dachte sie. Er ist reich.

Der Inhalt der drei Wasserbeutel reichte für den Sud, der bald über dem Feuer dampfend stechenden Geruch ausströmte. Thorwald verzog keinen Muskel seines düsteren Gesichts, als Kokopelli seine Wunden reinigte und den heilenden Umschlag auflegte.

Kwani sah zu, wie ihr Mann den Verwandten mit geübten Griffen verarztete. Die Schwellung des Blutergusses an seiner Gesichtshälfte war etwas zurückgegangen, doch Kwani wußte, daß die Verletzung noch sehr schmerzhaft war. Er schien sie jedoch vergessen zu haben in seinen Bemühungen, Thorwald zu helfen. Dieser Angriff hat gezeigt, wie sehr wir einander brauchen, dachte sie, wie sehr unser Geist...

Der Bär lag unbeachtet in seinem Blut. Kwani überlegte, wieviel sie davon retten konnten. Das Fell war sehr wertvoll; auch die Klauen brachten viel, und das kräftige Fleisch und Fett würde ein Festmahl für einen ganzen Clan abgeben. Aber das Tier war zu schwer, um es mitzuschleppen.

Der Sud war fertig. Kokopelli goß etwas davon in eine Kürbisschale. Er probierte und nickte. »Trink.« Er gab sie Thorwald.

Thorwald nahm einen Schluck und spuckte ihn aus.

»Trink, Narr. Es lindert den Schmerz.«

Einen langen Moment schauten sie einander schweigend an, bevor Thorwald den Inhalt der Schale hinunterkippte.

»Den Topf kannst du behalten«, sagte er zu Kwani. »Er gehört dir für den, den ich dir zerbrochen habe.«

Das Gebräu begann zu wirken; Thorwald legte sich hin und schloß die Augen. »Du hast mein Leben gerettet«, sagte er zu Kokopelli.

»Ja. Jetzt sind wir quitt.«

Thorwald öffnete die Augen.

»Ich habe dir zweimal das Leben gerettet.«

»Mein Leben ist zweimal so viel wert wie deines.«

Sie grinsten und Kwani seufzte erleichtert auf; die Reise war zu lang und zu gefährlich, als daß sie Feinde sein durften.

Thorwald schloß wieder die Augen. Kwani wandte sich ab. Sie sah nicht mehr, wie Kokopellis Grinsen sich in Haß verwandelte, als er weiter auf den Nordmann hinunterblickte.

Der Mann kroch näher und legte einen Pfeil in seinen Bogen. Er hatte den Angriff des Bären mitverfolgt und war überrascht, daß der große Fremdling nicht tot war. Jetzt häuteten Kokopelli und Kwani den Bären, waren völlig in ihre Arbeit vertieft. Sie würden ihn und seinen Pfeil erst bemerken, wenn es zu spät war.

Er trat hinter dem Baum vor, wo er sich verborgen hatte, kniete, zielte und mußte zusehen, wie sein Pfeil zu kurz neben dem Bären landete. Sofort huschte er wieder in sein Versteck zurück, aber nicht bevor Kokopelli ihn entdeckt hatte.

»Wir werden angegriffen!« Kokopelli deutete in die Richtung, in die ein Mann floh, von einem Gebüsch zum nächsten, dann hinter einem Baum verschwand.

»Wer ist es?« schrie Kwani.

»Ich habe ihn nie zuvor gesehen.«

»Hatte er eine Wunde, eine tiefe Wunde im Gesicht?«

Kokopelli antwortete: »Ich habe sein Gesicht gesehen. Er hatte keine Wunde.«

Wer war es? Wer bewegte sich so, wer hielt den Kopf so wie dieser? fragte Kwani sich. In den unergründlichen Tiefen ihrer Erinnerung rührte sich eine Erkenntnis. Beinahe hatte sie es. Dann entwischte ihr die Erkenntnis wieder, entglitt ihr wie ein Fisch.

»Wir müssen einen Unterschlupf finden. Ich weiß einen sicheren Ort. Aber...« Kokopelli begutachtete Thorwalds Bündel auf dem Boden. Für Thorwald war es gefährlich, die schwere Last zu schleppen, selbst wenn seine Körperkraft es zulassen würde. Sein Eisenhemd hatte ihn vor ernsten Verletzungen, ja sogar vor dem Tod bewahrt. Aber die Blutung mußte zum Stillstand kommen, und die Genesung dauerte seine Zeit. Er brauchte Thorwald – bis sie Cicuye erreicht hatten. Dann würde ein anderer an seine Stelle treten. O ja.

Der Bär. Fell und Fleisch waren zu wertvoll, um zurückgelassen zu werden. »Wir müssen ein Traggestell machen.«

»Mach du es. Ich halte Wache.« Thorwald setzte sich auf einen kleinen Felsbrocken in der Nähe, auf seinen Bogen gestützt, in dem der Pfeil schußbereit gespannt war.

Kwani holte ihr schönstes Feuersteinmesser. »Ich erledige das Abhäuten und schneide die besten Fleischstücke heraus, die wir mitnehmen können. Und die Klauen.«

Kokopelli sagte nichts. Aber in seinem Herzen konnte er die Bewunderung nicht leugnen. Wie tapfer ihr Geist war! Wenn nur... Er wandte sich ab, wünschte, er würde nicht wissen, was er über sie und Thorwald wußte... wünschte, er würde nicht wissen, daß sie seinen Türkis gestohlen hatte, um ihre Decke zurückzukaufen.

Mit Thorwalds schwerer Axt fällte Kokopelli zwei Bäume für starke Pfähle, die ihn weit überragten und hackte ihre Äste ab. Dann brauchte er eine Bespannung zwischen den Pfählen, um die Last befördern zu können. Thorwalds Wolldecke eignete sich ideal dafür. Er trat an Thorwalds Bündel.

»Nein!« brüllte Thorwald. »Laß die Finger von meinen Sachen!«

Doch Kokopelli hatte bereits den großen, blauen Stein entdeckt. Er nahm ihn in die Hand und wandte sich mit eisigem Blick an Thorwald, den dieser mit ebensolcher Kälte erwiderte und den Bogen auf Kokopelli richtete.

Bedächtig ließ Kokopelli den Stein in sein eigenes Bündel fallen, während der Zorn in ihm kochte. Mit fliegenden Händen band er die vier Ecken von Thorwalds Decke an die Pfosten.

Seine Gedanken rasten. Kwani hatte den Stein nicht gestohlen. Vielleicht hatte sie auch die Wahrheit gesprochen, als sie ihm sagte, Thorwald habe sie unter Zwang genommen. Thorwald. Er wandte sich wieder nach ihm um, der ihn dreist anstarrte. Kokopelli wußte, daß der Pfeil nur im Bogen steckenblieb, weil sie aufeinander angewiesen waren.

Er beobachtete Kwani, die völlig in ihrer Arbeit versunken war. Sie hielt inne, um sich das Haar mit beiden blutigen Händen aus dem Gesicht zu wischen; spürte seinen Blick und schaute lächelnd zu ihm hoch. Sein Herzschlag setzte aus. Nie hatte er sie mehr geliebt.

Die Stangen des Traggestells wiesen an der Seite, wo die Männer die Last schleppen würden, größeren Abstand voneinander auf, als am anderen Ende, wo die Last über den Boden schleifte. Das Fleisch wurde auf Thorwalds kostbare Decke gehäuft, vier riesige Pranken mit Klauen kamen dazu, und alles wurde mit dem Bärenfell abgedeckt. Kokopelli legte die Axt auf die Last, daneben Thorwalds und Kwanis Bündel. Dann nickte er Thorwald zu. »Ich helfe dir ziehen.«

»Ich brauche keine Hilfe von einem Tolteken«, schnaubte Thorwald und hängte sich den Bogen über die Schulter. Als er sich bückte, um die Stangen hochzuheben, sickerte Blut aus seinen Verbänden um die Brust. »Wir verlieren Zeit!«

»Du verlierst Blut, Narr.« Kokopelli packte eine Stange. Das Gewicht war enorm. »Warte.« Er kramte in seinem Bündel, holte ein langes Yuccaseil hervor und befestigte es an den Stangen. Nebeneinander zwischen den Stangen stehend legte Kokopelli sich und Thorwald das Seil in Höhe des Magens um. »Dadurch hast du weniger Druck auf der Brust. Zieh.«

Gemeinsam kämpften sie sich den Weg entlang. Kwani folgte, drehte sich immer wieder um. Jemand versteckte sich ganz in der Nähe.

Wer war es?

9

Zwei-Elch, der Clanhäuptling von Cicuye, saß nackt mit gekreuzten Beinen auf dem Boden seiner Schwitzhütte. Sein Körper war zwar nicht mehr jung, aber kräftig und gut gebaut. Sein Mannesglied war eines der größten in Cicuye und berühmt für seine Energie – die Zwei-Elch den verjüngenden Kräften seines Schwitzbades zuschrieb.

An der hinteren Wand der Hütte schwelte Feuer in einer kleinen Grube und erhitzte Steine, über die Wasser gegossen wurde, das sofort verdampfte. Der kleine Raum war voll Rauch, der durch ein kleines Loch in der niedrigen Decke abzog. Zwei-Elch steckte sich einen aus Yuccabast lose geflochtenen Beutel mit frischem Gras in den Mund, biß darauf und atmete durch das Gras, bis der Rauch abgezogen war; Gras filterte den Rauch.

Die erhitzten Steine waren von einem äußeren Steinwall umgeben. Während er darauf wartete, daß die Steine sich erhitzten, grübelte Zwei-Elch darüber nach, wie es mit Tolonqua, seinem Jagdhäuptling, weitergehen sollte. Der junge Häuptling war ein ausgezeichneter Jäger und Menschenführer – und genau darin lag der Haken. Er redete den jungen Leuten ein, man müsse eine neue Stadt bauen am anderen Flußufer oben auf dem flachen Kamm des Berges. Eine törichte Idee, denn die alte Stadt hatte ihren Bewohnern mehr Monde gedient als irgendeiner der jungen Männer sich erinnern konnte. Der Jagdhäuptling war ein Störenfried, daran gab es keinen Zweifel.

Zwei-Elch schnipste ein paar Tropfen Wasser auf die heißen Steine, die zischend verdunsteten. Es war Zeit. Er goß eine Schöpfkelle Wasser über die heißen Steine, das brodelnd und zischend in dichten Wolken verdampfte.

Er beugte sich ächzend vor, als die Hitze sich auf Kopf und Schultern senkte und ihn schließlich bis zu den Füßen einhüllte. Die Reinigung begann. Ein Clanhäuptling mußte wichtige Entscheidungen treffen; ein Schwitzbad reinigte sowohl Geist als auch Körper. Er schloß die Augen und konzentrierte sich darauf, seinen Geist für die Botschaften der Götter zu öffnen.

Er ließ mehr Wasser verdampfen. Der Schweiß lief ihm in Strömen über den Körper. Mit Stielen und Blättern einer aromatischen Pflanze peitschte er seinen Körper, besonders an den Stellen, wo die Heilkraft der Blätter seine Gelenkschmerzen linderte.

Von der Hitze ermattet setzte er sich ins Freie, um zu ruhen und über spirituelle Dinge nachzudenken. Doch das Problem mit Tolonqua nagte an ihm. Zugegeben, der Standort auf dem Berg war leichter zu verteidigen. Aber die wenigen Überfälle umherstreifender Jäger aus den Steppen oder vom Paß her waren bisher noch stets von Cicuyes tapferen Kriegern zurückgeschlagen worden. Der Bau einer neuen Stadt würde die Männer nur vom Ackerbau und der Jagd fernhalten, wo sie unentbehrlich waren.

Stolz ließ er seinen Blick über sein Dorf am Uferhang des Flusses schweifen, über die Felder, wo Mais, Kürbisse und Bohnen angebaut wurden, und in die Ferne zu den blauen Bergen, wo die Augen ausruhen und der Geist sich erholen konnten. Eine Schar Querechos war angekommen, um Handel zu treiben, und hatten vor dem Dorf am Fuß des Berges ihre Tipis aufgeschlagen. Zwei-Elch beobachtete sie mit leichtem Unbehagen. Sie gehörten nicht zu den angesehenen Querechos der Steppe, sondern waren eine Bande aus dem Süden, berüchtigt für ihre Diebstähle und Rauflust. Aber sie waren gute Händler, und Geschäft war Geschäft. Auch wenn Tolonqua sagte, den Querechos aus dem Süden sei nicht zu trauen, und man sollte sie nicht willkommen heißen. Einige der jungen Krieger stimmten ihm zu. Aber seit sie von seiner Vision des Weißen Büffels wußten, redeten sie ihm ohnehin nach dem Mund.

Zwei-Elch rutschte unbehaglich hin und her. Der Weiße Büffel war ein mächtiger Geist. Vielleicht sollte er ebenfalls eine Vision suchen. Bald würden die Vorbereitungen für den Schlangentanz beginnen. Vielleicht würde der gefiederte Schlangengott Quetzalcoatl seinem Volk Weisheit und Regen bringen und Tolonqua den Irrweg seiner Denkweisen vor Augen führen. Ja, er, Zwei-Elch, wollte eine Vision zur Zeit des Schlangentanzes suchen.

Er trat wieder in die Schwitzhütte und goß so oft Wasser

über die Steine, bis die Hitze sich zu einer feuchten, angenehmen Wärme milderte. Zufrieden ging er zum Fluß hinunter, dessen Wasser heilig war und nur zum Trinken, Kochen und für Zeremonien verwendet wurde. Er setzte sich ans Ufer und bespritzte sich mit Wasser. Nackte Kinder kamen angelaufen und bespritzten ihn und auch sich lachend und johlend, bis Zwei-Elch sie fortscheuchte. Mit großer Würde begab er sich den Uferhang hinauf zur Leiter, die in seine Hütte führte. Seine Gefährtin würde ihn mit einem Baumwolltuch trockenreiben und sich am Anblick seines sich aufrichtenden Mannesgliedes freuen.

Auf halbem Wege die Leiter hinauf, kamen zwei Läufer angerannt.

»Zwei-Elch! Wir bringen Neuigkeiten!«

»Wartet mit den Neuigkeiten, bis ich bereit bin. Geht in die Kiva.«

Die Läufer hatten einen weiten Weg hinter sich, seit sie Kokopelli und seine Begleitung verlassen hatten; sie schwitzten und hatten Durst in der sengenden Hitze. Sie sehnten sich danach, im Fluß zu baden, doch das war verboten, also bespritzten sie sich nur mit Wasser. Die Bewohner kamen neugierig angelaufen, gespannt auf die Neuigkeiten, mußten sich aber gedulden, denn als erster wurde der Clanhäuptling davon unterrichtet.

Ein junges Mädchen, das einen Wasserkrug auf dem Kopf balancierte, bot ihnen zu trinken, und die Männer tranken in tiefen Schlucken und bedankten sich überschwenglich, denn sie war hübsch mit großen, dunklen Augen, die einladend funkelten.

Die Läufer gingen zur Kiva und wollten grade hinuntersteigen, als sie die Stimme des Jagdhäuptlings Tolonqua hörten, der das Lied vom Gebetsstab sang. Sie zögerten, denn sie störten nicht gerne eine heilige Handlung. Insgeheim verehrten sie den hochgewachsenen jungen Häuptling, der ein ausgezeichneter Jäger und Menschenführer war. Und er war von ansehnlichem Äußerem.

Sie spähten nach unten und sahen, daß der Gebetsstab Tolonquas zu einem Kreis gebogen war – das Symbol von Sonnenvater und Mondfrau, die mächtigsten heiligen Zeichen!

Sie flüsterten ehrfurchtsvoll miteinander und blieben neben der Leiter hocken, um abzuwarten, bis der Gesang beendet war, um dann erst hinabzusteigen.

In der Kiva beugte Tolonqua sich ehrerbietig über seine Arbeit. Er hatte eine schlanke Weidenrute zu einem Kreis gebogen und sie an einem geraden, eine Spanne langen Stock befestigt. Jetzt nahm er ein kurzes Stück Schilfrohr, stopfte heilige Maispollen und Tabak hinein und befestigte das Rohr in der Mitte des Weidenrings.

Er hielt den kreisförmigen Gebetsstab singend vor sich hin. Jetzt mußte noch eines getan werden, das Wichtigste von allem. Er fügte dem Schilfrohr das Wolkensymbol hinzu, eine duftige, weiße Adlerdaune, die sich im geringsten Lufthauch bewegte. Die Feder sollte den Geist des Wolkenvolks anrufen; das wiederum würde den Weißen Büffel für ihn rufen. Der Besitz der Haut des Weißen Büffels würde ihm und seinen zukünftigen Söhnen und deren Söhnen Weisheit, Wohlergehen und den Schutz des Weißen Büffels zusichern, dem Häuptling aller Büffel, dem erhabenen Geistwesen. Seit Tolonquas Männlichkeitsriten, in denen der Weiße Büffel ihm in einer Vision erschienen war, wußte Tolonqua, daß der Weiße Büffel eines Tages zu ihm kommen würde. Zweiundzwanzig Mal hatte er gesehen, wie Sonnenvater in sein Haus im Norden zurückkehrte, doch der Weiße Büffel war nicht gekommen.

Tolonqua legte den fertigen Gebetsstab auf den Altar vor der Feuergrube. Die Läufer sahen, wie Zwei-Elch sich näherte und warteten respektvoll, bis er die Leiter hinabstieg, bevor sie ihm folgten. Tolonqua grüßte höflich, und die Läufer setzten sich in ehrerbietigem Abstand nieder.

Zwei-Elch hob seine Hand zum Gruß. Er trug einen edlen Lendenschurz aus gefranstem Rehleder, bemahlt mit mystischen Zeichen. Federschmuck hing ihm an jedem Ohr. Mehrere prächtige Halsketten und Armreifen aus geschnitzten Knochen und poliertem Stein klimperten eindrucksvoll.

Er setzte sich an seinen Ehrenplatz vor dem Altar und wandte sich an die Läufer: »Laßt eure Kunde hören.«

Der Ältere der beiden Läufer sprach: »Kokopelli und der

vom Meer der Aufgehenden Sonne und Kokopellis Gefährtin –«

»Er hat eine Gefährtin?« Das war allerdings neu.

»Ja. Ihre Augen sind blau.«

»Ah. Die, die sich auch die Erinnernde nennt, vom Adlerclan?«

»Ja. Sie ist auch eine Geschichtenerzählerin –«

»Die Massau'u und Motsni und den Hirsch anruft«, fügte der zweite Läufer hinzu.

Zwei-Elch fragte: »Was wollen sie von uns?« Wichtige Persönlichkeiten hatten immer ein Anliegen.

»Sie wurden von einem Bären angefallen. Einem Grizzly.«

»Unmöglich! Kokopelli –«

»Der Behaarte warf seine Axt, und der Bär fiel ihn an. Der Behaarte ist verwundet, aber er zieht ein Traggestell – zusammen mit Kokopelli – Bärenfleisch.«

»Und sie sind erschöpft«, fügte der jüngere Läufer hinzu. »Sie bitten um Hilfe, weil Kokopellis Gefährtin ein Kind im Bauch trägt.« Er zeigte mit beiden Händen, wie dick ihr Bauch war. »Auch sie ist erschöpft –«

»Kokopelli wurde von Eis aus dem Himmel am Kopf getroffen. Die Götter sind erzürnt.«

»– Und sie wurden von einem angegriffen, der sie verfolgt, seit sie den Ort derer verlassen haben, die in den Felsen wohnen«, setzte der jüngere Läufer hastig hinzu, um bei der Berichterstattung nicht zu kurz zu kommen. »Er schickte einen Pfeil, der sein Ziel verfehlte und lief weg. Sie sagen, der Verfolger ist ihnen noch immer auf der Spur, aber sie wissen nicht, wer er ist.«

»Wo sind sie jetzt?«

»Am Ort der Großen Steine. Kokopelli bittet um Männer, die das Bärenfleisch tragen und um einen, der das Gestell mit Kokopellis Gefährtin zieht.«

»Seid ihr sicher, daß sie seine Gefährtin ist? Ich kann es kaum glauben.«

»Das sind wir. Und sie ist schön.«

Zwei-Elch strich sich grübelnd das Kinn. Das waren wichtige Neuigkeiten. »Wir werden Männer schicken, um das Fleisch zu tragen und einen, der die Bahre zieht.«

Er wandte sich an Tolonqua, der schweigend zugehört hatte. »Ruf deine Jäger zusammen, die ohnehin heute nicht zur Jagd waren.« Seine Stimme barg einen Hauch Kritik. »Es ist angemessen, daß Jäger das Fleisch heimtragen.«

Tolonquas Gesicht blieb unbewegt. »Meine Jäger bringen Büffelfleisch. Aber auch geringeres Fleisch von unseren Gästen soll mir willkommen sein.« Er erhob sich, streckte seine langen Beine und schaute zum Clanhäuptling hinunter, der seinen Blick mit kaum verhohlener Feindseligkeit erwiderte. Der junge Jagdhäuptling störte nicht nur die Harmonie des Dorfes durch sein unkluges Beharren auf dem Bau einer neuen Stadt; seine Beliebtheit war zu groß. Es hieß, daß er eines Tages Clanhäuptling werden würde.

Tolonqua sagte: »Ich werde mich mit meinen Jägern auf den Weg machen.« Er stieg die Leiter hinauf und verschwand.

Massive Felsblöcke bildeten einen unregelmäßigen keilförmigen Einschnitt; umstehende Bäume spendeten Schatten und ein gewisses Maß an Sichtschutz. Aschenflecke von Lagerfeuern unzähliger früherer Wanderer, Reste von Knochen und Feuersteinen lagen verstreut herum.

Thorwald saß an einen Felsblock gelehnt und verscheuchte die Fliegen, die sich auf seinen Wunden niederließen. Er blickte in den hohen, blauen Himmel, in dem weiße Wolken segelten, und wünschte sich auf hoher See, mit geblähten Segeln Richtung Heimat fahrend, beladen mit Reichtümern und ebenso reich an Erkenntnissen, um sein Ansehen und seine Führungsposition wiederherzustellen. Die Erinnerung an seine Demütigung und Ächtung war schmerzhafter als seine Wunden. Wenn er im Triumphzug heimkehrte mit Kwani als exotischer Trophäe und mit Kokopellis Reichtümern, würde die Kunde seiner Entdeckungen und Errungenschaften sich wie Lauffeuer durchs ganze Königreich verbreiten. Er würde als Held gefeiert und auf dem Ehrenplatz im Speisesaal des Königs sitzen.

Kokopellis Reichtümer... Selbst wenn kein Handel getrieben wurde, es keine weiteren geheimen Verstecke gab, würde das, was Kokopelli in seinem Bündel trug, ausreichen, um die Menschen in der Heimat in Erstaunen zu versetzen. Er würde den Tolteken erledigen, nachdem sie Cicuye verlassen hatten und die weiten Steppen durchquerten. Denn auch ein Nordmann konnte allein gegen wilde Horden nichts ausrichten. Aber in der großen weiten Wildnis gab es keine Siedlungen, keine Stämme, die in Kokopelli einen Halbgott sahen und seinen Tod rächen würden.

Und Kwani... er schmunzelte in seinen Bart bei dem Gedanken, wie sie sich gegen ihn gewehrt hatte, als er sie bestiegen hatte. Nach der Geburt des Kindes würde sie nach ihm verlangen, wie bisher jede Frau. Das Kind würde er beseitigen, wie es der vernünftige Brauch seines Volkes verlangte.

Er blinzelte in die Sonne. Wann würde endlich Hilfe kommen? Er schwitzte, und seine Wunden schmerzten. Er beobachtete drei Geier, die sich auf den hohen Steinen niederließen. Ob sie das Blut seiner Wunden rochen? Er beschimpfte sie in seiner Muttersprache, aber sie rührten sich nicht vom Fleck. Widerwärtige Biester!

Er fluchte. Er haßte dieses Land. Und er haßte den hochmütigen Tolteken, der am Wegrand stand und auf Hilfe wartete, die nicht kam – vermutlich nie kommen würde.

Wieder fluchte er und verscheuchte die Fliegen.

Kokopelli sah den Geiern zu, wie sie die letzten weggeworfenen Fleischreste des Bären verzehrten. Sie flogen auf, strichen über den Kadaver, ließen sich nieder, streckten die langen Hälse und schlugen ihre gebogenen Schnäbel in das Aas. Einige Geier lungerten in der Nähe der mit dem Bärenfell bedeckten Trage herum. Gelegentlich ließen sie sich auf ihr nieder und pickten an der Haut; Kokopelli schrie sie an, worauf sie ein kurzes Stück flogen und sich erneut abwartend niederließen.

Kokopelli spähte den Pfad entlang und fragte sich, wann endlich Hilfe kommen würde, ob sie überhaupt kam. Er hatte keine Lust, die Nacht neben dem erlegten Bären zu verbringen; er würde Wölfe anziehen. Mit einem oder zweien, vielleicht auch dreien konnte er Verbindung aufnehmen, aber ein ganzes Rudel konnte er nicht bezwingen.

Er wischte sich mit dem Handrücken den Schweiß aus dem

Gesicht. Die Hitze machte ihm mehr zu schaffen als früher und er war erschöpfter, als er wahrhaben wollte. Er mußte der Wahrheit ins Auge sehen. Das Alter hatte ihn gepackt. Es war Zeit, höchste Zeit, daß er sich in Tula zur Ruhe setzte. Eines Tages würde er Söhne haben, an die er seine Geheimnisse weitergeben konnte. Doch die weiten, einsamen Strekken konnte er nicht mehr bewältigen. Seine Söhne würden die Horizonte erobern – seine und Kwanis Söhne.

Kwani, seine Gefährtin. Mit Gewalt genommen von diesem Nordmann. Scham brannte in ihm, wenn er an seine Zweifel dachte, als Kwani ihm berichtete, daß Thorwald sie mit Gewalt bestiegen hatte. Er würde es wiedergutmachen, wenn sie in Tula waren. Er würde ein großes Festmahl ausrichten lassen, und sie in einer weihevollen Zeremonie nach toltekischem Gesetz zu seiner Frau machen.

Er hörte, wie Thorwald drei Geier, die auf den großen Steinen hockten, anbrüllte. Die Geier reckten ihre häßlichen Hälse, flogen aber nicht weg. Vielleicht nagten sie schon bald die Knochen des Nordmanns ab. Thorwald würde nie wieder eine Frau mit Gewalt nehmen, nie wieder stehlen oder mit geblähter Brust herumstolzieren oder mit seinen Waffen drohen. Wenn sie Cicuye hinter sich gelassen hätten, würde der Nordmann einfach in den Weiten der Steppen untertauchen. Auf welche Weise er verschwinden sollte, war Kokopelli noch nicht klar, er wußte aber, daß ihm dazu etwas Passendes einfallen würde. Die Götter waren bösen Menschen nicht sonderlich wohlgesonnen, vor allem keinen Fremden. Kokopelli würde seine Rache auskosten.

Es war später Nachmittag. Warum war noch keine Hilfe da? Wieder dachte er beunruhigt an Thorwalds Schiff. Wenn die Männer in See stachen, bevor er und Kwani das Lager erreichten, mußten sie einen sehr langen Weg zu Fuß zurücklegen. Eine Strecke, die sie nicht vor Einbruch des Winters schafften. Er war bereits jetzt erschöpft und Kwani ebenfalls.

Das Kind. Okalakes Kind war eines toltekischen Edelmanns nicht wert. Es durfte nicht am Leben bleiben. Kwani mußte das verstehen.

Er betrachtete sie, wie sie an einen Felsen gekuschelt lag. Welche Kraft diese Frau besaß! Sie würde ihm in zukünftigen

Jahren eine gute Gefährtin sein, wenn sie einmal gelernt hatte, daß der Status einer toltekischen Frau nicht der gleiche war wie der einer Pueblo-Frau. Wenn sie erst einmal Söhne hatte, die sie auf Trab hielten, würde sie auch vergessen, daß man sie einmal die Sich Erinnernde genannt hatte.

Wieder ließen die Geier sich auf der Bärenhaut nieder. Kokopelli verscheuchte sie mit Zurufen und setzte sich an eine Stelle, wo er den Weg überblicken konnte. Denn derjenige, der den Pfeil geschickt hatte, konnte einen zweiten schicken.

Thorwald ging langsam im Kreis um das Traggestell, stieß mit dem Fuß dagegen und knurrte Kokopelli an. »Warum hast du den Läufern Fleisch versprochen? Es ist für den Tauschhandel bestimmt.«

»Ja. Wir tauschen Fleisch für Hilfe. Es sei denn, du schleppst die Last lieber den Rest des Weges. Es geht bergauf.«

Kwani hörte die schneidenden Stimmen und stellte sich zu den Männern.

Thorwald sagte: »Wir können das Fleisch gegen Türkise tauschen.«

»Mußt du noch mehr stehlen?«

»Ich bin Nordmann. Ich nehme mir, was mir gefällt.«

»Ich bin Tolteke. Ich gestatte niemanden, mich zu bestehlen.«

Braune Augen starrten in blaue Augen. Die Feindschaft stand zwischen ihnen mit mörderischer Gegenwart.

Thorwald riß sein Schwert aus der Scheide, das immer noch vom Blut des Bären befleckt war und spreizte die Beine. Seine blauen Augen verdunkelten sich kalt. Kokopelli ergriff die Axt, die neben der Trage lag und hielt sie mit beiden Händen. »Du hast meine Gefährtin mit Gewalt genommen. Du hast meinen Türkis gestohlen. Und du wagst es, mich zu bedrohen. Mich, Kokopelli!« Er hob die Axt.

Kwanis Herzschlag setzte aus. Diese Männer würden einander umbringen. Dann war sie dem Feind, der im Hinterhalt lauerte, schutzlos ausgeliefert. Das Kind stieß nach ihr, als habe es ebensolche Angst wie sie, als flehe es sie um Schutz an und darum, in Frieden geboren werden zu dürfen. Sie umklammerte die Jakobsmuschel und bat flehentlich, sich zu *erinnern*.

Ihr Mund öffnete sich wie von selbst, und ein singender Schrei entfuhr ihr, eindringlich, wild, zwanghaft. Sie trat zwischen die Männer und stieß sie auseinander, während dieser furchtbar gellende Schrei aus ihrer Kehle stieg.

Die Männer starrten sie in ergriffenem Staunen an. Sie stand mit ausgebreiteten Armen wie eine verklärte Erscheinung, den Kopf zurückgeworfen, mit offenem Mund in einem Urschrei – eine Priesterin aus uralter Vergangenheit jenseits aller Erinnerung. Die Männer standen wie versteinert und hörten ihr gebannt zu. Ihr Schrei rührte das Urgedächtnis an; brachte Urblut zum Sprechen. Die Waffen der Männer fielen zu Boden.

Der Schrei ebbte ab und verstummte. Kwani stand einen Augenblick, als erwache sie aus einem Traum. Langsam wandte sie sich ihnen zu.

»Jeder von euch hat dem anderen das Leben gerettet. Ihr seid Brüder.«

Die Blicke der Männer wichen einander aus. Schweigend schauten sie Kwani nach, die an den Platz zurückkehrte, wo sie an den Stein gelehnt gesessen hatte. Sie ließ sich in völliger Erschöpfung fallen und barg den Kopf in den Armen.

Ein Vogel sang sein Lied in drei Klängen.

Stunden vergingen, ohne daß Hilfe kam, Kwani sank in Schlaf und träumte.

Ihre Seele verließ ihren Körper und schwebte an einen unbekannten Ort mit Felsen in geheimnisvollen Formen und Farben. Sie hörte Wasserrauschen, und kühler Nebel trug ungekannte Düfte zu ihr. Es war früher Morgen – oder war es Abend? Sie wußte es nicht genau. Eine Vorahnung und ein Gefühl der Ehrfurcht zwangen sie, sich umzudrehen. Dort stand, umwallt von dunstigem Nebel, der Weiße Büffel. Er kam näher, blickte ihr in die Augen und sprach.

»Ich warte auf dich. Denke immer daran, wenn du Angst hast.«

»Jetzt habe ich Angst.«

»Ich warte auf dich«, sagte das Tier.

Der Nebel lichtete sich und löste sich auf; der Kopf des Weißen Büffels schien sich ebenfalls aufzulösen und verwandelte sich in einen Mann. »Ah!« entfuhr es Kwani erstaunt, und sie versuchte, das Gesicht des Mannes besser zu sehen, doch da verdichtete sich der Nebel wieder, und das Geistwesen verschwamm im Dunst und war verschwunden.

»Komm zurück!« rief Kwani. »Lüfte dein Geheimnis!« Doch nur die Felsen umgaben sie und das Gefühl einer unsichtbaren Gegenwart.

Stimmen weckten sie. Sie richtete sich auf, immer noch gefangen vom Bann des Traums. Thorwald und Kokopelli standen draußen auf dem Pfad und sprachen mit einem Menschen. Sie war immer noch mit dem Traum beschäftigt, als ein Towa den Weg heraufkam. Kwani sah ihn an und konnte den Blick nicht wenden. Sie hatte den Mann noch nie zuvor gesehen, doch ihr war, als kenne sie ihn.

Bei ihrem Anblick blieb er stehen. Er war größer als Kokopelli. Sein kräftiger Körper war nackt bis auf einen kleinen Fransenschurz, der ihn vorne und hinten knapp bedeckte, die Lenden jedoch bloß ließ. Trotz seiner Jugend war sein Gesicht stark geprägt und trug den Ausdruck gewohnter Autorität... er war schön. Besaß eine stolze Adlernase, hohe Wangenknochen und einen starken, energischen Mund. Seine ausdrucksvollen Augen, schwarz wie Obsidian, brannten, als er sie ansah.

Sie konnte seinem Blick nicht länger standhalten, aber auch ihre Augen nicht von ihm wenden. Ihr Blick heftete sich auf die Halsketten aus Türkisen und Muscheln, die an seiner braunen Brust glänzten, an seine Ohrgehänge und das verzierte, am Hinterkopf verknotete Stirnband, in dem Adlerfedern steckten. Seine Schulter zierte eine fremdartige Tätowierung. Seine Erscheinung faszinierte sie.

Kokopelli und Thorwald kamen zurück, gefolgt von ein paar jungen Jägern.

Kokopelli sagte: »Tolonqua ist der Jagdhäuptling von Cicuye. Er und seine Jäger bringen uns in die Stadt. Hast du dein Bündel bereit?«

Kwani nickte stumm.

Das Fleisch wurde in Lastkörbe umgeladen, die von den Jägern getragen wurden. Andere trugen Thorwalds und Kokopellis Gepäck.

Auf der Bahre blieb nur das Bärenfell und Thorwalds Axt, die er an sich nahm und sie beim Gehen wie üblich hin und her schwang.

»Meine Gefährtin wird auf dem Bärenfell Platz nehmen«, befahl Kokopelli.

Es stank, war aber weich, und Kwani setzte sich unbeholfen, als Kokopelli die Stangen hielt. Tolonqua trat vor.

»Ich ziehe die Bahre.«

Sie spürte seinen Blick wie eine Lanze, als er sich zwischen die Stangen stellte, ihr den Rücken zudrehte und sie zu ziehen begann. Sie sah die Linie seines Torsos, der sich von den breiten Schultern zu den schmalen Hüften verengte; sie wollte den Arm ausstrecken und seine bronzefarbene Haut berühren.

Kokopelli war das alles nicht entgangen. Er trat in besitzergreifender Haltung neben sie. Der Zug bewegte sich den Pfad hinauf, angeführt von Tolonqua mit Kwani auf der Bahre, gefolgt von Kokopelli und Thorwald. Die Jäger, die leise miteinander tuschelten, bildeten den Schluß. Kwani hätte gerne gehört, was sie sagten. Beim Anblick ihrer blauen Augen schienen sie zu erschrecken. Hatten sie Angst? Hin und wieder drehte der Jagdhäuptling sich nach ihr um, dessen Blick allerdings alles andere als ängstlich war. Er machte eher ihr angst.

Je höher der Pfad anstieg, desto kühler wurde es. Einer der Jäger hatte eine kleine Trommel aus Pappelholz bei sich und begann einen gleichmäßigen Rhythmus zu schlagen, mit dem sie alle Schritt hielten. Kokopelli nahm den Rhythmus mit seiner Flöte auf.

Tolonqua begann zu singen. Seine volle, kräftige Stimme barg gefühlvolle Untertöne, die in Kwanis Bewußtsein widerhallten. Auch sie begann zu singen, eine wortlos begleitende Melodie; ihre Stimmen vereinten sich wie zwei Liebende in der Paarung. Er drehte sich lächelnd nach ihr um, und sie erwiderte sein Lächeln.

Kokopelli hört auf zu spielen. Er fühlte sich plötzlich hilflos. Er war mit einer Macht konfrontiert, über die er keine Kontrolle hatte – die Macht der Jugend.

10

»Ist das Cicuye?«

»Ja.«

Kwani war enttäuscht. Sie hatte sich nach dieser Stadt gesehnt wie nach einem rettenden Hafen, einen Ort, wo sie sich in Bequemlichkeit und Sicherheit auszuruhen gedachte. Sie hatte eine Stadt aus Steinen mit mehreren Stockwerken vorgestellt und vielen Kivas, ähnlich wie den Ort der Adlerclans. Doch was sie sah, war ein bescheidenes Dorf mit einstöckigen Hütten aus Lehmziegeln und den gewohnten Leitern zum Einstieg durchs Dach, ein kleiner Dorfplatz und Leiterstangen, die aus einer einzigen Kiva im Zentrum ragten.

Neben dem Fluß, am Ufer eines abgeflachten Berges waren drei Tipis aufgeschlagen, dreieckige Zelte aus Büffelhäuten, um hohe Stangen gespannt, deren Spitzen wie erhobene Finger durch die Zeltöffnung ragten. Nackte Kinder spielten und Frauen knieten über Büffelhäute gebeugt, die auf der Erde gespannt waren; in wiegenden Bewegungen schabten sie die Häute ab und ihre langen, schwarzen Zöpfe schwangen hin und her.

Als der Zug sich näherte, unterbrachen die Frauen ihre Arbeit und starrten sie aus leeren, schwarzen Augen in ausdruckslosen Gesichtern an. Ein paar Männer versammelten sich zu einem Grüppchen und beobachteten sie düster. Untersetzte, verdreckte Gestalten, deren Blicke sich auf Kwani hefteten wie giftige Insekten. Sie spürte einen warnenden Stich und wandte sich an Kokopelli.

»Wer sind die?«

»Querechos. Mit den Apachen verwandt.«

»Sind sie ... freundlich?«

Er blickte über seine Nase auf sie herab. »Mit mir sind alle Stämme freundlich.«

Tolonqua warf ihm einen Blick von der Seite zu. »Skraelinge«, murmelte Thorwald und festigte den Griff um seine Axt.

Kokopellis Flöte spielte ihre gewohnte Ankündigungsmelodie. Als sie an den Tipis vorübergingen, hörte er einen Augenblick auf zu spielen und hob eine Hand zum Gruß, den

nur einer der Männer erwiderte, ohne dabei seinen d…
Gesichtsausdruck zu verändern.

Auf dem Platz und den Dächern hatten sich die Bew…
eingefunden. Manche riefen Grußworte und winkte…
Kwani fühlte sich zerschlagen und schmutzig von der Reise, wollte aber zumindest in angemessener Würde ankommen.

»Ich werde jetzt gehen.«

Der Zug hielt an, bis sie von der Bahre gestiegen und die Jäger ihre Lastkörbe darauf abgestellt hatten. Unter den Jägern entstand scherzhaftes Geplänkel, wer die Last nun ziehen sollte. Tolonqua trat neben Kwani. Sofort stand Kokopelli auf ihrer anderen Seite.

Als sie sich dem Platz näherten, trat der Clanhäuptling auf sie zu. Neben ihm saß eine verhutzelte Gestalt auf einer Bahre, die von zwei jungen Männern getragen wurde. Die Gestalt saß gebeugt, und erst beim Näherkommen erkannte Kwani, daß es sich um eine sehr alte Frau handelte. Unter buschigen, weißen Brauen spähten sie dunkle Augen mit scharfer Intelligenz an.

Tolonqua sagte: »Ich bringe dir Kokopelli von jenseits des Großen Flusses im Süden; Thorwald vom Wasser der Aufgehenden Sonne und Kwani, die Gefährtin Kokopellis, genannt die Sich Erinnernde, vom Stamme derer, die in den Felsen im Westen wohnen. Sie bringen Bärenfleisch.« Er wandte sich an Kokopelli. »Es ist mir eine Ehre, dich Häuptling Zwei-Elch vom Stamme der Towa vorzustellen.«

Während Begrüßungen ausgetauscht wurden, ließ Thorwald seine Blicke über die Schar der Frauen und Mädchen schweifen, die kichernd miteinander tuschelten.

Kwani spürte den Blick der hinfälligen, kleinen Frau auf der Bahre. Sie war so alt, daß ihr Gesicht von tiefen Falten so zerfurcht war, wie ausgetrocknetes, zersprungenes Land nach langer Dürre. Ihr Haar aber war immer noch schwarz, abgesehen von ein paar grauen Strähnen über den Ohren. Sie winkte, und Kwani trat näher.

»Ich bin Gelber Vogel.«

»Meine ehrwürdige Großmutter«, sagte Zwei-Elch.

Einem Impuls folgend, nahm Kwani die klauenähnliche Hand und hauchte sie an. »Ich grüße dich, Ehrwürdige.«

alte Frau nickte geschmeichelt über die fremdartige Be-ng. Die hatte gute Manieren. Sie sagte: »Wir haben ei- Raum für dich vorbereitet. Wenn du dich ausgeruht ast, kannst du zu mir kommen.« Es klang wie eine höfliche Einladung; doch Kwani wußte, es war ein Befehl. Zwei-Elch führte sie über den Platz, wo nackte Mädchen und kleine Kinder standen und zuschauten. Kwani kannte diesen Brauch. Im Hochsommer trugen junge, unverheiratete Mädchen keine Kleidung; somit konnte ein Umstand wie der ihre nicht verborgen bleiben.

Zwei-Elch wartete an der Kiva und winkte einer auf dem Dach stehenden Frau zu. »Meine Gefährtin wird dich zu deiner Unterkunft bringen«, sagte er zu Kwani gewandt. Und zu Thorwald: »Ein paar Frauen werden sich um deine Wunden kümmern und einen Schlafplatz für dich bereiten. Kokopelli und ich sind in der Kiva.« Er stieg die Leiter hinab, gefolgt von Kokopelli.

Die Gefährtin von Zwei-Elch näherte sich scheu und winkte anderen Frauen, die Thorwald zu verstehen gaben, mit ihnen zu gehen; er trabte mit schmunzelnder Erwartung hinter ihnen her.

Kwani wurde über Leitern und die Dächer einiger Häuser bis in einen kühlen, halbdunklen Raum mit einem Fenster geführt.

»Hier kannst du so lange bleiben, wie du wünschst.«

»Ich danke dir.«

»Ich heiße Aka-ti. Sag mir, wenn du etwas brauchst.« Sie lächelte und ging.

Allein gelassen setzte Kwani sich auf den glatten Lehmboden und schaute sich um. Der Raum war zweigeteilt; der kleinere Teil war ein Vorratslager, in dem Maiskolben wie Brennholz bis zur Decke gestapelt waren. Vorratsschalen mit Bohnen und anderen Nahrungsmitteln standen aufgereiht. Die andere Hälfte des Raums war ein Arbeitsbereich, mit Mühlsteinen und Flintmessern, runden Töpfen, geflochtenen Tabletts und Körben. Ein großer gefüllter Wasserkrug stand da, und an der Wand hingen getrocknete Kräuterbündel. Alles war in makelloser Ordnung. Wem dieses Haus wohl gehörte?

Mit geschlossenen Augen versetzte sie sich bewußt in einen Zustand der Entspannung. Wie viele Tage und Wochen waren vergangen, seit sie den Ort des Adlerclans verlassen hatte? Sie hatte die Zeitspur verloren während ihres endlosen Weges zu fernen Horizonten. Sie hatte das Gefühl, ihr Geist sei unterwegs irgendwo zurückgeblieben und brauchte Zeit, um den Anschluß wiederzufinden. Ihr Blick wanderte hinauf zu den schweren Deckenbalken, die glatten, weißgetünchten Lehmwände entlang... ein ordentlicher, bequemer Puebloraum. Welches Heim erwartete sie bei Kokopellis Volk? Würden sie und ihr Kind dort glücklich sein? Traf sie die richtige Entscheidung? Wenn die Medizinfrau des Rabenclans die Wahrheit gesprochen hatte? Wenn das Kind ein Knabe war, wer würde ihn die heiligen, geheimen und wichtigen Dinge lehren, die ein Knabe wissen mußte? *Pueblo*-Wahrheiten?

Sie tastete nach ihrem Halsschmuck und dachte an die Worte der Alten. Lag der wahre Zweck dieser Reise darin, ihrem Kind einen Pueblo-Clan und ein Pueblo-Volk zu suchen?

Sie schloß die Augen und dachte an den Ort der Erinnerung im Haus der Sonne. Im Geist legte sie ihre Arme darauf und drückte ihre Wange an den von Sonnenvaters heiligen Strahlen erwärmten Stein und betete.

»Gib mir Weisheit. Zeig mir den richtigen Weg.«

»Der richtige Weg wird dir gewiesen.« Es war die Stimme ihrer Mutter, aber sie war nicht da.

»Mutter!« rief Kwani, und die Sehnsucht stieg in ihr auf wie aus einem unergründlich tiefen See.

»Der Weiße Büffel...« Die Stimme erstarb.

»Mutter! Warte!«

Keine Antwort.

Kwani öffnete die Augen. Hatte sie geschlafen und geträumt?

Sie sah sich mit neuem Bewußtsein um. Zum ersten Mal wurde ihr klar, daß ihre Reise möglicherweise auch eine Reise nach innen war, eine Suche nach Weisheit und nach Verstehen von Mysterien, die nur einer Sich Erinnernden zuteil wurden. Sie spürte, daß sie an der Schwelle von Erkenntnissen stand, die sie nicht für möglich gehalten hätte.

Mit einem Gefühl von Geborgenheit und Frieden sank sie in tiefen, traumlosen Schlaf.

Thorwald saß an die Wand eines kleinen Raumes gelehnt und ließ sich seine Wunden von einem nackten Mädchen mit Heilsalbe behandeln. Zwei junge Frauen gaben dem Mädchen Anweisungen, wie die Salbe richtig aufgetragen werden mußte. Die Frauen trugen fein gewebte kurze Röcke, von einem Gürtel in der Taille gehalten. Halsketten hingen verführerisch zwischen reifen Brüsten. Das Mädchen war eine Schönheit mit wohlgeformten Schenkeln und üppigem, langem Haar, das über ihre hübschen Schultern hing. Thorwald fragte sich, wieso sie noch keinen Gefährten hatte und nahm sich vor, diesem Mißstand Abhilfe zu schaffen. Vorübergehend versteht sich.

»Trag noch ein wenig mehr unter dem Auge auf«, sagte eine Frau.

Das Mädchen nickte und berührte die Wunde sanft mit geschmeidigen Fingern. Sie beugte sich über ihn, und er roch den Duft ihres jungen Körpers. Die rötlichbraunen Spitzen ihrer runden, kleinen Brüste reckten sich ihm entgegen und das seidige Dreieck verhüllte kaum die Spalte ihres Geschlechts. Er sehnte sich danach, es zu schmecken, ihren knospenden Körper in seinen Armen zu halten, sie in der Liebeskunst des Nordmanns zu unterweisen.

Er seufzte, es war beinahe ein Stöhnen, und das Mädchen wich erschrocken zurück, im Glauben, sie habe ihm weh getan. Er nahm ihre Hand und legte sie wieder auf seine Wunde, wünschte, sie anderswo hinlegen zu können.

Lächelnd setzte sie ihre Behandlung fort. Die Frauen tauschten Blicke, und eine sagte zu dem Mädchen: »Du hast deine Sache gut gemacht. Du kannst jetzt gehen.«

Thorwald schaute dem Mädchen nach, das widerstrebend die Leiter über ihm hochstieg. Wieder tauschten die Frauen Blicke, und eine nahm ihn bei der Hand.

»Komm und ruhe dich aus.«

Damit führte sie ihn zu einer Schlafmatte. Er legte sich hin und langsam, träge öffneten beide Frauen ihre Gürtel und ließen die Kleider zu Boden fallen.

Nachdem die Häuptlinge und Ältesten gegangen waren, blieben Kokopelli und Zwei-Elch alleine in der Kiva und frischten alte Erinnerungen auf, redeten über die Vorbereitungen zum Schlangentanz, dem regenbringenden Zeremoniell, womit gleichzeitig Quetzalcoatl geehrt wurde, der gefiederte Schlangengott, der vor langer Zeit von den Pochtecas eingeführt worden war. Quetzalcoatl war nicht der Regengott der Tolteken; aber er war eine Schlange, und wie alle Pueblos wußten, konnten Schlangen sich bei den Gottheiten verwenden und um Regen bitten.

Zwei-Elch sagte: »Die Vorbereitungen werden acht Tage dauern. Du kannst in Cicuye bleiben, solange du es wünschst, und an der Feier teilnehmen, wenn du möchtest. Hinterher wollen die Querechos Handel treiben. Vielleicht willst du dich ein wenig daran beteiligen.« Er lächelte über seinen Scherz; Kokopellis Geschick im Handeln war legendär.

Kokopelli erwiderte das Lächeln, doch er dachte, wie wenig Fantasie Zwei-Elch besaß, wie eng sein Blick in die Zukunft war, wie sehr er sich darin von Tolonqua unterschied. Während eines früheren Besuches hatte der junge Jagdhäuptling sogleich zugestimmt, als Kokopelli auf die Möglichkeiten erweiterter Handelsbeziehungen und das Wachstum von Cicuye hinwies. Der Standort des Dorfes an der Paßhöhe zwischen den Steppen und den vielen Ansiedlungen im Westen des Passes stellte ein riesiges Handelspotential dar – das unweigerliche Überfälle plündernder Stämme nach sich ziehen würde. Eine von einer Mauer umgebene Stadt auf einem Berg würde es zu großer Blüte bringen und Sicherheit bieten. Aber Zwei-Elch blickte nur in die Vergangenheit; er hatte nur Angst vor einer Bedrohung seiner Autorität. Seine eigene Zukunft wurde ihm zum Verhängnis.

Kokopelli sagte: »Ich danke dir für die Einladung, alter Freund. Aber wir müssen weiterziehen, sobald meine Gefährtin sich einigermaßen erholt hat. Wir haben einen weiten Weg vor uns. Aber da wäre noch etwas...« Er machte eine Pause, denn es war Zeit, eine heikle Angelegenheit anzuschneiden. »Wie du weißt, streifen fremde Stämme vom Norden durch die Steppen. Ich spreche ihre Zungen nicht, noch beherrsche ich die Zeichensprache sonderlich gut.« Das mit der Zeichensprache war eine Notlüge. »Ich wäre dir sehr dankbar, wenn uns einer deiner Männer als Dolmetscher begleiten könnte, der uns hilft, die Lasten zu tragen, bis Thorwalds Rippen wieder verheilt sind.« Unnötig die Möglichkeit von Thorwalds baldigem Verschwinden zu erwähnen.

Zwei-Elch nickte mit glänzenden Augen: »Das wird geschehen.« Lächelnd griff er nach dem Tabak; sie wollten noch ein wenig rauchen, bevor Kokopelli zu seiner Gefährtin zurückkehrte.

Als Kokopelli Kwanis Raum betrat, lag sie auf dem Rücken. Ihr zur Seite gedrehtes Gesicht war halb unter ihrem Haar verborgen, das sich über ihrem Mund mit jedem Atemzug ein wenig bewegte. Wie verwundbar sie wirkte! Doch in dieser zarten Erscheinung steckte ein ebenso starker Geist wie sein eigener – und das war gut so, wenn er an die lange Reise dachte, die ihnen noch bevorstand.

Weite Steppen lagen vor ihnen, grüne Berge und Flüsse, die nach den Regenfällen zu reißenden Wildwassern anschwollen und nicht leicht zu überqueren waren. Danach wieder Bergketten und Flüsse, bis sie Thorwalds Lager erreichten. Von dort würden sie bis zur großen Bucht segeln und an Bord eines anderen Schiffes die Küsten seiner Heimat erreichen. Für die Reise ins Landesinnere nach Tula konnten sie dort ohne Schwierigkeiten Lastenträger anheuern. Aber Kwani...

Sie drehte sich auf die Seite, um das Gewicht ihres Bauches zu verlagern. Es stand nunmehr außer Zweifel, das Kind würde zur Welt kommen, bevor sie das Lager erreichen würden. Diese lästige Schwangerschaft machte ihm Sorgen. Natürlich mußte man das Kind loswerden, aber wenn Kwani erfuhr, daß er dafür verantwortlich war, würde sie ihm nie verzeihen. Nie.

Vielleicht sollte der Säugling eines Morgens tot aufgefunden werden; dann mußte sie annehmen, das Kind sei im Schlaf gestorben. Ja, so sollte es geschehen. Der Gedanke behagte ihm nicht sonderlich, denn er war Heiler. Aber es mußte getan werden – zum Wohle aller.

Er dachte an seine Familie zu Hause, an seine Schwestern und Brüder, Vettern, Kusinen, Tanten und Onkeln, an ihre elegante Kleidung, ihren aristokratischen Lebensstil. Er malte sich ihr Erstaunen aus, wenn sie seine blauäugige Anasazi-Braut kennenlernten. Würden sie Kwani als eine der ihren aufnehmen? Diese Frage stellte er sich zum ersten Mal. Bislang war er davon ausgegangen, daß sie seinen Wunsch akzeptierten. Aber er war lange fort und hatte sich an die Völker des Nordens und ihre Bräuche gewöhnt. Hatte er möglicherweise die Denkweise der toltekischen Aristokratie vergessen?

Er betrachtete Kwani im Schlaf. Ein Fuß zuckte, ein schmutziger, kleiner Fuß. Er hätte sie gerne zum Fluß getragen und gebadet wie beim ersten Mal, als er sie gefunden hatte. Er wollte sie im Arm halten und sie lieben und sie immer bei sich haben. Er liebte sie – ihre Schönheit, ihren Geist, alles an ihr – und er würde sie für immer bei sich behalten. Eventuelle Probleme mit seiner Familie würde er lösen, wenn die Zeit dafür gekommen war.

Seufzend entrollte er eine zweite Matte und legte sich neben sie. Er war erschöpfter, als er wahrhaben wollte.

Der Mann näherte sich vorsichtig den Tipis mit den Zeichen der Freundschaft, gab durch Gesten zu verstehen, daß er den Häuptling sprechen wolle und wurde in das bemalte Tipi eines mageren Querecho geführt, der einen grausamen Zug um den Mund hatte und dessen Augen habgierig glitzerten, als der Mann Türkise und Peyote vor ihm ausbreitete. Es dauerte lange, bis sie sich in Zeichensprache handelseinig wurden. Türkise und Peyote, dazu Salz und Obsidian wechselten den Besitzer.

11

Kwani erwachte in der Abenddämmerung, sah, daß Kokopelli neben ihr geschlafen hatte und wieder gegangen war. Die Müdigkeit saß ihr immer noch tief in den Knochen. Sie bespritzte sich mit Wasser aus dem Krug und glättete ihr

Kleid. Jemand hatte ihr inzwischen ihr Bündel gebracht, und sie frisierte ihr Haar in Kürbisblütenrollen über beiden Ohren. Sie mußte einigermaßen würdevoll aussehen für ihren Besuch bei Gelber Vogel.

Die alte Frau wartete auf dem Dach ihres Hauses. Sie saß mit gefalteten Armen und ausdruckslosem Gesicht auf ihrer Matte, als Kwani sich näherte.

»Ich grüße dich, Ehrwürdige«, sagte Kwani.

Gelber Vogel nickte: »Setz dich.«

Kwani setzte sich schweigend neben sie. Aus der Kiva drangen Gesänge, Trommelschläge und Flötenklänge in Vorbereitung zu den Feiern des Schlangentanzes. Kinder und Hunde spielten auf dem kleinen Platz, und die Frauen sangen ihre Lieder, während sie Maiskörner für das Abendmahl stampften.

Schließlich sagte Gelber Vogel: »Es tut gut, daß du bei uns bist. Wir brauchen eine Sich Erinnernde. Die Jungen haben keine Achtung vor der Vergangenheit.«

»Ich danke dir für deine Gastfreundschaft.«

»Die Vergangenheit darf nicht in Vergessenheit geraten.« Sie blickte über den Platz und die Felder dahinter. »Mein Enkel erinnert sich, aber die wenigsten wollen ihm zuhören«, fügte sie bitter hinzu.

Kwani wußte nicht, was sie sagen sollte.

»Dort oben!« Gelber Vogel deutete mit einem zittrigen, knochigen Finger zum Bergkamm hinauf. »Dort oben wollen sie ein neues Dorf bauen.« Ihre Stimme bebte vor Empörung. »Zwei-Elch wurde hier geboren, ich wurde hier geboren, meine Mutter und meine Großmutter wurden hier geboren. Die Vergangenheit wohnt an diesem Ort am Flußufer, wo die Ahnen uns im Traum erscheinen. Von hier werden wir in Sipapu eingehen.« Sie wandte ihr zerklüftetes, strenges, altes Gesicht Kwani zu. »Du mußt ihnen das sagen.«

Kwani war der Meinung, daß der flache Berggipfel sich vorzüglich für den Standort einer Ansiedlung eignete. Doch sie wollte die alte Frau, die ihr sympathisch war, nicht kränken. »Ich bin eine Außenseiterin«, begann sie behutsam. »Ich fühle mich geehrt, daß du mich beauftragst, aber wie kann ich mir anmaßen, deinem Volk zu sagen, was es tun soll.« Sie dachte an den, der ihre Gedanken beschäftigte, seit sie ihn zum ersten Mal gesehen hatte. »Vielleicht könnte Tolonqua –«

»Er ist es! Tolonqua ist derjenige, der den Ort unserer Vorfahren verlassen will. Der versucht, unsere Gemeinschaft auseinanderzureißen...« Die Stimme versagte ihr.

»Vielleicht soll dieses Dorf gar nicht verlassen werden, vielleicht ist das neue nur als Erweiterung zu diesem gedacht. Wenn die Zahl der Bewohner anwächst –«

»Nein, nein! Sie wollen die starken Balken aus jedem Haus reißen und damit neue bauen... sie werden alles zerstören...« Sie wandte sich mit flehender Geste an Kwani. »Du bist die Sich Erinnernde, Kokopellis Gefährtin, eine Ruferin, eine angesehene Persönlichkeit. Hilf uns. Bringe Tolonqua dazu, sein neues Dorf zu vergessen.« Ihre scharfen Augen musterten Kwani wissend. »Du bist schön. Er wird auf dich hören.«

Kwani wandte den Blick. Was sollte sie sagen? »Erlaube, daß ich darüber nachdenke, Ehrwürdige.«

»Ja, natürlich. Dann kommst du zu mir und sagst, daß du einverstanden bist.« Mit einem Wink war sie entlassen. Die Greisin kreuzte ihre Arme und zog sich in sich selbst zurück. Ihre Augen verschwanden in den Falten unter ihren Brauen, und ihr Gesicht verlor jeden Ausdruck. Gelber Vogel hatte Kwani aus ihrer Gegenwart ausgeschlossen; als sei sie nicht vorhanden.

Zurück in ihrer Unterkunft lag Kwani auf der Schlafmatte, den Blick auf die schweren Deckenbalken gerichtet, die mit Flint und Steinwerkzeugen geglättet und zugeschnitten waren. Die weißgetünchten Wände und der Lehmfußboden waren sauber und schön; wäre dies ihr Heim, wollte sie es nicht zerstören und verlassen. Mußten die alten Balken wirklich wieder verwendet werden? In den nahen Wäldern wuchsen eine Menge schöner Bäume. Sie mit Steinäxten zu fällen und die schweren Stämme zur Baustelle zu befördern, sie zu entrinden, zuzuschneiden und zu glätten, bedeutete natürlich eine Menge schwerer Arbeit. Aber Pueblos scheuten die Arbeit nicht. Vielleicht steckte etwas anderes dahinter. Und was Tolonqua anbelangte... Der Gedanke an ihn löste eine seltsame Empfindung in ihr aus. Befangenheit, das war es. Als habe er sie gefangengenommen. Sie wollte ihm nicht gegenübertreten, nicht mit ihm debattieren. Er hatte gewiß gute Gründe für das, was er tat.

Wie schön er war!

Sie verdrängte den Gedanken. Aber sie wollte die Sache mit Kokopelli besprechen. Und außerdem mußte sie ihm sagen, daß sie bis zur Geburt ihres Kindes in Cicuye zu bleiben gedachte. Das würde ihm nicht gefallen.

Sie holte ihren Medizinpfeil aus ihrem Bündel und hielt ihn in beiden Händen, das Wissen um seine beschützenden Kräfte tröstete sie. Sie wollte ihn immer bei sich tragen. Sie nahm sich vor, ein kleines Bündel für ihn anzufertigen!

Ihr Pfeil, ihr Halsschmuck und ihre Schutzgeister würden sie und ihr Kind vor Unheil bewahren.

Auf dem Platz brannten Kochfeuer, und die Leute säbelten sich Fleischbrocken von den an Spießen gebratenen Bärenstücken herunter. Fett tropfte ins Feuer und würziger Rauch stieg auf, der den Appetit reizte. Kwani überfiel wilder Hunger. Mais mit Bohnen gekocht, getrocknete Kürbisstreifen mit Gewürzkräutern und eine Menge Maisfladen wurden verschlungen.

Thorwalds Lachen dröhnte von der anderen Seite des Platzes herüber, wo er am Feuer saß, umringt von Frauen, die ihm Essen aufdrängten. Tolonqua saß wieder an einem anderen Feuer; auch er umgeben von Frauen, schönen Frauen, und nackten jungen Mädchen. Kwani spürte einen Stich fremder Emotion und wandte rasch den Blick. Sie beobachtete, wie Säuglinge gestillt und trockengelegt und auf ihre Wiegebretter geschnürt wurden. Auch sie würde bald ein Kind in den Armen wiegen. Sie schaute sich die kleinen Kinder an, die wie zufriedene junge Hunde eingerollt schliefen, während ihre älteren Geschwister lärmend im Schein des Feuers spielten. Würde es in Tula auch so sein? Dort würde ihrem Kind nicht der Segen der heiligen Geburtsfeier von Sonnenvater zuteil, den alle Neugeborenen vom Stamme der Pueblo erhielten.

Zwei-Elch nahm die offizielle Begrüßung der Gäste vor

und verkündete die Abendunterhaltungen, doch Kwani hörte nicht hin. Ihre Blicke wanderten über die um die einzelnen Feuerstellen kauernden Menschen, deren Gesichter nicht nur vom Schein der Flammen leuchteten, sondern auch in der Freude der Zusammengehörigkeit; und das Herz tat ihr weh, daß ihr Kind kein solches Volk, keinen Clan wie diesen haben sollte.

Ihr Blick wanderte zu Kokopellis stolzer Gestalt im Feuerschein. Er brannte darauf, das Schiff zu erreichen. Wenn er sich weigerte zu bleiben, bis das Kind geboren war? Würde er ohne sie weiterziehen? Dann wäre sie wieder allein ohne Gefährten...

Tolonqua.

Er drängte sich unerbeten in ihre Gedanken. Sie wandte den Kopf in seine Richtung und begegnete seinem Blick, als habe er ihr befohlen, ihn anzusehen. Über die Entfernung senkten seine Augen sich in ihre, wie in einer Umarmung. Sie wandte sich brüsk ab – und sah, daß Aka-ti, die Gefährtin von Zwei-Elch, den Blickwechsel beobachtet hatte. Aka-ti lächelte in weiblichem Verständnis, und Kwani erwiderte das Lächeln. Aka-ti rückte näher, und Kwani beugte sich zu ihr und flüsterte: »Die Frauen beim Jagdhäuptling... welche von ihnen ist seine Gefährtin?«

»Keine. Seine Gefährtin starb bei der Geburt des Kindes. Er trauert und ist nicht bereit, eine andere zu wählen.«

Kwani war erstaunt. Er machte nicht den Eindruck eines trauernden Mannes. Aka-ti mußte ihre Gedanken gelesen haben, denn sie sagte: »Er verbirgt seinen Kummer, niemand soll ihn sehen.«

Kokopelli erzählte seine Neuigkeiten und gab Rätsel auf und hielt seine Zuhörer in Bann – alle bis auf Kwani. Ihr Inneres war aufgewühlt, und sie war sich Tolonquas Blicken in ihrem Rücken deutlich bewußt.

Jetzt sang Kokopelli. Sie zwang sich, ihm zuzuhören.

Meine Worte werden nicht vergehen,
Meine Lieder nicht verwehen.
Sie klingen fort und mehren sich.

Vereinzelte Zuhörer begannen, die Melodie mitzusummen. Immer mehr stimmten mit ein, bis alle sangen. Tolonquas

Stimme übertönte die Masse mit ihrem vollen Klang. Kwani sang mit ihm. Bald schwiegen die anderen, um dem melodischen Gesang der beiden zu lauschen.

Unvermutet hörte Kokopellis Flötenspiel auf. Der Gesang verstummte in verlegenem Schweigen.

Thorwald stand auf. »Ich singe ein Nordmannslied.«

Er stellte sich mit gespreizten Beinen in Positur, stemmte die mächtigen Arme in die Hüften, Haar und Bart leuchteten rot im Flammenschein. Sein Hemd hatten die Frauen fortgenommen, um es zu flicken, und er trug nur Beinkleider aus Leinen, die ihm von der Hüfte bis zur Schenkelmitte reichten. Die Schrammen der Bärentatzen waren deutlich zu sehen – Schrammen, die von Heldenmut und Sieg zeugten – doch es war sein prächtiger Körper, der Aufmerksamkeit auf sich zog – Neid von seiten der Männer und Bewunderung bei den Frauen.

Sich seiner Wirkung voll bewußt, begann er in seiner Muttersprache zu singen, mit tiefer, gefühlvoller Stimme.

Laßt uns heimkehren
Zu unseren Landsleuten in der Heimat.
Laßt unser Schiff die Wogen der Meere pflügen.
Sagt den Frauen, die Ausschau halten,
das Schiff der Nordmänner nähert sich dem
Heimathafen.

Er setzte sich unter dem Beifall der Zuhörerschaft, die zwar die Worte nicht verstanden, aber seine Sehnsucht verspürten.

Die Glut war zu Asche verbrannt, die Menschen zerstreuten sich. Sterne hingen strahlend am Firmament. Es war Zeit zu schlafen, zu lieben, Zeit zur Erfüllung.

Kokopelli nahm Kwanis Hand, und sie spürte sein Verlangen. Sie folgte ihm in ihre Unterkunft und stand stumm, als er sie langsam entkleidete.

»Ich muß dir etwas sagen«, begann sie.

»Nicht jetzt.«

Er legte sie aufs Lager. Hände und Lippen und geflüsterte Worte liebkosten sie, entfachten innere Feuer. Als er schließlich tief in sie drang, sehr tief, war die Explosion in ihr so stark, daß sie fürchtete, das Kind käme jetzt und auf der Stelle zur Welt.

Sie schlang die Arme eng um ihn. »Kokopelli... Kokopelli...«

Es war vor Tagesanbruch. Kokopellis Atemzüge waren langsam und friedlich. Kwani mußte sich erleichtern und stieg vom Dach, überquerte den kleinen Platz und kauerte sich ins Gras. Gerade als sie sich unbeholfen wieder erheben wollte, hörte sie Schritte. Sie duckte sich ins hohe Gras. Eine Gestalt kam näher und ging an ihr vorbei. Ein Querecho, lautlos wie ein Schatten. Sie beobachtete ihn, bis er jenseits des Berges verschwunden war, dann huschte sie hastig die Leiter zum Dach ihrer Unterkunft hinauf. Erst dort fühlte sie sich sicher. Sie kuschelte sich an eine Mauer und wartete auf die Morgendämmerung.

Der Himmel wurde blasser und veränderte die Farbe. Allmählich überflutete goldener Schein den Horizont, und Sonnenvater erhob sich in herrlicher Pracht. Gleichzeitig hörte sie den Gesang einer männlichen Stimme.

Tolonqua stand auf einem Dach auf der anderen Seite des Platzes. Er sah sie nicht, da er der Sonne zugewandt stand, in seinen ausgestreckten Händen hielt er eine Schale. Sein Lied war ein Gebet.

Es ist Tag geworden,
Mein Sonnenvater,
Du hast dich an deinen heiligen Platz begeben,
von wo die Wasser des Lebens kommen,
Nimm Sonnenvater,
Dieses Mahl als morgendliche Opfergabe.

Er warf eine Handvoll Maismehl der Sonne entgegen.

Dein langes Leben,
Dein Alter,
Deine Wasser,
Deine Samen,
Deine Reichtümer,
Deine Kraft,
Dein starker Geist,
Segne mich mit all deinen Gaben.

Nachdem er geendet hatte, hallten die Gebete anderer wieder, die bei seinem Gesang ins Freie getreten waren, um gleichfalls Sonnenvater zu grüßen. Kwani war gerührt und beeindruckt. Wie wahr dieses Morgengebet war!

Kokopelli setzte sich neben sie. Eine Weile beobachteten sie die Betriebsamkeit des erwachenden Dorfes.

Kwani sagte: »Merkwürdig, daß keine Truthühner zu hören sind.«

»Fehlt dir der Adlerclan?«

»Nein.« Sie sah zu, wie die Frauen die Feuer entfachten und die Nachttöpfe entleerten. »Wie es ihnen wohl ergehen mag...«

»Man spricht in den Kivas davon, daß es zu Streitigkeiten zwischen den Clans gekommen ist. Die Bewohner verlassen den Ort.«

»Wohin gehen sie?«

»Vorwiegend nach Südosten zu den Flüssen, wo andere Pueblos leben.«

»Worüber kam es zu Streitigkeiten?«

»Ernten, Anpflanzungen, Vorräte. Das Übliche. Es gibt nicht genug Wasser für gute Ernten. Hungrige Menschen argumentieren aus dem Bauch.«

Wieder schwiegen sie eine Weile.

Kwani sagte: »Zashue ist jetzt Medizinhäuptling.«

»Es heißt, er dürstet nach Rache wegen seiner Wunden.«

Sie erinnerte sich an sein zerfetztes, blutendes Gesicht. »Ist er... häßlich?«

Kokopelli nickte. »Vielleicht ist er der Verfolger.«

»Er ist es nicht.«

»Wer ist es denn?«

»Noch einer, den nach Rache dürstet.« Sie wandte sich abrupt zu ihm um. »Ich muß mit dir reden. Über mein Kind.« Sie legte beide Arme über ihren Bauch in einer unbewußten Geste des Beschützens. »Ich kann erst weiterreisen, wenn das Kind geboren ist. Können wir nicht noch einen Mond hierbleiben?«

Er schüttelte den Kopf. »Du machst dir keine Vorstellung davon, wie weit... Das Schiff ist vielleicht fertiggestellt, und die Männer warten auf Thorwald. Wenn sie des Wartens müde sind, segeln sie vielleicht ohne ihn, ohne uns. Dann wären wir allein auf uns gestellt, um Monde, viele Monde zu wandern, bis in meine Heimat. Wir können nicht länger hierbleiben.«

»Was macht es, wenn wir erst mal in Thorwalds Lager angekommen sind? Ich bin einen weiten Weg mit dem Kind im Bauch gewandert. Wenn es geboren ist, bin ich wieder bei Kräften. Ich möchte hierbleiben, bis mein Kind zur Welt gekommen ist.«

»Nein. Wir brechen nach dem Handel auf.«

Sie wandte sich ab. *Was er auch sagen oder tun mochte, sie würde nicht gehen.* Sie sollte das Thema wechseln, seine Gedanken auf andere Dinge bringen.

»Ich brauche neue Sandalen, siehst du?« Sie streckte beide Füße aus und zeigte ihm, wie zerschlissen ihr Schuhwerk war. »Ich mache mir eine kleine Tragetasche für meinen Medizinpfeil.«

»Warum?«

»Ich möchte ihn nicht in dem Bündel lassen, das Thorwald trägt – wenn ich wieder eine Last tragen kann.« Ihr Gepäck würde bei ihr in Cicuye bleiben, aber sie wollte den Pfeil immer bei sich haben. Warum, wußte sie nicht genau zu sagen; eine inner Stimme drängte sie dazu.

»Ich werde dein Bündel tragen.« Und nach einer Pause fügte Kokopelli hinzu: »Wir bekommen einen neuen Lastenträger. Zwei-Elch hat uns einen zugesagt.« Er sah sie scharf an. »Vertraust du mir dein Gepäck nicht an?«

»Ich habe kein Vertrauen zu Thorwald.«

Er nickte. »Ich auch nicht.«

Und es gab noch einen, dem er nicht traute. Einem, dessen Augen brannten, wenn er Kwani anschaute.

12

Der Querecho saß auf dem Bergkamm und stocherte mit einem dünnen Zweig in seinen Zähnen herum. Ein hagerer Kerl, der die Narben vieler Kämpfe trug; an der linken Hand fehlte ihm ein Finger. Eine Schädelhälfte war kurz geschoren, das lange Haar der anderen Hälfte war aufgerollt und mit einem rot gefärbten Lederriemen zusammengebunden. In den durchlöcherten Ohrläppchen hingen Muscheln, Knochen und Türkise.

Er stocherte sich die Reste seiner letzten Mahlzeit aus den Zähnen und beobachtete die Vorgänge in Cicuye am Fuß des Berges. Es war der erste von vier Tagen der Schlangenjagd, denn vier war die heilige Zahl der Pueblos. Heute jagten die Männer des Schlangenbundes im Norden. Morgen kam der Osten dran, dann der Süden und schließlich der Westen. Jede Felsspalte, jede Höhle, jede Gesteinsritze und jeder Unterschlupf im Gestrüpp wurde abgesucht, Klapperschlangen mit bloßen Händen hervorgeholt und in den Sack geworfen, den die Männer bei sich trugen.

Der Querecho hatte diese Prozedur oft erlebt, ohne daß je ein Mann dabei gebissen worden wäre. Früher oder später mußte das geschehen und darauf wartete er.

In der Zwischenzeit mußte er sich eine Strategie ausdenken. Er fingerte nach der schönen, kürzlich erworbenen Türkishalskette und überlegte, wie er seine Pläne mit den Feierlichkeiten in Einklang bringen konnte. Seine Augen suchten die schwangere, blauäugige Frau, die mit Zwei-Elchs Gefährtin auf einem Dach saß.

Kwani spürte, daß jemand sie anstarrte. Sie hob den Kopf und sah die Gestalt auf der Kammhöhe.

»Wer ist das da oben?«

Aka-ti hielt mit ihrer Arbeit inne; sie half Kwani dabei, neue Sandalen zu flechten. »Einer der Querechos aus dem Süden, die mit uns Handel treiben wollen.« Sie blinzelte. »Ich glaube, es ist ihr Häuptling Schneller Wolf.« Sie schüttelte den Kopf. »Ich mag ihn nicht, ich mag keinen der Querechos aus dem Süden. Tolonqua sagt, sie überfallen uns eines Tages, und der Meinung bin ich auch, aber Zwei-Elch glaubt, sie wollen nur handeln.«

»Gelber Vogel bat mich, mit Tolonqua zu sprechen. Sie möchte, daß er den Gedanken an ein neues Dorf auf dem Berg vergißt.«

»Hast du schon mit ihm gesprochen?«

»Nein...«

»Ich werde ein Treffen mit ihm arrangieren. Jetzt ist er mit den Jägern unterwegs. Aber ich bezweifle, daß er seine Meinung ändert.«

Kwani lächelte sie an. »Das ist freundlich von dir.« Sie begann, die kleine Frau mit dem runden Gesicht und dem herzlichen Lächeln liebzugewinnen. Aka-ti war jemand, dem man sich anvertrauen konnte. »Ich habe ein Geheimnis...«

»Sag es mir!«

»Ich möchte hierbleiben, bis mein Kind geboren ist. Ich bin müde. Und ich habe nichts für mein Kleines, außer ein Kleid aus Eichhörnchenfell. Kein Wiegebrett –«

»Gut! Du bist uns willkommen. Ich werde dir bei den Vorbereitungen für die Geburt helfen. Aber ich bin überrascht, daß Kokopelli dem zustimmt –«

»Ich habe es ihm noch nicht gesagt.«

»Aha.«

Es war später Nachmittag, als die Jäger mit erlegter Beute zurückkamen – ein Hirsch, zwei Hasen und ein Eichhörnchen.

Johlende Buben rannten ihnen entgegen und umringten Tolonqua.

»Laß mich tragen!« bat ein Junge.

Tolonqua gab ihm einen Hasen. Stolz marschierte das Kind auf den Platz und hielt den Hasen hoch, damit alle ihn sehen konnten, als habe er ihn erlegt.

Tolonqua sagte: »Ich werde dich zum Jäger ausbilden«, und der Junge strahlte. Denn einer, der von Tolonqua jagen lernte, wurde später einmal ein Meisterjäger.

Aka-ti hörte, daß die Jäger zurückkehrten, und rief einen ihrer Söhne zu sich, einen Halbwüchsigen im Zustand der Sehnsucht und Ungewißheit der nahenden Mannbarkeit. »Sag Tolonqua, ich wünsche ihn zu sprechen.«

»In welcher Angelegenheit?« Er versuchte gebieterisch zu klingen wie ein Mann, doch seine Stimme überschlug sich noch.

»Über eine Angelegenheit, die dich nichts angeht. Geh!«

Bald darauf überquerte der Jagdhäuptling den Platz und kletterte zu Aka-tis Dach hinauf. Er hatte die Kleider gewechselt und trug seine wertvollen Ohrgehänge aus roten und blauen Federn. Kwani war sich deutlich seines guten Aussehens bewußt. Sie mußte sich für seine Gegenwart und seine Blicke wappnen. In seinen Augen lauerte ein Funke, der sich jederzeit zu heller Glut entfachen ließ. Noch nie hatte sie solch brennende Augen gesehen. Sie machten sie befangen... und noch mehr.

»Hier bin ich«, sagte er.

»Kommt.« Aka-ti ging die Leiter in ihr Haus voran. Nachdem sie es sich bequem gemacht hatten, begann sie: »Gelber Vogel gab der Gefährtin Kokopellis den Auftrag, mit dir über eine wichtige Angelegenheit zu sprechen. Sie ist gekommen, um ihren Auftrag auszuführen.«

Tolonqua wandte sich mit kühlem Blick an Kwani.

Kwani versuchte, ihre Verlegenheit zu verbergen, doch sein Blick machte alles noch schlimmer. Sie platzte heraus: »Ich tue das nicht gern, habe aber keine andere Wahl.«

»Warum?« Seine Stimme war ohne Ausdruck.

»Weil Gelber Vogel mich darum gebeten hat, darum. Ich bin hier zu Gast.« Ihre blauen Augen sprühten Funken.

Sein Blick erwärmte sich. »So. Die ehrwürdige Greisin nimmt also an, daß du meine Ansicht über das neue Dorf ändern kannst, weil du schön bist. Ist es nicht so?«

Kwani war völlig verdattert und mußte lächeln. »Ja. Das nimmt sie an. Aber –«

»Komm.« Er streckte ihr die Hand hin und zog sie auf die Füße. »Ich zeige dir etwas.«

Sie ging mit Tolonqua den Berghang entlang und dann einen steilen Steg hinauf. Gelegentlich, an besonders steilen Stellen, nahm er ihre Hand und zog sie hinter sich her. Oben angekommen, verschnaufte Kwani und sah sich um.

Zu beiden Seiten des Bergkamms lag je ein enges Tal mit blaugrünen Bergen dahinter. Unter ihnen drängten sich die Lehmhütten von Cicuye um den kleinen viereckigen Platz. Auf den Feldern wurden Bohnen und Kürbisse geerntet. Und der Mais gedieh trotz der großen Höhe prächtig. Ein kleiner Fluß glitzerte in der Sonne.

Der Bergkamm war oben flach mit steilen Flanken, für manche zu steil, um heraufzuklettern. Kwani blickte in die Ferne. Über den Bergen wölbte sich türkiser Himmel, und weiße Wolken liefen mit dem Wind um die Wette.

»Siehst du?« sagte Tolonqua. »Gibt es einen besseren Ort? Unter der Kammhöhe gibt es Quellen und auch drüben auf der anderen Seite. In der Nähe fließt ein Bach. Und der Fluß ist nicht weit.«

Er schaute nach Osten, wo Sonnenvater sich am Morgen erhebt, und Kwani schaute ihn an. Er hob den Arm. »Weit dort drüben weiden Büffelherden, und aus allen Himmelsrichtungen kommen viele Stämme in diese Gegend zur Jagd. Sie wollen Büffelhäute und Fleisch gegen Salz und Mais, Türkise und Feuerstein, Bogen und Pfeile und vieles mehr tauschen. Wo haben sie Gelegenheit dafür? Und drüben auf der anderen Seite« – Er wandte sich nach Westen – »Woher kommen die Büffeljäger, um mit den Steppenbewohnern Handel zu treiben?«

Dann wandte er ihr wieder sein leuchtendes Gesicht zu. »Siehst du? Dies ist der Ort. Cicuye wird reich werden. Der reichste Ort aller Pueblos. Die Stämme draußen in den Ebenen werden mehr haben wollen, als sie tauschen können. Daher werden sie versuchen zu stehlen und zu töten. Also«, er trat an den Rand des Felskamms, wo er steil abstürzte, »werden wir eine Mauer bauen, die das neue Cicuye umschließt. Am Ende des Kamms, dort, wo wir heraufgekommen sind, wird das einzige Tor zur Stadt sein, an dem Krieger Wache stehen. Und dort unten« – er deutete auf die drei Tipis – »werden viele Tipis stehen. Viele. Die alle kommen, um Handel zu treiben.« Er breitete beide Arme aus. »Siehst du?«

»Ja! Ja, ich verstehe. Es wird schön!« Sie dachte, ich möchte die neue Stadt sehen, in ihr leben.

Sie lächelten einander an, strahlten in gemeinsamer Begeisterung. Er trat dicht an sie heran und schaute ihr in die Augen. In seinen leuchtete das helle Feuer, und er sagte weich, beinahe singend: »Die Greisin hat recht. Du bist schön. Wirst du versuchen, meine Meinung zu ändern?«

Sie blickte in das stolze, junge Gesicht mit dem Stirnband, aus dem am Hinterkopf Adlerfedern ragten; der bunte Federschmuck an seinen Ohren fächelte leise. Sie konnte nicht antworten und den Blick nicht von ihm wenden. Sie dachte, er gleicht einem wilden Vogel, der sich hoch in die Lüfte schwingt.

Seine Hand strich über ihren geschwollenen Leib. »Ich wünschte, das Kind wäre meins.«

Sie entzog sich ihm, fürchtete, die Knie würden ihr versagen, so stark zitterten sie. Sie wollte sagen: ›Ich bin Kokopellis Gefährtin‹, konnte aber nur denken, ›ich bin Anasazi, *Pueblo*‹. Sie schaute sich nach einer Sitzgelegenheit um und sah ein paar große Felsbrocken zwischen Wacholderbäumen, als habe sie ein verspielter Gott dort hingeworfen. Sie setzte sich, und Tolonqua setzte sich neben sie.

Um das Thema zu wechseln und ihren wilden Herzschlag zu beruhigen, sagte Kwani: »Was soll ich Gelber Vogel sagen? Sie fürchtet, daß ihr Dorf zerstört wird, weil die Balken für die neue Stadt gebraucht werden.«

»Das hat sie mir nie gesagt. Ich glaube, das ist ein Vorwand. Ihr Geist lebt in der Vergangenheit, und sie möchte dort sein, wo ihr Geist ist.« Er deutete auf die Berge. »Da drüben gibt es mehr Bäume als Kies im Fluß. Warum sollten wir das alte Dorf wegen einiger Balken niederreißen?«

»Ich weiß nicht. Die Arbeit...«

»Wir haben viele Männer, die arbeiten können. Das wird keine Schwierigkeit geben.«

Sie saßen schweigend da. Ein Habicht schoß im Sturzflug herab und erhob sich wieder mit einer Feldmaus in den Klauen. Kwani kam sich vor wie diese Maus, gefangen und fortgetragen... von einem wilden Vogel.

»Soll ich Gelber Vogel sagen, das alte Dorf bleibt weiter bestehen?« fragte Kwani.

»Ja. Es wird nicht zerstört. Das Dorf wächst immer weiter. Das alte wird nicht ausreichen, um Unterkünfte für alle Bewohner zu bieten. Und wir werden Krieger haben, die es beschützen. Sag ihr das.«

»Das werde ich.«

Die leichte Spätnachmittagsbrise fächelte durch die Gräser, fein wie das Haargespinst eines Säuglings. Tolonqua rückte näher, und sie spürte seine Wärme.

Er fragte: »Mußt du fortgehen?«

»Gelber Vogel lud mich ein zu bleiben, bis das Kind geboren ist.«

Er schien überrascht. »Ist Kokopelli damit einverstanden?«

»Er weiß nichts davon. Ich habe es ihm noch nicht gesagt.«

»Und wenn er nicht einverstanden ist?«

Sie wandte den Blick. »Ich möchte bleiben ... bis das Kind geboren ist.« Sie wollte immer hierbleiben in der Nähe dieses wilden Vogels.

»Ich denke, er wird darauf bestehen, daß du mit ihm kommst.«

Sie nickte und biß sich auf die Lippen.

»Was wirst du also tun?« lächelte er.

Sie wandte sich ab und verbarg ihr Gesicht. »Was kann ich tun? Er ist mein Gefährte, mein Beschützer ...« Sie schluckte. »Er wird mir ein Heim geben ...« Sie konnte nicht weitersprechen.

Er beugte sich näher, und sie roch seinen Duft, einen Männerduft, den sie nicht beschreiben, auf den sie nur reagieren konnte.

Er sagte: »Kokopelli bat Zwei-Elch um einen Lastenträger als Führer. Zwei-Elch wählte mich aus. Ich bin also bei dir, wenn du mit Kokopelli und dem Haarigen gehst. Ich werde euch durch die Großen Steppen und über die grünen Berge und Flüsse dahinter führen.« Seine Stimme vertiefte sich. »Ich werde dich beschützen ...«

»Aber das Kind –«

»Wann kommt es?«

»Früher als in einem Mond.«

»Auf unserem Weg liegt eine Schlucht, eine schöne Schlucht mit einem Fluß und Bäumen und vielen Höhlen. Es ist ein schöner Geburtsort für ein Kind. Dort hausen gute Geister. Und manchmal auch Büffel. Vielleicht der Weiße Büffel ...«

Ihr Traum ... Der Kopf des Weißen Büffels, der sich in einen Mann verwandelte ... Sie schaute in das Gesicht, das ihrem so nah war. Etwas in diesen Augen, dieser Stimme ... Sie schluckte wieder. »Der Weiße Büffel sprach zu mir in einem Traum. Er wartet auf mich.«

Seine Augen glänzten. »Mir erschien der Weiße Büffel. Vor vielen Regenzeiten, als ich meine Mannbarkeitsvision suchte. Er wartet auch auf mich.«

Sie sahen einander verwundert an. Wie geheimnisvoll und

wunderbar waren die Wege der Götter! Augenscheinlich wollten die Götter, daß sie einander finden und gemeinsam das Geistwesen suchten.

Kwani sagte: »Nimm mich mit.«

Mit einem zärtlichen Laut schloß er sie in die Arme. Er küßte sie nicht, hielt sie nur eng an sich geschmiegt und sagte: »Ich werde deinem Kind die Geburtsfeier des Sonnenvaters machen. Dein Kind wird als Pueblo geboren.«

Er hatte ihren innigsten Herzenswunsch gelesen. Mit der Feier des Sonnenvaters ernannte er sich aber zum Vater des Kindes und folglich zu ihrem Gefährten. Sie war Kokopellis Gefährtin. Doch daran konnte sie jetzt nicht denken. Sie hielt ihn lange fest und spürte, daß etwas in ihr zu heilen begann, endlich, endlich.

Es war der vierte Tag der Schlangenjagd. Gefangene Klapperschlangen wurden mit heiligem Mehl bestreut, damit sie begriffen, was von ihnen erwartet wurde, und in Vorratskrüge in der Kiva des Schlangenbundes untergebracht. Eine heilige Sandzeichnung schmückte den Boden der Kiva; es war Zeit für das Zeremoniell der Schlangenwaschung.

Kokopelli war als Ehrengast anwesend und saß zusammen mit den Mitgliedern des Schlangenbundes auf Steinbänken entlang der Kivawände. Jedes Mitglied hielt einen Schlangenstab in der Hand – ein kurzer Stock, an den zwei Adlerfedern gebunden waren. Die Schlangen wanden sich in großen, geflochtenen Körben, der Altar war festlich geschmückt. Daneben stand die Waschschale mit geweihtem Wasser. Die Zeremonie konnte beginnen.

Kokopelli fragte sich, wo Thorwald blieb und welche Frau er wohl wieder mit Gewalt nahm. Aber vielleicht waren die Frauen und Mädchen ihm hier auch zu Willen. Nicht wie Kwani, die seine Roheit über sich ergehen lassen mußte... Haß quoll in ihm auf und fraß an ihm. Er würde seine Rache an dem Nordmann auskosten.

Der Schlangenwäscher trat ein. Er war ein stolzer, hochaufgerichteter alter Mann, der einen kurzen Lendenschurz trug und dessen Gesicht und Körper Kriegsbemalung aufwiesen. Er trat an den Altar, gefolgt von zwei Helfern, von denen jeder einen Schlangenstab in der Hand hielt, während die Anwesenden einen Weihegesang anstimmten. Da Schlangen große Furcht vor Adlern hatten, hielten die Federn der Stöcke sie in Schach.

Der alte Schlangenwäscher griff in den Korb, holte eine Handvoll sich windender Schlangen heraus und tauchte sie in das heilige Wasser, dann warf er sie singend auf die Sandzeichnung des Kivabodens, damit sie die heiligen Eigenschaften der Zeichnung in sich aufnähmen. Manche gingen zusammengerollt in Angriffsstellung, doch eine Berührung der Adlerfedern stimmte sie wieder friedlich, sie entrollten sich und suchten das Weite.

Kokopelli sprach geistig mit einer alten Klapperschlange, die an ihm vorbeiglitt: »Warum läßt du das zu!« Die Schlange warf ihm einen benommenen Blick zu, ohne zu reagieren.

Als alle Schlangen gewaschen und auf den Boden zum Trocknen gelegt waren, paßten Buben auf sie auf, die ihren Spaß daran hatten, sie herumzuwerfen und sie über ihre nackten Füße kriechen zu lassen. Keiner wurde gebissen. Nachdem die Schlangen trocken waren, kamen sie in den Kisi, einen Käfig aus geflochtenen Pappelzweigen und Yuccabast.

Der Platz hatte sich in der Zwischenzeit bevölkert. Alle Bewohner waren gekommen. Sie saßen auf Dächern und lehnten an den Wänden; auch die Querechos waren gekommen und saßen abseits in einer stummen, abweisenden Gruppe und warteten auf den Handel, der hinterher stattfinden würde. Thorwald benahm sich auffällig, stolzierte mit schwingender Axt herum, lachte dröhnend mit den Kindern und lächelte die hübschen Frauen und Mädchen an. Kwani saß mit Aka-ti auf dem Dach, und Kokopelli stand bei den Häuptlingen auf dem Platz.

In den Boden des Platzes wurde ein Loch gegraben und mit einem Brett bedeckt.

»Was ist das?« fragte ein kleiner Junge.

»Sipapu, natürlich.«

»Warum wird es zugedeckt?«

»Lerne zu beobachten, bevor du Fragen stellst. Du wirst es gleich sehen.«

»Schau! Der Antilopenbund!«

Zu Trommelschlägen und Gesängen umrundeten die Mitglieder des Bundes viermal den Platz. Jeder, der an Sipapu vorbeiging, trat darauf.

Da-bumm! Wumm! *Da-bumm!* Wumm!

»Warum machen sie das?«

»Damit die in der Unterwelt wissen, daß nun der Schlangentanz beginnt.«

»Warum –«

»Hör auf zu fragen. Schau zu!«

Die ehrfurchtsgebietenden Erscheinungen der Schlangentänzer tauchten eine nach dem anderen aus der Kiva auf.

»Ah-h-h-h!« stöhnte die Menge.

Jeder Tänzer trug ein Büschel bunter Federn auf dem Kopf und einen Rock von der Hüfte bis zum Knie, mit einer Schlangenlinie bemalt, dem Symbol sowohl für die Schlange als auch für den Regen. Eine Schildkrötenrassel am rechten Bein unterhalb des Knies befestigt, klapperte bei jedem Schritt. Die Fußknöchel zierte eine Kette aus Adlerkrallen, und ein über dem Steißbein befestigter Fuchspelz schwang eindrucksvoll hin und her. Graue und weiße Zickzacklinien zogen sich über Brust, Arme und Beine – zu Ehren der Schlangengottheiten.

Die Menge lauschte verzaubert, als der Antilopenbund einen neuen Gesang anstimmte, leise anfangs, dann immer lauter anschwellend. An einer bestimmten Gesangsstelle fingen drei Schlangentänzer ihren Tanz an, ihnen folgten in gewissen Abständen die nächsten Tänzer in zwei Dreiergruppen.

Sonnenvater versank hinter dem Berg. Die Spannung wuchs, als der Gesang sich mit dem tuckernden Schlagen der Schildkrötrasseln und dem Stampfen der tanzenden Füße zu einer unheimlichen Klangmischung verbanden.

Einer der Tänzer war Tolonqua. Kwani durchfuhr ein kleiner Stich der Angst. »Beißen die Schlangen auch manchmal einen Tänzer?«

»Sehr selten, aber es ist schon vorgekommen.«

»Muß der Tänzer dann sterben?«

»Gewöhnlich ja. Aber mach dir keine Sorgen. Es wird alles gutgehen.«

In zuckenden Tanzbewegungen nahmen die Dreiergruppen der Schlangentänzer neben dem Kisi Aufstellung. Den Zuschauern stockte der Atem, als jeder einzelne Tänzer sich hinkniete, mit bloßen Händen eine Schlange aus dem Käfig holte, die Körpermitte des Reptils in den Mund nahm und den sich windenden Körper mit beiden Händen festhielt. Kurz darauf war der Tänzer wieder auf den Beinen und tanzte mit dem Reptil viermal im Rhythmus des Gesangs um den Platz herum.

Kwani spürte, wie ihre Kehle sich verengte, als Tolonqua kniete, eine Schlange aus dem Käfig holte, sein Mund sich um ihren Körper schloß, er das Reptil mit der linken Hand knapp hinter dem Kopf festhielt und mit der anderen das Schwanzende nahm. Sie konnte den Blick nicht von ihm wenden, als er mit den anderen im Kreis tanzte.

Wenn ein Tänzer die vier Runden hinter sich gebracht hatte, ließ er die Schlange fallen, wo sie sofort von einem Mitglied des Bundes eingesammelt und in den Kisi zurückgebracht wurde. Frauen bestäubten die Männer im Vorbeitanzen mit Maismehl von geflochtenen Tabletts. Kwani fiel auf, daß keine Frau versäumte, Tolonqua besonders heftig zu bestäuben.

Kwani rutschte unruhig auf ihrem Platz hin und her. Das Kind stieß nach ihr, und ihr war ganz elend zumute, wenn sie an die zerstückelten Schlangen an ihrem heiligen Zufluchtsort dachte. Hatten die Gottheiten ihr Flehen um Vergebung erhört? Als sie Kokopelli von dem Vorfall erzählte, hatte er die Schultern gezuckt. »Dieser Narr.« Thorwald zeigte weniger Interesse an den Schlangen, als an den jungen Mädchen.

Es war Zeit für das nächste Zeremoniell. Der Oberpriester des Schlangenbundes nahm eine Schale Maismehl aus der Hand eines seiner Helfer. Er ließ Mehl durch seine Hand rinnen und formte damit eine Zeichnung auf dem Boden.

»Was ist das, Vater?«

»Siehst du denn nicht? Eine Regenwolke und die Sechs Heiligen Richtungen.«

»Wieso bringen sie den Kisi da hinüber? Warum –«

»Hast du keine Augen im Kopf? Schau zu!«

Das symbolische Bildnis war fertig. Auf ein Handzeichen des Priesters wurden die Schlangen aus dem Kisi auf das Bild gekippt. Die ineinander verschlungenen Reptilien, die sich zu entwirren und zu entkommen versuchten, wurden von ihren Bändigern ergriffen und in die vier Richtungen zurückgebracht, aus denen sie geholt worden waren. Die Menge verfolgte die Bemühungen der Schlangenbändiger, ihre Beute zu fangen, mit Gelächter und scherzhaften Bemerkungen.

Kokopelli sah interessiert, wie eine Schlange entkam. Die Bändiger waren mit anderen beschäftigt, als eine sich unbemerkt ins hohe Gras schlängelte. Thorwald stürzte ihr nach und trampelte im Gras herum. Mit einem Triumphgeschrei hielt er die Schlange hinter dem Kopf hoch, so wie er es bei den Bändigern gesehen hatte. Er warf die Schlange zurück auf die Zeichnung aus Maismehl. Er würde diesen Skraelingen zeigen, wie man mit Schlangen umging!

Ein Bändiger bückte sich nach ihr. Doch Kokopelli hielt ihn zurück: »Warte!« Die Schlange rollte sich in Angriffsstellung, klapperte mit ihrer Rassel, und der Bändiger wich zurück.

Kokopelli sprach im Geist mit ihr. »Komm zu mir. Ich werde dich beschützen.«

Langsam entrollte die Schlange sich und kroch auf Kokopelli zu. Er hielt ihr seine Hand entgegen. Die Schlange kroch über seine Handfläche und machte es sich in Kokopellis Armbeuge bequem.

Die Menge wagte kaum zu atmen. Sie hatten Kokopellis Magie gesehen, aber so etwas noch nicht! Dieser Kokopelli war wundervoll!

Thorwald war nicht begeistert. Er hatte tapfer im Gras nach ihr gesucht. Er hatte die Klapperschlange gefangen und zurückgebracht. Aber Kokopelli heimste die ehrfurchtsvollen, bewundernden Blicke und Glückwünsche ein. Beleidigt zog er ab, stapfte den Weg zum Bergkamm hinauf.

Wieder sprach Kokopelli geistig mit der Schlange, die sich an seinen Arm schmiegte.

»Er hat deine Brüder und Schwestern an ihrem heiligen Ort getötet. Folge ihm.«

Er setzte die Schlange auf die Erde. »Sie ist ein alter Freund. Laßt sie gehen.« Das Reptil schlängelte sich den Weg entlang, den Thorwald genommen hatte. Kokopelli lächelte. Die Götter würden sich freuen.

Thorwald erreichte den Kamm und blickte in die Ferne zu den weiten Steppen hinüber, die er bald durchqueren würde, auf dem Weg zu seinem Lager, seinem Schiff und seiner Heimat.

Die Heimat.

Er legte sich ins Gras und studierte den Himmel mit seinen Seemannsaugen. Gutes Wetter. Gute Reise. Wenn Kokopelli Wertsachen in unbekannten Höhlen versteckt hatte, so würde er es bald wissen, auf dieser letzten Reise. Dann genügte ein Schwung mit der Axt... und Kwani würde ihm gehören. Das Kind würde er vor dem dritten Lebenstag töten, bevor es Mensch wurde, wie man es bei ihm zu Hause auch mit unerwünschten Bälgern machte. Dann würde er es an einen Stein legen mit einem Stück Fleisch im Mund. Die Götter würden über sein Schicksal entscheiden.

Er beobachtete die weißen Wolken am Himmel, die aussahen wie Segelschiffe... die in die Heimat segelten. Bald würde er die Wogen des Ozeans durchpflügen. Sein Geheimnis würde nie jemand erfahren. Diese Skraelinge würden nie wissen, daß er sich und seine Männer beschämt hatte, daß er geächtet und verhöhnt worden war während der Plünderungen und Belagerungen, weil er sich geweigert hatte, kleine Kinder mit seinem Schwert aufzuspießen.

Das Gras hinter ihm bewegte sich kaum bei der Annäherung der Schlange. Rasch, lautlos rollte sie sich zusammen, schnellte vor und trieb ihre Giftzähne in Thorwalds Hals.

Der Schlagentanz war zu Ende, der Regen gesichert, nun konnte der Handel beginnen. Querechos und Pueblos drängten sich auf dem Platz, während die Mitglieder des Schlangen- und Antilopenbundes sich zurückzogen, um sich mit einem Brechmittel zu reinigen. Auf dem Platz wurde in Zeichensprache gefeilscht und gehandelt. Kleine Buben spielten den Schlangentanz nach, Yuccaseile stellten die Schlangen dar, und kleine Mädchen bewarfen sie mit zerrupftem Gras anstelle des Mehls von Miniaturtabletts, die ihre Mütter gefertigt hatten.

Kwani ruhte sich in ihrer Unterkunft aus, ermattet von der Hitze und der emotionalen Belastung. Tolonqua mit der Schlange im Mund...

»Komm! Komm schnell!«

Sie richtete sich auf. »Was ist los?« Doch derjenige, der gerufen hatte, war bereits verschwunden. Langsam stand sie auf und stieg die Leiter hinab.

Die Menschen starrten Thorwald entgegen, der auf den Platz taumelte. Sein Gesicht und Hals waren geschwollen, begannen sich dunkel zu verfärben. Seine Augen traten hervor, als wollten sie dem Entsetzen entfliehen, und seine geschwollenen Lippen versuchten vergeblich Worte zu formen. Mit einem kehligen Aufschrei brach er in die Knie.

Der Medizinmann kam angelaufen. In seinem Bündel hatte er eine Gebirgspflanze, ein Mittel gegen Schlangengift, aber er sah, daß es zu spät war. Trotzdem drückte er den fleischigen Stengel der Pflanze aus und ließ den klebrigen Saft in die punktierte Wunde träufeln und sang seine heilsamen Zauberformeln dazu.

Thorwalds hünenhafter Körper wand sich zuckend auf der Erde, Blut quoll aus seinem Mund. Mit einem letzten heiseren Schrei verlor er das Bewußtsein.

13

Thorwald wurde rasch begraben. Da niemand wußte, welche Riten für einen Nordmann galten, wurde er einfach gegen Osten zum Meer der Aufgehenden Sonne ins Grab gelegt.

Sein Tod und die Beerdigung dämpften zwar die Festfreude, beeinträchtigten aber nicht den Handel. Kokopelli nahm Thorwalds Besitz an sich. Das Schwert mit dem goldenen Griff und der verzierten Scheide wollte er zum Andenken behalten, sagte er. Um die Axt und den Bogen mit den Pfeilen wurde lebhaft gefeilscht, ebenso um den Inhalt von Thorwalds Gepäck, obwohl der durch seine Besuche bei den

Frauen etwas geschrumpft war. Man munkelte, in Cicuye würden im kommenden Frühjahr einige blauäugige Kinder zur Welt kommen.

Kwani verbrachte viel Zeit in ihrer Unterkunft. Thorwalds Tod brachte ihr Erinnerungen an Okalakes Tod ins Gedächtnis zurück, und ihr wurde schwarz ums Herz. Wie rachsüchtig die Götter doch waren! Sicher würde auch sie bestraft, wenn sie ihr Volk verließ und ihrem Kind die Geburtsrechte der Pueblo versagte. Aber was sollte sie tun?

Sie suchte Trost bei den Alten, doch ihr Geist konnte sie nicht erreichen. Sie entzogen sich ihr wie zur Vergeltung.

Kokopelli spürte ihre Niedergeschlagenheit und versuchte sie aufzuheitern. Er nahm sie in die Arme. »Trauerst du?«

»Ja. In gewisser Weise.«

»Um *Thorwald*?«

»Um das, was in meiner Vergangenheit geschehen ist. Und um das, was ich meinem Kind vorenthalte.«

»Vergangenes ist vergangen, du Närrin. Und alles wird gut mit dem Kind.« Er küßte sie zärtlich. »Wir brechen übermorgen auf.«

»Was ist mit dem Schiff? Thorwald –«

»Ich bezahle seinen Männern, was er ihnen schuldet und mehr. Sie werden uns an unseren Bestimmungsort bringen.«

»Aber Thorwald ist der Steuermann.«

»Jeder kann der Küste folgen. Sie nehmen uns mit nach Süden bis zur großen Bucht, und dann fahren sie nach Norden, wieder der Küste entlang.« Er nickte zu ihrem Bündel hinüber. »Mach dich zum Aufbruch bereit. Wir werden einen neuen Lastenträger und Führer bekommen, der uns begleitet.«

»Ich weiß. Tolonqua sagte mir, daß er mit uns kommt.«

Brüsk ließ er sie los. »Tolonqua soll uns führen?«

»Ja. Er sagte –«

»Das werde ich nicht dulden.«

Er stieg murrend die Leiter hinauf, und Kwani seufzte. Sie fürchtete, es würde Probleme zwischen ihrem Gefährten und Tolonqua geben. Sie mußte nachdenken, eine Weile allein sein, um mit Mutter Erde und mit ihrer eigenen Seele einig zu werden. Sie steckte ihren Medizinpfeil in den kleinen Beutel, den sie dafür gemacht hatte und band ihn sich um die Hüfte.

Auf dem Platz wimmelte es von Händlern und Querechos. Kwani ging auf den Bergkamm zu, um sich auf den Stein zu setzen, wo sie mit Tolonqua gesessen hatte. Die Möglichkeit eines Konflikts zwischen ihm und Kokopelli lastete auf ihrer Seele. Sie dachte an die gespannten Auseinandersetzungen zwischen Thorwald und ihrem Gefährten. Würden ähnliche Konfrontationen sich wiederholen? Der Gedanke erfüllte sie mit dunkler Vorahnung und sie schaute über das Tal und die blauen Berge dahinter, suchte Rückhalt im Frieden und in der Schönheit der Landschaft.

Unter ihr jenseits des Bergkamms leuchtete ein rotbraunes, zottiges Fell in der Sonne auf. Bruder Kojote! Er blieb stehen und hob den Kopf in ihre Richtung.

»Ich grüße dich, Bruder Kojote.«

Er schaute Kwani einen Moment an, bevor er sich in Trab setzte und entfernte; sie hob eine Hand zum Abschied. *Er spürt, daß ich mir Sorgen mache. Er wollte mir etwas mitteilen.* Sie versuchte zu begreifen, was es gewesen sein mochte, und horchte auf ihre innere Stimme.

Die Erkenntnis stieg in ihr auf. Beinahe wußte sie...

Ein gewaltiger Ruck riß sie nach hinten. Mit einem Angstschrei drehte sie den Kopf und schaute in das häßliche Grinsen eines Querechos, das verrottete Zähne entblößte. Wieder schrie sie auf. Seine Hand verschloß ihr den Mund; er zerrte sie einen steilen Hang hinunter. Kwani versuchte, sich dem Griff zu entwinden, schlug und stieß um sich, grub ihre Fingernägel in die Hand über ihrem Mund und biß kräftig zu; sie schmeckte Blut.

Ein Stoß und sie rollte den Abhang hinunter. Scharfkantige Steine und Dornengestrüpp verletzten sie. Der Mann rutschte hinter ihr her. Sie versuchte aufzustehen; er stieß sie wieder zu Boden. Er hielt ihr das Messer vors Gesicht und zischte Warnungen. Kwani verstand die Worte nicht, aber ihre Bedeutung war unmißverständlich. Wenn sie um Hilfe rief, würde er sie zum Schweigen bringen. Sofort und für immer.

Sie biß sich auf die Lippen, um nicht zu schreien, und rollte sich mit angezogenen Beinen zur Seite, im Versuch, das Kind zu schützen. Er stellte seinen Fuß auf ihren Kopf und drückte ihr Gesicht zur Erde, während er seine blutende Hand mit einem schmutzigen Lumpen verband.

Dann zerrte er sie hoch, grub die scharfe Messerspitze in ihren Hals und holte einen Lederriemen aus einem Beutel an seinem Gürtel. Er versetzte ihr einen warnenden Stich in den Hals, bevor er das Messer zwischen die Zähne nahm und Kwanis Hände auf den Rücken band. Sie spürte das Blut ihren Hals hinunterlaufen. Sie biß sich wieder auf die Lippen.

Mit der Hälfte des blutigen Fetzens, mit dem er sich die Hand verbunden hatte, knebelte der Querecho sein Opfer. Dann stieß er sie vor sich her.

Kwani taumelte vor ihm her, von tiefem Entsetzen gepackt, zerkratzt und zerschunden, den stinkenden Fetzen im weitaufgerissenen Mund. Sie fürchtete sich zu erbrechen, daran zu ersticken. Der Querecho folgte so lautlos, daß sie sich umwandte, um zu sehen, ob er noch dasei. Wenn ihr die Knie versagten, wurde sie hochgezerrt. Ihr Herz schlug ihr bis zum Hals. Sie hatte Visionen, erstochen und verstümmelt zu werden, sah, wie das Kind aus ihrem Bauch geschnitten wurde; solche Grausamkeiten waren vorgekommen.

Sie blieb stehen. Ihr unfreiwilliger Schrei war nur als unterdrücktes Gurgeln zu hören. Eine knurrende, zähnefletschende Hundemeute fiel sie an. Die Hunde waren mit Schultern und Hals an Tragegestelle geschirrt, auf denen sich die Habseligkeiten der Querechos in Netzbeuteln türmten. Die Köter schnappten nach ihr, bis der Kerl ihnen scharfe Befehle zurief, worauf sie zwar nicht zurückwichen, aber auch nicht mehr nach ihr schnappten. Knurrend duckten sie sich.

Den Hundegeschirren folgte eine Querecho-Frau. Sie war untersetzt und verdreckt, trug aber schöne Halsketten, Armreife und Ohrschmuck aus Türkisen, Muscheln und polierten Krallen und Knochen. Der Mann, der Kwani entführt hatte, war größer, ebenso dreckig und ebenso mit Schmuck behangen. Sein Haar war auf einer Seite kurz geschoren, hing auf der anderen lang wie der Schweif eines Tieres herunter. Um die Stirn hatte er ein schmieriges Band geknotet.

Selbst aus der Entfernung konnte Kwani seine verfaulten Zähne sehen, wenn er sprach.

Die Frau näherte sich Kwani, um ihre Halskette besser sehen zu können. Sie stank; Kwani wandte ihr Gesicht ab. Die Frau nahm ihr den Halsschmuck ab und legte ihn sich an. Ihre Augen glitzerten belustigt, als Kwani wütend versuchte, sich von ihren Fesseln zu befreien.

Ein Mann näherte sich mit raschen Schritten. Er mußte Schneller Wolf sein, der Querecho Häuptling, den Kwani gesehen hatte, als sie mit Aka-ti auf dem Dach gesessen hatte. Von beiden mehrmals durchstochenen Ohren hingen Schmuckstücke; sein Hals und beide Arme waren ebenfalls mit Schmuck behangen. Das lange Haar an einer Kopfseite war aufgewickelt und mit einem roten Riemen zusammengebunden. Sein Lendenschurz aus Rehlederfransen war hübsch bemalt und bestickt, seine Fußbekleidung aus Büffelhaut war ebenso geschmückt.

Er wurde respektvoll von dem Mann und der Frau begrüßt. Er erwiderte die Grüße, trat vor Kwani und musterte sie mit undurchdringlichem Blick. Sein Gesicht war eiskalt und hart, um den Mund spielte ein grausames Lächeln. Instinktiv wich Kwani vor ihm zurück.

Schneller Wolf wandte sich mit scharfen Worten an die Frau. Er hob eine Hand, an der ein Finger fehlte; sie schüttelte den Kopf. Wieder sprach er. Widerstrebend legte sie Kwanis Halskette ab und reichte sie ihm. Er betrachtete sie eingehend, drehte die Jakobsmuschel mit der Türkiseinlegearbeit hin und her; hob sie an die Nase und schnüffelte daran wie ein Hund. Zufrieden glitten seine Finger über die vielfarbigen, glatten Steinperlen, dann legte er sich den kostbaren Schmuck grunzend um und bewunderte seine Pracht auf seiner Brust.

Kwani bebte vor Zorn. Er versetzte ihr einen verächtlichen Stoß und rief den Hunden etwas zu, die aufstanden und ihre Lasten zogen. Die Männer und die Frau wandten sich nach Osten und stießen Kwani vor sich her.

Allmählich verschwand der Bergkamm hinter ihnen. Es wurde heiß. Kwani hielt den blutigen Knebel in ihrem Mund nicht mehr aus, der nun auch wirklich nicht mehr vonnöten war. Sie blieb stehen und wandte sich mit soviel Würde, wie sie aufbringen konnte nach Schneller Wolf um und hob ihre gefesselten Hände. Er zögerte einen Augenblick, dann trennte er den Lederriemen mit seinem Messer durch, und ihre Hände waren frei. Sie riß sich den Knebel aus dem Mund.

»Danke«, sagte sie mit kühler Höflichkeit.

Er gab nicht zu erkennen, ob er sie verstanden hatte. Seine Augen glitten über sie hinweg und blieben auf dem kleinen Beutel an ihrer Seite haften. Er streckte die Hand danach aus.

Nein, dachte sie. Das durfte er nicht bekommen. Aber ihr blieb keine Wahl. Sie griff in den Beutel. Wie durch den bemalten Pfeil gezwungen, öffnete sich ihr Mund, und sie sang den unheimlichen Schrei, der damals aus ihr brach, als der Medizinmann sie zwingen wollte, zu sterben. Sie hielt den Pfeil mit beiden Händen hoch in die Luft, als sie sang, und brachte ihn als Opfer dar. Der Querecho sah die Zeichen auf dem Pfeil und erkannte ihn als übernatürliche Waffe zum Töten von Hexen. Er warf ihn zu Boden.

Sie hob den Pfeil immer noch singend auf und verstaute ihn wieder in dem Beutel. Erst dann hörte sie auf zu singen. Sie stand reglos, ihren Blick über die Querechos hinweg auf etwas gerichtet, das sie nicht sehen konnten, und war umgeben von einer Aura mystischer Kraft.

Die Querechos traten beklommen von einem Bein auf das andere. Schneller Wolf bellte einen Befehl, und der Zug setzte sich wieder ostwärts in Bewegung.

Sie marschierten den ganzen Tag. Die Hunde knurrten einander an, manchmal setzten sie sich winselnd hin, wenn ihr Geschirr durch die schwere Last verrutscht war. Ein Hund hetzte einen Hasen; der Mann jagte hinter ihm her und strafte ihn mit einem schmerzhaften Fußtritt.

Kwani war so müde, daß sie nur mühsam schleppend einen Fuß vor den anderen setzen konnte. Immer wieder fragte sie sich, wohin man sie brachte und warum sie entführt worden sei. Jedesmal, wenn sie ihre Halskette an der Brust von Schneller Wolf sah, stieg wilder Zorn in ihr hoch. Ihre Füße schmerzten, ihr Kopf dröhnte, ihr Rücken drohte zu zerspringen. Die Querechos mußten bald Rast machen. Aber sie marschierten immer weiter, redeten in schnellen Wortschwallen miteinander und blafften den Hunden Befehle zu. Wenn Kwani in die Knie sackte, wurde sie umbarmherzig gestoßen; ansonsten schenkte ihr keiner Beachtung.

Die Götter strafen mich.

Oder hatten die Qualen dieser endlosen Reise ein großes Ziel, das alles Leid, das sie erdulden mußte, lohnte? Wurden ihr deshalb diese furchtbaren Prüfungen auferlegt?

Die Landschaft wurde flacher. Bäume und Sträucher standen jetzt vereinzelt, die Gräser waren ihr fremd. Mutter Erde roch anders. Ein Entenschwarm flog ziemlich tief über ihren Köpfen hinweg. In der Nähe mußte es Wasser geben.

Sie kamen an einen See, wie ein vom Himmel gefallener Türkis. Enten mit schimmerndem Gefieder schwammen auf dem Wasser. Schneller Wolf zog einen Pfeil aus seinem Köcher, legte den Bogen an und schoß den Pfeil ab. Die Enten flogen auf, bis auf eine, in deren Seite der Pfeil stekken blieb. Schneller Wolf sagte etwas zu dem verdreckten Kerl, der widerstrebend Lendenschurz und Sandalen ablegte und die Ente an Land holte; Schneller Wolf steckte sie in seinen Beutel.

Es war beinahe dunkel, als sie Rast machten. Kwani sank zu Boden und schloß die Augen. Die Querechos schlugen das Lager auf, und die Frau bereitete eine Mahlzeit, doch Kwani war zu müde, um zu essen. Sie schlief beinahe sofort ein.

Im Morgengrauen erwachte sie, fuhr erschrocken hoch und schaute sich um. Die Querechos waren fort. Sie war allein. Nur eine Gestalt saß mit dem Rücken zu ihr an einem kleinen Feuer. *Sie kannte diesen Rücken, diese Gestalt.* Der Mann, der sie von Anfang an verfolgt hatte. Wopio.

Wopio, ihr erster Gefährte, der feixend sein Gesicht hinter der Decke verbarg, als der Medizinmann den Pfeil, der Hexen tötet, abschoß; den Pfeil, den sie nun bei sich trug. Wopio, der zum Adlerclan gekommen war und sie zwingen wollte, mit ihm zurückzukehren. Glaubte er, sie würde jetzt mit ihm gehen? Sie lachte voller Verachtung.

Wopio fuhr erschrocken herum. Kwani sah, daß er ihren

Halsschmuck trug. Einen Augenblick lang starrten sie einander schweigend an.

Kwani stand auf. »Gib mir meine Halskette zurück.«

»Sie gehört dir nicht mehr.« Er schwenkte die Muschel spöttisch in der Hand. »Nun gehört sie Tiopi.«

Kwani hatte seinen gemeinen Blick vergessen, seine krumme Haltung. Seine kleinen, dicht beieinander stehenden Augen, seinen schlaffen Mund, seinen verweichlichten Körper. Wie konnte sie ihn je geliebt, je um ihn geweint haben?

Sie streckte ihre Hand aus. »Gib mir die Kette.«

»Nein. Ich sagte dir doch. Sie gehört Tiopi.«

»Yatosha hat dich also geschickt, um für ihn zu stehlen?« Ihre Stimme war schneidend.

Er errötete. »Zashue und Yatosha werden die Stadt verlassen und das Volk nach Süden führen, wenn ich mit dieser Halskette heimkehre.« Wieder schwenkte er die Muschel voller Hohn. »Dann wird ein anderer Clan in die Stadt einziehen, dessen Häuptling ich sein werde. Ich werde mein Volk in die neue Stadt führen.« Er lächelte selbstgefällig, verschwieg die Schätze, die Zashue und Yatosha ihm für Kwani und das Halsband versprochen hatten. »Tiopi ist die Sich Erinnernde. Das Halsband gehört nun ihr.«

Kwani wandte sich mit gespieltem Gleichmut ab. Die Situation erforderte strategisches Geschick. »Wie du siehst, erwarte ich ein Kind. Beschuldigst du mich immer noch der Hexerei?«

»Nicht ich. Der Adlerclan. Ich werde dich zum Prozeß zurückbringen.«

So war das also! Strategisches Denken wich hellem Zorn. »Du hast uns den ganzen Weg verfolgt, du hast versucht, Thorwald und meinen Gefährten mit deinen Pfeilen zu töten, du hast die Querechos bestochen, mich zu entführen, weil du zu feige warst, es selbst zu tun. Jetzt glaubst du, du kannst mich zu denen zurückbringen, die mich töten wollen? Wie du wolltest, daß dein Medizinmann mich tötet? Du bist dümmer, als ich glaubte.« Sie trat nah an ihn heran und spuckte ihn an.

Er wischte sich das Gesicht. »Das zahlt Zashue dir zurück

für das, was du ihm angetan hast!« Damit zückte er sein Feuersteinmesser und stieß es wild nach ihrem Gesicht, doch sie duckte sich und ließ mit flammenden Blicken ihren Singschrei hören.

Verdutzt hielt er inne, schaute ihren Bauch an.

»Dein Kind soll auch etwas davon abbekommen.«

Wieder stach er auf sie ein, zielte nach ihrem Bauch. Blitzschnell drehte sie sich zur Seite; das Messer schlitzte ihr den Arm vom Ellbogen bis zum Handgelenk auf. Verzweifelt trat sie nach ihm, und ihr Fuß traf ihn in die Leisten. Er knickte zusammen. Sie riß ihren Pfeil aus dem Beutel und packte ihn mit beiden Händen. Mit aller Kraft trieb sie die Pfeilspitze in Wopios Halsschlagader.

Er riß sich den Pfeil heraus und schleuderte ihn zu Boden, versuchte mit dem Druck seiner beiden Hände den Blutstrahl einzudämmen, der in hohem Bogen aus seinem Hals spritzte. Kwani packte den Pfeil und rannte los. Sie stürzte, raffte sich hoch, stürzte erneut und rannte blindlings weiter, in wilder Suche nach einem Versteck, das es nicht gab.

Wopio folgte ihr nicht. Er kauerte auf der Erde, immer noch beide Hände an seinen Hals gepreßt. Blut quoll ihm durch die Finger und lief die Arme entlang. Er wiegte sich vor und zurück und sang das Todeslied, das er sein ganzes Leben geprobt hatte.

Kwani war unter einen Busch gekrochen und versuchte, sich unsichtbar zu machen. Sie betupfte die wild pochende Wunde ihres Armes mit einem Zipfel ihres Kleides. Als die Blutung nicht aufhörte, riß sie ein Stück Stoff ab und wickelte ihn fest um den Arm, dabei hob sie immer wieder ängstlich den Kopf, ob Wopio ihr folgte. Wind kam auf und trug den Klang seines Todesliedes zu ihr herüber, eine kehlige Klage, die ihr das Blut in den Adern gefrieren ließ. Ihr wurde schlecht, und sie mußte sich übergeben. Dann legte sie sich zu Tode erschöpft hin. Wopios Gesang wurde schwächer, versiegte, dann war es still.

Lange Zeit lag sie, ohne sich zu rühren, und konzentrierte sich mit aller Willenskraft darauf, daß die Ruhe und Gelassenheit von Mutter Erde in sie einging, damit das schrille

Kreischen in ihrem Kopf aufhörte und ihr trommelndes Herz sich beruhigte. Das Blut hatte den Verband um ihren Arm aufgeweicht, die Wunde hatte jedoch anscheinend aufgehört zu bluten.

Endlich war ihr Kopf wieder klar, und sie konnte wieder denken. Bestimmt würden Tolonqua, Kokopelli und die anderen sie bereits vermissen und nach ihr suchen. Sie tastete an die Stelle ihrer Brust nach der Halskette, bevor sie sich erinnerte, wo sie jetzt war. Geier kreisten tief in der Nähe. Nein, niemals konnte sie an diesen Ort des Grauens zurückkehren, um sie zu holen.

Zum ersten Mal schaute sie sich die Landschaft an. Bergketten hatten sich wie geöffnete Arme geteilt zu weiten Steppen, wo Büffelherden weideten. Hier gab es nur vereinzelte Bäume, ein paar Büsche und Gras, sonst nichts. Das, wovor sie sich am meisten fürchtete, war eingetreten. Sie war wieder allein in der unendlichen Weite eines unbekannten Graslandes. Noch dazu war sie verwundet und im achten Mond schwanger. Ohne Gepäck, ohne Nahrung, ohne Wasser. Ihr war nur ihr Medizinpfeil geblieben, der ihr wieder einmal das Leben gerettet hatte.

Angst packte sie. Das Kind bewegte sich, als würde es die Stellung wechseln, um geboren zu werden.

»Noch nicht!« schrie sie laut.

Sie preßte ihre Hände an die Stelle, wo die Jakobsmuschel gelegen hatte, als sei der Halsschmuck noch da. Sie zwang sich zur Konzentration, um die Macht und die Weisheit zu suchen, die der Halsschmuck ihr verlieh. Ihre Seele beruhigte sich und ihr war, als höre sie wieder die Stimme des Weißen Büffels.

»Ich warte auf dich. Vergiß das nicht, wenn du Angst hast.«

Die Antwort kam. Sie war so einfach, so einleuchtend, sie wußte gar nicht, wieso der Gedanke ihr nicht gleich gekommen war. Sie würde Rauchsignale aussenden für die, die nach ihr suchten. An einem Tag wie diesem würde der Rauch hochsteigen und aus großer Entfernung zu sehen sein. Sie mußte ein Feuer machen. Aber sie hatte keinen Feuerstock – ein Stück Holz, das in einen Stein mit einem Loch gedreht wurde, um Reibung zu erzeugen. Sie würde sich einen machen. Aber sie hatte kein Messer. Schließlich stellte sie sich dem Unvermeidlichen – sie mußte zu Wopio zurückkehren und seinen Feuerstock, sein Messer und sein Bündel mit Nahrung und Wasser holen.

Widerstrebend kehrte sie zurück. Tief kreisende Geier zeigten ihr die Stelle an, wo er lag. Beim Näherkommen erkannte sie Bewegungen, die keine Vögel waren. Sie blieb reglos stehen. Die Geier ließen sich nicht herab. Vorsichtig, lautlos schlich sie näher.

Wölfe!

Sie wich entsetzt zurück und duckte sich abwartend, unterdrückte ihre Übelkeit. Ein Wolf trottete davon, einen Unterarm im Maul. Die blutige Hand schlenkerte, als winke sie ihr zu. Die anderen Wölfe blieben und verzehrten knurrend das Menschenfleisch; dann trotteten sie fort, einer nach dem anderen. Als sie sicher war, daß die Wölfe nicht zurückkehrten, kroch sie näher.

Es waren nur zerfetzte von Fliegenschwärmen übersähte Fleischbrocken übriggeblieben. Abgenagte Knochen lagen verstreut. In einem blutigen Haufen, kaum zu erkennen, lag die Halskette. Daneben das Feuersteinmesser, gleichermaßen blutverschmiert.

Wieder mußte sie gegen die Übelkeit ankämpfen, als sie das Messer und den bluttriefenden Schmuck hochhob. Dann machte sie sich auf die Suche nach Wopios Gepäck. Sie hatte kaum den Rücken gewendet, als die Geier sich flügelschlagend niederließen.

Das Bündel lag bei den Resten eines Lagerfeuers. Vielleicht fand sie noch etwas Glut in der Asche; sie suchte nach etwas, um damit in der Asche zu stochern. Es gab nur Wopios blutverschmiertes Messer. Sie mußte sich zwingen, es anzufassen. Auf Knien blies sie in die Asche, drehte und wendete sie auf der Suche nach einem Fünkchen Glut.

Da! Ein winziger Funke, aber er war da! Sie fütterte ihn mit trockenen Grashalmen, immer mehr, bis eine Flamme hochzüngelte. Dann ging sie, um Zweige zu sammeln – irgend etwas Brennbares – fand aber nur eine Handvoll trockener Zweige. In ihrem Arm tobte der Wundschmerz, doch sie trug ihren Fund zum Feuer.

Sie brauchte mehr, um ein Feuer zu machen, das groß genug für Rauchsignale war. Wopios Gepäck. Was hatte er bei sich? Eine Decke. Gut, aber die brauchte sie für Rauchsignale. Einen Wasserbeutel. Maisfladen und getrocknetes Fleisch. Einen Feuerstock und Feuerstein. Sandalen aus Yuccabast; die warf sie in die Flammen. Ein Beutel mit Türkisen und Obsidian. Ein kleiner Beutel Salz. Ein Baumwollkleid.

Sie zerrte sich das zerrissene, blutige Kleid vom Leib und zog das neue an, das ihr zwar zu groß und ziemlich häßlich, aber sauber war. Ihr Kleid fütterte sie Stück um Stück dem Feuer.

Als die Flammen hoch genug schlugen, goß sie etwas Wasser über einen Arm voll Gras und legte das feuchte Gras auf die Flammen. Sofort bildete sich starker Rauch.

Dann breitete sie die Decke mit beiden Händen über das qualmende Feuer, hob sie hoch, um eine Rauchwolke hochsteigen zu lassen und bedeckte das Feuer wieder. Das wiederholte sie so lange, bis sie die Schmerzen in ihrem verletzten Arm nicht länger ertragen konnte. Dann packte sie Wopios Bündel wieder und schleppte es mit sich fort, so weit sie konnte, bis Erschöpfung und Schmerz sie zwangen, haltzumachen.

Sie setzte sich und wartete. Es wurde dunkel, und die Wölfe kehrten zurück. Sie sah ihre glühenden Augen, als sie vorbeitrotteten, aber nicht stehenblieben. Sie hatten die Bäuche voll.

14

Im bleichen Licht der Morgendämmerung starrten Kokopelli, Tolonqua und seine Jäger auf die Überreste einer menschlichen Leiche. Kokopellis Gesicht war zerfurcht, und unter seinen Augen hatten sich tiefe Ringe eingegraben.

»Ist das Kwani?«

Tolonqua deutete auf einen Schädel in einiger Entfernung. Er war übel zugerichtet und angefressen, aber das

Haar war erhalten, drei Zöpfe am abgeflachten Hinterkopf. »Das war ein Mann. Anasazi.«

Ein Jäger sagte: »Vielleicht kam er aus der Steppe zurück und wurde hier überfallen.«

»Wölfe«, fügte ein anderer Jäger hinzu.

»Die Wölfe kamen später.« Tolonqua deutete auf die Reste eines Feuers. »Zuerst ist etwas geschehen, weshalb er Rauchzeichen schickte.«

Der älteste Jäger nickte. Sein verwelktes Gesicht trug die Spuren vieler Jahre. »Er wurde von Cicuye her verfolgt.«

»Ja.« Tolonqua hob einen Entenfuß mit Schwimmhäuten auf. »Er kam den gleichen Weg wie wir. Seht ihr? Der See. Er wurde wegen seines Gepäcks getötet.«

»Querechos, die ihn verfolgten.«

Die Jäger nickten. Einer sagte: »Sie hatten es auf sein Gepäck abgesehen. Wir haben uns geirrt. Wir sollten umkehren und von neuem beginnen; wir müssen irgendwo an Kwani vorbeigelaufen sein.«

»Wartet.« Kokopelli bückte sich und zog ein verkohltes Pelzstück hervor, an dem eine kleine Muschel hing. »Schaut her!«

Sie untersuchten es, und ein Jäger sagte: »Es ist ein Stück eines Festkleides. Warum hat er es verbrannt?«

»Es gehört Kwani.« Kokopellis Stimme war heiser vor Kummer. Tolonqua nickte. Wieder wandten die Männer ihre Aufmerksamkeit den verstreuten Knochen zu. Waren es zwei Leichen? Wenn ja, wo waren der zweite Schädel und die Gebeine? Hatten Wölfe sie fortgetragen?

»Wenn es Kwani war, wo ist ihr Halsschmuck?« fragte Kokopelli.

»Den haben die Querechos gestohlen.«

Auf der anderen Seite der Feuerstelle kauerte Tolonqua auf den Knien und untersuchte den Boden. »Die Querechos sind mit Hunden in diese Richtung gegangen.« Er deutete mit dem Arm. »Aber hier herüber wurde etwas gezogen, und wer oder was gezogen wurde, hat die Spuren verwischt.«

Sie wechselten Blicke. War es ein Tier?

Tolonqua bückte sich tief, untersuchte jeden Grashalm,

jede verborgene Ritze im Boden, und die Jäger schwärmten aus, um das Gelände ebenfalls abzusuchen.

Tolonqua entfuhr ein Laut, wie ein Stöhnen, und er starrte zu Boden. Kokopelli und die anderen Jäger eilten herbei. Kwani lag eingerollt wie ein junger Hase unter einem Gebüsch. Ein Arm war in blutigen Verband gewickelt. Sie schlief in einem weißen Männerkleid, ein Stück Maisfladen in einer Hand und den Wasserbeutel neben sich. Auf der anderen Seite lag der Halsschmuck und ein Feuersteinmesser, beides blutverschmiert. Unter ihrem Kopf eine eingerollte Decke und ein Gepäckbündel zu ihren Füßen. Ihre Lippen waren leicht geöffnet, und sie murmelte ein wenig im Schlaf wie ein kleines Kind.

Die Männer starrten sie in höchstem Erstaunen an.

»Kwani!« Kokopelli kniete sich neben sie.

Mit einem Ruck wachte sie auf, und Kokopelli schloß sie in seine Arme.

Sie klammerte sich an ihn. »Du hast mich gefunden!«

»Was ist passiert?«

»Querechos. Haben mich entführt und zu Wopio gebracht.«

»Wer?«

»Mein erster Gefährte. Wopio –«

»Was ist mit ihm geschehen?«

»Das hat er mir angetan –« Sie hob den verwundeten Arm. »Er versuchte mich zu töten. Und mein Kind. Mit seinem Messer. Der Medizinpfeil hat ihn getötet –«

»Willst du damit sagen, daß *du ihn* mit einem Pfeil getötet hast?«

Die Jäger tauschten ungläubige Blicke. Was sie da sagte, war unmöglich. Sie hatte keinen Bogen. Sie war eine Frau kurz vor der Niederkunft...«

Tolonqua kniete sich neben sie. »Wie hast du das gemacht?«

»Ich habe ihm einen Tritt versetzt, hierhin –« Sie deutete die Stelle an ihrem Leib an –« Er klappte zusammen, und dann habe ich ihm den Pfeil hierhin gestoßen.« Wieder deutete sie die Stelle an. »Dann sind die Wölfe gekommen...«

Den Jägern fielen die Unterkiefer herab. Diese Geschichte würde zur Legende werden.

Kokopelli sagte: »Du hast dein Kleid verbrannt. Warum?«

»Um Feuer zu machen für Rauchsignale. Habt ihr sie gesehen?«

Tolonqua sagte: »Ja. Ganz deutlich.« Seine Augen leuchteten warm mit mehr als nur Bewunderung.

Sie hielt Kokopelli ihren verbundenen Arm hin. »Es tut weh.«

»Ich weiß.« Er griff nach seinem Medizinbeutel.

»Meine Halskette... mein Messer...«

»Wir werden es säubern«, sagte Tolonqua und wandte sich an seine Männer. »Auf dem Rückweg kommt ihr am See vorbei, dort könnt ihr eure Wasserbeutel füllen.« Er reichte einem der Jäger den Halsschmuck und das Messer. »Mach das jetzt sauber.«

Kokopelli runzelte die Stirn. »Ich brauche Wasser für die Wunde.«

»Wir haben genug.« Tolonqua reichte Kokopelli seinen Wasserbeutel. Kwani legte sich zurück, als Kokopelli den blutigen Verband löste. Seine Griffe waren sanft und fachkundig, trotzdem hatte sie Schmerzen. Während ihrer Qualen hatte sie nicht geweint; jetzt tropften die Tränen, als Kokopelli die Wunde säuberte. Um sich vom Schmerz abzulenken, sagte sie: »Es tut mir leid, daß ich das Gewand verbrennen mußte, das du mir gegeben hast. Aber es war zerrissen und voll Blut, und ich brauchte es fürs Feuer...«

»Das macht nichts. Ich habe dir ein anderes mitgebracht.« Er hob lächelnd den Kopf.

Tolonqua sagte: »Ich habe dir auch etwas mitgebracht. Aber ich kann es dir jetzt nicht geben.«

»Warum nicht?«

»Erst wenn das Kind geboren ist.«

Kwani lächelte. Kokopelli lächelte nicht.

Der Halsschmuck und das Messer wurden gesäubert wiedergebracht, und Tolonqua legte Kwani die Kette um den Hals. »Was soll ich mit dem Messer tun?«

»Behalte es.«

Kokopelli blickte scharf hoch. Tolonqua erwiderte: »Ich

danke dir, aber ich brauche kein zweites Messer. Vielleicht kann Kokopelli es zum Handeln gebrauchen.«

»Nein«, sagte Kokopelli kalt. »Du solltest es besser behalten.«

Die beiden Männer starrten sich mit ausdruckslosen Gesichtern an. »Wenn keiner von euch beiden es haben will, dann gebe ich es dem Jäger, der es für mich gesäubert hat«, entschied Kwani.

Nachdem die Wunde gereinigt war, legte Kokopelli einen heilenden Umschlag auf, verband den Arm mit einem weichen Streifen Rehleder – demselben Streifen, den er damals benutzte, als sie das Bein gebrochen hatte. Er lehnte sich zurück und schaute sie an. Das Gewand, das sie trug, war ein Viereck aus gewebter Baumwolle, einem Loch in der Mitte für den Kopf und an den Seiten zugenäht. Das Kleid war zwar sauber, aber sie selbst war schmutzig. Ihr Körper im Zustand höchster Schwangerschaft, und doch war sie schön. Verwunderlich!

Er sagte: »Heute abend werde ich dich baden. Morgen reisen wir weiter zu Thorwalds Lager. Seine Leute warten auf ihn mit dem Schiff. Wir müssen ihnen sagen...« Er machte eine Pause, als er einen ungewohnten Stich der Wehmut spürte. Es hatte Zeiten gegeben, da Thorwald ihm ein guter Reisegefährte war. »Bald sind wir auf dem Fluß und dann in der Bucht und dann zu Hause.«

Kwani blickte in seine braunen Augen und fühlte sich vor Zweifel und Unschlüssigkeit schier zerrissen. Er war ihr Gefährte, und sie liebte ihn. Aber mehr und mehr überkamen sie Zweifel über seine ferne Heimat und über die weite Reise, die ihr noch bevorstand mit dem neugeborenen Kind. Seine Augen suchten ihr Gesicht, und sie sah ihn stumm an. Die hohe Stirn, der Adlerschnabel einer Nase, der sinnliche, nach unten geschwungene Mund, umgeben von schwarzen Punktverzierungen...

Faszinierend. *Fremd.* Und älter, als sie sich je bewußtgemacht hatte.

Sie und Tolonqua sahen einander an, ein Blickwechsel, der Kokopelli nicht entging. Er hatte einen beseitigt, der seine Gefährtin begehrte. Mußte er sich eines zweiten entledigen?

Drei Tage später sahen sie die Büffel. Eine lange Linie schwarzer Flecken am fernen Horizont. Und überall diese Weite – dieses unendliche Land, in dem nur goldenes Gras im heißen Wind wehte, über dem sich ein unendlich hoher Himmel spannte. Kwani war es gewohnt, in Schluchten zu leben, umgeben von Bergen, eingebettet in beschützende Felswände. In dieser Weite fühlte sie sich vollkommen entblößt. Schutzlos. Verwundbar. Nirgends konnte sich das Auge anlehnen, es gab keinen Unterschlupf, um sich zu verbergen.

Hinter ihnen quollen dunkle Wolken hoch. Ein bedrohliches Geräusch war zu hören, wie ferner Donner. Doch es kam nicht von hinten.

Tolonqua sagte: »Büffel.«

»Es ist Brunftzeit«, fügte Kokopelli hinzu. »Sie brüllen.«

»Sie scharren den Boden auf, wälzen sich in der Suhle und tragen Kämpfe miteinander aus.«

Kwani schaute zu der sich bewegenden Linie schwarzer Flecken hinüber. »Ist das nicht gefährlich? Sich ihnen zu nähern?«

»Ja«, sagte Tolonqua. »Aber morgen sind sie vielleicht nicht mehr da. Sie kommen und gehen.«

»Sie sind keine Gefahr.« Kokopelli blickte über seine Nase nach unten. »Ich bin hier.«

Tolonqua wandte den Kopf und sagte nichts. Kwani spürte die Spannung zwischen den beiden, und das verstärkte ihr Unbehagen. Sie hatte sich vorgenommen, in Kokopellis Nähe zu bleiben, und Tolonquas Blick zu meiden. Doch manchmal spürte sie seine brennenden Augen auf sich ruhen. Andererseits tat seine Gegenwart ihr gut. Sie schaute ihn gern an, hörte ihm gern zu, besonders wenn er Sonnenvater seinen Morgengesang darbot. Sein Gang gefiel ihr, seine langen, federnden Schritte, als trage er keine Last. Obwohl er außer seinem Gepäck ihr Bündel und einen Großteil von Kokopellis Sachen trug. Auch Kokopelli trug ein schweres Bündel, aus dem der goldene Griff von Thorwalds Schwert ragte.

Wölfe! Sie schlichen durchs hohe Gras wie Schatten, machten einen weiten Bogen um sie. Ein Rudel und dahinter ein zweites.

Tolonqua sagte: »Sie gehen auf Büffeljagd.«

Kwani schauderte und wünschte, sie wäre in Cicuye geblieben. »Müssen wir noch weit gehen?«

»Zur Schlucht?«

»Ja.«

»Welche Schlucht?« fragte Kokopelli scharf.

»Die mit den vielen Farben und Höhlen. Und Büffeln.«

»Dafür haben wir keine Zeit. Wir gehen daran vorbei.«

Kwani sagte: »Ich möchte mein Kind dort zur Welt bringen.«

»Warum?« Kokopelli hatte Frauen gesehen, die sich irgendwo hinhockten, ihre Kinder warfen und kurze Zeit später weitermarschierten, mit dem Kind auf das Wiegebrett geschnürt. »Wir müssen das Schiff erreichen –«

Kwani errötete vor Zorn. Ihm ging es nur darum, das Schiff zu erreichen! Gereizt sagte sie: »Schau mich an, Kokopelli. Ich bin den ganzen Weg mit dir gegangen, weil *du* es wolltest. Ich bin müde, müde, müde. Ich muß mich ausruhen. Ich brauche einen geschützten Ort. Mein Kind wird dort geboren, wo es Wasser und Unterschlupf gibt und wo ich mich hinterher ausruhen kann. In der Schlucht.« Sie wischte sich eine Haarsträhne aus dem verschwitzten Gesicht und starrte ihn trotzig an.

Er erwiderte ihren Blick herablassend mit frostigem Schweigen. Schließlich gab er zu bedenken: »Und was geschieht, wenn wir im Lager ankommen und feststellen, daß das Schiff ohne uns abgesegelt ist? Hast du eigentlich eine Vorstellung davon, welch weiten Weg wir dann vor uns hätten, um nach Tula zu kommen? Nein. Die hast du nicht. Ich habe dich diesen Weg geführt, um es dir leichter zu machen. Ich hätte dich nach Süden führen können durch Wüsten und über hohe Berge und durch Gebiete mit feindlichen Stämmen. Aber du sorgst ständig für Verzögerungen. Du denkst nur an dich selbst –«

»Das Kind –«

»Okalakes Kind, wenn ich dich daran erinnern darf. Dieses Kind stammt nicht von mir, und ich kann keine Verantwortung dafür übernehmen.«

Kwani schaute zu ihm hoch, erforschte die geheime Stelle

hinter seinen Augen. In plötzlicher Erleuchtung sah sie Kokopelli, wie er wirklich war – ein starker, anziehender, hochmütiger Fremder mit Zauberkräften und magischen Künsten, andererseits ein Tolteke, dessen Lebensart sich niemals mit ihrer vereinbaren ließe. Wieso liebte sie ihn?

Sie hob ihr Kinn. »Ich bin deine Gefährtin oder nicht?«

Seine Lippen blieben verschlossen.

»Du mußt Verantwortung für mich tragen. Und das Kind ist Teil von mir, ob dir das gefällt oder nicht.«

Er näherte sein Gesicht dem ihren, so daß sie die Poren in den schwarzen Punkten erkennen konnte, die seine Wangen und sein Kinn zierten. Zorn flammte in seinen Augen.

»Ich bin Tolteke. Ein Edelmann. Die Gefährtin eines Tolteken maßt sich nicht an, so zu sprechen. Niemals. Du –«

»Ich bin Anasazi. Ich bin die Sich Erinnernde, eine geachtete Frau. Kein Hund, der demütig seinem Herrn folgt.«

»Und ich bin kein Hund, dem man Befehle erteilt!« schrie er. »Ja, du bist meine Gefährtin. Die Gefährtin eines Tolteken, der es geziemt, demütig und bescheiden zu sein. Ob *dir* das gefällt oder nicht.«

Er fuhr herum zu Tolonqua, denn er war es, der Kwani von der Schlucht erzählt hatte; woher wüßte sie sonst davon? Doch Tolonqua hatte sich taktvoll entfernt und spähte in den Himmel, wo die schwarzen Wolken nun tief hingen.

Kwani ließ sich schwer auf die Erde fallen. Ihr Herz schlug hart, und ihre Knie zitterten. Tränen brannten ihr in den Augen. Er hatte sie angeschrien! Statt sie in die Arme zu nehmen, wie sie es sich wünschte, statt sie zu trösten, ihr zu sagen, daß er sie liebte und das Kind dort zur Welt kommen sollte, wo sie es wünschte. Statt dessen schrie er sie an. Sie konnte ihn nicht ansehen, ihr Blick ging in die Ferne – die endlose, weite, leere überwältigende Ferne, in der die Hitze flimmerte – eine Hitze, die von den Wolken nach unten gedrückt wurde, als wollten sie alles Leben hier unten ersticken.

Kokopelli sah, daß Kwani immer noch das Männergewand trug, denn das, was er ihr geschenkt hatte, paßte nicht über ihren dicken Bauch. Enttäuschung und ein seltsames Gefühl der Hilflosigkeit entfachte seinen Zorn noch mehr. »Steh auf!«

Donner grollte. Ein Hirsch hetzte vorüber. Ein heißer Wind peitschte das von der Sommerhitze verdorrte Gras.

Tolonqua kam eilig herbei und deutete hinter sich.

»Schaut!«

Ein Blitz zuckte vom Himmel. In der Ferne stieg eine Rauchlinie auf, und ein gelbes Feuerband zog sich am Horizont entlang.

»Beeilt euch!«

Die beiden Männer packten Kwani an den Händen und begannen mit ihr zu rennen, hoben sie hoch, wenn sie das Tempo nicht halten konnte. Sie roch bereits den Rauch des gelben Grases, das trocken wie Zunder von den züngelnden Flammen verschlungen wurde.

»Zum Fluß!« brüllte Tolonqua.

Das Land, das so flach wirkte, hatte kleine Erhebungen und Vertiefungen, die das Laufen erschwerten. Sie erreichten einen breiten, von Büffelherden platt getrampelten Pfad. Wölfe rannten an ihnen vorüber und eine Antilopenherde. Schlangen und Präriehunde huschten in Erdlöcher. Ein Grizzlybär galoppierte an ihnen vorbei, der kaum einen Blick für sie übrig hatte.

Kwani drehte den Kopf und sah eine Feuerwand auf sie zukommen. Ihr Herz blieb vor Entsetzen beinahe stehen, sie stolperte und fiel. Tolonqua riß sie hoch in seine Arme.

»Dort unten ist der Fluß!« brüllte er in das Krachen des Donners.

Zahllose Büffel hatten sich die seichteste Stelle ausgesucht, wo der Fluß leicht zu überqueren war und das Ufer zu einer sanften Böschung ausgetreten. Kwani hustete, fast erstickt vom Rauch, als Tolonqua halb laufend, halb schlitternd ins Wasser eintauchte. Kokopelli folgte keuchend und sank am Ufer in die Knie.

Regentropfen klatschten. Kwani schmiegte sich an Tolonquas Brust. Bald prasselte der Regen hernieder, und die Feuersbrunst kam zischend zum Erliegen; was blieb, war der Geruch des Todes über der schwarzen Erde.

Tolonqua watete ans andere Ufer, wo er sie absetzen würde, dachte Kwani. Doch er hielt sie fest; seine keuchenden Atemzüge und sein Herzschlag vereinten sich mit ihrem. Ihre Arme waren um seinen Hals geschlungen und ihre Wange an ihn gepreßt, während ein dichter Regenvorhang sie einhüllte. Sie wußte, daß er sie ansah, vermochte aber den Kopf nicht zu heben. Sie klammerte sich an ihn.

Hier bin ich beschützt. Hier gehöre ich her.

Kokopelli watete etwas weiter flußabwärts ans andere Ufer und ließ den widerwärtigen Schmutz und Schweiß vom Wasser des Regens und des Flusses abwaschen. Er krabbelte ans Ufer, als Tolonqua Kwani auf die Füße setzte.

»Wir müssen einen Unterschlupf suchen«, sagte Kokopelli.

»Irgendwo muß es Jäger geben. Sie folgen den Büffeln. Bei ihnen finden wir Unterkunft.«

»Die Büffel sind fort«, sagte Kwani.

»Nein. Sie sind überall. Riesige Herden. Dies ist ein weites Land.«

Sie stapften weiter am Fluß entlang auf tief ausgetretenen Büffelpfaden.

Allmählich ließ der strömende Regen nach, und ein vielfarbiger Regenbogen spannte sich über den Himmel. Sie bestaunten das Wunder. Kokopelli holte die Flöte aus seinem durchweichten Bündel. Er begann zu spielen, und es war, als würde er die Sonne anflehen wieder zu scheinen und die Vögel bitten wieder zu singen. Die Wolken zogen fort. Sonnenvater erschien, und abgesehen von dem durchweichten Boden und dem nassen Gras, war es, als habe es die Feuersbrunst und den Regensturm nie gegeben.

Hinter ihnen zeugte ein breiter Streifen geschwärzter Erde, wo der Flächenbrand gewütet hatte. Doch bald würden grüne Triebe sprießen, genährt von dichtem Wurzelgeflecht, das tief in die Erde hinabreichte, und dann würde das Gras wieder wachsen. Dafür würde Mutter Erde Sorge tragen.

Eine Rauchwolke stieg in den Himmel, eine zweite.

»Signale«, sagte Tolonqua. »Das sind die Steppenquerechos. Freunde. Sie wissen, daß wir kommen und warten auf uns. Kokopelli, sie heißen dich willkommen.«

»Natürlich. Was denn sonst?«

Er nahm sein Spiel wieder auf, und der heiße Wind trug seine Musik mit sich fort.

15

Früher Morgen. Der Boden war vom glühenden Wind und der Sonne ausgetrocknet; über der Büffelherde hing eine dichte Staubwolke. Das Jahr über hielten Kühe und Bullen sich in getrennten Gruppen, nicht so zur Brunftzeit. Die Bullen stampften den Staub aus dem harten Boden, ließen ihr röhrendes Brüllen hören, stießen die Hörner mit wuchtigen Schlägen im Zweikampf aneinander. Und massige Kolosse warfen sich mit dumpfen Aufschlag zu Boden, wenn sie sich wütend wälzten, um den Gegner zu reizen.

Der Leitbulle der Herde, ein ergrauter alter Riese, begab sich auf die Suche nach einer Kuh, deren Sekret zur Paarung einlud. Er war ein mächtiges Tier, mehr als mannshoch in den Schultern. Ein kraftstrotzendes Muskelpaket unter seinem zottigen, braunen Fell. Er brüllte seine Kraft zornig hinaus und senkte den mächtigen, gehörnten Schädel bedrohlich, wenn andere Bullen es wagten, sich einer Kuh zu nähern, die es ihm angetan hatte.

Er fand eine Kuh in reizvoller Hitze. Mit gerecktem Hals, vorgestülpter Oberlippe, entblößtem Zahnfleisch und geblähten Nüstern war er bereit. Er stand neben ihr; Rivalen schüchterte er mit wildem Gebrüll und kurzen Attacken ein. Dann legte er sein Kinn auf ihren Rumpf, um sie zu besteigen. Die Auserwählte versetzte ihm einen kräftigen Tritt und entfernte sich im Galopp.

Er setzte ihr nach, den Stummelschwanz waagrecht weggestreckt; ein paar ebenso brünftige Bullen folgten ihm auf den Fersen. Er drehte sich um und stellte sich ihnen in erbittertem Zorn entgegen. Dann warf er sich zur Erde, wälzte sich hufschlagend, Erdklumpen flogen hoch, Staubwolken wirbelten. Mit dröhnendem Gebrüll stampfte er auf einen Rivalen zu, scharrte mit den Hufen, senkte die Hörner und griff an.

Der erzürnte junge Rivale senkte die Hörner, und ihre Schädel prallten aufeinander mit solcher Wucht, daß Lehmbrocken der Suhle aus ihren Pelzen platzten. Ihre Hörner verhakten sich ineinander im urzeitlichen Kampfgriff. Mit mächtig gekrümmten Buckeln und zuckenden Schweifen schoben die Giganten sich gegenseitig vor und zurück. Staub wirbelte unter ihren stampfenden Hufen auf, die Hörner klapperten, die Schädel waren tief gesenkt, so daß die Bärte über den Boden schleiften.

So schoben sie einander hin und her, ohne daß die Herde sich darum scherte. Ganz in ihrer Nähe sprangen übermütige Kälber herum; ein Wolf strich unbeachtet an ihnen vorbei.

Der Erfahrung des alten, kampferprobten Bullen und der Wucht seines massigen Gewichts war der junge Herausforderer nicht gewachsen. Er gab auf, schüttelte die Hörner, brüllte Vergeltung und trottete ab. Mit dröhnendem Triumphgebrüll suchte der alte Bulle sich die nächste Kuh in Hitze, verscheuchte ein paar Rivalen, legte das Kinn auf den Rumpf der Auserwählten und bestieg sie. Den mächtigen Schädel legte er an ihre Flanke, schlang die Vorderbeine um sie und stieß zu. Es dauerte nur wenige Sekunden. Er stieg von ihr herunter, als am Rande der Herde Unruhe entstand.

Dort riß ein Wolf ein jämmerlich blökendes Kalb. Die Kuh, die soeben bestiegen worden war, trabte herbei, gefolgt von dem alten Bullen. Als sie näher kamen, entpuppten Wolf und Kalb sich unvermutet als zweibeinige Wesen – getarnte Jäger mit Pfeilen und Bogen.

Der alte Bulle taumelte unter dem Beschuß der Pfeile. Die Kuh brach, heftig ausschlagend zusammen, und die Jäger stürmten aus den Bodenmulden, in denen sie sich versteckt hatten. Der Büffel machte kehrt, um mit der Herde in einer Stampede zu fliehen, brach aber unter dem Beschuß weiterer Pfeile in den Vorderläufen ein. Er versuchte noch einmal, sich hochzurappeln, bevor er endlich zusammensackte und bald im Verenden lag.

Tolonqua stieß gellendes Triumphgeheul aus, schwenkte den Wolfspelz über dem erlegten Büffel. Der als Kalb getarnte Querecho stimmte in das Freudengeschrei mit ein, und beide lachten laut. Sie waren alte Freunde und nicht zum ersten Mal gemeinsam auf Jagd gegangen.

Nun begann das Schlachtfest. Tolonqua stand abseits und schaute zu. Sein Pfeil hatte dem Büffel die erste tödliche Wunde beigebracht, weshalb er Anspruch auf die Haut und die besten Fleischstücke hatte. Doch Tolonqua hatte an der Jagd teilgenommen als Gegenleistung für die Gastfreundschaft, die der Stamm ihm, Kokopelli und Kwani entgegenbrachte. Die Haut war für den Clanhäuptling bestimmt, und das Fleisch sollte unter den Tipis verteilt werden.

Beim Zerkleinern des mächtigen Tieres naschten die Jäger bereits rohe Stücke, die noch warm verzehrt wurden – Leber, Nieren, Zunge, Augen, Hoden, Bauchfett, Teile des Magens, Knorpel von der Schnauze und Mark aus den Beinknochen. Ein Spritzer Galle aus der Gallenblase gab der Leber einen pikanten Geschmack. In den Schädel wurden Löcher geschlagen, um das frische Hirn auszuschlürfen. Der Bauch wurde aufgeschlitzt und die Eingeweide entnommen; die Männer tranken das warme Blut aus der hohlen Hand.

Dann wurde das Fleisch auf die Häute gehäuft, die auf der Erde ausgebreitet waren. Später sollte es von Frauen mit den an Tragegestellen geschirrten Hunden ins Lager geschafft werden.

Tolonqua sagte: »Ich hole jetzt die Frauen«, und brach auf.

Kwani saß mit Kokopelli im Tipi des Clanhäuptlings. Die Querechos dieser Gegend waren nicht wie die aus dem Süden, die sie entführt hatten. Diese hier waren groß, stattlich und sauber, mit schönem Schmuck behangen. Dennoch fühlte Kwani sich nicht wohl, als sie schweigend beobachtete, wie Kokopelli und der Häuptling sich in flinker Zeichensprache unterhielten.

Das Tipi war erstaunlich geräumig. Unter dem Rauchabzug in der Mitte des Zelts befand sich eine runde Feuerstelle. Dahinter war der Familienaltar aufgebaut mit heiligen Gegenständen; hinter dem Altar an der Zeltwand hing eine eindrucksvolle Sammlung von Pfeifen und Rasseln, der Federkriegsschmuck des Häuptlings, sein gemalter Schild aus ungegerbtem Leder sowie seine Waffen. An der Wand standen außerdem drei Betten, daneben lehnten ordentlich aufgereiht Gepäckbündel an der eingefärbten Zeltwand. Das Tipi einer wohlhabenden, bedeutenden Familie. Eine Unterkunft, die rasch abzubauen war, wobei die Zeltplanen aus Büffelhaut zusammengerollt, die Stangen und die übrige Einrichtung auf Tragegestellen verfrachtet und von Hunden gezogen wurden.

Auf einem der Betten saß eine Frau über eine Näharbeit gebeugt. Sie bemerkte Kwanis prüfende Musterung, warf ihr einen schnellen Blick zu und schaute höflich in eine andere Richtung. Sie trug ein Hemd aus Büffelhaut mit Fransen und Stickereien versehen; ihr Haar war in der Mitte gescheitelt und hing in zwei Zöpfen herab. Den Scheitel hatte sie hellrot gefärbt. Das sieht hübsch aus, dachte Kwani.

Die Unterhaltung in Zeichensprache wurde fortgesetzt. Das Kind in Kwanis Kugelbauch bewegte sich, und sie rutschte unruhig hin und her. Seit einigen Tagen hatte sie das Gefühl, das Kind bewege sich anders als zuvor. Wollte es vor der Zeit geboren werden? Sie spürte Druck auf der Blase, wußte aber mit den hiesigen Gepflogenheiten nicht Bescheid. Sie stieß Kokopelli sanft an, der sich ungeduldig nach ihr umwandte.

»Ich muß mich erleichtern, aber ich weiß nicht, wohin ich gehen soll.«

Kokopelli machte der Frau ein Zeichen, die sich erhob und Kwani winkte, ihr zu folgen. Draußen winkte ihr eine andere Frau, etwa in Kwanis Alter und im sechsten Mond schwanger. Sie führte sie zu einer verborgenen Stelle am Fluß, einer schalenförmigen Mulde, wo die Büffel sich gesuhlt hatten; sie bot gewisse Abgeschlossenheit.

Zurück im Lager sah Kwani, daß der Inhalt ihrer Bündel auf dem Gras zum Trocknen ausgebreitet waren. Bei Tolonquas Sachen befand sich ein wunderschönes Wiegenbrett; Kwani kniete und nahm es in die Arme. Ein solches hatte sie nie zuvor gesehen. Zwei dünne, keilförmige Bretter, auf denen das Bett für das Kind befestigt war. Die Bretter ragten ziemlich weit nach oben, so daß die Mutter mühelos mit einem Griff nach hinten das Brett vom Rücken nehmen konnte. Die Wiege war aus weichem Hirschleder, von oben bis unten verschnürt, also leicht zu öffnen, um das Kind zu säubern und trockenzulegen. Über dem Kopf hatte die Wiege eine kleine Haube, an der Quasten und Perlenschnüre hingen. Das Hirschleder war reich bestickt und mit winzigen Muschelperlen versehen und in lustigen Farben bemalt. An der Hinterseite des keilförmigen Gebildes waren Riemen befestigt, die – um die Schulter geschlungen – der Mutter das Tragen erleichterten. Es war das hübscheste und praktischste Wiegenbrett, das Kwani je gesehen hatte. Sie drückte es an sich und schaukelte beglückt hin und her, die Frau lächelte verständnisvoll.

Die Hunde empfingen Tolonqua winselnd und kläffend. Frauen umringten ihn, um zu erfahren, wie viele Hunde und Tragegestelle nötig wären, um das Fleisch ins Lager zu schaffen. Bei Kwanis Anblick trat er zu ihr.

»Du hast es gefunden!« lächelte er.

Sie war überglücklich. Wie aufmerksam von ihm, ihr dieses Geschenk zu machen! Ihr Herz war übervoll. Sie hatte sonst kaum etwas für das Kind, doch es reichte. Kokopelli hatte ihr nichts für das Kind geschenkt; es schien ihn nicht zu kümmern, woran ihr in ihrem Leben am meisten lag. Sie war nicht fähig, zu sprechen, hielt nur die Wiege an sich gepreßt, als sei sie bereits ihr Kind.

In Tolonquas Augen war ein Glühen, das ihren Herzschlag ins Stolpern brachte. Er beugte sich zu ihr und flüsterte: »Ich halte die Geburtsfeier für dein Kind ab.«

Da sie nicht antwortete, hob er ihr Kinn und zwang sie, ihn anzuschauen. »Dein Kind wird mein Kind sein.«

Kwani hob das Wiegenbrett und rieb ihre Wange daran. Sie brachte immer noch kein Wort heraus, doch ihre blauen Augen sprachen für sie.

»Wir reden später. Heute abend, am Fluß.« Damit wandte er sich zum Gehen, bevor sie nein sagen konnte.

Zehn Hunde mit Tragegestellen waren nötig, um das Fleisch ins Lager zu schleppen. Gewöhnlich reichten vier Hunde für einen Büffel. Doch der alte Bulle war viel mächtiger als die Kuh und mächtiger als viele andere Bullen. Mit solcher Beute heimzukehren, war ein großer Triumph. Welches Glück, daß Kokopelli da war, um die Büffel zu locken! Und daß Tolonqua da war, um die Beute mit ihrem Jagdhäuptling Stehender Adler zu erlegen! Tolonqua hatte sich die Wolf-und-Kalb-Tarnung ausgedacht und seinen langjährigen Freund dazu überredet, das Kalb zu spielen, da er das Blöken so echt nachahmen konnte. Die Kunde ihrer ungewöhnlichen Technik hatte sich bis zu fernen Lagerfeuern herumgesprochen; man bewunderte sie, lachte darüber und ahmte sie – ohne Erfolg – nach.

Tolonqua und seine Jäger begegneten häufig anderen Stämmen in den Steppen, wenn sie den ziehenden Büffelherden folgten. Pueblos und Querechos waren einander nicht freundlich gesonnen, doch Tolonquas Bemühungen, ihre Sprache zu erlernen, seine gerechten Handelsgepflogenheiten und sein schöner Gesang machten ihn zu einem willkommenen Gast, besonders, wenn er großzügige Geschenke mitbrachte.

Beim Entladen der Tragegestelle wurden den Hunden die weniger verlockenden Fleischbrocken zur Belohnung hingeworfen. Das andere Fleisch wurde geprüft, gelobt, gekostet und verteilt. Dabei wurde viel geredet, gelacht und gescherzt, die Kinder hüpften aufgeregt herum und bettelten um diese oder jene Leckerei.

Tolonqua hielt vergeblich Ausschau nach Kokopelli.

»Wo ist Kokopelli?«

Keine Antwort. Schmunzeln und bedeutungsvolle Blicke veranlaßten Tolonqua, sich die Frauen näher anzuschauen. Eine blutjunge, hübsche Frau fehlte, die Tolonqua einmal zu verstehen gegeben hatte, daß sie nicht abgeneigt sei, ihr Lager mit ihm zu teilen. Das hatte er sich auch vorgenommen, bevor Kwani in sein Leben getreten war. Nun war es Kwani und nur Kwani, die seine Gedanken beschäftigte, um die sich sein ganzes Dasein drehte.

Die Gefährtin Kokopellis...

Der Weiße Büffel war auch ihr im Traum erschienen. War das nicht ein sicheres Zeichen? Und Kokopelli lag bei einer anderen.

Er entfernte sich und ging zum Fluß, um dort auf die Dunkelheit zu warten. Und auf Kwani. Es gab ein Festmahl und eine große Feier, doch zuerst mußte er Kwani in die Arme schließen...

Die Stunden vergingen; Sonnenvater versank in die Unterwelt, doch Kwani kam nicht. Ein Dachs watschelte an den Fluß zur Tränke; Vögel strichen tief über das Wasser. Verlokkende Düfte von gebratenem Fleisch, Rufe und fröhliches Lachen und die hellen Töne von Knochenflöten wehten zu ihm herüber. Er aber sehnte sich nur nach Kwani.

Endlich kam sie eilig gelaufen, hielt ihren Bauch mit beiden Händen. Ihre Augen waren groß und voller Angst. »Ich kann Kokopelli nirgends finden und fürchte, das Kind kommt. Zu früh!«

Sein Herz zog sich zusammen. Als seine Gefährtin bei der Niederkunft starb, hatte sie furchtbar geschrien vor Angst und Schmerz.

»Was spürst du?«

»Schmerzen hier.« Sie legte eine Hand ins Kreuz. »Und hier.«

Er hob sie hoch und spürte, wie sie zitterte. »Ich bringe dich zum Medizinmann.«

»Schnell!«

Der Medizinhäuptling war ein großer Mann von strenger, königlicher Würde. Er saß mit seiner Gefährtin und den Kindern am Gemeinschaftsfeuer, das zur Feier des Tages entzündet worden war. Als Tolonqua mit Kwani heraneilte, wußte er, daß etwas nicht in Ordnung war und erhob sich. Tolonqua stellte Kwani auf die Beine und redete stockend in der Querechosprache, die er im Laufe der Jahre gelernt hatte. Der Häuptling führte sie in seine Medizinhütte, ein großes Tipi mit besonderen Malereien und Verzierungen, die auf seine Kräfte hinwiesen.

Tolonqua führte Kwani zu einem Bett. »Er sagt, du sollst dich hinlegen.«

Es war ein dicker Stapel Decken, darüber eine Büffelhaut und einem Kissen gefüllt mit Büffelhaar. Kwani legte sich hin; es war zu früh für das Kind, zu früh! Sie schloß die Augen und umklammerte die Jakobsmuschel und versuchte, sich zu entspannen. Sie mußte an ihre erste Schwangerschaft denken... ihren Sturz... Bruder Kojote.

Und Kokopelli. Wo war er?

Tolonquas Gesicht war sorgenvoll angespannt. »Hab keine Angst. Der Medizinhäuptling weiß, was zu tun ist.«

»Bitte suche Kokopelli und sage ihm –«

»Ja.« Seine Lippen waren zu einem schmalen Strich zusammengepreßt, als er sie verließ.

Der Medizinhäuptling bereitete einen Trank, den er ihr in einer kleinen Schale reichte, und sie anwies, zu trinken. Sie nahm einen Schluck und würgte. Er schob ihr die Schale erneut an den Mund. Sie versuchte zu trinken, brachte es aber nicht über sich.

Seine Gefährtin kam mit einer zusammengefalteten Decke, die in heißes Wasser getaucht worden war. Sie stellte die Schale beiseite, redete mit sanfter Stimme tröstend auf Kwani ein, schob ihr das Kleid hoch und legte die warme, feuchte Decke auf ihren dicken Bauch, tätschelte ihn liebkosend, als wolle sie auch das Ungeborene besänftigen.

Sie war eine mollige kleine Frau, ebenso freundlich, wie der Häuptling verschlossen war. Sie lächelte Kwani an, die versuchte, das Lächeln zu erwidern, aber nur mit zitternden Lippen das Gesicht verziehen konnte. Sie zitterte am ganzen Körper, bemühte sich aber, Haltung zu bewahren. Sie durfte hier kein Theater machen.

Tolonqua und Kokopelli kamen, und der Häuptling empfing sie am Zelteingang. Kwani zog ihr Gewand nach unten, die feuchte Decke blieb jedoch auf ihrem Bauch liegen und machte sie noch unförmiger.

Kokopelli kniete neben ihr nieder. »Was ist los?« Seine Stimme klang sehr besorgt.

»Das Kind ... ich glaube, es will zu früh kommen.« Sie versuchte, ihre Tränen zurückzuhalten, die ihre Augen überschwemmten. »Ich habe Angst.«

»Ah.« Er drehte sich um und bedeutete Tolonqua zu gehen, der sich statt dessen neben Kwani stellte.

»Der Medizinmann wird die Feier des Tipirüttelns abhalten«, sagte Tolonqua. »Damit ruft er die Schutzgeister, die das Kind beruhigen. Ich werde ebenfalls daran teilnehmen.« Mit einem kurzen Blick zu Kokopelli ging er.

Kokopelli beachtete ihn nicht. Er roch am Inhalt der Schüssel und nickte. Es war eine Arznei, um die Wehen hinauszuzögern. Er fühlte Kwanis Puls, untersuchte ihre Fingernägel, zog ihre unteren Augenlider herab und schaute ihr prüfend in die Augäpfel.

»Hast du jetzt Schmerzen?«

»Nein. Jetzt nicht... nur ein wenig im Rücken. Nicht viel.« Ihr Herz schmerzte; sie könnte es nicht ertragen, dieses Kind zu verlieren.

Er schob das Gewand hoch – Wopios verhaßtes Kleid. Er nahm die feuchte Decke weg und untersuchte ihren Bauch, drückte hier, drückte da. Legte sein Ohr an den Bauch.

»Was hörst du?« Hatte das Kind Schmerzen?

Er antwortete nicht, horchte weiter. Er spreizte ihre Beine und untersuchte sie sorgfältig nach Sekreten, wobei der Medizinmann taktvoll den Kopf abwandte. Zufrieden setzte Kokopelli sich auf seine Fersen zurück, gab der Frau ein Zeichen, sie solle gehen, und zog das Kleid wieder über den Bauch.

»Du hast keine Wehen; das Kind wird noch nicht geboren.«

Sie stieß einen dankbaren Seufzer aus. Ihre Schutzgeister waren bei ihr.

»Du mußt jetzt ruhen.« Er runzelte die Stirn; es war keine Zeit zum Ausruhen. Sie sollten am nächsten Morgen aufbrechen.

Kwani sah seine gefurchte Stirn. »Wo warst du? Ich habe dich gesucht –«

»Ich hatte zu tun«, sagte er knapp.

»Was hattest du zu tun?«

»Du mußt dich ausruhen«, warf der Medizinmann hastig ein. Kokopelli war ein wichtiger Gast und durfte nicht in Verlegenheit gebracht werden. »Wir lassen dich jetzt allein, damit du schlafen kannst. Später komme ich wieder, um das Tipirütteln abzuhalten.«

Er begleitete Kokopelli hinaus, und Kwani hob die Augen zur Rauchöffnung des Tipi. Vereinzelte Sterne blinkten herein, und der Schein der Feuerstelle warf schwache Schatten. Sie zitterte nicht mehr. Doch in ihrer Brust schwelte eine Glut. Kokopelli. Sie wußte sehr gut, was er den ganzen Nachmittag zu tun gehabt hatte. Sie wußte es.

War es das, was die Alten ihr beibringen wollten – zu lernen, daß sie ihren Gefährten mit anderen Frauen teilen mußte? Immer? War dies der Sinn einer unerträglich beschwerlichen, endlosen Reise?

Nein. Das konnte es nicht sein.

Ein Rascheln am Eingang. Tolonqua trat ein. Er kniete neben ihr. Sein Gesicht, schwach vom Feuerschein erleuchtet, beugte sich über sie.

»Geht es dir besser?«

Seine dunklen Augen senkten sich glühend in ihre. Sie forschte in ihren Tiefen und ihr war, als höre sie das Geheimnis seines Herzens.

Er liebte sie. Er war stolz, ehrbar, stark. Er war Pueblo. Und er liebte sie, er liebte sie.

Sie hob den Arm und zog sein Gesicht zu sich herunter. Sie küßte ihn, wie sie es sich so oft gewünscht hatte. Er erwiderte ihren Kuß mit zärtlicher Leidenschaft.

»Kwani«, flüsterte er. »Laß das Kind mir gehören. Kokopelli –«

»Ich weiß. Lange Zeit hat er keine andere Frau erwählt. Aber jetzt –«

»Werde meine Gefährtin. Kehre mit mir nach Cicuye zurück.«

»Wir müssen den Weißen Büffel finden. Und ich bin Kokopellis Gefährtin.« Doch sie hielt ihn fest umschlungen. Sie sehnte sich nach ihm. Aber sie liebte auch Kokopelli, der ihr das Leben gerettet hatte, und der sie liebte – auf seine Weise liebte. Sie mußte sich entscheiden. Aber sie konnte nicht, noch nicht. »Bring mich zur Schlucht. Vielleicht ist der Weiße Büffel dort.«

»Ja«, sagte er und küßte ihren Hals. Seine Hände glitten liebkosend über ihre Brüste. »Wie schön, wie schön sie sind.« Er schob den Halsausschnitt des Kleides nach unten, entblößte eine Brust und nahm die Brustspitze in den Mund, stöhnend vor Verlangen.

Sie küßte ihn wieder, und es war, als würden die Flammen der Feuerstelle auflodern, doch dort schwelte nur die Glut.

Die Feier des Tipirüttelns sollte gleich beginnen. Es war früher Abend. Kwani hatte sich ausgeruht und war aufgestanden. Ihre Schmerzen waren fort; es waren nur Vorwehen. Dennoch hatte der Medizinmann sich mit seinen heiligen Gegenständen beraten und den Entschluß gefaßt, daß die Feier nötig war, um den ruhelosen Geist des Ungeborenen zu besänftigen und schädliche Einflüsse von ihm abzuwenden.

In seinem Tipi saßen Kwani, Kokopelli, Tolonqua und die Priester der Medizingemeinschaft. Der Medizinmann war an Händen und Füßen gebunden. Die Glut der Feuerstelle war zugedeckt, so daß völlige Finsternis herrschte.

Im schwachen Schein des Mondlichts, das durch den Rauchabzug hereinfiel, konnte Kwani die Umrisse des Häuptlings erkennen, der gefesselt mit gesenktem Haupt dasaß. Seine Brust hob und senkte sich in Zuckungen, als suche etwas aus seinem Innern zu entweichen. Sie schauderte. Kein Laut war zu hören. Das Tipi war eine in sich geschlossene Welt, ein dunkler, geheimnisvoller Ort, der auf die Geister wartete.

Plötzlich durchschnitt die Stimme des Medizinhäuptlings die Stille wie ein Messer. Er wand sich in seinen Fesseln, singend, stöhnend, murmelnd rief er die Geister, von ihm Besitz zu ergreifen.

Aus verschiedenen Richtungen drangen fremde Tiergeräusche. Waren Tiergeister im Zelt? Kwani war sich nicht sicher. Ein langgezogenes Heulen, ein schauerliches Jaulen, ein Grunzen. Eine Eule rief aus der Unterwelt. Das Tipi begann zu rütteln. Die Gesänge wurden lauter, das Stöhnen schwoll an. Funken stoben hoch durch die Rauchöffnung hinaus, obgleich die Feuerstelle zugedeckt war. Das Tipi wurde so heftig geschüttelt, als zerre ein mächtiger Sturm mit furchterregender Gewalt daran.

Kwani schlang beide Arme um ihren Leib und duckte sich angstvoll. Allmählich verebbten die Geräusche, die Funken hörten auf herumzustieben, das Tipi rüttelte nicht mehr, und es wurde still.

Nach langer Zeit begann der Medizinhäuptling zu sprechen. Tolonqua übersetzte. »Er möchte, daß ich dir und Kokopelli das sage, was die Geister gesprochen haben.«

Wieder redete der Häuptling in unwirklicher, gespenstisch singender Stimme.

»Er spricht zum Geist des Kindes und befiehlt ihm, zur rechten Zeit auf die Welt zu kommen.«

Wieder die singende Stimme.

»Er sagt, das Kind ist ein Knabe, aus dem ein großer Häuptling wird. Dein Sohn wird einen mächtigen Schutzgeist haben.«

Kwani entfuhr ein kleiner Freudenschrei.

Wieder die singende Stimme.

»Er sagt, ich muß bei dir bleiben, um dich vor einem zu beschützen, der deinem Kind Schaden zufügen will. Die Geister haben gesprochen.«

Die Priester erhoben sich. »Die Feier ist beendet. Geht nun.«

Alle verließen das Zelt und blieben draußen stehen und schauten einander an. Kwani strahlte.

»Ein Sohn! Der ein großer Häuptling wird!«

Kokopelli knurrte. »Das war Theater, weiter nichts. Er hat uns eine Darbietung seiner Künste gegeben, um meine Magie herabzusetzen. Pah! Das kann ich besser.«

Tolonqua bedachte ihn mit einem kühlen Blick. »Ich habe mehrfach an seinen Sitzungen des Tipirüttelns teilgenommen. Die Geister kommen wirklich, und was sie sagen, ist wahr. Ich habe es gesehen.« Er wandte sich an Kwani. »Ich werde bei dir bleiben und dein Kind beschützen.«

»Das ist nicht nötig.« Kokopelli zog Kwani an seine Seite und legte den Arm um sie. »Ich bin ihr Gefährte; ich werde sie beschützen. Und ihr Kind.«

Röte überflog Tolonquas Gesicht von der Stirn bis zum Hals. Er heftete seinen Blick lange und schweigend auf Kokopelli. Schließlich sagte er: »Ein Jagdhäuptling der Towa kann einen Feind rasch ausfindig machen. Hat er ihn einmal entdeckt, so bleibt er ihm auf der Fährte. Ich werde den Geistern gehorchen.«

Kwani trat zwischen die Männer. »Ich bin euch beiden dankbar.« Sie schob einem jeden die Hand unter den Arm. »Kommt, sie warten auf uns am Lagerfeuer!«

Sie zog die Männer mit sich, die ihr nur widerstrebend ans Feuer folgten, das die Nacht erhellte.

Einige Tage vergingen; sie blieben bei den Querechos, bis Kwani wieder bei Kräften war. Da sie sich ständig im Schutz des Lagers aufhielt, nahm Tolonqua die Gelegenheit wahr und ging mit den Männern zur Jagd. Kokopelli handelte und stelzte mit düsterer Miene herum und brummte ständig, das Schiff würde ohne sie Segel setzen. Mit Kwani verbrachte er wenig Zeit.

Sie hielt sich bei den Frauen auf, fertigte ein winziges Kleid aus Büffelhaut für ihr Kind und schaute zu, wie Pemmican gemacht wurde. Ihr Volk tauschte dieses wertvolle Nahrungsmittel gewöhnlich ein, und sie wollte lernen, wie man es zubereitet. Es schmeckte köstlich, war leicht verdaulich und sehr nahrhaft. Eine Handvoll davon in einen Topf geworfen quoll zu drei- oder vierfacher Menge auf.

Sie wünschte, die Querechosprache zu beherrschen, denn die Frauen plauderten, machten Scherze und lachten laut, während sie getrocknete Streifen Büffelfleisch zwischen zwei Steinen zu Pulver zerrieben. Das Pulver wurde in einen großen Beutel aus zusammengenähter Büffelhaut gefüllt; darüber wurde heißes, flüssiges Knochenmark gegossen, das in das Fleischmehl sickerte und an der Oberfläche eine dünne Schicht bildete. Die Beutel wurden zugenäht und an den Nahtstellen mit Talg versiegelt.

Sie bereiteten Pemmican in erstaunlichen Mengen; die Beutel wurden wie Brennholz aufgeschichtet.

Kwani fragte Tolonqua einmal, wie lange Pemmican haltbar sei.

Er zuckte die Schultern. »Fünfzehn bis zwanzig Jahre, vielleicht auch länger. Wenn sie Beeren und andere Gewürze mit hineinmischen, dann ist die Haltbarkeit etwas geringer.«

Sie war verblüfft. »Macht man in Cicuye auch Pemmican?«

»Ja.« Er lächelte. »Lernst du es zuzubereiten?«

Sie nickte.

»Gut. Dann kannst du es für uns machen.« Eine Flamme leuchtete in seinen Augen auf, und er beugte sich vor. »Du bist Pueblo, wie ich. Wie kannst du Toltekin werden, wenn dein Geist hierbleibt? Das Leben in Cicuye ist gut. Du wirst meine Gefährtin sein, die Sich Erinnernde, eine Ruferin und eine Geschichtenerzählerin. Und ich werde deinen Sohn – *unseren* Sohn, unsere Söhne – in allem, was sie wissen müssen, unterrichten.« Er kam näher. »Und dich werde ich auch unterrichten. Darin wie ein Towa liebt.«

Sie zwang sich, ihm den Rücken zuzukehren. Wie konnte sie die Gefährtin eines Mannes wie Kokopelli sein und diese überwältigenden Gefühle für Tolonqua empfinden? Ihr war, als habe sie ihn schon immer gekannt. Sie wollte in Cicuye sein, wenn er die neue Stadt baute. Sie wollte ihn als Vater ihrer Kinder, und ja, sie wollte ihn nachts an ihrer Seite haben. Sie wußte nicht, wie sie mit der Situation umgehen sollte. Sie liebte Kokopelli, und der Gedanke, ihn zu verlassen, war ihr unerträglich, aber sie konnte nicht beide Männer haben. Sie mußte eine Entscheidung treffen, eine schwierige Entscheidung, die sie so lange wie möglich hinauszögern wollte; vielleicht würden die Götter sich einmischen.

Kokopelli wurde immer ruheloser, und der Aufbruch duldete keinen Aufschub mehr. Zu Kwani sagte er: »Morgen ziehen wir weiter. Im Morgengrauen.«

Sie war bereit zu gehen. Sie hatte wieder dieses Ziehen im Bauch verspürt. »Gut. Dann werde ich mein Bündel schnüren.«

»In Ordnung. Ich erledige meinen Tauschhandel.« Er verließ das Zelt, das ihr vorübergehendes Heim gewesen war.

Sie seufzte. Sie hatte das Reisen bis obenhin satt. Wie viele Monde sollte es noch dauern, bevor sie Tula erreichten? Zum wiederholten Male hoffte sie, das Schiff sei fort, wenn sie das Lager erreichten; vielleicht wäre Kokopelli dann bereit, nach Cicuye zurückzukehren.

Cicuye, Tolonqua.

Kokopelli gehörte nicht nach Cicuye. Die Bewohner führten ein anderes Leben, als er es gewohnt war. Das wußte sie nun.

Du mußt viel lernen, viel leiden.

Ja, dachte Kwani. Aber ich lerne und ich leide.

Das Kind stieß nach ihr, und sie schlang beide Arme um

ihren Bauch. Sie schloß die Augen und bemühte sich um Verbindung zu ihrem ungeborenen Kind.

»Warte, Kleiner. Die Zeit ist noch nicht gekommen. Bald sind wir in einer schönen Schlucht; dort sollst du geboren werden. Bald.«

Sanft schwebte die Erinnerung an einen Traum in ihren Geist, wie Sonnenlicht durch Nebel sickert. Der Weiße Büffel.

Ich warte auf dich. Komm zu mir.

16

Es war später Vormittag des zweiten Tages, nachdem sie das Querecholager verlassen hatten. Kwani stapfte hinter Tolonqua und Kokopelli durch verdorrtes Grasland. Die Sonne brannte sengend, und ein glühendheißer Wind hörte nicht auf zu wehen. Steppenläufer rollten vorbei. Präriehunde bellten, bevor sie in ihre Erdlöcher schlüpften. Riesige Büffelherden ergriffen bei ihrer Annäherung im Galopp die Flucht, hinterließen nur dichte Staubwolken.

Die Zeit im Lager der Querechos hatte sie gestärkt, die vielen Tage der Fußmärsche hatten ihre Muskeln gestählt, doch die Last, die sie in sich trug, wurde mit jeder Stunde schwerer. Raum und Zeit verlangten ihren Preis.

Kwani blieb stehen, um sich den Schweiß abzuwischen, den der glühende Wind sofort trocknete. Sie ließ ihren Blick zum endlosen Horizont schweifen, der sie umgab. Das Land war so flach, daß man unter den Bäuchen der Büffel hindurch den Himmel sehen konnte.

Kokopelli hatte alles schmückende Beiwerk abgelegt und trug nur seine Sandalen (die ausbesserungsbedürftig waren) und ein kurzes Baumwollkleidungsstück von der Hüfte bis zur Schenkelmitte. Er trug keine Kappe und hatte das Haar zu einem Knoten auf dem Kopf zusammengesteckt. Halsketten und Ohrschmuck waren in seinem Reisebündel verstaut. Sein Gesicht war verschmiert von Schweiß und Staub und von Erschöpfung gezeichnet. Um seine Augen hatten sich tiefe Falten gegraben.

Auch Tolonqua trug nur Sandalen aus ungegerbtem Leder und einen Lendenschurz. Das schweißgetränkte Stirnband war staubverklebt. Doch er hielt sich gerade und schritt kräftig aus. Jetzt kam er zu Kwani.

»Ist etwas nicht in Ordnung?«

»Ich habe Durst.« Sie war auch erschöpft. Aber das waren die Männer ebenfalls.

Tolonqua griff nach einem Wasserbeutel. »Wir haben noch einen langen Weg bis zur Quelle, trink also nur so viel, wie unbedingt nötig.«

An der Biegung, wo der Fluß sich nach Nordosten wandte, hatten sie ihn verlassen und gingen nun in südöstlicher Richtung, wo es nur unterirdische Quellen gab. Sie gab ihm den Wasserbehälter zurück und wischte sich den Mund.

»Wie lange ist es noch bis zur Schlucht?«

»Nur noch einen Tag. Heute abend wird es kühler; wir werden bald das Lager aufschlagen. Wenn es heiß ist, denke ich an die Schlucht und den Bach und die Bäume. Morgen werden wir dort sein.«

Kwani dachte immer wieder daran während dieses endlosen Tages. Als es schließlich zu dunkel wurde, um den Marsch fortzusetzen, machten sie schließlich halt. Tolonqua entfachte ein kleines Feuer, nicht wegen der Wärme, sondern wegen des Lichts und des Gefühls der Geborgenheit, die ein Feuer vermittelte. Sie aßen Pemmican, das sie mit frischem Wasser aus einer kleinen Quelle hinunterspülten, zu der Tolonqua sie geführt hatte, und horchten auf die Stimmen der Nacht.

Das entfernte Brüllen der Büffel wurde lauter, je kühler die Nacht wurde; es würde die ganze Nacht fortdauern. Der Wind seufzte in den Gräsern, das Heulen der Wölfe wurde über die Weite der Steppe getragen. Die Sterne funkelten im schwarzen Himmelszelt, das so riesig war, daß die drei Menschen an dem winzigen Feuer enger zusammenrückten, schweigend – jeder in seine geheimen Gedanken versunken.

Kokopelli nahm seine Flöte und spielte eine einsame Melodie. Sie erzählte von vergangenen Zeiten, von einer verlorenen Kindheit, von fast vergessenen Träumen. Tolonqua und Kwani hörten zu und erinnerten sich. Die Musik endete mit einem anhaltenden, süßen Ton.

Tolonqua sagte: »Ich denke gerade an ein Lied, das wir sangen, als ich ein Kind war. Es handelt von einem Eichhörnchen. In Cicuye gibt es viele Eichhörnchen. Soll ich es singen?« Sie nickten, und seine volle Stimme klang durch die Nacht.

Klein und gestreift,
Klein und gestreift,
Seht es euch an!
Wie putzig es dasteht in seinen Streifen,
Das Eichhörnchen in seinem kleinen, weißen Hemd!

Wieder saßen sie schweigend da. Die Nacht war eine Decke, die sie umhüllte und sie einander näherbrachte.

Kwani meinte: »Kokopelli, erzähle uns aus deiner Kindheit.«

Kokopelli starrte ins Feuer, als sähe er die Vergangenheit darin.

»Das war, bevor die Chichimecas kamen. Wir wohnten in einer Stadt mit einem großen Tempel aus Stein, einer Pyramide.« Er deutete die Figur mit seinen Händen an. »Zum Altar an der Spitze führten viele Treppen hinauf. Mein Vater war ein Edelmann, dem es gestattet war, seinen Sohn an den Altar zu bringen. Ich kletterte alle Stufen hinauf bis zur Spitze. Der Altar war umgeben von einem kleineren, sehr schönen Tempel. Und davor standen drei riesige Steinkrieger, den Blick über das Tal zu den fernen Bergen gerichtet und noch darüber hinaus. Diese Steinfiguren erschienen mir kleinem Jungen gewaltig und mächtig. Ich stand da und schaute hinauf zu ihnen und bewunderte ihre Schönheit und wandte den Kopf, um ihren Blicken zu folgen – in die Ferne – und ich sagte mir, daß ich eines Tages dorthin wandern würde.« Er machte eine Pause. »Jetzt wünsche ich mich zurück, wo ich damals war.«

In den Anblick der Flammen versunken, dachten die drei Wanderer an die Mysterien des Lebens. Tolonqua sagte: »Erzähle uns aus deiner Kindheit, Kwani.«

»Meine Mutter erzählte, als ich geboren wurde, wütete ein

heftiger Sturm, und die Götter sandten Feuerspeere zur Erde, als ich ihren Leib verließ. Sie sagte, deshalb seien meine Augen blau. Meine blauen Augen...«

Sie machte eine Pause, dann redete sie hastig weiter. »Einen Tag, bevor ich zur Frau wurde, fand ich eine Muschel, eine wunderbare, kleine Muschel. Ich wußte, sie hatte dort auf mich gewartet, und ihr Geist sprach zu mir. Er sagte, es sei nicht schlimm, daß meine Augen blau seien, daß ich mich deshalb weder schämen noch zu fürchten brauche. Ich habe die Muschel noch heute. Ich werde sie meinem Sohn geben, wenn er auszieht, um seine Mannesvision zu suchen.«

Tolonqua sagte: »Meine Vision handelte vom Weißen Büffel, dem Geistwesen. Immer wenn ich an einen Ort komme, wo es Büffel gibt, halte ich Ausschau nach ihm. Eines Tages wird er zu mir kommen und mich bitten, ihn zu erlegen. Dann gehört mir das Gewand des Weißen Büffels für meinen Clan, meinen Sohn...« Seine Stimme verriet seine starke Gemütsbewegung.

Wieder saßen sie schweigend, drei Menschen allein in einem schwarzen Ozean. Der Wind fächelte die Flammen und flüsterte in den Gräsern.

Tolonqua sagte: »Der Wind hat gedreht. Morgen werden Wolken kommen, und es wird abkühlen.«

Wie in unausgesprochenem Einverständnis legten sie sich zum Schlafen.

»Gute Nacht, Kokopelli«, sagte Kwani

»Gute Nacht, meine Liebe.« Er legte einen Arm um sie und zog sie nah zu sich.

Tolonqua lag mit dem Arm unter dem Kopf, den Blick in den Himmel gerichtet, wo bereits Wolken einige Sterne auslöschten. Er mußte sich der Wahrheit stellen: Die Frau, die er begehrte, die einzige, nach der er sich sehnte, war Kokopellis Gefährtin. Wie töricht von ihm, anzunehmen, er könne sie diesem Mann wegnehmen.

Aber er mußte es tun.

Die verborgenen Sterne wanderten auf ihren himmlischen Pfaden, und er konnte lange Zeit nicht einschlafen. Endlich dämmerte es.

Sie erwachten in einen grauen Tag. Eine schwere, gelbgraue Wolkenbank hing tief, die Luft war drückend heiß und seltsam still. Tolonqua und Kokopelli studierten den Himmel.

Tolonqua runzelte die Stirn. »Das gefällt mir gar nicht.«

»Nein. Mir auch nicht. Stöhnt und bebt die Erde in dieser Gegend manchmal?«

»Davon habe ich noch nie gehört.«

»In Tula würden wir bei solchem Wetter und solchem Himmel erwarten, daß die Erde bebt.«

Kwani machte den vergeblichen Versuch, ihr Haar und ihre Kleidung zu glätten. Sie fühlte sich nicht wie sonst am Morgen erfrischt und voller Tatendrang. Unruhe und ein innerer Drang sich zu verkriechen, erfüllte sie.

»Ich hoffe, es kommt nicht wieder zum Sturm«, sagte sie. »Es gibt keinen Unterschlupf.«

Tolonqua stimmte ihr zu. »Wir müssen die Schlucht erreichen. Dort gibt es Höhlen.«

Kokopelli nickte. Diese weiten Steppen verwehrten jeden Unterschlupf. Die Schlucht war die einzige Zuflucht. Aber die Zeit drängte, sie mußten das Lager erreichen.

Sie brachen auf, ohne zu essen; sie würden unterwegs essen. Die Stimmung der vorangegangenen Nacht hatte sie einander nähergebracht. Sie waren Eindringlinge hier, verloren in der unendlichen Weite der Steppe, verwundbare winzige Geschöpfe, auf Gedeih und Verderb ausgeliefert.

Sie schleppten sich stundenlang fort; Kwani hatte jeglichen Zeitbegriff verloren. Wieder drang das Brüllen der Büffel zu ihnen herüber, und eine dunkle Linie hob sich gegen den Horizont ab. Wind kam auf, diesmal heftiger.

Tolonqua ging ihnen voran, wie üblich kräftig ausholend. Kwani stellte fest, daß seine Last größer geworden war; Kokopelli hatte ihm wohl mehr von seinem Gepäck aufgeladen. Aus seinem kleineren Bündel ragte Thorwalds goldener Schwertgriff. Kwani vermutete, das Schwert würde ihm in Tula einige Kostbarkeiten einbringen, welcher Art sie sein mochten, wußte sie nicht.

Die Wolken veränderten sich. Sahen aus, als würden sie nach unten gedrückt; die Wolkentaschen beulten sich zur Erde hin aus, veränderten ihre Konturen und wurden weitergetrieben. Tolonqua beobachtete den Himmel und beschleunigte seinen Schritt.

Kwani rief: »Geh bitte nicht so schnell. Ich komme nicht mit.«

»Wir müssen die Schlucht erreichen.«

Der Wind wurde stärker, drängte sich mächtig in ihren Rücken. Er trug ein seltsames Geräusch mit sich, einen schaurigen Unterton. Trockene Grasbüschel und Lehmbrocken flogen durch die Luft. Die Wolken tauchten noch tiefer; es begann zu regnen, große Tropfen wehten schräg im Sturm daher.

Kokopelli drehte sich um und hob mit ungläubigem Staunen den Arm. In weiter Ferne ragte ein schwarzer, beweglicher Finger aus den Wolken, stieß in die Erde und pflügte eine lange Furche auf. Dann hob er sich langsam und löste sich auf.

»Es kann wieder kommen!« schrie Tolonqua. »Schnell!«

Dann hörten sie ein dumpfes Grollen, und die Erde erzitterte. Kwani spürte das Beben unter ihren Sandalen.

»Eine Büffelstampede!« brüllte Tolonqua.

Ein breiter, dunkler Strich näherte sich, eine heranrollende Lawine von ungeheuren Ausmaßen. Tolonqua öffnete sein Bündel und zerrte Decken heraus. Gegen den Sturm ankämpfend warf er sie Kwani und Kokopelli zu.

»Da! Schwenkt die Decken, wenn sie näherkommen!«

Es gab nichts, wohin sie hätten laufen können, nichts, wo sie sich hätten verstecken können. Tausende schwerer Hufe donnerten stampfend über die Erde. Kälber blökten laut vor Angst. Die dunkle Lawine rollte unaufhaltsam näher. Kwani stand erstarrt, drückte die Decke an sich, wie zum Schutz. Der Regen prasselte nun in Sturzbächen herab; der Sturm fuhr sie so heftig an, daß sie sich kaum auf den Beinen halten konnte.

»Bleib stehen!« brüllte Tolonqua zu Kokopelli hinüber. »Kwani, du gehst da hinüber. Schwenkt die Decken! Jetzt!«

Tolonqua und Kwani schrien und hielten die Decken hoch, die mit solcher Heftigkeit im Wind schlugen, daß Kwani ihre ganze Kraft aufbringen mußte, um sie zu halten. Nur Kokopelli blieb ruhig stehen und blickte den heranstürmenden Ungetümen mit gespannter Konzentration entgegen.

Die rasende Herde hatte sie beinahe erreicht. Mit gesenkten Schädeln, die massigen Höcker auf und ab wogend, schob sich eine schwarze Meute unaufhaltsam auf die hilflosen Menschen zu. Kwani wußte mit Bestimmtheit, daß sie zertrampelt würden. Ein Büffel, ein einziger genügte, um sie wie Insekten zu zertreten.

Im letzten Augenblick teilte sich die Herde und donnerte zu beiden Seiten an ihnen vorbei. Zottige, wuchtige Leiber kamen ihnen so nahe, daß die Lehmklumpen von ihren stampfenden Hufen wie Hagelkörner auf die drei einschlugen. Das Getöse, das Erzittern der Erde, der Geruch waren überwältigend. Sie donnerten mit hervorquellenden Augen an ihnen vorbei. Ein einziger Seitenhieb der Hörner hätte genügt, um die schwachen Kreaturen in ihrer Mitte zu Fall zu bringen. Dann wären sie zu Brei zermalmt worden.

»Die Decken weiter schwenken!« brüllte Tolonqua gellend.

Kwani hielt das schwere, flatternde Tuch hoch, bis sie das Gefühl hatte, ihr verletzter Arm werde ihr vom Rumpf gerissen. Kokopelli stand immer noch kerzengerade, blickte der Herde entgegen und sprach seine stummen Befehle.

Die Stampede nahm kein Ende, ein Büffel nach dem anderen tobte dicht vorbei, bis Kwani ihre Arme nicht länger hoch halten konnte. Jetzt schwenkte nur noch Tolonqua die Decke und lenkte die Büffelherde ab; Kokopelli stand nach wie vor und bannte die flüchtigen Giganten mit Blicken.

Schließlich stampften nur noch ein paar Nachzügler vorbei. Langsam wich Tolonqua zurück, immer noch die Decke im Wind schwenkend, und Kwani folgte ihm. Kokopelli wandte sich an sie.

»Sie tun uns nichts; sie entfernen sich.«

Kwani sank an seine Brust, keuchend vor Erschöpfung. Regen lief in Bächen ihren Hals hinunter. Was waren das für Götter, die sie immer wieder gnadenlos straften? Die Sturmflut, der Hagel, die Feuersbrunst und nun dies. Diese Götter waren unnatürlich. Sie waren böse Geister!

Über dem Donnern der sich entfernenden Hufe wurde vor

ihnen ein dröhnendes Rauschen laut, eine brodelnde schwarze Wolke tauchte nach unten. Steine, Gestrüpp, Erdklumpen wurden hochgerissen. Wieder streckte sich der schwarze Finger nach unten, riß die Erde auf und fuhr in die Herde. Mit wild entsetztem Gebrüll stürmten die Büffel dem Horizont zu. Der schwarze Wolkenfinger folgte ihnen, schleuderte ausgewachsene Tiere wie Spielzeug in die Luft und warf sie zu Boden, wo sie von den nachfolgenden zertrampelt wurden.

Kwani hatte die Schwelle des Entsetzens überschritten, nach einem Moment der Starre breitete sich vollkommene Leere in ihr aus, vollkommene Ruhe. Sie war bleich, und ihre blauen Augen bekamen einen unnatürlichen Glanz. Tolonqua folgte dem grausamen Schauspiel mit offenem Mund. Immer wieder wurden mächtige Tiere in die Luft geschleudert und auf der Erde zermalmt, bis der Finger sich endlich zurückzog, auflöste und verschwand.

»Wir müssen ein Dankesopfer bringen«, sagte Kwani kühl.

Tolonqua drehte sich in ungläubigem Staunen über ihren nüchternen Tonfall zu ihr um. Sie gab ihm die triefende Decke zurück. Er und Kokopelli schlotterten an allen Gliedern. Der Sturm hatte sich gelegt, aber der Regen prasselte auf sie hernieder, als stünden sie unter einem Wasserfall.

Kokopelli sagte krächzend: »Bloß fort von hier. Bring uns zur Schlucht.«

Kwani deutete auf die verstreut herumliegenden Büffelkadaver. »Sieh sie dir an! Sieh uns an – wir sind am Leben! Wir müssen den Schutzgeistern, die uns gerettet haben, ein Dankesopfer bringen.«

Kokopelli packte ihren Arm. »Wir können uns bei ihnen bedanken, wenn wir Zuflucht gefunden haben. Komm!«

Sie riß sich los. Mit zurückgelegtem Kopf, geschlossenen Augen, ausgebreiteten Armen, begann sie zu singen.

Wir danken euch, ihr Heiligen!
Danke, daß ihr die Büffelherde an uns vorbeigelenkt habt,
Danke, daß die wirbelnde Wolke uns verschonte,
Danke, daß ihr die wirbelnde Wolke zurückgeholt habt.
Danke, ihr heiligen Wesen,
Für den Schutz, den ihr uns auf dieser Reise gewährt.

Kokopelli und Tolonqua schauten Kwani an, als sähen sie sie zum ersten Mal. Es war, als habe eine aus längst vergangener Zeit ihre Gestalt angenommen, sich ihres Geistes bemächtigt.

Der Regen ließ während Kwanis Gesang nach und endete beinahe so plötzlich, wie er begonnen hatte. Der Wind kühlte ab, wehte sanfter, und die Wolken zogen rasch in die Ferne.

Tolonqua rollte die nassen Decken ein und verstaute sie in seinem Bündel. Sonnenvater erschien, und die durchweichte Erde glänzte. Tolonqua begann Kwanis Lied zu singen und marschierte im Takt der Melodie, als sie ihren Weg fortsetzten.

Wir danken Euch, ihr Heiligen,
Danke, daß ihr die Büffelherde an uns vorbeigelenkt habt.

Kwanis Stimme fiel mit ein, ihr Gesang vereinte sich, während sie gemeinsam dahinzogen.

Wir danken euch, ihr heiligen Wesen,
Für den Schutz, den Ihr uns auf dieser Reise gewährt.

Kokopelli ging mit ihnen, aber es war, als sei er gar nicht da. Kwani und Tolonqua waren ineinander und in ihr Lied versunken. Kwani ging selbstbewußt, trotz ihres unförmigen Leibs, trotz des grauenhaften Erlebnisses, das sie soeben überstanden hatte. Mit klarer, kraftvoller Stimme sang sie den Göttern ihr Lied.

Kokopelli schüttelte den Kopf. Diese Frau war nicht das verängstigte, zerbrochene Geschöpf, das er einst gefunden und geheilt hatte.

Wer war sie?

17

Kwani konnte den Anblick, der sich ihr bot, nicht fassen. »Ooh!« hauchte sie. »Wie schön!«

Ihr zu Füßen lag eine schmale Schlucht, eine tiefe Erdspalte, die sich durch Erosion in Jahrmillionen ins Gestein gegraben hatte – erst sichtbar, wenn man direkt an ihren Abgrund trat. Das Sonnenlicht vertiefte die Farben der verschiedenen Gesteinsschichten – Rot, Grau, Grün, Braun –, die sich wellenförmig in den vom Regen reingewaschenen Felswänden fortsetzten. Auf dem Grund der Schlucht plätscherte ein glitzernder Fluß zwischen den Felswindungen, an dessen Ufer Bäume, Sträucher und Gras in üppiger Fülle wuchsen.

Tolonqua lächelte über ihr Entzücken. »Kommt hier entlang.«

Er führte sie über einen Wildpfad den Steilhang hinunter. Die Luft war erfüllt vom Duft feuchter Erde. Ein goldener Adler schwang sich in die Lüfte und ließ sich im Aufwind tragen. Gewiß ein gutes Zeichen.

Beim Abstieg in die Schlucht sah Kwani, daß die Talenge voller Unebenheiten und Felsbrocken und nur mühsam zu durchqueren war; aber was machte das schon? Sie waren dort angelangt, wohin Tolonqua sie zu führen versprochen hatte. Hier würde ihr Kind zur Welt kommen, und hier war vielleicht auch der Ort des Weißen Büffels.

Die Schlucht wand sich in engen Biegungen; kleine Felsnasen und Sandsteinmesas ragten wie Höcker auf. Man ahnte nicht, was einen hinter dem nächsten Hügel, Grat, einer Felsrinne oder Klamm erwartete. Hier gab es Unterschlupf in Fülle.

Endlich langten sie auf dem Grund der Schlucht an und tranken aus dem Fluß. Ein Hirsch sprang ins Unterholz. Häher schlugen an.

Tolonqua sagte: »Ich weiß eine schöne Höhle. Dorthin gehen wir.«

»Möchtest du vorher ein wenig rasten?« fragte Kokopelli. Er sah aus, als würde er sich selbst gern etwas Rast gönnen.

Kwani aber war vom dringenden Wunsch beseelt, Unterschlupf zu finden. Ihr Instinkt drängte sie, sich zu verbergen. »Nein, ich will zur Höhle.«

Es war ein mühsames Fortkommen auf unwegsamem Gelände, über Felsen und durch Unterholz. Doch alle Mühe war vergessen, als Kwani die Höhle hoch an einem Felshang sah. Über die dem Fluß zugewandte Öffnung beugten sich Bäume; zwei hochragende Felssäulen boten Schutz zu beiden Seiten. Es gab Spuren früherer Lagerfeuer; aber nichts und niemand war da, als sie eintrat. Die Höhle war etwa so groß wie ein Pueblo-Haus, kühl und halbdunkel, und es roch nach Sauberkeit. Die Felswände hatten Nischen, wo man Sachen aufbewahren konnte. Der Platz war ideal.

Sie sank zu Boden. Tolonqua und Kokopelli blickten auf sie herab, und sie sagte: »Das ist der richtige Ort. Ich danke dir!«

Bündel wurden ausgepackt und Kleider und Decken zum Trocknen ausgelegt. Tolonqua lehnte das Wiegenbrett an die Höhlenwand. Er hatte es in Büffelleder gewickelt, um es vor der Feuchtigkeit zu schützen.

»Wie fühlst du dich?« fragte Kokopelli.

Sie konnte nicht antworten. Jetzt, da sie dort angelangt war, wohin sie unbedingt wollte, jetzt, da sie in Sicherheit war, fühlte sie sich plötzlich zu Tode erschöpft. Sie zitterte, ihre Zähne klapperten.

»Mir ist... kalt.«

Kokopelli wandte sich hastig an Tolonqua. »Suche Brennholz. Wir brauchen ein Feuer.«

Tolonqua eilte fort, und Kokopelli suchte nach einem trokkenen Kleidungsstück, um sie darin einzuwickeln. Das einzige Trockene war sein kostbarer bunter Umhang, den er in der Mitte seines Bündels verstaut hatte. Er zog ihr das nasse Zeug vom schlotternden Leib und betrachtete mit Sorge die Unförmigkeit ihres Bauches. Das Kind war viel zu groß, um es unbeschadet zur Welt zu bringen. *Okalakes Kind.* Er würde niemals zulassen, daß es ihm Kwani wegnahm.

Er hüllte sie in den Umhang, rubbelte sie ab wie ein kleines Kind und hielt sie in den Armen, bis sie aufhörte zu zittern. Dann legte er sie auf die Erde.

»Schlafe jetzt.«

Tolonqua kehrte zurück mit Zweigen und getrocknetem Büffeldung, der ein gutes Feuer abgeben würde; bald war Wasser in einem Topf erhitzt. Er rührte eine Handvoll Pemmican und ein paar Wacholderbeeren hinein, die er unterwegs gesammelt hatte.

Der verführerische Essensgeruch weckte Kwanis Hunger. Sie richtete sich auf, lehnte sich an die Wand und sah Tolonqua zu, der das Mahl bereitete und Kokopelli, der den Inhalt seines Gepäcks durchstöberte und sein Quipu studierte, sich an den Knoten zu schaffen machte. Sie hüllte sich tiefer in seinen Umhang, sog genüßlich den Geruch ein, der ihm entströmte, Kokopellis unverkennbarer Duft.

Diese beiden Männer. Sie liebte beide. Beide begehrten sie; sie mußte sich entscheiden.

Tolonqua. Pueblo. Hochgeachteter Jagdhäuptling aus Cicuye, wo sie als die Sich Erinnernde verehrt werden würde. Ein tapferer Führer, der Erbauer einer neuen Stadt. Jung, mit einer glänzenden Zukunft vor sich, an der sie teilhaben konnte. Einer, der mit ihren Göttern sprach, und der, wie sie den Weißen Büffel suchte. Ein starker Beschützer, auf den sie sich in Zeiten der Not verlassen konnte; er hatte sie vor Tausenden in Panik flüchtender Büffel und ihren tödlichen Hufen bewahrt... Ein zärtlicher, großzügiger, leidenschaftlicher Mann. *Ein Pueblo.*

Kokopelli. Er hatte sie gefunden, hatte sie geheilt und sie umsorgt. Mit magischer Anziehungskraft, weise, wohlhabend, ein kunstfertiger Liebhaber. Ein Mann mit geheimnisvollen Kräften...

Wie sollte sie sich entscheiden?

Tolonqua reichte ihr eine Schale mit wacholdergewürztem Pemmican, und sie aß heißhungrig, achtete nicht auf das Ziehen in ihrem Bauch und das Gefühl der Schwere im Rücken.

»Das war gut.«

»Willst du mehr?«

»Nicht jetzt. Ich bin müde.«

Kokopelli sagte: »Dann schlaf. Aber zuerst werde ich deine Wunde untersuchen.« Er wickelte den Verband ab. »Sie heilt. An die Wunde muß jetzt Luft und Sonne.«

Sie lag in ihrem farbenprächtigen Kokon und schlief.

Ihre Seele verließ ihren Körper und wanderte über die Mesa. Die Greisin erschien und sprach aus den Falten ihrer Federdecke.

»Warum kommst du zu mir?«

»Ich habe mein Volk nicht freiwillig verlassen; sie haben mich verstoßen. Aber die Götter haben mich bestraft. Warum?«

»Verstehst du denn nicht? Wir, die wir die Sich Erinnernden sind, geistig gesegnet von den Göttern und beschützt von den Alten, wir gehören keinem Clan, keinem Volk an. Wir gehören zur Gesamt-

heit aller Frauen und müssen viel erleiden. Der Kampf stärkt uns und macht uns bewußt. Der Kampf mäßigt die Seele und öffnet das Auge des Geistes.«

»Ist das der Zweck meiner Reise?«

Die Alte wandte den Kopf, und Kwani sah, daß sie nicht mehr blind war. Aus ihren dunklen Augen leuchtete ein inneres Licht.

»In dir ist das Wissen, meine Tochter. Du mußt es nur hervorholen.« Sie hüllte sich in ihre Decke und war verschwunden. Kwani war wieder allein.

Und dennoch war sie nicht allein.

Sie erwachte bei Tagesanbruch mit einem wundersamen Gefühl und blickte mit neuen Augen in die Welt. Sie wollte Kokopelli und Tolonqua von ihrem Traum erzählen, doch sie hatten die Höhle verlassen. Ihre Bündel und ihr Wiegenbrett waren da, und an der Wand lehnte Thorwalds Schwert.

Neben ihr lag ihr trockenes Kleid. Sie schlug Kokopellis Umhang beiseite und zog sich das Gewand über den Kopf. So groß es war, schmiegte es sich eng um ihren enormen Bauch. Sie fragte sich, wohin die Männer gegangen sein mochten; vielleicht zur Jagd. Sie hatte immer noch das Bedürfnis, sich zu verstecken, wollte aber auch die Schlucht wiedersehen. Vorsichtig verließ sie die Höhle und blickte hinunter zum Fluß, zum Gegenufer, nach links und nach rechts, soweit die schlängelnden Wände der Schlucht es erlaubten. Die Männer waren nirgends zu sehen.

Es war kühl und frisch und roch wunderbar; Kwani ging zum Fluß, kniete sich hin, schöpfte das kühle Wasser mit den Händen und trank in tiefen Schlucken. Als sie sich erhob, sah sie ihn am anderen Ufer.

Der Weiße Büffel!

Sie starrte ihn in höchster Ehrfurcht an. Das Tier war strahlendweiß und trank aus dem Fluß im ersten Licht des Tages. Er hob den Kopf und watete langsam auf sie zu, hielt sie mit seinen mystischen rosa Augen gefangen.

Kwanis Herz schlug hart. Sie wagte nicht zu glauben, daß das Geistwesen mit ihr Verbindung aufnahm. Lange Zeit standen sie einander gegenüber.

»Ich wußte, daß du kommen würdest«, flüsterte er.

Der Weiße Büffel kam näher. Sie stand vollkommen verzaubert, blickte in die rosafarbenen Augen, als seien sie Fenster zu einer anderen Welt, einer anderen Realität.

Kwani spürte ein neues Bewußtsein wie ein sprießendes Samenkorn, das der Sonne entgegenstrebte. Die Weisheit entrollte sich in ihrem Geist wie ein grünes Blatt.

»Öffne das Auge deines Geistes«, sagte der Weiße Büffel.

Sie fühlte sich durchflutet von einem rosafarbenen Schein, als würde ihr ein Geheimnis, ein wundervolles Geheimnis offenbart.

Das Geistwesen neigte den Kopf zum Abschied und watete am Ufer entlang. Gemächlich, königlich verschwand es um eine Flußbiegung.

Kwani stand erstarrt, angewurzelt, verwundert über das, was der Weiße Büffel ihr enthüllt hatte. Nun sollte ihr Kind zur Welt kommen. Und es würde ein Knabe sein, und der Weiße Büffel war sein Schutzgeist.

18

Der Querecho kauerte an einer Schrägstelle der Schlucht, verborgen hinter Zweigen eines Baumes. Er beobachtete die Vorgänge vor der Höhle an der gegenüberliegenden Uferböschung und spuckte seine Verachtung aus.

Er gehörte einem der höhlenbewohnenden Querechostämme des Südens an, zu erkennen an seiner Haartracht – kurz geschoren an einer Seite und lang an der anderen. Er war nicht groß, aber sehr muskulös. Sein Gesicht ließ erkennen, daß er Lust am Töten verspürte und viel getötet hatte.

Seine Geieraugen musterten die Höhle. Den Towa, die Hochschwangere und den Fremden beobachtete er, seit sie die Schlucht betreten hatten. Die Frau stand kurz vor der Niederkunft, und die Männer umsorgten sie wie Hebammen. Er spuckte erneut. Jetzt, da die Männer sich mit dieser merkwürdigen Arbeit beschmutzten, war der Zeitpunkt gekommen, sich den Gegenstand seiner Begierde anzueignen – das Schwert. Er hatte den glänzenden Griff im Bündel des Fremden entdeckt. Bald würde die blitzende Waffe in all ihrer Pracht an seiner Seite hängen.

Vorsichtig schlich er den Abhang hinab.

Bald nach der Begegnung mit dem Weißen Büffel setzten Kwanis Wehen ein. Der Instinkt hatte ihr befohlen, einen Unterschlupf für die Geburt zu suchen, und sie war dankbar für die Abgeschiedenheit und Sicherheit der Höhle.

Kokopelli und Tolonqua kehrten nach kurzer Erkundung der Schlucht mit einer Pflanze zurück, deren Absud die Wehen erleichterten, wie Kokopelli wußte. Tolonqua brachte zerkleinerte Zedernrinde und ausgetrockneten Büffeldung zum Trockenlegen des Neugeborenen.

»Kommen die Schmerzen jetzt in kürzeren Abständen?« fragte Kokopelli.

»Ja. Ich brauche etwas, an das ich mich hängen kann, wenn die Schmerzen schlimmer werden. In meinem Volk halten sich die Frauen an einer Querstange fest.« Sie wandte sich an Tolonqua. »Kannst du einen Stock für mich finden?«

Er untersuchte die Höhlenwände nach geeigneten Vertiefungen. »Ich schneide einen Ast ab, der von einer Wand zur anderen reicht, und befestigte ihn in zwei Nischen. Wird das genügen?«

»Ja.«

Er war im Begriff zu gehen, als sie sagte: »Ich habe ihn gesehen!«

»Wen?«

»Den Weißen Büffel.« Ihre Stimme war ein verwundertes Raunen.

»Ah!« Er trat zu ihr und blickte auf sie herab. »Das ist ein Omen.«

»Der Medizinmann sprach die Wahrheit. Mein Kind wird ein Knabe sein. Der Weiße Büffel sagte es mir.«

»Das Kind ist noch nicht geboren«, warf Kokopelli trokken ein. »Vielleicht sollten wir mit dieser Feststellung noch warten!

»Vielleicht.« Tolonqua warf ihm einen bissigen Blick zu. »Du wirst sehen.«

Kwani verspürte wieder einen scharfen Schmerz. »Ich brauche die Stange!«

Tolonqua ergriff seine Steinaxt und eilte ins Freie.

»Hast du etwas gegessen?« fragte Kokopelli, der den Kräuteraufguß bereitete.

»Pemmican.« Zwischen den Wehen setzte sie sich zur Entspannung.

»Gut. Das gibt mir Kraft. Ist die Fruchtblase geplatzt?«

»Nein.«

Sie schnürte das Wiegenbrett auf, um es mit Zedernrinde und Büffeldung zu polstern. Kokopelli bemerkte sehr wohl, wie liebevoll sie damit umging. Tolonquas Geschenk. Er holte das Kleid, das er ihr geschenkt hatte, aus seinem Bündel und hielt es ihr hin, daß sie es bewundern solle.

»Ich habe es eingewickelt, damit es nicht naß wird. Bald wirst du es tragen und das häßliche wegwerfen können.«

Sie lächelte. »Der Gedanke daran gibt mir mehr Kraft als das Pemmican.«

Er warf die zerkleinerte Pflanze in das kochende Wasser. Ein Medizinmann hatte ihm auf seinen Reisen von der Wirkung dieser Pflanze berichtet; hoffentlich hatte er nicht übertrieben. Kwani besaß eine robuste Gesundheit, doch ihr Bauch war riesig. Ob es gar Zwillinge waren?

»Zieh das Kleid aus. Es stört. Und lege dich hin, damit ich dich abhören kann.«

Sie zog das Kleid aus und bettete sich darauf. Er legte sein Ohr an ihren Bauch, seine Hände tasteten die Wölbung ab, ohne etwas Ungewöhnliches zu hören oder zu fühlen.

»Ich möchte aufstehen. Die Schmerzen werden stärker.«

Er zog sie auf die Füße und legte das Kleid beiseite. Er würde es später brauchen, um Kwani zu säubern und die Leiche des Neugeborenen darin einzuwickeln. Er hielt seine ausgestreckten Arme über ihren Kopf.

»Halt dich daran fest, bis Tolonqua die Stange bringt.«

Tolonqua stand an einem der Felsvorsprünge zu beiden Seiten der Höhle. Hier wuchs eine junge Pappel, deren unterster Ast genau richtig in der Länge war. Er hackte einen tiefen Keil hinein, bevor er ihn abbrach. Dann schlug er die Zweige ab und entrindete das Mittelstück, wo ihre Hände ihn umklammern würden. Durch eine Ungeschicklichkeit fiel ihm die Axt aus der Hand. Als er sich danach bückte, schwirrte ein Pfeil über seinem Kopf hinweg und bohrte sich in den Stamm.

Er schnellte hoch. »Überfall!« schrie er.

Rasch duckte er sich hinter den Felsvorsprung. Eine steile Böschung führte zu einem mit Gestrüpp bewachsenen Überhang hoch über der Öffnung der Höhle. Ein guter Platz, von dem er, vor feindlichen Blicken verborgen, den Bereich darunter überlicken konnte. Im Sichtschutz des Gestrüpps kletterte er mit äußerster Mühe den steilen Geröllhang hinauf.

Er spähte durchs Geäst. Anfangs sah er niemanden. Dann bemerkte er eine Bewegung schräg unter sich auf der Gegenseite der Schlucht. Hinter einem Felsbrocken schlich ein Mann, den Bogen in der Hand. Ein Querecho! War er allein? In den Windungen der Schlucht konnten sich eine Menge Krieger verbergen. Tolonqua spähte in die andere Richtung und sah wieder eine Bewegung, ein schnelles, weißes Aufblitzen. Sein Herz machte einen Satz. Konnte das der Weiße Büffel sein? Er tastete nach seinem Talisman in einem kleinen Beutel an seinem Gürtel.

Der Querecho schlich sich um den Felsbrocken und huschte wie ein Schatten auf die Höhle zu.

Es kostete Kokopelli große Anstrengung, seine Arme ausgestreckt zu halten, an denen Kwani hing, schweißüberströmt und vor Schmerzen stöhnend. Als sie Tolonquas Schrei hörten, klammerte Kwani sich an Kokopelli.

»Hilf mir!« schrie sie. Ihre Augen wild vor Schmerz und Angst. Sie konnte nicht fliehen, sie konnte nichts anderes tun, als das Kind aus ihrem Körper pressen – das Kind, das nicht zur Welt kommen wollte!

Wieder durchbohrte sie der Schmerz wie Messerstiche; wieder schrie sie. Die Fruchtblase platzte und die Flüssigkeit lief in warmem Schwall die Beine hinunter.

Kokopelli sagte: »Jetzt ist es leichter für das Kind.«

Er lehnte sie im Hintergrund der Höhle an die Wand, wo sie sich an Felsvertiefungen festklammern konnte. »Bleib hier und hab keine Angst. Niemand wird hier eindringen. Das verspreche ich dir.«

»Geh nicht fort!«

Er zog das Schwert aus der Scheide und trat vor die Höhle.

Tolonqua spähte nach unten und sah Kokopelli vor der Höhle neben dem Felsvorsprung stehen. Der Tolteke konnte von seinem Standort den Querecho nicht sehen, der durch den Fluß watete, ebensowenig wie dieser ihn. Langsam und vorsichtig, um keinen Zweig, kein Blatt zu bewegen, hob Tolonqua seine Axt.

Kwani krallte sich in die Felsvertiefungen, als die Schmerzwellen immer dichter aufeinanderfolgten, immer stärker wurden. Sie krallte sich fest und fand keinen Halt mehr. Vom Schmerz überwältigt sackte sie zusammen; sie hörte ihren Schrei nicht mehr.

Tolonqua schauderte. Kwanis Schreie klangen wie die Schreie seiner Gefährtin, die in den Qualen der Geburt gestorben war. Kokopelli sollte ihr beistehen. Doch der stand da mit gezücktem Schwert und lauerte auf die lautlose Annäherung des Feindes.

Tolonqua hielt die Axt in Bereitschaft. Der Schweiß lief in Strömen über seinen Körper.

Die immer lauter werdenden Schreie Kwanis spornten den Querecho an. Er rannte geduckt am Ufer entlang bis zum Felsvorsprung, hinter dem Kokopelli stand. Mit dem gespannten Bogen im Anschlag schlich er um den Felszacken, um in die Höhle zu spähen und stand unvermittelt Kokopelli gegenüber.

In diesem Augenblick warf Tolonqua die Axt. Sie streifte die Schulter des Querechos und riß ihm den Bogen aus der Hand. Kokopelli hob das Schwert zum Schlag. Doch der Querecho warf sich auf ihn, drängte ihn an die Felswand und versuchte, ihm das Schwert zu entwinden. Sie kämpften in tödlichem Schweigen miteinander. Der junge Querecho mit verzerrtem Grinsen im Mördergesicht und der ältere Tolteke, gestählt durch die Jahre der Wanderschaft mit blitzenden gelbbraunen Augen, der sich verbissen weigerte, den Schwertgriff loszulassen.

Tolonqua kam nach unten geschlittert, gerade als der Querecho mit übermächtiger Kraftanstrengung Kokopelli das Schwert entriß, einen Schritt nach hinten trat und die Schwertspitze auf den Bauch des Tolteken richtete.

Mit einem Aufschrei packte Tolonqua den abgehackten Ast, rannte auf den Querecho zu und schleuderte ihn wie einen Speer, der den Angreifer seitlich traf und zu Boden stieß. Tolonqua entriß ihm das Schwert. Holte mächtig aus – ein Geräusch wie ein Peitschenhieb, ein Blutstrahl, und der Kopf des Querecho sprang in wilden Sätzen die Böschung hinunter, mit wehenden Haaren und aufgerissenem, verzerrten Mund. Dann platschte er ins Wasser und wurde abgetrieben, eine rosarote Spur hinter sich herziehend.

Die Männer standen wie versteinert. Der Leichnam ohne Kopf lag auf dem Abhang mit dem Halsstumpf nach unten, Blut sickerte in einem Rinnsal zum Bach hinunter. Tolonqua hob das Schwert und starrte es an, konnte kaum fassen, was er getan hatte. Dann wusch er die Schneide im Bach, kletterte den Uferhang wieder hinauf und reichte Kokopelli das Schwert, der den Rumpf des toten Querecho immer noch anstarrte.

»Bring ihn fort. Sieh dich nach einer Stelle um, wo wir ihn begraben. Wir wollen keine Wölfe anziehen«, befahl er mit rauher Stimme.

Erst jetzt fiel ihnen auf, daß es still in der Höhle war.

Als Kwani die Kampfgeräusche draußen hörte und dann Tolonquas mörderischen Schrei, packte sie das Entsetzen eines Alptraums. Sie preßte mit aller Kraft. Der Kopf des Kindes kam zum Vorschein. Sie glaubte, in der Mitte auseinandergerissen zu werden, kauerte sich breitbeinig auf den Felsboden und preßte noch stärker. Endlich zwängte sich der kleine Körper ans Licht der Welt. Sie griff danach, um ihn aus ihrem Leib zu ziehen; doch das glitschige Neugeborene entglitt ihren Händen und rutschte auf den Felsen. Sie bückte sich, um es anzusehen. Es war ein großes Baby, ein rosarotes, nasses, wunderschönes Kind – ein Knabe! Zärtlich steckte sie ihm den kleinen Finger in den Mund, um ihm den Schleim zu entfernen, und der Säugling stieß einen kräftigen Schrei aus.

Die Wehenkrämpfe hielten an, um die Nachgeburt auszustoßen, doch der Schmerz war erträglich geworden. Sie hob das Kind auf und schmiegte es eng an sich, um es warm zu halten.

Endlich kam die Nachgeburt. Sie sollte später Mutter Erde geopfert werden, als Dank für ihre Empfänglichkeit – ein Geschenk von Mutter zu Mutter, um immerwährende Fruchtbarkeit im endlosen Zyklus der Geburt zu gewährleisten.

Kwani schleppte sich mit ihrem neugeborenen Sohn zu dem Kleid, das sie ausgezogen und auf den Felsen gebreitet hatte, legte sich darauf, umwickelte das Neugeborene mit einem Zipfel des Gewandes und wiegte es zärtlich in den Armen. Die angsteinflößenden Geräusche von draußen waren vergessen, sie konnte sich nicht sattsehen an dem Wunder der Geburt. Sein Köpfchen war bedeckt mit seidigem, schwarzen Haarflaum. Es hatte aufgehört zu weinen, und sein kleines, rundes Gesicht war friedlich. Wie winzig seine Hände und Füße waren! Sie hob ein Füßchen bewundernd hoch und hielt den Atem an. Auf der Fußsohle trug das Kind ein Zeichen, ein winziges Mal in Form eines Büffelkopfes!

Der Weiße Büffel hatte ihm sein Zeichen aufgedrückt! Er würde seine Schritte sein ganzes Leben lang leiten! Ein Wunder – ein unbeschreibliches Wunder!

Sie sank zurück, erschöpft und glücklich. Kokopelli und Tolonqua stürmten herein und blieben mit aufgerissenen Augen stehen.

Sie hob den Kopf. »Mein Sohn. Mit dem Zeichen des Weißen Büffels. Seht!«

»Ah!« hauchte Tolonqua. »Er ist ein Auserwählter!«

Kokopelli berührte das Kind zaghaft. Kwani hatte den Eindruck, er war nicht sonderlich begeistert, und das dämpfte ihre Freude ein wenig.

Tolonqua kniete neben ihr nieder. Sie lag da in ihrer nackten, natürlichen Schönheit. Er sah sie zum ersten Mal ohne ihren Umstand, und seine Augen ruhten auf der Fülle ihrer Brüste und den reifen Rundungen ihres Körpers, und die Sehnsucht brannte in ihm. Er wollte sie berühren, doch statt dessen berührte er das Kind.

»Er wird ein großer Häuptling werden.« Seine Augen liebkosten sie. »Geht es dir gut?«

Sie nickte. Sie bemerkte seine Sehnsucht. Sie blickte in sein markiges Gesicht mit den dunklen, geschwungenen Brauen über glühenden Augen; in ihrer Erschöpfung und ihrem Glück konnte sie die Wahrheit ihrer Sehnsucht nicht mehr verleugnen. Er war ein starker Führer, der Erbauer einer neuen Stadt, ein Mann, der in die Zukunft blickte. Er sollte ihren Sohn die Weisheiten der Männer lehren, die Fähigkeiten, die ein männlicher Nachkomme vom Stamme der Pueblo erlernen mußte – dieses Kind, das er sich als Sohn wünschte. Der Weiße Büffel war ihm in einer Vision erschienen und würde wieder erscheinen. Denn er war ein Mann, der von den Göttern für ein besonderes Schicksal auserwählt war, ebenso wie ihr Sohn ausersehen war. Ihr Blick folgte den Konturen seines hageren Gesichts, seinem festen Mund, seinen breiten Schultern und den Armen, die sie gehalten und beschützt hatten, und sie sehnte sich danach, für den Rest ihres Lebens von ihm gehalten zu werden. Der Pueblohäuptling sollte ihr Gefährte und der Vater ihres Sohnes und ihrer zukünftigen Kinder sein. Cicuye, das neue Cicuye, sollte ihre Heimat sein. Dort würde sie die Sich Erinnernde sein.

Sie hatte eine schwierige Entscheidung getroffen. Noch schwieriger würde es jedoch werden, diese Entscheidung Kokopelli mitzuteilen. Sie schloß die Augen bei dem Gedanken.

Kokopelli stieß Tolonqua an. »Kümmere dich darum, was draußen getan werden muß.«

Tolonqua schien ihn gar nicht zu hören. Er konnte seinen Blick nicht von Kwani wenden.

Kokopelli stieß ihn zur Seite. »Ich muß mich um sie und das Kind kümmern. Du bist mir im Weg. Geh nach draußen.«

Tolonqua erhob sich. Er lächelte auf das Neugeborene herab. »Ein kräftiger Junge.«

»Geh!« schrie Kokopelli ihn beinahe an.

Tolonqua nahm seinen Bogen und die Pfeile, bevor er ging; nie wieder sollte ihn jemand unbewaffnet überraschen.

Kwani lag erschöpft da, als Kokopelli die Nabelschnur abtrennte, verknotete und die Nachgeburt beiseite legte, die später an der Stelle begraben werden sollte, wo das Kind zur Welt gekommen war. Mit Fetzen von Wopios Gewand, die er in das noch warme Wasser aus dem Topf über der Feuerstelle tauchte, wusch er Mutter und Kind, bevor er den Säugling in Kwanis Armbeuge legte.

Tiefe Dankbarkeit erfüllte sie. Wie gut er zu ihr war! Wieviel er für sie getan hatte! Wie konnte sie es übers Herz bringen, ihm zu sagen, was sie sagen mußte?

Ihre Kehle war wie zugeschnürt. »Ich bin dir dankbar, Kokopelli.«

Ein Funke glühte in seinen gelbbraunen Augen auf. Plötzlich beugte er sich vor, nahm ihre Brüste in beide Hände und küßte sie mit inniger Leidenschaft.

»Ich warte auf dich«, sagte er rauh.

Er legte das neue Kleid neben sie. »Das wartet auch auf dich.«

Sie führte eine Brust zum Mund des Säuglings und lächelte glücklich, als er gierig zu saugen begann und bestaunte die Schönheit ihres Sohnes – und war selig über ihren flachen Bauch. Zärtlich strich sie über das flaumige Köpfchen und ein winziges, rosafarbenes Ohr.

»Er wird Sonnenhäuptling wie sein Vater. Ich nenne ihn...« Sie schüttelte den Kopf. »Ich kann mich noch nicht entscheiden. Welchen Namen, glaubst du, hätte Okalake ihm gegeben?«

Kokopelli wandte sich brüsk ab und ging nach draußen. Die Leiche des Querechos war nirgends zu sehen, keine Spur von Tolonqua. Er grübelte, auf welche Weise er Okalakes Kind loswerden konnte, daß es den Anschein eines natürlichen Todes hatte.

Ich warte, bis sie eingeschlafen ist.

Tolonqua starrte angeekelt auf die Leiche ohne Kopf. Die schönen Halsbänder, die der Querecho getragen hatte, lagen in einem blutigen Haufen neben dem Halsstumpf. Tolonqua ließ sie liegen und schleifte den Körper fort. Auf dem unwegsamen, felsigen, mit Gestrüpp überwucherten Gelände kam er nur mühsam voran, doch er mußte eine Grabstelle in genügender Entfernung zur Höhle finden. Am besten einen Felsspalt, den er mit Steinen und Zweigen verschließen konnte. Er ließ die Leiche an einer Felswand liegen und machte sich auf die Suche. Bald fand er eine geeignete, enge Höhle. Er zerrte den Körper zur Öffnung, wälzte ihn hinein und verschloß das Felsloch mit großen Steinen und bedeckte sie mit Geäst. So war das Grab vor Wölfen und Geiern sicher. Das war er dem Mann schuldig, den er enthauptet hatte.

Der Gedanke an den Kopf, der im Wasser trieb, war ihm unbehaglich. In den Felsspalten und Seitenarmen der Schlucht lebten Querechos und Tewas. Wenn der Kopf von einem Querecho gefunden wurde, so mußten sie mit Schwierigkeiten rechnen. Doch es war anzunehmen, daß er bis zur Mündung des Baches in den nächsten Fluß abgetrieben wurde. Oder an eine Sandbank geschwemmt und dort von Raubtieren oder Geiern abgenagt wurde. Bis dahin würden Kwani und er die Schlucht bereits verlassen haben und auf dem Rückweg nach Cicuye sein.

Wenn sie sich aber entschloß, bei Kokopelli zu bleiben? Er stöhnte bei dem Gedanken. Er liebte sie, sehnte sich nach ihr, so sehr, daß er sich weigerte sich einzugestehen, daß Kwani allen Grund hatte, bei dem Mann zu bleiben, den sie sich einmal erwählt hatte.

Es sei ... es sei denn, Kokopelli wollte von dem Kind nichts wissen. Doch dieser Gedanke war abwegig. Oder doch nicht?

Mit einem Stich der Angst erinnerte er sich an die Warnung der Geister während der Feier des Tipirüttelns. *Er mußte Kwani vor einem schützen, der ihrem Kind Schaden zufügt.*

Er begann zu rennen.

Kwani schlief mit dem Kind im Arm. Kokopelli ging nach draußen, um sich zu vergewissern, daß Tolonqua nicht zurückkehrte. Es war bestimmt nicht einfach, eine geeignete Grabstelle zu finden; es würde eine Weile dauern.

Der Zeitpunkt war gekommen.

Okalakes Kind schlief an der Mutterbrust nuckelnd. Kokopelli neidete ihm den Platz; diese schönen Brüste gehörten ihm. Er kniete neben Kwani, um zu prüfen, wie tief sie schlief. Ihre dunklen Wimpern lagen auf ihren Wangen und sie atmete tief und langsam. Sie würde viele Stunden schlafen.

Der winzige Fuß des Säuglings zuckte, als würde er träumen. Langsam brachte Kokopelli seinen Daumen näher. Ein fester Druck auf die Luftröhre, und das Kind würde nicht einmal davon erwachen.

Als spürte es die Absicht, öffnete es die Lider. Die blaugrauen, verschwommenen Augen des Neugeborenen schienen ihn anzusehen, und eine zarte, kleine Hand schlug nach seinem Daumen, als wolle sie ihn fortstoßen.

Ein schneller Druck an den Hals...

Er starrte das Kind an. Erst jetzt sah er, daß Stirn, Augen, Gesichtszüge eine Miniaturausgabe von Kwani waren.

Kwanis Kind.

Er konnte ihm nichts antun.

Er setzte sich auf die Fersen zurück und betrachtete die Frau, die er liebte, die einzige Frau, die er sich zur Gefährtin wünschte, die Frau, die er verloren hatte, das wußte er. Nie würde sie ihren Sohn in ein fremdes Land bringen, weg von seinem Volk, weg von allem, was sie sich für ihn ersehnte. Er erkannte die bittere Wahrheit: Kwani gehörte nicht in seine Welt, und er nicht in ihre. Sie wäre weder willkommen in Tula, noch würde sie dort glücklich sein. Und mit ihr als Frau würde er seinen Rang und sein Ansehen verlieren.

Der Gedanke, sie zu verlassen, war ihm unerträglich, und doch mußte er es tun.

Er sortierte sein Bündel, um nur das auszusuchen, was er auf der langen Reise, die ihm bevorstand, unbedingt brauchte. Viel würde er zurücklassen – auch sein Abschiedsgeschenk.

Es sollte ein besonderes Geschenk für Kwanis Sohn sein. Er holte das schwere Goldgeschmeide, das er zu tragen pflegte und legte es auf den Körper des Kindes, das nahezu davon bedeckt wurde. Er sollte sie tragen, wenn er zum Mann geworden war.

Kwani schlief immer noch. Nie war sie ihm schöner erschienen.

»Leb wohl, meine Geliebte«, flüsterte er.

Rasch entfernte er sich. Er zwang sich, nicht stehenzubleiben, keinen letzten Blick zurückzutun, er bezwang den Schmerz des Verlustes. Denn schließlich war er Kokopelli.

Er setzte seine Flöte an die Lippen.

Meine Melodien werden nicht verwehen,
Meine Lieder nicht vergehen.
Sie klingen fort und mehren sich.

Der Weiße Büffel sah ihm nach und wartete. Auf Tolonqua.

Zeit ist ein großer Kreis;
Ohne Anfang, ohne Ende.
Alles kehrt wieder, immer wieder.
Bis in alle Ewigkeit.

Nachwort

Der Ort des Adlerclans (Cliff Palace) und der Ort des Wolfclans (Spruce Tree House) und andere Höhlensiedlungen in den Felsen des Mesa Verde National Parks im Südwesten Colorados sind noch heute berühmte Ruinenstätten. Die Ruinen der Großen Stadt (Pueblo Bonito) und Cicuye (Pecos) in Neu Mexico erzählen jenen, die hinhören, geheimnisvolle Geschichten. Spuren uralter Lagerfeuer findet man noch im Palo Duro Canyon, durch den der Fluß sich immer noch schlängelt. Sämtliche Schauplätze dieser Geschichte sind authentisch.

Kokopellis magische Gestalt ziert zahllose Felszeichnungen im Südwesten, doch wer er wirklich war, weiß nur der Leser, dessen Fantasie er beflügelt. Vielleicht können Sie seiner Flöte lauschen, wenn sie auf den alten Pfaden wandern, oder Sie hören Tolonquas Gesang in Cicuye hoch auf dem Bergkamm.

Alte Spuren sind überall zu finden – in den Behausungen, in den Höhlengruften; sie sind eingewebt in alten Stoffmustern und an Felswände gemalt. Welches sind die Abdrücke der Sich Erinnernden? Welches sind ihre geheimen Kräfte?

Nur Sie werden es wissen.

Danksagung

Über die Lebensgewohnheiten der Anasazi-Indianer von Mesa Verde ist vieles bekannt, obgleich die Expertenmeinungen sich nicht in allen Punkten decken. Der vorliegende Roman entstand aus meiner Sicht von Begebenheiten, wie sie sich ereignet haben könnten; beruht aber auf eingehenden Recherchen und Nachforschungen, die ich bei Sachverständigen eingeholt habe. Es handelt sich also um eine Fiktion, die sich nicht notwendigerweise mit Vorstellungen und Meinungen von Anthropologen, Archäologen, Historikern und anderen Fachkundigen decken, die ich zu Rate gezogen habe.

Folgenden Personen gilt mein besonderer Dank: Linda Martin, Mesa Verde National Park; Dr. Curtis Schaafsma, Laboratory of Anthropology, Santa Fe; Dr. J. Richard Ambler, Northern Arizona University; Dr. W. W. Newcomb, University of Texas in Austin; Dr. E. C. Krupp, Griffith Observatory, Los Angeles; und Douglas Elmy, The Society of Archer Antiquaries, Bridlington, Yorkshire, England.

Meinen herzlichen Dank an die Personen, die das Manuskript gelesen haben: meine Tochter Linda Shuler, deren Beiträge mir besonders wertvoll waren; Linda Martin, Naomi M. Stokes, Joe Stokes und Victor Harrap.

Ich bedanke mich weiterhin bei Jean M. Auel für ihren aufmunternden Zuspruch und die Unterlagen, die sie mir zusandte, sowie bei Louise Miller für ihre Unterstützung bei meinen Recherchen in Santa Fe.

Was wären Autoren ohne Bibliotheken und Bibliothekare? Ich bin Laura Holt von der hervorragenden Bibliothek vom Laboratory of Anthropology in Santa Fe zu tiefem Dank verpflichtet, ebenso Pat Todd von der Brownwood Public Library in Brownwood, Texas.

Rose Allen danke ich für die freundliche Genehmigung, Zitate aus *America's Ancient Civilizations* von A. Hyatt Verrill und Ruth Verrill, Capricorn Books/Putnams-Coward McCann & Geoghegan, Inc., 1953, entnehmen zu dürfen.

Mein Dank gilt auch meiner unermüdlichen Agentin Jean V. Naggar und meiner ausgezeichneten Lektorin Liza Dawson.

Schließlich danke ich allen lebenden und verstorbenen Schriftstellern und Gelehrten, auf die ich mich beziehe. Besonders geholfen haben mir: J. Richard Ambler, *The Anasazi*, Museum of Northern Arizona, 1977; Don Watson, *Indians of the Mesa Verde*, Mesa Verde Museum Association, Mesa Verde National Park, Colorado, 1961; Gilbert R. Wenger, *The Story of Mesa Verde*, Mesa Verde Museum Association, Mesa Verde National Park, Colorado, 1980; Michael Zelkik, *The Sunwatchers of Chaco Canyon*, und E. C. Krupp, *Light and Shadow*, beide vom Griffith Observer, Juni 1983, City of Los Angeles; Ruth Benedict, *Patterns of Culturs*, Houghton-Mifflin Company, New York; Adolf F. Bandelier, *The Delight Makers*, Erstausgabe 1890, Harvest/HBJ, New York, 1971; und dem hervorragenden schwedischen Forscher Gustaf Nordenskiöld, *The People of the Mesa Verde*, Erstausgabe 1893, übersetzt von Lloyd Morgan, Rio Grande Press, Inc., Glorieta, New Mexico, 1979. Über Büffelherden erfuhr ich eine Menge in Tom McHughs faszinierendem Buch, *The Time of the Buffalo*, University of Nebraska Press, 1972. Die Schilderung des Schlangentanzes ist Arthur C. Parker's *The Indian How Book* entnommen, Dover Publications, Inc., New York, 1927, und die ungeheuerliche Zeremonie des Tipi-Rüttelns entnahm ich *The Religions of the American Indians* von Ake Hultkrantz in der Übersetzung von Monica Setterwall, University of California Press, 1979.

Und bei dir, Bob, bedanke ich mich aus allen Gründen, die du selbst am besten kennst.

Anasazi ist ein Navoho-Begriff und bedeutet ›Die Uralten‹. Heutige Pueblo-Indianer bezeichnen sich als *Hid-sat-si-nom*, ›Das Volk aus Alten Zeiten‹. Da *Anasazi* die geläufigere Bezeichnung ist, wird sie in diesem Buch verwendet. Bei ›Utes‹, ›Apachen‹ und anderen Stämmen, von denen die Rede ist, handelt es sich um Vorfahren dieser Indianerstämme; in ihrem Fall wählte ich moderne Bezeichnungen.

Wer weiß, wie sie sich nannten, jene Alten, das Volk aus längst vergangenen Zeiten?